De ommegang

19 mei 2019
Gefeliciteerd met
je verjaardag!
Teddy & Harma

Ander werk van Jan van Aken

Het oog van de Basilisk (roman, 2000)
De valse dageraad (roman, 2001)
De dwaas van Palmyra (roman, 2003)
Het Fluwelen Labyrint (roman, 2005)
Koning voor een dag (roman, 2008)
De Afvallige (roman, 2013)

Jan van Aken

De ommegang

Amsterdam · Antwerpen
Em. Querido's Uitgeverij BV
2019

De auteur ontving voor het schrijven van dit boek een projectsubsidie van het Nederlands Letterenfonds.

Nederlands letterenfonds
dutch foundation for literature

Voor Patricia

Eerste, tweede (e-book), derde, vierde, vijfde, zesde, zevende, achtste, negende, tiende en elfde druk, 2018; twaalfde, dertiende en veertiende druk, 2019

Omslag Brigitte Slangen
Omslagbeeld Hubert Robert (1733-1808), *L'escalier des lavandières*, 1796, olie op papier gemonteerd op canvas, 60,0 x 41,9 cm. Legaat van Forsyth Wickes – The Forsyth Wickes Collection, 65.2653
Foto auteur Lona Aalders

ISBN 978 90 214 1691 5 / NUR 301
www.querido.nl

‘Als je ons wilt kennen,
bestudeer onze gebouwen.’

– Inscriptie in Samarkand

Inhoud

Proloog

De weg naar Konstanz 1

(1415)

Op de stoffige wegen van Italië, in de vroege lente van het jaar 1415, kwam ik een tweetal reizigers achterop. Een jonge vrouw leidde een bepakt muildier aan de hand en voor haar uit ging een rijzige grijsaard met zekere tred, al viel me op dat hij zijn reisstaf gebruikte als blindenstok. De vrouw droeg op haar linkerslaap een klein litteken als een zilveren spinnetje; ooit had een vaardige heelmeester daar een wond gehecht. Ik groette in het voorbijgaan zoals gebruikelijk is langs de pelgrimswegen en wierp een vlugge blik op de man. Ogen als lege ijsvelden.

Ik richtte mijn ogen alweer op de weg, toen de man me bij mijn naam riep. 'Isidoor?'

Ik bleef staan en draaide me naar hem om. Voor mijn geestesoog zag ik hem nu twintig jaar jonger en in de kracht van zijn leven, toen zijn haar en baard nog donker waren en niets die felle blik ontging. Ook toen had hij een vrouw bij zich gehad en zij op haar beurt droeg een klein meisje op haar arm. Dat moest deze jonge vrouw zijn, die nu het muildier leidde.

Bij de herinnering hoorde een naam. 'Maelgys,' zei ik. 'Ben jij het echt? Hoe vaak heb ik niet aan onze goede tijd in Trebizonde gedacht!' Ik wrong me uit de draagriemen van mijn reiskist en zette die voorzichtig op de grond.

Maelgys lachte. 'Ik herkende je aan je stem. En je kent mijn dochter? Haar naam is...'

'Lorea,' zei ik. 'Natuurlijk ken ik haar nog.' Ik maakte een hoofse buiging. Een volksvrouw zou erom gegiecheld hebben, maar zij aanvaardde het met een knikje. Afgezien van haar gebruinde gezicht leek ze sterk op haar moeder, die destijds net zo oud moest zijn geweest als zij nu. En om me haar te herinneren had ik geen geheugenkunst nodig. Hoeveel mensen leven, worden oud en sterven, zonder dat ze ooit een dergelijke schoonheid zien?

'Vooruit,' zei de man. 'Er is maar één weg en we kunnen een tijdlang samen reizen. Ik hoor de instrumenten rinkelen in je kist. Die mag je op Gigi laden, hij kan zo'n last beter aan dan jij.'

Ik ontmoet genoeg volk onderweg, eenlingen of groepen, en soms loop ik een stukje op met iemand die ik sympathiek vind, maar lang houd ik het nooit vol. Anders dan de meesten voel ik niet de noodzaak om stilten te vullen met ijdel gepraat en zelden kom ik iemand tegen die werkelijk iets te zeggen heeft. Alleen tijdens eenzame voetreizen kan een mens zijn gedachten laten uitwaaieren, zijn kennis nalopen, herschikken en tot nieuwe inzichten komen. Daarnaast wil ik me niet inhouden voor traag gezelschap. Maar voor mijn oude vriend en zijn dochter maakte ik een uitzondering.

'Je herkende me aan mijn stem,' zei ik, terwijl wij onze weg vervolgden. 'Dat is verbazingwekkend. Wat is jullie reisdoel?'

'Wij gaan naar Konstanz,' zei Maelgys. 'En hoe is het jou vergaan sinds Trebizonde? Ik weet nog dat je naar het einde van de wereld wilde lopen.'

'Bij wijze van spreken,' zei ik. 'Ik kwam tot de oostkust van China en omdat ik weinig opheb met de zee, en er mensen noch schepen waren, hield ik daar halt.'

De oude man knikte. 'De wereld heeft geen einde,' zei hij, 'dat weet jij net zo goed als ik.'

Ik dacht koortsachtig na. Moest ik hem niet vragen naar zijn vrouw Sotiria? Het kon niet anders of ze was overleden. Het moment ging voorbij.

'En waar ga jij heen?' vroeg hij.

Ik wist het nog altijd niet.

Deel 1
Bellalanda

(± 1373-1388)

‘Stel je dus voor dat de vorm van het werk al in de geest van de kunstenaar bestaat, zoals het ontwerp van een te bouwen huis bestaat in de geest van de architect; dit is het voorbeeld waarnaar hij het huis bouwt.’

– Robert Grosseteste in een brief aan Adam Rufus

I

Er was eens een gans

Ik, Isidorus van Rillington, bevind me hier in het eeuwige duister van een kerker, waar de tijd niet lijkt te verstrijken. Ik twijfel tegenwoordig aan alles, zelfs aan mijn eigen bestaan en aan dat van jou, vreemdeling. Weliswaar ben je onzichtbaar, maar na al die tijd dat we samen zijn, meen ik je contouren af te kunnen leiden uit geluiden, een onverhoedse beweging, of uit je ademhaling die ik aanvankelijk nauwelijks kon horen, maar die inmiddels met haar rijzen en dalen de eb en vloed van mijn bestaan vormt.

Soms kondigt een doffe klap van boven ons eten aan. Dan regent het opeens brood, kaaskorsten, koolstronken en soms wat rotte appels. Maar mijn maag vertelt me waar ik geen horologium voor nodig heb. Zelfs onze voedertijden kennen geen regelmaat. Af en toe denk ik dat ik je hoor kreunen, mijn vriend, maar nooit komt er een woord over je lippen. Of je nu doofstom bent, of mijn taal niet spreekt, ik weet het niet. Evengoed zal ik je mijn verhaal vertellen, ook in jouw belang, opdat we, die draad uitspinnend, nog enig besef zullen hebben van de voortschrijdende uren.

Ik zoek iets, een herinnering die zich net achter de horizon verschuilt, zoals je soms een eenvoudig woord niet meer voor de geest kunt krijgen, maar tegelijkertijd weet dat het je ieder moment weer te binnen kan schieten. Ik zal me het hoofd niet pijnigen, want ik weet dat de kans groter is om het te achterhalen als ik er niet te hard naar zoek; het zal vanzelf komen, onder het vertellen.

Ik weet alleen niet goed waar ik moet beginnen. Bij mijn vroegste herinneringen? Of bij de wending die mijn leven nam toen ik Maelgys weer tegenkwam op de lange weg naar Konstanz? Maar er is geen reden waarom we geen twee paden kunnen bewandelen, tenslotte betreden we het domein van de geest.

Verveling, zo zei iemand mij eens, is de ergste plaag. Verveling, dat onzalige wangedrocht: ledigheid is haar vader, domheid haar moeder en volgens velen zijn wij in dit leven gedoemd ons ofwel dood te werken, ofwel dood te vervelen. Ik sprak de man niet tegen, noch beaamde ik zijn stelling. Die ergste plaag mag dan gelden voor de meesten, ik wist mij er altijd aan te onttrekken. Ik heb me nooit verveeld, zelfs nu niet! Ledig noch dom ben ik en daarnaast kreeg ik al op jonge leeftijd het juiste boek in handen.

Het duister is een dankbaar canvas, een glad houtpaneel waarop mijn verbeelding kan schilderen. Ik heb geen kleurenpalet nodig en hoef mijn ogen niet eens te sluiten om me de sterren voor de geest te brengen, dat schitterende gewemel, die grote wenteling van flonkerend argent op het diepe sabel van de nacht.

Je vraagt of ik ze mis?

Nee, ik zie ze voor me en fluister hun namen. De Grote en Kleine Beer recht boven me, iets oostelijker de Lier en de Zwaan met haar nevels en de lange gloeiende baaierd van de Melkweg; de ster Capella lager in het noordwesten en daarboven de tweelingen Castor en Pollux. Leg ik in gedachten mijn hoofd in mijn nek, dan zie ik Boötes de ploeger en de Noorderkroon en... maar let wel, de constellatie zoals ik me die nu voorstel, is die van de nacht waarop een onbekende hand me te vondeling legde voor de poort van een abdij in het graafschap Yorkshire.

Had de poortwachter geen gehuil gehoord op die late vriesnacht aan het begin van de grasmaand – om precies te zijn, in de vroege uren van de naamdag van St.-Isidorus van Sevilla – dan had mijn bestaan niet meer opgeleverd dan het stijfbevroren lijkje van een naamloze die in geen doopregister staat opgetekend, en was ik gedoemd geweest tot een begrafenis in ongewijde grond, op korte afstand van de kruidentuin, waar ook de honden en katten van het klooster begraven liggen.

Maar zo ging het niet.

Aanvankelijk hield de poortwachter het voor demonengehuil, wat zich, zoals iedereen weet, gewoonlijk laat bezweren door een warme kruidenwijn, maar het kwam die dag zo uit dat hij, die zelden zonder wijn zat, vergeten was de brandstof in zijn huisje aan te vullen, dus schoot hij mopperend in zijn pij, nam zijn staf op – want met demonen moet men geen dialoog aangaan – en ging naar buiten. Omdat binnenspoorts niets te zien was, opende hij zuchtend en op alles voorbereid het poortluikje. Op het plankier dat in beter tijden ondersteuning had moeten bieden aan de wielen van ossenkarren, stond een oude turfmand, die ogenschijnlijk gevuld was met turfmolm.

Giles de Overlevende, want zo heette deze poortwachter, twijfelde. Het was een lange wandeling naar de turfopslag van het klooster en met de inhoud van de mand kon hij zijn huisje en zijn wijn opwarmen. Daarnaast deed het gehuil meer denken aan een kind dan aan een demon, al moeten we de arglist van die wezens niet onderschatten. Maar omdat de enige vrees die hij kende de vreze Gods was, nam hij een flambouw uit een houder, opende de poort en nam de mand op, die zwaarder was dan droge turf zou rechtvaardigen. Tussen de ruwe plakken kon hij het rode, betraande gezicht onderscheiden van een jongetje, dat op zijn beurt verstomde bij het zien van het baardige monnikengezicht in de laaiende gloed van de flambouw.

'We hebben geen plaats voor een kind,' zei abt Robert, toen Giles zijn vondst na de priem aan zijn medebroeders toonde. Hij bedoelde dat hij geen voorzieningen had, want het klooster, dat plaats kon bieden aan meer dan zestig broeders, was nooit hersteld van de Zwarte Dood die onze streken een generatie eerder had bezocht. Er leefden nog maar weinig broeders in Bellalanda en sommige vleugels waren al jaren door niemand betreden.

'Wat is dat voor een jong?' vroeg een van hen. 'Het lijkt niet op de kinderen uit deze buurt. Het is te klein en te donker.'

'Het is ook geen Schot,' stelde de abt vast. In het verleden hadden de monniken van Bellalanda veel overvallen te verduren gehad en hoewel de laatste daarvan al bijna twee eeuwen geleden had plaatsgevonden, kende iedereen de verhalen. Schotten waren nu eenmaal niet te vertrouwen, maar dat ze een zuigeling als paard van Troje zouden sturen, leek toch niet waarschijnlijk.

Er volgde een discussie waarbij diverse mogelijkheden werden gewogen. Had soms een Jood zijn kind op de stoep achtergelaten? Nee, die waren al honderd jaar uit Engeland verbannen, al gingen er geruchten dat veel Lombardische pandjesbazen in werkelijkheid vermomde Joden waren.

'Hoe het ook zij,' besloot abt Robert, 'het maakt niet uit waar het mormel vandaan komt, na de doop hoort hij bij ons. Het heeft een huis nodig en een min.'

'En snel ook,' zei Giles, 'of hij zal ons allemaal doof schreeuwen. Ik zal hem bij me houden. Ik laat hem dopen in de kerk van Rillington.'

'En je wilt zeker ook een min zoeken?' vroeg de abt, glimlachend bij de gedachte. Voor sommige taken waren altijd vrijwilligers te vinden, zelfs als ze al de leeftijd hadden bereikt van de poortwachter. Maar hij had het mis.

'Een geit geeft ook melk,' zei Giles.

Omdat niemand bezwaar maakte en de hemel tenslotte de vinder van de vondeling had aangewezen als verantwoordelijke, zou ik de jaren van mijn jeugd doorbrengen in de porterie, het poortwachtershuisje met belendende stal, waar altijd de geuren hingen van mest, turf, boeken en verschaalde wijngeest.

Met een geit als min groeide ik snel. Spoedig kwamen er grutten bij, boekweitgrutten, havergrutten en gort, en heel soms een stukje gevogelte of een ei. Ik kroop rond in de pakjes die Giles voor me maakte uit zijn eigen afgedankte onderkleden en die, bij gebrek aan voorbeelden of inspiratie, onhandige nabootsels waren van monnikspijen. Van nature moet ik een goed geheugen hebben gehad, want ik herinner me de tijd van voordat ik mijn eerste schreden zette. Ik sliep achter een schot in de schaapskooi, in een oude haverkist, want het klooster had al lang geen paarden meer. Drie geiten hielden me gezelschap. Bij de schapen aan de andere kant van het schot kwam ik nooit, wij aan onze kant keken een beetje neer op die domme wolbalen.

Ik kon me vrij bewegen in het gras van een kleine hof tussen de binnenste en de buitenste ommuring van het klooster. Hier liepen ook de ganzen van Giles. Ik leerde algauw dat ik hen beter kon mijden.

Mijn speelgoed bestond uit een stapeltje dakleien in het werkschuurtje tussen stal en leefruimte. Ik bouwde hutten voor de kloosterkat, maar hoe uitnodigend die er ook uitzagen, met stro om in te liggen en grote uitsparingen van waaruit ze in dekking muizen kon observeren, ze liet zich niet huisvesten. Ik ontdekte dat ik vage lijnen kon krassen op het leisteen en probeerde een muis te tekenen, maar zelfs daarmee liet ze zich niet verleiden.

Giles, die mijn pogingen zag, gaf me een brokje krijt. Hiermee kon ik opeens duidelijke lijnen maken. Ik verloor mijn belangstelling voor schuur en kat. Bij Giles' haardvuurtje ging ik zitten met een leitje en ik begon te tekenen of mijn leven ervan afhing.

Giles kwam zelden uit zijn zetel, door zijn functie kon hij zich onttrekken aan de verplichtingen die het monnikenleven beheersen. De werkzaamheden van een poortwachter zijn niet zwaar, zeker niet in Bellalanda. Het klooster lag buiten de grote pelgrimswegen en stond niet bekend om die producten waarmee andere kloosters roem verwierven. De kleine groep overlevenden hield stand door te voorzien in de eigen levensbehoeften maar ook niet meer dan dat. Bellalanda was geen centrum van kennis en voor zover dit ooit het geval was geweest, kon geen sterveling zich die tijd nog herinneren.

Giles had zijn jonge jaren in een andere kloostergemeenschap doorgebracht. Toen de Zwarte Dood in de zomer van het jaar 1349 toesloeg, had hij zijn broeders een voor een zien sterven. De ziekte ging aan hem en enkele anderen voorbij, maar bij de tweede pestgolf, dertien jaar later, was hij een van de eerstgetroffenen. Hij overleefde de ziekte en genas snel genoeg om de laatste van zijn confraters te kunnen begraven, waarbij hij het geluk had dat er al een massagraf openlag op de begraafplaats, want de kracht om te graven ontbrak hem.

Niemand wil in een sterfhuis wonen en zo kwam hij na een maandenlange zwerftocht terecht in de cisterciënzer abdij Bellalanda, waar een twaalftal monniken, minder dan een kwart van de oorspronkelijke bezetting, had overleefd. De broeders waren blij met de nieuwkomer. Giles werkte ooit in een scriptorium en had het zelfs tot bibliothecaris gebracht, maar verzwakt als hij was, hield hij het staan achter een lessenaar niet vol, noch was hij in staat om deel te nemen aan de zware bidstonden. De abt sprak met hem, sliep er een nacht over en gaf hem toen de taak van poortwachter, al was daar nooit eerder behoefte aan geweest en had het klooster ook in de gloriedagen al weinig aanloop gehad.

Als poortwachter kon Giles een rustig leven leiden, tot op die dag waarop het lot (zo zou hij het zelf noemen) hem een kind bezorgde – maar ook na mijn komst naar het huisje bracht hij het grootste deel van zijn dagen slapend door. Zijn zetel was tevens zijn bed. Als hij niet sliep, keek hij naar mijn bezigheden. Geduldig beantwoordde hij dan mijn vragen.

En naarmate hij zijn pupil zag groeien, rees de kennis die hij een kwarteeuw eerder had opgedaan en zo achteloos had laten verkwijnen weer in hem op, zoals een verzonken stad zich bij het extreme laagtij dat we stormeb noemen plotseling kan blootgeven aan een verbaasde passant.

‘Het wordt tijd dat je leert lezen,’ zei Giles op een dag, en omdat hij geen boeken had en geen perkament of papier, nam hij mijn leitje en tekende er een ruwe kattenkop op. ‘Wat is dat?’ vroeg hij.

‘Kat,’ zei ik meewarig. Er is niet veel nodig om een kat te suggereren, en mijn eigen getekende katten zagen er ondertussen beter uit dan dit mormel. Hij zette er een paar tekentjes bij. ‘Hier staat kat,’ ging hij verder. ‘C-a-t-t-e.’

Ik zei het hem na. Hij gaf mij het krijtsteentje en ik kraste zorgvuldig dezelfde letters onder die van hem.

‘Dat is goed!’ zei hij. ‘Nu in het Latijn!’

‘Ik weet niet wat dat is,’ zei ik.

‘Ik zal het je leren.’

Hij kreunde, misschien bij het vooruitzicht van de ontzaglijke taak die hem wachtte. Spoedig zou hij zich verbazen en verheugen over mijn snelle verstand. ‘De beste leerling doet het werk zelf,’ zei hij eens.

Mijn vriend, ik was verrukt over deze nieuwe manier om zaken vast te leggen. Ik oefende en luisterde naar de verhalen die Giles vertelde over vreemde wezens en verre streken. Pas veel later, toen ik de grote boeken van de ouden ging lezen, kwam ik erachter dat die verhalen bijna woordelijk in zijn geest gesluimerd hadden en dat ze hun wonderbaarlijke wedergeboorte pas beleefden toen hij ze nodig had voor mijn onderricht. Hij hing bij het vertellen onderuitgezakt in zijn zetel en sprak aan één stuk door, de ogen gesloten en de handen gevouwen op zijn buik.

Ik tekende en schreef en probeerde de mooie of duistere woorden die ik hoorde op te schrijven. In het begin kwamen de verhalen hortend en aarzelend, in een mengsel van volkstaal en Latijn. Ik begreep dat hij alles wat hij zich herinnerde uit zijn hoofd moest vertalen en op een dag verzocht ik hem om direct in het Latijn te spreken. Vanaf dat moment stroomden de verhalen in een bonzende, bezwerende cadans en klonken ze zoals ze oorspronkelijk bedoeld waren, zonder dat hij daarbij zijn ogen opende, waardoor ik lange tijd dacht dat hij in zijn slaap sprak, en dat zijn droombeelden zich vertaalden naar de woordketens die uit zijn mond kwamen.

Ik probeerde ze vast te leggen op de leisteen, ooit wilde ik mijn eigen ideeën en verhalen noteren, maar daarvoor was het materiaal niet toereikend en de krijtstrepen vervaagden snel.

'Je moet perkament hebben,' zei Giles, 'of papier.' Hij legde me uit hoe geschriften zich gewoonlijk voordeden.

Ik kon schrijven en lezen lang voordat ik mijn eerste boek zag en probeerde er me een voorstelling van te maken. 'Waarom heb je ze niet meegenomen uit je vorige klooster?' vroeg ik. Wat hadden de doden immers aan boeken?

'Mijn eigen vege lijf woog me zwaar genoeg,' zei hij lachend. 'En daarbij draag ik alle kennis die ik opstak met me mee.'

Ik vroeg door, maar hij glimlachte, alsof hij een verborgen kunst beheerste en die niet prijs kon geven. Ik liet het erbij en hij viel in slaap nog voor de glimlach wegstierf van zijn lippen. De volgende ochtend vroeg ik hem er opnieuw naar.

Hij kwam overeind. 'Haal jij eens wat turf,' zei hij. 'Het is koud, voel je dat niet?' Hij nam de kat op schoot en aaide haar.

Ik deed wat hij had gevraagd en we aten samen brood en kaas. Hij zette de kat zachtjes op de grond, warmde zijn kruidenwijn boven het vuurtje op en drapeerde zich weer in zijn zetel.

Toen vertelde hij me over Tullius' *Tweede retorica*.

Het was een van zijn eerste leerboeken geweest, de *Rhetorica ad Herennium* van Marcus Tullius Cicero – al was het waarschijnlijk een onbekende navolger die in dit epistel uiteenzet hoe je feiten die het onthouden waard zijn op plekken neerzet die alleen bestaan in de geest.

Giles haalde het allemaal uit zijn geheugen en achteraf weet ik dat ik een vereenvoudigde versie kreeg, die geschikt was voor mijn kinderverstand. Maar hij legde die avond de grondslag voor mijn latere geestesleven: de opbouw van een systematisch geheugen.

Het zou nog enige tijd duren voor ik het allemaal kon toepassen.

De woorden die ik op mijn dakleitjes schreef, groeiden snel uit tot zinnen en de zinnen tot verhalen. Op een dag liet ik Giles trots mijn eerste boek zien. Ik had de dakleien samengebonden met een stukje touw dat ik door de nagelgaatjes had getrokken. De knoop had me nog de meeste moeite gekost.

'Lees het me voor,' zei hij. 'Mijn ogen hebben meer licht nodig en duidelijker letters.'

Het was een verhaal over een schaap en een kat, dat ik me niet wens te herinneren.

Giles zuchtte van bewondering, maar niet vanwege het verhaal, begreep ik algauw. 'Ik besef opeens,' zei hij, 'dat je geheel zelfstandig het boek hebt uitgevonden. Ik moet je prijzen om je vindingrijkheid. Overigens zijn er handiger manieren om boeken te maken.'

'Vertel het me.'

Giles sloot zijn ogen en ik dacht dat hij sliep. Pas later zou ik begrijpen dat hij zijn herinneringen naliep, op zoek naar boeken en antwoorden. Dat de slaap hem dan tijdens deze bezigheid soms overviel, kon ik hem moeilijk aanrekenen, hij was tenslotte een oude man.

De volgende dag verdween hij een tijdje naar het klooster. Bij terugkomst gooide hij wat platte, stijve stukjes leer op tafel, die bijna doorzichtig waren, en ongelijk van vorm. 'Dat is velijn,' zei hij, 'of perkament. Het is snijafval, dat ik gekregen heb van de rekenmeester. De grootste stukken zijn nog goed bruikbaar om op te schrijven. En hier heb ik pen en inkt.'

De pen bestond uit de schacht van een bijna kale ganzenveer waar alleen aan de top nog een stukje baard was overgelaten. Giles liet me zien hoe je de letters op velijn schreef, maar het ging hem slecht af. Hij gromde, sneed de veer bij, probeerde het nog eens en nu kwamen er duidelijke letters op het stukje vel.

'A-a-n-ser e-rat,' las ik, stotterend van verwondering. '*Anser erat.* Er was eens een gans.'

'Ik zal de hele fabel voor je opschrijven,' zei hij. Hij schreef tot het velletje vol was en liet het me toen voorlezen. Het kostte me geen moeite, Giles schreef met vaste hand en zijn letters waren strak en duidelijk. Wat een verbetering ten opzichte van een leitje met krijtsteen! Het was de fabel van de gans die gouden eieren legde, en ik wilde meer.

'Nu jij,' zei hij en hij gaf me een nieuw stukje velijn. Hij dicteerde en ik schreef. Ik deed mijn uiterste best om mijn letters op die van hem te laten lijken.

'Niet slecht,' zei Giles, 'al heb je nog veel te leren.'

Giles kende alles uit zijn hoofd. Hij sprak, ik schreef en uiteindelijk had ik alle vella gevuld. 'We moeten nieuwe hebben,' zei ik opgewonden, want ik wilde dat er geen einde aan kwam.

'Dat is niet nodig. Je kunt het overlezen en in je geest bewaren. Denk eraan wat ik je onlangs heb verteld.'

Ik wist het nog, Tullius' *Tweede retorica.*

Giles knikte. 'Morgen krab ik de inkt weg en dan mag je het voor me opzeggen. Begin maar.'

Eerder had hij me aan de hand van eenvoudige voorbeelden geleerd hoe je je kennis voor de geest kunt halen en op denkbeeldige plaatsen neerzetten. En nu moest ik het zelf doen. Hij viel al snel in slaap. Ik zat daar met mijn velijn en een fabel en verkende mijn innerlijke wereld.

Toen het haardvuur uitging en Giles niet lang daarna ontwaakte, had ik alles in mijn geest opgeslagen, ik had de letters van het velijn gewist en vroeg om nog een verhaaltje.

'Eerst wil ik horen wat je hebt onthouden van de gans en de gouden eieren.'

Ik sloot mijn ogen en zegde de hele fabel op.

'Je hebt het goed gedaan,' zei hij. 'Hoe heb je het uitgebeeld?'

Ik had de stal genomen. De gans zelf had ik in een trog geplaatst waaruit de geiten aten. Ik liet haar op één ei zitten, want daarover ging de volgende regel. De natuur had haar zo gemaakt dat ze maar één ei per keer kon leggen. De eigenaar, dat was Giles, plaatste ik bij de gans, verstard in een houding die ongeduld moest uitdrukken, een mes in zijn hand. Ik had een extra schot geplaatst en daarachter lag, in de geitendrinkbak, een opengesneden gans. De eigenaar stond ernaast en hief in wanhoop zijn handen. Ik hoefde nog geen gedetailleerde beelden te maken voor de afzonderlijke zinnen en woorden, mijn geheugen moet van nature al goed zijn geweest. Ik hield zelfs wat plekken in reserve, die ik in mijn geest droeg maar nog niet had ingevuld: een gereedschapsrek, een hooizoldertje, een haverkist.

'Dat is niet slecht gedaan,' zei hij. 'En waar plaats je de volgende fabel, over de hond en de leeuw?'

'In de schapenstal?' Ik kende geen andere plekken dan Giles' huisje met de aanbouwsels en de hof. 'Een hof met een muur eromheen?' En ik zag nog een probleem opdoemen: 'Hond en leeuw, hoe zien die eruit?'

Giles zuchtte. 'Dat is waar ook,' zei hij. 'Je weet nog niets van de wereld.'

De weg naar Konstanz II

—

Reisdoel

Dagen achtereen liep onze weg min of meer evenwijdig met de stranden waar kleine golven lauw over het strand rolden en zich onwillig weer terugtrokken naar de ondiepe wateren. Het was zo helder dat je duidelijk wieren en zandribben kon onderscheiden en af en toe de snelle schimmen van vissen. Maar het diepe blauw verderop bracht me niet de vredige gedachten die het bij anderen oproept. Hoeveel verschrikkingen konden die duistere diepten herbergen? Ik rilde bij de herinnering aan mijn recente zeereis en hield als altijd mijn ogen gericht op de weg. De oude man en zijn dochter gingen me voor en zo kon ik me overgeven aan mijn innerlijke wandeling, die zoveel meer opleverde dan de steeneiken, wijnstokken en olijfboomgaarden, dan de brem langs de weg, die trilde in de kille bries.

Aanvankelijk vreesde ik dat mijn tempo wat te hoog lag voor mijn reisgezellen, want hoewel ik geen haast had, hield ik van een stevige pas. Ik hoefde me echter geen moment in te houden en niets wees erop dat zij zich meer inspanden dan ze gewend waren.

Af en toe vertelde Lorea haar vader wat ze onderweg zag. 'Kijk, die olijfboom moet er al gestaan hebben voor de kruisiging.' En later beschreef ze een berg die opdoemde in het noordwesten. Hij droeg een sneeuwkap en moest nog dagreizen verwijderd zijn.

'Dat is de berg Amaro,' zei Maelgys, 'die zullen we van op grote afstand passeren.'

Zijn woorden haalden me uit mijn concentratie en ik vroeg: 'Heb je hier eerder gelopen?'

'Vijfendertig jaar geleden,' zei hij, 'alleen ging ik toen in tegengestelde richting.'

'En je ziet het nog voor je.' Ik was onder de indruk, blindheid en ouderdom hadden de weg niet uit zijn herinnering kunnen vagen. Ik wijdde me weer aan die andere weg.

Wij spraken weinig in de ochtenden, zoals gebruikelijk op reis, want een wandelaar moet zijn adem sparen. Voor een echt gesprek hadden we pas tijd als we een luwe plek opzochten om het middagmaal te gebruiken. Toch lukte het me niet zomaar om de draad van onze vriendschap weer op te pakken. Daaraan was destijds door de omstandigheden abrupt een einde gekomen. En waren we niet al te zeer veranderd?

'Vertel me over Konstanz,' zei ik tijdens een van die eerste rustpozen. 'Wat gaan jullie daar doen? En hoe ver is het eigenlijk?'

'Aan het begin van de lente zullen we er zijn,' zei Lorea. Ze wakkerde een vuurtje aan om koeken te bakken van tarwe en van de eikels die ze op de rustplekken verzamelde.

Haar vader ging op zijn mantel liggen. Hij trok zijn benen een voor een op en strekte ze weer. 'We gaan het concilie bezoeken,' zei hij, hijgend van inspanning. 'Vorig jaar heeft de koning van het Heilige Roomse Rijk, samen met paus Johannes een algemene kerkvergadering bijeengeroepen om een einde te maken aan een paar grote misstanden.'

'Alle hoge kerkfunctionarissen zijn daar,' zei Lorea. 'Mijn vader kreeg in het najaar het verzoek om de koning en de kerkgeleerden van advies te dienen.' Ze gaf me een vijzel en stamper en ze zette een houten schaaltje naast me neer om het eikelmeel in op te vangen.

'Over welke misstanden gaat het concilie?' vroeg ik, terwijl ik begon te stampen en te wrijven.

'Je bent lang weg geweest,' constateerde de oude man. 'Ver weg, zo te horen. Het gaat op de eerste plaats om de pausen.'

'Pausen?' vroeg ik.

Lorea lachte. 'Eerst waren het er twee, nu schijnen er al drie te zijn.'

De oude man keek haar quasibestraffend aan en zei toen: 'Het is een ernstige zaak. Overigens begon dit al vele jaren geleden. Je hebt toch wel van het Grote Schisma van het Westen gehoord?'

Ik wist het weer.

2

Verkenningen

Die geheugenkunst gaat ook jou aan, mijn vriend, want een gekerkerde met een innerlijke wereld is vrij in de geest. Giles' geschenk aan mij behelsde niet de hele retorica van Cicero (of van zijn naamloze pseudogestalte) maar het gedeelte dat de memoria behandelt, het geheugen.

Het was een oude kunst. Je haalt je een plek voor de geest, bijvoorbeeld een huis, waarin je kamers, kelders, nissen en muren kunt gebruiken om de zaken te plaatsen die je wilt onthouden. Je probeert die zaken in een treffend beeld te vangen, een beeld dat door zijn schoonheid, door de ontroering die het opwekt, of juist door groteske absurditeit – gedachten zijn immers vrij – eenvoudig oproepbaar is in het geheugen. Wij herinneren ons na jaren vooral nog wat indruk maakte, terwijl de banale beeldenstroom van alledag in de herinnering snel vervaagt.

Mijn eerste uitstapje voerde naar het bakhuis. We staken het grasveld over, liepen langs de buitenmuur en gingen door de poortjes van de dwarsmuren die een moestuin, een kruidentuin en een boomgaard van elkaar scheidden. Ik wilde overal stilstaan, maar Giles maande me om door te lopen. 'Dat komt wel een keer, je kunt ook zelf rondkijken in de tuinen, als je maar nergens aankomt. Ik zal je eerst laten kennismaken met een vriend, die hier een belangrijke rol heeft.'

Bij een klein gebouw hield hij de deur voor me open. Ik deinsde even terug voor de hitte die van een grote gemetselde oven af kwam. Bij een tafel stond een oude man, gekleed in een lendendoek, een grote witte massa te kneden. Het zweet liep van zijn gezicht en zijn glimmende lichaam en toen hij, kennelijk geschrokken, opkeek, vlogen de druppels uit zijn baard en lange hoofdharen. Zijn gezicht klaarde op bij het zien van Giles. Hij riep een vrolijke groet en richtte zich weer op zijn werk.

'Dit is Walter,' zei Giles, 'en daar, op de binnenplaats, koelt het gebakken brood af.'

'Waar kom jij dan vandaan?' vroeg de bakker aan mij.

'Isidoor woont al jaren bij mij,' zei Giles. 'Je was erbij toen hij hier kwam.' Giles, wist ik toen al, kon zich ieder tafereel uit zijn verleden voor de geest halen en hij zag nog alle afzonderlijke monniken van het groepje dat zich die eerste dag boog over het kind dat hij had gevonden.

'De vondeling!' riep Walter verbaasd. 'Dat is lang geleden!'

'Ik laat hem het klooster zien,' zei Giles. 'Kom mee, Iss, dan gaan we verder.'

'Ik wil kijken hoe hij bakt,' zei ik. Het brood geurde veelbelovend.

'Een andere keer,' zei Giles. 'Dit is maar één gebouw. Ik zal je meenemen naar de kerk. Van daaruit kunnen we het klooster bezoeken, maar ik weet niet zeker of vandaag de goede dag is.'

De bakker sloeg zijn deeg met een harde klap op het tafelblad, reikte naar een plank en nam er een broodje af. 'Neem dit maar mee,' zei hij. 'En kom terug als je wilt, dan leer ik je bakken.'

Ik volgde Giles en nam een hap van mijn broodje. Zelfs de geuren in de bakkerij hadden me niet kunnen voorbereiden op de zoete smaak. Ik hield even mijn pas in om te genieten, maar Giles riep ongeduldig dat ik moest meekomen.

Wij betraden de kerk via de zijbeuk. Zo warm als het in de bakkerij was geweest, zo kil kwam Gods huis me voor, maar ik vergat de kou al snel en wankelde de ruimte in, duizelend van de grootsheid, van het binnenvallend licht in het middenschip, van de duistere hoeken en crypten. Ik weet niet meer of ik mensen hoorde zingen of dat ik, opgeheven en sprakeloos in mijn ontzag, de harmonie der sferen kon waarnemen. Ik volgde Giles naar het middenpad en halverwege bleven we staan om alles in ons op te nemen. Ik kende de ramen van de buitenkant, want de kerk torende boven alles uit, maar ik was niet voorbereid op het spectaculaire kleurenspel van het binnenvallende licht.

'Kom, dan lopen we verder,' zei Giles.

Ik wilde hier blijven staan, desnoods de hele dag. Giles pakte mijn hand en trok me mee. Hij bleef staan bij een kruisbeeld waaraan een bloedende man hing, die met grote nagels door zijn handen aan de dwarsbalk was vastgespijkerd. Ik had vaker kruisen gezien, maar nog niet zo levensecht en gruwelijk, en met dit slachtoffer. 'Wie is die man?' vroeg ik.

'Dat is Jezus Christus, de levende God.' Ik keek verbaasd op naar Giles, ik hoorde bitterheid in zijn stem. 'We gaan,' zei hij en hij trok me mee.

'Nu ken je andere plekken dan mijn huisje,' zei Giles toen we buiten waren. 'Later zullen we de afzonderlijke kapellen bekijken en de nissen met beelden, we zullen de crypten verkennen en als we de kerk hebben gehad, laat ik je het klooster zien. Maar ik ken zelf nog niet eens de helft van het complex; grote gedeelten zijn ook al lang verlaten en in verval. Ik zal je laten zien hoe je alles kunt gebruiken om je geheugen te vormen.'

Ik stemde in, enthousiast in de ware zin van het woord, maar ik had het begrepen. Ik begreep al beter hoe het werkte dan Giles ooit zou doen.

Giles waarschuwde me regelmatig dat ik niet te veel mocht opvallen. 'Je bent klein van stuk en ze zien je snel over het hoofd. Dat is goed. Als je mensen in de weg loopt, zullen ze van alles van je willen.' Hij was zelf een meester geworden in het ontlopen van werkzaamheden. Afgezien natuurlijk van die ene grote taak die hij op zich had genomen.

Op een winternacht nam hij me mee naar de hof, waar we in dekens gehuld op een bankje keken naar de fonkelende sterren in de hemelkoepel. Giles kende veel van de namen en hij wees me de sterrenbeelden aan. Ik zei alles na om het later te kunnen schikken en op te bergen, maar toen hij merkte wat ik deed, zei hij: 'De sterrenhemel wentelt om ons heen en is afhankelijk van je standpunt op aarde. Zoals je de hemel nu ziet, zal ze pas over een jaar weer zijn.'

De implicaties van zijn woorden deden me duizelen. 'Dus het heeft geen zin het te onthouden?'

Hij zweeg een tijdje en leek met zijn vingers de onderlinge afstanden van de hemelobjecten te meten. Toen zei hij: 'Het is minder moeilijk dan het lijkt. De verschuiving is regelmatig en als je enkele configuraties kent, met bijvoorbeeld een maand of kwartaal ertussen, kun je de tussenliggende fasen eenvoudig afleiden. Een geoefend man zou tot op een week nauwkeurig kunnen zeggen wat de datum is. Vooropgesteld dat hij geen lange reizen maakt. Je zult ook bij bewolkt weer weten wat er achter de wolken zichtbaar is.'

'En als je wel gaat reizen?' vroeg ik.

'Dan kun je uit de stand van de sterren min of meer opmaken waar je bent en...'

'Als je helemaal naar het einde van de aarde reist,' onderbrak ik hem enthousiast, 'dan gaan de sterren vertekenen!'

Hij schudde glimlachend zijn hoofd. 'Je vergist je,' zei hij. 'Je ziet nog altijd dezelfde constellatie, maar vanuit een ander gezichtspunt.'

'Hoe kan dat?' vroeg ik. 'Als de hemelkoepel...'

'Had ik je al verteld dat de meeste geleerden ervan uitgaan dat de aarde rond is?'

Ik luisterde naar zijn uitleg en onthield de namen die hij noemde om ze later zelf te onderzoeken. Eratosthenes, Ptolemaeus, Augustinus, Beda Venerabilis. Mijn naamgever Isidorus van Sevilla zat er ook tussen. 'De geleerden gaan uit van berekeningen en waarneming,' zei Giles. 'En de enkelingen die op theologische gronden veronderstellen dat de aarde plat is, hebben ongelijk.'

Toen hij was uitgesproken, zei ik: 'Misschien kan ik het op een dag aantonen door ofwel tot het einde van de aarde, ofwel helemaal rondom te lopen.'

Giles knikte bedachtzaam. 'Dat is een goed idee,' zei hij. 'Dat is een heel goed idee.'

We zwegen verder en ik tuurde naar de sterren tot de zwarte diepten van het heelal me leken op te zuigen, zodat ik, tussen al die andere sterren, er een was.

Elke dag schreef ik op wat Giles me dicteerde. Ik leerde het vanbuiten en hoewel hij mij nog niet klaar achtte voor de echte kennis, en het voorlopig hield bij fabels en verhalen, zette hij terloops al de lijnen uit voor wat in mijn jonge ogen de grondslagen waren van alle kennis.

'Ik heb nu spijt dat ik geen boeken heb meegenomen van mijn oude klooster,' zei hij eens mistroostig. 'Daar was ik bibliothecaris, we hadden bijna tweehonderd boeken.'

Hij vertelde dat in ons eigen Bellalanda elke monnik jaarlijks een boek kreeg uitgereikt, dat hij dan het hele jaar door moest bestuderen en zo mogelijk vanbuiten leren. 'Meer dan twaalf, dertien boeken zijn hier niet in omloop,' zei hij. 'En ik neem aan dat dit niet de interessantste zijn.'

'Kreeg jij er dan geen uitgereikt?' vroeg ik.

Het was avond. Ik had net mijn fabel voor die dag opgezegd en als de kaarsen niet op waren geweest, had ik hem gevraagd om alvast iets nieuws te dicteren.

'Ik heb er ooit één gekregen,' zei hij. 'Dat was in mijn eerste maand hier, tientallen jaren geleden. Maar omdat ik niet aanwezig ben bij de vergaderingen en bijeenkomsten, heeft men er nooit aan gedacht om het terug te vragen en te vervangen. Ik heb zelf geen belangstelling voor nieuwe boeken. Ik weet wat er in het klooster circuleert: kerkvaders, theologische traktaten, niets van belang. Het boek dat ik in bewaring kreeg, kende ik al, ik draag het in me. Het is een werk van groot belang, al heeft het voor onze tijd geen praktische waarde.'

'Hoe heet het?'

'Vitruvius, de tien boeken over bouwkunde,' zei Giles. 'Hier valt niets te bouwen, en overal staan huizen, hoeven en kloosters te verkruimelen omdat ze onbewoond zijn en niemand de moeite neemt om ze te onderhouden.'

Ik was niet overtuigd. Ik wilde een boek hebben, welk dan ook. 'Waar ligt het?' vroeg ik en ik probeerde niet al te gretig te klinken.

Giles zweeg even, toen zei hij, enigszins verlegen. 'Ik heb het ergens neergelegd, maar ik weet niet meer waar.'

'Je kent het hele boek vanbuiten, maar herinnert je niet waar je het hebt gelaten?'

Dagenlang zocht ik, ik keerde alles in het huisje om, maar het boek was nergens te vinden. Ik begon te vermoeden dat Giles het in een dronken bui had opgestookt in de haard, in de veronderstelling dat het een plak turf was.

Na ons nachtelijk verblijf in de hof broedde ik op een nieuwe nachtwandeling, maar dan zonder Giles. Hij liet me nog altijd nieuwe gedeelten van het klooster zien, op tijden dat de monniken elders waren. Ik ging ook steeds vaker alleen en probeerde me alles in te prenten, zodat ik iedere ruimte of crypte, iedere zuil en nis, balk en boog die ik bezocht kon dromen. Maar het dak bleef een raadsel en in mijn verbeelding liep ik daar in de hoogte, tussen aarde en sterren en kon ik het hele klooster met kerk en al met mijn blik omvatten. Ik besloot om, zodra de weersomstandigheden het toelieten, op het dak te klimmen. En hoe goed zou de nachthemel zich vandaar laten bestuderen!

Op een mooie lenteavond, toen Giles' gesnurk aankondigde dat hij al aan zijn nachtslaap was begonnen, deed ik mijn sandalen aan, bond een opgerold dekentje op mijn rug en sloop zo door de hof naar de binnenmuur, steels als de wolken die voor de maan langstrokken. Omdat de poortjes gesloten waren, klom ik op de muur, wat me weinig moeite kostte, maar in plaats van erover te gaan, liep ik, me met gespreide armen in evenwicht houdend, naar de vleugel van de lekenbroeders. Het metselwerk was daar zo afgebrokkeld dat ik me er eenvoudig aan kon optrekken. Ik beproefde de windveer, die sterk genoeg leek, zodat ik mezelf op het dak kon hijsen.

Ik wachtte tot er een wolk voor de maan schoof, want als iemand me zou zien, hoe onwaarschijnlijk ook, was het meteen uit met mijn verkenningen. Het schuine dak liet zich moeilijk belopen, dus ik klauterde snel naar de nok, die tot mijn vreugde veel breder was dan de muur waar ik zojuist op had gelopen. Het moeilijkste moest nog komen. Aan het einde van dit lange dak sloot het gebouw aan op de kerk, waar op dit niveau geen beloopbare nok meer was, alleen het schuin aflopende dak van een zijbeuk, waar ik misschien een dakgoot kon bewandelen. Het veel hogere kerkdak leek me onbereikbaar toe.

En terwijl ik daar nog mijn nieuwe, hoge wereld in me op zat te nemen, viel me een donkere schaduw op achter de laatste van de schoorstenen op de binnenste dakhelft van deze vleugel. De schaduw paste niet bij de strakke vormen en ik kreeg het opeens heel koud. Het kon alleen maar een levend wezen zijn. Ik tuurde, en verbeeldde ik het me nu of begon het te bewegen? Een grote vogel? Een demon? De schaduw maakte zich los van de schoorsteen en klom razendsnel naar de nok. Daar kwam hij voorzichtig overeind. Het was een monnik, hij stak zijn hand naar me op. Daarna liep hij nonchalant naar me toe en hurkte bij me neer. Een jongen was het nog. Hij lachte naar me en zei: 'Wie ben jij dan? Kom je hier het klooster beroven? Dan zijn er eenvoudiger toegangswegen.'

'Wie ben jij?' kaatste ik terug, want ik zag dat ik hem niet hoefde te vrezen.

'Ik ben Osbert.' Hij zette zich tegenover me, net als ik in kleermakerszit. 'Ik ben de calefactor.'

Ik wist dat er een calefactorium bestond en was al eens langs die stookruimte gekomen, maar had nooit aangedurfd om naar binnen te gaan. Ik vertelde hem wie ik was en bij wie ik woonde.

'Ah, de jongen van de poortwachter,' zei hij. 'Ik wist dat hij een klein kind verzorgde, maar het verbaast me om dat kind nu op het dak aan te treffen. Weet je wel wat de abt met je doet als hij dit zou weten?'

'Ik ben geen klein kind,' zei ik, 'en wat doet de calefactor op het dak? De nacht verwarmen?'

Hij lachte. 'Je bent alleen maar klein van stuk, hè? Ik denk niet dat wij veel jaren schelen. En je hebt gelijk, ik zit hier graag op mooie nachten, hoog boven de wereld verheven.'

'Ik wilde het dak bestuderen, de schoorstenen, de goten, alles,' zei ik. 'Ik hou van bouwwerken.'

'Nu, dan tref je het.' Hij sprong overeind en reikte me de hand. 'Ik zal je rondleiden,' zei hij. 'We kunnen helemaal rondom. Maar zorg dat je zachtjes doet, want sommigen van die monniken horen scherp en voetstappen op daken en in dakgoten kunnen grote onrust veroorzaken.'

Hij ging me voor naar het andere uiteinde. Het bleek minder eenvoudig dan ik dacht om op het schuine dak van de zijbeuk te komen. Osbert haalde een touw tevoorschijn dat hij daar had verborgen en waarmee we ons konden laten zakken naar de dakgoot. 'Springen kan ook,' fluisterde hij, 'maar misschien zit er nog iemand in de kerk, en in de nachtelijke stilte horen ze je zeker. We zitten hier vlak boven de nachttrap die de lekenbroeders namen als ze naar de kerk gingen.'

'Hoe gaan ze nu dan?'

Hij schoot in de lach en sloeg een hand voor zijn mond. 'Het hele gebouw is verlaten, er zijn al lang geen lekenbroeders meer!'

We slopen door de brede dakgoot, die zelfs niet piepte of kraakte. Aan mijn rechterhand zag ik over het dak van de kruisgang de bomen van de binnenplaats, die nog maar net begonnen uit te botten.

Opeens een overweldigende stank. 'Wat ruik ik toch?' vroeg ik.

'Een dode duif.' Osbert wees. 'Struikel er niet over. Ik denk dat de kat hem heeft gegrepen.' Hij lachte. 'Dat moet al een paar dagen geleden zijn. Kijk, hij zit al vol maden. Zo vergaat het alle vlees.' Hij pakte een van de kromme vogelpootjes en hield de duif voor me op. Ik stapte terug en kokhalsde bij het zien van de wriemelende kluwen.

Osbert gooide het kadaver met een boog over het kruisgangdak in de kloosterhof. 'Voor de eerlijke vinder.'

We sloegen een hoek om, namen een dak parallel aan dat van de noordelijke kruisgang. 'Hieronder is de bibliotheek,' zei Osbert, 'al mag het die naam niet hebben.'

'Bibliotheek?' Het woord bonsde in mijn borst.

'Wat misboeken, getijdenboeken, niets interessants. En nu lopen we boven de kapittelzaal, ken je die al?'

'Ik geloof dat ik nog niet zoveel weet van het klooster,' zei ik bedeesd.

'Dat komt wel,' zei Osbert. 'Kijk, hieronder is het parlatorium, daar mogen de monniken met elkaar praten. En hiernaast kunnen we naar beneden.' Hij opende een luik en fluisterde: 'Wacht.'

Toen alles stil bleef, klommen we door het luik en gingen we een trap af. Osbert opende een deur en een golf warmte sloeg ons tegemoet. 'Dit is het calefactorium,' zei hij, 'mijn domein. Ik stook al zeker twee dagen niet meer, maar het blijft warm. Als het weer zo blijft, krijg ik een rustig voorjaar.'

'Slaap je hier ook?' vroeg ik.

'Ben je gek?' Hij lachte. 'Ik zou sterven van de hitte. Nee, ik slaap in een hokje bij de vleeskeuken.'

Ik volgde hem door een laag deurtje naar buiten. De vleeskeuken was vlakbij. Osbert liet me zijn kamertje zien, waar allemaal grote bouten aan de zoldering hingen. 'Eigenlijk is dit de plek waar de hammen drogen,' zei hij, 'en dat heeft voordelen.' Hij pakte een mes, sneed een paar stukken ham af en gaf mij ook een stuk. 'Op een dag kan ik geen ham meer zien, denk ik,' ging hij verder, 'maar die dag is nog ver.' Hij tastte achter zijn strozak en toverde een kruikje tevoorschijn. 'Neem een slok wijn,' zei hij. 'Dan breng ik je daarna naar huis.'

Een grote rode kater sloop naar binnen en begon hem kopjes te geven. Hij gooide hem een stukje ham toe. 'Niet te veel,' zei hij, 'jij moet ratten vangen.'

Even later liepen we door een van de ommuurde hofjes. 'Krijg je geen gezeur van Giles als je er 's nachts tussenuit gaat?' vroeg hij.

'Die slaapt allang,' zei ik, 'en mijn plaats is in de geitenstal.'

Hij lachte. 'Ha, met de geiten in het stro?'

'Ik slaap in een haverkist,' zei ik een beetje beschaamd.

'In een haverkist!' Even vergat hij dat hij stil moest zijn. 'Pas je daar nog in?'

'Je zei het zelf,' zei ik, 'ik ben niet groot. Maar die kist wordt evengoed te klein, ik kan me al niet meer uitstrekken.'

'Dan ga je toch in het stro? Ik zou het wel weten.' Hij dook onder een poortje door en we waren in de hof bij het poorthuis. Opeens begonnen de ganzen wild te snateren. Osbert gaf me een klap op mijn schouder, zwaaide en maakte dat hij wegkwam. Ik ging naar binnen in het huisje, waar het gesnurk van Giles de ganzen overstemde. In de stal sliep alle have. Ik kroop in mijn kist, die echt steeds krapper werd en waar het stro nodig eens vervangen moest worden. Omdat ik de slaap nog niet kon vatten, besloot ik een nieuw bed te maken.

Ik klom uit de kist en haalde een olielamp uit de kamer om mezelf bij te schijnen. Ik begon armen vol stro in een hoekje van de stal tot een matras te schikken. Later zou ik wel vragen of er nog ergens een strozak te krijgen was. Ik nam de dekens uit de kist en gooide het oude stro eruit. Daar stuitte ik op nog meer oude dekens, die dicht opeengeperst onderin zaten. Ik trok ze weg, en aan het hoofdeinde, waar ik altijd een kleine verhoging had gehad, vond ik een omwikkeld pakketje. Ik sloeg het doek open. In het licht van de olielamp en de eerste lichtbundels van de morgen die door kieren in het dak vielen, zag ik dat het een boek was.

De weg naar Konstanz III
–
Het vervloekte schisma

Natuurlijk had ik van het schisma gehoord.

Aan de kerk als instelling en aan haar geschiedenis hechtte ik te weinig waarde om er geheugenplekken voor in te richten, al raak ik nooit uitgekeken op de bouwwerken met hun complexe schoonheid. In mijn systeem trok ik meer dan één kathedraal op, maar voor de recente kerkhistorie had ik geen plaats ingeruimd. Evengoed blijft het natuurlijk geheugen aanwezig als een geroezemoes op de achtergrond, dus toen de oude Maelgys begon over het Grote Schisma van het Westen, kwamen gedurende onze wandeling van die dag langzamerhand de flarden bovendrijven die ik in de loop van de jaren in kloosters, langs de wegen en in taveernen had opgepikt.

Misschien ken jij deze geschiedenis wel beter dan ik, mijn vriend, maar zolang je blijft zwijgen, zal ik daar niet achter komen.

Het moet een paar jaar voor mijn geboorte zijn geweest, dat de toenmalige paus Gregorius terugkeerde naar Rome. De Heilige Stoel stond toen al bijna zeventig jaar in Avignon en zeven pausen hadden elkaar daar opgevolgd. Nog geen twee jaar later stierf Gregorius en de verkiezing van een nieuwe paus, Urbanus VI, leidde tot grote ongeregeldheden in de Eeuwige Stad. Een gedeelte van het College van Kardinalen zocht een toevluchtsoord in de stad Fondi, van waaruit ze een tegenpaus kozen: Clemens VII, die zich weer vestigde in Avignon.

Clemens kon rekenen op de steun van de Franse koning en van de koninkrijken Napels, Aragon en Schotland. De landen die zich achter de paus in Rome schaarden waren het Heilige Roomse Rijk, Engeland en Vlaanderen.

Er volgde een periode van wederzijdse excommunicaties en een strijd die zich uitbreidde naar de kloosters, kathedraalscholen en universiteiten, en die in mijn jonge jaren tot verwoede discussies leidde, waaraan ik niet deelnam, omdat het mij niet aanging, maar waar ik tegelijkertijd enig plezier aan beleefde, want ik kon de absurde en komische kanten van het conflict wel appreciëren. Voor de meeste mensen was het duidelijk: alle rampen die de wereld de afgelopen halve eeuw hadden geteisterd, de Zwarte Dood als eerste, konden worden herleid tot de rampzalige kerkscheuring en de corruptie en morele verloedering die er het gevolg van waren.

'Ik ben te lang weg geweest,' zei ik, 'is de strijd na al die jaren nog niet beslist?'

'Weet je nog wanneer je naar het Oosten ging?' vroeg Maelgys.

'Natuurlijk,' zei ik, 'ik vertrok in 1398 uit Bologna en ging via Morea naar Adrianopel. In de lente van 1401 ontmoetten wij elkaar in het keizerrijk van Trebizonde.'

'Ze hebben sindsdien verscheidene pogingen gedaan,' zei Maelgys, 'zoals enkele jaren geleden, tijdens het Concilie van Pisa. Beide toenmalige pausen werden toen afgezet en het concilie benoemde een nieuwe paus, Alexander v. De afgezette pausen wezen de beslissing af en toen waren het er drie.'

Ik schoot in de lach. Ondertussen rommelde mijn maag bij de geuren die opstaken van de koeken op het vuur. 'Goed dan, drie pausen,' zei ik, 'en ieder met zijn eigen aanhang. Ik begrijp het probleem.'

'Inmiddels is die derde paus dood,' zei Lorea. 'Zijn opvolger, Johannes XXIII, zetelt in Bologna.'

'Dus het concilie in Konstanz zal nu bepalen wie de echte paus is,' stelde ik vast.

De oude knikte. 'Dat is juist. En naast de pauselijke kwestie spelen er nog andere zaken. Zoals de vraag: wie heeft nu het opperste gezag in de kerk, het concilie of de pauselijke curie? De grote vergadering van Konstanz begon de afgelopen herfst en is dus al een paar maanden aan de gang. Ik weet niet hoe de situatie nu is, maar ik neem aan dat ze niet snel tot een oplossing zullen komen.'

'Vergeet de ketterijen niet, vader,' zei Lorea terwijl ze de koeken nog eens keerde.

'Ketterijen!' riep Maelgys. 'Wat heb ik een hekel aan dat woord. Daar zullen we het later over hebben. Laten we nu eten en rusten, want we hebben nog mijlen af te leggen voor de zon ondergaat.'

3

Ik vind een schat

Ik kan niet vertellen hoe gelukkig ik was met de Vitruvius, mijn vriend. Ben je geletterd? Misschien kun je het je dan voorstellen. Hoe dan ook, die eerste ochtend vergat ik te slapen; ik sloeg uiterst voorzichtig de bladen om en bewonderde de strakke regels, de kleurige bladspiegels, de tekeningen en diagrammen. Dat het boek geleden had, en nogal stonk na jarenlang gebruik als hoofdkussen, viel mij niet meteen op. Dit was mijn eerste boek en het duurde tot de avond voor ik er zelfs maar toe kwam om werkelijk te lezen.

En hoe jong ik ook was, hoe gebrekkig ook mijn vocabulaire en hoe weinig ik er in die dagen nog van begreep, ik besefte dat dit boek over zoveel meer ging dan bouwkunde. Overal vond ik woorden die ik, zelfs zonder de betekenis te kennen, op mijn tong proefde. Kariatiden, Lakedaimoniërs... Ik leerde over hydraulische uurwerken, klankvaten en waterorgels, over krijgsmachines en de verschillende soorten tempels. Ik stuitte op aanzetten tot verhalen, die in mijn verbeelding uitwaaierden tot epische proporties, ik vond verwijzingen naar andere werken, naar goden en historische figuren van wie ik vermoedde dat ik ze ooit in andere boeken zou tegenkomen, en in mijn borst ontbrandde een hartstochtelijk verlangen naar die boeken.

Vitruvius was mijn tweede grondslag, ik besloot het van kaft tot kaft uit mijn hoofd te leren. Het onbegrijpelijke zou zich vanzelf laten verklaren naarmate ik ouder werd en de wereld beter leerde kennen. Iedere dag nam ik een aantal regels over op mijn stukjes vellum. Dan sloot ik mijn ogen en verplaatste alles langzaam naar de locaties die ik kende. Als dat gebeurd was, krabde ik het vellum schoon, zodat ik het opnieuw kon beschrijven.

In de lente en zomer, toen het veel regende en de hele hof in een zompige trog veranderde, bouwde ik alle tempels na die Vitruvius beschreef, met stokken als zuilen, leistenen voor de daken en modder voor de muren. En ieder van die bouwwerkjes veranderde in mijn geest in een echte tempel.

Ik las en memoriseerde mijn vella bij Osbert in het hokje bij de vleeskeuken en toen het weer winter werd, las en leerde ik in het calefactorium. Osbert verklaarde me voor gek, maar hij luisterde altijd als ik mijn teksten uit het hoofd voordroeg en klapte als ik het goed had gedaan. Naarmate ik vorderde en het einde in zicht kwam van de opdracht die ik mezelf gegeven had, begon ik me af te vragen waar ik straks een tweede, en daarna weer een derde boek vandaan moest halen.

Hoewel ik me altijd hield aan Giles' advies om onzichtbaar te blijven voor de gewone kloosterlingen, ging het op een dag mis. Sinds ik Walter de bakker had ontmoet, liep ik regelmatig bij hem binnen en dan gooide hij me al van verre een broodje toe. Bij Giles was de kost schraal; ik was vel over been en die verse broodjes smaakten goed.

Die dag echter vond ik niemand bij de oven. Van de binnenplaats kwamen boze stemmen en het leek mij raadzaam om me daar ver van te houden.

Tevergeefs zocht ik het vertrek af naar broodjes, al vertelde mijn neus me dat ze niet ver konden zijn. Op tafel lag een grote bleke wrong deeg, maar toen ik er een stukje van afkneep en in mijn mond stak, viel de smaak tegen. Aangezien het zich goed liet vormen, besloot ik er wat van te nemen om mee te spelen. Ik bedacht dat je met dit deeg gebouwtjes kon maken en dierfiguurtjes. Het was veel geschikter dan modder. Misschien kon je er zelfs letters in kerven, die dan bij het bakken bewaard bleven. Een nieuw schrijfmedium was altijd welkom.

Ondertussen ging het twistgesprek op de binnenplaats door. Ik luisterde maar half, en begreep dat Walter op zijn donder kreeg. De mannen liepen de bakkerij in en toen ging het opeens over mij.

'Wat doet dat kind hier?' vroeg de stem, waarvan ik wist dat hij niet aan de bakker toebehoorde.

'Dat is de jongen die bij Giles woont, abt,' zei Walter. En tegen mij: 'Zit jij ons brood te verpesten?' Hij wilde de deegwrong opnemen om die opnieuw te kneden, maar de abt hield hem tegen.

'Is die vondeling hier nu nog steeds?' vroeg hij. 'Die lijkt mij onderhand wel groot genoeg voor de turfontginning. Het is allemaal verspilling van goed voedsel.' Hij bekeek het deeg.

'Wat is dat?' vroeg hij streng.

Ik wilde de keuken uit rennen, maar hij greep me in mijn nek en duwde me naar de tafel.

'Een schaap,' zei ik. Dat was toch duidelijk genoeg?

'Dat bedoel ik niet.' zei hij. Hij wees op de letters die ik in het deeg had gedrukt. 'Hoc est ovis.'

'Dat betekent dat het een schaap is,' zei ik bedeesd.

'Ik weet wat het betekent. Wie heeft jou leren schrijven?'

'En Latijn nog wel,' zei Walter verbaasd.

De abt liep naar de deur en riep: 'Osbert!'

De aangesprokene kwam aangerend. Hij zag mij en gaf me een knipoog.

'Haal Giles!' zei de abt.

Terwijl wij wachtten, kneedde Walter het deeg. Hij nam stukken van de grote massa af, draaide die tot ronde ballen en sloeg ze daarna plat op zijn blote heupen. 'Ik zal jouw schaap voor je bakken,' zei hij.

De abt gromde wat, maar hij verbood het niet.

Giles kwam binnen, hij bleef in de deuropening staan.

'Hoe zit het met die jongen?' vroeg de abt. 'Ik zie dat hij schrijft, en in het Latijn nog wel.' Hij wees naar het broodje.

'Ik moest hem toch opvoeden?' Giles deed een stap naar de tafel. 'Heeft hij dat geschreven?' Hij legde zijn hand op mijn hoofd. 'Goed gedaan, jongen!'

Ik keek hem verbaasd aan, hij wist toch wel dat ik veel meer kon dan deze eenvoudige woorden? Later begreep ik dat hij me jonger wilde doen lijken dan ik was. Mijn kleine gestalte kwam hem daarbij goed van pas.

'Hij hoefde niet te leren schrijven, ezel,' zei de abt. 'We hadden hem kunnen inzetten bij de landontginning en bij het turfsteken. Wat hebben we aan een turfjongen die kan lezen?'

'Kan hij het afleren?' vroeg de poortwachter.

De abt gunde hem een giftige blik. 'Voor arbeid is hij nu verpest.

Er zit niets anders op dan hem tot klerk op te leiden. Misschien kan hij te zijner tijd onze gelederen versterken. Achterlijk is hij niet, dat is duidelijk.'

Voorlopig moest de oude poortwachter maar voortgaan op dezelfde weg en mij voorzien van eenvoudige boeken, waarmee ik mijn leesvaardigheid kon vergroten.

'Er is één probleem, abt,' zei Giles. 'We hebben geen bibliotheek.'

Abt Robert bleef staan. 'Dat hebben we wel,' zei hij, 'zij het heel beperkt. We hebben minder boeken dan broeders.'

'Dat zijn missalen, liturgische werken,' zei Giles. 'Een kind kan niet leren lezen van kerkvaders en getijdenboeken.'

'Waarom niet?' vroeg de abt verstoord.

'Mag ik iets zeggen,' bracht Walter ertussen, 'u bent hier pas vijftien jaar, vader-abt, maar ooit hadden we hier een kloosterschool en een grote bibliotheek. Lang geleden, voordat de pest onze gemeenschap decimeerde.'

'Weet je dat zeker?' De abt leek geërgerd dat hij dat niet wist. 'En waar mag die bibliotheek dan wel zijn?'

De bakker aarzelde, en zei toen: 'Ik zal u brengen. Moment.' Hij schoof zijn broodjes in de oven, mijn schaap incluis, schoot een pij aan, nam zijn stok en ging ons voor naar de vleugel van de lekenbroeders, waar hij tegen een deur duwde, die weliswaar op slot zat, maar het meteen door de ouderdom begaf.

'Deze vleugel is al lang niet meer in gebruik,' vertelde de bakker over zijn schouder. Hij leidde ons een vervaarlijk krakende trap op. In de gang van de eerste verdieping moest hij even zoeken. Twijfelend opende hij een deur, maar afgezien van een vermolmde lessenaar was de kamer die we binnengingen leeg. Door een kapot luik vielen pijlen van zonlicht naar binnen.

'Zie je wel,' zei de abt, 'er is geen bibliotheek.'

'Dit was de lesruimte,' zei Walter. 'Ik heb hier in mijn jonge jaren heel wat uren zitten zwoegen.' Hij ging de kamer binnen en opende een zware zijdeur die piepend in beweging kwam en scheefzakte in zijn hengsels. De ruimte achter de deur ging verscholen achter spinraggordijnen die zwaar afhingen van decennia grauw stof.

De abt vloekte en leek het zelf niet te merken. Hij deed een paar stappen het duister in en kwam terug met een grijs voorwerp. Toen hij erop blies, wolkte het stof om zijn hoofd. Hij begon te niezen en te hoesten en wij, die gevolgd waren, kregen het ook al snel te kwaad. Al niezend waagde ik een blik in de halfduistere kamer. Meer dan wat grauwe vormen kon ik nog niet onderscheiden. Was dit nu een bibliotheek?

Toen we onszelf weer onder controle hadden, vroeg de abt: 'Waarom is dit niet in gebruik?'

'We hadden geen bibliothecaris meer,' zei Walter. 'Ik was nog een jongen toen het gebeurde. En...' Hij stokte.

'Vertel verder, man!' riep de abt.

'De broeder die hier verantwoordelijk was, bezweek aan de pest. Hij stierf in deze kamer te midden van de boeken,' zei Walter, met draaiende ogen. 'Hij heeft weken doodgelegen voor ik hem vond. Het was verschrikkelijk. In de paniek van die dagen was het niemand opgevallen dat hij ontbrak.'

Giles snoof de lucht op. 'Je kunt het niet meer ruiken,' stelde hij vast.

Eigenlijk rook het nergens naar in die kamer.

'Het zal goed zijn als we weer een bibliotheek hebben,' zei abt Robert peinzend, terwijl hij vanuit de deuropening de kamer voorzichtig in ogenschouw nam. 'Maar hoe vind ik zo gauw een bibliothecaris?'

Dat woord kende ik. 'Jij was toch vroeger bibliothecaris, Giles?' riep ik.

De oude man gebaarde dat ik mijn mond moest houden, maar het was te laat. Abt Robert keerde zich naar hem om. 'Dat komt goed uit,' zei hij, 'dan krijg jij de bibliotheek onder je hoede en de jongen kan je helpen. Er is hier veel werk te doen. Een bibliotheek in Bellalanda! Dat zal onze kleine gemeenschap nieuwe bloei brengen.'

'Een overvloed aan boeken leidt af,' probeerde Giles nog, Seneca de Jongere citerend, weet ik nu.

'Maak eerst maar een inventaris, áls die al niet al ergens onder het stof ligt,' zei de abt. Hij knikte naar ons en verliet, met de bakker in zijn kielzog, de ruimte. Het stof wervelde even na in de banen zonlicht.

'Is dat je dank, Iss?' zei Giles. Maar hij verkende al met zijn blikken onze nieuwe ontdekking. 'Hoeveel van deze boeken zou ik nog niet kennen?' mompelde hij.

Het was pas toen Giles de luiken openzette, dat we de volle omvang van de boekerij konden zien. Nog altijd begreep ik niet precies wat we hier hadden gevonden: de vaag rechthoekige vormen langs de muren, donzig van spinnenwebben die al decennia geleden waren verlaten en dichtgegroeid met stof, zodat ze als rafelige raggen aan de zoldering en de balken hingen. Was dit nu een bibliotheek?

Giles nam een van de vormen op en hij blies, voor het venster, zo veel mogelijk stof af. 'Kijk,' zei hij. 'Het is goed bewaard gebleven, het stof beschermt alles.' Hij toonde me het boek in een lichtbaan, liet het openvallen op een ingewikkelde illustratie van dieren en planten, zodat er opeens kleur in de kamer was. Ik hield mijn adem in, heel even maar, want een nieuwe niesbui dreef me naar het venster, waar ik vrij kon ademen. Ik wreef de tranen uit mijn ogen, die had ik meer dan ooit nodig.

'Aan het werk,' zei Giles. 'We kijken later wel wat het allemaal is.'

We brachten de boeken een voor een naar buiten om ze schoon te maken. Ik blies voorzichtig de grauwe muizenvachtjes van stof weg en veegde het leer schoon met een doek, voor ik ze opensloeg om te zien wat ik in handen had. We lazen elkaar titels voor, noemden schrijvers, en voor mij waren ze nog allemaal even interessant. Beda's historie, Plinius over de natuur, het raadselboek van Aldhelm, een hagiografie van Bonifatius.

'Hier, Martianus Capella, dat is er een voor jou,' zei Giles. 'Daar uit kun je veel leren.'

Ik sloeg het open, het rook naar schimmel, maar de vellen waren nog gaaf. *De nuptiis Philologiae et Mercurii* las ik.

Giles was alweer met een ander boek bezig. 'Ovidius! Ik geloof dat deze opdracht me wel bevalt,' zei hij, 'maar het stof droogt mijn keel uit. Ik ga eerst eens een maatje wijn halen bij de keldermeester.'

'Ik wil ook,' zei ik.

Hij lachte. 'Niets daarvan, kinderen drinken bier.'

Ik was blij dat we ermee ophielden voor die dag, inmiddels brandden en traanden mijn ogen en hield ik niet op met niezen. Op de terugweg schoot de bakker me aan om me het broodje te geven. Het was nauwelijks meer als schaap te herkennen en de letters waren opgelost in de structuur van het brood.

Het kostte ons een week om alle boeken schoon te maken en in de gang bijeen te brengen. Daarna maakte ik de kasten stofvrij en schoon, en ik veegde en boende met open deuren en vensters, tot de kamer smetteloos was.

Ik droeg de – vaak zware – werken een voor een naar binnen en Giles bracht lange dagen door met kasten indelen, weer uitpakken en opnieuw indelen. Hij had bij de rekenmeester vella gehaald en gebruikte er een voor zijn inventaris. De rest gaf hij aan mij, om te oefenen.

Zo werd ik al op jonge leeftijd bibliothecaris in opleiding. Ik liet een oude lessenaar neerzetten en wijdde me aan de studie, onder leiding van Giles, hoewel hij zich al snel beperkte tot het geven van opdrachten. De interesse die hij aanvankelijk voor de boeken toonde, was snel uitgedoofd. Hij las een passage hier, een bladzijde daar en schudde zijn hoofd.

'Ken je het al?' vroeg ik dan, waarop hij antwoordde: 'Wat is de zin van al die kennis? Waar blijft die, als de dood je komt halen?'

Toen alle boeken op hun plaats stonden, keerde hij terug naar zijn poortwachtershuisje om te dromen. Des te beter, ik kon het inmiddels alleen af.

Ik las zoveel als ik kon. Begreep ik een boek niet, ik legde het weg voor later. Ik gebruikte een lege kast en zette daar neer wat ik al gelezen had. En zoals Giles me geleerd had, sloeg ik alle kennis op in de locaties in mijn geest. Ik bleef ronddwalen door de kerk en het klooster, nog altijd in de rustige uren, en ik bestudeerde er de beelden en afbeeldingen, de mozaïeken en ornamenten. Elk onderdeel van het gebouw leerde ik kennen en mijn ontzag voor de bouwers en bouwmeesters die dit tot stand hadden gebracht, groeide. Wat mijn geheugen betrof hoefde ik me niet meer tot het bekende te beperken. Met behulp van Vitruvius begon ik mijn eigen tempels en gebouwen te ontwerpen om mijn steeds uitbreidende kennis te bevatten.

Op een avond bij het vuur sprak ik met Giles over bouwwerken zoals we die uit de boeken kenden. Ik begon weer over mijn plan om op lange reizen de bouwwerken van het verleden te bezichtigen.

Giles moest lachen. 'Je hebt gehoord wat de abt zei: jij wordt klerk!'

'Kan een klerk niet lopen? En maakt het niet uit wat ik wil?'

'Wat wil je dan?' vroeg Giles.

Hierover had ik al een tijdje nagedacht. Ik wees in de richting waar zich, voorbij onze muren, de binnentuinen en de schitterende gebouwen van het klooster bevonden en de kerk die overal bovenuit torende. 'Ik wil bouwmeester worden,' zei ik.

'Bouwmeester,' zei Giles. 'Dat is niet eenvoudig en je zult vele jaren moeten leren om dat te kunnen. Is het dan niet beter om een beroep te kiezen waar behoefte aan is?'

'Waar denk je dan aan?'

'Er moeten meer heelmeesters zijn,' zei hij, 'betere heelmeesters. Zodat we op een dag in staat zullen zijn om de rampen en plagen af te wenden die op ons worden losgelaten.'

Daar had ik nog niet aan gedacht. Ik was nooit ziek en wist nauwelijks van het bestaan van zulke mensen. 'Is dat echt noodzakelijk?' vroeg ik bedeesd. Hoeveel mooier was het om te creëren in steen en hout dan om te sleutelen aan vervallen lichamen?

'Mensen zullen altijd ziek worden,' zei hij. 'Je kunt dat beroep overal ter wereld uitoefenen en een goede heelmeester zal een rijk en welvarend leven kunnen leiden. Daarnaast worden tijdens oorlogen, verwoestingen en moordpartijen altijd de dokters in leven gelaten.'

Ik vroeg me in stilte af of niemand bouwmeesters nodig had na verwoestingen en vroeg: 'Kan ik niet allebei worden? Heelmeester en bouwer?'

Ik dacht dat hij me niet gehoord had, want hij mompelde wat en zei toen: 'Ik begrijp je wel, jongen, in dit leven wacht ons niets dan dood en rottenis, maar gebouwen zijn voor de eeuwigheid.' Toen keek hij me aan en zei: 'Ik denk dat jij je door niemand zult laten weerhouden. Je zult bouwen en helen, en tussendoor misschien wel naar het uiteinde van de aarde lopen, of zelfs helemaal rondom.'

De weg naar Konstanz IV
—
Vissen

Bij een rotsige inham, waar een beek uitstroomde in zee, hielden we halt. Lorea ging op zoek naar een drenkplaats voor het muildier. Maelgys en ik vlijden ons in het gras. Mijn metgezel sliep meteen in en toen zijn dochter terugkwam, gebaarde ik dat ze stil moest zijn.

Ze droeg een lange tak in haar hand. 'Ik ga vissen,' fluisterde ze. 'Maak jij vuur.' Ze nam een ruw stuk stof uit haar knapzak, liep naar het strand en daar schopte ze haar schoeisel uit en zonder verder op mij te letten, liet ze haar kleed van zich afglijden, zodat ze in een kort, nauwsluitend onderhemd stond, met nog steeds de tak in haar hand en het stuk stof, dat niets anders was dan een net.

Ik had ook even willen slapen, maar kon niet anders dan kijken, naar haar sterke benen, haar voeten in het zand, naar haar slanke lijf. Ze nam de stok onder haar arm en stak in een vloeiende beweging haar haren op. Een hals, blanker dan haar blote armen en benen. Ze waadde het water in en liep langzaam naar een paar rotsen die uitstaken boven de golven. De golven die haar omspoelden. Ze trok haar armen en schouders op, als om de onvermijdelijke onderdompeling nog even uit te stellen. Toen de golven tot aan haar borsten kwamen, bleef ze staan. Ze knoopte een koord dat aan het visnet vastzat aan de stok en gooide het toen uit.

Zo bleef ze enigszins gebogen wachten, haar blik neerwaarts gericht, haar armen nog altijd geheven en de stok roerloos boven het water. Ik keek gefascineerd naar de snel verschietende spiegeling op de deining die geen vat op haar leek te hebben. Een eeuwigheid ging voorbij en opeens veerde de stok op, en kwam het net boven water. Ze pakte het beet en keek naar me om, opende haar mond om wat te roepen, maar stak in plaats daarvan vier vingers op.

Toen dook ze even helemaal onder en kwam proestend weer boven. Ze waadde langzaam naar het strand en leek zich niet bewust van haar dunne natte onderkleed waaronder haar lichaam zich zo duidelijk aftekende dat ze net zo goed naakt had kunnen zijn. De welving van haar buik. Zonder zich af te drogen of om te kleden, nam ze een mes en maakte snel en vaardig de vissen schoon. 'Waar is nu dat vuur?' Ze keek naar me op, en maakte zich vrolijk om mijn blik.

Ik mompelde wat en ging op zoek, zonder te weten naar wat. Opeens kon ik me niet meer herinneren hoe zij altijd vuur maakte.

'Hier.' Ze gaf me de vuurboog, wat stukjes hout en een doosje met tonder.

'Ik ben hier niet handig in,' moest ik bekennen.

'Je kunt het leren.' Ze deed me voor hoe ik het rondhoutje in de snaar van de vuurboog moest draaien en zette het toen op een plankje met een gat waarvan de randen al half verkoold waren. 'Nu heen en weer halen.' Ze liet zien hoe ik het stokje stabiel kon houden. 'En hier is de tonder, zorg dat je er vlug bij bent als het gaat smeulen.'

Ik begon te draaien en dacht aan de zwavelstokjes die ze in China op alle markten verkochten. Had ik daar maar een bundeltje van meegenomen.

Lorea ging verder met de vissen. 'Vind je ze niet mooi?' vroeg ze. 'Ik kijk graag naar vissen, of ze nu levend of dood zijn. In leven zijn het vlugge grijze schimmen, net één tint minder doorzichtig dan het water zelf. En dood lijken ze gevallen ridders in hun zilveren malienkolders.'

'Doorzichtig is geen kleur,' zei ik, 'dus kan het niet een tint lichter of donkerder zijn.'

'Doorzichtig kan elke afzonderlijke kleur zijn,' zei ze, 'of een bundeling van alle.'

Ik wilde haar corrigeren, maar misschien bestond er wel ergens een wereld waarin ze gelijk had. Ik kon daar later over nadenken en besloot om me te concentreren op de draaiende stok. Ik voerde de snelheid op en probeerde aan niets anders te denken, wat even lukte, maar toen zwierven mijn gedachten alweer naar Prometheus, die het hemelvuur in een holle stengel vervoerde toen hij het van de goden stal. 'Weet je,' zei ik, 'dat de Indiërs ook een woord hebben voor de vuurstok, dat is *pramantha* en het heeft een...'

'Concentreer je op het vuur maken,' zei ze lachend. 'Ik zag al een rooksliertje, maar je bent er met je gedachten niet bij.'

4

Giles' voorspelling

Op een dag, net toen ik begon te denken dat hij me vergeten was, kwam abt Robert me bezoeken in de bibliotheek. Hij inspecteerde zwijgend de kasten die doorbogen onder de folianten en knikte goedkeurend. 'Het verbaast me dat ze het zo goed hebben doorstaan,' zei hij.

'Niet allemaal,' zei ik. 'Twee boeken zijn ernstig beschadigd door ongedierte.'

'Is er al een inventarislijst?'

Ik schudde mijn hoofd. 'Die is nog niet af.'

'Zeg tegen Giles dat hij voortmaakt. Ik wil de bibliotheek weer in gebruik nemen.' Hij staakte zijn rondgang en kwam voor me staan. 'Hoe oud ben je nu?'

Ik aarzelde iets te lang.

Hij knikte begrijpend. 'Je bent klein van stuk, maar zult een jaar of veertien zijn. Welke boeken lees je?'

Ik wees op de kast waarin ik de gelezen boeken neerzette. 'Die allemaal.'

Hij liep erheen, sloeg er een open, legde het weer weg en nam een ander in zijn hand. 'En wie onderwijst je?' vroeg hij.

'Giles.'

Hij nam nog een boek op. 'Waarom is hij dan niet hier?'

'Hij geeft me les in zijn huis,' zei ik.

Hij fronste. 'En neem je dan boeken mee van hier?'

'Dat is niet nodig,' zei ik, 'hij kent de boeken die hij van belang vindt vanbuiten.'

Dat was niet helemaal waar. Giles dicteerde mij al een tijdje geen boeken meer. Ofwel was de bron uitgeput, ofwel de man zelf. Hij sliep inmiddels bijna onafgebroken. Aanvankelijk had ik wel degelijk boeken naar het poortwachtershuis meegenomen om ze met hem te bespreken, maar tegenwoordig las ik aan een lessenaar in de bibliotheek, staand op een houtblok om erbij te kunnen.

'Ik zie je nooit in de kerk,' ging abt Robert verder. Inmiddels had hij alle boeken bekeken die op de planken lagen, het waren er vijftien, ik zie ze nog liggen.

'Ik wil niet storen,' zei ik. 'Ik kom er dikwijls, maar Giles waarschuwde dat ik niemand voor de voeten moet lopen. Ik hou me afzijdig en kom bij voorkeur als er niemand is.'

Hij knikte. 'Dat is goede raad. Ik ga ervan uit dat Giles je de juiste opleiding geeft, dat was ook mijn opdracht aan hem.'

Een paar dagen na ons gesprek, vlak na de priem, kwam de abt naar het portiershuisje. Ik stond op het punt om naar de bibliotheek te vertrekken, toen ik de klop op de deur hoorde. Door een kier in het vensterluik kon ik zien wie daar stond en ik schudde Giles wakker. Hij schrok en hief zijn hoofd. 'Wat gebeurt er?' zei hij, zijn blik nog gericht op een innerlijke wereld.

'Het is de abt,' zei ik, 'hij staat aan de deur.'

'Waar wacht je dan op? Doe open.'

De abt keek rond in het kleine woninkje. Hij groette zijn medebroeder en zei toen: 'Waar slaapt de jongen?'

'In de stal bij de geiten.'

De abt knikte goedkeurend. Hij kende de verleidingen die de eenzaamheid oproept. 'Dat zal hem nederig stemmen. Ik meen al kiemen te zien van hoogmoed in onze jonge pupil. Wij moeten praten over zijn scholing.'

Giles kwam verder overeind, hij leek wakkerder dan ik hem ooit had meegemaakt. Had ik toen al de bombarden en kanonnen gezien die ik later op mijn reizen zou tegenkomen, ik had de vergelijking kunnen maken met geschutstukken die in stelling worden gebracht.

De abt zocht naar een zetel, maar vond er geen. 'Hoe zit het met zijn godsdienstig onderricht?' vroeg hij, terwijl hij zich neerliet op het kistje waarop ik meestal mijn velijn beschreef.

'Hij weet wat hij, zijn leeftijd in aanmerking genomen, moet weten.'

Abt Robert knikte langzaam. 'Dat is goed,' zei hij. 'Ik denk dat hij een waardevolle aanwinst zal zijn voor onze orde.' Hij keek mij aan.

'Misschien moet jij maar even naar de stal, als de volwassenen praten.'

Ik had me in een hoek opgesteld en probeerde een schim te zijn, zoals Giles me had geleerd, maar dit keer werkte het niet. Ik gehoorzaamde, glipte mijn slaapruimte in en sloot de deur achter me. Mijn kamergenoten graasden vredig buiten op de hof. Evengoed hoorde ik nog de gedempte stem van de abt. 'Ik wil dat je hem klaarmaakt voor intreding. Een roeping komt niet vanzelf, je zult hem moeten leiden.'

Giles' antwoord hoorde ik niet. Na een korte pauze was daar weer de stem van de abt: 'Wij wéten niet hoe jong hij is, hij was een vondeling, en wat weten wij over kinderen?'

Weer een pauze, en dan nogmaals de abt: 'Daarom zal ik hem accepteren als postulant, zodra hij daarom vraagt. Hij leert snel en met de juiste sturing zal hij spoedig novice worden. Hij kan lesgeven en zal spoedig een van ons zijn.'

Giles' stem, opeens scherp en protesterend, maar ik verstond niet wat hij zei.

'Broeder! Dit kan ik niet accepteren,' riep de abt. 'Ik leg je een penitentie op.'

Even hoorde ik niets. Toen weer de abt. 'Je hebt je opdracht aanvaard,' zei hij kil, 'geen tegenspraak, vergeet je plaats niet.'

Een groet, een klap van de deur.

Ik schoorvoette naar binnen. Daar zat Giles nog altijd overeind. Hij keek me boos aan, maar ik begreep dat die boosheid niet op mij was gericht. Ik ging bij hem zitten en hij zakte langzaam terug in zijn gebruikelijke houding. 'De abt heeft grote dromen, jongen,' zei hij. 'Hij verwacht de komende jaren een toestroom van leerlingen en denkt dat jij daar een rol in gaat spelen.'

'Ik hoorde iets,' zei ik.

'Je bent te jong om postulant te worden,' zei Giles. 'Op jouw leeftijd weet je nog niet of je wilt intreden. Dat is ook niet voor iedereen weggelegd.'

'Ik ken alleen dit,' zei ik, en er ging een steek van angst door me heen bij de gedachte aan al het onbekende. 'Ik wil niet weg.'

Giles hoorde me niet, hij ging verder: 'Hij verlangt van mij dat ik je aanmoedig, maar dat is tegen de regel. De orde wil roepingen.

Het is de bedoeling dat we een kandidaat ontmoedigen en weigeren, tot hij blijk heeft gegeven van standvastigheid en doorzettingsvermogen.'

'En ik zou dat niet hebben?'

'Jij hebt daar meer van dan de meesten,' zei Giles, 'maar niet om monnik te worden. Wacht nog een paar jaar en maak dan je eigen keuze.'

'Maar hoe zit het met mijn godsdienstig onderricht?' vroeg ik.

Hij wierp me een scherpe blik toe maar ontspande toen hij begreep dat ik hem plaagde. 'Je weet zelf wel welke boeken je moet lezen, Iss,' zei hij, zijn ogen sluitend. En nog geen tien tellen later ging er een groot gesnurk op onder de hanenbalken.

De bibliotheek nam al mijn tijd in beslag. Bij het ochtendkrieken glipte ik door de zijpoort, stak de hof over en ging de vleugel binnen waar nog altijd geen andere ruimte in gebruik was dan de bibliotheek. Ik merkte hoezeer het bezoek van de abt me had gestoord, voor mijn gevoel was het inmiddels mijn bibliotheek. Niemand had hem in tientallen jaren gemist. En was ik niet verantwoordelijk voor het schoonmaken en ordenen van de boeken?

Ik las hele dagen achtereen en bleef vaak tot in de avond, dan las ik bij een kaarsvlam. Ik bestudeerde de geschiedenis en niet alleen Livius in het Latijn, ik had de vertaling in de volkstaal van Orosius, die volgens Giles door koning Alfred zelf was gemaakt, en de geschiedenissen van Beda en Galfridus' *Historia Regum Britanniae*, de Bijbel en de koningsgeschiedenis van William van Malmesbury.

Op een avond herhaalde ik bij de kachel zachtjes een passage uit Plinius' *Naturalis Historia* en hoewel Giles zijn ogen dicht had, begon hij opeens te lachen. 'Je moet niet alles uit je hoofd leren, jongen,' zei hij. 'Plinius was een bezeten verzamelaar van kennis, en daar zit veel onzin bij. Zeker waar het de geneeskunde betreft.'

Ik verdedigde de oude schrijver. 'Hij zegt zelf dikwijls genoeg dat bepaalde zaken niet waar kunnen zijn.'

Giles opende zijn ogen en keek me aan. 'Dat is zo. En vervolgens komt hij met een al even bijgelovig kletsverhaal en presenteert dat als een waarheid.'

'Hoe kun je dan het onderscheid maken?' vroeg ik.

'Door alles zelf te onderzoeken,' zei Giles. 'Het is goed om veel te lezen, maar het feit dat iets geschreven staat, maakt het niet waar.'

Ik leerde desondanks alles uit mijn hoofd; als ik ooit de kennis nodig had, kon ik het altijd nog onderzoeken.

Ondertussen werkte ik in de bibliotheek. Ik maakte de inventaris die de abt wilde hebben. Ieder boek dat ik uit de kast pakte voegde ik toe aan de lijst, maar niet voordat ik het had uitgelezen. En toen de interessante boeken op waren, begon ik aan de rest, omdat ook een saai boek nieuwe inzichten kan brengen. Ik nam brood en kaas mee om geen tijd te verliezen en gaandeweg begon ik zelfs de nachten door te werken. Ongetwijfeld waren het mijn broodkruimels die de muizen aanlokten die zich verstopten onder kasten en in kieren, en die de boeken bedreigden. Nadat ik de kat uit het portiershuis naar boven had gehaald, was de plaag snel voorbij.

Als mijn kaarsen op waren, kon ik urenlang voor het venster staan, zomer of winter, en dan voegde ik alles in op de plekken die ik bouwde in mijn geest. Mijn bouwsels van hun kant en de dramatische beelden die mijn geheugen ondersteunden, voedden zich weer met alles wat ik las. Ik kon me er geen voorstelling van maken dat dit ooit zou ophouden.

En toen ging Giles dood.

Hij had me enkele weken eerder gevraagd of ik hem wilde voorlezen uit de *Metamorfosen*, dus ik nam het voor hem mee naar huis. Ik wist dat hij Ovidius uit zijn hoofd kende, maar hij wilde de muziek horen, zo zei hij, en daarnaast zou het goed zijn voor mijn schrijfstijl als ik klank en ritme hoorde van die woorden en zinnen. 'Je bent een goede leerling,' zei hij, 'maar ik geloof dat we een belangrijk punt hebben overgeslagen.'

En zo las ik elke dag. Hij luisterde met gesloten ogen, en als hij na een paar bladzijden begon te snurken, wist ik dat het tijd was om op te houden.

Op een avond onderbrak hij me en hij vroeg hoe het stond met mijn geheugen. Ik antwoordde niet, maar ik keek naar hem op en hervatte het verhaal waar hij me had onderbroken. Niet dat ik de hele Ovidius toen al uit mijn hoofd kende, maar ik bereidde elke avond het gedeelte voor dat ik de volgende dag hardop zou lezen. En naarmate ik mijn geheugen langer oefende, ging het onthouden me steeds beter af. Ondertussen waren we al bijna door het boek heen.

Giles luisterde tot ik aan het einde van mijn voorbereide gedeelte kwam. Toen zei hij: 'Isidoor, met jouw verstand zul je ooit een groot heelmeester worden. Ik zal de abt ervan overtuigen dat je naar de universiteit moet.'

Ik wist niet wat ik daarop moest zeggen en pakte mijn voorlezing weer op. Giles' gesnurk bleef uit. Ik las bladzijde na bladzijde en wierp af en toe een blik op de oude man, die daar zat met gesloten ogen en openhangende mond. Het werd almaar later, ten slotte hield ik op met lezen en ik zei zijn naam. Er kwam geen reactie en ik begreep dat hij was overleden.

Hij was al niet meer jong geweest toen hij in dit klooster kwam wonen en sinds jaar en dag was hij de oudste van de broeders. Ik sloot het boek en legde een blok in de haard. Als ik de anderen ging waarschuwen, zouden ze hem weghalen. Ik wilde nog even blijven zitten. Met Giles, die ze 'de overlevende' noemden, met de kat en met Ovidius, en na een tijdje opende ik het boek en las verder, hardop en vastbesloten om het tot een einde te brengen.

Anders dan ik de abt had verteld, had ik geen idee hoe ik me moest gedragen in de kerk, ik had nooit een mis meegemaakt, al gluurde ik soms naar binnen tijdens de liturgie. Ik voelde me er niet toe aangetrokken en meende dat tijdens missen en bidstonden het lege klooster mij meer te bieden had dan die handelingen zelf. Ik maakte natuurlijk op de stille uren mijn rondgang door de kerk, eerst met Giles, later alleen. Ik kende de beelden en afbeeldingen en had genoeg gelezen om te weten hoe een en ander in elkaar stak. Ook begreep ik dat theologie niet het terrein was waar mijn belangstelling naar uitging.

Toen de dodenmis voor Giles begon, liet de abt mij halen door Osbert, de jonge calefactor.

'Ik wil niet,' zei ik. 'Ik weet niet wat ik moet doen in de kerk.' Tegen Osbert kon ik dit zeggen, hij was altijd vriendelijk en de enige met wie ik regelmatig sprak. Ik zag op tegen het samenzijn met al die rouwende broeders. Wat verwachtte men van mij? Ik zag nu heel scherp dat allerlei aspecten van mijn opvoeding waren verwaarloosd en hoopte dat het snel voorbij zou zijn.

'Ik breng je naar je plaats,' zei hij. 'Je hoeft niets te doen, kijk naar mij en als we bidden of zingen en je weet de woorden niet, dan beweeg je gewoon je mond alsof je het wel weet.'

Ik deed precies wat hij zei, wat niet eenvoudig was, want allen keken ze naar mij, sommigen vol medelijden, anderen met een blik die ik niet goed begreep. De strenge blik van de abt begreep ik heel goed. Na de begrafenis, toen de broeders in een rij wegliepen en ik aanstalten maakte om mee te lopen, hield hij me tegen. 'Jij niet,' zei hij. 'Wacht hier met Osbert tot we weg zijn. Het graf moet dicht, dat is jullie taak, als jongsten.'

Osbert kneep me in de schouder, terwijl we de kleine stoet nakeken. 'Wees maar blij dat je het niet hoefde te graven, kleine broeder,' zei hij. 'Ik voel me geradbraakt.'

Hij liet mij de eerste schep aarde op de kist gooien.

Zo eindigt het dus, dacht ik. Een kist in de grond en dan wegrotten. Voer voor de maden. Osbert begon ook aarde op de kist te scheppen en ik probeerde, tussen twee scheppen door, onopvallend de tranen van mijn gezicht te vegen.

'Je hoeft niets te doen, Iss,' zei hij. 'Ik kan het alleen aan.'

'Niets daarvan,' zei ik ferm. Ik wilde me niet laten kennen en verdubbelde mijn inspanning. Toen we klaar waren lachte hij me toe. 'Je zit vol zwarte vegen, kom mee naar het badhuis, dan maak ik warm water voor je. Later kunnen we wijn drinken, maar vertel het niet aan de abt, want hij zal je zeggen dat wijn zelfs de heiligen afvallig kan maken.'

Na het bad stuurde hij me naar het poorthuis en beloofde dat hij in de avond zou langskomen. Hij hield zijn belofte en bracht brood mee en gerookte ham en een kruik wijn.

'Laten we drinken op het zielenheil van de oude poortwachter.' Hij stak zijn kroes in de lucht. Ik volgde zijn voorbeeld en dronk net als hij in één teug alles op.

Lachend schonk hij me nogmaals in. 'Heb je vaker gedronken?'

'Alleen af en toe een paar slokken bier,' zei ik. 'Giles vond me te jong voor wijn.'

'Goed,' zei hij. 'We moeten matigheid betrachten, maar om te bepalen wat de grens is, moeten we eerst de onmatigheid verkennen.'

Dat leek me een redelijke methode. En zo spraken wij en we dronken.

'Ze hebben al over je vergaderd,' zei Osbert, 'en de abt wil je voorlopig onderbrengen bij de lekenbroeders. Hij vindt het geen pas geven dat een jongen in het poortwachtershuis woont.'

'Maar er zijn geen lekenbroeders!'

Osbert knikte. 'Abt Robert verwacht dat dit gaat veranderen en hij vindt dat jij het daar maar bewoonbaar moet maken. Trouwens, je hebt hem teleurgesteld, hij verwachtte iets van jou.'

'Wat dan?' vroeg ik geschrokken. Ik had nog niet echt aan mijn toekomst of aan mijn status gedacht.

Osbert lachte om mijn gezicht en schonk me nog eens in. 'Hij verwachtte dat je zou postuleren.'

'Dat kan toch nog steeds?'

Hij knikte. 'Hij zal weigeren. Dan moet je het opnieuw vragen en weer zal hij weigeren, dat hoort erbij. Na een proefperiode zul je een jaar of twee novice zijn voor je helemaal wordt opgenomen.'

'Dan zal ik het verzoek indienen,' zei ik.

'Weet je zeker dat je dat wilt?'

Ik wist niets meer zeker. 'Wat kan ik anders? Ik ben nog nooit buiten het klooster geweest,' zei ik. Maar toen dacht ik aan Giles' laatste woorden.

'Daarom juist.' Osbert zette zijn kroes neer en vatte me bij de schouders. 'Een kloosterling heeft een roeping en moet veel opgeven, maar jij weet nog niet eens wát je opgeeft.'

'Vertel het me,' zei ik, gretig om te leren.

Hij keek naar de deur alsof hij bang was dat iemand ons zou horen. 'Niet nu,' zei hij. 'Geef me een paar weken, dan kom ik erop terug. Het wordt lente, en als ik niet meer hoef te stoken, heb ik mijn handen vrij voor andere bezigheden.'

Die nacht probeerde ik me een leven voor te stellen als kloosterling. Ik zou deelnemen aan alle bidstonden, één boek per jaar uitgereikt krijgen. Zelfs als bibliothecaris kon ik nooit meer lezen dan de bibliotheek te bieden had; wat enige jaren geleden nog een overvloed had geleken, bleek in werkelijkheid nogal beperkt. En hoewel het klooster mij ooit was voorgekomen als de wereld, had ik genoeg bijgeleerd om te beseffen dat een mensenleven tekortschoot om de echte wereld te leren kennen.

De weg naar Konstanz v
—
Sterrenbeelden

We hadden de landtong al de hele dag voor ons zien liggen, met een rots die steil uit de zee leek op te rijzen, maar die, zo bleek bij het naderen, vanaf de landzijde meer weg had van een glooiende heuvel, begroeid met kromme zeedennen en doornig struikgewas, en die gekroond was met vijf cipressen. Laat in de middag bereikten we de voet van de heuvel en Lorea stelde voor dat we hem zouden beklimmen. ‘Van bovenaf kunnen we ver uitkijken over zee en land.’

‘Ik blijf hier,’ zei de oude man. ‘Het was een lange dag. Ik maak vuur en laat me verwarmen tot ik omrol.’

‘Gelijk heb je,’ zei ik. Ik had mijn dekenrol al naast hem neergelegd, blij dat ik eindelijk kon rusten, maar Lorea hield aan. ‘Zullen wij dan samen gaan, Isidoor?’

Ik stemde mompelend in, de gedachte om met haar alleen te zijn verwarde me.

Het was niet te merken dat ze de hele dag gelopen had. Ze sprong van steen op steen, tilde haar rokken op voor de doornstruiken en niets leek haar te deren. Ik volgde haar met moeite; alle obstakels die zij zo moeiteloos nam, leken zich tegen mij te keren, alsof ze me wilden verhinderen in haar voetspoor te blijven. Evengoed bereikte ik het kleine plateau en ik liet me naast haar neer, op de deken die ze had uitgespreid over het verende mos tussen de cipressen.

Beneden ons lag de donkere zee en alleen rond de rotsen die boven water uitstaken en vlak bij het strand, verschenen af en toe lange witte schuimrichels, die meteen weer oplosten in het zwart. Lorea liet zich achterovervallen en strekte zich uit. Ze wees naar de boomtoppen, die de laatste zonnestralen vasthielden, hoewel de zon al was ondergegaan. Ik wilde me naast haar uitstrekken, haar aanraken, en tegelijkertijd voelde ik de schroom die ik altijd had bij vrouwen. Ik was bang voor de nauwelijks te beheersen hartstocht die in mij rondwoelde.

Ik bleef zitten en hield mijn blik gevestigd op het geruststellende zwart van de zee. De nacht viel nu snel in en de sterren verschenen aarzelend, maar steeds scherper afgetekend tegen het verduisterende zwerk.

'Je bent een geleerde, is het niet?' vroeg ze.

Ik gaf geen antwoord maar wees op de stelsels in het oosten. 'Ken je de sterrenbeelden? Weegschaal, Slang, Hercules... Ophiuchus, de slangendrager...'

'Mijn vader heeft me die vaak aangewezen,' onderbrak ze me, 'maar ik vergeet steeds de namen. Alleen de Grote en Kleine Beer, die zijn gemakkelijk te herkennen... En Orion, aan zijn gordel! Ik kan de hele nacht kijken.'

'Ik hoef niet te kijken,' zei ik. 'Als ik mijn ogen sluit, kan ik ze zien.' Ik vertelde niet dat ik de voorkeur gaf aan mijn innerlijke sterrenhemel, het grote raderwerk, waar geen wolk ooit het zicht wegnam, of ik moest die zelf sturen.

Ze kwam overeind, ging net als ik met gekruiste benen zitten. 'Je hebt het uit je hoofd geleerd,' zei ze. 'Maar hoe kan dat, als ze in de loop van het jaar verschuiven?'

'De verschuiving is regelmatig,' zei ik en ik herinnerde me een gesprek van lang geleden. 'Over een jaar staat alles weer precies zoals vannacht. Dat wil zeggen, vanaf deze plek. Ik ken verschillende stadia vanuit verschillende standpunten en als ik daarvan uitga, kan ik me voor de geest halen hoe de sterrenhemel er op elk willekeurig moment uitziet.'

Ze schudde haar hoofd. 'En je kent ook de namen van de sterren?'

'Voor zover ze die hebben. Het zijn er oneindig veel en die vlekken die je daar ziet, zijn waarschijnlijk opeenhopingen, zo ver weg dat ze samen lijken te vloeien tot een oplichtende wolk.'

'Hoe weet je dat?'

'Het is onderdeel van de studie, ik las hierover toen ik nog een jongen was. Dit was al een twistpunt onder de Griekse filosofen en is in de loop van de tijd verder ontwikkeld. Een paar jaar geleden vond ik dit idee nog bij de Perzische geleerde Tusi.'

Ze lachte. 'Heet hij echt zo?'

'Het betekent "de man van Tus",' zei ik. 'Eigenlijk heet hij Nasīr al-Dīn Tūsī.'

Ze verwijlde nog bij de sterren. 'Volgens Aristoteles is het een ondermaans verschijnsel en wordt het effect veroorzaakt omdat de sterren die vlak bijeen staan tot vurige uitbarstingen komen in de atmosfeer.'

'Hij had het mis,' zei ik resoluut. 'Als dat zo was, zouden de onderdelen van de Melkweg ten opzichte van elkaar verschuiven en de planeten zouden niet voor de Melkweg langs kunnen bewegen. Daarnaast zou ons beeld van de Melkweg niet overal en altijd gelijk blijven.'

'Ik geloof je,' zei ze lachend. 'Kijk.' Ze wees. Beneden aan de voet van de heuvel flakkerde een vuurtje, de oude man was een stil zwart driehoekje, maar zijn schaduw danste als een panische hond die voor het eerst wordt aangelijnd en ondanks al zijn wilde sprongen niet kan loskomen.

'Wil je terug?' vroeg ik.

'Waarom zouden we zijn rust verstoren?' Ze pakte mijn hand en dook met haar hoofd onder mijn arm door, zodat die over haar schouder kwam te liggen. Onwillekeurig sloeg ik mijn andere arm ook om haar heen en ze wreef haar wang tegen de mijne. 'Het was dom van je om je dekens op het strand achter te laten,' fluisterde ze. 'Gelukkig heb ik die van mij nog.'

De deken was niet zo groot dat we hem over ons heen konden slaan, en zelfs als onderkleed was hij wat klein, maar toen ik me op mijn rug uitstrekte vlijde ze zich met haar hoofd en bovenlijf tegen mijn borst.

'Als het niet te koud was, zou ik nu naakt tegen je aan liggen,' zei ze uiteindelijk. 'Laten we naar beneden gaan, dan zoeken we een warmere plek.'

We vonden de oude man in diepe slaap bij een nasmeulend vuurtje en we nestelden ons dichtbij in een natuurlijke kom in het duinzand, waar we in de warmte van onze dekens en mantels ons minnespel voortzetten.

'Je bent zo voorzichtig,' zei ze. 'Je bent toch niet voor het eerst met een vrouw?'

Ik schudde mijn hoofd. Ik liep door de straten van mijn verleden en zag de vrouwen van vroeger, ook al had ik ze nooit toegelaten in mijn ommegang. Ze lonkten en heupwiegden en wenkten naar me. Een van hen stond me opeens zo scherp voor ogen alsof ik haar bij daglicht voor me zag. En onwillekeurig klemde ik Lorea in mijn armen tot ze piepte en protesteerde. 'Een beetje breekbaar ben ik wel!'

5

De markt van Easingwold

De abt ontving me in de kapittelzaal, waar het aantal zetels nooit was teruggebracht tot het werkelijke aantal monniken, zodat het verlies aan confraters wel moest blijven schrijnen tot de laatste van de oudere generatie in zijn graf lag.

Ik legde de inventarislijst voor hem neer op de tafel. 'Hier had u om gevraagd,' zei ik, 'en ik heb een verzoek.'

Hij vroeg me niet te gaan zitten, maar gaf met een knikje te kennen dat ik kon spreken.

'Eerwaarde,' begon ik, 'ik ben te jong om te postuleren. Als ik broeder word in dit klooster, wil ik me aan de regels houden. Staat u me daarom toe om enkele jaren te studeren.'

Hij wendde zijn blik van me af en knikte traag. 'Postulantie is een lofwaardig streven, jongen, en dat geldt ook voor studie. Ik zie een grote toekomst voor jou in onze gemeenschap. Na Giles' dood heb ik de kapittelvergadering gevraagd wie van onze fraters bereid of in staat is om jou te onderwijzen in de zaken die Giles heeft laten liggen. Niemand meldde zich. Daarom denk ik dat ik een uitzondering zal maken op de regel...'

Ik vreesde dispensatie te krijgen en onderbrak hem. 'Ik verlang geen uitzondering, vader. Wij zijn onderworpen aan de regels. Als ik me aan een universiteit kan bekwamen in de vrije kunsten, zal ik waardevoller zijn voor de gemeenschap van Bellalanda. Ik kan dan de school opnieuw...' Bij het zien van zijn ontstemde gezicht stokte ik.

Hij staarde naar zijn handen die leken op het verworpen perkament waarmee ik oefende, al vertoonde dat minder vlekken. Uiteindelijk hief hij zijn hoofd en staarde naar een punt achter me. 'Ga nu,' zei hij. 'Ik zal erover nadenken.'

Die nacht kon ik de slaap niet vatten. Had ik er goed aan gedaan?

Ik kende alle interessante boeken van de bibliotheek en als ik hier na mijn studie een kloosterschool zou stichten, kon ik het boekenbezit uitbouwen en contact zoeken met geleerden van overal. Dat zou geen slecht leven zijn. Maar eerst wilde ik de grote bouwkunst leren om kathedralen en kloosters te kunnen scheppen, zoals ik die voor mijn geestesoog liet oprijzen.

Drie dagen later, toen ik in de hof bezig was met het opbinden van een bessenstruik, stond abt Robert opeens achter me. 'Ik twijfel, jongen,' zei hij.

'Waarover, vader?'

'Je roeping. Misschien moeten we je nog een jaar hier houden, Isidorus. Ik ben er niet van overtuigd dat je scholing in godsdienst voldoet aan onze maatstaven. Giles was een beschadigde ziel, die het gezelschap van zijn broeders meed, waardoor ook jouw jeugd grotendeels voor ons verborgen bleef. Maar je bent nog jong en plooibaar en desnoods breng ik je de benodigde kennis zelf bij.'

Ik sloeg mijn ogen neer, een toonbeeld van deemoed. 'U kunt mij ook een proeve afnemen, vader,' zei ik, 'om uit te maken in hoeverre mijn godsdienstscholing tekortschiet.'

Daar had hij nog niet aan gedacht. 'Goed dan,' zei hij. 'Ik bedenk een aantal vragen voor je en een week na vandaag zal ik je kennis beproeven.'

Enkele dagen na mijn gesprek met de abt, nog voor de priem, kwam Osbert me wekken. 'Kleed je aan,' zei hij. 'We hebben een lange wandeling voor ons.'

Ik was snel klaar, ik schoot mijn voddige pij aan en stak mijn voeten in mijn oude sandalen.

'Daarmee kun je niet lopen,' zei Osbert hoofdschuddend. 'Wacht even.'

Hij mat mijn voeten met zijn hand en verdween toen in de richting van de kleine poort. Ik hoefde niet lang te wachten, hij kwam terug met een paar oude schoenen, die wonderwel pasten. 'Deze moeten het wel even uithouden,' zei hij.

We verlieten het kloosterterrein en namen een zandweg, die vaag zichtbaar was in het donker, in zuidelijke richting. Osbert zette grote stappen, zijn wandelstaf droeg hij over zijn schouder.

‘Waar gaan we heen?’ vroeg ik.

‘Naar de markt van Easingwold. Loop wat sneller, ik heb het koud.’

Hoe hard ik ook liep, ik bleef steeds enkele passen achter. Ik draafde voort en vreesde elk moment te zullen struikelen, maar het was een goede weg, zonder gaten, stenen of regengeulen. Osbert had zijn wijde kovel strak om zich heen getrokken en af en toe zakte de capuchon af zodat zijn tonsuur mij voorging als een vol maantje, totdat hij de kap met een boze grom weer over zijn hoofd trok. Ik had het niet koud, maar ik besefte dat Osbert de donkere maanden altijd doorbracht in het warmgestookte calefactorium.

Terwijl de vogels aan alle kanten begonnen te zingen, daagde het nu snel.

Ik was nooit echt uit het klooster geweest en kende alleen de bomen van de kloosterhof. Ik verbaasde me over de chaos van het bos, over de immense eiken, waarvan sommige eeuwenoud moesten zijn. Andere waren omgevallen en bedekt met mos, terwijl kleine boompjes, struiken en planten vochten om aan het licht te komen. Ik probeerde te onderscheiden wat zich ophield in de duistere diepten tussen de bomen en liep mijn geheugenplaatsen na. Vossen en evers? Beren, wolven?

‘Zitten hier wilde dieren?’ vroeg ik aan Osbert en, ongeoefende wandelaar die ik was, had ik nauwelijks genoeg adem om die zin uit te spreken.

‘Die zitten overal,’ zei Osbert. ‘Waarom wil je dat weten?’

‘Wat doe ik als er een beer uit het bos komt? Jij hebt een staf, ik heb niets.’

Hij lachte. ‘Ik betwijfel of een staf helpt tegen beren,’ zei hij. ‘Die zijn er trouwens al lang niet meer. En wolven houden zich ver van ons. Je loopt hooguit een everzwijn tegen het lijf, maar zolang we op de weg blijven, is die kans klein.’

Hij kon me niet echt geruststellen, en ik was blij toen er een einde bleek te komen aan het bos. De bomen werden lager en algauw strekten zich aan weerszijden van het pad moerassen uit, waar af en toe een magere boom zijn bestaan probeerde te rekken. Een zware lucht van rottenis hing over het land en het bospad lag voor ons in lange, onoverzichtelijke lussen en schijnbaar willekeurige kronkelingen.

Osbert vertraagde zijn pas niet, ik had eerder de indruk dat hij steeds sneller ging. Uiteindelijk veranderde het zompige moeras in akkerland waar het jonge koren net de kop opstak. Tussen de glooiingen kon ik nu een kerkje zien dat zich verhief tussen een groep huisjes met laaghangende strodaken.

De markt van Easingwold was al in volle gang. Ik had nog nooit zoveel mensen bijeen gezien. In krappe kralen waren varkens en schapen bijeengedreven. Een knoestige boer probeerde een kalf vast te leggen aan een paal, maar het ontglipte hem steeds zodat hij in de tijd dat ik drie keer kon ademen al meer vloeken uitstootte dan ik in mijn hele leven had gehoord. Bij een kraam met kruiden stond een lieftallig wezentje. Ik had er al veel over gelezen, maar nog nooit had ik een vrouw gezien.

'Doe niet zo gek.' Osbert gaf me een duw.

Ik besefte dat ik was blijven stilstaan en met open mond naar haar staarde. Het meisje, dat ons had opgemerkt, stootte een hoog lachje uit en ik voelde een warme gloed opstijgen in mijn nek.

'Je hoort niet te staren naar meisjes,' zei mijn metgezel. 'Daar krijg je problemen mee, of je een pij draagt of niet. Kom mee!'

Hij leidde me snel langs enkele kramen met keukengerei van hout en van aardewerk. Verderop een lange rij open vaten met een onbekende inhoud, zelfs de geur kon ik niet thuisbrengen. Bij een kraam met handgereedschappen en takkenbezems stonden twee jongemannen, gekleed in strakke hozen en kleurige tunieken me stomverbaasd aan te kijken. Wat mankeerde die lui?

Bij een half overhuifde kar, die aan de open kant hoog beladen was met stoffen, hield Osbert me tegen. 'Hier moeten we zijn.' Hij groette een massieve vrouw die hier haar nering had. Ze beantwoordde zijn groet en begon toen hard te lachen, waardoor haar vlechten een rondedansje deden over haar zware boezem.

'Ze lacht om jou, Iss.' Osbert grijnsde naar de vrouw. 'Jij staat vast te popelen om deze jongen aan te kleden.'

Ik begreep nu dat het om mijn kleren ging. Ik droeg nog altijd een pij, die Giles voor me had gemaakt uit afgedankte kloostervodden. Opeens schaamde ik me diep.

'Hij is geen monnik,' zei Osbert. 'Kleed hem zoals gebruikelijk is voor een jongeman. Maar hou de meetlat erbij, we willen geen half werk.'

De vrouw knipoogde. 'Ook een mantel?' vroeg ze en zonder op antwoord te wachten riep ze over haar schouder: 'Trud!'

Iemand beantwoordde haar roep en even later kwam er een meisje tevoorschijn, een mager blond wicht, dat gebukt ging onder een bocheltje. Ze moest onder de huif hebben liggen slapen, want ze wreef zich in de ogen en had zichtbaar moeite om uit haar droomwereld te komen.

'Deze jongeman moet kleren hebben,' zei de kraamhoudster. 'Kom, schiet eens op.'

Dat laatste was voor mij bedoeld. Ze gebaarde me naar de huif en, onder extra aansporing van Osbert, die me een duwtje gaf, belandde ik in de wagen. Het meisje trok me de huif in en het gordijn gleed achter ons dicht, zodat we opeens in een broeierig halfduister verkeerden. De geur en warmte van haar slapende lijf waren nog tussen de dekens blijven hangen.

'Blijf staan,' fluisterde ze en voor ik begreep wat er gebeurde, had ze me van mijn vodden ontdaan en stond ik naakt voor haar.

'Wat doe je?' Ik was ook gaan fluisteren, want ik wilde niet dat Osbert wist dat ik hier zo stond. Gelukkig was het donker.

'Ik moet je opmeten.' Ze kwam tegen me aan staan, spande een koord om mijn schouders en legde er een knoop in. Daarna deed ze hetzelfde met mijn heupen. Tot mijn ontzetting voelde ik dat ze net zo naakt was als ik. Ik deinsde voorzichtig terug, maar een zeker lichaamsdeel, waarover ik geen beheersing had, bleef tegen haar aan duwen. Het meisje giechelde en zei: 'Nog even de lengte.'

Ik keek op haar neer in het schemerduister en verwonderde me over haar lichaam, dat, afgezien van de bult tussen haar schouders, volmaakt was.

Ze gooide toen het touwtje terzijde, sloeg een arm om me heen en pakte me met één hand bij mijn roede. 'Die hoef ik niet te meten,' zei ze en ze liet zich achteroverzakken zonder me los te laten. Even sloeg de paniek toe, mijn hart ging tekeer. Ik ademde zwaar en lag een beetje dwaas over haar heen, zonder te weten wat ze van me verwachtte, maar ze leidde me en ik merkte dat mijn lichaam vanzelf gehoorzaamde. Al tastend vond ik haar zachte borsten, met kleine, hardere uitsteeksels en opeens hield ik het niet meer. Ik duwde mijn onderlichaam wild tegen haar aan en ze slaakte een gedempte kreet. De spanning kwam tot een ontlading, vloeide uit me en even lag ik daar, over haar heen gedrapeerd, uit te hijgen, terwijl ze me zachtjes op mijn rug klopte. 'Dat was fijn,' zei ze. 'Trek nu je oude kleren aan en kom rond de noen terug.'

Even later stond ik buiten, ik wierp een blik op Osbert, die nog met de vrouw praatte. Hij hield midden in zijn zin op en keek me aan. 'Is het gelukt?' vroeg hij ernstig.

Ik knikte, al wist ik niet precies wat hij bedoelde.

'Ga maar rondkijken,' zei hij, 'ze zijn hier wel even mee bezig. Ik heb ook nog zaken af te handelen.'

Ik liep langzaam langs de uitstallingen en deed of ik alles aan het bekijken was. In gedachten ging ik alle literatuur na die ik gelezen had, om mijn kennis te koppelen aan dat wat ik zojuist had meegemaakt. Gaandeweg voelde ik de opwinding terugkomen en ik begreep nu veel beter wat ik daar met dat meisje had gedaan. Hoe heette ze ook weer? Trud? Was dat een afkorting van Gertrud, van Eltrud? Ik wist niets van haar en zij niet van mij. Dit kon dus ook nog. Maar het was zo snel gegaan dat ik pas achteraf besefte dat ik ervan had genoten. Of genoot ik pas door de herinnering? Eén ding nam ik me voor: een volgende keer zou ik me niet laten verrassen, ik zou voorbereid zijn en mijn tijd nemen.

Ik was niet van plan verder veel rond te kijken en verheugde me al op het weerzien met het meisje. Ik besloot om een rustig plekje te zoeken waar ik een korte ommegang kon maken door mijn geheugenplaatsen om de voorstellingen die ik daar had geplaatst te verlevendigen met behulp van mijn nieuw opgedane kennis. Hoeveel had ik niet gelezen zonder het ooit werkelijk te begrijpen? Ik glipte een stal in waarvan de deur half openstond en vond daar een bak hooi waarin ik ging liggen, terwijl ik met enige wellust de details invulde van de vage konterfeitsels die ik eerder voor mijn geestesoog had geschilderd. En gaandeweg voelde ik mijn roede weer groeien. Ik vergat de kwartieren van mijn herinnering en verwijlde een tijdlang bij die schemerige rondinkjes die mij zo in vervoering brachten.

Ik schrok wakker van een rat die over mijn gezicht liep en sloeg het beest van me af. Hoelang had ik geslapen? Snel zocht ik mijn weg terug naar de huifkar en de geamuseerde blikken van het volk, want nog altijd liep ik in vodden. Osbert was niet in de buurt, maar de vrouw wenkte me naar zich toe. 'Het is klaar, kom ze maar passen.'

Ze hield me een stapeltje kleren voor en wees achter de wagen. 'Kleed je daar om.'

Ik probeerde een glimp van het meisje op te vangen, maar ze lag zeker alweer te slapen, want het gordijn in de huif was gesloten en niets leek te bewegen dan de wind die zachtjes aan het doek trok en het deed opbollen. Ik had een wollen broek, een linnen hemd en een leren gordel. Ik slaagde erin om het allemaal aan te trekken en een en ander vast te snoeren. Een wollen tuniek voor eroverheen en een kaproen op het hoofd. Opeens voelde ik me een ander. Ik keek naar de vodden op de grond en besloot die te laten liggen.

Osbert wachtte al op me voor de wagen. Hij maakte wat grappen tegen het meisje Trud. Ze stond voor haar gordijn, en lachte hoog en een beetje overdreven. Toen zag ze mij, boog zich naar me toe en trok even spottend aan mijn haar. 'Je ziet er goed uit,' zei ze, 'je mag nog eens terugkomen.'

Ik wilde al in de wagen stappen, ditmaal voorbereid, maar ze verdween giechelend achter haar gordijn. Ik keek besluiteloos naar Osbert, die zijn hoofd schudde.

'Ik heb voor één keer betaald,' zei hij.

De oudere vrouw knikte. 'Goede reis.'

Osbert groette haar. 'Kom, we gaan naar huis,' zei hij tegen mij.

Hij liep veel langzamer nu, maar ik bleef een paar passen achter hem.

Ik was voorbereid geweest en nu gebeurde er niets. Erger nog, hij had haar betaald. Weer moest ik mijn ommegang in om mijn indrukken en inzichten te toetsen aan wat ik kende en wist, om de draden aan elkaar te knopen. Ze was een hoer. De hoer van Babylon. En ik dacht aan Maria Magdalena en aan de vrouwen van de Moabieten. Aan Jezebel dacht ik en Tamar en Rahab en Oholah en Oholibah en...

Vervloekte hoeren!

Ik zat weer in de kapittelzaal. Met een schrijftablet en een griffeltje wachtte ik op mijn vragen.

'Ik heb het je niet al te gemakkelijk gemaakt,' zei de abt, 'maar dit is geen zaak die we lichtvaardig moeten opvatten. Een studie vergt verantwoordelijkheid, al te gemakkelijk kan een student wegzakken in de poel des verderfs die universiteitssteden nu eenmaal zijn. Want het kwaad zoekt dikwijls juist naar voortreffelijkheid om te corrumperen. Wat voor eer is er te behalen aan het verderven van de zwakken? Ben je er klaar voor?'

Ik knikte en het zweet brak me uit, hoewel het niet warm was in de kamer.

'Schrijf de namen van de twaalf apostelen op.'

Ik deed wat hij zei en verwachtte dat dit het begin was van een complex bouwwerk van verdere vragen. De volgende vraag was bijna een belediging.

'Wat is de accusatief van *deus*?'

'Deum.'

'En de ablatief?'

'Deo.' Zag hij me nu echt als een klein kind? Of zette hij een val?

Hij richtte zijn blik op mij en zijn ogen priemden in de mijne. 'En nu de vocatief van deus...' zei hij. Ik wilde al antwoorden, maar hij was nog niet klaar. '...in het meervoud.'

Dacht hij werkelijk dat ik hierin zou trappen?

'Deus in het meervoud zou impliceren dat er meer dan één God is,' zei ik ernstig. 'De vocatief hiervan gebruiken is een doodzonde. Wij zijn geen heidenen.' Natuurlijk had ik Petrus Damianus gelezen.

'Goed,' zei hij, lichtelijk verbaasd. 'En dan nu de laatste opdracht: 'Geef me twee argumenten tegen waarzegging door middel van astrologie. Een geloofsargument en een logisch argument.'

'Geloofsargument, als onze bestemming in de sterren ligt, berooft ons dat van onze vrije wil.'

'Juist,' zei hij. 'En het logische argument?'

Ik dacht even na en zei toen, alsof ik het zelf ter plekke bedacht: 'Tweelingen, die op dezelfde plek en hetzelfde tijdstip geboren worden, leiden soms zeer verschillende levens.'

Hij knikte. 'Je hebt ook Augustinus gelezen, zie ik.' Hij keek me ernstig aan. 'Je hongert naar kennis, Isidoor, ik kan dat zien. Maar besef wel dat er meer is dan kennis. Laat God toe in je hart en hou je ver van hoererij en lollardisme.'

Ik knikte ijverig, wat niet moeilijk was, want van de eerste term had ik nu wel een idee, de tweede kende ik nog niet. 'Hoererij en lollardisme,' herhaalde ik, om het niet te vergeten. Deze zaken vroegen hoe dan ook om nader onderzoek.

'Ga nu,' zei de abt. 'Ik zal het je spoedig laten weten.'

De weg naar Konstanz VI

—

De golven

Mijn muts moest van mijn hoofd zijn afgegleden in de slaap, want ik ontwaakte door de felle zon. Ik lag alleen in de kom en heel even overviel me de panische gedachte dat ze was vertrokken met haar vader, dat ze hun eigen weg waren gegaan, maar toen merkte ik hoe haar deken me nog half bedekte en haar geur hing nog in de lucht. Aan de kleren om me heen zag ik dat ze niet meer kon dragen dan haar onderhemd. Ik kreeg vreselijke honger en wilde overeind komen maar op dat moment knielde Lorea bij me neer. 'Ik heb ontbijt voor je.'

Ze had gerstekoeken met noten en honing en niets smaakte ooit beter. Ze bleef bij me zitten en keek aandachtig hoe ik at. Ik bood haar er een aan. Ze schudde haar hoofd. 'Wij hebben al gegeten.'

Toen ik klaar was, zei ze: 'Kom, we gaan ons wassen in de zee.'

Ik wilde me aankleden, maar ze trok me overeind. 'Dat is niet nodig. Of wil je straks op weg met natte kleren aan je lijf?'

Voor de oude man hoefde ik me niet te generen, die scharrelde trouwens verderop tussen de bomen met zijn stok, op zoek naar een plek om zijn behoefte te doen.

Lorea liet mijn hand pas los bij de branding, waar ze haar onderkleed liet vallen en het water in rende. Ze draaide zich naar me om. 'Kom,' riep ze, 'als je te lang wacht, krijg je het koud!'

Ze sloeg wild op de golven en maakte zichzelf zo tot middelpunt van een fonkelende fontein. Ik wilde niet achterblijven, liep naar haar toe en tilde haar op. Ze gilde van gespeelde angst en ik waadde met haar naar een iets dieper gedeelte waar ik haar hoog tilde en van me af wierp. De plons waarmee ze neerkwam brak het gegil af. Ze bleef even onder, kwam toen proestend en naar adem happend weer boven.

Geschrokken zette ik me af en ondersteunde haar, ik had niet beseft dat het hier al te diep was voor haar om te staan. Ze ontglipte me als een aal en zwom van me af. 'Dacht je dat ik niet kon zwemmen?' riep ze plagerig. 'Kom me maar halen!'

Ze zwom als een kikker in de richting van een rotseilandje vlakbij. Ik kon de aanblik van haar lenige lijf niet langer verdragen en schoot achter haar aan. Ze was snel, ze zwom om het eilandje heen en wachtte me daar watertrappend op. Hier was het minder diep. Ik pakte haar voorzichtig vast, bang dat ze me ongewild zou schoppen. Meteen sloeg ze haar benen om me heen. Ik wilde onbeheerst in haar binnendringen maar ze gilde. 'Je duwt me tegen de rots!'

Ik stapte terug en plantte mijn voeten in het zand.

Gewichtloos als ze was klemde ik haar tegen me aan en weer slaakte ze een kreet, maar dit keer niet van pijn. Ik bewoog in haar als de golven die komen en gaan en ik verloor alle besef van tijd. Achteraf besefte ik dat ons hoogtepunt moest hebben weerkaatst tussen de rotsen.

Na de zwempartij gaf ze me een doek om me af te drogen. De oude man riep me een vrolijke groet toe. Aan niets was te merken dat hij ons spel afkeurde. Misschien had hij het niet gehoord.

Pas buiten het water had ik het koud gekregen, ik wilde me snel aankleden, maar ze trok me mee naar de kom waar we geslapen hadden en vroeg me te gaan zitten. Snel schoot ze haar onderkleed aan en nam iets uit haar tas. 'Ik heb je zien krabben,' zei ze. 'Ik help je ervan af.' Ze begon mijn haar te kammen met een stevige, zeer fijngetande kam. Daarna masseerde ze olie in mijn hoofdhuid. 'Wolfsmelk en ridderspoor,' verklaarde ze. 'Je zult er geen last meer van hebben.'

Ze had gelijk. Ik voelde al meteen dat er niets meer bewoog tussen mijn haarwortels.

'Gelukkig heb je het pas nog laten knippen,' zei ze. 'Dat kan ik zien.'

'Ooit had ik heel lang haar,' zei ik, 'ik knipte het jarenlang niet, zodat het in vervilte strengen tot op mijn heupen hing.'

'Waarom zou je dat doen?' vroeg ze verbaasd.

Ik had er alweer spijt van, waarom begon ik hierover? Ik kwam overeind en begon me aan te kleden. 'Om niet op te vallen,' zei ik, en ik moest lachen om haar gezicht. 'Ik heb jaren door het Oosten gereisd en deed me voor als een heilige bedelaar, want dat was de enige manier om niet het slachtoffer te worden van de moordzuchtige ruiterbenden die daar rondtrokken.'

Ze knikte. 'Hoelang reizen we nu samen?'

Ik had de dagen niet geteld. 'Tien dagen, twee weken?'

'Precies,' zei ze, quasiverongelijkt, 'en je hebt me nog altijd niets over je avonturen verteld.'

Ik zweeg, er was zoveel wat ik niet wilde vertellen.

Ze gaf me geen respijt. 'Wat zocht je in het Oosten?'

Ik zuchtte en zei: 'Wat ik overal zoek: kennis.'

'Net als mijn vader,' zei ze. 'Altijd op zoek naar kennis.' Ze vroeg niet of ik gevonden had wat ik zocht.

Ik keek toe hoe ze zich aankleedde en toen haar eigen haar begon te kammen. Hoewel het veel langer was dan dat van mij, kwam ze er gemakkelijker doorheen. Ze merkte dat ik haar gadesloeg en lachte verlegen naar me. 'Kom,' zei ze. 'We moeten gaan.'

De grijsaard stond al klaar met de ezel, hij droeg de dekenrol op zijn rug en had de knapzak op zijn wandelstaf gebonden. Ik had hem nog nooit naar iets zien zoeken, hij wist altijd precies waar hij zijn zaken had.

6

De omweg

Ik bleef de rust zoeken van mijn bibliotheek, al leek alles nu anders. De monniken die me eerder nauwelijks hadden opgemerkt, keken nu naar me als ik in hun buurt kwam. Mijn nieuwe verschijning leek ze onrustig te maken, en ik op mijn beurt vond achter mijn lessenaar nauwelijks nog de rust om een boek te lezen of te bouwen aan mijn innerlijke stadskwartieren. Steeds weer dwaalden mijn gedachten af naar de vrouw die ik had bezeten, hoewel het eerder andersom was geweest. En naar de andere meisjes en vrouwen van Easingwold.

We hadden van onze tocht sikkels, tangen en zagen meegebracht, die Osbert kocht toen ik lag te slapen in het hooi, maar hij was die dag ook bij het meisje geweest. Betekende dit dat het monnikschap te combineren viel met incidenteel meisjesbezoek – of waren voor ons kloosterlingen alleen betaalde vrouwen bereikbaar? En hoe kwam een broeder aan geld – of had Osbert het geld aangesproken dat hij meekreeg om inkopen te doen? Ik wilde onderweg praten over de nieuwe ervaringen, maar hij was duidelijk: 'Je weet nu dat er meer is dan het klooster. Je mag zelf bedenken of je werkelijk wilt postuleren voor intreding. We praten er verder niet over.'

Mijn onrust moest zijn doorgedrongen tot de abt, want een week na ons uitstapje stuurde hij Osbert om me naar zijn persoonlijke vertrek te brengen. Ik moest plaatsnemen op een krukje tegenover de abt, Osbert bleef bij de deur.

'Ik heb nagedacht, goede Isidoor,' zei abt Robert. 'Het is duidelijk dat je een scherp verstand hebt en voor je leeftijd ben je uiterst belezen. Omdat het geen zin heeft om je maar een paar jaar te laten studeren, zal de orde je in staat stellen om je in de vrije kunsten te bekwamen en als het resultaat bevredigend is, ga je verder in de theologie. Osbert zal je begeleiden, want met tweeën is het veiliger reizen dan alleen en hij zal het geld beheren waarmee je het eerste jaar moet rondkomen. Ik geef hem ook de aanbevelingsbrief voor de Universiteit van Oxford en voor het cisterciënzer huis waar je zult verblijven.'

'Dat is het mooie als je calefactor bent,' zei Osbert. 'In de zomer heb ik de handen vrij voor alle onverwachte werkzaamheden die zich voordoen.'

Mijn gedachten zwermden door mijn hoofd als bijen in een korf, en ik volgde met moeite de conversatie van de twee, die praktische zaken bespraken. Het ging over de overnachtingen onderweg. Tijdens de reis, die zeven of acht dagen in beslag zou nemen, konden we pleisteren bij de abdijen van Kirkstead en Merevale. Tegen Kirkstead bracht Osbert het bezwaar in dat dit zo ver uit de route lag, dat het een of twee dagen extra reistijd zou vergen en dat we beter alleen Merevale konden aandoen. Verder zouden we zien wat de weg ons bracht. De meeste mensen zouden twee goede broeders met alle liefde gastvrijheid bieden. En we konden in ieder stadje de vertegenwoordiger van de kerk aanspreken als het volk ontoeschietelijk was.

De abt deed ons uitgeleide tot halverwege de kruisgang. Daar hield hij halt en nam me bij de schouders. 'Ik verwacht veel van je, Isidorus,' zei hij. 'Als je de juiste leeftijd hebt bereikt, kom je terug en dan krijg je de verantwoordelijkheid over de school. God heeft jou niet zomaar voor onze poort gebracht.'

Ik bedankte hem en nam afscheid, want we zouden in alle vroegte vertrekken, om de broederschap de onrust te besparen die elke verstoring van de regelmaat in een klooster teweegbrengt.

Op verzoek van Osbert droeg ik een monnikspij omdat, zo zei hij, dat deuren zou openen en rovers op afstand houden. Zo spaarde ik ook mijn nieuwe kleren voor de universiteit.

Na een lange dag lopen langs eindeloze moerassen, en niet meer rust dan een uurtje aan de oever van een kleine rivier, bereikten we in de avond een stad, die in de schaduw lag van een kasteel. Mijn aandacht ging vooral uit naar een glinsterende strook die zich uitstrekte voorbij stad en heuvel en de hele horizon omspande. 'Wat is dat?' vroeg ik.

'De zee,' zei mijn metgezel. 'Ach Iss, heb je die nog nooit gezien?'

'Dit kan toch niet al Nottingham zijn? En ligt dat aan zee?'

'Je kent de sterrenhemel toch zo goed,' vroeg Osbert spottend, 'heb je dan niet gemerkt dat we naar het noorden gingen? Nottingham ligt in het westen. Dit is Scarborough.'

Hoe had dit me kunnen ontgaan! Scarborough, de stad van de grote jaarmarkt. Maar die begon pas met Maria-Hemelvaart. 'Waarom zijn we hier?' vroeg ik.

'We zouden wel gek zijn als we direct naar Oxford gingen. We hebben geld en een paar dagen vrijheid. Daar moeten we gebruik van maken.'

'Maar dat is mijn studiegeld!'

'Er blijft genoeg over,' meende Osbert, 'en de abt gaf het aan mij in beheer. Volg me!' Hij liep snel door de smalle straatjes en weldra kwamen we op een steil aflopend pad tussen gemetselde wallen door. Voor ons opende zich een schemerig strand waar stille waterplassen de sterren weerspiegelden en de branding zich bruisend terugtrok. Op het strand de vormen van omgekeerde boten. Een hulkje schommelde op de deining en verderop lagen twee schepen voor anker.

'Nu zoeken we een plek voor de nacht,' zei Osbert. 'En we pakken een *piggin*.'

'Een wát?'

Hij lachte. 'Jij weet niet veel, hè? Dat is een drinkbeker van varkensleer.'

Hij hoefde niet te zoeken maar liep doelbewust, met grote passen, naar een scheef huisje, gebouwd op een rots die vooruitsprong uit de kadewal, en duwde daar tegen een deur. Iemand hield de deur tegen en vroeg iets. Osbert sprak enkele woorden die wegvielen in het geruis van de branding. De deur ging wijd open.

We kwamen in de broeierige warmte van een kleine gelagkamer waar bij kaarslicht een paar donkere figuren over een tafel hingen en dronken. Op een kleine verhoging zong een man een slepend lied en op een bankje bij de gemetselde haard hingen wat vrouwen verveeld bij elkaar, extra bijgelicht door twee kleine fakkels. De man die ons had binnengelaten, wees ons een krukje en een ander kwam al aan met twee volle piggins bier. 'Als je meer wilt, dan kun je het zelf uit het vat scheppen,' zei hij, 'het is allemaal inbegrepen.'

'Bij wat?' vroeg ik.

'Hier slapen we,' zei Osbert, 'en voor we naar boven gaan, zullen we eten en drinken.' Hij vatte zijn piggin bij de steel en wachtte tot ik zijn voorbeeld volgde. 'Op je studie, Iss!' zei hij.

We dronken en nog voor ik de bodem in zicht had, stond hij al op om bij te schenken. Hij liet me zien hoe je een piggin schept, rechtstreeks uit het vat. 'Dan kunnen we elkaar afwisselen,' zei hij.

'Moeten we wel zoveel drinken?' vroeg ik.

'Het wordt een zware studie, vergis je niet,' zei hij, 'één heildronk op het welslagen is niet genoeg.'

Dus we dronken.

'Mijn piggin lekt,' zei ik bij de derde.

Osbert schudde al drinkend zijn hoofd, zonder te morsen. 'Dan moet je sneller drinken,' zei hij.

De waard kwam met brood en worst en we aten tot we niet meer konden, daarna schepten we een nieuwe piggin om het zoute eten weg te spoelen. De zanger, die even stil was geweest, zette een nieuw lied in, met vele coupletten, die steeds eindigden op de woorden: *Peterselie, salie, rozemarijn en tijm!*

'Wat een vreemd lied,' zei ik. Ik kende alleen psalmen en antifonen.

'Dit gaat over de pest,' zei Osbert. 'De dokters droegen die kruiden in hun masker om de kwalijke dampen niet in te hoeven ademen die hun patiënten uitwasemden. Genoeg somberheid! Tijd voor wijn!'

Ik wilde protesteren, maar hij legde me een vinger op de lippen.

'Wijn na bier, ken je het spreekwoord niet?' vroeg hij. 'Daarbij hebben we geld meegekregen voor logies en leeftocht, dus dit staat los van jouw studiegeld.'

De zanger maakte plaats voor een jongen met een harp, die hoog zong als een meisje, maar dat zeg ik achteraf, want ik wist toen nog niet hoe meisjes zingen. De kroeg stemde in met zijn lied, dat overigens onverstaanbaar was. Osbert leek het te kennen, want hij galmde mee. De wijn was goed, ik zweefde en uiteindelijk moest ik wel instemmen met het gezang. Dat ik de woorden niet kende leek niemand te deren.

Ondertussen waren ook de meisjes in beweging gekomen en ik kon mijn ogen niet afhouden van hun soepele jonge lichamen, die gehuld waren in niet meer dan onderhemdjes. Ik bleef kijken hoe ze daar tussen de mannen door liepen en met de muziek meewiegden. Een van hen liet zich neer op Osberts schoot en sloeg haar armen om hem heen. Hij begroef zijn gezicht in haar boezem, wat haar een overdreven lach ontlokte.

'Kies een meisje uit, Iss,' zei mijn metgezel, 'het is tijd om naar boven te gaan.'

'Zijn dit betaalde meisjes?' vroeg ik ongerust, want ik dacht inmiddels te weten wat er te koop was in de wereld.

'Ze zijn goedkoop,' zei Osbert, nauwelijks verstaanbaar door zijn dubbele tong. 'Niet de helft van wat ze in Nottingham zouden kosten.'

Een meisje met los rossig haar boog zich over me heen, nam mijn hoofd tussen haar handen en kuste me op de mond. Mijn laatste restje weerstand verliet me en ik liet me door haar bij de hand nemen, via een trapje naar de slaapzolder, waar ze me op een strozak liet plaatsnemen en zich naast me neervlijde. Langzaam begon ze me van mijn kleren te bevrijden en ik kon nog net zien hoe Osbert met zijn vriendin in een bedstee verdween. Als hij het geld gebruikte voor hoeren, waarom zou *ik* dan alleen slapen? Ik schikte me in het onvermijdelijke en had geen spijt.

Ik ontwaakte met bonkend hoofd en zonder meisje. Door de blinden kwamen al streepjes daglicht. Ik bleef even liggen om de nacht voor mijn geestesoog te halen, maar vond alleen schimmen en suggesties van heerlijkheden die daardoor des te pijnlijker afwezig waren. Met moeite kwam ik overeind en zocht Osbert. Hij hing half uit een bedstee en sliep nog, in zijn halflange haar zaten opgedroogde resten braaksel, maar het meeste was terechtgekomen op de vloerplanken. Zijn gesnurk overstemde het geruis van de branding. Osberts vriendin van de nacht zat gehurkt voor de bedstee met haar rug naar mij toe de kleding te doorzoeken die mijn metgezel de vorige avond achteloos had afgeworpen. Ze maakte net de beurs los van de gordel, ik moest snel handelen.

Ze schrok toen ik achter haar verscheen en mijn hand op haar keel legde. Ik fluisterde met een duistere stem in haar oor: '*Heu... cuculus nobis fuerat cantare suetus, quae te nunc rapuit hora nefanda tuis?*'

Ze verstijfde en het kostte me nog enige moeite om de beurs uit haar greep te bevrijden. 'O God,' zei ze op dezelfde fluistertoon, 'o God, monnik, wat heb je over me uitgesproken?'

Ik hielp haar overeind en bracht haar naar de trap. 'Wees vervloekt,' zei ik. 'De volgende keer dat je steelt, zul je veranderen in een geit.'

Ze keek me met grote schrikogen aan en deinsde terug, waardoor ze haar evenwicht verloor en van het lage trapje afviel. Jammerend krabbelde ze op en verdween uit het zicht.

Ik maakte wat berekeningen en kwam tot de conclusie dat onze omweg de reis met dagen zou verlengen, zeker als ik Osbert het geld liet beheren. Ik verstopte de buidel in mijn hemd en duwde Osbert tegen zijn schouder. 'We moeten op weg,' zei ik. 'We hebben al veel tijd verloren.'

Osbert kwam kreunend overeind, zette één voet op de grond, trapte daarbij in zijn eigen braaksel en vloekte.

'We kunnen geen geld meer uitgeven,' zei ik. 'De abt heeft een jaargeld meegegeven, maar het zal hoe dan ook karig zijn.'

Hij keek me aan, greep toen naar zijn pij, naar zijn gordel. 'Het is weg,' stamelde hij.

'Je hebt je laten bestelen?' Ik liet me op mijn knieën zakken en keek hem verbijsterd aan.

Hij wendde zijn hoofd af, haalde de schouders op. 'Wil je echt mij hiervan de schuld geven?' Zijn adem stonk, zijn haar was een harde klit van verkleefd braaksel. 'Ik heb de aanbevelingsbrief nog. Die zal je in elk geval toegang verschaffen. We zien wel hoe we dit oplossen.'

Op de trap bleef hij staan en draaide zich naar me om. Ik zag de angst in zijn ogen. 'Ik heb nog niet kunnen betalen,' zei hij.

'Je kunt het vast uitleggen,' suste ik hem, 'het lijken me aardige mensen. Misschien moeten we eerst even goed ontbijten, voor je ze vertelt dat we geen geld meer hebben.'

Ik duwde Osbert voor me uit, maar op het moment dat hij de gelagkamer betrad, waarvan de warmte ons al tegemoet sloeg, deed ik een stap terug, want ik had een keuken gezien. Er was niemand. Ik graaide wat kleine broden en een homp kaas van de planken en stopte ze onder mijn mantel. Bij het raam stond een zak tarwebloem, van fijne kwaliteit, dat kon ik zien. Ik nam twee handenvol in een slip van mijn hemd. Daarna ging ik de gelagkamer in, vanwaar me inmiddels kreten van woede en pijn tegemoetkwamen.

Twee mannen waren bezig met Osbert, de een hield hem vast, de ander stompte hem met langzame, weloverwogen uithalen in zijn gezicht, dat al flink beurs was. Drie vrouwen drukten zich angstig tegen de muur, onder hen onze vriendinnen van die nacht. Ik stapte naar voren en stelde me op bij de brandende haard.

'*Heu!*' riep ik, en toen ze zich omdraaiden, ging ik verder: '*Infelix nobis illa dies fuerat!*'

Ik gooide de tarwebloem in het vuur, dat één moment fel oplaaide en de hele kamer leek te verzwelgen met zijn gloed. De mannen schreeuwden en lieten zich op de grond vallen. De vrouwen begonnen in koor te gillen. Osbert stond daar maar; hij had waarschijnlijk alles gemist met zijn dichtgeslagen ogen. Ik pakte hem bij de arm en duwde hem naar de uitgang.

Buiten was de zon verdwenen, de zee, die veel dichterbij leek dan de avond daarvoor, brak in geweldige golven los op het strand, tegelijkertijd striemde de hagel ons in het gezicht. 'Kom mee,' riep ik. Ik leidde Osbert bij de hand, voor het geval hij niets kon zien. We beklommen het oplopende pad tussen de wallen en even later waren we terug op de weg.

'Waar wil je heen?' vroeg Osbert na een tijdje.

'Naar Oxford,' zei ik. 'Ga jij terug naar huis dan? En hoe wil je dat uitleggen?'

'Hoe ga jij Oxford betalen?' was zijn wedervraag.

Ik wist dat de beurs onaangetast was, alle geneugten van de nacht, hoe vaag ook in de herinnering, hadden niets gekost. 'Dat zien we later wel,' zei ik. 'We zullen nu in Merevale logies genieten. Maar was eerst in de beek die kots van je af!'

Die vaagheid in de herinnering zat me meer dwars dan ik kan zeggen. Wat is het leven zonder herinneringen? We zwegen verder en ik keerde terug naar de straten van mijn ommegang, maar zo eenvoudig als me dat altijd was afgegaan, zoveel moeite had ik nu om me alles voor de geest te halen. En, mijn vriend, ik begreep die ochtend dat de drank, hoe aangenaam ook, niets voor mij was. De zonden des vlezes kon ik inmiddels naar waarde schatten, al had ik ze nog niet diepgaand genoeg verkend, maar waarom zou je je onsterfelijke ziel in zonde verkwanselen, als je er niet eens de herinnering aan bewaarde?

Osberts humeur was er niet op verbeterd, toen we acht dagen later Oxford bereikten. Ik bepaalde nu het tempo. Vijf van de nachten hadden we in het bos moeten slapen, met zo karige mondvoorraad, dat we allebei flink waren vermagerd. Osbert sprak niet zoveel meer sinds ons avontuur in Scarborough. Hij droeg de littekens nog op zijn gezicht en ongetwijfeld ook op zijn ziel. Ondertussen had hij niet de beloofde ideeën aangedragen voor mijn geldprobleem, en pas in het zicht van de stad kwam hij met de oplossing.

Terwijl we nog vanuit een bosrand naar de verre stad uitkeken, zei hij: 'Broeder, ik geef je nu je aanbevelingsbrief en keer dan terug naar huis.'

Met één hand reikte hij me de brief en met de ander stompte hij me hard op mijn neus. Ik sloeg tegen de grond en probeerde overeind te komen, maar nu schopte hij me in mijn ribbenkast en in mijn buik. Toen hielp hij me overeind, zette me tegen een boom aan en sloeg me nog een paar keer in het gezicht. Ik was aanvankelijk te verbouwereerd om terug te vechten, en net hervond ik mezelf, of hij hield op en omhelsde me. 'Laat dat bloed dat uit je neus komt maar flink op die brief en op je kleed druppelen,' zei hij, 'en vertel ze in Oxford dat je bent beroofd. Ze zullen je dan vanzelf tegemoetkomen en oplossingen zoeken.'

'Vaarwel, broeder,' zei ik ontroerd, 'ik heb veel van je geleerd.'

Ik keek hem na en vergiste ik me, of was zijn krachtige tred het bewijs dat hij zijn vitaliteit en levensvreugde had teruggevonden? Een boze gedachte flitste door mijn hoofd en ik tastte naar de geldbuidel die ik onder mijn kleed had verborgen. Die was er nog. Wel leek hij bij nadere beschouwing minder zwaar te wegen dan toen ik hem op die ochtend in de herberg in Scarborough uit een hoerenhand had gewrongen.

'Geniet ervan, Osbert!' riep ik hem na, want al te spoedig zou hij weer zijn dagen slijten tussen de oude mannen in het calefactorium van Bellalanda.

En ik wist nu dat ik nooit zou terugkeren.

Zo vervolgde ik mijn weg, bruisend van opwinding, en hongerig als ik was naar mijn bestemming moest ik me bedwingen om niet mijn mantel hoog op te schorten en het op een rennen te zetten.

Deel II
Oxford

(1388-1390)

‘Dat verklaart ook waarom we op elk terrein de mensen die de plannen maken (*architectonas*) meer respecteren dan de uitvoerders. [...]

We houden de bedenkers van de plannen namelijk niet voor wijzer omdat ze vaardig in de uitvoering zouden zijn, maar omdat ze begrijpen wat er gebeuren moet en inzicht in de oorzaken hebben.’

– Aristoteles, *Metafysica* (vertaling Ben Schomakers)

7

Gropekuntlane

Ironisch toch, dat het absolute geheugen dat ik in me meedraag in een vergeetput is gestopt. Binnen deze muren en onder deze drukkende steenmassa's wordt niets vergeten.

Het heeft een tijdje geduurd voor ik wist dat ik hier niet alleen was. Terwijl mijn oren gaandeweg aan die eeuwige stilte gewend raakten, begon ik de geluiden te horen: het knagen van wormen in de zware deur. De oneindig trage tandraderen die de aardomwenteling gaande houden. Het kraken van de koude rots onder mijn stinkende strozak, de klots van de Bodensee – of is het de wieling van de wereldzeeën om de landmassa's? – het kloppen van mijn hart. En heel geleidelijk ging ik in de pauzes tussen mijn eigen ademtochten een tweede adem onderscheiden, een die trager was en dieper. Datgene waarvan ik me de eerste dagen, weken, maanden nauwelijks bewust was geweest, zwol in de loop van de tijd aan tot een contrapunt van zuchten, dat uiteindelijk de hele ruimte vulde, en nu hoor ik ze zelfs weerkaatsen en krijg ik een akoestisch beeld van mijn omgeving, met jouw gestalte als massieve aanwezigheid in de verste hoek.

Vlak bij de stad kleedde ik me om. Ik had geen belang meer bij mijn oude reiskleed en moest nog het bloed van mijn gezicht wassen. Bij een snelstromende beek ging ik van het pad en zocht mijn weg door struikgewas. Ik klom over bemoste stronken die als slagbomen de doorgang beletten. Aan de oever van de beek kleedde ik me uit en liet me zakken in het ijskoude water. Ik waste mijn gezicht, dompelde mezelf onder, de felle pijn op mijn schrammen negerend. Toen ik mezelf genoeg gekweld had en de wal op wilde klimmen, stootte iets me zo hard terug, dat ik achteroverviel, terug in de stroom. Ik zwom een slag onder water naar een dieper gedeelte en dook weer op om te zien wie mijn belager was.

Op de oever stonden twee jongens die er identiek uitzagen. Ik had nog nooit een tweeling gezien, maar ik kende ze uit de boeken. Ze leunden op hun stokken en bekeken me aandachtig.

'Ken jij die snuiter, Piers?' vroeg de een.

'Nooit gezien hier, Randel,' zei de ander.

'Hij ziet eruit als een van die smerige *australes*,' zei Randel, 'en zo te zien heeft hij al een pak slaag gehad.'

'Maar nog niet van ons,' zei Piers. Hij zette een stem op als iemand die een huisdier naar zich toe lokt. 'Kom maar, boertje, kom maar...'

Ik schonk hem een glimlach en zei: 'Ik weet niet wat australes zijn, maar ik neem aan dat jullie iemand bedoelen die uit het zuiden komt. Ik kom niet uit het zuiden.' Ik moest iets verzinnen, want ze hadden mijn kleren, mijn geld en de aanbevelingsbrief. Ik kon me niet naakt en zonder middelen melden bij de universiteit.

'Waar kom je dan vandaan?' vroeg Piers met een gemene grijns.

'Moet ik dat dan in het rond schreeuwen?' zei ik. 'Als je even wacht, kom ik het je zelf vertellen.' Ik waadde terug naar de wal en toen de stok weer naar me uitschoot, trok ik die hard naar me toe, zodat de jongen zijn evenwicht verloor. Ik kon nog net zijn hand grijpen, trok hem de beek in en hield hem onder water.

'Laat hem gaan!' riep de ander, zenuwachtig heen en weer lopend op de oever.

'Gooi eerst je stok naar me toe.'

'Ik denk er niet aan.'

'Dan verdrinkt je broer.' Alsof hij dat had gehoord, begon de jongen onder water hevig te spartelen. 'Hij heeft niet lang meer,' voegde ik eraan toe, terwijl ik mijn greep verstevigde.

Randel gooide de stok naar me toe en ik moest duiken om hem niet op mijn hoofd te krijgen. Piers wrong zich los en kwam overeind, proestend en happend naar adem. Ik hief een van de stokken. 'Wie zijn jullie, wat willen jullie?'

Piers hief zijn handen beschermend op. 'We dollen maar wat,' zei hij toen hij op adem kwam. 'We zouden je niets doen, tenminste, als je echt niet bij de australes hoort.'

'Wie bedoel je daarmee?'

Randel was gaan zitten op de oever. 'Kom maar,' zei hij. Hij stak een hand naar me uit, maar ik vertrouwde het nog niet. Hij schudde zijn hoofd. 'We zijn studenten,' zei hij, 'studenten van de natie van de *boreales*. De australes, nu ja, dat zijn de anderen.'

Ik klom zelfstandig op de oever en hielp toen Piers, die achter me aan kwam. 'En jullie hebben problemen met die anderen?'

'We vechten met ze,' zei Piers.

'Waarom dan?' vroeg ik.

'Omdat dat altijd zo geweest is.'

Randel voegde eraan toe: 'Het zijn schoften, daarom!'

'Dan hoor ik daar zeker niet bij,' zei ik. 'Ik kom me aanmelden bij de universiteit. Ik ben een noorderling, uit de buurt van Scarborough.'

'Dat is vlak bij Schotland.' Piers knikte. 'Dan hoor je bij ons.' Hij omhelsde me en zijn broer gooide me mijn oude kleed toe. 'Waarom ben je zo gehavend?' vroeg hij. 'Hebben zij je te pakken gekregen?'

'De zuidelijken bedoel je? Nee, het was mijn vriend... ik bedoel, het was de man die me begeleidde.' Ik herinnerde me Osberts advies. 'Hij heeft me beroofd.'

Ze lachten. 'Mooie begeleider is dat!' zei Piers. 'Als jullie daar zo met je vrienden omgaan, dan is dat slecht nieuws voor je vijanden. Heb je honger?' Hij trok snel zijn natte kleren uit, terwijl zijn broer een half brood, een stuk kaas en wat uien tevoorschijn haalde.

Ik liet het oude kleed liggen en trok mijn goede kleren aan. Daarna ging ik bij hen zitten. Ze vertelden dat zijzelf pas drie maanden eerder waren aangekomen. Ze hadden meer gevochten dan gestudeerd, maar het studentenleven beviel hun best.

'Het schijnt niet altijd zo te gaan,' zei Randel, 'maar het laatste jaar is er veel onenigheid geweest. Niet alleen met de australes, maar ook met de burgers van Oxford. Toch kunnen we veel maken, want als we allemaal vertrekken, raken ze het grootste deel van hun handel kwijt. Dat is eerder gebeurd en ze hebben ons studenten destijds gesmeekt om weer terug te komen.

'Destijds' bleek meer dan honderd jaar geleden te zijn. Verhalen doen lang de ronde in Oxford. Ik hoorde dat de australes toch wezenlijk verschilden van ons, boreales. Zij waren gezagsgetrouwer en hielden er nogal orthodoxe gedachten op na. Wij waren voorstanders van vrijheid.

'Nu weet ik zeker dat ik bij de boreales hoor,' zei ik.

Mijn nieuwe vrienden verzekerden me dat zij een goed verblijf voor me konden vinden en zo, al pratend, gingen we op weg naar de stad.

'Eerst gaan we drinken op onze nieuwe vriendschap,' zei Piers.

'Helaas, mijn middelen zijn beperkt,' zei ik. 'Ik ben beroofd en ik weet niet eens of het me zal lukken om voor mijn colleges te betalen.'

'Natuurlijk gaat dat lukken,' zei Randel. 'Je moet weten waar het geld zit. Maak je geen zorgen.'

Geflankeerd door de tweeling meldde ik me bij de proctor en overhandigde hem mijn brief. Met mijn gehavende kop kostte het me weinig moeite om mijn verhaal geloofwaardig te maken.

'Je bent broeder?' vroeg hij. 'Het cisterciënzer huis staat leeg en is vervallen. Ik denk dat je bij een andere orde moet vragen of ze je kunnen huisvesten.'

'Ik ben geen broeder,' zei ik. 'Ik neem genoegen met een eenvoudig verblijf, maar heb geen behoefte aan een kloosterleven.'

Hij moest lachen. 'Gelijk heb je. Het studentenleven is te mooi om je te begraven. Ik zal informeren naar fondsen, want we hebben wel wat potjes voor behoeftige studenten en de aanbevelingen van de abt van Bellalanda liegen er niet om. Je bent bij dezen ingeschreven voor de Artes Liberales. Nu moeten we een plek vinden om je onder te brengen.'

'Ik hoorde dat de boreales...' begon ik, maar hij onderbrak me.

'De boreales?' zei hij fronsend. 'Ik zou die term maar niet gebruiken, jonge vriend. Wie heeft het daarover gehad? Weet je dan niet dat de *nationes* al jaren verboden zijn en dat het nu allemaal één natie is?'

Ik wist even niets te zeggen en dat hoefde ook niet, want Piers was me voor. 'Wij helpen hem, proctor,' zei hij. 'We brengen hem onder in de stad. Hij kan voorlopig bij ons in het kosthuis.'

'Het is goed dat je hier vrienden maakt,' zei de proctor streng tegen me. 'De mensen die je hier leert kennen, zullen in hun latere leven tot de belangrijksten van het land horen. Maar kijk goed uit, er zijn er genoeg die je proberen neer te halen. Vergeet niet waarom je hier bent. Studeer hard en je zult het ver brengen.'

'Wij houden een oogje op hem.' Randel knipoogde naar me.

'Daarvoor probeer ik hem nu juist te waarschuwen.' De proctor wapperde met zijn hand en we konden gaan.

De jongens bewoonden een zolder boven een herberg, de Swindlestock Tavern. Ze stelden me voor aan Scheluwe Ollie, de zwaar uit het lood hangende waard, die geen bezwaren had tegen een extra bewoner. 'De huur gaat per kamer,' zei hij, 'of er nu twee zitten of drie, dat maakt me niet uit.'

We spraken af om de huur te delen. Ik zou later pas begrijpen hoe lucratief de studenten waren voor onze waard.

'Het is heel praktisch om in een herberg te wonen,' zei Piers. 'Als je dronken bent hoef je niet meer de straat op, waar australes op je loeren, want ze beroven graag dronken vijanden. Je hoeft alleen maar de trap op, desnoods ondersteund door de waard. En als je een meisje nodig hebt om je bed te warmen, zorgt hij daarvoor.'

'Dat klinkt als een goed hospitium,' zei ik. 'Hoorde ik trouwens de proctor niet zeggen dat er geen australes en boreales meer zijn?'

Piers schudde zijn hoofd. 'Die zijn er ook niet, maar de australes weten dat niet. En als er gevochten wordt, dan kent iedereen zijn plaats, de proctor net zo goed als een ander.'

Ik knikte, er waren zaken die me meer aan het hart gingen dan de tijdspassering van studenten. 'En hoe kom ik erachter welke colleges ik kan gaan lopen?'

'Dat is van later zorg,' vond Randel. 'Ollie, tijd voor een pint!'

Scheluwe Ollie kwam toesnellen, zo zwaarbeladen met piggins dat het tegenwicht hem bijna rechttrok.

Oxford ging in die jaren gebukt onder een aanzwellend aantal studenten, maar het aanbod aan docenten was beperkt.

Ik was toegewezen aan *magister regens* Guiscard, die mij en mijn groepsgenoten de komende jaren zou onderrichten. Hij kwam uit Parijs en was maar een paar jaar ouder dan ik. In de vorige generatie waren niet alleen veel docenten overleden, maar ook een groot aantal studenten dat in de volgende generatie hun plaatsen had kunnen innemen. De overlevenden waren óf zeer oud óf te jong om hun gezag te doen gelden.

In mijn eerste week kwam ik erachter hoe gelukkig ik was geweest met mijn bibliotheek in Bellalanda. Die overvloed had zo vanzelfsprekend geleken. Wij kregen in Oxford geen boeken en voor zover we in de bibliotheek mochten verblijven, was er altijd een wachtrij van studenten die hadden ingetekend op inzage. Anders dan in Bellalanda lagen hier veel boeken in kettingen. We werden geacht al onze kennis op te doen tijdens de hoorcolleges, waar we aantekeningen maakten om thuis uit te werken. Ik had het geluk dat ik veel van de benodigde boeken al kende. Tijdens college doorliep ik in de geest de kwartieren van mijn geheugen en verstevigde de zwakke plekken.

Mijn kennis van zaken ontging Guiscard niet. Op zijn voorspraak kreeg ik een beurs toegewezen en hij verzekerde me dat de raad grote verwachtingen van mij had.

Mijn kamergenoten konden hun teleurstelling in mij niet verbergen, want ik was niet van plan mijn tijd te verspillen aan geslemp. Ik herinnerde me Giles' grootste wens en deed een verzoek om colleges op de medische faculteit te mogen bezoeken, maar kreeg te horen dat ik eerst moest afstuderen in de artes. Zuchtend begaf ik me weer naar de hal waar Guiscard doceerde.

Na enige maanden behandelde hij stof die ik niet kende. Ik bestudeerde Sacrobosco's *De sphaera mundi* (en niet zijn overbodige boek over het berekenen van de paasdatum) en de boeken van Johannes, de Pisaanse konijnenfokker. Ik memoriseerde mijn notities en als ik eindelijk tot de betreffende boeken doordrong, leerde ik ze zo snel vanbuiten dat degenen die na mij aan de beurt waren hun hoofd schudden in de veronderstelling dat ik voortijdig het lezen had gestaakt.

Spoedig ontdekte ik dat de boeken waar geen wachtlijst voor bestond juist de interessantste waren. Bij de theologie was het een gedrang van fratertjes, maar voor geneeskunde had men in mijn periode niet veel belangstelling, zodat ik me in korte tijd Galenus en Avicenna eigen kon maken. Hippocrates was een tijdje bezet, maar ook die wist ik uiteindelijk te verschalken. Ik verrijkte de kwartieren van mijn ommegang met buitenwijken. Ik vond nog meer boeken, het *Antidotarium Nicolai* en het *Librum Febri* van Isaac de Jood. Wanneer mijn vrienden beneden zaten te slempen en boeleren, zoals dat heet, doorkruiste ik mijn imaginaire koninkrijkje. Ik combineerde en plaatste zaken in zinvolle perspectieven, en mijn vorderingen als student gingen zo snel dat ze uiteindelijk de aandacht trokken van de regentenraad.

In de zevende maand van mijn studietijd, halverwege de Veertig Dagen van Sint-Maarten, riep Guiscard me bij zich omdat het, zoals hij zei, tijd was voor wat advies. Ik meldde me bij zijn kamer. Hij kwam zelf de galerij op en wenkte me om mee te komen. 'Ik houd mijn gesprekken bij voorkeur *in taberna*,' zei hij, 'we gaan naar Gropekuntlane, daar ken ik een goed huis.'

Hij bedoelde dat het er betaalbaar was. Ik had mijn vrienden vaak over dat straatje horen praten, maar was er zelf nog niet geweest. De wintermaand van dat jaar bleek een voortzetting van de herfstmaanden, die onafgebroken stormen hadden gebracht en studenten haastten zich alle kanten op in toga's als de verenkleden van verwaaide raven.

Gropekuntlane was vlakbij. De kerk van de Heilige Maagd Maria overzag de straat als een alziende wachter, maar niemand die zich erom bekommerde. Ik keek mijn ogen uit naar de straatmadelieven die vanuit de portieken naar ons lonkten of ons, hangend over onderdeuren, voorstellen toefluisterden.

Een paar keer bleef ik staan om antwoord te geven, want ik vond het niet beleefd om door te lopen, maar Guiscard trok me mee. 'Je bent hier nog nooit geweest,' stelde hij vast. 'Hoe is het mogelijk, na meer dan een halfjaar als student!'

Het was een klein kroegje waar hij me binnenbracht. Aan een ruwe tafel zat een drietal mannen te praten. Een vrouw aan een andere tafel sliep met haar hoofd op haar gevouwen armen. Guiscard nam voorzichtig naast haar plaats en ik zette een kruk tegenover hem. Een vuurtje knetterde in de haard en de warmte was misschien weldadig voor deze klaplopers, maar gewend als ik was aan mijn koude zolder, hoopte ik dat het onderhoud niet te lang zou duren. Warmte is dodelijk voor de studiegeest.

Nog dodelijker in dat opzicht zijn wijn en bier. Evengoed had

Guiscard al besteld en van studeren zou niets meer komen vandaag. Het sterk gekruide bier smaakte me. Na een slok liet ik mijn weerzin tegen de afleiding varen.

'Je bent hier niet bekend,' herhaalde Guiscard zijn eerdere woorden toen we wachtten op een nieuwe pint. 'Dat is goed, ik zie graag een serieuze student. Toch moet je de wereld ook van een andere kant leren kennen dan alleen via boeken.'

'Ik loop elke dag door de straten,' zei ik, 'ik woon in een taveerne.'

Guiscard knikte. 'Je woont er, inderdaad, maar je bent er in gedachten niet bij. Zelfs tijdens de hoorcolleges zie ik dat je niet luistert, je zit te dromen. En desondanks ben je mijn beste student. Ik wil weten hoe dat komt.'

'Niet uit desinteresse, magister,' zei ik, 'het is alleen zo dat ik de meeste boeken al ken. In het klooster waar ik opgroeide had ik de laatste jaren de beschikking over een redelijke boekerij.'

'Die je grotendeels vanbuiten kent, dat heb ik al geconstateerd.' Hij dronk zijn pot leeg en zette hem met een klap op de tafel, zodat de vrouw opschrok en hem begon uit te schelden. 'Ik was vergeten dat je daar zat,' zei hij lachend. Hij gebaarde naar de waard dat hij ons moest bijvullen. 'Hou je mond, dan drink je met ons mee,' zei hij tegen de vrouw. 'Als je maar onthoudt dat wij in gesprek zijn.'

Ze zweeg meteen, hield samenzweerderig een vinger voor haar lippen en lachte hem verleidelijk toe, zodat zwarte tandstompjes blootkwamen en een akelige walm van ik weet niet wat me tegemoet sloeg.

Guiscard negeerde haar verder en vroeg naar mijn voorgeschiedenis en naar Bellalanda. Hij wilde weten hoe ik mijn studie bekostigde en toen ik vertelde dat ik van een armenbeurs leefde, beloofde hij me wat werk in het onderwijs te bezorgen. 'Je kunt niet vroeg genoeg beginnen met doceren,' zei hij. 'Je aanwezigheid hier valt op en men heeft grote verwachtingen van jou. Wat zijn je plannen op de lange termijn, wil je na je meesterschap verder in de theologie?'

'Zeker niet,' zei ik. 'En mijn belangstelling gaat ook niet uit naar de rechten.'

'Wat dan wel? Wil je klerk worden?'

Ik schudde mijn hoofd. 'Ik hink op twee gedachten,' zei ik. 'Mijn belangstelling gaat uit naar medicijnen, maar het liefst wil ik me bekwamen in de bouwkunst. Ik hoop ooit mijn kennis van de artes in de praktijk te brengen bij het ontwerpen van gebouwen die de wereld zullen verbazen.'

'Bouwkunde,' zei hij peinzend. 'Daarvoor zijn vele vaardigheden nodig. Gedeeltelijk zijn het de steenhouwers en timmerlieden die bepalen hoe kloosters en kathedralen vorm krijgen. De wetenschap houdt zich niet bezig met de praktische kanten van die kunst. Maar als jij je wilt bezighouden met het ontwerpen van gebouwen, dan raad ik je toch theologie aan, want uiteindelijk komen de grote bouwwerken tot stand door de inzichten en aanwijzingen van de bisschoppen, die opdrachten geven en gelden bijeenbrengen om hun visioenen concreet te kunnen maken.'

'Ik honger naar kennis,' zei ik. 'Ik wil leren over de wereld en de hemellichamen en hun bewegingen. Ik wil lezen over de natuur en de aard der dingen, ik wil verder met de studie van wiskunde, astronomie en astrologie – en ooit zal ik de faculteit medicijnen bezoeken. Er zijn zoveel zaken die mij interesseren. Maar ik ben bereid om het allemaal op te geven voor de grote kunst van het bouwen.'

De mannen aan de tafel naast ons hieven een drinklied aan. Guiscard moest zijn stem verheffen om te spreken. 'Ik begrijp je,' zei hij. 'Er is geen indrukwekkender manier om God te eren en tegelijkertijd de gelovigen te doordringen van Zijn glorie.'

Het gezang zwol aan. Ik lachte verontschuldigend naar Guiscard, want praten had onder die omstandigheden niet veel zin.

Toen ze even later stilvielen ging mijn docent verder. 'Als je dat per se wilt, moet je misschien eerst eens gaan kijken op een bouwplaats. Ik denk dat de praktische kant van het werk je zal tegenvallen.'

'Zijn er nog bouwplaatsen?' Afgezien van huizen in aanbouw en een enkele markthal had ik geen weet van grote bouwprojecten, dat leek mij iets van het verleden.

'Ongetwijfeld,' zei Guiscard. 'Misschien niet in onze buurt, maar je zult bij de kathedralen vaak bouwersploegen aantreffen die onderhoud plegen en herstelwerkzaamheden verrichten. In Salisbury werkten ze vorig jaar nog aan de torenspits. Als je geluk hebt, zijn ze daar nog bezig. En zo niet, dan heb je de mooiste kathedraal van het land kunnen bewonderen.'

Alsof hij mijn gedachten geraden had. 'Ik wachtte al op het juiste moment om Salisbury te bezoeken,' zei ik.

Goed, ik geef je een week vrijstelling van college,' zei hij, 'tenslotte weet jij het beste welke stof je al beheerst. Maar er is een ander punt waarover ik je moet spreken. Jouw kerkbezoek.'

'Mijn kerkbezoek?'

'Ik krijg tegenstrijdige berichten over je.' Guiscard schoof de bierpullen opzij en kwam dichterbij met zijn hoofd. 'Je bent zo braaf als een jong fratertje, jij bent er niet zo een die het studentenleven aangrijpt om te slempen en boeleren.'

'Zo rijk ben ik niet,' zei ik, me afvragend of ik me moest verontschuldigen.

'Jouw vrienden zijn rijk genoeg om je vrij te houden en ze hebben altijd profiteurs om zich heen.' Guiscard glimlachte. 'Jij bent alleen maar aan het leren. Tegelijkertijd ziet niemand je ooit in de mis. Je weet dat dit verplicht is. Heb je een reden voor dit verzuim?'

Ik had daar niet bij stilgestaan. 'Ik studeer en lees,' zei ik, 'en niemand heeft mij van die verplichting verteld, voor zover ik me herinner.' Dat was een leugen, ik herinnerde me de mededeling van de proctor op mijn eerste dag nog goed, al waren dat niet herinneringen die ik in mijn kwartieren cultiveerde. Omwille van de geloofwaardigheid voegde ik eraan toe: 'In het klooster waar ik opgroeide heeft niemand me ooit verteld dat ik te kerke moest gaan.'

Guiscard knikte langzaam en keek me onderzoekend aan. Na een tijdje zei hij: 'Ik vroeg me al af of je bezwaren hebt tegen onze kerk, of tegen de kerk in het algemeen.'

Ditmaal hoefde ik me niet van den domme te houden. 'Ik geloof niet...' begon ik.

Hij dempte zijn stem. 'Een wantrouwender man dan ik zou je kunnen verdenken van lollardisme.' Ik wist dat hij mijn reactie wilde peilen op dit laatste woord, dat ik pas één keer eerder had gehoord, uit de mond van abt Robert.

'Wat,' vroeg ik, 'is lollardisme?'

Mijn onwetendheid leek hem te bevallen. 'Zo vreemd is dat ook niet voor een kloosterjongen uit Yorkshire,' zei hij, 'en je hebt nooit van Wycliffe gehoord?'

Dat had ik niet.

Wycliffe, zo vertelde hij, ooit doctor in Oxford, was van de universiteit weggestuurd vanwege zijn ketterse geschriften. De lollaards of lollardisten waren zijn volgelingen. 'Ze verzetten zich tegen de rijkdom en de praal van de kerk, ze zijn tegen heiligenbeelden, tegen het celibaat en hun verzet geldt ook de paus.'

'Ik begrijp het,' zei ik.

'Hoe denk jij daarover?'

'Ik heb daar niet over nagedacht,' zei ik. 'Ieder heeft zijn plaats op deze wereld en de zaken zijn zoals ze zijn. Mijn interesse ligt elders.'

Guiscard zuchtte. 'Goed,' zei hij. 'Maar je moet naar de kerk komen, als je niet in moeilijkheden wilt raken. Je hebt een helder verstand en kunt een belangrijke rol vervullen in de toekomst van onze universiteit. Ook Oxford heeft bouwwerken nodig die onze faculteiten aanzien verschaffen.'

Later, toen ik hem een eindweegs begeleidde naar zijn eigen woning – Guiscard enigszins schommelend – vertelde ik hem van mijn vorderingen in de astronomie en ik vroeg hem naar de boekerijen in Parijs, waar hijzelf gestudeerd had. Hij noemde een aantal werken die ik nog niet kende en beloofde een lijstje te maken, maar nog voor hij mij die belofte deed, lagen ze al in mijn geest opgeslagen om nooit meer te vervagen. Steunend op mijn arm sprak hij vol vuur over de volmaakte bewegingen van de hemellichamen die al sinds het begin van de schepping hun statige dans uitvoerden aan de hemel, en voor ik afscheid van hem nam, raadde hij me aan om in Salisbury de toren te beklimmen.

De weg naar Konstanz VII
—
Tarente

Maelgys bleef in die dagen dat we langs de Italiaanse wegen trokken een mysterie voor me. Hij begon nooit over vroeger en zelf had ik ook weinig behoefte om herinneringen op te halen, al moest het een vreemde indruk maken dat ik geen vragen stelde. Maelgys leek niet meer op de man die ik destijds had gekend en het was niet alleen de ouderdom die hem van zijn rusteloosheid had verlost. Het grootste deel van de tijd zweeg hij, en omdat er een bijna voelbare kracht van hem uitging, die weliswaar afstand tussen ons schiep maar tegelijkertijd mijn nieuwsgierigheid wekte, bleef ik hem aftasten met vragen die niet direct betrekking hadden op ons gezamenlijke verleden.

'Komen jullie rechtstreeks uit Constantinopel?' vroeg ik hem.

'Ik ben nooit naar die stad teruggekeerd,' zei Maelgys vanaf zijn muildier. 'Lorea en ik hebben de laatste tien jaar in het Despotaat van Morea gewoond, waar ik lesgaf, tot ik mijn zicht helemaal verloor. Vorig jaar kreeg ik het verzoek om naar Konstanz te komen. Omdat ik toch al van plan was om terug te keren naar Vlaanderen, dat ik veertig jaar geleden verliet, hebben we alles verkocht en een schip genomen naar Bari.'

'En jij?' vroeg Lorea. 'Waar kom jij nu vandaan?'

'Van Tarente,' zei ik, 'ik werkte daar een halfjaar als arts. Ik wilde terug naar het Noorden, misschien naar Parijs. Maar mijn plannen staan niet vast, en inderdaad, Konstanz moet op dit moment wel de interessantste plek zijn om heen te gaan.'

'Ik wist wel dat je met ons mee zou gaan!' riep ze.

'Mijn plannen staan niet vast, zei ik toch?'

Ik zag dat ze haar teleurstelling probeerde te verbergen. 'Maar waar was je voor Tarente?' vervolgde ze. 'Want ik weet dat je naar het Oosten ging.'

Ik probeerde een antwoord te bedenken, maar wist niet meer te zeggen dan: 'Ik kom van ver.' Ik had weinig behoefte om mijn terugreis uit China op te rakelen, net nu die wat op de achtergrond begon te raken en niet meer mijn nachtelijke dromen beheerste.

'Dat is nogal vaag,' zei ze lachend.

'Ik ben blij dat ik het achter de rug heb,' zei ik. 'Ooit zal ik het je vertellen, maar dit is niet de tijd en plaats.'

Lorea nam mijn hand en vertraagde haar pas zodat we wat achteropraakten. 'Sla je arm om me heen,' zei ze, 'het is een kille dag.'

Dat was mij nog niet opgevallen, maar ik deed wat ze zei.

'Heb je veel vrouwen gehad?' vroeg ze na een tijdje.

'Een paar,' zei ik.

'Dat klinkt alsof het niets voorstelde,' zei ze. 'Heb je nooit een grote liefde gekend?'

Ze hield in, keek me aan. Haar gezicht, dat iedere keer weer herinneringen opriep, maar nu zag ik duidelijk dat er ook een zweem van Maelgys in zat. 'Eén keer,' zei ik stug, want ik wilde er niet over praten.

Ze vroeg niet verder.

8

Zweren bij de zeug

'Hoe ver is het naar Salisbury?' vroeg ik de volgende dag aan Scheluwe Ollie, die al bezig was met zijn haardvuur.

'Met deze kou zal het eeuwig duren,' zei hij. 'Je overleeft het niet. Wacht tot de lente, dan ben je, afhankelijk van je tempo en uithoudingsvermogen, enkele dagen onderweg.'

Een mijl is precies een mijl, maar voor de armen van geest is alles betrekkelijk. Toen ik echter buitenkwam, bleek de sneeuw al kniehoog te liggen en kon ik de overkant van de straat niet zien, zo dicht vielen de vlokken. Zodra de sneeuw weg was, zo hield ik mezelf voor, zou ik vertrekken. Later, onderweg naar de collegezaal, met een hoofd dat nog nabonkte van de vorige avond, liep ik de markt op en kocht daar een schapenvacht, die ik om mijn schouders hing. De warmte was zo weldadig dat ik even overwoog om toch op weg te gaan. Toen bedacht ik dat er onder deze weersomstandigheden geen bouwploegen aan het werk zouden zijn, ik moest geduld oefenen.

Het bleef sneeuwen. In de week voorafgaand aan Kerstmis nodigden Piers en Randel me uit om de feestdagen door te brengen op hun familieslot, maar ik weigerde beleefd en loog dat ik al een uitnodiging had en de vrije dagen wilde gebruiken om studieachterstanden in te lopen. In werkelijkheid vreesde ik dat het zou uitlopen in een dagen- of wekenlange slemppartij.

Mijn vrienden hadden het al begrepen. 'Kom op man,' probeerde Piers nog, 'we zullen zoveel lol hebben. Wat is er mis met een paar dagen laveloos zijn? Het is twee dagen te paard. Onderweg slapen we in een taveerne waar de wijn zoet is en de meisjes ons met open armen ontvangen.'

Randel stemde in. 'Iedereen heeft af en toe behoefte aan vergetelheid!'

‘Als ik iets niet ambieer, is het wel vergetelheid,’ zei ik, hoewel de gedachte aan die zoete meisjes een zwerm vuurvliegjes door mijn lendenen joeg.

Ze lachten me uit en wensten me goede dagen. ‘Als je je bedenkt ben je altijd welkom,’ zei Piers nog, ‘en als je met de kerst in de stad bent, vergeet dan niet naar de hal van koningin Philippa te gaan voor het Feest van de Zwijnskop.’

‘Ik zal eraan denken.’ In werkelijkheid was ik blij met de winterrust die nu neerdaalde over de stad, net als de sneeuw die niet ophield te vallen. Er zouden geen wachtlijsten zijn voor bibliotheekboeken.

Op kerstavond was het gedaan met de rust. Of had ik het zelf opgezocht? Ik vond die dag geen van de hallen en boekerijen open en op straat liepen alleen fratertjes en armoedzaaiers zoals ikzelf, want ieder die een plek had om heen te gaan, had de stad verlaten. In mijn verblijf had ik niets te lezen en hoewel ik die dag lang in bed bleef, waar ik in alle vrede mijn ommegang maakte, dreven honger en dorst en zelfs de behoefte aan gezelschap mij uiteindelijk in de avond naar de gelagkamer.

Ik had het geroezemoes al horen aanzwellen. Het was drukker dan aangenaam en ik moest me een weg banen door de mensenmassa, maar halverwege kwam ik Scheluwe Ollie tegen die me een piggin van het huis inschonk. Het zou dwaas zijn om naar buiten te gaan, net nu ik de warmte zocht. Ik besloot de massa voor lief te nemen en deze feestelijke avond een beetje te drinken, want hoezeer het me ook tegenstaat om mijn geest te benevelen, het maakt menigten draaglijk.

Het was een en al *gown* wat hier zat te drinken: de toga’s waren sleets en soms kon je duidelijk zien dat ze eerder al eens waren gebruikt door studenten met een andere lichaamsbouw dan de huidige drager. Maar Ollie had zijn prijzen verlaagd voor de kerstdagen, want hij wist dat de achterblijvers het weinige dat ze hadden juist verteerden in de twaalf heilige dagen van het kerstgetij.

Ze namen het ervan. De pinten gingen hoog de lucht in, liederen klonken op en stierven weer weg als de kelen droog gezongen waren. Onbekenden hingen om mijn nek, vertelden me onverstaanbare verhalen, en toen ik, niet gewend aan het bier als ik was, even op een kruk ging zitten en tegen de wand leunde, kwam er een meisje op me af, trok haar rokken op en ging op mijn schoot zitten. Kennelijk was ze niet van zins om te rusten, want ze bleef maar wiebelen en giechelde daarbij als een zottin. Eens te meer nam ik me voor om de meisjes met rust te laten voor zover dat in mijn vermogen lag. Ik stond met moeite op, zodat ze haar evenwicht verloor en op de grond terechtkwam, waar ze bleef liggen schelden.

Ik glipte tussen de lachers door naar buiten. Terwijl ik in de steeg stond te pissen kwamen er een paar jongens naar buiten met wie ik eerder had gedronken en ze stelden zich in een rijtje naast me op om hun bijdrage te leveren aan de sneeuw die, zojuist nog maagdelijk, nu gepokt was met pisgaten.

'Naar de hal van Philippa,' riep de eerste die klaar was, terwijl hij een laatste druppel afschudde.

De anderen vielen hem bij.

'Ga je mee, Isidoor?' vroeg de jongen die het dichtst bij mij stond. Ik had hem eerder in de studiezaal gezien en wist alleen dat hij Ingel heette. Ik bracht mijn kleding in orde en ontdekte ter hoogte van mijn kruis iets wat leek op een slakkenspoor. Ik dacht aan de dronken vrouw en rilde. Met een handje sneeuw probeerde ik de vlek weg te poetsen.

Ingel herhaalde zijn vraag.

Ik haalde mijn schouders op. 'Is het ver?' Ik was niet echt gekleed op de kou.

'Zo lang als het duurt om een ave maria op te zeggen,' zei hij.

En om te bewijzen dat hij niet loog, zette hij er de pas in en zegde luid het gebed op. De anderen vielen hem bij en de hele dronken bende liep in een rij, struikelend, glijdend en lachend en ze rekten de syllaben eindeloos, want zo dichtbij was het nu ook weer niet. Tegen de tijd dat we langs de kerk van de Heilige Maagd Maria liepen waren we bij het *ora pro nobis peccatoribus* en we zwaaiden naar de denkbeeldige meisjes van Gropekuntlane. De straat mocht deze nacht krioelen van diep in hun besneeuwde mantels gedoken klanten, al wat er aan warmte te vinden was, had zich teruggetrokken achter de gesloten vensters en deuren. Ondertussen moesten we, om de hal van Philippa op tijd te halen, het afsluitende *amen* nog langer rekken dan we bij de vorige lettergrepen hadden gedaan en zo bereikten we onze bestemming in een amechtige meerstemmige galm.

Ik volgde mijn nieuwe makkers door een achterdeurtje en we betraden een keuken waar al een aantal jongens en meisjes op ons zat te wachten. Gejuich ging op en ze begonnen elkaar – ook mij – te omhelzen. Wijnkruiken kwamen onze kant op. We dronken op eeuwige broederschap en wisselden heilwensen uit. Midden in de keuken stond een houten krat waarin een wilde zeug koortsachtig heen en weer liep, op zoek naar een vluchtweg.

'Hora est...' riep een grote kerel die de voorschoot van een slager om zijn verder naakte lijf had gehangen. De anderen zeiden het hem na. Toen de woorden waren weggestorven, liet iedereen zijn kleren vallen en ze stonden daar naakt, mannen en vrouwen. Een paniekgolf voer door mijn leden, ik wist niet beter dan hun voorbeeld te volgen. Mijn blikken dwaalden onwillekeurig langs de aanwezige meisjes die onbeschroomd hun borsten naar voren staken. Een van hen ving mijn blik en lachte me uitdagend toe. Ik geloof dat ik bloosde met mijn hele lijf.

De slager trok een schuif in de krat omhoog waarmee hij de zeug de gelegenheid bood om eruit te komen, maar het beest was niet gek, het bleef doodstil staan. De jongens begonnen te schreeuwen om het naar buiten te jagen. Het zwijn reageerde pas toen een van hen met een spies in haar achterste prikte. Toen het vooruitsprong, doken de jongens er meteen van alle kanten bovenop en duwden het tegen de grond. De man met de voorschoot kwam naar voren met een mes en sneed het spartelende beest in één beweging de keel door. Hij liet het bloed over zijn handen stromen, stond toen op en smeerde het in het gezicht en over de borsten van de dichtstbijzijnde vrouw. Nu doopten ze een voor een hun handen in het bloed, en in een oogwenk zat iedereen onder de rode vegen.

Een meisje, haar gezicht al besmeurd, veegde haar bebloede handen over mijn borst en trok me mee. Op haar aanwijzingen stak ik mijn handen in het bloed. Daarna trok ze mijn handen naar haar borsten toe en dwong me om die met langzame, draaiende bewegingen in te smeren.

'Ga door,' zei ze. Ze liet mijn handen los, nam mijn roede in haar nog glibberige hand en begon eraan te trekken met de vaardigheid van een melkmeisje. En net toen ik dacht dat ik het niet uithield, nam ze weer mijn handen, liet zich zakken in het hooi en spreidde haar benen, terwijl ze me naar zich toe trok. Ik drong wild bij haar naar binnen, bezeten door een ander soort dronkenschap. Ze omklemde mijn billen met haar benen en zette me bijna vast, zodat ik hard en onbeheerst in haar moest bewegen om speelruimte te krijgen. In een heerlijke en tegelijk pijnlijke kramp stortte ik me in haar leeg, en haar schreeuw deed pijn in mijn oren. Even bleef ik liggen op haar trillende lijf. Toen ik overeind wilde komen, kostte het me moeite om me van haar los te trekken, door het rinnende bloed dat ons aaneenkleefde.

Ik was de anderen vergeten. Overal om ons heen klonken kreten van verrukking uit de kluwen van armen en benen en borsten en vertrokken hoofden. De bloedgeur was overweldigend, ik proefde de smaak zelfs in mijn mond. Ik zag mannen en vrouwen paren als honden en een meisje vlak bij me gebruikte haar mond om een handeling te verrichten waarvan ik tot dan toe het bestaan niet had vermoed. Ze zag me kijken en wenkte me. Ik kwam aarzelend naar haar toe en zij deed hetzelfde met mij als met die andere man, ze wisselde af, hand en mond en ik probeerde koortsachtig voorbeelden en beschrijvingen voor deze handeling te vinden in de literatuur, maar even liet mijn geheugen het afweten. De serafijnse kus?

Later gingen mijn metgezellen van die nacht in een kring om de dode zeug staan en ze zongen een lied in een taal die ik niet kende, tot de slager met een gebaar om stilte vroeg.

Iemand gaf hem een groot kapmes in de hand en met twee, drie goed gerichte slagen onthoofdde hij het zwijn, hief de kop hoog boven zijn hoofd en ging er de kring mee rond. Toen zei hij in het Latijn: 'Ik zweer bij de borstels van de zeug: als Adam zal ik zonder zonde zijn en omgang hebben met wie mij maar wil.'

Een ander zei: 'Ik zweer bij de zeug: ik hoer, ik snoer, ik slemp en boeleer; ik schijt in de pap van de paus.'

Een meisje kwam naar voren. 'Bij de borstels van deze zeug zweer ik: de serafijnse kus zal mijn enig gebed zijn.'

Ik stond daar en wist niets te zweren. Niemand verlangde het ook van me.

Weer zongen ze.

Ik zag een jongen die zich stond te wassen bij een rijtje emmers in de hoek van de kamer. Ik ging bij hem staan, pakte een doek, waste het bloed van mijn lijf en kleedde me snel aan. Geen mens die op me lette. Ik glipte weg en sloot de deur achter me. Daarna spoedde ik me zo haastig door de sneeuwjacht dat ik, vergeleken met de heenweg, zonder twijfel nog voor het *ora pro nobis peccatoribus* de veilige haven van Scheluwe Ollie bereikte.

Ik bracht de ochtend die volgde op deze vreemde nacht vooral door in de schatkamer van mijn kennis, al dwaalden mijn gedachten steeds weer naar de gebeurtenissen, en toen het me te machtig werd vluchtte ik naar beneden. Daar vond ik het gezelschap dat mij de vorige avond had meegenomen. Vlamingen waren het, te ver van huis om er de kerstdagen door te brengen. Ze begroetten me met een vrolijk gejoel en hoewel het nog geen noen was, ging de schenkkan al rond.

Ingel stompte me op de schouder. 'Kom je naar het kerstdiner?'

'Welk kerstdiner?'

Ze begonnen te lachen en ik voelde me dom.

'In de hal natuurlijk,' zei hij. 'Het Feest van de Zwijnskop.' Het was een van de oudste gebruiken en de belangrijkste kerstviering in Oxford.

Ik twijfelde. Ik had me willen opwarmen bij de haard, en dan terug naar mijn bedstede, maar de bende hield niet op me te overtuigen en ze schonken warme kruidenwijn die al na één slok naar mijn hoofd steeg en mijn weerstand verzwakte, dus toen ze allemaal op weg gingen liet ik me meetronen en andermaal ging het naar de koninginnehal, ditmaal zonder zang of gebed.

Ik vreesde op een herhaling van het bloedritueel en tegelijkertijd verlangde ik naar dat heerlijke, schandalige spel. Al wist ik niet veel van theologie, ik begreep dat ik in gevaarlijke kringen was geraakt.

Zou ik het gezicht van het meisje van die nacht nog herkennen?

In de eetzaal bleken geen meisjes te zijn. Ik liet me neer op een bank en Ingel kwam naast me zitten. 'Ze zeggen dat een student lang geleden in het bos werd aangevallen door een zwijn,' zei hij, 'en dat hij zich toen heeft kunnen redden door het een boek van Aristoteles in de open muil te rammen.'

'Geloof je dat niet?' vroeg ik.

'Ik denk dat het verhaal ouder is. Ouder dan boeken, ouder dan Aristoteles. Maar wij hebben het aangepast naar onze eigen zeden.' Hij legde een vinger op zijn lippen en tegelijkertijd zakte het geroezemoes in de zaal weg. Een stoet togadragers kwam binnen, voorafgegaan door de slager van de vorige avond. Hij hief een schaal boven zijn hoofd, waarin de zwijnskop lag in een bed van kruiden en gedroogde vruchten. Achter de togadragers liepen vier keukenjongens die een grote schaal droegen met de rest van het gebraad, op hun beurt weer gevolgd door meer dragers, die koeken en broden droegen en worsten en gebraden hoenderen. Driemaal gingen ze de zaal rond, voordat de schalen op de tafels werden gezet en de messen in het vlees hakten.

De slager riep luid: 'Aristoteles, red ons van de chaos!'

'En gisteravond,' vroeg ik aan Ingel, in de hoop meer te weten te komen, 'hoort dat ook bij het gebruik? Wie waren die meisjes?'

Hij keek me verbaasd aan. 'Gisteravond?' vroeg hij. 'Wat was er dan gisteravond? Ik geloof dat ik de hele avond thuis ben gebleven. En over welke meisjes heb je het?'

Ik moet hem dom hebben aangestaard, want hij barstte in lachen uit en zei tegen de jongen die naast ons zat: 'Rogier, weet jij waarover hij het heeft?'

Rogier schudde zijn hoofd. 'Wij hebben ons aan de studie gewijd, gisteren, zeker tot middernacht,' verklaarde hij.

Ik wilde wat zeggen, maar Ingel gaf me de kans niet. 'Eet, Isidoor,' zei hij, 'en geniet van het goede leven, want als je zoveel met je neus in de boeken zit, zou je je nog eens kunnen verliezen in dromen.' Hij hield zijn gezicht dicht bij dat van mij en dempte zijn stem. 'En ik zou die dromen voor me houden, want als de verkeerde mensen ervan horen, konden ze je weleens verdenken van duistere praktijken. Ze zouden kunnen denken dat jij je overgeeft aan goddeloze paringen met duivels en demonen, van heksensabbatten en lollaardij! Verzwijg je dromen.'

Ik liet het erbij. Ik at van de gans en patrijs, doopte mijn brood in het vet en spoelde het allemaal weg met wijn, maar van het zwijn bleef ik af. Naderhand, toen het eten overging in heildronken en omhelzingen, zorgde ik dat ik snel weer buiten stond, want al te veel verbroedering stond me tegen.

Ik stak het plein over, trok mijn toga om me heen tegen de snijdende wind en nam de *bailey* die naar mijn gasthuis leidde, maar toen ik ter hoogte van St. Mary's kwam, begonnen de klokken oorverdovend te beieren. Hoe koud het ook was, ik bleef even staan om naar de altijd indrukwekkende torenspits te kijken, met haar pinakels en heiligenbeelden, met de gedrochtelijke gorgelkopjes voor het regenwater.

Ik herinnerde me de vermanende woorden van Guiscard en liep in een opwelling naar binnen. De kerk was nog vrijwel leeg. Moest ik nu wachten tot het volk binnendruppelde? En dan een lange kerstmis uitzitten? Maar hoe vreselijk zou het niet zijn als ik van de universiteit werd weggestuurd vanwege een dwaas verzuim? Juist vanavond zouden docenten en medestudenten getuige kunnen zijn van mijn aanwezigheid en nu ik hier als eerste zat, viel ik op. Uiteindelijk droeg ik mijn echte toevluchtsoord altijd in mij om.

Dus ik zocht een plekje, goed in het zicht, waar ik mijn ogen sloot en ik begon aan de buitenste ringen van mijn ommegang. Al spoedig zakte ik weg in een korte sluimering, me vaag bewust van de binnenkomers, met hun gestommel in het voorportaal en het gestamp van laarzen die door hun eigenaars van sneeuw werden ontdaan. Spoedig begon het gezang dat alles overstemde. Ik hernam mijn ronde, tot een stomp tegen mijn schouder me deed opschrikken. Ik keek in het gezicht van Guiscard, die naast me was komen zitten.

'Ik zie dat je mijn advies hebt opgevolgd, Isidoor,' fluisterde hij, 'maar je hoeft ook niet te overdrijven.' Hij glimlachte spottend en ik begreep dat hij mijn gesloten ogen en geprevel had aangezien voor devotie en gebed.

'Er zijn vele manieren om te bidden,' zei ik. Ik voelde dat ik bloosde, want ik dacht aan het meisje dat de serafijnse kus tot haar enige gebed had verklaard en vermoedde dat het precies datgene was wat ik diezelfde avond aan den lijve had ondervonden.

Guiscard snoof even alsof hij iets vreemds rook, grijnsde toen. Ik besefte dat de wijngeest nog zwaar om me heen hing. Ik gaf me weer over aan mijn gedachten tot de mis voorbij was.

Na het *ite missa est* kwamen we overeind. Guiscard omhelsde mij en kuste me op mijn wangen en overal om me heen deden de kerkgangers hetzelfde.

'Je kunt altijd op mij rekenen voor steun,' zei de magister regens. 'Als ik wat voor je kan doen, moet je het zeggen.'

'Ik beschouw het als een eer om les van u te krijgen,' zei ik. 'Deze dagen zijn me een gruwel, want ik wil lezen en studeren, maar het komt er niet van. En ik heb niets te lezen.'

'Je bent niet de enige,' zei hij. 'Misschien kan ik je helpen, ik neem snel contact met je op.'

9

Wycliffe en Sint-Scholastica

Op mijn zoldertje hield ik het ondertussen niet meer uit van de kou, ook al had ik de dekens geleend van mijn afwezige vrienden en maakte ik voor mezelf een leger van stro en wol. Ik at veel van de soep die Ollie permanent boven het vuur had hangen, want vet maakt warm. Als ik niet rondhing in de gelagkamer, maakte ik lange wandelingen door de stille straten. Tegen Sint-Silvester leek de sneeuw te wijken, maar in de nacht kwamen nieuwe buien, erger dan die van de dagen daarvoor.

Mijn aanvankelijke vreugde over ontbrekende wachtrijen in de bibliotheken was vervlogen, alles zat dicht en het zou nog zeker twee weken duren, vertelde men me, voor ik toegang zou krijgen tot nieuwe boeken.

Het gebeurde op de eerste januari, de dag van het narrenfeest. De gelagkamer was al vroeg volgelopen met volk dat de warmte zocht. Ook ik was de trap af gekomen voor een kom erwtensoep met raap en spek. Na een doorwaakte, maar vruchtbare nacht – want wie strakke structuren van kennis bouwt, hoeft in de geest niet te dwalen – zat ik wat bij de haard te knikkebollen toen plotseling de buitendeur openvloog. Een brede vrouw stormde de gelagkamer in en riep: '*Oyez, oyez, oyez!* Hoor mij aan, broeders en zusters: de goede Wycliffe is gestorven!'

De gesprekken stokten en het leek of allen tegelijk zo hard zuchtten, dat zelfs het vuur in de haard een lange tel neersloeg om des te harder weer op te laaien.

Ollie verbrak de stilte. 'Hebben ze hem terechtgesteld?'

'Geen aardse rechter kan hem veroordelen,' riep de vrouw, 'God heeft hem bij Zich genomen.'

Kreten van ontsteltenis en verdriet gingen op onder de aanwezigen.

En even snel zwegen de stemmen weer. Nu begon iedereen als bij afspraak zijn spullen bij elkaar te zoeken en binnen enkele ademtochten was ik alleen met Ollie.

'Je kunt blijven zitten, als je wilt,' zei mijn huisbaas, 'maar ik sluit natuurlijk af voor vandaag.'

'Waarom?'

Ollie verwachtte moeilijkheden. 'Als de lollaards de straat opgaan dreigen er altijd onlusten en gevechten.' Hij verdween via de achterkamer naar de keuken en omdat ik achter hem aankwam, zag ik nog net hoe hij een groot hakmes uit een rek haalde en de achterdeur uit glipte, de steeg in. Een keukenmeisje drukte zich verschrikt tegen de wand. Frida, Ollies vrouw, keek hem verbaasd na. 'Waar gaat die dan heen?' mopperde ze tegen de dichte deur. Toen draaide ze zich om naar mij. 'Weet jij wat er aan de hand is?'

'Wycliffe is dood,' zei ik.

Ze vloekte, riep toen: 'Ach, hoe kon ik dat vergeten. En dan neemt hij mij niet mee?' Zonder verder te aarzelen trok ze een ovenpook uit de sintels en volgde haar man.

'Iemand moet het fort bewaken,' zei ik tegen het trillende keukenwichtje, want ik vreesde dat er na deze uittocht straks niemand meer zou zijn om mij weer binnen te laten. En toen ging ook ik naar buiten, al was het alleen maar om mijn nieuwsgierigheid te bevredigen en de eentonigheid van de winterdagen te verbreken.

Ik hoefde niet ver te gaan, een menigte trok over de platgetreden sneeuw langs de Carfax-toren in de richting van de gildehal, en toen ik om de toren heen liep zag ik hoe ze zich daar op het plein verzamelden. Vooraan een groot aantal toga's, wat mijn verbazing wekte, gezien het feit dat de meeste studenten de stad uit waren in deze dagen, en allemaal verborgen ze hun gezicht in hun kappen die al bedekt waren met een laagje van de almaar vallende sneeuw. Ook de stedelingen bedekten hun hoofden met kappen en kaproenen, uit piëteit of om niet te worden herkend, ik kon het op dat moment niet zeggen. Toen ik beter keek, zag ik dat de meesten maskers droegen, ook onder hun kappen, en ik bedacht dat het vandaag narrenfeest was. Sommigen van de aanwezigen moesten het bericht hebben gehoord terwijl ze al onderweg waren naar de optocht. Hoe goed kwamen die maskers nu van pas!

Een onbekende fluisterde me toe: 'Elk jaar zijn het er meer! Verbazingwekkend, dat hij nog zoveel aanhang heeft.'

Ik haalde mijn schouders op, ik begreep niet goed wat hij bedoelde.

'Na de grote zuivering van een paar jaar geleden, bedoel ik,' zei de man. Hij sprak Engels met een vreemd accent.

Ik knikte voorzichtig. 'Hoe is hij gestorven?' vroeg ik toen.

'Hij stierf een natuurlijke dood in zijn huis, Isidoor,' zei de man, 'zo is het ons bericht. En bedek je hoofd, want iedereen kan je herkennen.'

Ik besefte opeens dat ik mijn capuchon niet over mijn hoofd had getrokken en herstelde mijn blunder. Gelukkig stond ik achteraan. Ik vroeg de man wie hij was, maar hij lachte zachtjes en liep verder, tussen de mensen door naar de andere togadragers.

Helemaal vooraan hield iemand een betoog, maar het was vanuit mijn positie niet te volgen. Ik had woede verwacht, maar toen de spreker klaar was, heerste er stilte op het plein. Toen begon iemand in de voorhoede te weeklagen, anderen namen het over en een groot geween ging op en golfde door de menigte, het zwol aan, verkwijnde en zwol opnieuw; de klagers wisten hun tranen onder de maskers, en toen uiteindelijk het geween verstomde, stonden we een tijdlang zwijgend, tot er opeens een gefluister rondging. De franciscanen zouden eraan komen, met knuppels gewapend en vastbesloten om de ketterse herdenking te verstoren.

'Rustig verspreiden,' kwam het van verschillende kanten. Binnen enkele tellen loste de menigte op en ieder ging zijns weegs. Ik botste bij het weggaan tegen een man die, als een scheluwe plank, enigszins uit het lood hing. 'Kom mee,' zei hij, 'ik ga de herberg openen.'

We zagen geen fraters die avond en het kwam nergens tot gevechten. 'Het hoort erbij,' zei Ollie, 'ieder jaar zijn de franciscanen onderweg met knuppels en ieder jaar laten ze verstek gaan.'

De herberg liep weer vol en ik verbaasde me over de vrolijke stemming die al meteen ontstond. Mensen zongen; mannen en vrouwen dansten en wisselden in het voorbijgaan maskers uit. Niemand leek zich meer druk te maken over de zo-even aangekondigde dood van Wycliffe, de geliefde doctor, die zo lang had gedoceerd in deze stad en die hier zoveel aanhang zou hebben.

Ik sprak mijn bevreemding uit tegen Ollie. 'Is al bekend hoe Wycliffe is gestorven,' vroeg ik, 'en waarom is er geen uitbarsting van woede onder zijn aanhangers? Hoe kunnen ze zich nu allemaal in het feestgedruis storten?'

De waard staarde me aan en begon toen te lachen. 'Wycliffe is toch al jaren dood!' zei hij. 'Wist je dat niet? Zes jaar geleden hoorden we het nieuws. Wycliffe had nog gepreekt op de dag van de Onnozele Kinderen, toen God hem sloeg met een heilige verlamming. Twee dagen later, op Sint-Silvester, stierf hij en de koerier die ons zijn doodstijding bracht, liep in één keer de zestig mijl vanaf Lutterworth, zodat wij het te horen kregen op de dag van het narrenfeest.'

'En dat kwam ook nog goed uit,' zei een gast die meegeluisterd had. 'Uitgerekend op die dag heerst er vrijheid in de stad en grijpen de autoriteiten niet in bij optochten en herdenkingen. Daarnaast mag iedereen natuurlijk gemaskerd over straat.'

Ollie knikte. 'Op het narrenfeest houdt Oxford de nagedachtenis aan Wycliffe in leven en op die dag is er niets anders te vrezen dan de knuppels van de franciscanen.'

De ander lachte. 'We weten niet hoeveel lollaards er zijn,' zei hij, 'maar uit het feit dat de broeders van de bedelorden het bij dreigementen laten, kun je wel afleiden dat zij een minderheid vormen in de stad.'

'En als ik me niet vergis,' zei Ollie, 'zien we ieder jaar meer mensen bij de herdenking. Het ziet ernaar uit dat de lollaardij aanzwelt.' In zijn stem klonk een bijna onmerkbare hoop dat zijn voorspelling zou uitkomen.

Ik was mijn belangstelling voor het onderwerp alweer kwijt en in feesten had ik ook weinig zin. Ik zette me bij de haard en dacht aan Salisbury. Als een koerier destijds in ditzelfde jaargetijde zestig mijl had gelopen, waarom zou ik dan niet naar Salisbury kunnen gaan, dat niet veel verder was dan Lutterworth?

En net toen de laatste gasten in een iets minder sombere stemming vertrokken dan ze waren binnengekomen, en Ollie al wilde afsluiten, ging de deur open en gleed er een schaduw naar binnen. Hij gooide zijn kap af en het was Guiscard. Ik begreep meteen dat hij de man op het plein was geweest. Omdat ik hem zelden anders dan Latijn had horen spreken, had ik zijn stem met het vreemde accent niet herkend. Hij omhelsde Ollie kort, keerde zich toen naar mij en zei: 'Ik wist wel dat je er een van ons was. En dan openlijk naar de herdenking komen!'

Ik nam niet de moeite om hem op andere gedachten te brengen, want hij haalde een boek onder zijn mantel vandaan en gaf het me. '*Morte Arthur*,' zei hij. 'Een aardige roman in rijmen. Niets vergeleken met onze Franse romans, maar misschien vind je het leuk om deze dagen mee door te komen. Wees er voorzichtig mee!'

Wat een tijdverspilling zijn toch die heiligendagen met hun korte uren en eindeloze nachten! Evengoed kon ik toen het fenomeen tijd nog niet naar waarde schatten. Dat zou pas een paar weken later komen. Maar laat ik hier niet al te lang bij stilstaan, broeder in deze eeuwige nacht, want ik neem aan dat jij, net als ik, niet meer in staat bent dag van uur, maand van jaar te onderscheiden. Hoelang zitten we hier nu al? Ik kan het zelfs niet bij benadering zeggen.

De kou nam af en ik bracht mijn dagen in halfslaap door. De Twaalfde Nacht ging voorbij. Ik waagde me niet verder dan de gelagkamer waar ik me volstopte met spek en bonen, om daarna zo lang mogelijk boven te kunnen blijven. Ik droomde of dwaalde door mijn denkbeeldige straten, die vaak werkelijker leken dan de witgesluierde lanen en gebouwen van Oxford met hun betekenisloze configuraties van bomen, wolken, met hun straathonden zonder afkomst en zonder toekomst, straten vol onbekenden die zich met hoog opgetrokken mantels door de modder haastten naar al even onbekende bestemmingen.

En net toen ik dacht dat er geen einde meer zou komen aan de lethargie van de anders zo bedrijvige stad, kwamen op een middag mijn vrienden Randel en Piers de trap op gestommeld, alleen maar om mij mee te nemen naar beneden, zonder me zelfs maar de kans te gunnen om mijn nachthemd te verwisselen voor een zediger tenue – al was er in Ollies herberg geen mens die dat wat kon schelen.

'Uitgefeest?' vroeg ik, na de eerste heildronk, die mij zwaar op de nuchtere maag viel, maar onder vrienden is het moeilijk te weigeren en ik verheugde me al op de aanstaande opening van boekerijen en studiezalen.

‘Een nieuw begin!’ bevestigde Randel en zijn grijns-met-blik-van-verstandhouding naar Piers stelde me niet gerust. ‘We hebben het narrenfeest ook al gemist!’

‘Het narrenfeest stelde weinig voor,’ zei ik, ‘ze gebruiken het nu om de dood van Wycliffe te herdenken.’

‘Je bedoelt dat de lollaards dat doen,’ zei Randel, ‘ieder viert het op zijn eigen manier; ketters als ketters en rechtzinnigen als rechtzinnigen.’

‘Zolang ze zich als narren uitdossen is er geen verschil tussen die uitersten,’ zei Piers lachend.

‘Het houdt niet op,’ zei ik, ‘al die feesten. Kerstnacht, Kerstmis, het narrenfeest, de Twaalfde Nacht... en nu is het dan eindelijk tijd voor...’

‘Het ezelsfeest!’ riep de tweeling in koor.

‘Daarom zijn we zo snel terug,’ ging Piers door, ‘dat wilden we niet missen.’

‘Van dat feest heb ik nooit gehoord,’ zei ik vertwijfeld. O God, laat er een einde aan komen.

‘Dat komt omdat het vooral door de Fransen wordt gevierd,’ verklaarde Piers. ‘Maar wij hebben hier veel overzeese studenten en houden ook de feesten van de vastelanders in ere.’

‘En die van de Ieren,’ vulde Randel aan.

Ik schudde mijn hoofd en vroeg me af hoe het mogelijk was dat de boeren nog hun land konden bewerken, hoe smeden konden smeden en bakkers bakken. Hoe was te verklaren dat kloosters en kathedralen oprezen in het landschap met al die feesten! En ik gaf mezelf het antwoord: de winter is geen tijd om te werken.

Op een ochtend in februari, waarop de maagdelijke sneeuw kniehoog lag in de straten, trof ik de collegezaal leeg aan. Ik had de nacht lezend doorgebracht en onderweg naar de universiteit viel me al op hoe uitgestorven de straten waren, want zelfs bij sneeuwval had ik het nog niet zo rustig meegemaakt.

Ik wachtte een tijdje in de zaal, in de veronderstelling dat ik me in het uur had vergist, maar er kwam niemand opdagen en er brandde geen vuur in de haard, zodat ik het koud begon te krijgen. De bibliotheek was op slot en ik begon me af te vragen of ik me zelfs niet vergiste in de dag. Hoe dan ook, ik besloot terug te wandelen naar de herberg en verheugde me er al op weer onder mijn dekens te kruipen, want het viel me steeds zwaarder om hoorcolleges te volgen in kunsten die ik beter beheerste dan de magister van dienst.

Mijn rust was van korte duur. Terwijl ik daar zo liep, begon het leven in de stad op gang te komen. Uit zijstraten kwamen studenten aangelopen en de sneeuw kon hun kreten die langs de gevels schalden niet dempen. Sommige renden, struikelden, gleden op de sneeuw die hier en daar al platgetreden was en gemene glijbanen vormde. Geen van hen liep overigens in de richting van de universiteit.

Tot mijn verbazing was hun bestemming de Swindlestock Tavern van Scheluwe Ollie. Vanuit de deuropening klonk al muziek, en Ollies personeel had het druk met schenken. Piers en Randel stonden bij de deur met grote kannen in de hand en ze wenkten mij. Ze struikelden over hun woorden, niet in de laatste plaats omdat hun tongen al behoorlijk los waren.

'Isidoor! we zochten je al!'

'Het is Sint-Scholastica, dit mag je niet missen...'

Ik wist niet waar ze het over hadden, maar voor ik kon weigeren kreeg ik al een dampende beker in de handen gedrukt en omdat er geen ontkomen aan was, nam ik een slok. 'Een heiligendag?' De warme gekruide wijn steeg meteen naar mijn hoofd en opeens had ik het zo koud niet meer.

'De heiligste van allemaal,' zei Piers – ik denk althans dat hij het was. Ik kon ze nog steeds niet goed uit elkaar houden. 'Jaren geleden kregen twee studenten ruzie met de kroegbaas van ons gasthuis. Er ontstond een vechtpartij, waaraan steeds meer mensen gingen meedoen. De burgers luidden de klok van St. Martin's om versterking in te roepen, de studenten deden hetzelfde in St. Mary's van de universiteit. Het ontaardde in een veldslag tussen *town and gown*, burgers en toga's. Drieënzestig studenten werden gedood.'

'En een aantal burgers,' zei Ollie, die met nieuwe voorraden aan kwam lopen.

'De ruzie ging om de kwaliteit van de wijn die ze schonken,' zei Piers. 'Die fout maken ze hier niet meer.'

'Sta daar niet te kletsen,' zei Ollie. 'Ik betaal je om te schenken, schenk dan!'

Randel schonk Piers bij uit de grote kan. Daarna gaf hij de kan aan Piers, die op zijn beurt Randel bijschonk. Hij knikte naar mijn beker.

'Vooruit dan,' zei ik. Het begon opeens weer te sneeuwen, grote vlokken daalden neer op mijn hand of vonden een smadelijk einde in mijn beker. Ik sloeg mijn toga dichter om me heen, de warmte was van korte duur geweest. Ik nam nog maar eens een flinke slok, voor de sneeuw het nog verder kon afkoelen, en vroeg toen: 'En wat is de reden van dit feest?'

Piers ging verder. 'Bij de rechtszaak die volgde, werd de universiteit in het gelijk gesteld. Sindsdien...' Hij stokte en wees in de richting van St. Aldate's. 'Daar komen ze!'

In de verte kwam een stoet aan en de studenten begonnen zich aan weerszijden van de straat op te stellen. Randel trok me mee. 'Wij staan aan deze kant.' Hij bedoelde de niet-bestaande natie. Onder het wachten vervolgde Randel het verhaal van zijn broer. 'De rechter bepaalde dat het voltallige stadsbestuur elk jaar op deze dag, blootshoofds in processie naar de universiteit moet lopen en een penny betalen voor elke dode student.'

Kijk, mijn vriend, daar doemen ze op uit de witte werveling, de burgemeester voorop en achter hem de raadsheren in hun besneeuwde toga's en met besneeuwde haren en snorren en baarden, maar de gezichten onbewogen en de kaken strak van de kou, want welk hoofd wil onbedekt zijn in februari? Een ongelukkige kaalkop sluit de rij. En terwijl ze zo langstrekken murmelen de studenten aan beide kanten van de weg het *in taberna quando sumus*. Het was de eerste keer dat ik dit lied hoorde: een beurtzang tussen twee voorzangers van beide nationes, de rest beperkt zich tot het staccato koor met de *bibits*. Het verplaatst zich door de rijen en zwelt aan in een bespotting van de stedelijke macht, die geen vat kan krijgen op ons, togadragers.

Tam pro papa quam pro rege
bibunt omnes sine lege.
Bibit hera, bibit herus,
bibit miles, bibit clerus,
bibit ille, bibit illa,

bibit servus cum ancilla,
bibit velox, bibit piger,
bibit albus, bibit niger,
bibit constans, bibit vagus,
bibit rudis, bibit magus,
Bibit pauper et aegrotus,
bibit exul et ignotus,
bibit puer, bibit canus,
bibit praesul et decanus,
bibit soror, bibit frater,
bibit anus, bibit mater,
bibit ista, bibit ille,
bibunt centum, bibunt mille.

'Waarom blijven ze dit vieren?' vroeg ik.

'Om tot in eeuwigheid met hun vernedering onze onafhankelijke en onaantastbare status te bevestigen,' zei Randel. 'En omdat wij, geletterden, boven dit dwaze stadsvolkje staan.'

'En opdat niemand het meer waagt om ons slechte wijn voor te zetten,' zei Piers. 'Kom mee naar binnen, het is voorbij. Nu gaan we echt drinken.'

In het feestgedruis dat losbarstte, vond ik al snel een gelegenheid om de trap op te sluipen en mijn bed op te zoeken, waar ik bij kaarslicht mijn boek las.

De weg naar Konstanz VIII
—
Het ezelsfeest

Ik had me onder een grove den genesteld en keek hoe Lorea in het late avondlicht het muildier Gigi verzorgde. Van kaardenbollen had ze een roskam gemaakt waarmee ze voorzichtig de manen van het dier ontdeed van klitten en teken. Gigi maalde onverschillig met zijn kaken en wendde mij zijn kop toe, een orengespitst silhouet tegen de gloeiende hemel.

'Weet je dat kathedralen vaak vergeleken worden met ezels?' vroeg ik.

Lorea lachte en haalde haar schouders op.

'Ik meen het,' zei ik, 'ik heb in Frankrijk eens gehoord hoe scholieren in een vraag-en-antwoordspel het geloof kregen aangeleerd aan de hand van de ezel. Zo staan de oren voor de torens, de kop voor de grote bel, de poten voor hoofdpilaren...'

'En de buik?' vroeg ze, terwijl ze die kamde.

'Voor de armenkas.'

Nu lachte ze hardop. 'Weinig eerbied voor de godsdienst hebben ze daar!'

Ik schudde mijn hoofd. 'Integendeel, ze beschouwen de ezel als een edel dier. De verbintenis tussen God en de ezels is al heel oud. Ik geloof zelfs dat Tertullianus ergens beweert dat velen zich God voorstellen met een ezelskop, wat hij overigens een vergissing noemt.'

'Je zegt: "Ik geloof"?' vroeg ze. 'Jij, die alles memoriseert?'

'O, nee,' haastte ik me te zeggen, 'niet alles! Voor de kerkvaders heb ik weinig moeite genomen, maar voor zover ik ze gelezen heb, is er wel wat blijven hangen in mijn geheugen.' Ik dacht terug aan mijn vrienden van vroeger, de tweeling Piers en Randel en vervolgde: 'Het heeft weinig geholpen, Tertullianus' waarschuwing. Ik heb in mijn studententijd zelfs nog een ezelsfeest mogen meemaken.'

‘Ik wil het graag horen.’ Ze hurkte neer bij het muildier en begon een hoef te onderzoeken op onvolkomenheden.

‘Het waren de Fransen,’ zei ik, ‘ze staken voor die gelegenheid een ezel in een misgewaad en leidden die, met een meisje op de rug, naar een van de kerken – ik weet niet eens meer welke. Daar, bij de ingang, heetten kanunniken en priesters het dier welkom en zo ging men in processie door het schip naar het koor. De priesters droegen grote, volle wijnbekers en het wierookvat was gevuld met alledaagse stinkende zaken zoals bloedworst en varkensvet. Ze zongen luidkeels en ezelsgebalk imiterend introïtus, kyrie, gloria en credo. Een lange litanie volgde dan, waarbij de voltallige congregatie en de geestelijkheid een balkend refrein zong in het Frans.’

Ze liet de hoef met rust en draaide zich, nog steeds gehurkt, naar me om. ‘Een merkwaardig gebruik,’ zei ze, ‘weet je nog hoe dat refrein ging?’

Ik haalde mijn schouders op. ‘Ik kende toen nog geen Frans,’ zei ik, ‘maar iemand vertaalde het voor me.’

Hoezee, heer ezel, omdat je zingt,
met je mooie mond als je balkt.
Moge je altijd genoeg hooi krijgen,
en haver in overvloed.

Lorea stond op en ze legde haar hand op het voorhoofd van het muildier. ‘Hoor je dat, Gigi,’ vroeg ze, ‘dat is een mooi gebruik; ik hoop dat ik ooit het hele lied zal horen.’ Toen wendde ze zich tot mij. ‘Ik dacht dat ze strenger waren,’ zei ze, ‘in veel landen zouden ze dit als blasfemie beschouwen.’

Ik haalde mijn schouders op. ‘Het volk krijgt altijd ruimte om te spotten,’ zei ik, ‘maar bij het ezelsfeest gaat het daar zelfs niet om. Het is een eerbetoon aan het dier dat Christus droeg toen hij zijn intocht maakte in Jeruzalem. Overigens is er niemand meer die zich God als ezel voorstelt, mochten mijn eerdere woorden je die indruk gegeven hebben.’

Ze kwam dicht tegen me aan staan en toen ik mijn armen niet meteen om haar heen sloeg pakte ze mijn polsen en bracht die naar haar heupen. ‘Hoe stel jij je God voor?’ vroeg ze.

'Ik denk daar niet over na.'

Ze lachte en ging lichtjes op haar tenen staan om haar lippen bij die van mij te brengen. 'Denk er dan nu over na?' zei ze.

Ik probeerde me een God voor te stellen. 'Als mijzelf,' zei ik toen. 'Ik heb mijn eigen wereld geschapen, al keek ik veel naar voorbeelden. En daarnaast schiep Hij de mens naar zijn evenbeeld.'

Ze maakte zich van me los en nam het muildier bij het leidsel. 'Zul je mij de plaatsen van je verleden laten zien?' vroeg ze. 'Ik wil zo graag naar Parijs!'

'Wie zegt dat ik naar Parijs ga?' vroeg ik. 'En jullie reizen toch naar Konstanz?'

'Dat is ons eerste doel,' zei ze, 'eerst zal mijn vader met de concilianten praten, daarna gaan we naar Frankrijk en uiteindelijk naar Vlaanderen.' Ze keek van me weg en vroeg: 'Weet je al of je meegaat?'

'Ik ga mee naar Konstanz,' zei ik. 'Natuurlijk ga ik mee.'

Ik wist dat ze op een verdergaande beslissing van mij rekende, maar voorlopig was dit voldoende.

10

Salisbury

Halverwege maart was de sneeuw nog slechts een herinnering. We zaten op een bankje aan de oever van de Isis en hadden wat gebakken forel gekocht van een visser. Mijn vrienden waren van zichzelf al te rusteloos om veel tijd in de collegezaal door te brengen, maar op die dag vol lentegeuren hield ik het ook niet uit. Ik wilde niet langer wachten met mijn reis en vertelde de tweeling van mijn plan.

'Salisbury?' vroeg Randel. 'Wat wil je daar?' Hij haalde zijn mes langs de visgraat en bood me een stuk aan.

'Goed idee.' Piers had geen uitleg nodig. 'We gaan naar Salisbury!'

'Ik ga alleen,' zei ik. 'Ik wil de kathedraal bekijken en uitzoeken hoe ik me kan bekwamen in de bouwkunst.'

'Je bent gek.' Randel zoog even aan een graat, ging toen verder. 'Je moet wachten op beter weer. Zonder reisgenoten word je beroofd. De bossen zitten vol vogelvrijen en landlopers.'

'Ik heb niets wat het stelen waard is,' zei ik.

Piers gooide zijn vissenkop naar een stel kraaien die verderop in een boom zaten te wachten tot we weg zouden gaan. Ze vlogen krassend op, maar waagden zich nog niet aan het geschenk. 'Je hebt genoeg,' zei hij. 'Zelfs versleten kleren hebben nog waarde voor het bosvolk. En jouw kleren zijn in uitstekende staat.'

Ze hadden gelijk en wisten niet eens dat ik geld in mijn gordel droeg, want ik zou niet van de wind kunnen leven, zeker niet in dit jaargetijde. Ook mijn Vitruvius wilde ik niet achterlaten.

'Dus wij gaan mee,' zei Piers.

Ik begreep dat ze zich niet lieten afschepen en zag ook het voordeel van samen reizen. Toch wilde ik niet meteen toegeven. 'Jullie moeten college lopen,' zei ik. 'Ik heb dispensatie gekregen.'

'Dat krijgen wij ook,' zei Piers. 'Ik loop meteen naar Guiscard.'

'We gaan te paard.' Randel stond op van de bank. 'Ik laat alles in gereedheid brengen.'

Daar had ik nog niet eens aan gedacht. Te paard konden we ons snel voortbewegen. Ze zouden me niet in de weg lopen en als zij zich op de taveernen stortten kon ik mijn eigen weg gaan.

Het goede weer hield aan. Twee dagen later reden we in de vroege ochtend de stad uit. Mijn vrienden wilden me instructies geven over het rijden, maar ik had alles afgewimpeld. Hoe vaak had ik niet naar ruiters gekeken? Het was een kwestie van rechtop zitten en de teugels vasthouden. Ze haalden hun schouders op en Piers ging ons voor. Ik liet niet aan Randel merken dat ik het moeilijk vond mijn evenwicht te bewaren. Ik klemde de paardenrug tussen mijn benen en had al mijn kracht nodig om te blijven zitten.

Na de laatste huizen gingen we over in draf, terwijl aan weerszijden van de weg de akkers zich uitstrekten. Deze gang was beter vol te houden, maar toen mijn metgezellen op een mijl gaans hun rijdieren tot galop aanzetten, liet ik me voorovervallen en omklemde de paardenhals. Ik voelde hoe ik zijwaarts begon weg te zakken en riep wanhopig naar Randel en Piers. Ze hielden halt, keerden om en kwamen me lachend bevrijden.

'We beginnen opnieuw,' zei Piers. Hij hielp me in het zadel en we vervolgden onze weg stapvoets.

'Ik weet niet of ik dit volhoud,' zei ik. 'Ik moet mijn benen gebruiken op een manier die ik nooit heb geoefend.'

'Dat went,' zei Randel. 'We houden nog lang geen halt.'

Het wende inderdaad, al bleef ik me afvragen of lopen niet veel eenvoudiger en comfortabeler was. Hoe kon iemand zo'n groot dier in bedwang houden? Kon je het ooit vertrouwen?

Ondertussen waren we nog steeds niet in die donkere, door rovers bevolkte wouden beland waarvoor ze me bang hadden gemaakt. Hier en daar werkten getaande boeren op de akkers, die bij onze komst hun bezigheden staakten en ons nakeken, een hand boven hun ogen tegen de lage zon.

'Waar zijn nu die gevaarlijke wouden?' vroeg ik.

Randel zei: 'Wouden of akkers, alles is gevaarlijk voor een reiziger alleen. Weet je dan niets over de boerenopstanden van een paar jaar geleden? Ze overvielen steden en kloosters, vermoordden mensen – en werden uiteindelijk bij massa's afgeslacht door de koning en zijn ridders. Ze zijn dit niet vergeten en ook al zullen ze niet meer openlijk in opstand komen, het is onverstandig om alleen rond te trekken, zeker te voet. Als een eenzame reiziger verdwijnt, komt niemand daar ooit achter. Ze trekken je de bosjes in en begraven je op een stuk akker dat ze de komende jaren laten braakliggen. Tegen de tijd dat ze er weer ploegen zijn er alleen nog botten over en niemand kan uitmaken of die er niet al eeuwen liggen.'

'Of ze zetten enkele fruitbomen om het lichaam, zodat ze er niet hoeven te ploegen,' zei Piers. 'Als je een kring mispels ziet staan, dan kun je ervan uitgaan dat er een lijk in de buurt ligt.' Hij wees recht voor zich uit. 'Daar begint het bos.'

'Hebben jullie geen wapens?' vroeg ik.

Randel knikte. 'Linkerbeen, Piers.' Hij knikte naar een boer die op meer dan honderd pas van ons aan het werk was.

Piers trok een slinger uit zijn gordel, legde een steen in en liet hem zwaaien. De boer schreeuwde het uit en stortte tegen de grond. Ik meende dat hij inderdaad door zijn linkerbeen was gezakt.

'We oefenen altijd onderweg,' zei Piers. 'Randel kan een vogel in volle vlucht raken. Wij hebben nooit honger.'

'Ik begrijp die boeren wel,' zei ik. 'Hij staat trouwens niet op.'

'Och, die loopt morgen of overmorgen weer als een hinde,' zei Piers. 'De *laboratores* van deze wereld hebben altijd wel wat te klagen. Hij is vast bang dat hij nog een voltreffer krijgt.'

'Let op, Isidoor, we gaan weer over in draf.' Randel bleef naast me rijden om hulp te bieden, maar ik zat al iets zekerder in het zadel. We hielden dit tempo ook niet vol, want in het bos veranderde de rechte weg in een slingerpad dat rees en daalde en we moesten uitkijken voor overhangende takken en obstakels. Een enkele keer lag er een boomstam over het pad en mijn vrienden waarschuwden me dat ik uit moest kijken voor hinderlagen.

Misschien was het nog te vroeg voor de vogelvrijen, zaten die nog in plaggenhutten bij hun rookvuurtjes te wachten op de lente, maar hoe het ook zij, we deden er drie dagen over om in Salisbury te komen en niemand legde ons iets in de weg. Op de tweede dag kon ik bijna niet overeind komen van mijn veldleger door de spierpijn, maar een dag later was die al weggetrokken. We aten van wat de slingers konden neerleggen. Een konijn, een fazant en een gans. Een kleine hinde wist te ontkomen, want Piers' slingerschot verloor aan trefzekerheid naarmate onze buiken voller waren en de wijnvoorraad slonk.

'Mogen we hier wel jagen?' vroeg ik eens.

'Zeker niet,' zei Piers. 'Dit is het domein van een heer.'

'Dus we riskeren de galg?' Ik keek vlug om me heen of we echt wel alleen waren.

'Wij niet natuurlijk,' zei Randel. 'Wie ons ophangt krijgt de volle woede van onze familie over zich heen. Voor jou is het anders, maar in ons gezelschap loop je geen gevaar.'

Laat in de ochtend van de derde dag zagen we door de laatste bomen heen aan de overkant van een rivier de stad, met een alles dominerende kathedraal als middelpunt. We hielden onze paarden in. Door de voorbijdrijvende wolken lichtte een zonnebaan de toren uit, en iets mooiers had ik tot op die dag niet gezien. De elegante eenheid, de hoge boogramen die zich voortzetten in de naar de hemel reikende spits.

'Nomdedieu!' zei Randel.

Piers gromde, hij was zijn woorden kwijt.

We namen de brug over de Avon. Bij de stadspoort schonk niemand aandacht aan ons, we zagen er ook niet uit als tolplichtigen. Het gonsde in de straten en overal waren mensen aan het werk, zo niet aan de stadspoort, dan wel aan de stadsgracht, en op iedere straathoek prezen handelaren hun waren aan.

We vonden een herberg aan het marktplein waar we de paarden konden stallen. Ik wilde meteen de kathedraal bekijken, maar mijn vrienden haalden me over om eerst een maaltijd te gebruiken en te rusten. Ik at wat ham en dronk een pint, terwijl ik mijn blikken liet rondgaan door de donkere ruimte. Piers had al een draai om zijn oren ontvangen van een van de meisjes die aan tafel bedienden. Ik zag niet wat de aanleiding was, maar het kon de stemming niet temperen. Mijn makkers waren al in druk gesprek met een stel kerels die tot de vaste klantenkring leken te behoren.

Ik had me voorgenomen om na het eten op stap te gaan, maar het vette voedsel lag me zwaar op de maag en toen ik even achterover ging hangen om het te laten zakken, gleed ik weg in een sluimering. Ik weet niet hoelang het duurde, maar toen ik mijn ogen opende, waren mijn vrienden verdwenen. De lage winterzon kierde door de raamspleten.

Ik liep naar de waard om te vragen of hij wist waar Piers en Randel heen waren.

'Die studenten?' zei hij. 'Die hebben zich teruggetrokken.' Hij gaf me een knipoog. 'Als jij ook wilt, dan moet je even wachten. Alle dames zijn bezet.'

'Laat maar.' Ik liep naar buiten. Waarom zou ik het tot morgen uitstellen? Ik had nog wel één, twee uur daglicht.

Ondanks de koude wind hing er een dikke stank, die afkomstig was van de vogelmarkt. De poeliers waren al aan het inpakken en een paar honden vochten onder het marktkruis om een onduidelijk ingewand, hun gegrom galmde in de holle ruimte. Ik trok mijn mantel strak om me heen, liep om de stinkende sloot heen, over Minster Street en liet de vrijstaande klokkentoren aan mijn linkerkant. Die zou ik later wel bekijken, want nu kreeg ik zicht op de noordzijde van de kathedraal van St. Mary die me haar dubbele kruisbeuken toekeerde, met op de breedste van de twee de immense vieringtoren, die naar verluidt de hoogste van de wereld was. Ik bleef even staan en nam het allemaal in me op. Na een tijdje liep ik langzaam over de grote weg naar de westelijke façade. Terwijl ik stap voor stap naderde liet ik mijn ogen dwalen langs de ramen, de beelden, de lijsten. Ik wist meteen dat ik dit overweldigende gebouw niet in mijn geest zou bewaren als ruimte om kennis op te slaan, maar dat het alleen zichzelf zou vertegenwoordigen.

De grote deuren stonden wijd open. Ik stapte de duisternis in en liet mijn ogen wennen. Het late daglicht tekende nog scherp de voorste ramen en verderop verzachtte het in een milde gloed van versplinterde blauwen. Ik liep langzaam door het middenschip, voorzichtig om niet te struikelen over de ongelijke tegels en de verzonken grafstenen, terwijl ik mijn ogen op de hoge bogen richtte en het indrukwekkende pilarenwoud. Met iedere stap nam mijn ontzag toe.

De grootsheid deed me naar adem happen en ook in het nu snel invallende duister kon ik de ruimte om me heen zien. Onder de kruisribben van de hoge gewelven klonken de fluisterende echo's van verre stemmen. En opeens zong een mannenstem luid en helder vanaf het koor, woordloze, langgerekte klanken – hij ving precies de toonhoogte die de hele ruimte liet meezingen. Ik volgde de stem en kwam op de kruising met aan weerszijden de transepten. Weer legde ik mijn hoofd in mijn nek en keek recht omhoog in de toren, waar ver boven me meerdere lange, aaneengeschakelde balken diagonaal en kruislings de muren leken te stutten; andere, die op stenen uitsteeksels op de hoeken rustten, droegen steigers waarvan kabeltouwen helemaal tot aan de tegelvloer afhingen.

Ik begreep meteen dat men hier probeerde fouten in de constructie te herstellen. De bouwers waren al begonnen met het raamwerk voor een vals plafond, waarmee ze de stutten aan het oog zouden onttrekken. Hoe weinig elegant die oplossing ook was, het fascineerde me mateloos. Als ik het had gedurfd, had ik zo naar de spits kunnen klimmen om het werk van vlakbij te bestuderen.

Ook in het zuidelijke transept stonden steigers, de bouwers moesten de arbeid al hebben gestaakt voor vandaag. Misschien hadden ze een bouwhut op het terrein en waren ze daar nog bezig, of zaten ze samen te drinken.

Twee jongens in pij kwamen me tegemoet langs de zijbeuk, ze droegen kleine toortsen waarmee ze de kaarsen aanstaken die hier en daar eilandjes van licht vormden. En dan, een hand op mijn schouder.

'Ben jij degene op wie ik wacht?' Het was een oude man in een ondefinieerbare pij. Hij gaf me geen tijd om te antwoorden en trok me met zich mee. 'Kom mee naar de werkplaats.'

We gingen door een smalle dienstdeur, door een gang en nog een deur, tot we buiten stonden.

'Na jou.' Hij liet me binnen in een werkschuurtje. Een rokerige warmte sloeg me tegemoet. In het licht van een olielamp kon ik een vreemde constructie onderscheiden in het midden van de ruimte. Ik vergat de man. Het was een samenstel van metalen, ijzer, koper zo te zien. Wielen met tandjes als kleine kantelen, wielen met zaagtanden, assen en spijlen en een jukvormig metalen gedeelte dat op regelmatige manier heen en weer bewoog. Ook een van de wielen bewoog, uiterst langzaam en met heel kleine schokjes.

'Wat is dit?' vroeg ik. En eigenlijk wist ik het al voor hij het zei. Ik begreep dat dit hele complexe *automaton* bestond uit onderdelen die met elkaar samenwerkten, die samenhingen om het onmeetbare te meten: het voortschrijden van de tijd. De kleine stapjes vertaalden zich in grotere, de uren in dagen. Met deze machine zou de tijd absoluut zijn, uren en dagen waren niet langer rekbaar, relatief en seizoensafhankelijk.

'Dit is een horologium,' zei de grijsaard. 'Jij bent dus niet de man op wie ik wachtte.' Hij haalde zijn schouders op. 'Ik had het kunnen weten.'

'Wat een prachtig instrument,' zei ik. 'Hebt u dat gemaakt?'

'Wie wil dat weten,' vroeg de man, 'en wat doe je hier eigenlijk?'

'Ik ben Isidoor, student uit Oxford,' zei ik. 'Ik kom hier om te leren.'

'En ik wacht op een tandwiel,' zei de man. 'Jij bent niet degene die ik moet hebben. Vort, maak dat je wegkomt!' Hij knielde neer bij zijn automaton en vloekte zachtjes. Hij verschikte iets aan een touw dat op een katrol zat gedraaid. Ik veronderstelde dat dit touw de kracht bood die alles in beweging zette. Ergens moest een gewicht hangen.

De man keek op. 'Ben je hier nog? Ga!'

'Ik wil alles leren over het bouwen, maar ook over dit horologium,' zei ik. 'Ik ben bereid te betalen voor uw tijd.'

Opeens grijnsde hij naar me, met een mond zonder tanden. 'Als je wilt leren, loop dan naar buiten, volg de zuidelijke muur naar de hut van de bouwers. Vraag naar Rich en zeg hem dat je van Edwald komt. Zij helpen je wel verder.'

Ik bedankte hem en wankelde naar buiten. Salisbury overtrof al mijn verwachtingen, hier viel zoveel te leren! Uit het huis kwam rumoer me tegemoet, in het voorbijgaan zag ik steenblokken met regelmatige beitelsporen. De deur stond open en vijf jongemannen zaten op krukjes een lied te zingen, terwijl een grijze kerel met een hamer de maat tikte op een korte balk. Ik kon er geen woord van verstaan. Toen hij mij zag, hield de oude man abrupt op en de jongens vielen een voor een stil.

'Wat kom je doen?' zei de man.

'Edwald zei me dat ik hier moest zijn,' zei ik. 'Ik wil me bekwamen in de bouwkunst.'

De man sprong op en kwam voor me staan. Hij reikte nog niet tot mijn schouders, maar was bijna net zo breed als lang. 'Ben je van het stadsgilde?' vroeg hij.

Ik ontkende.

'Is je vader lid van het gilde? Hoor je bij een reizende groep?'

Ik schudde mijn hoofd. 'Wat voor groep bedoel je?'

'Laat maar. Hoe oud ben je?'

'Zeventien,' zei ik, 'bijna achttien.' Alles beter dan te vertellen dat ik het niet wist.

Hij zweeg en keek me aan alsof hij mijn gedachten kon lezen. De jongens grijnsden naar elkaar en wisselden blikken. Ik voelde me slecht op mijn gemak en haastte me om me nader te verklaren. 'Ik studeer de vrije kunsten,' zei ik. 'Ik beheers meetkunde en rekenkunde, die beide onontbeerlijk zijn voor de bouwkunst. Daarnaast ken ik het werk van Vitruvius vanbuiten...'

'Wie is Vitruvius?' vroeg de man.

'Zeker zo'n Lombard, meester Richard,' zei een van de jongens.

'Of een Jood,' kwam een ander. Ze begonnen allemaal te lachen.

De man stak een hand op. 'Laat eens wat zien,' zei hij.

'Wat wil je zien?'

Hij wees naar een vierkant steenblok en gaf me zijn hamer. 'Tom,' zei hij, 'geef hem een frijnbeitel.' En tegen mij: 'Ik wil zien hoe snel je een vlak frijnt. In kathedraalslag met ruitjes.'

Ik keek naar het blok, toen naar de stenen vlakbij, die waren bedekt met een fijn lijnenpatroon. 'Zoals die?' vroeg ik, wijzend.

'Maar dan met ruitjes. Kathedraalslag, zoals ik zei.'

Ik zette de ceseel op de steen en gaf er een klap op. Een scherf sprong van de steen af.

De jongens barstten in lachen uit. De oude man pakte me de hamer af. 'Hou op, voor je dit blok helemaal verpest,' zei hij met een stem alsof hij mij al duizend keer vermaand had. 'En frijnen doe je met een klopper, lul, niet met een hamer.'

Nog meer gelach.

'Dit is handwerk,' zei ik wanhopig. 'Mijn kracht ligt elders.' Het zweet brak me uit.

‘Kom,’ zei hij. ‘Binnen wacht het echte werk.’

De jongens sprongen op en ik volgde de man naar de kathedraal, waar onze komst een korte paniekgolf veroorzaakte onder de kaarsen.

‘Kijk, dit is onze hijsinstallatie,’ zei de man. ‘Die drijven we aan met een tredmolen die we de kooi noemen.’ Hij toonde me een groot rad waarin iemand kon lopen en zodoende een as aandrijven die een kabel opwond.

‘Ik begrijp het!’ Mijn enthousiasme groeide weer. ‘Jullie hijsen balken op, om de toren vanbinnen te stutten. Ik zag het al, er staan te veel krachten op, die alles naar binnen willen drukken.’

‘Zo,’ zei hij peinzend, ‘kun je dat zien?’

‘Zeker,’ zei ik. ‘En er zijn nog wel andere maatregelen denkbaar.’

‘Zie je dat hij een Lombard is, Richard!’ zei een van de jongens.

‘Of een Normandiër,’ zei een die zich nog niet had laten horen.

‘Ga jij maar in de kooi,’ zei de meester tegen de laatste spreker.

De jongen stapte grijnzend de kooi in en deed een stap, en nog een, zodat het rad begon te wentelen.

‘Lombard, Fransman of Jood, hoe dan ook ben je een spion.’ De meester gaf me een duw, zodat ik achteroverviel. Ik wilde overeind komen, maar iemand had een lus om mijn voeten gelegd, die ze nu met een paar man tegelijk aantrokken, en voor ik maar kon protesteren, gingen mijn voeten de lucht in en kwam ik ondersteboven te hangen.

De meester pakte mijn hoofd beet. ‘Misschien moet je zelf dat krachtenspel eens van nabij bestuderen?’ Toen liet hij los en ik schoot de hoogte in. Ik schreeuwde in paniek, terwijl de mensen onder me steeds kleiner werden, de jongens sprongen in het rond als kikkers en ik kon hun gezichten al niet meer onderscheiden. De kaarsen in hun groepjes vervaagden tot verre sterrenhopen. Ik durfde me niet te bewegen, bang dat mijn voeten zouden losschieten.

Toen ik een van de diagonale balken zag langskomen moest ik de neiging aanvechten om me eraan vast te klampen. Dat zou geen zin hebben en hoog in een toren op een balk zitten was misschien nog gruwelijker dan aan een touw te hangen. Ik zat nu tenminste nog vast.

Er leek geen einde te komen aan mijn tocht omhoog. Ik ademde diep en langzaam in en uit en probeerde de paniek te onderdrukken. Dit moest een ontgroening zijn, ik had vaker gehoord dat ze bij de gilden leerlingen en jonggezellen op de proef stelden. Ze zouden me zo weer neerlaten.

Opeens leek er een einde te komen aan mijn reis. Ik probeerde langs mijn voeten te kijken.

Het balkenrooster dat de vloer van de spits moest vormen was vlakbij. Op deze hoogte liepen van hoek tot hoek steigers langs de wand. Nu ik stil hing, begon ik langzaam om mijn as te draaien en ik zag hoe een eindje onder me enkele jongens langs een wenteltrap omhoogkwamen. Een was al bijna bij de steiger. Ik raakte hem even kwijt door de draaiing en voelde me opeens misselijk. Mijn hele lichaam wilde samenkrimpen en braken, maar ik hield mezelf in bedwang, zo'n onverhoedse beweging kon mijn dood betekenen.

Toen ik de steiger weer in het oog kreeg, stonden er vier jongens. Van beneden klonken nog steeds kreten en diep onder me, op de wenteltrap, kwamen er nog een paar omhoog. De jongens op de steiger hielden lange staken in hun hand, naar ik begreep om me naar zich toe te trekken en me op de steiger te helpen. De beproeving was voorbij! Ik stak een hand uit en een van hen reikte naar me met zijn staak. Ik wilde het uiteinde grijpen, maar hij prikte hard in mijn buik, zodat ik het uitschreeuwde van angst en pijn. De jongens lachten hatelijk en begonnen alle drie naar me te steken. Een nieuwe stoot bracht me sneller aan het draaien, wat aanleiding gaf tot meer jolijt. En toen opeens een harde kreet, die snel wegstierf.

Het gelach stokte en er stonden nog maar drie jongens op de steiger.

'Hou vol, Iss!' riep een bekende stem. Het geschreeuw van beneden was al opgehouden.

Vanaf de steiger kwam nog een pijnkreet. Een jongen hing tegen de balustrade, de ander stak zijn staak in de lucht, gooide hem toen van zich af. Hij hield zijn handen hoog, als om te laten zien dat wij van hem niets te vrezen hadden.

Een van mijn vrienden klom nog, de ander leek de trap af te dalen. Hij gaat de man in de kooi aanpakken, ging door me heen. En op dat moment schoot ik los. Ik kneep mijn ogen dicht en wist dat het vallen niet meer dan een lang moment kon duren. Dit was het einde. Dood en rottenis, zei Giles... God, laat het snel gaan.

En voorbij.

Dit was de dood.

Maar waarom deed dan alles pijn?

Mijn voeten, mijn enkels en benen, mijn hoofd en mijn – alles.

Ik opende mijn ogen, en de vloer was zo dichtbij, dat ik de tegels meende te kunnen aanraken, maar toen ik me uitstrekte, waren die net buiten bereik. Sneller dan verwacht was daar Randel, die me bij mijn gordel pakte terwijl hij het touw lossneed.

Hij zette me voorzichtig neer op de grond, waar ik even bleef zitten. Vlakbij lag het lichaam van een van de bouwers in een vreemde kronkel, zijn verbrijzelde hoofd in een plas bloed. Mijn aanvallers waren verdwenen.

'Een jongen kwam in de herberg vertellen dat er een vreemdeling in de toren werd opgehesen,' zei Randel, 'een spion. We wisten meteen dat het om jou moest gaan. Piers heeft er een neergehaald met zijn slinger. Hij staat nu een punt voor op mij.' Hij grijnsde. 'En jij, kun je al staan? Ben je niet gewond?'

Ik probeerde het, maar het wilde nog niet lukken. Ik had een voorproef gekregen van de rekbank.

Piers kwam aangerend. 'Mooi, je leeft nog,' zei hij. 'Nu de stad uit, voor de sheriff komt.'

Samen hielpen ze me overeind. 'Ik denk niet dat iemand de sheriff roept,' zei Randel. 'Dan moeten ze hun eigen rol in dit spel uitleggen. Nee, morgen blijkt het allemaal een ongeluk te zijn geweest.'

'Toch moeten we weg,' zei Piers. 'Als we naar de herberg gaan, komen ze ons later in de nacht opzoeken voor wraak.'

We moesten hem gelijk geven. Niet veel later schopten we de stalknecht uit zijn bed en we hielpen hem met zadelen. De jongen kreeg een geldstuk en ging tevreden terug naar zijn strozak. Ik wilde mijn boek halen in de herberg, maar Piers hield me tegen. 'Ik ga wel,' zei hij, 'ze kijken misschien uit naar jou.'

Hij was snel terug, met boek en de rest van onze bagage. 'Ik heb gewoon betaald,' zei hij. 'Het nieuws is nog niet doorgedrongen.'

Het horologium van Salisbury moet zo ongeveer het middernachtelijk uur hebben aangegeven toen we, zonder problemen, de stad verlieten. Ik wist dat ik het nooit meer zou zien.

11

Hagenpreek

Denk niet dat al deze gebeurtenissen mij onberoerd lieten, stille vriend.

Ik liet mijn paard de vrije teugel, het volgde mijn kameraden. In gedachten herleefde ik keer op keer die grote vernedering en in wilde fantasieën liet ik de aanstichters, voor zover ze nog leefden, gruwelijke doden sterven. Die ene, die daar in zijn eigen bloed had gelegen, wat was die er gemakkelijk van afgekomen!

Mijn tandengeknars moet de dieren van veraf voor onze komst hebben gewaarschuwd, want pas op de middag van de derde dag, op minder dan tien mijl afstand van Oxford, wist Piers een patrijs te verschalken die we boven een klein vuurtje roosterden. Terwijl we daarmee bezig waren, begon het zo hard te regenen, dat het vuur meteen doofde en zelfs de rook neersloeg onder het geweld. We konden niet anders dan wat van het halfrauwe vlees opschrokken alvorens weer in het zadel te klimmen. De rijdieren gingen stapvoets, we waren meteen doorweekt, maar wisten dat het niet ver meer was naar de stad.

Het beetje vlees had me goedgedaan. Met de terugkeer van mijn kracht vlamde ook mijn woede weer op. Vervloekte gildebroeders; achterlijke bouwhutters die hun geheimen bewaarden als jaloerse echtgenoten!

'Vitruvius? Wie is dat!'

Steenhouwers en houtkervers, mijn vriend, ze zijn tot in eeuwigheid gedoemd om hun ideeën uit te proberen zonder theoretische onderbouwing. Hoeveel torens en daken moesten er nog instorten ten koste van hoeveel mensenlevens? Hoeveel bogen zwichtten niet onder het enorme krachtenspel van tonnen steen en hout en lood! Begrepen ze niet hoezeer ze konden profiteren van mijn kennis! Wat anders waren deze dwazen dan mieren die hun hopen bouwen, om ze steeds weer te zien vergaan door de regen of door de laars van een wandelaar of een vernielzuchtig kind? Ik had de balken zien doorbuigen in de toren. Maar nee, zij berustten in gebouwen die gestut en gesteund werden, als grijsaards die slechts door krukken overeind blijven.

Moest ik dan eerst bisschop worden? De tijdverspilling die het zou opleveren om een volledig irrelevante studie te doen. En kon de theologie het fundament leggen voor zelfs maar een plaggenhut! Hoezeer verlangde ik er nu naar om mij terug te trekken in de boekerij van de universiteit, of in mijn kamertje met genoeg te lezen voor een week.

En zeker zo fel als de woedekreten in mijn geest klonken de kreten die ons vanuit een open veld bereikten. Door de regen was het moeilijk om iets te onderscheiden, maar naarmate we naderden kregen we beter zicht op de kleine veldslag die hier gaande was, niet van ridders of soldaten, maar van gewone burgers, van mannen en vrouwen, fraters en studenten – het was al jurken, pijen en toga's wat daar vocht en ze gebruikten vervaarlijke knuppels.

'Wie zijn dat?' vroeg ik.

'Australes!' riep Piers.

Beide broers wendden zonder aarzelen de teugel en begonnen om de schermutselaars heen te rijden, op zoek naar doelwitten voor hun slingers.

Ondertussen probeerde ik mijn paard van het gewoel weg te houden, want het wilde volgen. Door mijn panische geruk aan de teugels raakte het zo in verwarring, dat het steigerde en me afwierp. Half verdoofd richtte ik me op en kromde me meteen onder de knuppelslagen op mijn rug en schouders. Na een vuistslag in mijn gezicht belandde ik in de modder tussen benen en rokken. Ik wilde roepen dat ik er niet bij betrokken was. Ik wist niet wie ze waren, waarom ze vochten, maar niemand zou me horen. Ik greep iemand bij de rok, trok mezelf op en gaf hem een duw. Ik kreeg het uiteinde van een knots in handen en trok die naar me toe. Iemand stompte me op mijn oog en woedend en verblind begon ik om me heen te slaan. Ik vergat dat ik weg wilde, ik vergat alles en maaide neer wat in mijn weg kwam.

Mijn zicht keerde terug, ik zag bebloede koppen, ik hoorde een vrouw gillen, struikelde over een lichaam en vloog weer overeind, klaar om de volgende aanvaller aan te pakken. Een groot paardenlichaam blokkeerde me de weg.

'Kom mee,' zei Piers, of Randel, ik kon niet goed zien wie van de twee ik voor me had. Ik pakte zijn uitgestoken hand en hij sleepte me een eindje mee, hielp me toen voor zich in het zadel. Iets verderop wachtte zijn broer met mijn paard. Ik stapte over en keek achterom. Hier en daar vochten ze nog. Lichamen op de grond. Twee fraters stonden naar ons te kijken, van één was de pij opengescheurd, zijn onderkleed bloedbevlekt. 'We weten wie jullie zijn,' riep hij ons na.

Onderweg kwamen we verscheidene mensen achterop die al eerder het strijdtoneel hadden verlaten. In het voorbijgaan zag ik magister Guiscard. Hij herkende mij ook en zwaaide. Hij had een snee op zijn gezicht, en hoewel het hard regende, welde er nog bloed uit de wond.

Ik hield mijn paard in. Piers steeg af, klom achter Randel, zodat Guiscard zijn paard kon bestijgen. 'Bedankt jongens,' zei de man, 'zo dichtbij is de stad nou ook weer niet.'

Onderweg vertelde hij dat hij bij een hagenpreek was geweest. 'Alleen om te weten wat er zoal omgaat in de buurt,' zei hij met een knipoog naar mij. 'Midden in de preek overvielen ze ons. Ze scholden ons uit voor lollaards en begonnen er zonder verdere discussie op los te slaan.'

'Je mag blij zijn dat de sheriff er niet was met zijn mannen,' zei Randel.

'Wie zegt dat hij er niet was?' Guiscard lachte. 'Het is niet meer zo gevaarlijk als een paar jaar geleden,' ging hij verder. 'De lollaards houden zich heel rustig, maar ze zijn er nog steeds. Wat mij betreft, ik ben universiteitsdocent, niemand die mij iets doet.' Hij kwam dicht naast me rijden en bekeek me eens goed. 'We maken een kleine omweg,' zei hij toen, 'aan de oever van de Isis kan Iss het bloed van zich af wassen.'

Die nacht sliep ik slecht, alles deed pijn. Ik dacht nauwelijks aan het gevecht, het waren de gebeurtenissen in Salisbury die me niet loslieten. Ik besefte nu dat voor mij alle kennis van de wereld niet toereikend zou zijn om bouwwerken te scheppen die de eeuwen konden trotseren. Ik was niemands kind, in geen gilde ingeboren en zelfs in de stad waar ik ingezetene was, behoorde ik als student tot een groep die nadrukkelijk apart stond van de burgerij en door haar zelfs vijandig werd bejegend. Ik begon te geloven dat er werkelijk niets anders op zat dan theologie te studeren.

In de ochtend klom ik kreunend mijn bed uit, pakte mijn Vitruvius zorgvuldig in een doek en ging de straat op. Mijn vrienden waren nog niet op en de herberg zou pas rond het noenuur opengaan. Voor het leven hier op gang kwam, zou ik weer in mijn bed liggen.

Bij de boekerij zocht ik een titel waarvoor Vitruvius een waardig onderpand zou vormen, maar nog voor ik een keuze kon maken, kwam magister Guiscard binnen. Hij trok me mee naar een ruimte waar we alleen waren. 'Isidorus,' zei hij. 'De sheriff is op zoek naar jou en je vrienden. Jullie waren de enige ruiters die deelnamen aan de strijd. Een tweeling te paard, met een kleine donkere student.'

'Wat willen ze van ons?'

Al zijn zorgeloosheid van de vorige avond was verdwenen. 'Het was een knokpartij zoals we er zoveel hebben, maar ditmaal viel er een dode. Uitgerekend een van de spionnen van de sheriff is geraakt. Door een knots of een steen, dat is niet te zeggen, hij heeft een verbrijzelde schedel en verschillende getuigen hebben jullie aangewezen. Weet jij er iets van?'

Ik schudde mijn hoofd en probeerde het me te herinneren. 'Ik was verblind door pijn en razernij,' zei ik langzaam. 'Ik raakte zonder het te willen bij het gevecht betrokken en moest me verdedigen.'

Hij knikte. 'Hoe het ook zij,' zei hij, 'de universiteit zal je niet zomaar uitleveren aan de stadsautoriteit. Maar het is beter als jullie een tijdje weggaan. Zeker jij.'

'Waarom zeker ik?'

Zijn blik was droevig. 'Je had je gezicht moeten verbergen.'

Ik wist even niet wat hij bedoelde.

'Bij herdenking van de dood van Wycliffe,' verduidelijkte hij.

O, vloek van het natuurlijk geheugen!

Hij ging verder: 'Je vrienden hebben machtige familieleden, die regelen wel iets. Terwijl jij, hoe zal ik het zeggen...?'

'Ik ben niemand.' Ik voelde de grond onder mijn voeten wegzakken. 'En mijn studie dan?' vroeg ik.

'Je moet je een tijdje rustig houden,' zei hij. 'Ik stel een getuigschrift voor je op en zal een paar collega's vragen om je een examen af te nemen, dat je toegang verschaft tot de universiteit van Parijs. Tegen de tijd dat je daar klaar bent, kun je terugkomen. Wij willen je hier graag als docent. Je vrienden kunnen een tijdje in het familieslot schuilen en er zullen wat sommen geld van eigenaar wisselen. Ik verwacht dat ze over een maand of drie wel weer terug zullen zijn. Je kunt de eerste maanden ook met hen mee.'

Ik dankte hem en wilde naar huis om het ze te vertellen, maar hij hield me tegen. 'Je kunt niet terug,' zei hij. 'Blijf voorlopig hier, op ons terrein. Ik zal een boodschapper sturen naar Randel en Piers. Zij moeten ook hierheen komen en de stallen mijden, want de sheriff heeft hun paarden al in beslag genomen.'

Mijn vrienden wisten tijdig binnen de veilige muren van de faculteit te komen.

'We gaan gewoon lopen,' zei Piers. 'Je zult het fijn vinden bij ons. We kunnen jagen en achter de vrouwen aan. Geen meisje in de wijde omtrek dat ons haar gunsten weigert! En de kelders van onze vader zijn goedgevuld.'

'Zijn er boeken?' vroeg ik.

Hij haalde zijn schouders op. 'Niet dat ik weet.'

'Ik ga graag mee,' zei ik. 'Maar ik zal niet te lang van jullie gastvrijheid gebruikmaken, ik wil mijn studie voortzetten in Parijs.'

Guiscard beloofde dat mijn examen binnen enkele dagen kon plaatshebben. 'Ik ga ervan uit dat jij geen tijd nodig hebt om je voor te bereiden,' zei hij glimlachend. En hij had gelijk.

Wij spraken over het horologium dat ik had gezien in Salisbury. Hij vroeg me het nauwkeurig te beschrijven. Ik vertelde van de gekanteelde tandwielen, het tikkende juk, de schokjes waarmee het voortbewoog.

'En welke kracht dreef het aan?' vroeg hij.

Ik wist het niet. Toen herinnerde ik me de touwen. 'Ik zag met touw omwonden spoelen,' zei ik, 'ze gingen ergens heen, maar ik heb ze verder niet kunnen volgen.'

Hij glimlachte. 'Een echappement,' zei hij. 'Ik zou het graag eens in bedrijf willen zien!'

'Ze zijn niet al te vriendelijk in Salisbury.' Ik vertelde hem wat me bij de bouwers was overkomen.

Hij ging weer zitten. 'Isidoor,' zei hij. 'Zo'n klok is niet uniek, het is zelfs een vrij eenvoudige opzet zoals je het beschreef. En je hebt gelijk wat betreft de bouwers en de gilden. Heb je gehoord van de astroloog Richard van Wallingford? Als abt van St. Albans bouwde hij een nog verbazingwekkender automaton, want het toont naast eb en vloed ook nog de bewegingen van de hemellichamen. Hij was ook architect en ontwierp beroemde bouwwerken.'

'Dat is het,' zei ik. 'De enige mogelijkheid buiten de gilden is de kerk. Ik zal theologie moeten studeren en een kerkelijke loopbaan nastreven.'

Guiscard knikte. 'Richard studeerde natuurwetenschappen in Oxford, maar zonder de smidse van zijn vader had hij misschien nooit zijn ideeën gekregen, laat staan dat hij ze vorm had kunnen geven.'

'Dat stemt niet hoopvol,' zei ik.

Hij schudde het hoofd. 'Iedereen heeft zijn door God aangewezen plaats in de wereld. We hebben niet alles in de hand. Ik weet niet in hoeverre jij je plannen zult verwezenlijken, maar theologie is een goed uitgangspunt.'

Ik dankte hem en stond op om naar mijn vrienden te gaan die sliepen, op een plek waar de sheriff geen jurisdictie had. Guiscard volgde me tot aan de deuropening. 'Morgenochtend,' zei hij, 'dan heb jij je examen.'

Twee dagen later, heel vroeg in de ochtend, gingen we aan boord van een zwaarbeladen platbodem vol schapen. De levende have school, net als wij, onder een dektent van zeildoek en zo konden we zonder veel opzien de stad verlaten. Piers en Randel klaagden vanwege de stank. Voor mij voelde het als thuis.

De boot lag vast op de stroom, en hoewel ik terugschrok bij de gedachte aan een reis over water, was het gekabbel van de Isis eerder geruststellend dan angstaanjagend. Onder het zeil bleef het warm, dus ik negeerde mijn vrienden en legde me te rusten. Af en toe voelde ik onder mijn mantel naar het verzegelde perkament dat de sleutel zou zijn tot mijn verdere studie.

Eenmaal buiten de stad begon de schipper zijn eentonige bomerslied te zingen en al snel stemden Piers en Randel in. Ze hadden hun veldflessen gevuld met wijn en af en toe reikten ze die de schipper aan. Ik vroeg me af of het niet gevaarlijk was, een beschonken schipper. Na een korte wandeling door mijn kwartieren gaf ik het gevecht met de slaap op.

In de vroege avond bereikten we Reading, de eindbestemming van de schapen, en ter hoogte van de abdij met zijn machtige waterwielen namen we afscheid van de schipper.

Drie dagen later bereikten we het dorpje Great Bocham waar een zuster van Piers en Randel woonde. Sibyl was getrouwd met een ridder die in Frankrijk verbleef en ze smeekte ons om een tijdje te blijven, maar de broers overtuigden haar van de urgentie van onze missie. Zij beloofden binnen een week terug te komen en dan, zo verzekerden ze haar, zouden ze langer blijven dan haar lief was. Sibyl liet paarden zadelen en gaf ons leeftocht mee voor enkele dagen.

De eerste dag verliep voorspoedig. In de ochtend van de volgende dag stak een storm op die niet ging liggen tot de avond. We namen alleen rust als de paarden niet verder konden en toen we uiteindelijk bij zonsopgang op een strand in de buurt van Hythe aankwamen, lieten we ons uitgeput in het zand vallen en sliepen tot de noen.

De lucht betrok alweer toen we wakker werden en de wind striemde onze gezichten met zand. We brachten onze kleren op orde en haastten ons Hythe in.

De vissershutjes, scheef gewaaid en wit uitgebeten door zeewater en wind, leken verlaten, maar hier en daar staken vrouwen hun hoofd naar buiten om te zien wie daar naderde en dan riepen ze hun kinderen naar binnen, want vreemdelingen brengen onheil. Veel huizen waren gedeeltelijk afgebroken, ontdaan van bruikbare materialen. In een kleine herberg dronken we bier en we vroegen de waard of er binnenkort schepen de oversteek naar Frankrijk zouden maken.

'Er komt hier niet veel meer,' zei hij. 'Maar je treft het, er ligt hier al een tijdje een ballinger uit Boulogne op de werf. Die Fransen, het ene jaar komen ze plunderen, het andere jaar is het handel, en voor een gewoon mens is het allemaal nauwelijks bij te houden. Maar goed, de bemanning is gisteravond teruggekomen, wat betekent dat ze snel zullen uitvaren. Ze zitten ergens te zuipen.'

Piers en Randel leegden hun bekers gelijktijdig. 'Kom,' zei Piers. 'We lopen alle kroegen af tot we ze vinden.'

'Dan hoef je niet ver,' zei de waard. 'Aan de waterkant is een tent waar ze goedkoop bocht schenken. Vertel maar dat ze beter hun geld hier kunnen uitgeven. Moeten we ons soms schamen voor ons land?'

Het was letterlijk een tent van gespannen zeildoek over het staketsel van wat ooit een huis was geweest. Het klapperde in de wind en gaf niet de indruk dat het veel regen zou tegenhouden. Evengoed was het er aanzienlijk drukker dan in de herberg waar we vandaan kwamen. De Fransen waren snel gevonden en Piers, die de taal het best sprak, onderhandelde met de bootsman. Het duurde lang. Randel bleef bier bestellen om alles soepel te doen verlopen.

Ik hield het bij één pint en na een tijdje liep ik naar buiten om naar de zee te kijken. De zon was al weg achter de heuvels, maar ik kon ver kijken over de woelige, donkere baren waar een strakke wind de schuimkoppen geselde, zodat de vlokken in het rond stoven. Hoge golven kromden zich en braken briesend op het strand. Hoelang zou het niet duren voordat deze zee bevaarbaar was? Ik stelde mezelf gerust, voorlopig zouden we niet scheep gaan en mijn ervaringen op de platbodem waren goed geweest. In de verte, links van me, trok een zwaar jaagpaard een klein scheepje door een vaargeul naar dieper water. Uiteindelijk kwam het tussen twee palen te liggen aan het einde van een ruwe steiger. Ik bleef kijken hoe twee mannen het paard uitspanden en terugvoerden naar het dorp.

Opeens klonk het indringende geluid van een bel, dat van het schip leek te komen. Achter me begonnen stemmen te schreeuwen. Toen ik me omdraaide zag ik de Fransen, die uit de kroeg kwamen en over elkaars benen struikelden in de haast. Mijn vrienden volgden in hun kielzog.

'Je gaat vertrekken, Isidoor!' riep Piers. 'Schiet op, volg deze mensen.'

'En de passage?' vroeg ik.

'Die is betaald.' Hij grijnsde.

'*Venez, venez!*' De bootsman greep me bij mijn schouder en trok me mee. Ik had nog geen afscheid genomen.

'Wij lopen mee,' zei Randel.

We overbrugden de afstand sneller dan je zou verwachten van die dronken bende. Voor ik het wist hadden ze me aan boord getild en keek ik al neer op mijn vrienden die zich hijgend op een rol touw lieten neervallen.

'Hoeveel was het?' riep ik ze toe. 'Ik moet jullie terugbetalen.'

'Het kostte helemaal niets!' riep Randel.

'Hoe kan dat nou!'

Piers grijnsde. Hij stond op en liep naar de rand van de steiger zodat hij niet hoefde te schreeuwen. De boot begon zich al te verwijderen. 'We hebben erom gedobbeld,' riep Piers. 'Wij wonnen.'

Ik wierp een blik achter me, op de bootsman, die met een duistere blik naar ons stond te kijken. 'Wie garandeert me dat hij me niet onderweg overboord zet?' vroeg ik. Een plotselinge beweging van het schip sloeg me bijna tegen de dekplanken, ik kon nog net de reling pakken. Paniek golfde door me heen en mijn maag draaide om.

'Zulke garanties bestaan niet,' riep Piers, nu een stuk verder dan zo-even. Ook Randel kwam overeind en hij stak een hand op. Ik beantwoordde de afscheidsgroet en liet me toen zakken op de dekplanken, misselijk van angst. Hoe konden ze met dit weer uitvaren? Het was allemaal zo snel gegaan dat ik niet had kunnen protesteren.

Nu was er geen weg terug.

En terwijl deze gedachten door me heen raasden, begon de boot te slingeren en ik zag de zee hoog oprijzen alsof hij me wilde verzwelgen, om even snel weer weg te zakken, zodat mijn maag het niet langer uithield. Hoelang duurde die reis eigenlijk? Ik ging plat liggen op de planken en piepte van ellende. Misselijkheid maakte elke vlucht naar binnen onmogelijk.

Deel III
De rue Gratte-cul

(1390-1393)

‘Zo krijgt een marmerblok onder de hand van de kunstenaar niet haar mooie vorm omdat het een marmerblok is – in dat geval zou een onbewerkt blok even mooi zijn – maar vanwege het idee dat de kunst erin brengt. De vorm ligt niet in het materiaal, maar bestond al in de geest van de beeldhouwer voor het in steen gestalte kreeg.’

– Plotinus, *Enneaden*, v.8.1

De weg naar Konstanz IX
—
Hoe ik bouwde

'Dus je hebt niet gebouwd,' stelde ze vast.

'O, ik heb gebouwd!' zei ik. 'Meer dan wie ook.'

'Wil je me erover vertellen?'

'We hebben alle tijd van de wereld,' zei ik.

Vanaf Rimini, waar we onze voorraden hadden aangevuld, volgden we niet meer de kustweg. Ons volgende doel zou Bologna zijn.

De oude man reed nu veel op Gigi, hij leek zwakker dan toen wij elkaar weken geleden weer ontmoetten en ik vermoedde dat hij een groot deel van de tijd in halfslaap doorbracht.

Onder het lopen vertelde ik Lorea de geschiedenis van het land. Ik bestreek de bijna tweeduizend jaren die waren verstreken sinds het begin van de Stad Rome – ab urbe condita – en behandelde de opkomst en ondergang van het Romeinse Rijk. Ik beschreef hoe er nieuwe rijken uit voortkwamen; van de barbaarse koningen, via de hereniging onder Karel de Grote en het verval van zijn dynastie tot aan de opkomst van het Heilige Roomse Rijk, dat nog altijd bestaat. En dan waren er de vrije steden, zoals Bologna.

Ze zuchtte van bewondering. 'Gaat al het bestaande ten onder?' vroeg ze.

'Zolang die ondergang maar niet in onze dagen plaatsvindt.'

'Ik ben jaloers op jouw geheugen.'

'Dat is niet vanzelf gekomen,' zei ik. 'Ik was zo gelukkig dat ik al jong leerde hoe ik dat moest opbouwen en ik heb er sindsdien elke dag opnieuw aan gewerkt.'

'Hoe leer je dat?'

'Over het natuurlijk geheugen heb je weinig controle,' zei ik, 'dat zijn de indrukken die naar willekeur verdwijnen of die blijven hangen in je geest, omdat ze verbonden zijn met indrukwekkende gebeurtenissen. Het zijn ook de irrelevante zaken van alledag, de losse beelden zonder betekenis, de flarden van een halfvergeten lied; gezichten waarbij geen naam hoort of namen zonder gezicht, het is het spinrag dat blijft hangen; de verschaalde geest van wijn die allang opgedronken is. Als je daarentegen een systematisch geheugen opbouwt aan de hand van denkbeeldige locaties, kun je meester zijn van je eigen kennis.'

Ik vertelde haar van de *Tweede retorica* en van de structuur die ik er zelf aan gegeven had. Ik vertelde van mijn dagelijkse ommegang. 'Het zal je niet verbazen dat ik, na wat kinderlijke fabels, Vitruvius' boeken over bouwkunde als eerste heb opgenomen in mijn ommegang,' zei ik. 'En ik verzuim nooit om op mijn reizen de bouwwerken te bekijken, zodat ik stof heb voor uitbreidingen. Want niets is dodelijker voor het geheugen dan eenvormigheid.'

'Daarom ben je altijd zo in jezelf gekeerd,' zei Lorea. 'Mijn vader is ook zo.'

Ik ging door met vertellen en was ze aanvankelijk geïnteresseerd, gaandeweg raakte ze bijna in vervoering. Toen ze de volle omvang van mijn gedachtewereld vermoedde, riep ze uit: 'Wat een wonderbaarlijke kunst is dat! En je kunt ook bouwwerken verzinnen die louter producten zijn van je fantasie! Niets weerhoudt je ervan om een piramide te maken die op zijn punt staat; om paleizen te bouwen als kleurige druiventrossen die in clusters en slierten tussen de sterren hangen. Je kunt nieuwe werelden creëren met steden in ivoor of obsidiaan, bomen van vertakte wijsheden en daartussen hang je spinnenwebben van...'

'Je vergist je,' onderbrak ik haar. 'Mijn geheugenstad kan alleen bestaan voor zover ze geloofwaardig en mogelijk is. Een innerlijke wereld die niet wortelt in het bestaande is ijl en vluchtig als een droom.'

Lorea schudde haar hoofd. 'Is dat niet evengoed een kwestie van oefening? Waarom zou je alleen kopieën maken van het bestaande?'

Ik ergerde me. 'Het zijn geen kopieën. Het zijn eigen creaties die gedeeltelijk gebruikmaken van de onvolkomen voorbeelden uit onze warrige wereld en zijn daarvan een geordende, sublieme versie.'

'Dat is niet de wereld waarin ik wil leven,' zei ze plagerig en ze wilde me bij de hand nemen, maar ik stond op, liep naar het bos en riep over mijn schouder dat ik naar het gemak moest. Ik waadde door het struikgewas tussen de omgevallen stammen en jonge boompjes. Bij een dode reus bleef ik staan, ik piste over de vermolmde wortels.

Een boom van vertakte wijsheid.

En opeens moest ik denken aan de Boom van Llull.

12
Parijs

In Parijs ontdekte ik dat magister Guiscard en zijn collegae mijn vorderingen hadden overdreven. Of was er een fout gemaakt? Volgens mijn geloofsbrief was ik nog maar twee jaar verwijderd van mijn meesterschap in de vrije kunsten, wat betekende dat ik jaren studie kon overslaan. Ik was wel zo wijs er verder over te zwijgen. Ondanks mijn getuigschriften moest ik op grond van een oude regel een test ondergaan om mijn kennis te toetsen, wat ik niet erg vond. Het zou een slechte zaak zijn als de collegezalen zich vulden met ezels, die om enige andere reden dan hun kennis in de collegebanken terechtkwamen. Evengoed zou ik ervaren dat zich ook onder de Parijse studenten veel onwaardigen ophielden.

De commissie stond versteld van mijn snelle en volledige antwoorden. 'Hebben ze zich in Oxford niet vergist?' vroeg een doctor.

'Ik heb vooruit gewerkt,' zei ik, 'en wil me het komend jaar al bekwamen in hogere studies.'

'Als het reglement het niet verbood,' zei hij, 'zou ik je nu al je bul geven en rekruteren. Je wilt zeker verder in de theologie?'

'Raadt u mij dat aan?' Ik twijfelde nog altijd.

'Veel Engelsen komen om die reden hiernaartoe. Bij jullie is het onderwijs vergiftigd door ketterijen en hier volgen we de rechte leer.'

'Ik weet nog niet wat ik na mijn meesterschap ga doen,' zei ik aarzelend. Ik hoefde nog niet te kiezen. En kon men een keuze voor een andere richting dan theologie niet uitleggen als ketterij? Of was theologie nu juist bij uitstek een studierichting voor ketters?

Omdat de toewijzing van nationes naar geboorteland geschiedde, maakte ik deel uit van de Engelse natie. De natie bezorgde me een eenvoudig onderkomen bij de schrijnwerker Jehan le Magurier, die een huisleraar zocht voor zijn drie zonen. Zo hoefde ik mijn eigen geld nauwelijks aan te spreken. Hoe blij ook met deze regeling, liever was ik ingekwartierd geweest bij een steenhouwer die mij iets had kunnen leren dat van pas kon komen. Jehan was een goede vakman, maar zijn werk had niets te maken met bouwkunst.

Op mijn eerste collegedag gaf hij me een opvouwbaar krukje. 'Neem dit mee,' zei hij, 'je zult er straks blij mee zijn.'

Enigszins opgelaten, want ik vreesde dat ik voor gek zou staan met het krukje in mijn hand, liep ik naar de rue de Fouarre en liet me de juiste collegeruimte wijzen.

De docent was er nog niet. Op de vloer lag stro in balen en hopen bijeen, waarop studenten zaten of lagen. Enkelen zaten op een krukje, aan hun kleding kon ik zien dat dit de beter gesitueerden waren. Ik zette zorgvuldig mijn krukje neer en nam plaats, de rugzak met mijn boek hield ik op mijn knieën.

Een kalende jongeman met een rode baard vroeg me iets. Ik verstond hem niet en vertelde hem dat in het Latijn.

'Je bent Engelsman,' stelde hij vast, nu ook in Latijn. 'Een nieuweling?'

Ik knikte en keek de kamer rond. 'Mag je hier je eigen taal spreken?' vroeg ik.

Hij knikte. 'Tot de docent binnen is. Tijdens de colleges en onder het eten is het niet toegestaan. Maar jij kunt je beter bij Latijn houden.'

'Waarom ik?' vroeg ik.

'Omdat Engelsen hier een slechte naam hebben, door de oorlogen.'

Ik wist niets van de politieke toestand en vertelde hem dat.

Hij lachte. 'Het is ook niet van belang, op de universiteit staan we daarboven. En als het erop aankomt, spreken we allemaal dezelfde taal.' Hij wees naar mijn knapzak. 'Welk boek heb je bij je?'

'Hoe weet je dat het een boek is?'

'Door de vorm. Wat kan het anders zijn?'

'Vitruvius, *De architectura libri decem.*'

Hij trok zijn wenkbrauwen hoog op maar vroeg niet verder.

Zijn naam was Lotho en hij kwam van de vrijstad Straatsburg. Ons gesprek kwam tot een vroegtijdig einde toen een knecht binnenkwam met een boodschap van de docent dat het college was afgelast. Niemand leek verbaasd.

'Je wilt naar de bibliotheek,' stelde Lotho vast, 'anders had je dat boek niet bij je gehad. Kom wat drinken bij mij thuis. Ik heb ook boeken.'

Omdat ik niets beters te doen had, nam ik mijn krukje op en volgde hem.

We namen de kleine brug naar het stadseiland. Ik wilde niet blijven talmen bij de kathedraal en vermeed het naar de machtige façade te kijken. Op een dag zou ik de tijd nemen om alles te bekijken, maar nu volgde ik Lotho en we verlieten het eiland weer via een houten brug. Ons einddoel was een modderig straatje waar bedelaars op een kluitje zaten met uitgestoken handen.

'Waarom zitten ze bij elkaar?' vroeg ik. Zo moesten ze iedere aalmoes onderling verdelen.

'Dit zijn de negen straatjes, hier werken de hoeren,' vertelde Lotho. 'In de rest van de stad is het verboden. Veel hoerenlopers geven, bij wijze van boete, wat muntjes aan de bedelaars. Natuurlijk gaan de echte rijkdommen naar de priesters, die over de aflaten beschikken.'

Een meisje dook gebogen onder een lage deuropening door en richtte zich vlak voor ons op in al haar glorie. Met haar complexe gelaagde rokken leek ze een engel in ruisend verenkleed. Ze zei wat tegen Lotho, knikte naar mij. Lotho antwoordde in rad Frans. Ze giechelde en maakte een komische buiging. Lotho wenkte en we vervolgden onze weg.

'Je spreekt de taal goed,' zei ik.

'Ik ben tweetalig opgevoed.'

'Laat me je waarschuwen,' zei ik. 'Ik ben niet komen studeren om het hier op een zuipen te zetten of om me uit te putten in bordelentochten. Daar heb ik ook het geld niet voor.'

Hij lachte. 'Ik woon boven een bordeel,' zei hij. 'De klanten willen niet te veel trappen lopen, en ik betaal niets voor mijn zolderkamer.' Hij gleed een donkere steeg in, hield halt bij een zwart uitgeslagen deur en klopte aan. De deur zwaaide meteen open, een kromme oude man met waterige oogjes hield een kandelaar vlak bij onze gezichten. 'Lotho,' zei hij, 'en wie is je metgezel?'

‘Een medestudent, goed volk.’

De man trok zich terug in de schaduwen van het huis en Lotho duwde me een krakende trap op. Ik had al spijt dat ik mee was gegaan. Na mijn avontuur in Scarborough hield ik me ver van bordelen. Er gingen verhalen over zekere etablissementen waar, naast de kennelijk wijdverbreide sodomie, ook tegennatuurlijke handelingen zouden plaatsvinden met demonen en zelfs dieren. Naast mijn afkeer van zulke zaken, had ik weinig zin om nogmaals de aandacht te trekken van de autoriteiten.

‘Heb je die Vitruvius al uit?’ vroeg Lotho terwijl we de derde trap op gingen.

‘Ik ken hem uit mijn hoofd,’ zei ik hijgend. Ik was niet meer gewend aan trappen.

‘Misschien kunnen we een tijdelijke ruil maken.’ Hij liet mij voorgaan in zijn kamertje, een hok onder het dak, met een strozak en een lessenaar. Hij wees me waar ik mijn krukje kon zetten en zette zijn eigen kruk bij de lessenaar. Toen trok hij een kist uit een schuine dakkast. Met een triomfantelijk gebaar tilde hij er een in fluweel gewikkeld pak uit. Vijf boeken had hij, een kostbaar bezit.

Ik keek ze snel door. Twee kende ik al vanbuiten, drie en vier waren niet interessant. Boek vijf heette *Le divisament dou monde* van een zekere Rustichello van Pisa.

‘Frans,’ zei ik vol afkeer.

‘Wat is daartegen?’

‘Niets,’ zei ik beschaamd. ‘Behalve dat ik het niet beheers.’

Lotho nam het boek van me over en legde het op het lessenaartje. ‘Het is interessant,’ zei hij. ‘Rustichello heeft het opgetekend uit de mond van een zekere Polo, die tientallen jaren rondreisde in het rijk van de Mongolen en in China, waar hij merkwaardige zaken heeft gezien.’

‘Zijn hier colleges over?’ vroeg ik.

Lotho lachte. ‘Zeker niet,’ zei hij. ‘Veel mensen nemen aan dat het verzonnen is en voor studie van geen betekenis.’

‘Waarom heb je het dan?’

Lotho sloeg de bladen liefdevol om. ‘Ook het lezen van verzinsels geeft me genoegen,’ zei hij. ‘Hoeveel van de ouden die we nu nog lezen, schreven verzinsels?’

'Je hebt gelijk,' zei ik, denkend aan al die boeken die geen werkelijke kennis van de wereld brachten, maar die mij steeds weer beelden schonken om mijn geheugenplaatsen mee te stofferen. Ik kon het hoe dan ook gebruiken. 'Kun jij me de taal leren?' vroeg ik.

'Graag,' zei hij. 'Je mag het ook kopiëren.'

'Dat is niet nodig, ik ben gewend boeken te memoriseren. En jij kunt natuurlijk mijn Vitruvius lezen.'

Hij knikte verheugd. 'Misschien wil je mij op jouw beurt Engels leren. We kunnen meteen beginnen.'

Zo kreeg een dag die al verloren leek een gunstige wending. Lotho's methode was eenvoudig: we namen het boek als uitgangspunt en vertaalden woord voor woord. Eerst naar het Latijn, daarna gaf ik hem de vertaling in het Engels.

In de namiddag gooide hij de luiken open omdat het erg heet werd onder het dak. Het gebeier van de Nostre Dame klonk vlakbij. Op dat moment riep een man van beneden Lotho's naam. Hij stond op, opende de deur en antwoordde in het Frans, daarna bukte hij zich, trok wat houten stoppen uit de vloer, en ging toen weer bij me zitten.

'Wat is dat?' vroeg ik.

'Hiermee kan ik de kamers onder me in het oog houden,' zei hij. 'Ik moet op de meisjes passen, want sommige klanten gaan weleens hardhandig met ze om. Je zult merken dat de volkstaal niet moeilijk is. En dan hebben we Aquitaans, wat ze in het Zuiden spreken, dat is weer een ander verhaal.'

We lazen en verklaarden woorden en zinnen, we redetwistten over betekenissen en onder het praten stak Lotho wat kaarsen aan want buiten schemerde het al. Af en toe, als de stemmen wat luid opklonken, wierp hij een blik door een kijkgat, maar meestal negeerde hij ze. 'Ik hoor het meteen als er iets fout gaat,' zei hij, 'van hieruit overzie ik vier kamertjes.'

Later, toen het buiten helemaal donker was, opperde ik dat ik misschien maar eens moest gaan.

'Het maakt mij niet uit,' zei hij. 'Ik slaap nog lang niet.'

'Ik heb veel geleerd,' zei ik. Zelfs na deze ene dag kon ik al grote stukken van het verhaal volgen. 'Ik kan ook nog wat doorgaan.'

'Het boek leent zich goed voor taalstudie,' zei Lotho. 'Als jij even op de meisjes let, haal ik wijn.'

Ik stemde toe, al voelde ik er niet veel voor om Lotho's werk te doen. 'En wat nu als iemand beneden iets uithaalt?' Zou ik in staat zijn om de meisjes te verdedigen?

'Dat gebeurt bijna nooit,' zei Lotho. 'Ik ben zo terug.'

'Er moet een nog ongeformuleerde natuurwet zijn,' zei ik, 'volgens welke alles wat onder enige omstandigheid mis kan gaan, noodzakelijkerwijs misgaat.'

Ik had het niet als grap bedoeld, maar Lotho's gelach stierf langzaam weg in de trapspiraal. En net toen de stilte voorzichtig was neergedaald, begon er iets te piepen in de kamer. Ik keek eens in de hoeken of er zich ergens een muis verstopte, maar al snel begreep ik dat het van beneden kwam.

Ik hurkte neer en gluurde door het tapgat. Het kamertje onder me was donker. Bij het tweede had ik meer geluk. In een krans van kaarsvlammetjes lag een meisje met lang zwart haar op haar rug en een man zat geknield tussen haar opgetrokken benen en... ik draaide snel mijn hoofd weg, want het meisje had me recht aangekeken, even haar gepiep gestaakt en naar me geknipoogd. Ik besefte dat ze mij voor Lotho aanzag. Ik keek weer, omdat ik niet zeker wist of de man haar mishandelde. Inmiddels gaf zij zich aan hem in volle overgave, dus ik nam weer plaats op het krukje achter de lessenaar, waar Rustichello wachtte.

Ik las een zin, twee zinnen en begreep half wat er stond. Ik las ze nogmaals en het was duidelijk. Bij de derde zin dwaalden mijn gedachten af naar het meisje beneden. Nogmaals probeerde ik me te concentreren maar haar kreetjes werden al luider. Nu Lotho er niet was, kostte het me grote moeite om alles te negeren.

Ik knielde weer neer en keek nog eens. Het leek er nog altijd vreedzaam aan toe te gaan. Terwijl ik zo keek kwam het tot een hoogtepunt, waarna de man zich naast het meisje op de matras liet vallen. Nu begon het in een ander kamertje, hier zat een vrouw op handen en voeten, haar jurkje opgeschort. Een dikke man nam haar van achteren, zoals honden dat doen. Ik twijfelde of ik moest ingrijpen. Was dit een ongebruikelijke situatie? Of waren er meer manieren om dit spel te spelen? Ook nu leek de vrouw zich niet te verzetten, dus ik veronderstelde dat het ging om een gangbare handelswijze.

Ik keerde terug naar de lotgevallen van de Venetiaan, maar mijn gedachten dwaalden van het ene kijkgat naar het andere, al dwong ik mezelf om niet te kijken. De geluiden leken inmiddels van alle kanten te komen. Hoe kon Lotho hier studeren? En het ergste was nog dat ik mijn eigen lichaam niet onder controle had, ik merkte dat ik zachtjes mijn onderlichaam tegen de lessenaar bewoog en verschikte mijn kleren die me opeens knellend voorkwamen.

Marco Polo!

Ik dwong mezelf om mijn ommegang in te gaan, waar ik een huis wilde bouwen voor dit nieuwe boek. De taal zou ik spoedig beheersen en voor Polo had ik een elegante villa in gedachten met een ruime binnenhof. Ik wist al van Lotho wat ik van het boek kon verwachten dus ik verdeelde het carré in de fasen van Polo's reis en in de eerste kamer... ik had iets in de eerste kamer willen plaatsen, maar wist niet meer wat. Ik zag weer de matras en daarop lag het meisje naar me te knipogen.

Zou ze nu alleen zijn? Er was maar één manier om daarachter te komen.

Ze lag nog te midden van haar kaarsen en sliep, haar lange haren een krans om haar hoofd. Ik voelde aan de gordel, waarin ik mijn geld bewaarde. Toen ging ik plichtsgetrouw nog eens de kijkgaten af. Twee kamers waren in gebruik.

Terug naar het boek.

Waar bleef die Duitser! Moest ik hier soms de hele nacht zijn werk blijven doen? En net toen deze gedachte door mijn hoofd speelde, hoorde ik gestommel op de trap. Lotho kwam binnen en zwaaide met een kruik.

'Alles is rustig,' zei ik, 'maar hoe kun jij werken, met die afleidingen?'

Hij zette de kruik tussen ons in en verbrak het zegel. 'Hoe ik kan werken?' Hij grijnsde. 'Krijg je het benauwd van die liefdeskreten? Ik woon hier, in ruil voor mijn waakzaamheid. Dat is me veel waard.'

'Daarmee heb je mijn vraag niet beantwoord.' Ik dronk en gaf hem de kruik.

Lotho nam een teug, daarna slaakte hij een zucht van genot. 'Het is eenvoudig,' zei hij, 'je moet niet vechten tegen de lusten. Als je eraan toegeeft, gaat het studeren veel beter. Wat dat betreft is dit natuurlijk de beste plek van de stad.'

'Laten we verdergaan met het boek,' zei ik.

Lotho lachte en bood me nogmaals de kruik. 'We gaan verder,' zei hij, 'één kruik zal ons niet van het werk kunnen houden.'

Wij zetten ons weer aan het vertalen, en ik nam me voor om naar huis te gaan als Lotho een tweede kruik wilde halen. Voordat dit echter kon gebeuren, sloeg de klok van de kathedraal middernacht. Lotho stond op en trok aan een touw dat van een zolderbalk afhing en in een vloergat verdween. Ergens onder ons klonk een belletje als een bespotting van de grote Nostre Dame. 'Op dit uur betekent het dat de dames klaar zijn met werken,' zei hij. 'Luid ik vóór de middernachtklok, dan betekent het onraad en is iedereen in het gebouw gealarmeerd.'

Lichte voetstappen op de trap. Het donkere meisje dat ik bij mijn allereerste schouw door de kijkgaten had gezien, duwde de deur open met haar blote schouder. Ze had twee kruikjes meegebracht.

'Welkom, Melissa,' zei Lotho. 'Dit is mijn vriend en studiegenoot Isidoor de Engelsman. Hij heeft vanavond over jullie gewaakt. Drink mee op onze vriendschap.'

Melissa zette de kruikjes neer, omhelsde Lotho en wendde zich toen naar mij. Ze nam mijn hoofd tussen haar handen en kuste me. 'Dank je,' zei ze in mijn eigen taal, maar met zo'n zwaar accent, dat ik het niet meteen begreep.

Lotho brak het zegel van een kruik.

'Ik dacht dat het bij één zou blijven,' probeerde ik nog.

'Ha!' riep hij. 'De eerste kruik is altijd een keuze, maar alle daaropvolgende vloeien noodzakelijkerwijs voort uit die eerste en vallen buiten onze vrije wil.'

Redetwisten had geen zin, dus wij dronken en spraken. Het meisje nam deel aan de conversatie in een mengeling van Frans, Italiaans en Grieks.

Lotho zei iets tegen het meisje. Ze liep ze naar de deur en riep iets naar beneden. Even later kwam een van haar collega's de kamer in. Ze had rood haar en was steviger en langer dan Melissa. Ze stelde zich niet voor maar ging bij Lotho zitten en legde haar armen om zijn knieën.

'Als student, Isidoor,' zei Lotho, 'genieten we voorrechten, zowel in de ogen van de autoriteiten als in die van God. Omdat wij steeds onze geest scherpen en oefenen, moeten wij ons lichaam geven waar het om vraagt. Alleen door verzadiging kunnen wij ons wapenen tegen verleidingen en afleidingen.'

'Ik weet niet of dit is wat ik wil,' zei ik, maar ik voelde me weerloos onder invloed van de wijn, die me verwarmde en die mijn schroom jegens de meisjes deed wegsmelten. Melissa had het zich gemakkelijk gemaakt op de strozak. Ze lachte naar me en zette de kruik aan haar mond.

Ik keek van haar weg, sloeg een blad om, zonder ook maar een letter te lezen.

'Je bent een asceet, een stoïcijn,' zei Lotho. 'Dat is niet gezond. We hebben allebei hard gewerkt. Nu is het tijd om onze geest rust te geven.'

'Isidoor,' zei Melissa. Ze gaf me de kruik aan, maar voor ik die naar mijn mond kon brengen, legde ze haar hand op die van mij en vroeg me met een hoofdbeweging om bij haar te komen.

'Het is goed, Isidoor,' zei Lotho. 'Blijf hier vannacht. Ik slaap bij Pernelle en morgen gaan we verder met de studie.' Hij stond op, hielp Pernelle overeind en samen verlieten ze de kamer.

Ik liet me naast Melissa neer. Ze legde haar hoofd op mijn schouder en streelde mijn knie. '*Sleep?*' vroeg ze. Ik draaide mijn hoofd naar haar toe en ze kuste me op de mond. Ze zag er moe uit. Ik maakte me van haar los, ging liggen en trok haar naar me toe. De wijn had me slaperig gemaakt. Het meisje vlijde zich tegen me aan, sloeg een arm over mijn borst en sliep, aan haar ademhaling te horen, bijna meteen in.

Ik wilde de lust negeren die door mijn lijf golfde en probeerde te ontsnappen naar de kwartieren van mijn ommegang, maar mijn lichaam gehoorzaamde niet. Mijn handen, die een eigen wil hadden, verkenden haar contouren en de geur in haar lange haren bedwelmde me. Had ze met honderd mannen geslapen, met duizend? Hoeveel hadden er alleen al vandaag haar bed gedeeld? En toch rook ze naar honing en bloemen. Ze kreunde wat in haar slaap, maar ontwaakte niet en toen mijn lichaamsdeel dat zich het minst liet beheersen het uiteindelijk opgaf, kon ik zelf wegglijden.

Ik ontwaakte uit mijn eerste slaap en merkte meteen dat ook zij wakker was, want zoals ik eerder haar had verkend, zo dwaalden nu haar handen over mijn rug en schouders, over mijn heupen en achterste, en af en toe kneep ze me stevig en drukte me tegen zich aan, alsof ze op zoek was naar houvast. Waarom zou ik me verzetten?

13

Gargouilles, chimaeren en grotesken

'Waarom niet?' vroeg Lotho, terwijl we de collegezaal verlieten.

'Theologie interesseert me niet,' zei ik. 'Als je niet van kind af aan opgevoed bent in de godsdienst, dan brandt het heilige vuur niet in je.'

'Maar als je je kennis wilt vergroten en de wereld leren kennen, is dan niet de openbaring het begin van alle dingen?'

Dit had ik vaker gehoord. 'Waarom beginnen de universiteiten dan met de artes en niet met theologie?' vroeg ik.

Hij bleef staan en dwong mij zo me om te draaien en hem aan te kijken. 'Omdat de artes je voorbereiden op de ware filosofie en op de theologie die in wezen één zijn.'

Dat leek mij een paradox. 'Dus het geloof gaat vooraf aan de rede?'

Hij schudde zijn hoofd. 'Zeker niet.' Hij begon weer te lopen en ik volgde hem. 'Rede en geloof zijn verschillende zaken,' zei hij, 'ze sluiten elkaar niet uit.'

Hij zweeg een tijdlang. Bij de deur in het steegje van de rue Grattecul, klopte hij niet aan. Hij pakte me bij mijn schouders. 'Ken je Johannes Scotus Eriugena?'

'Nooit van gehoord,' zei ik.

'Meister Eckhart?'

'Wie zijn dat?'

'Johannes de Schot leefde eeuwen geleden. Hij vertaalde Dionysius de Areopagiet en schreef zelf ook een boek over de natuur. Hij was een volgeling van Plato.'

'Waar kunnen we zijn boeken vinden?'

'Ze moesten op last van paus Honorius de Derde allemaal worden verbrand, dat is al honderdvijftig jaar geleden, of langer.'

Ik vloekte. 'Jammer, ik had ze graag gelezen.'

Lotho bestudeerde mijn gezicht. 'Ook als het ketters is?' vroeg hij zachtjes.

Ik haalde mijn schouders op. 'Ik ben geen theoloog,' zei ik toen. 'Hoe kan ik weten wat ketters is en wat orthodox? Zoals ik al zei, ik houd me met die zaken niet bezig.'

Lotho klopte aan en we beklommen de trap.

'En die andere,' zei ik, toen we in zijn kamertje waren. 'Die Eckhart? Zijn zijn boeken ook verbrand?'

Hij schudde zijn hoofd. 'Ze hebben het geprobeerd,' zei hij, 'maar er zijn nog steeds mensen die zijn werk bestuderen, hoewel hij leefde in de tijd van mijn grootvader. Er zijn boeken in omloop waarvan de schrijver niet wordt vermeld, maar ingewijden weten dat ze van hem zijn.'

'Die zijn dus niet gemakkelijk te vinden,' zei ik, 'want wie geeft toe dat hij ketterse geschriften leest?' Ik zette mijn kruk voor de lessenaar. 'Eén ding begrijp ik niet,' ging ik verder. 'Hoe kun je een idee uitbannen door boeken te verbranden? Als je een idee wilt bestrijden met betere argumenten, moet je de boeken intact laten, zodat studenten idee en bestrijding kunnen volgen. Vernietig ze, en de ideeën duiken steeds weer op.'

'Ik ben het met je eens,' zei Lotho. 'Maar die Schot Johannes... er zijn nog exemplaren van zijn boek in omloop.' Hij sprak met gedempte stem hoewel niemand ons kon horen.

'Waar kan ik die vinden?'

Hij aarzelde, liep toen naar een van de schuine dakkasten en schoof het deurtje open. Het boek was klein. Hij blies er wat denkbeeldig stof af en poetste het gladde kaftleer met zijn mouw. Ik stak mijn hand al uit, maar hij weerde me af. 'Hier is het,' zei hij, '*Periphysion*. Er is alleen een probleem.' Hij gaf het me.

Ik opende het en probeerde te lezen wat er stond. 'Grieks,' zei ik. 'Waarom?'

'Hij schreef het in het Grieks.'

'Waarom schrijft een Schot in het Grieks?'

'Hij was een geleerde uit Ierland,' zei Lotho. 'In die tijd waren de Ieren zeer bedreven in Grieks. Mijn grootste wens is om die taal te leren.'

De hoerenwaard riep vanaf de trap. Ik trok de stoppen uit de vloerplanken en gaf alle kamers een vluchtige blik, maar er gebeurde weinig onder ons. Melissa was er nog niet.

'Grieks,' zei ik, overeind komend, 'ik wil niets liever. Maar waar kunnen we dat leren?'

'In Oxford, denk ik.' Lotho lachte. 'Daar schijnt een verzameling boeken te zijn en lopen ongetwijfeld mensen rond die ze kunnen lezen. Het mooiste zou zijn als we een exemplaar hadden van het lexicon van Papias de Lombard.'

'Daar heb ik nu niets aan.'

Lotho was al op de hoogte van de beschuldigingen die mij tot balling hadden gemaakt, hij vond het vooral vermakelijk. 'We hadden hier ooit een *Collegium Constantinopolitanum*,' zei hij. 'Dat was bedoeld voor Griekse studenten, om Latijn te leren. Ik geloof dat het nu leegstaat. En we zullen niet snel een Latijnse versie van Scotus vinden.'

Ik was meer geïnteresseerd in Grieks dan in Scotus zelf. 'Er is vast wel een leraar in Parijs,' meende ik. 'Maar dat zal niet goedkoop zijn.'

'Anders zoeken we een tweetalig boek, een psalter of een exemplaar van de Handelingen, of van de brieven van Paulus. Die zijn er wel.'

Dat was nieuw voor mij. Misschien moest ik toch eens bij de theologie rondkijken. 'We kunnen altijd nog naar Bologna, of desnoods naar Constantinopel,' stelde ik voor.

Lotho schudde lachend zijn hoofd. 'Ik ben al ver genoeg van huis.'

'Ik denk er wel aan om naar Bologna te gaan,' zei ik, 'als ik een vervolgstudie moet kiezen en ik kan niet bouwen, dan heeft medicijnen mijn voorkeur.'

'Waarom dan niet meteen naar de Arabieren of naar Perzië?' spotte Lotho.

'Ja, waarom niet?'

'Dan mag je er nog wel een paar talen bij leren.'

'Waarom niet?' zei ik nogmaals. Als er grenzen waren aan het geheugen, dan wilde ik die opzoeken.

We vonden een oude monnik die ons de beginselen van het Grieks kon bijbrengen, maar hij gaf zelf toe dat zijn kennis niet dieper ging dan de evangeliën, die eenvoudig waren van stijl en ons welbekend, wat het nog gemakkelijker maakte. Lotho vond een psalter in de bibliotheek en aangezien ze hier geen boek accepteerden als onderpand, mocht ik het alleen inzien. Het Griekse alfabet beheerste ik al, dus ik kopieerde voor mezelf de woorden en zinnen die ik nu zelfs nog niet kon uitspreken.

In Lotho's kamer bogen we ons over de boeken en we begrepen al snel dat de opgedane kennis niet voldeed om Johannes de Schot te lezen.

Lotho en ik volgden meestal niet dezelfde colleges en omdat we ook de boeken niet buiten Lotho's kamer wilden brengen, hielden we om beurten de wacht boven de hoerenkamertjes, terwijl we ons aan onze studies wijdden.

Al was Melissa half Grieks, haar Grieks stond ver af van de taal die wij wilden leren en zelfs haar Frans bleek voor de helft uit Italiaanse woorden te bestaan. Mijn schroom tegenover haar had ik overwonnen en ik verheugde me iedere keer op haar komst. Ik bracht veel nachten door in het hoerhuis op de Gratte-cul.

Bij meester Jehan, waar ik officieel woonde, kwam ik alleen nog om zijn kinderen les te geven. Soms vroeg hij waar ik toch uithing. Ik zei hem dan dat ik studeerde bij een vriend en dat de nacht de beste tijd was, omdat niets de geest afleidt.

Hij schudde dan zijn hoofd, en ik weet niet of hij zich verbaasde over de gewoonten van studenten, of dat hij weinig geloof hechtte aan mijn woorden.

Ook al vorderde ik met mijn talen, het werk bleef een niet te ontkennen afleiding. Steeds weer trokken de kijkgaten me, de stemmen van beneden, waaronder die van Melissa. De aanblik van mijn vriendin met steeds andere mannen. Grote bruten die maandenlang elke sou bij elkaar hadden gelegd, kromme grijsaards die nog één keer wilden genieten, jolige studenten die het geld van hun vaders verbrasten en fraters die God weet waar hun penningen bijeen hadden geschraapt, misschien wel met de aflaten waarmee weer anderen een maand of twee vagevuur hadden afgekocht.

En dan knarsetandde ik boven mijn boek en maakte desondanks aantekeningen op wastafeltjes en stroken papier. Bouwsteen na bouwsteen plaatste ik in mijn geest. Als ik klaar was voor de avond en zij kwam nog niet, dan lag ik in bed en deed mijn ommegang, met het zweet op mijn voorhoofd, of het nu zomer was of winter. En werd het stil beneden, dan wist ik dat ze die hele lange werkdag van zich af ging wassen om, fris als een bloesem, bij me in bed te glijden.

De wetenschap dat mijn vriendin beneden haar werk deed was niet het enige obstakel voor mijn studierust. Vaak moest ik mijn benen strekken en dan bleef ik langer dan nodig was staan voor het smalle dakraam op het zuiden met uitzicht op het stadseiland waar de machtige Nostre Dame oprees boven de daken. Het silhouet met de stompe tweelingtorens waar ik schuin op uitkeek en de dunne vieringspits boven het koor; bij een eerdere wandeling had ik de brede luchtbogen gezien die zich voortzetten in de afronding boven de apsis waardoor de indruk ontstond van een man, een bochelaar misschien, die op zijn ellebogen steunt. Met Lotho liep ik dagelijks langs de torens, waarbij ik het nooit kon laten om een blik te werpen op de indrukwekkende archivolt met het timpaan, de zuilengalerij met de koningsbeelden, de beslagen toegangspoort en vooral het roosvenster waarvan ik wist dat ik het op een dag van binnenuit in al zijn pracht en luister zou zien.

Maar steeds weer stelde ik mijn bezoek uit. Ik wist dat ik voorlopig geen naar de hemel reikende monumenten zou kunnen scheppen, en was bang dat een nieuwe kathedraal mijn verlangen nog hoger zou doen oplaaien.

Op een dag sprak ik mijn gedachten uit tegen Lotho. Hij stond erop dat we naar de kathedraal gingen. 'Als je niet weet wat je wilt, moet je juist je passie volgen,' zei hij. Evengoed begon hij onderweg weer over de theologiestudie.

'Wat heeft dat ermee te maken?' vroeg ik. 'Het staat me tegen.'

'Waarom?'

'Omdat ik niet geïnteresseerd ben in studies die het geloof als basis hebben.'

'Toch is het de enige weg als je wilt bouwen,' zei hij. 'In de kerk kun je snel carrière maken. Je geniet nu veel vrijheden als student, maar als je in je latere leven die vrijheid wilt blijven genieten, moet je een functie in kerk of kloosterwezen nastreven. Dan mag je boeken lezen zoveel als je wilt en kun je grote bouwprojecten naar eigen inzicht laten uitvoeren.'

We kwamen onder de archivolt door en ik talmde wat om de sculpturen te bewonderen. Nu ik toch deze tempel zou betreden, wilde ik het allemaal zien.

'Kan ik niet een carrière nastreven aan de universiteit?' vroeg ik toen we het middenschip in kwamen, dat hoog en smal was, maar minder indrukwekkend dan dat van Salisbury. Het licht viel in kleurige banen door de hoge lichtbeuken en in de schaduwen van de machtige pilaren en in donkere hoeken stonden standaards met kransen van kaarsen. Het was er zo stil dat de stofjes in de lichtbanen bijna stil hingen, als vogels die in hun zweefvlucht soms een tijdlang niet lijken te bewegen.

'Je weet toch wat je wilt?' vroeg Lotho. 'Universiteiten bieden vrijheid, maar niet zoveel als een bisschopszetel. Wat moet een professor bouwen, een nieuwe studiezaal?' Hij trok me mee. 'Kom, we gaan naar het noordelijke transept, je móét het roosvenster zien.'

Het benam me de adem.

'In het midden de maagd met kind,' zei Lotho terwijl hij zijn handen op mijn schouders legde. 'Eromheen de profeten. En dan koningen, rechters en...'

'Je kunt ze niet onderscheiden,' zei ik, 'je zou er met een ladder vlak voor moeten kunnen staan.'

Lotho's stem, vlak bij mijn oor, kwam als een zucht. 'Het gaat er niet om of wij het kunnen zien. Hier wordt het goddelijk licht, dat we in al zijn ongrijpbaarheid voor vanzelfsprekend houden, verstrooid in symbolen en kleuren, waardoor het zijn vanzelfsprekendheid kwijtraakt maar niet zijn ongrijpbaarheid, en daardoor meer dan ooit uitdrukking geeft aan het goddelijk mysterie.'

Hij stond nu wel heel dicht tegen me aan en opeens werd ik een ander mysterie gewaar, dat zich op flankhoogte manifesteerde.

'Lotho,' zei ik, 'zou je een stap terug willen doen?'

Hij maakte zich van me los en trok me mee. 'We gaan het koor bekijken,' zei hij luchtig. 'Het oudste gedeelte.' En even abrupt als hij was gaan lopen, bleef hij staan, zodat ik bijna tegen hem op botste. 'Trouwens,' zei hij, 'hoeveel geleerden waren er géén geestelijken, en hoeveel van hen kenden het vak uit de praktijk?'

Later hingen we op de reling van de brug en keken naar het Seinewater dat lui onder ons door vloeide.

'Richard van Wallingford,' zei ik. 'Hij was abt en had gestudeerd, maar in de smidse van zijn vader leerde hij het handwerk. Hij bouwde ook verbazingwekkende instrumenten.'

Lotho knikte. 'Het is altijd goed om ervaring op te doen met materialen en technieken,' zei hij, 'maar voor het leerlingschap ben je al te oud.' Hij gaf me een onhandige duw. 'Evengoed zal ik eens met iemand praten.'

Ik was Lotho's belofte alweer vergeten, toen hij me op een winterdag meenam naar een vrije steenhouwer die hij kende van de Grattecul.

Bartholomieu, een gedrongen man met een vriendelijk gezicht, zette net zijn beitel in het nog ongevormde oortje van een sinister grijnzende gargouille. 'Isidoor,' zei hij, zwaar ademend, 'vrienden van Lotho zijn altijd welkom. Wat kan ik voor je doen?'

'Ik wil kennis krijgen van steen en de bewerking ervan,' zei ik, 'ik zal je betalen als je me de basistechnieken aanleert.'

Hij keek me weifelend aan. 'Je bent te oud,' zei hij toen. 'Laat je handen eens zien?'

Ik strekte ze uit.

'Dit zijn de handen van een meisje.' Hij grijnsde naar Lotho, met de grijns van zijn gargouille. 'Misschien moet je het bij een wever proberen, er zijn altijd kleden en voorhangen nodig in de godshuizen en kloosters.' Hij lachte om zijn eigen grap en zijn lach ontaardde in een zware hoestbui, die hij afsloot door eens op de aangestampte grond te spuwen.

Ik keek naar een hamer die daar rechtop stond en had die wel willen oppakken om zijn beeldhouwwerk aan stukken te slaan, als proeve van kracht, maar dat zou niets opleveren.

'Bartho,' zei Lotho, 'hou op, hij heeft genoeg kracht in zijn handen.'

Bartholomieu knikte. 'Ik vraag alleen geld voor de materialen die je gaat verpesten.' Hij zweeg even om op adem te komen. 'Ik neem je ook niet aan als leerjongen, maar ik onderwijs je een paar eenvoudige technieken en als je die beheerst, zien we verder. Wanneer kun je beginnen?'

'Nu.'

Hij begon weer te lachen, maar hield zich in, als om een nieuwe hoestbui te vermijden. 'Lotho,' zei hij, 'ik verwacht voortaan wel een speciale behandeling in de Gratte-cul.'

'Die zul je krijgen.' Lotho knipoogde en maakte zich uit de voeten. Voor handarbeid had hij diepe minachting.

'Ik maak hier gargouilles, chimaeren en grotesken,' zei Bartholomieu toen hij weg was. 'Meestal gebruik ik kalksteen. Maar eerst moet je weten hoe je een steen uitzoekt en klaarmaakt voor gebruik.'

Ik maakte me zorgen over zijn gezondheid; tijdens het uitspreken van die paar zinnen hapte hij driemaal naar adem.

Mijn hoop vlamde weer op, mijn vriend, niet langer vermeed ik de bouwwerken. Ik bezocht die winter de beroemde basiliek van Saint-Denis, waar ooit onder abt Suger de Franse bouwstijl ontstond en liet me betoveren door het wonderschone koor, waar de ramen meer dan twee en een halve eeuw eerder, tijdens de wijding, het schone gelaat van Eleonora van Aquitanië hadden belicht. Ik doorkruiste de stad op zoek naar abdijen en kerken en paleizen en maakte plannen voor reizen naar nabije steden als Chartres en Laon.

En steeds keerde ik terug bij de Nostre Dame, die ik talloze malen betrad. Hoe anders was dit godshuis dan de kathedraal van Salisbury, die glanzende, in enkele decennia gebouwde tempel. In deze duistere chimaera waren de wisselende inzichten van eeuwen vastgelegd. Onder de donkere bogen en in de crypten kreeg ik het gevoel dat de oude goden er nog heersten en geen andere kathedraal deed me zo denken aan een boek waarvan de geheimen zich misschien pas na een mensenleven van studie zouden prijsgeven.

Maar het was niet allemaal schoonheid in Parijs. Als ik 's nachts naar huis liep door de smalle straten en langs de kaden en de rivieroever, dan walgde ik van de schurftige honden die naar me gromden vanuit de schaduwen, van de ratten die voor me uit hobbelden door de modder op zoek naar een vergeten visgraat, van de bedelaars die bedekt met zweren tegen muren hingen en van zieke lichtekooien die me lusteloos lispelend wenkten, hoewel de Dood ze al had gemerkt en geen man bij zijn volle verstand ze zou aanraken. Ik leerde steeds beter om me terug te trekken in de rust en de stilte van mijn innerlijke wereld, terwijl mijn ogen onder het gaan slechts nog het hoogstnoodzakelijke waarnamen. Dit vermogen zou me in de toekomst goed van pas komen.

Op een avond, vlak voor sluitingstijd, hoorden we Duitse Anna schreeuwen. Door het kijkgat zag ik hoe een brede marktkoopman haar met beide handen zo hard in het gezicht sloeg dat het bloed uit haar neus liep. Ik trok aan het alarmkoord en terwijl de bellen nog rinkelden was Lotho al naar beneden gestormd. Hij probeerde de naakte man tot rust te manen, maar kreeg een harde kaakslag en zakte in elkaar. Ik stond in de deuropening te bedenken hoe ik die razende het best kon benaderen, toen Pernelle me omverkegelde. Ze wilde de man te lijf gaan, maar Lotho had zich al hersteld. Hij stompte de bruut zo hard tegen zijn voorhoofd dat deze door zijn knieën zakte, en bekeek zijn bloedende knokkels. De man kwam overeind en haalde nogmaals uit naar Lotho.

Ik wilde me op hem storten, maar Melissa was me voor. Ze greep de klant van achteren vast zodat Lotho een opening zag en hem een formidabele schop verkocht in zijn balzak. De man sloeg dubbel, rolde zich kreunend op en probeerde toen jankend als een gemartelde hond weg te kruipen. Met vereende krachten sleepten we hem de trap af en gooiden hem de steeg in, waar hij, nog altijd in zijn blote reet, jankend zijn edele delen beschermde tegen de vrouwen, die hem schopten waar ze hem konden raken. Mijn anders zo lieflijke Melissa ranselde hem met een paardenzweep. Waar had ze die zo gauw vandaan gehaald?

Edou, de hoerenwaard, die zich zelden liet zien, maakte er een einde aan. 'In godsnaam,' zei hij, 'dit is een belangrijk man en een goede klant.' Hij hielp de man overeind en stuurde ons naar binnen.

Pernelle was boven gebleven, zij ontfermde zich over Lotho.

Niet lang daarna viel Jehan van een trapje toen hij een vogelnest verwijderde van zijn dak. Hij lag drie dagen op een strozak in de huiskamer want de bedstede bood geen ruimte voor verzorgers. Zijn vrouw vroeg mij om raad, want, zo redeneerde ze, een student moest dit kunnen oplossen. Ik herkende het ziektebeeld uit medische werken die ik af en toe had ingekeken, en vertelde haar dat we moesten afwachten. Zonder hoop en met kwade gedachten zat ik bij zijn bed. Dood en rottenis, de weg van alle vlees. Ik sprak de ongelukkige vrouw hoop in, haalde zelfs God erbij, maar vooral om mijn falen aan Hem te kunnen wijten. De kinderen keken om het hoekje mee en durfden niet te spreken. Ik deed mijn ommegang en bouwde een nieuw kwartier, gewijd aan de geneeskunst.

Het gilde stuurde een heelmeester, die zelfs na een uitputtende reeks aderlatingen geen verbetering wist te brengen. Uiteindelijk gaf Jehan de geest. Het houtwerkersgilde nam de begrafenis op zich, zoals dat hoort, en zorgde voor de achtergebleven vrouw en de kinderen. Het betekende wel dat zij moesten verhuizen en dat er geen geld meer was voor lessen.

In die tijd had ik al meer leerlingen en ik was bijna klaar met de artes. Ook deelde ik in de verdiensten van het bordeel op de Gratte-cul. Ik sliep daar toch al vaker dan in het huis waar ik woonde.

Ik besprak mijn situatie met Lotho. Moest ik de natio om nieuwe huisvesting vragen?

'Vergeet de nationes,' zei Lotho. 'Je komt bij ons wonen. Er is nog ruimte op zolder en de meisjes zien je graag.'

14

Het verhaal van de blinde

Parijs! Goede duisterling, hoeveel tijd heb ik er niet aan de artes verspild? Ik legde de proeven af in het tweede jaar van mijn verblijf en behaalde mijn titel toch nog eerder dan ik had verwacht. Nu ik mezelf *magister artium* mocht noemen, lag de weg open naar een vervolgstudie. Ik mocht ook officieel lesgeven. Op verzoek van de universiteit begon ik het trivium te doceren aan een groep van de Picardische natio; en hoewel ik mijn handen vol had aan mijn werk in de Gratte-cul en aan het aanleren van steenhouwersvaardigheden, kon ik nog altijd geen keuze maken voor een vervolgstudie. Ik besloot om me een tijdje in de theologie te verdiepen, hoezeer het me ook tegenstond. Misschien kon ik me daar snel en eenvoudig doorheen werken.

Op een ochtend meldde ik me in een van de grotere collegezalen voor een college over Petrus Lombardus' *Sententies*. De ruimte was nog niet halfvol en de meeste studenten zaten in twee geordende rijen vooraan. Ik liet me achter hen op de grond neer.

De docent was er al, een gebogen kerel met een vogelkopje en een koortsige blik in de ogen; zijn vroeg grijze haren wolkten aan weerszijden onder zijn vilten schedelkapje uit. Hij ordende wat documenten op zijn lessenaar en keek toen op naar de studenten.

Het geroezemoes verstomde.

'Wie deelneemt aan dit college,' zo begon hij, 'wordt verondersteld Johannes Sacrobosco te hebben bestudeerd. Ik zal de *Theorica planetarum* van Campanus en de canons van Alfraganus in een volgend college behandelen. En hoewel iemand niets kan leren over de invloed van de hemellichamen, die niet eerst een diepgaande kennis heeft verworven van de bewegingen van die lichamen, zal ik het vandaag in algemene zin hebben over de invloeden.'

Ik waagde hem te onderbreken. 'Ben ik dan verkeerd ingelicht,' vroeg ik, 'want ik meende dat dit college zou gaan over de *Sententies* van Petrus de Lombard.'

'Misschien beheerst u de taal onvoldoende,' zei de man. 'Het staat u vrij om te vertrekken.' Gegniffel in de zaal.

Een jongeman in een van de voorste rijen stond op. 'Een mededeling voor iedereen,' zei hij, 'niemand mag onze eerwaarde rector D'Ailly onderbreken. Vragen kunt u stellen na het college.'

Ik besloot te blijven. D'Ailly was een bekende naam, en hoewel ik weinig geloof hechtte aan de voorspellende kant van de astronomie, had hij misschien iets interessants te zeggen.

'Dat astrologie dikwijls verkeerd gebruikt wordt, hoef ik u niet te vertellen,' ging de man verder. 'Al te dikwijls vermengt men de wetenschap met magie, of veronderstelt men dat de gebeurtenissen noodzakelijkerwijs voortvloeien uit de bewegingen van de hemellichamen. Een absurde gedachte, want dit zou de mens beroven van zijn vrije wil. De hemellichamen werken op de zintuigen en jagen de passies in het lichaam aan, maar de mens is niet gedwongen om aan die passies gehoor te geven.'

De redenering van Roger Bacon, ik had het allemaal al eens gehoord, maar wilde niet de aandacht op me vestigen door weg te gaan. Ik liet mijn gedachten dwalen en af en toe keerde ik terug naar het college. De invloed van de sterren had volgens D'Ailly weinig effect op de eenling, maar des te meer op menigten. 'Het onderscheid tussen natuurlijke en bovennatuurlijke oorzakelijkheid is van groot belang,' zei hij. 'De grote godsdiensten ontstonden steeds tijdens conjuncties van Jupiter met een andere planeet. Dit geldt voor de Chaldeeuwse, Egyptische, de mohammedaanse godsdienst en natuurlijk voor de beweging van de antichrist. Alle vloeiden voort uit de invloed van de sterren. Dit is niet het geval bij de judaïsche godsdienst en de christelijke openbaring, deze laatste zijn immers van bovennatuurlijke aard.'

Naderhand kwamen de vragen. 'Wat kunt u zeggen over de godsdienst van de antichrist, die immers in het verborgene voortwoekert?' vroeg de jongen die mij eerder tot de orde had geroepen. Hij bleek de procurator voor de Franse natie, Jean de Gerson.

'Deze heeft mijn aandacht,' zei D'Ailly grimmig. 'Ik heb nog geen uitsluitsel over de te verwachten ontwikkeling.'

Hier bleef het bij. De studenten begonnen zich te verspreiden en ik wilde ook al weggaan, toen D'Ailly me bij zich riep. 'U kwam dus niet voor de astrologie,' zei hij, 'vindt u dat niet van belang? En is het uw bedoeling om theologie te studeren?'

'Ik geloof niet per se in de waarheid, of beter gezegd, de bruikbaarheid van astrologie,' zei ik. 'En zelfs als de sterren in oorzakelijk verband staan met de gebeurtenissen, terwijl minieme verschillen in locatie en tijd van geboorte al zeer verschillende uitkomsten opleveren, lijkt het mij niet zinvol om hier een studie aan te wijden. Wat uw andere vraag betreft, ik twijfel tussen theologie en medicijnen.'

'Astrologie is de moeilijkste van alle studies,' gaf hij toe, 'maar zegt u mij eens, hoe wilt u medicijnen studeren zonder inachtneming van de sterren?' Hij lachte. 'Wij kunnen de stellaire invloeden alleen afleiden door eindeloze verfijning van onze waarnemingen en ervaringen, alvorens ze te kunnen toepassen op komende gebeurtenissen. Vertelt u mij dag en uur van uw geboorte?'

Zijn leerling was bij hem komen staan. 'En niet onbelangrijk, uw geboorteplaats?' vroeg hij, gretig om zijn meester te behagen. Het kapje op zijn benige ascetenkop liet geen haar ontsnappen.

Ik voelde me in het nauw gedreven. Uitgerekend op deze vragen had ik geen antwoord. 'Ik spreek graag een andere keer met u,' zei ik verward, 'ik heb nu grote haast.' Zonder op antwoord te wachten, spoedde ik me naar buiten.

Mijn oude docent Guiscard kwam me opzoeken. Hij had in een brief al zijn verbazing uitgesproken over mijn nieuwe adres, want zelfs als hij de reputatie van de rue Gratte-cul niet kende, was die naam veelzeggend genoeg. Toen hij zich dan ook op een winterdag, vlak voor Kerstmis, bij me meldde, schaamde ik me een beetje voor mijn onderkomen. Hij leek eerder geamuseerd dan verontwaardigd. Op de trap kwamen we een paar meisjes tegen en in het voorbijgaan maakte hij een hoffelijke buiging.

'Ik neem aan dat dit een goedkoop onderkomen is,' zei hij, toen we in mijn kamer kwamen.

'Het levert meer op dan het kost.' Ik vertelde hem van mijn diensten.

Hij wierp een blik in het open boek. 'Je leest Grieks,' constateerde hij. 'Ik heb dat nooit geleerd. Welk boek is dit?'

'Johannes Scotus Eriugena, *Periphysion.*'

'Een belangwekkend werk,' zei hij. 'Wees er voorzichtig mee, je weet vast wel dat het verboden is?'

'Ik weet het,' zei ik. 'Ik vorder maar langzaam want ik heb veel verschillende zaken aan mijn hoofd.'

Later in een taveerne op een van de Seinebruggen vroeg hij naar mijn plannen.

'Ik twijfelde tussen medicijnen en theologie,' zei ik. 'Medicijnen heeft mijn voorlopige voorkeur.'

Hij knikte. 'Ga naar Bologna,' zei hij. 'Je kunt nu lesgeven, dus de kosten zijn geen probleem. En naar ik gehoord heb, zwerven er geen krijgsbenden meer rond over de wegen. Je moet altijd uitkijken natuurlijk, maar het is in geen jaren zo rustig geweest.'

'Ik kan hier nog niet weg.' Ik vertelde hem van mijn leerplaats. 'Beeldhouwen is niet mijn hoofddoel,' zei ik, 'maar het geeft me inzicht in het bouwen. Bartholomieu leert me steenbewerken; hoe je ze uitkiest en klooft. Hoe je jopt en afslaat, bouchardeert, frijnt en scharreert, hoe je een kathedraalslag maakt. Het is precisiewerk; ik leer beitel en klopper te hanteren, en mijn hand wordt vaster en krachtiger.'

Guiscard sloot zijn ogen. Na een tijdje zei hij: 'Je begint van onderaf, maar voor een grote schepping als een kathedraal zijn veel specialisaties nodig.'

'Ik wil ze allemaal kennen,' zei ik, 'van de vloertegels tot de gargouilles. Ik wil ze kunnen uitwerken in tekeningen en alle berekeningen maken zodat ze foutloos zijn en eeuwig.'

Hij hief zijn beker. 'Dat je honderd jaar moge leven.' Hij dronk en vervolgde: 'De storm in Engeland is nog niet gaan liggen. Onze grootste beschermer, de hertog van Lancaster, Jan van Gent, is naar Castilië vertrokken om zijn aanspraken op de troon kracht bij te zetten.'

Ik vroeg me af wie hij met *onze* bedoelde. Het spel der tronen interesseerde me te weinig om namen van betrokkenen vast te leggen in mijn geheugencomplex.

Guiscard ging verder: 'Voor de lollaardij is dit een klap, maar uiteindelijk zal het tij keren, want de praalzucht en corruptie van de kerk neemt almaar toe, of het nu Rome betreft of Avignon, ze zwelgen in hun rijkdommen en wedijveren met elkaar wie het hardst de gelovigen kan uitbuiten.'

'Ik weet daar niet zoveel van.'

Guiscard sperde zijn ogen wijd open. 'Je weet toch wel dat er twee pausen aanspraak maken op de zetel van Petrus? Clemens in Avignon stond voor zijn pontificaat bekend als "de slager van Cesena". En Urbanus in Rome is niets meer dan een idioot.'

Ik wist het weer. 'Ik moet je teleurstellen, goede Guiscard,' zei ik. 'Ik houd me niet bezig met pausen en heb je al eerder gezegd dat ik, voor zover ik weet, geen lollaard ben.'

Hij glimlachte. 'Een redelijk mens kan niet anders dan een lollaard zijn. Hoe dan ook, ik hoop je over enkele jaren weer in Oxford te hebben, we hebben mensen als jij nodig.'

Ik beloofde hem terug te keren en informeerde naar Piers en Randel. 'Ik heb ze geschreven,' zei ik, 'maar ze antwoorden niet.'

Guiscard lachte. 'Ze zijn hard aan de studie,' zei hij. 'De gebeurtenissen waar jij ook bij betrokken was, hebben toch wel gevolgen gehad. Piers en Randel hebben een ernstige waarschuwing gekregen van de leiding. Daarnaast heeft hun vader gedreigd om hun toelage stop te zetten.'

'Groet ze van mij,' zei ik, 'en vertel ze dat ze altijd welkom zijn in Parijs.'

Hij beloofde dat te doen. Hij leek nog iets te willen zeggen, opende zijn mond, maar bedacht zich.

'Wil je me iets vertellen?' vroeg ik.

Hij zuchtte en begon: 'Ik zei eerder dat je bisschop of abt moet zijn om echt te kunnen bouwen. En dat theologie een goede studie is.'

'Ik luister.'

'Er is nog een andere weg. Je moet weten dat niet alle bisschoppen en abten gestudeerd hebben. Hoe afkerig ik ook ben van de corruptie, ik wil niet verzwijgen dat kerkelijke ambten gewoon te koop zijn.' Hij schudde verwoed zijn hoofd. 'Begrijp me goed,' zei hij. 'Ik wijs het af, maar als het toch gebeurt, zou jij een betere bisschop zijn dan de meesten. Je moet alleen geld hebben om je in te kopen.'

'Dat is een goed advies,' zei ik, 'alleen ontbreekt het me aan geld.'

Hij knikte. 'Daarom is medicijnen de juiste studie voor jou. Een goede dokter verdient meer dan een geestelijke; als het erop aankomt geven de meeste mensen toch de voorkeur aan hun lichamelijk welzijn boven dat van de geest.' Hij kwam onhandig overeind en omhelsde me. 'Tijd om afscheid te nemen.'

Hij zou die nacht met een delegatie van Oxfordianen afreizen naar Rome om overleg te voeren over universitaire zaken.

'Kijk maar uit,' spotte ik. 'Je zoekt die allesverslindende monsters op in hun hol.'

Guiscard gooide zijn mantel met een zwierig gebaar over zijn schouder. 'Juist daar moet je ze opzoeken,' zei hij. 'Het ga je goed, Isidoor.'

Dat hele jaar zwoegde ik op boeken en stenen, en weer viel de daaropvolgende winter me zwaar, want waar ieder ander genoot van de vrijheid, verlangde ik naar arbeid en studie.

Ondertussen vonden we meer Griekse boeken in bibliotheken en voor één daarvan kon ik mijn Vitruvius achterlaten als onderpand. Ik wachtte nog met het lezen van Johannes de Ier en las, gedeeltelijk onder leiding van Lotho, Franse en Duitse boeken, want al kon hij me niet echt overtuigen van het nut van volkstalen, steeds meer boeken verschenen niet in het Latijn.

De werkplaats van Bartholomieu was gesloten voor de winter en hij wilde niet dat leerlingen alleen aan de slag gingen. Mijn handen stonden al krommer, alsof de hamers en beitels die ik leerde hanteren hun heerschappij wilden laten zien over ganzenveer en graveerpen.

Eindelijk brak de dag aan waarop ik weer aan het werk kon. De handwerkslieden begonnen eerder dan de universiteit en ik wilde de tijd waarin ik geen les hoefde te geven benutten om mijn vaardigheid te vergroten.

De werkplaats was nog dicht. Ik gluurde tussen de deurplanken door, of er al iemand binnen was. Uit de kieren kwam me een weeïge geur tegemoet. Ik klom op een muurtje van het belendende pand en wist vandaar op de binnenplaats te komen, vanwaar een deur naar Bartholomieus woonverblijf leidde. Binnen was het donker en doodstil. Met krachteloze benen volgde ik de geur van dood en rottenis en zoals ik verwachtte, vond ik mijn meester op zijn strozak, althans, wat er van hem over was. Zijn vlees was grotendeels weggevreten en de ratten die nog met hem bezig waren, namen nauwelijks notie van mijn aanwezigheid. Een paar scharrelden rond in de ontvleesde kooi van de grote ribbenkast waar een kortstondig gevecht ontstond om een laatste vleessnipper. Ik braakte in de deuropening, zonder mijn ogen van het tafereel af te wenden en nu staakten ze hun verlate kerstmaal en vele kraaloogjes keken in mijn richting.

Ik ging de binnenplaats op, gooide de poort open en rende naar de werkplaats van meester Bauduin, een gildegenoot van mijn meester, me onderweg afvragend of de goede Bartholomieu een plotselinge dood was gestorven – of dat hij, wegkwijnend in zijn ziekbed, was omsingeld door de ratten, die hem, misschien nog levend en bij vol besef van zijn verschrikkelijk lot, hadden verslonden.

Bauduin en zijn gezellen lieten hun werk in de steek en haastten zich naar het huis van de dode. 'Dit is een gildezaak,' had Bauduin gezegd. 'Wacht hier, ik wil je naderhand spreken.'

Ik zeeg, naar adem happend, neer op een in visgraatslag gefrijnd blok, niet van plan om lang te wachten. Als de misselijkheid en walging die me hadden bevangen waren weggeëbd, zou ik gaan. Of zou Bauduin mij als leerling willen aanvaarden?

Twee leerlingen waren achtergebleven om de werkplaats te bewaken en op een krukje vlakbij zat een jongeman hoofdwiebelend een reliëfstuk van de kruisafneming te polijsten. Zijn huid was spierwit, hij begon zijn haren al te verliezen en droeg een zwarte blinddoek.

'Dat ziet er mooi uit,' zei ik, en ik besefte meteen hoe dom en harteloos het was om zoiets te zeggen tegen een blinde polijstjongen.

De jongen draaide zijn hoofd in mijn richting. 'Als je dit werkstuk bedoelt,' zei hij, 'dan heb je gelijk.' Hij sprak met wat ik later zou herkennen als een Italiaans accent.

'Mijn naam is Isidoor,' zei ik, 'en het spijt me.'

'Angiolo,' zei hij. 'Wat spijt je?'

'Ik had moeten begrijpen dat je dit zelf nooit zult zien.'

Hij glimlachte en betastte liefdevol de uitspringende figuren. 'Als ik deze stenen mensen niet kon zien,' zei hij toen, 'denk je dat ik ze dan had kunnen maken?'

'Jij bent de beeldhouwer?'

Hij knikte. 'Voor ik eraan begin, vorm ik ze in mijn geest. Ik ben niet altijd blind geweest.'

Ik begreep het. 'Tragisch,' zei ik, 'dat uitgerekend iemand in jouw beroep dit lot moet treffen.'

Angiolo lachte en ging verder met polijsten. 'Het is juist dit vak dat me blind heeft gemaakt.'

'Hoe bedoel je dat?'

'Ik reisde als jongen rond met mijn vader, die marskramer was,' zei hij. 'Ik zag in Pisa, Milaan en Florence werk van beeldhouwers van wie ik me de namen niet herinner. Later ontdekte ik in Rouen en Dijon de beelden van Hennequin de Marville en van anderen die geen naam nalieten, hoewel hun werk de eeuwen zal doorstaan. Mijn vader stierf langs de weg toen ik veertien was en ik nam zijn mars over, al was die nauwelijks te dragen. Ik verkocht beetje bij beetje, leefde zuinig en spaarde om nieuwe voorraad te kunnen kopen. Onderweg bekeek ik overal de mooiste sculpturen. De wens groeide in me om zelf in steen te leren houwen en te scheppen zoals de meesters het hadden gedaan die ik onderweg had gezien.'

'Ik begrijp het,' zei ik, verrukt over onze gezamenlijke passie. 'Je hebt eerst het vak geleerd...'

Hij leek me niet te horen. 'In Parijs aangekomen bezocht ik de Nostre Dame en andere kerken en gebouwen, en de overtuiging verankerde zich in me dat dit mijn roeping was. Ik deed navraag naar de beste werkplaatsen en kwam terecht bij dit atelier, waar Bauduin de Oudere, vader van mijn huidige patroon, zijn vak uitoefende. Ik verzamelde moed, liep naar binnen en vroeg hem om mij te aanvaarden als leerling. Bauduin en zijn gezellen lachten me uit en schopten me de straat op.'

'Omdat je geen lid was van het gilde,' zei ik.

'Daarom,' zei Angiolo, 'en vanwege mijn uitheemse tongval. Ik weigerde hun oordeel te aanvaarden en de volgende dag ging ik terug, alleen maar om een pak slaag te ontvangen en de belofte dat ze de volgende keer niet zo genadig zouden zijn. Weer een dag later liep ik, nog krom van de pijn, naar binnen en vertelde dat ik niet zou ophouden met vragen tot ze bereid waren mij het vak te leren.

Ik trof meester Bauduin en zijn gezellen dronken aan. Ze begonnen me te sarren, een gezel gaf me een oorvijg, een andere goot een beker wijn over mijn hoofd. Ik ging van hand tot hand en uiteindelijk kwam ik voor de meester, die stomdronken was. Hij greep me bij mijn buis en noemde me een vuile spion. Als ik dan zo nodig in zijn atelier moest rondhangen, dan zou hij ervoor zorgen dat ik zijn mensen niet de kunst kon afkijken. Dit gezegd hebbende, greep hij een passer en stak me een voor een mijn ogen uit. Daarna greep hij me bij kop en kont en smeet me de straat op. "Je kunt altijd nog bedelen," riep hij me na. "Als ik je nog een keer zie, schop ik je dood."

Ik kroop weg en kermde van pijn en angst, wetend dat ik de rest van mijn leven was overgeleverd aan de grillen en genade van mijn medemensen, over wie ik me nu geen illusies meer maakte. Ik sliep in de steeg en voelde 's nachts het ongedierte over me heen lopen. Ik bleef liggen, ook toen het begon te regenen en hoopte dat ik zou verdrinken in de modderstromen. Toen ik wakker werd, regende het niet meer. Ik ging zitten en tastte wat rond in de vette klei. Zonder plannen, zonder hoop, begon ik met de modder te spelen en algauw merkte ik dat ik een mensenhoofd vormde. Ik dacht aan Bauduin en huilde zonder tranen. Ik ontstak in woede, gooide het kopje van me af en hoorde het uiteenspatten tegen de muur.

Ik kwam overeind en liep, langs de muur tastend, de steeg uit, naar de werkplaats van waaruit ik al de hamers en beitels hoorde rinkelen. Ik ging door de poort, en een voor een hielden de slagen op. De stem van Bauduin trilde toen hij me vroeg: "Wat kom jij hier doen?"

"Ik wil het vak van beeldhouwer leren." Mijn stem had nooit vaster geklonken dan op die dag.

Niemand sprak.

Uiteindelijk zei iemand die ik niet eerder had gehoord: "Vader, hij kan mij helpen. Ik heb wel wat eenvoudige klusjes voor hem."

"We hebben geen plek," zei de vader, "en jij hebt al je aandacht nodig voor je meesterproef."

"Juist daarom kan ik hem gebruiken," zei de jonge Bauduin.

Het antwoord van zijn vader bleef onzichtbaar voor mij, maar zonder dat iemand er nog woorden aan vuil maakte, hernamen allen als bij afspraak hun werk. Iemand nam me bij de hand en leidde me naar een andere plek, waar de geluiden zachter klonken.

Ik kreeg een beker melk en een stuk brood met kaas. De jongen zei: "Mijn vader heeft je iets gruwelijks aangedaan en hij kan dat nooit meer goedmaken. Hij zal je niets doen, daar zorg ik voor."

Later, in de werkplaats, begon de oude er weer over. "Wat kan een blinde doen?" vroeg hij. "Hoe vaak kan hij de vloer vegen?"

"Hij kan polijsten," zei de jonge Bauduin. "Ik vind wel andere klusjes voor hem."

Dat was niet naar mijn zin. Ik haalde diep adem en zei, zo hard als ik kon: "Ik wil het vak van beeldhouwer leren!"

"Stil toch," zei de jonge Bauduin geschrokken.

"Hij mag me doodschoppen, maar dat is wat ik wil," voegde ik eraan toe.

Ik hoorde hoe de vader diep inademde, toen riep hij: "*Crénom!* Als hij zo volhardend is, dan zal hij het leren ook!"'

Angiolo zweeg en zijn handen speelden over de gezichten van de reliëfbeeldjes, zoals bij een minnaar die het lichaam van een vrouw aftast.

'Ik begrijp het,' zei ik. 'Je ziet in je geest en met je handen.'

'Misschien ben ik blind een betere beeldhouwer dan ik ziende zou zijn geweest.' Hij stak zijn hand uit en legde hem op de mijne. 'Meester Bartholomieu was een goede man, zijn vakgenoten spraken er schande van dat hij een buitenstaander opnam in zijn werkplaats. Ze zijn ervan overtuigd dat je een spion bent. Een Jood of een Lombard.'

'Geen van drieën,' zei ik. 'Inmiddels ben ik niet geheel onervaren, maar beeldhouwen wil ik niet, ik wil de echte bouwkunst beoefenen.'

'En wil je daarvoor alles opgeven?' Angiolo hervatte het werk, zonder zijn gezicht van me af te wenden. 'Mijn verhaal is nog niet af,' zei hij. 'Twee dagen nadat Bauduin de oudere mij had opgenomen, werd hij onder de luchtbogen van de Nostre Dame verpletterd door een gargouille, die hij met zijn gezellen probeerde op te takelen. Wonderlijk genoeg was de gargouille nog heel. Een maand later slaagde de zoon voor zijn proeve van bekwaamheid en werd hij de nieuwe meester.'

'En jij hebt bereikt wat je wilde,' zei ik. Medelijden had ik niet meer.

'Dat is zo,' zei hij. 'Ik verkeer alleen nog met mijn beelden en werk alle dagen van het jaar. Ik kan ze betasten en zie ze dan vollediger voor me dan toen ik nog ogen had. Ze zijn voor mij echter geworden dan de wereld die ik achter me heb gelaten en die alleen nog flardsgewijs en in spookbeelden in mijn herinnering leeft.'

Hij zat daar roerloos, het hoofd naar mij toegewend, en waren zijn handen niet onafgebroken in de weer geweest, dan had men hemzelf voor een beeld kunnen houden. Na een lang moment verbrak hij de stilte. 'Ga,' zei hij, 'deze mensen zijn je niet welgezind en de zoon heeft inmiddels dezelfde kwade dronk als zijn vader.'

Ik stond op en groette hem. Toen ik bij de poort aankwam, zat deze op de grendel en de beide leerjongens stonden klaar om me tegen te houden. 'We hebben opdracht om je hier te houden,' zei de grootste, die al de schouders en armen kreeg van iemand die zwaar werk gewend is. Allebei hielden ze houten klophamers in hun handen. Ik keek om me heen en zag een stok die tegen een balk aan stond. Een nieuwe gereedschapssteel van essenhout, net geolied en heel geschikt.

De grootste kwam met geheven hamer op me af, maar ik had de stok al halverwege een zwaai en trof zijn knie van opzij. Hij sloeg krijsend tegen de grond.

'Die zal een paar weken niet zo goed kunnen lopen,' zei ik tegen zijn kleinere maat. 'En nu, de poort.'

De weg naar Konstanz x

–

De tempel

We vonden een ondiepe grot die, te oordelen naar de houtskoolresten, al eerder voorbijgangers had getrokken. Maelgys sliep al en ik hielp Lorea met het roken van een tiental vissen die ze die middag met verbazingwekkende handigheid had gevangen in een van de stroompjes van een klein estuarium. Met niet meer dan wat rivierklei en boomschors had ze een rookoven gebouwd onder een natuurlijk rookgat in de zoldering. En hoewel haar vuurtje goed rookte, ging alle viezigheid de weg die zij het op stuurde. Na een tijdje hoefden we alleen nog maar het vuur te voeden met droog zeewier en stukjes drijfhout.

'Kun je zo'n grot ook gebruiken?' vroeg Lorea.

'Voor wat?'

'Als geheugenplaats?'

Ik keek eens om me heen. 'Moeilijk,' zei ik. 'Het is hier enigszins rond en onregelmatig, zonder echt uitspringende kenmerken die je aan geheugenfeiten kunt binden. Je kunt wel eenvoudige tekeningen maken en die op zichzelf weer verder detailleren. Zo kun je voor ieder van de vrije kunsten een hoofdtekening maken om die vervolgens te verfijnen. Zeg dat je voor het trivium een ster neemt of een wijzerplaat als die van een klok. Je kunt ook een schaakbord nemen als je veel gegevens kwijt wilt waarvan het getal overeenkomt met het aantal vakjes op het bord. Maar wat heb je aan een grot als je een gebouw kunt optrekken in de geest?'

'Kun je laten zien hoe je dat doet?' vroeg ze.

Ik dacht even na. 'Giles, mijn pleegvader,' begon ik toen, 'heeft me destijds *Leven en leer van beroemde filosofen* voorgedragen, het boek van Diogenes Laërtius, zij het in de nogal gebrekkige Latijnse vertaling. Aan dat boek heb ik veel plezier beleefd, niet alleen omdat het me in stukjes en brokjes de inleiding bracht tot de oude filosofen, maar ook vanwege de vrolijke anekdoten uit de levens van die ouden, die ik weer goed kon gebruiken voor mijn geheugenplaatsen. Ken je Vitruvius?'

Die kende ze niet en ik zou nog later ervaren dat velen geloofden dat de boeken van de grote architect verloren waren gegaan voor de mensheid. Ik vertelde haar hoe het zat, hoe Vitruvius eens mijn oorkussen vormde.

'Prachtig!' riep ze uit.

Ik vervolgde: 'Hij beschreef de verschillende soorten tempels die in die tijd en de eeuwen daarvoor waren ontstaan. Heidense tempels natuurlijk. Stel, ik wil de Griekse filosofen onderbrengen in geheugenbouwwerken. Sommigen verdienen hun eigen tempel. Zeker als hun werken complex en omvangrijk zijn, dan heb je een complexe tempel nodig, om veel gegevens systematisch in onder te brengen. Maar omwille van het voorbeeld, nemen we Zeno van Elea, een van de mindere filosofen die Diogenes Laërtius heeft genoemd. Ik maak een eenvoudige tempel, bijvoorbeeld een *amphiprostylos* met acht zuilen. Zeno krijgt er één van. Welk type zuil ik neem doet er even niet toe. Een zuil heeft een basis, die weer in lagen is onderverdeeld, en een kapiteel. Laten we zeggen dat ik de filosoof zelf typeer aan de hand van een merkwaardige en onvergetelijke gebeurtenis in zijn leven.

Bij Zeno kan dat het feit zijn dat hij, door de tiran Nearchus verdacht van een samenzwering, werd gemarteld om de namen van zijn trawanten te geven. Zeno weigerde die namen te geven, wel beweerde hij een geheim te kennen dat de tiran groot voordeel zou brengen, en dat hij hem alleen maar in het oor kon fluisteren. Toen de tiran hem zijn oor bood, beet Zeno zich er zo hard in vast, dat de soldaten van de tiran hem wel moesten doden.

Dit komische tafereel, een filosoof die zich vastbijt in een tirannenoor, schilder ik op de basis van mijn zuil, en wel op de onderste laag, die plint heet. Dan biedt zo'n basis, al naargelang het een Attische of Ionische zuil betreft, nog de ronde torus, een uitbollende laag, of de inversie daarvan, *trochilus* genaamd. Die twee verschijnen allebei in een superior- en een inferiorversie, uiteraard afhankelijk van hun plaats. Gescheiden worden ze door dunne laagjes, de lijst, of bij verdubbeling daarvan, de astragaal. Al deze lagen bieden plaats voor voorstellingen. Zo kun je er in het geval van Zeno de bekende paradoxen op plaatsen, zoals die van de pijl, van Achilles en de schildpad enzovoorts. Hiervoor gebruik je sterke beelden, of geometrische figuren waaruit het principe in kwestie direct duidelijk wordt. Hetzelfde kun je doen met het kapiteel aan de bovenkant van de zuil, en dan heb je nog de architraaf, dat is de hoofdbalk die op de kapitelen rust. Je hebt kroonlijst, timpaan en fronton, die je weer kunt vullen met gebeeldhouwde voorstellingen. De mogelijkheden om gebouwen met kennis te laden zijn eindeloos.'

Ze was al een tijdje opgehouden met het verzorgen van het vuur, en zat stil in de vlammen te kijken.

'Luister je wel?' vroeg ik.

'Natuurlijk,' zei ze. 'Ik probeer het me voor te stellen.'

15

Geselaar en de rolwisselaar

Onderweg naar de Gratte-cul, de gereedschapssteel nog in de hand, begon ik me af te vragen wat me nu te doen stond. Weer op zoek naar een gildemeester die niet bang was om zijn vaardigheden door te geven? In ieder ambacht zou ik minstens zes jaar moeten werken voor ik mezelf maar vakbekwaam mocht noemen. Vakbekwaam, nog lang geen meester. En in het bouwen kwamen zoveel ambachten samen.

Ik wilde bouwen maar wist niet waar te beginnen, ik zocht kennis maar wist zelfs niet welke. Ik wilde wereld en natuur begrijpen, ik wilde de geheimen van het universum doorgronden en verder bouwen aan mijn eigen innerlijke wereld. Ik hoopte een mozaïek van feiten, verbanden en samenhangen te scheppen om tot diepere inzichten te komen. Tegelijkertijd vermoedde ik kortere en snellere wegen naar de waarheid dan levenslange studie zou opleveren.

Ik dacht weer aan de woorden van Guiscard. Als ik medicijnen zou studeren en als arts genoeg rijkdom vergaren om een bisschopzetel te kopen, kon ik zowel kennis verwerven als mijn bouwambities nastreven.

Het zou moeilijk zijn om mijn vrienden in de Gratte-cul achter te laten.

Ik ging het huis in via de gebruikelijke weg en stommelde de trap op, in de hoop dat ik Lotho boven zou aantreffen, maar toen ik op de verdieping kwam waar de meisjes werkten, hoorde ik gegil. Ik bleef even staan om uit te vinden uit welke kamer het kwam, duwde toen tegen de deur waarachter ik de bron vermoedde en vond die gesloten. Waar bleef de bewaker? Het gegil ging door, het waren zeker twee meisjes – ik herkende de stem van Melissa. Een grote woede maakte zich van me meester en ik beukte met mijn hele gewicht de deur in.

Melissa en een ander meisje waren allebei vastgebonden aan een lage balk. De grote naakte man die hen stond te geselen keek even opzij, grijnsde naar mij als naar een medeplichtige en haalde weer uit. Zijn rug was bezaaid met witte littekens. Ik zwaaide mijn stok met grote kracht tegen zijn achterste, waardoor hij viel en daarna gaf ik hem een paar harde slagen op zijn rug. Hij kronkelde op de vloerplanken, kreunend en piepend. Ik trok de gesel uit zijn handen, gooide de stok neer en striemde met lange uithalen zijn rug. Hij kromp ineen en jammerde.

Maar hoe hard ik ook sloeg, de gesel was lichter dan ik had verwacht en afgezien van wat vage strepen gebeurde er niets, al deden de kronkelingen van de man anders vermoeden. Ik bekeek de gesel eens goed, bevoelde de 'staarten' en ontdekte dat het in werkelijkheid linten waren van zacht gelooid leer.

Ik werd me ervan bewust dat de meisjes riepen dat ik moest ophouden. Op dat moment kwam Lotho binnengestormd. Ik aarzelde, maar de man op de grond riep: 'Ga door! O, ga door! Ik ben heel slecht geweest!' Tot mijn verbazing reikte hij me een andere gesel aan, het handvat naar me toe.

'Je hoort hem, Isidoor,' zei Lotho. 'Sla hem zo hard je kunt.'

Ik haalde mijn schouders op en begon de man opnieuw af te ranselen en hoewel zijn brede rug nu vol verse striemen kwam te staan, kraaide hij – van plezier. De meisjes, nog steeds aan hun polsen geboeid, vuurden me aan. Ik hield op en gooide de gesel van me af. 'Wat gebeurt hier?' vroeg ik.

Lotho liep naar de meisjes toe en zei over zijn schouder: 'Meester Lanius Collurio betaalt hiervoor, vriend. Hij was niet aan het mishandelen.'

De man in kwestie had zich inmiddels opgericht en hij bevoelde zijn rug, waar de lijnen van het frijnwerk hier en daar al volliepen met bloed. Zijn dikke hoofd was rood en bezweet, maar geen spoor van woede, eerder zag ik een diepe tevredenheid in zijn ogen. 'Zo goed was het hier nog niet eerder,' zei hij. Hij schoot een onderkleed aan, gooide een grijze mantel over zijn schouders en trok een geldbuidel. Voor ik het wist, had hij me een geldstuk in de hand gedrukt en verdween hij de gang op. Zijn voetstappen klosten de trap af en stierven weg.

'Je hebt ongelooflijk geluk gehad,' zei Lotho, toen we later bij ons Griekse werk zaten.

Ik begreep niet goed wat hij bedoelde.

'Meester Lanius is een gevaarlijk man,' ging hij verder. 'Hij betaalt ons om de meisjes te mogen geselen. Sommigen doen dat, maar meester Lanius is een rolwisselaar, en zo zijn er niet zoveel. Hij wil uiteindelijk alleen maar gestraft worden. En dat heb jij gedaan. Ieder ander in zijn positie had je levend laten villen.'

'Wie is hij dan?'

'Lanius Collurio is een van de stadsbeulen. Ze noemen hem de Grauwe Klauwier. Hij is een vroom man die erom bekendstaat dat hij zijn slachtoffers op de brandstapel innig omhelst voor hij het vuur in de takkenbossen ontsteekt.'

'Ik begrijp de noodzaak tot boetedoening.' Ik wilde het er niet meer over hebben, want in gedachten maakte ik me al los van deze plek. 'Lotho,' zei ik, terwijl ik zorgvuldig een zin uit het boek overnam, 'ik denk er toch over om aan het einde van de zomer naar Bologna af te reizen.'

Lotho sloeg een arm om mijn schouder, wat ik meestal niet aangenaam vond, maar nu wel allerminst, want mijn pen schoot uit en een in aanzet volmaakte omega kreeg nu een onbedoelde fallische uitstulping. Hij trok zijn hand terug toen hij zag wat hij had aangericht en zei: 'Ik verwachtte dit al en misschien ga ik mee. Aan het einde van de zomer hoop ik ook mijn meestertitel in de artes te hebben.'

'En de theologie dan?'

'Dat komt later wel,' zei hij, 'in Italië zijn ze veel verder met Grieks en ze hebben er meer boeken naar ik hoor. Veel geleerden in de stadstaten verzamelen nu manuscripten en bestuderen ze samen. Ik wil me daar ook in bekwamen en manuscripten afschrijven. Ik zal één of twee jaar blijven en daarna keer ik terug naar Parijs.'

'Pernelle zal niet blij zijn,' zei ik. Aan Melissa wilde ik niet denken.

Lotho haalde zijn schouders op. 'Ik kom toch terug? En evengoed zal dan iemand anders hier wonen en het bed met haar delen.'

Opeens vond ik het niet meer zo moeilijk om weg te gaan. Ik was erg gesteld geraakt op Lotho.

Begin juli van dat jaar was het erg heet en mijn studenten vonden het aangenamer aan de oevers van de Seine onder de hoge wilgen dan in mijn lokaal. Thuis in mijn dakkamertje was het nog warmer. De hoeren van de Gratte-cul wachtten tevergeefs op klanten en uiteindelijk zochten ook zij buiten de koelte op.

Na een week sloeg het weer om en de klanten begonnen weer te komen. Lotho had zich die eerste regendag verontschuldigd, hij was uit eten geweest met Pernelle en had zich met haar teruggetrokken in mijn kamer, zodat ik de wacht kon houden bij de kijkgaten en wat studeren.

De avond verliep rustig en het was beneden al min of meer leeggelopen toen de klok van de kathedraal middernacht sloeg. Ik wierp nog een blik op de meisjes, waarvan sommigen al lagen te slapen op de plek waar ze zojuist nog hadden gewerkt. Melissa was in het washok en ik verwachtte haar elk moment.

Toen ik steelse voetstappen de trap hoorde op komen, dacht ik dat zij het was die me kwam verrassen. De tintelingen van verwachting die door mijn lendenen joegen waren nog niet weggestorven toen ik besefte dat het niet één paar voeten was, maar een groot aantal. En het waren geen vrouwenvoeten die ik hoorde. Mijn hart begon te bonken. Het gesluip ging over in een stormloop, een deur werd ingetrapt en meteen begonnen stemmen door elkaar te roepen. Boven alles uit hoorde ik Lotho's stem.

Ik was in twee sprongen bij mijn kamer.

Een muur van ruggen waar ik me met moeite tussendoor kon wringen. Daar zaten Lotho en Pernelle, allebei naakt op hun knieen, terwijl enkele rabauwen hen met hun zwaardpunt in bedwang hielden. Een man die mij bekend voorkwam, stond vooraan en wees naar Lotho. 'Hij is het,' zei hij. 'De ander kan gaan.'

De zwaarddragers trokken Pernelle overeind en tot mijn schrik en gruwel ontdekte ik, wat ik nooit geweten had (en dat verbaasde me achteraf, toen het allemaal heel logisch leek, nog meer dan het feit zelf), dat Pernelle was toegerust met monumentale masculiene attributen.

'Laat haar met rust!' riep Lotho. Hij probeerde overeind te komen om Pernelle te helpen.

'Over haar hoef jij je geen zorgen te maken,' zei de man, die hem had aangewezen en die ik nu herkende als de koopman die we enkele maanden eerder hardhandig de deur hadden uit gegooid. Hij gaf Pernelle een kleine geldbuidel. 'Hier, je judasloon.'

'Ze hebben me gedwongen!' riep Pernelle, met een wanhopige blik op Lotho. Een paar mannen grepen haar en voerden haar weg. Of moet ik hem zeggen?

De koopman wendde zich tot de leider. 'Sergeant,' zei hij, 'je hebt het gezien, het bewijs is geleverd.'

De aangesprokene richtte zich tot Lotho. 'Lotho van Straatsburg, je hebt je schuldig gemaakt aan de gruweldaad van sodomie en daarvoor zul je op de brandstapel staan.'

Lotho mompelde iets in het Duits, wat ik in die tijd nog niet verstond en om die reden heeft mijn geheugen het ook niet bewaard.

Ik stapte naar voren om het voor hem op te nemen, maar een stadswacht greep me bij mijn kraag en vroeg: 'Ben jij ook een sodomiet?'

Ik had niet gezien dat Melissa er ook was, maar zij sprak nu in mijn verdediging. 'Deze man slaapt bij mij, ik getuig dat hij geen sodomiet is.'

'De getuigenis van een hoer,' hoonde de koopman, maar de wacht liet me los.

'Opzij jullie,' zei hij. 'Deze man zal zijn gerechte straf niet ontlopen.' En tegen zijn personeel: 'Vind uit wat zijn kamer is en doorzoek die.'

De boeken, schoot het door me heen, en voor ik het wist riep ik uit: 'Dit is zijn kamer.' Hier lag alleen het Griekse lesmateriaal en ik hoopte dat ze niet verder zouden zoeken want in Lotho's kamer was ik bezig geweest met Johannes Scotus Eriugena.

'En die kamer hiernaast?' vroeg de sergeant van de wacht.

Pernelle, inmiddels aangekleed, was bij hem. 'Dát is Lotho's kamer,' zei hij zonder mij aan te kijken.

Na een korte doorzoeking brachten ze de boeken bijeen. De sergeant nam ze vluchtig door. 'Een psalter,' zei hij. 'Maar wat is dit gekriebel? En dit boek...' Hij nam het boek van Scotus. 'Dit is zelfs niet in een leesbaar christelijk schrift. Het lijkt wel geschreven door een duivelsklauw.' Hij legde het op de andere boeken. 'Geconfisqueerd,' zei hij. 'We onderzoeken het en wat geschikt is, zal worden verkocht om onze lonen te betalen. Als hier ketterijen en duivelskunsten worden beoefend, dan zullen er nog meer mensen branden.'

Pernelle kwam niet meer terug. Edou, de hoerenwaard, die zich zelden liet zien en van wie ik tot op die dag de naam niet eens had gekend, had de ochtend die volgde op de inval het bordeel gesloten. De meisjes vertelden me dat hij bij de autoriteiten was om zijn zaak te redden.

'Hier komen veel hooggeplaatsten,' zei Melissa, 'en wij genieten bescherming.' Haar stem was onvast.

'Hij zal veel moeten betalen,' meende een ander.

'Ik begrijp het niet,' zei ik, 'waarom is Pernelle niet gevangengenomen? En al haar klanten moeten toch op de hoogte zijn van haar, van zijn kunne?'

'Je begrijpt het inderdaad niet,' zei Melissa. 'Zolang wij ons rustig houden en de juiste bedragen in de juiste zakken verdwijnen, is er niets aan de hand. Lotho heeft een belangrijk man afgeranseld en dat komt hem nu duur te staan.'

'Waar hebben ze hem heengebracht?' vroeg ik.

'Je kunt hem niet redden,' zei Melissa. Ze omhelsde me, maar ik duwde haar van me af.

Aan het einde van de middag kwam Edou terug. Bij hem was de stadsbeul Lanius Collurio, die de meisjes een voor een tegen zich aandrukte. Tot mijn walging was ik daarna aan de beurt.

Edou deed kort verslag van de resultaten. 'We blijven open,' zei hij. 'Meester Collurio heeft ons gered en hij zal zorgen dat wij verder geen last meer hebben van invallen. Niemand van ons wist immers dat wij een sodomiet huisvestten.'

'Je hebt een gruwel aan je borst gekoesterd,' zei Collurio vriendelijk, 'al past hier enige vergevingsgezindheid, we zijn immers christenen.'

'En Lotho?' vroeg ik.

'Maak je je zorgen over hem?' vroeg de beul. 'Hij is niet te redden – maar als je wilt kan ik hem genadig zijn.'

'U spreekt in contradicties,' zei ik.

'Kom even met me mee,' sprak Collurio vriendelijk. Op enige afstand van de meisjes en hun waard fluisterde hij: 'Ik kan hem, als het zover is, mijn omhelzing geven, zodat zijn dood snel en pijnloos zal zijn.'

'U bedoelt dat u hem wurgt voordat hij zal branden?'

'Ik bedoel dat ik hem, tijdens de omhelzing, op een vijfduimsnagel spiets, zodat hij niets zal voelen. Hij sterft voor de vlammen hem bereiken.'

Dat wilde ik niet horen. 'Is er geen manier om hem vrij te krijgen?'

'Geen enkele.'

Ik dacht na en zag geen andere mogelijkheid. 'Doe het dan,' zei ik, 'geef hem de omhelzing.'

Hij knikte. 'Zo zij het. Je begrijpt dat ik dit niet kosteloos kan doen, maar ik ben je goedgezind, voor jou reken ik een vriendenprijs.'

Ik haalde het bedrag dat hij verlangde en betaalde hem.

Hoe uitzichtloos de situatie ook leek, ik besloot tot een laatste reddingspoging. Nog onlangs had ik kennis mogen maken met de kanselier van de universiteit, misschien zou hij naar mijn smeekbede luisteren.

Ik haastte me naar het kantoor van meester D'Ailly, waar een bemoeizuchtige conciërge wilde weten waar het over ging.

'Het gaat om een zaak die binnen de jurisdictie valt van de universiteit, maar die is behandeld door de stadsautoriteiten,' zei ik. 'U begrijpt dat we te maken hebben met een ernstige bedreiging van de onafhankelijkheid van dit instituut.'

'Meester D'Ailly is niet aanwezig,' zei de man. 'U kunt spreken met zijn assistent, Jean de Gerson.'

Hij bracht me naar een studeervertrek, waar aan een lessenaartje de student zat die eerder, tijdens het college, voor D'Ailly had gesproken. De Gerson wierp me een strenge blik toe. 'De Engelsman,' zei hij, 'wat wil je?'

Ik vertelde hem hoe de autoriteiten een student op de brandstapel wilden brengen, waarmee ze de soevereine status van de universiteit schonden.

'Wat is de aanklacht?'

Ik aarzelde. 'Sodomie,' zei ik toen, 'maar er is geen spoor van bewijs.'

'Het spijt me,' zei De Gerson, 'maar de universiteit kan zich niet met zulke vuile zaken bezighouden, die laten wij bij voorkeur over aan de stedelijke autoriteit.' Hij boog zich weer over zijn documenten.

'Toch wil ik u verzoeken...' begon ik, maar De Gerson richtte zich op en zei tegen de man achter me: 'Wilt u deze man terstond verwijderen? Ik heb hier werkelijk geen tijd voor.'

De conciërge, die kennelijk al die tijd achter me had gestaan, greep me bij mijn arm. 'Kom mee,' zei hij.

De toeschouwers dromden samen op de rechteroever, ter hoogte van een van de kleinere, onbewoonde eilanden in de Seine, waar een groepje koeien en schapen vreedzaam stonden te grazen in het lange gras dat golfde in de strakke wind.

De brandstapel was klein maar stevig opgebouwd met balken en takkenbossen, en met in het midden een solide paal.

Ik was vrij laat aangekomen met Melissa. Op het moment dat ik me door de massa drong en vastliep op de soldaten die het volk op afstand moesten houden – voor uw eigen veiligheid, meester –, zag ik Lotho, geflankeerd door twee beulsknechten. Met moeite kregen ze hem het trapje op, waar ze een ketting om zijn nek legden, die ze aan de paal haakten. Ook zijn voeten snoerden ze aan de paal, maar de handen en armen bleven vrij.

Iemand reikte een boek aan van beneden, ik herkende de *Periphysion* van Scotus Eriugena aan de kaft. Ze gaven het aan Lotho en hij omklemde het als een schat. Met een nieuw touw snoerden ze zijn armen met boek en al strak tegen zijn lijf, zodat hij het niet kon laten vallen. Inmiddels was een priester gearriveerd, die zachtjes met Lotho sprak. Mijn vriend schudde wild zijn hoofd, maar de priester bleef rustig op hem inpraten. Een functionaris kwam naar voren, hield een korte toespraak, zijn woorden verwaaiden in de harde wind.

Lang duurde het niet, nu verliet de priester de brandstapel. De knechten smeerden nog vlug wat teer op Lotho's kleed en toen vertrokken ook zij.

Ik wist dat het meester Lanius was die de stellage betrad, al ging hij schuil onder een beulskap die net zo grijs was als zijn kleed. Een klein applaus ging op, hij had een goede reputatie bij het volk. Lotho bewoog zijn bovenlichaam heen en weer alsof hij los wilde komen, maar Lanius was al bij hem. Hij omhelsde mijn vriend en zoals ik had verwacht, trok hij hem even naar zich toe om buiten het zicht van de menigte de lange nagel tegen de paal te zetten. Toen duwde hij zijn slachtoffer tegen de paal. Lotho werd meteen rustig, maar zijn ogen waren in ontzetting opengesperd en zijn mond opende en sloot zich alsof hij wat wilde zeggen.

Meester Lanius daalde het trapje af, een knecht trok het weg en een ander stak een fakkel aan voor zijn meester. Lanius Collurio moest de opvlammende kop even in de luwte van de brandstapel houden, omdat die dreigde uit te waaien, maar toen het goed begon te laaien, liep hij snel rond de stapel en stak op verschillende plaatsen het droge stro aan, dat tussen de balken en de takkenbossen uitpuilde.

Nu ontdekte Lotho mij, hij hield zijn ogen op me gericht en ik wist dat hij me nog kon zien. Zijn kaken bleven bewegen, maar eerder dan spraak of een gebed, leek het me een stuip toe, die zich beperkte tot zijn mond, omdat hij – en dat begreep ik pas naarmate ik vorderde in de geneeskunst – niet dood was, maar slechts verlamd.

Naderhand liet ik me meevoeren met de massa. Melissa, die ik was kwijtgeraakt in de menigte, voegde zich weer bij me en nam mijn hand.

'Ik blijf niet in Parijs,' zei ik tegen haar.

Melissa knikte alleen maar, alsof ze niets anders had verwacht. 'Die Klauwier heeft je geld genomen,' zei ze. 'Ik zal je wel wat geven voor de reis naar Bologna.'

Ik dankte haar. 'Ik kom terug,' voegde ik eraan toe.

Ze lachte spottend. 'Doe geen beloftes,' zei ze, 'in iedere stad ter wereld zul je een Melissa vinden.'

Deel IV

Medicus Physicus

(1393-1398)

De weg naar Konstanz XI
—
Bologna

De torens van Bologna toonden zich al van veraf boven de stadsmuur.

Lorea vroeg zich hardop af of er zoveel kerken waren in de stad. En waarom die dan zo'n vreemde vorm hadden, spitsloos maar van boven gekanteeld als kasteeltorens, al waren ze veel hoger.

'Die zijn opgericht door de machtige families,' vertelde Maelgys, 'zodat ze zich kunnen verdedigen in de eindeloze veten die ze hier uitvechten.'

'De meeste staan scheef,' vulde ik aan. 'In de jaren dat ik er studeerde stortte er één in en tientallen mensen werden verpletterd. De stedelingen hebben toen een paar afgebroken die bouwvallig waren. De *torre* Garisenda die je straks zult zien, is met een derde deel ingekort. Tegenwoordig worden ze niet meer zoveel gebruikt voor de verdediging.'

'Heb je hier medicijnen gestudeerd?' vroeg Lorea.

'De universiteiten van Oxford en Parijs verschaften me een basis,' zei ik, 'maar pas in Bologna werd ik medicus.'

Ik was niets van de stad vergeten en toch voelde ik daar, terwijl we de hoofdstraat af gingen, dezelfde opwinding die ik gevoeld had toen ik hier als student aankwam, misschien wel een kwarteeuw geleden. De machtige stadspaleizen en de straten met hun schaduwrijke colonnades waar altijd een koortsachtige bedrijvigheid heerste, de torens, indrukwekkend in al hun lompe hoekigheid die ze ongeschikt maakt als geheugenlocaties, het ingewikkelde stelsel van bruggen, kanaaltjes en hydraulische waterwerken, die er niet waren voor de schepen zoals in andere steden, maar om vis te kweken en boomgaarden te bevloeien, en om de wolspinners en de looiers van water te voorzien. Om waterkracht te leveren voor de zijdemolens, de zaagmolens, de rijst- en tarwemolens.

Lorea's ronddwalende blik was me niet ontgaan, ik kon raden wat ze dacht.

Bologna leek de ideale plek om alle mogelijke bouwwerken te bestuderen, om te spelen en te oefenen met bruggen en waterwerken, om dromen in steen vorm te geven. Maar de gebeurtenissen in het Parijs van mijn studentenjaren hadden bij mij de bouwdemonen uitgedreven; in de twee maanden die het me kostte om van Parijs naar Bologna te lopen, verstevigde ik mijn innerlijke kwartieren, bestendigde ik mijn kennis en legde ik de fundamenten voor toekomstige uitbreidingen. Ik wilde mijn belofte aan Giles nakomen en me bekwamen in de geneeskunde. Hierin althans zou ik mezelf kunnen onderscheiden en het fortuin vergaren dat ik nodig had om mijn plannen te verwezenlijken.

16

Dissecties

Zoals ik zei, mijn vriend, in Bologna werd ik medicus. Ditmaal kon ik niet smokkelen met studiejaren en dat wilde ik ook niet. Ik volgde het wilde paard van mijn passies; ik studeerde medicijnen en verdiepte mijn kennis van de natuurwetenschappen en wiskunde. De medische studie is wijd en diep en waaiert uit naar veel andere gebieden van kennis. Ik nam zelfs de astrologie voor lief, want kennelijk bevat iedere studie noodzakelijkerwijs irrelevante onderdelen, of zelfs complete nonsens, maar een afgeronde medicijnenstudie in Bologna maakt het allemaal de moeite waard. Daar bestond duidelijkheid over de status van de medicus.

In Parijs herkende je de hooggeschoolde dokter aan zijn lange tabberd. De artsen met de korte tabberds hadden geen licentie om te opereren, maar ook als ze die behaalden lieten ze het snijwerk liever over aan barbiers, zodat de ongelukkige lijder die nog enige keus had zich bij voorkeur niet liet behandelen.

Een Bolognese geneesheer daarentegen heeft het wereldwijde recht en de bekwaamheden om alle bekende operaties uit te voeren, nieuwe operaties te initiëren, dissecties te verrichten, of die tijdens colleges onder zijn supervisie te laten uitvoeren door een lagere specialist. Ik kwam naar de stad in een rustige tijd en mocht beginnen met dieren, maar al snel kwamen er geëxecuteerde misdadigers beschikbaar, zodat ik naar hartenlust kon ontleden.

En hoewel het niet mijn eerste keuze was geweest, ging de studie me gaandeweg steeds meer fascineren. Hoe zwak is niet het menselijk lichaam, duistere vriend, in vergelijking met dat van de dieren? Hoe kwetsbaar is niet de pasgeborene? Waar veulens en herten direct na de geboorte al kunnen staan en lopen en honden en katten binnen weken rondrennen en spelen, heeft de mens vele maanden nodig om op eigen benen te leren staan. Ze rennen niet hard genoeg om wilde dieren te ontlopen, kunnen niet wegvliegen of langdurig onder water zwemmen om te ontkomen aan vijanden.

Giles had gelijk, het vlees was gedoemd tot rottenis en daarin tegengesteld aan de stenen bouwwerken die de mens ontwerpt om zijn kwetsbare omhulsel te beschermen tegen vijanden, tegen koude en stormen en een snelle dood. Het kwam me voor dat ik dit andere uiterste moest leren kennen om nog beter opgewassen te zijn tegen de taken die mij uiteindelijk zouden wachten.

Ik liet het gebeente van een gehangene uitkoken en de botten scheiden van het vlees. Daarna doorboorde ik de uiteinden van het bot, verbond de knoken met ijzeren haken en draden, en zette het geraamte weer in elkaar zodat ik het ook als geheel kon bestuderen. Later nam ik weer alle onderdelen apart en verbeterde de verbindingen, zodat kon scharnieren wat in werkelijkheid moest scharnieren.

Ik lichtte een aderstelsel uit een geradbraakte, van wie geen bot meer heel was, en spoot het in met cinnaber om het te conserveren. Ik pekelde zijn organen met Egyptisch zout om ze in dunne schijfjes te snijden en tot in de kleinste details te bekijken en ik wist dat die details maar zo klein waren als mijn ogen in staat waren te zien; de vraag kwam in me op: zouden er nog diepere niveaus van kleinheid bestaan, zijn er complexiteiten die de geest niet kan waarnemen, laat staan bevatten?

Voor mijn eerste college rookte ik twee moordenaarsharten op eikenhout en demonstreerde aan mijn studenten hoe ze werkten.

'Hoe zie je aan het hart dat het een moordenaar is?' vroeg een student.

Ik lachte, deze vraag had ik niet verwacht. 'Dat zie je niet,' zei ik, 'morele zaken manifesteren zich niet in de organen, zelfs niet in het hart.'

'Die uitspraak is pas geldig als je er het hart van een rechtvaardig mens naast legt,' zei de student en ik moest hem knarsetandend gelijk geven.

Ik bewaarde een collectie ogen op brandewijn om de oogchirurgie van Avicenna en Rhazes te oefenen, maar ze bleven niet goed. Toen ik mijn eerste college over het oog gaf, opereerde ik een levende patiënt aan staar en oogstte bewondering bij mijn studenten.

Aanvankelijk assisteerde ik bij dissecties, ik begon als sector en legde, op aanwijzingen van de lector, met de scalpel spieren en organen bloot; later wees ik als ostentor aan wat de sector aan het licht bracht. En uiteindelijk gaf ik zelf als lector college aan de hand van Galenus en De Luzzi's *Anathomia Mondini*, en had mijn eigen assistenten. Ik begeleidde vele dissecties, in vaak dagenlange collegereeksen, waardoor zeker in de zomer de studenten een voor een afdropen; zelf was ik inmiddels gewend aan de stank van mijn kadavers.

Hoewel ik in Bologna was aangekomen met niet meer dan mijn boek, kon ik meteen gaan doceren in de artes. Van mijn plan om hier Grieks te studeren kwam niet veel. Ik behielp mezelf met wat ik kon vinden en vorderde maar traag. De boeken die ik vond, voornamelijk Bijbelteksten, waren van een kinderlijke eenvoud, maar ik las ze desondanks en leerde ze uit mijn hoofd, om de taal in mijn geest te laten voortleven, in afwachting van meer en betere boeken. Maar ik had vooral mijn handen vol aan mijn hoofdstudie. Bologna was ook niet de juiste plek. Voor Grieks, zo hoorde ik, moest je in Florence zijn. In mijn tweede winter in de stad besloot ik naar Florence te reizen. Een van mijn professoren, Luigi Besana, had een brief geschreven aan een collega, die mij onderdak zou verschaffen en wegwijs maken in de stad.

Ik had die dag het laatste college van het seizoen bijgewoond. Mijn reisbagage stond al klaar en ik zou de volgende dag vertrekken, maar inmiddels was een storm opgestoken, die aanvankelijk nog de late herfstbladeren tussen de hoge huizen had laten opwervelen, maar die in de avond voor zware slagregens zorgde. Ik besloot net te gaan slapen om morgen de situatie opnieuw te bekijken, toen er beneden een deur sloeg en harde stemmen echoden in de hal.

Een Spaanse huisgenoot probeerde een zwerver af te poeieren, zo leek het, maar opeens hoorde ik een bekende stem mijn naam roepen. Ik stapte het trappenhuis in en ging over de balustrade hangen. 'Piers!' riep ik op goed geluk, want het kon ook Randel zijn.

'Isidoor!'

Mijn huisgenoot begreep dat we elkaar kenden en gebaarde dat mijn vriend door mocht lopen. Het was Piers, hij was alleen. Vloekend kwam hij de trap op. 'De duivel hale je,' riep hij, 'had ik van tevoren geweten hoe ver het was naar deze vermaledijde stad, dan was ik thuisgebleven.'

Ik begroette hem hartelijk. Hij was veel dikker geworden en ademde zwaar van het traplopen. Ik kon nog zien dat hij het reistenue van een Engelse earl droeg, maar veel was er niet van over.

'Waar is je broer?' vroeg ik.

'Nog in Oxford,' zei hij schouderophalend. 'Hoewel hij nu wel thuis zal zijn voor de winterstop. Ik dacht trouwens dat dit een warm land was... ik verrek van de kou! Heb je iets te drinken?'

'Ik heb wijn,' zei ik, 'maar die is niet warm; ik zal eerst de haard weer moeten aansteken.'

'Duurt dat lang?' Hij rilde.

'De sintels gloeien nog, ik heb 'm zo aan.' Ik gaf Piers een deken en wees hem een zetel. 'Jij kunt wel wat rust gebruiken,' zei ik. 'Hoe heb je me eigenlijk gevonden?'

'Guiscard,' zei hij. 'Je had hem verteld dat je naar Bologna wilde. En dat schreef je ook in je laatste brief.'

'Er zijn hier een paar duizend studenten,' zei ik.

Piers kreeg een hoestbui en zei toen: 'Ik heb wat rondgevraagd, ik ben hier al twee dagen. Wat een tochtgat is dat Bologna!'

'Je komt in het verkeerde jaargetijde,' zei ik, terwijl ik een lekkend vlammetje voorzichtig met spaanders voedde. 'Wacht maar tot de lente begint, dan is het leven hier goed. Blijf je zo lang?'

'Wat denk je,' riep hij, opspringend. 'Ik kom medicijnen studeren!'

Ik omhelsde hem. 'Dat is goed nieuws!'

Hij had dezelfde tocht gemaakt als ik, maar waar ik had kunnen doorlopen in het goede seizoen, en 's nachts onder de sterren sliep, had Piers wekenlang regens en stormen moeten trotseren en was hij vlak voor hij de grens van de Pauselijke Staat had bereikt, overvallen door gedeserteerde huursoldaten, die hem zijn reisgeld afnamen en na een aframmeling de grens overzetten. 'Gelukkig had ik wat dukaten in mijn gordel laten naaien.' Hij toonde me wat hij nog had en het was meer dan ik in een jaar kon opmaken.

'Er is hier altijd gedonder tussen de steden,' zei ik, 'en als je je kleedt als student, laten ze je waarschijnlijk met rust.' Ik goot wat wijn in de pot en hing die laag in de vlammen.

‘Maak je geen zorgen,’ zei hij, ‘ik zorg dat ik weer geld krijg, mijn familie heeft hier goede contacten.’

‘Ik maak me geen zorgen,’ zei ik, ‘en je komt natuurlijk hier bij mij wonen.’

Hij liep rusteloos rond, nam een boek op, bestudeerde een stopfles en riep uit: ‘Wat is dat!’

‘Een varkensfoetus,’ zei ik. ‘Hij is al zeker tien jaar oud, ik kreeg hem van iemand die hier vorig jaar wegging.’

‘Het lijkt wel een klein mensje, zoals het daar drijft,’ zei Piers lachend, ‘en waarom bederft het niet na zoveel jaar?’

‘Het ligt in een distillaat. Ik neem aan dat het niet eeuwig houdbaar is, het is ook al wat verkleurd sinds ik het in huis heb.’

‘Ik heb gehoord van distillaten.’ Piers opende een venster en keek naar buiten. ‘Interessant... En dit huis bevalt me wel.’

‘Je bent welkom,’ zei ik. ‘Het was wel mijn bedoeling om enige weken naar Florence te gaan. Ik ga op verzoek van een professor een medisch werk kopiëren en een bekende arts bezoeken die mij misschien de details van een behandeling kan laten zien.’

‘De colleges liggen natuurlijk stil,’ zei hij, ‘ik ga met je mee! Ik hoorde dat Florence nu de beste plek is om te vertoeven.’

Ik knikte. ‘Een stad van dichters en kunstenaars. Ik zal zorgen dat je een mantel krijgt zoals studenten die hier dragen.’

Toen we allebei zaten en ons warmden aan de vlammen en aan de wijn, vertelde hij me dat Randel nu rechten studeerde en zich voorbereidde op zijn taken als landheer. ‘Als oudste erft hij de titel en het huis, hij is nu eenmaal de eerstgeborene.’

Ik had hier nooit bij stilgestaan. ‘Hoeveel tijd zat er tussen jullie geboorten?’ vroeg ik.

Hij lachte. ‘Drie ademtochten, is ons verteld. Ik heb er natuurlijk altijd een thuis, maar als ik daar blijf zal ik me snel vervelen. Ik wilde iets van de wereld zien en mijn eigen weg zoeken.’

De volgende dag bracht geen beter weer. Ik stelde voor om de reis uit te stellen, maar Piers was het niet met me eens. ‘In dit jaargetijde kan het ook nog veel slechter worden,’ zei hij. ‘Misschien ligt er over een week wel sneeuw. Ik heb erger meegemaakt de laatste maanden.’

Ik gaf toe, ook omdat ik niet werkloos in mijn huis wilde zitten wachten. We waren jong en sterk, waarom ook niet? Het mocht dan waaien, het regende niet meer. Ik bezorgde mijn vriend een eenvoudige reismantel en een halsdoek van vilt, want het zou koud zijn in de bergen. Voor we de stad verlieten kocht ik een zij spek, een stuk kaas en wat ronde broden. Bij een wijnhandelaar liet ik twee wijnzakken vullen.

Vier uur later, terwijl we een pad volgden langs een kleine rivier, begon het weer te regenen. Hoewel ik daar rekening mee had gehouden bij de keuze van onze kleding, waren we snel doorweekt. Ik stelde voor om hogerop beschutting te zoeken. 'De stroom kan snel aanzwellen, en over een uur is het al donker.'

'Hoe ver is het eigenlijk?' vroeg Piers. 'En welke bergen zijn dit?'

Hoe kon hij dat niet weten? 'Vijftig mijl in kraaienvlucht,' zei ik, 'dat is enkele dagen lopen, zeker met dit weer. En die bergen zijn natuurlijk de Apennijnen, de ruggengraat van Italië, gelukkig zijn ze hier niet al te hoog.'

'Je had me weleens mogen waarschuwen,' mopperde hij, maar hij was al op zoek naar een pad dat ons hogerop zou leiden.

Even later vonden we een overhangende rots waar we konden schuilen. Anderen waren ons hier voorgegaan, want in een steenkring in het rulle zand lagen nog de resten van een oud kampvuur.

'Het is hier niet zo koud,' zei Piers toen we een tijdje naar de regen hadden gekeken en de eerste wijnzak aanbraken.

'Dat komt omdat de rots de zonnewarmte nog even vasthoudt.'

Piers kreeg een hoestbui en probeerde die met wijn te dempen.

Even later vroeg hij: 'Heb jij tonder bij je?'

Ik schudde mijn hoofd. 'En als ik het wel had, dan kunnen we nog niets. We hebben geen droog hout, alleen wat stukjes kool.'

'Nu heb ik het wel koud.'

Het was inmiddels helemaal donker. 'Laten we gaan slapen,' zei ik.

We rolden de dekens uit en kropen bij elkaar, nog in onze vochtige kleren. Ik merkte dat Piers rilde van de kou en zorgde dat hij tussen mij en de rotswand lag.

'Laat me je voorhoofd voelen,' zei ik. Het was vochtig en warm. 'Je hebt koorts,' zei ik.

'Het komt elke paar dagen terug, de laatste tijd,' zei hij, 'morgen is het weer over. Ik heb gewoon een teveel aan flegma. Vertel me maar eens wat ik daaraan kan doen?'

'Veel drinken en je rustig houden,' zei ik.

Hij lachte en het ging over in een hoestbui. 'Geef die zak nog eens aan,' zei hij toen, 'op doktersvoorschrift.'

'Meer wijn zal je niet verwarmen,' zei ik. 'En we hebben nog een paar dagen te gaan.'

Ik sliep in en schrok telkens wakker wanneer Piers een daverende hoestbui kreeg. We moesten zo snel mogelijk in Florence zien te komen.

Ik werd wakker van de zon. Mijn kleren voelden nog wat klam aan maar ze waren niet nat meer. Piers zat bij de steenkring, waar hij een knetterend vuurtje had gemaakt.

'Hoe heb je dat voor elkaar gekregen?' vroeg ik.

'Er ligt hier van alles,' zei hij. 'Halfverkoold jute en houtskool; verderop lagen droge takken en zelfs gehakte blokken. Toen ik wat rondkeek begreep ik dat hier een jager zijn schuilhut heeft. Vergeet niet dat ikzelf jager ben. Met jouw mes en een stukje vuursteen was het eenvoudig.'

'Ik zal het spek verwarmen,' zei ik. 'Laten we zo snel mogelijk op weg gaan, nu het mooi weer is.'

Hij wierp een blik op de wolkeloze hemel. 'De komende nacht zal koud worden.'

'Ik vrees het ook.' Ik voelde aan zijn voorhoofd. Hij had gelijk gehad, de koorts was geweken.

Het warme weer gaf een nieuwe kracht aan onze lichamen en we probeerden aan de zonzijde van het dal te blijven, want iedere keer dat een heuvel of kleine berg aan onze linkerhand ons pad verduisterde, kwam de kilte over ons, waardoor we nog harder gingen lopen om toch maar zo veel mogelijk mijlen te overbruggen voor het vallen van de nacht.

In de middag kwamen we langs een verlaten hoeve. Toen ik voorstelde daar de nacht door te brengen, vond Piers dat te vroeg. 'Wil je een week over de tocht doen? En een hoeve, ook al is hij verlaten, betekent dat we de bewoonde wereld naderen. Spoedig zullen we er een vinden waar mensen ons verwelkomen en uitnodigen voor het avondeten.'

We gingen door en zagen hoeven noch huizen. Toen de zon al de gekartelde kim naderde en ik opnieuw waarschuwde, knikte Piers. 'Nog even,' zei hij, 'in de verte, ligt daar geen meer? En als ik me niet vergis staat er een hutje.'

Piers ogen waren beter dan die van mij. Tegen de tijd dat ik het scheve hutje duidelijk kon onderscheiden, wilde ik Piers wijzen op een kleine hinde die uit het meer dronk. Maar ik had mijn mond nog niet open, of het dier plonsde in het water. Piers' slingerhand was nog net zo trefzeker als in die dagen toen we naar Salisbury reden.

'Ik wist niet dat je een slinger bij je had,' zei ik.

Piers grijnsde en hij sloeg zijn halsdoek weer om zijn nek. 'Heb ik ook niet. Ik zoek hout, dan mag jij het beestje slachten.' Hij liep naar het hertje toe en trok het op de kant. In het riet vlakbij lag een platte boot half onder water.

'Er ligt hier hout genoeg,' zei hij, wijzend op een kleine opslag met gekloofde blokken. 'Wij brengen vlees, ze willen vast wel delen.' Hij klopte op de deur.

Ik pakte mijn mes en maakte een kruissnede. Piers was snel terug. 'Er is niemand,' zei hij, 'misschien is er alleen in de zomer een visser. Die boot ziet er ook niet uit of hij veel gebruikt wordt. Ik zal 'm eens bekijken.'

Even later riep hij: 'Ik heb de visser gevonden, er is niet meer van hem over dan graat.'

'Ik kom zo kijken,' zei ik.

Piers kwam terug, stond een tijdje te kijken en zei: 'Zo heb ik nog nooit iemand een dier zien slachten. Je had hem moeten ophangen, dan riskeer je niet dat de kwalijke sappen het vlees verpesten.'

'Er is niets vervuild.' Ik wees op de ingewanden die ik netjes naast het karkas had gelegd. Na het villen sneed ik enkele porties af.

'Zo doen wij dat niet in Engeland,' mompelde Piers. 'Waar heb je dit geleerd?'

'Tijdens de colleges dissectie,' zei ik.

'Maar daar ontleed je toch geen dieren?'

'Soms wel.' Ik lachte om zijn gezicht. 'Ik mocht beginnen met een varken. Als je denkt dat er veel verschil is met een mens, dan zul je nog verbaasd staan.'

'Ik dacht dat dissectie iets voor barbiers was; iets waar een gerespecteerde geneesheer zich niet mee bezighoudt?'

'In Engeland en Frankrijk is dat de houding,' zei ik. 'En dat maakt dat de geneeskunde ten noorden van de Alpen zo weinig resultaat oplevert. In Bologna is chirurgie een serieuze zaak. Ik kan je de boeken over chirurgie aanbevelen van Theodoric Borgognoni. Hij begreep al dat we nooit verder komen in de wetenschappen als we alleen maar de teksten van de ouden navolgen zonder zelf ervaring op te doen, te onderzoeken en te observeren.'

Piers verdween naar het bootje en kwam terug met een gave blanke schedel. 'Als we gaan eten, kunnen we op z'n minst de gastheer uitnodigen.'

Onder het eten dronken we de visser toe. 'Dat je netten mogen vollopen in het hiernamaals,' zei Piers. 'Als je daar tenminste nog moet werken.'

'Eeuwige rust, oude man,' zei ik, want meer dan dat verwachtte ik niet van de dood.

'Hoe weet je dat hij oud was?' vroeg Piers.

'Dat zie ik aan zijn tanden.'

Piers legde zijn half afgekloven bot neer en bestudeerde het bovengebit. 'Het is te hopen dat het lichaam zich vernieuwt,' mompelde hij.

De avond daarop bereikten we even voor de schemering de stad. We moesten ongemerkt de grens van de republiek zijn gepasseerd.

'Wat een drukte!' riep Piers.

Een gestage stroom volk kwam ons door de poort tegemoet. Ze liepen, of reden op rijdieren, ze zaten op wagens tussen de pakken. Een man droeg een heel oude vrouw op zijn rug.

'Was het marktdag?' vroeg Piers zich hardop af.

'Ik denk het niet,' zei ik, 'en waarom zouden ze dan zo laat nog op weg gaan, om in het donker te reizen?'

Piers haalde zijn schouders op. Hij knikte naar een wachter die op ons afkwam. 'Laat ons binnen, goede man,' zei hij.

Ik wilde hem terughouden, te laat begreep ik dat deze mensen de stad ontvluchtten. 'Nee, we moeten hier niet zijn,' zei ik. 'We zijn verkeerd gelopen!'

De wachter keek me onderzoekend aan. ‘Wie zijn jullie? Waarom wil je er nu opeens vandoor?’

‘Wij zijn studenten medicijnen uit Bologna,’ zei Piers in hakkelend Italiaans en hij vervolgde in het Frans: ‘We hebben een boodschap en aanbevelingen voor een vooraanstaand geleerde in uw stad!’

Ik schudde mijn hoofd, maar het was te laat.

‘Medicijnenstudenten uit Bologna,’ riep de man over zijn schouder. Sommigen van zijn collega’s kwamen aangelopen. ‘Neem ze mee.’ Tegen ons zei hij: ‘Het spijt me, maar we hebben opdracht alle dokters bij de poort tegen te houden, of ze erin gaan of eruit. We hebben iedereen nodig om de ziekte te bestrijden.’

‘Ik verstond iets over ziekte?’ zei Piers.

‘Welke ziekte?’ vroeg ik.

‘We vrezen het ergste,’ zei de man. Ik vertaalde voor Piers.

‘Wat bedoelt hij?’ vroeg hij, terwijl we onder begeleiding de stad ingingen.

Ik wilde het niet uitspreken en wendde me tot een van onze bewakers. ‘Wij hebben een brief voor *professore* Tremonti. Wij kunnen jullie het best van dienst zijn als jullie ons naar hem brengen.’

De man duwde me een donker oplopend trappenstraatje in, dat vol stond met rook. ‘Schiet op,’ zei hij, ‘je krijgt wel te horen waar je heen gaat.’ Ik hoorde de angst in zijn stem. Tussen de hoge huizen rook het naar verbrande kruiden. Een man in lange tabberd kwam ons tegemoet, hij droeg een gesnaveld masker.

‘O God,’ zei Piers, ‘het is de Zwarte Dood.’

17

Trepanaties

Onze begeleiders brachten ons bij een poortje, dat leidde naar een binnenplaats. Er stond een handkar met slordig opgestapelde lijken. We gingen een hal binnen waar zieken op een rij lagen, sommige gewoon op de stenen. De dikke rook van een kruidenbrander deed bijna het licht van de olielampen teniet. Twee nonnen stonden te overleggen, maar bij onze komst trokken ze zich terug in een donkere hoek.

'Waarom maken ze zoveel rook?' vroeg Piers.

'Ik neem aan dat ze de ziekte willen tegenhouden.'

'Door de zieken snel te laten stikken?'

'Misschien is dat niet eens zo'n gek idee. Smoor de ziekte door de zieken te smoren. Mogelijk proberen ze zo ook de stank van de dood te verdrijven.' Ik wilde het vuile laken wegslaan van de dichtstbijzijnde lijder, om hem te onderzoeken. Hij keek me aan met waanzinnige koortsogen en opende zijn mond. Ik bracht mijn hoofd naar hem toe om te luisteren, maar een schok doorvoer hem en een golf bloederig braaksel ging over de aangestampte aarde en over mijn laarzen.

Ik sprong naar achteren terwijl ik mijn maag in bedwang probeerde te houden.

'Diagnose is niet nodig,' zei iemand achter me, 'het is *la peste nera*! Zonder twijfel.'

Een grijze heer in de kleren van een stadsmagnaat stond me met zijn handen in de zij op te nemen. 'Studenten van Bologna,' zei hij opgewekt, 'raak die mensen niet aan, straks krijg je zelf nog de ziekte. Volg mij!'

'Wie bent u?' vroeg ik toen we buiten waren.

'Ik ben professor Niccolò Tremonti,' zei hij, 'jullie zochten mij, hoorde ik?'

Wij stelden ons voor en ik gaf hem de brief van professor Besana.

'Ah, mijn vriend,' zei hij verheugd. 'Kom mee, jullie zullen wel honger hebben!'

'Moeten wij niet helpen met de ziekte?' vroeg ik. 'Als de mensen op de vlucht slaan en de autoriteiten alle medici oproepen, is het ernstig.'

'Och welnee.' De professor lachte luid. 'Autoriteiten en volk, ze overdrijven altijd in hun angst. We hebben de situatie onder controle. Het is niets nieuws; de pest komt hier iedere tien jaar terug en steeds vluchten al die bange wezels naar de heuvels. Ik was acht jaar oud toen de eerste golf, *la grande morte*, over ons kwam. Dat is meer dan een halve eeuw geleden en ik was toen goed ziek. Ik heb het overleefd en zag de ziekte vele malen terugkomen, maar zo erg als toen is het nooit meer geweest.'

'Hoe hebt u het overleefd?' vroeg ik, altijd bereid om te leren.

'Ik denk dat ik onder een gunstig gesternte geboren ben.'

De professor woonde in een fraai stadspaleisje. Ik dacht aan de woorden van Guiscard, dat een dokter meer verdient dan een geestelijke. Als ik zover was, zou ik eerst een huis voor mezelf laten bouwen.

Een blozende vrouw bracht ons dikke penssoep met witte bonen en brood om te soppen. Het was zeer zacht, en heet gekruid. 'Dit is goddelijk,' zei ik.

Piers beaamde mijn woorden in Halflatijn.

'*Trippa alla Milanese*,' zei de professor. Hij gaf luidkeels onze complimenten door aan de keuken. Daarna bracht hij een dronk uit op de medische faculteit van Bologna. Wij stemden in al hield ik het zelf bij water.

Naderhand volgden we hem naar zijn behandelkamer, waar we de instrumenten en de geprepareerde lichaamsdelen bewonderden. Ik lichtte Piers in over de functies. Mijn oog viel op de boekenverzameling, die ik graag nader wilde bekijken.

Ondertussen las de professor de brief van Besana. 'Mijn vriend geeft hoog van je op,' riep hij. 'Hij wil graag mijn werk lezen over de trepanaties.'

Hij nam een mooi geconserveerde mensenschedel van een plank. 'Deze krijg je ook mee.' Hij toonde ons de trepanaties, drie in getal.

‘Hier in het voorhoofd maakte ik de eerste.’

Het was een mooi glad gat. ‘Het is goed geheeld,’ zei ik. ‘Hoelang heeft hij daarmee rondgelopen?’

‘Er zat steeds een jaar tussen,’ zei de professor, ‘bij de derde poging overleed de patiënt, kijk maar.’ Het derde gat, bovenop, vertoonde geen sporen van botgroei.

‘Waaraan leed de patiënt,’ vroeg ik, ‘dat hij steeds trepanaties nodig had?’

‘Nergens aan, of het moet het een boze demon zijn geweest. Als moordenaar kreeg hij de keuze om mee te werken aan wetenschappelijk onderzoek, of te worden geradbraakt. Zo kreeg zijn miserabele leven nog zin.’

Piers grinnikte, na mijn vertaling. ‘Daar is-ie dan goed van afgekomen.’

‘Wat was het doel van het onderzoek?’ vroeg ik.

‘Ik zoek naar een verband tussen de hersenen en waanzin,’ zei de professor. ‘Je kunt er alles over lezen in mijn boek. Jullie blijven toch wel een paar dagen? Misschien wil je een onderzoek bijwonen?’

‘We kunnen niet weg zolang de ziekte voortduurt,’ zei ik, ‘maar eerlijk gezegd, en hoezeer ik uw gastvrijheid op prijs stel, ik verkeer niet graag in een stad waar de Zwarte Dood heerst.’

‘Hebben jullie de ziekte in Engeland dan niet gehad?’

‘Zeker wel.’

‘En heb jij tijdens jouw leven een uitbraak meegemaakt?’

‘Dat niet,’ gaf ik toe. ‘Ik ken niet precies mijn geboortejaar, maar het was zeker tien jaar na de grote kindersterfte.’

‘Dat is jammer,’ zei hij peinzend. ‘Naar mijn mening zijn de overlevers beter bestand tegen volgende uitbraken, of ze nu ziek zijn geweest of niet.’

‘Wat zegt hij?’ vroeg Piers.

‘Dat wij de pest kunnen krijgen als we niet snel weggaan.’ Ik ging verder tegen Tremonti: ‘U begrijpt dat deze theorie het niet aantrekkelijker voor ons maakt om te blijven.’

‘Ga dan,’ zei hij, ‘jullie kunnen hier niets doen. De pest dooft vanzelf uit, net als de vorige keren en het uur van je dood staat al sinds het begin der tijden geschreven in de sterren.’ Hij lachte. ‘In onleesbaar schrift.’

'We kennen de stad niet,' zei ik, 'en de poorten worden bewaakt.'

'Neem de rivier,' zei hij, 'zak de Arno een stuk af. Vertrek vanaf de oever, of de oude brug waar de slagers werken. Ze zijn vertrokken toen een hen dood werd gevonden tussen de varkenskadavers, waar hij al dagen gelegen had. Door de ziekten blijft er overal vuil liggen. Maar rust nu. Als we gegeten hebben, breng ik jullie naar de brug. Ik zal Filomena vragen om voor leeftocht te zorgen.'

'Hoeveel maaltijden hebben ze hier eigenlijk op een dag?' klaagde Piers nadat we afscheid hadden genomen van de professor. 'Ik heb te veel gegeten – en wat is die wijn sterk!'

Ik lachte. 'Je had net als ik niet moeten drinken. En ik verdenk onze professor ervan dat hij distillaatjes maakt in zijn laboratorium.'

Hier vanaf de oever kon ik de brug bewonderen, de twee machtige pijlers en de duistere gaten onder de bogen. In de korte tijd dat we hier waren had ik wat indrukken opgedaan van de stad en ook hier zag ik de contouren van schitterende architectuur. Ik besloot dat ik hier zeker terug wilde komen en volgde mijn vriend.

Tussen de winkeltjes en de vleeskramen op de brug was de stank overweldigend, ratten schoten weg voor onze voeten. Piers liep opgewonden tussen de kadavers. 'Als we koeienhuiden vinden,' zei hij, 'kunnen we iets maken om op te drijven. Ik geloof niet dat we met dit weer kunnen zwemmen.'

Dat dacht ik ook niet. Ik boog me over de reling en keek naar het zwarte water.

'Hadden we maar een toorts,' zei Piers. 'We moeten varkensblazen hebben om op te drijven!'

'Bespaar je de moeite,' zei ik, 'hier ligt een boot, die zag ik al toen we op de oever stonden.'

Een platbodem lag stevig afgemeerd tegen de pijler, onder een ijzeren ladder. In de boot lagen twee dode varkens.

Ik gooide mijn bagage op de kadavers en liet mezelf neer. Een paar ratten glipten overboord. Piers volgde, maakte de meertouwen los en duwde af, maar de platbodem reageerde zo vlot, dat hij zijn evenwicht verloor. Even hing hij, één hand aan het trapje, tussen pijler en boot, toen plonsde hij in het zwarte water, verdween even en dook proestend weer op. Ik knielde neer om hem in de boot te helpen. Vanaf de linkeroever riep iemand, maar ik weet niet of het voor ons was bedoeld. Vlakbij sloeg een waakhond aan.

'Moeten we die kadavers er niet uit gooien?' vroeg hij. 'Godallejezus, wat stinkt dat!'

'Dat kost tijd en maakt kabaal,' zei ik. 'Ga zitten, we moeten snel weg.'

Ik nam de boom en wrikte ons naar het midden van de stroom. Het bleef verder stil en we lieten ons voortdrijven tot ik, een eindje voorbij de laatste huizen en muren, een kleine inham zag aan de rechteroever, waar ik de boot naartoe wrikte.

'Ik heb het koud,' zei Piers tussen zijn klapperende tanden door.

'Dat geloof ik.' Ik liet de boot op het zand lopen en we stapten uit. 'Als we snel voortgaan,' zei ik, 'word je warm en droog je vanzelf.'

Met de sterren als oriëntatie gingen we op pad en binnen een uur wist ik dat we op de weg naar Bologna zaten. Piers kreeg weer zware hoestbuien.

'Ben je nog niet opgedroogd?' vroeg ik.

'Op een zeker moment heeft het rivierwater plaatsgemaakt voor zweet,' zei hij. 'Het resultaat is hetzelfde; ik ben doorweekt.'

We hielden enkele keren halt omdat hij hevige braakaanvallen kreeg. Laat in de ochtend bereikten we de vissershut, waar ik vuur maakte. 'Vandaag blijven we hier.'

Het rookgat in het dak leek eerder ontworpen om de kou binnen te laten dan om de rook te verdrijven. Piers lag, nog in zijn mantel, op wat dennentakken die ik had afgesneden en hij ademde steeds zwaarder. Ik zat bij hem en bette zijn hoofd.

'Het is de pest,' zei hij, 'zeg me de waarheid.'

'Je vergist je.' Ik had geen zwarte vlekken gezien. En hoe had hij, zelfs in een vroeg stadium van de ziekte, de zware tocht van die nacht kunnen volbrengen?

'Wat kan het anders zijn?'

'Je was al ziek,' zei ik. 'Met de Zwarte Dood heeft het niets te maken.'

Hij grinnikte. 'Weet je nog, Isidoor, dat we in een schip vol schapen Oxford ontvluchtten? Nu was het een schuit met dode varkens. Wat zal het de volgende keer zijn?'

Ik lachte mee, maar dacht aan de veerpont over de dodenrivier.

'Het is het flegma,' zei hij, 'ik zei het al. Ik moet heel veel drinken.'

Ik had wijn opgewarmd en slaapkruiden toegevoegd. 'Neem een slok,' zei ik, 'en ik hecht niet zoveel geloof aan de humeurenleer; mijn ervaringen leren me anders.'

'Maar het is Galenus!' protesteerde hij.

'Hij en vele anderen,' zei ik, 'maar in Bologna volgen we Galenus niet in alles. Veel is achterhaald door waarnemingen in de praktijk.'

Hij lachte. 'Hoe noemen wij, medici van Bologna, dan een ziekte waarvan we de oorzaak niet kennen?'

'Sommigen noemen het *la influenza*,' zei ik mistroostig, 'de invloed.'

'Invloed van wat?' vroeg hij tussen twee hoestbuien door.

'Van de sterren.'

'Godverdomme.' Hij bleef er bijna in.

'Ik denk dat je moeraskoorts hebt,' zei ik. 'Volgens Galenus heb je dan een teveel aan gele gal en moet je purgeren door te braken. Ik betwijfel of dat werkt.'

Toen ik de volgende ochtend het hutje uit kwam, lag er rijp over de naaldbomen. Piers zocht tussen de bomen naar wild, zijn slinger in de aanslag.

'Ik geloof niet dat je nog ziek bent,' zei ik.

Hij lachte. 'Jouw diagnoses zijn feilloos, mijn vriend. Ik kan niet wachten tot ik net zo geleerd ben als jij. Ik wilde kijken of ik nog iets kan vangen.'

'We hebben nog eten,' zei ik. 'Laten we geen tijd verspillen.'

De volgende avond, een uur voor het vallen van het duister, bereikten we Bologna.

Piers was weer onvermoeibaar en praatte honderduit. 'In de lente en zomer moet het hier fantastisch zijn,' zei hij, 'dan gaan we samen op jacht, er is geen mooiere manier om je tijd door te brengen. Je moet eens weten hoe bleek je ziet, door al die studie. Van het binnen zitten in bibliotheken verdor je.'

'Ik kan niet wachten,' zei ik. Ik maakte me zorgen om zijn piepende ademhaling en nam me voor om nog eens te kijken naar de bekende teksten over de derden- en vierdendaagse koortsen.

De volgende ochtend bracht ik professor Besana de documenten van zijn collega.

'Dit onderzoek zal me zeker verder brengen,' zei hij, handenwrijvend. 'En wat heb je daar?'

Ik gaf hem de getrepaneerde schedel.

'Prachtig!' riep hij uit. Hij bevoelde de randen, eerst de gladste, en als laatste de ruwe rand van het gat dat nooit had kunnen genezen.

'Ik wil u iets vragen,' zei ik, 'een vriend van me lijdt aan moeraskoorts. Hebt u daar een oplossing voor?'

Peinzend draaide hij de schedel om en om, probeerde toen de kaken van elkaar te krijgen, maar die had zijn collega vastgelijmd. 'Je kent je Galenus natuurlijk,' zei hij, 'ik zou beginnen met kopzetten en als dat niet werkt, aderlaten. Ik geloof niet dat braken veel oplevert.'

'Dat geloof ik ook niet,' zei ik. 'En kopzetten tempert de koorts, maar brengt geen genezing. Ik denk aan iets anders.'

'Vertel het me,' zei hij glimlachend, 'ik zie graag hoe mijn studenten de titanen van de oude tijd uitdagen.'

'Ik las iets bij Varro,' zei ik, 'Marcus Terentius Varro – in de *Rerum rusticarum.*'

'Dat is nog van voor Galenus,' zei Besana. 'Maar een werk over landbouw?'

Ik diepte een citaat op uit mijn ommegang. '"Moerassen brengen kleine diertjes voort, die onzichtbaar voor het oog, door neus en mond worden ingeademd en in het lichaam ernstige ziekten veroorzaken."'

Besana zette de schedel neer en liep naar een kast. 'Interessant,' zei hij over zijn schouder, 'ik heb die theorie eerder gehoord van mijn collega Tremonti, waar je net vandaan komt. Maar als die diertjes zo klein zijn dat ze zich aan de waarneming onttrekken, heeft het dan zin om te speculeren over hun bestaan?' Hij nam een glazen schaal uit de kast waarin menselijke hersenen lagen in een conserverende vloeistof en zette die naast de schedel. Met een passer mat hij de schedelgaten en bekeek de corresponderende plekken op de hersens. Daarna nam hij het boek van Tremonti, nam plaats in een zetel en begon te lezen. Ik geloof dat hij mijn aanwezigheid was vergeten, maar net toen ik wilde vertrekken, keek hij op van zijn boek.

'Celsus,' zei hij, 'die schreef ook over die *animalcules*, als ik me niet vergis.'

Op weg naar huis dacht ik aan de lenzen waarover Ptolemaeus schreef en na hem Alhazen, ik dacht aan Bacon en aan de halve glazen bollen die monniken soms gebruiken bij het verluchten. Als die minuscule diertjes bestonden, zou iemand ze dan niet allang hebben ontdekt?

Thuis trof ik Piers aan in diepe slaap. Pas in de middag kwam hij met een verkreukeld gezicht bij me op het platte dak waar ik op een krukje zat te lezen. Hij had brood en kaas meegenomen en een sliert worstjes die als een ketting om zijn nek hing. 'En, hoe zit het hier?' vroeg hij.

'Met wat?'

Hij nam zijn mes uit de gordel, liet zich neer in kleermakerszit en begon het brood te snijden. 'Met de faculteit.'

'Wat wil je weten?' vroeg ik. 'De medicijnen vormen hier een zelfstandige universiteit. We hadden het over Galenus, hij en Hippocrates vormen nog steeds de basis. Bij Galenus vooral het boek over chirurgie. Dan zijn er de *Canon* van Avicenna; Averroes' *Colliget*; het zevende boek van Rhazes en vergeet niet Bruno da Longobucco met zijn *Chirurgia Magna* en...'

'Dat is heel mooi,' zei hij, al kauwend, 'maar ik bedoel, hoe zit het met de nationes? Bij wie horen wij Engelsen, en met wie wedijveren we?'

'Ik zie dat de ware studiegeest je te pakken heeft,' zei ik lachend. 'Hier hebben we de *citromontanes*, die komen van deze kant van de Alpen. Wij, *ultramontanes*, "die van over de bergen", worden onderverdeeld in zeventien *consiliariae*, al naargelang ons thuisland. Wij horen uiteraard bij de Engelse...'

'En welke zijn de andere?' Hij bood me brood aan maar ik weigerde.

'De Franse, Duitse, Portugese met de Algarve, de Provençaalse, de Bourgondische, de Savoy; Gascogne en Auvergne, Berry, Touraine, Aragon en Catalonië en de Mallorca's, Navarra, Duitsland, Hongarije, Polen, Bohemen en Vlaanderen.'

Hij staarde me aan. 'Godallejezus, je lijkt wel een priester die een gebed afraffelt. En waar tref jij je vrienden? Waar drink je?'

'Ik ben hier om te studeren,' zei ik. 'Ik bezoek zelden de wijnhuizen.'

Piers knikte. 'Je bent niets veranderd. Ik heb hier al verschillende goede taveernen gezien. Vandaag wil ik nog verder slapen, maar morgen gaan jij en ik stevig aan de boemel; de winter is bedoeld om te feesten.'

Ik stemde toe en verheugde me er zelfs op. Later die dag zocht ik in de bibliotheek naar boeken van Celsus. De bibliothecaris van dienst haalde zijn schouders op. 'Had Origenes die schooier er niet van langs gegeven? Waarom zouden wij zijn boeken hier hebben? Ik heb nooit gehoord van zo'n boek in Bologna.'

Ik nam niet de moeite hem te vertellen dat het om een ander Celsus ging.

Piers koos een wijnhuis waar ultramontani van alle soorten rondhingen en hij maakte er geen geheim van dat hij desnoods zijn laatste solidus erdoor zou jagen om mij een goede nacht te bezorgen. 'Of beter nog, een *trinity*, een driedaagse slemptocht, op z'n Oxfords.'

Dit herinnerde me aan zijn koorts. Ik zag aan zijn ogen dat die terugkeerde. 'Je wordt weer ziek,' zei ik, 'we moeten het uitstellen.'

Piers schudde resoluut zijn hoofd. 'Daarom juist moet het nu,' zei hij, 'dit gaat volgens plan en als ik moet purgeren, dan zál ik purgeren – tot het me de strot uit komt.'

Onderweg gaf hij me een paar slokken uit zijn wijnzak. Ik had lang niet gedronken en het brandde in mijn keel, maar op zijn vraag hoe ik het vond, loog ik dat het heerlijk was. Ik gaf de voorkeur aan de wijn in de taveerne. We klonken en maakten vrienden, want Piers zorgde dat het bleef stromen.

Liederen in vele talen klonken op en zakten weer weg. Meisjes kwamen ons om de hals hangen en we dansten als duivels. Toen de wereld begon te draaien, wankelde ik naar buiten om te kotsen in de steeg, maar terug in de gelagzaal duwde Piers me weer de tuit van zijn wijnzak in de mond. Ik protesteerde, als ik dan toch dronk, dan liever het betere spul. Ik verslikte me in de bijtende drank en bluste het met koele wijn.

Lieren snerpten, schalmeien snaterden en ergens sloeg iemand op een zware trom. Ik herinner me de avond in een waas, hoe Piers rondsprong als een ontketende beer en iedereen omhelsde, hoe hij op een ton klom en luidkeels een Oxfordiaans lied ten gehore gaf, onder toejuichingen van de menigte. Ik zie nog voor me hoe hij de wijnzak aan zijn mond zette en die, toen hij leeg bleek te zijn, in het publiek gooide. Iemand gooide de zak terug, recht in zijn gezicht. Er veranderde iets in de blik van mijn vriend en terwijl de lichamen om ons heen nog deinden op de muziek, begon Piers in tongen te spreken.

Tegen de een riep hij: 'Ik heb je zuster geneukt!' Een ander kreeg te horen dat hij honderd vaders had, een derde moest zijn hoerenmoeder van de straat houden...

Sommige studenten begonnen woedend te schreeuwen. Anderen stonden te lachen.

'Gelukkig spreek je geen Boheems,' merkte een grote kerel in het Italiaans op.

Piers boog zich naar hem. Met stentorstem riep hij: 'Bohemers worden uit schurftige teven geboren en vreten uit vuilnisbakken!'

De Bohemer haalde uit en gaf Piers een verpletterende klap. Als op afspraak begonnen ze hem nu van alle kanten te slaan. Piers viel niet, de slagen en stompen leken hem overeind te houden. Hij mepte links en rechts om zich heen, met een gelukzalige lach op zijn gezicht. Toen ik hem probeerde te ontzetten, kreeg ik zelf rake klappen.

Uiteindelijk ging hij neer en de mensen vergaten hem. Terwijl de muziek de draad weer oppakte, sleepte ik mijn vriend naar buiten, waar ik hem kon bekijken bij het fakkellicht. Ik legde hem zo dat hij kon ademen en deed een poging om hem bij te brengen. Even opende hij zijn ogen, hij draaide zijn hoofd van me af en gaf een golf bloederig braaksel op. Toen keek hij me aan en grijnsde breed. 'Purgeren,' fluisterde hij, 'zeg tegen Randel...' De rest van zijn woorden ging verloren in een hoestbui en toen hij weer stilviel, zag ik in het toortslicht hoe zijn ogen braken.

'Ik had je nog zo gezegd, neem Galenus' humeuren niet al te serieus,' zei ik.

Later beantwoordde ik de vragen van een wetsdienaar, maar kon geen schuldige aanwijzen. 'Allemaal,' zei ik, met een knik naar de taveerne. De man gebaarde dat ik moest verdwijnen. Ik mocht het lichaam niet meenemen, maar als ik erover wilde beschikken, kon ik me de volgende dag bij de autoriteiten melden.

Ik strompelde naar huis, terwijl ik in gedachten al een brief formuleerde aan Randel. In mijn kamer hing de vage lucht van verschaalde drank. Ik stak een olielamp aan en keek in het rond. Mijn oog viel op de stopfles met de varkensfoetus. Het deksel was eraf en iemand had alle alcohol eruit gehaald.

De aanblik van de foetus, nu zonder vloeistof op de bodem van de fles, deed me in tranen uitbarsten.

De weg naar Konstanz XII

—

Vlooien op een rat

Ik wees Lorea het huis, waar nu een groepje Hongaarse studenten luidruchtig stond te discussiëren op het bordes. 'Hier heb ik jaren gewoond,' zei ik.

'En toen je er vertrok,' vroeg ze, 'ging je toen naar Trebizonde, waar je mijn ouders ontmoette?'

Ik schudde mijn hoofd. 'Dat duurde nog een paar jaar.' De herinneringen besprongen me zoals een roedel wolven een achteropgeraakt hertenkalf bespringt en het liefst was ik alleen met mijn gedachten, maar ik had zelf de aanstoot gegeven en tegen haar gewoonte in drong ze aan.

Die herinneringen, mijn vriend, die willekeurige toevoegsels, nutteloos als vlooien op een rat – in hoeverre doen die ter zake voor mijn verhaal?

Na de gebeurtenissen met de ultramontanes in het wijnhuis vermeed ik de bijeenkomsten en feesten van mijn natie, ik wierp me verbeten op de studie en zocht geen afleiding buiten de boeken. In mijn vrije perioden reisde ik naar andere stadstaten en las vertalingen van Griekse en Arabische boeken. Ik las vertalingen van vertalingen, wetend dat bij iedere vertaling de fouten zich vermenigvuldigden. Ik bezocht stadspaleizen, godshuizen, ik bekeek antieke bouwwerken of de ruïnes daarvan.

Ik volgde de kunstenaars die juist hier nieuwe wegen zochten en vonden en die in hun beelden en schilderijen blijk gaven van het ontwaken van een nieuwe geest. Ik las omdat ik alle geheimen wilde kennen, maar niet alleen wetenschap. Ik las poëzie, epische werken en de Franse en Duitse romans; ik vond nieuwe Arthurverhalen zoals ik die kende uit de anonieme *Morte Arthur* van Guiscard en de versie van Geoffrey van Monmouth. Ik gaf de verhalen een plaats en verbond ze met andere verhalen tot een netwerk van motieven en verwijzingen, zoals de in kanalen en waterloopjes gevangen rivieren van Bologna de winkels en huizen en werkplaatsen verbinden.

In mijn laatste winter in Italië keerde ik terug naar Florence, waar professor Tremonti nog altijd met zijn trepanaties experimenteerde. Hij had destijds gelijk gehad, de zwarte dood was snel uitgewoed en had zich niet buiten de stadmuren verspreid.

Tremonti leende me zijn Celsus, en ik vond de passage over ziekmakende diertjes; remedies bood Celsus niet. Ik overwinterde bij de professor en nam Griekse les bij de zojuist aangestelde professor Manuel Chrysoloras. Bij hem kon ik Diogenes Laërtius en Plato in de oorspronkelijke taal lezen, wat de werken in een nieuw licht zette. Des te meer raakte ik ervan doordrongen dat ik de belangrijkste talen moest leren.

Ik moet een jaar of achtentwintig zijn geweest toen ik Bologna verliet als *Medicus Physicus*. Ik had het recht en de vaardigheden verworven om alle bekende medische handelingen te verrichten en ik kon een goed leven opbouwen waar ik maar wilde. Maar nog was mijn honger naar kennis niet gestild, ik reisde naar Granada om Arabisch te leren, keerde terug naar Florence, waar ik op verzoek van Chrysoloras een aanstelling aannam te Patras, in het Despotaat van Morea, in de hoop dat ik van daaruit de sprong naar Constantinopel kon wagen.

De stad aan de Bosporus leed in die tijd echter nog onder de blokkade van de Osmanli sultan Bayezid.

In Morea had ik succes als docent en tijdens mijn eerste jaar daar werd ik benaderd door een Turkse diplomaat, die mij vertelde dat ik als medicus eenvoudig een vrijgeleide kon krijgen naar Constantinopel. Ik moest het alleen aanvragen in de hoofdstad van het rijk van de Osmanli Turken, Adrianopel.

Toen ik mijn lessencyclus voor dat jaar kon afsluiten reisde ik naar Adrianopel, alleen maar om te ontdekken dat ik in de val was gelopen. De stadsautoriteiten lieten weten dat een doorreis naar Constantinopel onmogelijk was en dat ik een terugkeer naar Morea ook wel kon vergeten. Wel bood men me een lucratieve positie aan als chirurg aan de Madrassa.

De Osmanli Turken deden alles om het me naar de zin te maken en men verzekerde me steeds weer dat ik het grootste respect genoot en geen gevangene was. Ik doceerde, ik deed dissecties en nam de gelegenheid waar om Turks te leren, een zoetvloeiende taal, die mij goed afging.

Het was de sultan zelf die om mijn komst had gevraagd, maar ik kreeg hem in de achttien maanden dat ik in de stad verbleef, nooit te zien, want inmiddels kwam er in het Oosten een dreiging op zoals de wereld sinds mensenheugenis niet meer gezien had. Uit de grote werveling van volkeren die eerder de khans had voortgebracht, was nu een veldheer opgestaan die alle andere in de schaduw stelde. Had hij zich tot voor kort steeds aan de grenzen van het rijk van de Osmanli Turken gehouden, sinds kort was hij begonnen steden in Anatolië aan te vallen, waardoor lokale *beyliks* hun kans zagen en in opstand kwamen tegen Bayezid. Zijn naam was Timoer.

In de chaos die ontstond, toen de sultan zijn legers verzamelde om een onvermijdelijke aanval het hoofd te bieden, wist ik passage te krijgen op een Genuese kustvaarder die op de westelijke havens van de Zwarte Zee voer. Toen het rustige herfstweer dreigde om te slaan in een storm, wist de kapitein het schip de veilige haven van het kleine keizerrijk Trebizonde binnen te manoeuvreren, een enclave die niet onder controle stond van de Osmanli Turken. Ik kon voorlopig nergens heen en besloot me hier te vestigen tot de rust was weergekeerd.

In die jaren van omzwervingen had ik mijn kennis vergroot, maar het was een eindeloze aanwas, zoals bij een smulpaap die in de loop van de jaren vet aanzet. Al die agglutinerende feiten leken me uiteindelijk, zoals ik al zei, nutteloos als de vlooien op een rat. Ja, ik bouwde gestaag aan mijn geheugen, maar omdat het een cumulatieve woekering betrof, zonder dat er iets wezenlijks veranderde in mijn blik op de wereld, zal ik er niet verder op ingaan, want zoals je ongetwijfeld nog weet, mijn vriend, begon ik deze vertelling om mijn lange gang te reconstrueren naar dat ene moment.

Toen Lorea dus aandrong, vertelde ik haar dat de tussenliggende jaren niet van belang waren. Ze draaide me haar gezicht toe, het litteken een volmaakt, zilveren spinnetje op de linkerslaap. Ik vertelde haar dat mijn leven pas veranderde op de dag dat ik haar vader Maelgys ontmoette, en haar moeder Sotiria, in het keizerrijk van Trebizonde.

Deel v

Het kleine keizerrijk

(1401-1404)

18

Trebizonde

In Trebizonde vestigde ik me in een wijk waar de bewoners zich mijn tarieven konden veroorloven en liet daar een artsenpraktijk inrichten. Ik nam een knecht aan om boodschappen te doen, patiënten te ontvangen of zo nodig af te poeieren. Hij was een Armenier op leeftijd, Gurgen, die onbeholpen Grieks sprak en zich nogal kruiperig gedroeg, maar hij voldeed en liep me niet in de weg.

In de ochtend gaf ik consulten, de avonden waren voor studie. Elke middag maakte ik een wandeling door de stad en over het strand, altijd dezelfde weg, zodat ik zonder afleiding mijn pad in de geest kon lopen. Ik eindigde mijn wandeling altijd op het uiteinde van de pier, van waaruit ik kon kijken naar de schepen die binnenkwamen of vertrokken. En hoewel ik eerder korte zeereizen had gemaakt, en vanuit Thracië was gekomen, waarbij we de Zwarte Zeekust nooit uit het oog verloren, was ik mijn angst voor de zee nog niet kwijt. Als de bewering dat je angst door blootstelling en gewenning kunt overwinnen op waarheid berust, dan was dit de beste plek van Trebizonde.

Hier zat ik lange namiddagen op een afgebroken zuil uit de oude tijd en liet, als ik niet wegdommelde, mijn ogen dwalen over de stadsmuren en forten die trapsgewijs de heuvel beklommen, maar nooit hoger zouden reiken dan de citadel die de stad bekroonde. Op de pier, waar het zware metselwerk aan de kopse kant en aan de zeezijde met grote rotsblokken was beschermd, sloegen de golven van de Zwarte Zee uiteen in waterfonteinen en rondwaaiende vlokken schuim. De meeste mensen liepen niet tot het einde, maar kochten hun waren bij de kraampjes en de vissers, die zo dicht mogelijk bij de stad bleven. Ik koos voor deze zitplaats, want daar zat nooit iemand, al wandelde een enkeling soms naar het einde van de pier, om dan meteen rechtsomkeert te maken.

Op een middag in april, aan het begin van mijn tweede jaar in het kleine keizerrijk, kwam daar verandering in. Een man kwam met grote passen aanlopen en, bij mijn zuil aangekomen, liet hij zich naast mij neer.

'Onstuimig weer,' zei hij in het Grieks. Ik humde bevestigend, net voldoende om zonder direct onbeleefd te worden aan te geven dat ik niet zat te wachten op ijdel geklets van toevallige passanten. Ondertussen vlogen de schuimvlokken ons om de oren.

'Ik zie je hier vaker,' ging de man verder, maar nu in het Frans.

'Ik kom hier voor de rust.'

'Ik weet het,' zei hij. 'Voor stilte en gebed. Je bent er elke dag.'

Nu wierp ik een blik op hem. Hij was ouder dan ik, zijn haren en baard waren al doorvlochten met grijze haren, zijn gezicht droeg de eerste rimpels van de ouderdom, maar de blauwe ogen waren fel en doordringend. Hij kwam me vaag bekend voor.

'Gebed?' vroeg ik.

'Je zit altijd gebeden te prevelen.'

Hoorde ik spot in zijn stem? 'Dat zijn geen gebeden,' zei ik geërgerd. 'Ik herhaal in gedachten zaken die ik bestudeer.'

Hij knikte en keek van me weg, naar de stad. 'Daarom zie je nooit iemand. Ben je bang voor de zee?'

Hoe wist hij dat? Ik wilde eigenlijk opstaan en mijn weg vervolgen; anderzijds was ik ook niet van plan om me te laten wegjagen. Voor je het weet zit zo'n man elke dag op je plek, dus ik zei: 'Wat is dat voor een vraag?'

'Je houdt altijd je blik gericht op de galeien die daar op een rij liggen, op de schepen die binnenkomen en weggaan, op de stad en de citadel. Nooit kijk je naar de wilde kant en áls je blik al even die kant op dwaalt, dan glijdt hij meteen door naar boven, naar de blauwe lucht.'

'Je hebt een scherpe blik,' zei ik. 'En ik geef het toe, ik hou niet van de zee. Wat is je naam?'

'Ik weet wie jij bent,' zei hij. 'Je hebt hier al een reputatie opgebouwd als geneesheer.' Hij stelde zich voor als Maelgys uit Gent. 'Ik geef les aan de school van de Hagia Sophia.'

Maelgys vertelde hoe hij een paar jaar geleden nog in Constantinopel woonde, waar hij was getrouwd. Vlak voor de Osmanli Turken de belegering van de stad aan de Bosporus aanvingen was hij met zijn vrouw naar Trebizonde gekomen, waar hij een tijdelijke aanstelling kreeg. Na de grote nederlaag in 1396 van de kruislegers bij Nikopolis konden ze niet meer terug naar huis. 'Constantinopel is verloren,' zei hij, 'en de positie van sultan Bayezid onaantastbaar. Inmiddels hebben wij hier een aangenaam leven opgebouwd. Onze dochter zal niet anders kennen dan Trebizonde.'

'Ik wilde ooit ook naar Constantinopel,' zei ik, 'ik had er graag rondgedwaald, om de oude glorie te zien en de bibliotheken te bezoeken.'

Maelgys lachte kort. 'Dat zou je tegenvallen,' zei hij. 'Constantinopel is geen schim meer van wat het ooit was. Zoek je boeken voor je vak, voor de geneeskunde?'

Ik schudde mijn hoofd. 'Ik zoek kennis die niet voortborduurt op het oude, maar kennis die alles verandert. Ik zoek naar de geheimen van de natuur, naar de essentie van het bestaan.'

'Lees je Arabisch? Turks? Perzisch?' vroeg hij.

'Perzisch nog nauwelijks,' zei ik, 'Arabisch leerde ik in Granada en met Turks begon ik toen ik in Adrianopel werkte. Ik krijg op dit moment les van een schoolmeester die in een steeg bij de markt woont. Ik wilde naar Syrië en verder...'

'Ik begrijp het,' zei hij. 'Je was te laat.'

Ik knikte. 'Veel te laat. De oorlogen van Timoer hebben alles verstoord. Klein-Azië is in staat van oorlog en Syrië is inmiddels één grote dodenakker. Maar er zijn andere bestemmingen.'

'Je blijft niet in Trebizonde?'

'Niet voor eeuwig.'

Hij stond op. 'Ik zie dat het Oosten aan je trekt,' zei hij, 'je bent net als ik in mijn jonge jaren. Kom met me mee, het wordt hier te koud. Mijn vrouw zou vandaag een halve big roosteren en niemand kan dat beter dan zij. We zullen wijn drinken bij de haard en praten over boeken. Ik wil je mijn eigen verzameling laten zien.'

Ik aanvaardde zijn verzoek, nieuwsgierig geworden naar deze man en zijn boeken.

We liepen langzaam over de pier, waar de handelaren hun negotie al afbraken. Na een tijdje zette Maelgys ons gesprek voort. 'Het is niet meer mogelijk om het Oosten te bereizen,' zei hij, 'Timoer beheerst grote delen van Anatolië en tot voor kort dachten we dat hij het Mammelukkenrijk tot zijn volgende prooi zou maken, maar inmiddels lijkt het erop dat hij Bayezid wil aanvallen.'

We namen de weg langs de oostelijke stadsmuur, en gingen de eerste poort door. Op de markt meanderde Maelgys soepel tussen de kramen door, riep groeten en wensen in vele talen en als ik hem niet op een zeker moment had tegengehouden, was hij onder een kar gekomen. Hij lachte en liep voort. Ik volgde, mijn gedachten nog bij Timoer Lenk.

'Die verhalen over een confrontatie tussen Osmanli en Tataren doen al langer de ronde,' zei ik, toen we de markt over waren, 'en Timoers daden worden steeds meer opgeblazen. Hij zou onoverwinnelijk zijn met zijn leger van honderdduizenden krijgers, met zijn strijdolifanten, zijn tienduizenden paarden en kamelen. Hij zou de Gouden Horde praktisch hebben uitgeroeid, bouwt torens van mensenschedels en heeft duizenden Armeniërs levend begraven...'

Maelgys stond stil en prikte met een vinger in mijn buik. 'Timoers slachting voor de poorten van Delhi was het grootste bloedbad ooit. Meer dan honderdduizend mannen, vrouwen en kinderen in koelen bloede vermoord.' Hij opende een deurtje in een met klimop bedekte muur en ging naar binnen.

'Veel van die steden die hij verwoestte, had ik graag bezocht,' zei ik, hem achternalopend. 'Nu is het onwaarschijnlijk dat daar nog geleerden en belangrijke bibliotheken te vinden zijn. De bibliotheken zullen verbrand zijn en alle geleerden uitgeroeid.'

We kwamen uit op een binnenplaatsje met aan één kant een galerij. Maelgys bleef weer staan. 'Alle geleerden?' zei hij. 'Ik hoor van reizigers dat Timoer juist de geleerden en kunstenaars spaart. Die behandelt hij met respect en hij laat ze naar zijn hoofdstad Samarkand brengen, dat hij tot centrum van de wetenschappen wil maken en waar hij tempels en paleizen laat bouwen zoals de wereld ze nog niet heeft gezien.'

Ik probeerde me die bouwwerken voor te stellen. 'Reizigers overdrijven altijd,' begon ik en toen stopte ik.

Een vrouw kwam door de galerij met een kleine fakkel in haar hand en liep naar ons toe. 'Maelgys, wat ben je laat,' zei ze quasiverwijtend. 'Wie is je vriend?' Ze liet het Grieks lieflijker klinken dan ik gewend was van de Trebizonders. En dat was niet omdat ze uit Constantinopel kwam, want ik had genoeg mensen uit de stad onder mijn patiënten.

'Isidoor is een van de belangrijkste geneesheren van Trebizonde,' zei Maelgys. 'Isidoor, mijn vrouw Sotiria.'

Ik maakte een stijve buiging maar kon geen woord uitbrengen. Ik hoorde ook niet wat ze tegen me zei. Ze moest ongeveer net zo oud zijn als ik toen was. Ik had al veel van de wereld gezien; ik had vrouwen bemind en weer verlaten. Op het moment dat ik Sotiria zag leek het of alle vrouwen schaduwen waren geweest van haar. Ik keek haar na, hoe ze de galerij weer op ging en verdween in het huis.

'Kom mee,' zei Maelgys, die nu de fakkel droeg, en hij ging me voor naar een gebouwtje dat losstond van het huis. 'Dit is mijn heiligdom,' zei hij. 'Wacht even, dan maak ik licht.'

Ik nam de kamer in me op. Aan de verste wand een kast vol boeken, ze waren er zelfs bovenop gestapeld. Een tafeltje bezweek bijna onder de boeken, documenten en een lessenaar met manuscriptrollen. Een lange werktafel stond vol met potten en flesjes, vijzels en retorten, distilleerkolven in verschillende maten, branders en een astrolabium. Bij een kleine kachel stonden een paar brede stoelen met hoge ruggen, op een ervan een houder met een kaarsstomp.

Maelgys wervelde licht als een danseres tussen zijn eigendommen en trok een spoor van kaarsenvlammetjes. 'Ga zitten, neem de rechterstoel,' gebood hij.

Ik liet me neer in de stoel, waarvan de zitting aangenaam met leer was bekleed, en deed even mijn ogen dicht in de hoop een nabeeld te vangen van de vrouw die net voor mij was verschenen. Maelgys liet zich in de andere stoel neervallen en stak de kachel aan met zijn fakkel. Daarna pompte hij er lucht in met een voetaangedreven blaasbalg die hij ongetwijfeld zelf had gemaakt.

Toen het loeide, haalde hij een kruik en twee glazen drinkkommen onder zijn zetel vandaan en schonk in. 'Op de wetenschap,' zei hij.

Ik stemde in, dronk in één keer mijn kom leeg en voelde de geest in me opstijgen. De wijn versterkte het beeld dat ik wilde vasthouden.

'Je kent ongetwijfeld alle medische werken,' zei Maelgys.

Ik knikte en keek in mijn lege kom. Groen glas met luchtbelletjes. Maelgys pakte het uit mijn hand en schonk me bij.

'Ken je ook het *Kitab al-Asrar*?' vroeg hij toen.

'Het boek der geheimen van Rhazes?' vroeg ik. 'Ik ken enkele van zijn medische werken.'

'Abū Bakr Muhammad ibn Zakariyyā al-Rāzī,' zei hij, terwijl hij de klanken proefde op zijn tong. 'Ik heb het hier in de oorspronkelijke taal, ik maak een nieuwe vertaling omdat de bestaande onbetrouwbaar zijn. Ik kwam enkele ongerijmdheden tegen die ik heb opgehelderd.'

Ik veinsde belangstelling. Mijn God, ik veinsde.

'En ben je het eens met Razi's kritiek op Galenus?'

Ik wiegde de wijn in de kroes. 'Natuurlijk,' zei ik, 'maar zoals hij steunde op eigen ervaring en eeuwen van voortschrijdend inzicht, zo zijn voor ons, die immers lang na Razi leven, ook veel van zijn inzichten aanvechtbaar.'

Hij boog zich naar me over. 'En de alchemie? Heeft die je belangstelling?'

'Alle wetenschappen hebben mijn belangstelling,' zei ik. 'Ik zal dat boek van je graag lezen als je klaar bent met de vertaling.'

'Je mag het kopiëren,' zei hij, 'nee, beter nog, ik laat het kopiëren, ik ken een goede afschrijver.'

Ik wilde hem zeggen dat ik dit maar één keer hoefde te lezen om het in mijn systeem op te nemen, maar toen bedacht ik dat dit mij een reden gaf om hier terug te keren. 'Heel graag,' zei ik.

Maelgys sprong op en nam een papierrol van zijn lessenaar. 'Wil je iets horen?'

Hij begon voor te lezen en ik probeerde mijn gedachten erbij te houden. Wat was er mis met me? Ik bevond me in een kamer met boeken en wilde niet eens weten welke het waren. Dit mij onbekende werk van Razi zou mijn volledige aandacht moeten hebben. Maar dat was niet zo.

De verlossing kwam toen iemand een bel luidde in de binnenhof. Maelgys staakte zijn voorlezing midden in een zin en zei: 'Etenstijd!'

Ik volgde hem met loden laarzen en het zweet brak me uit bij de gedachte aan de maaltijd. Op de binnenplaats riep mijn gastheer:

'*Ela*, Vassili!' Een jongeman kwam aangelopen. Maelgys vroeg hem de vuren te doven en Niko te halen.

Sotiria wachtte in de eetzaal. 'Ga zitten, Isidoor,' zei ze. 'Het eten wordt zo opgediend, misschien wil je al een glas wijn? Ik moet eerst deze kleine meid goed in haar stoel zetten.' Nu pas zag ik het meisje dat zich in haar rokken probeerde te verbergen en tegelijkertijd voorzichtig naar de vreemdeling keek.

'Hoe heet jij?' vroeg ik.

Ze antwoordde niet maar verborg vlug haar gezicht.

'Vooruit,' zei Sotiria lachend. 'Zeg eens hoe je heet!'

Het meisje kwam tevoorschijn. 'Lorea,' zei ze.

'Dat is een mooie naam.' Ik kon niets beters bedenken.

Het meisje begon te lachen. 'Moeder, waarom praat hij zo raar?' vroeg ze.

'Stil toch!' Sotiria maakte een verontschuldigend gebaar en ze tilde het meisje in een hoge stoel, waarin ze haar kon vastzetten. Ik had zelden te maken gehad met kinderen en wist niet dat zulke meubels bestonden.

Maelgys schonk me in en duwde me naar een stoel. 'Kom, ga zitten,' zei hij. 'De muziek is er ook al.'

Een jongeman kwam binnen en boog voor ons. Hij ging zitten op een krukje, zette een lyra op zijn knie en begon die met een strijkstok te bespelen. Destijds in Bologna noemden ze die instrumenten *lire da braccio*. Ik heb geen oor voor muziek, maar hij wist er mooie klanken aan te ontlokken.

Sotiria, die tegenover me zat, knikte naar de deuropening en nu kwamen twee meisjes binnen met schalen brood en vlees. 'Wij zijn vereerd om je bij ons te hebben,' zei ze tegen me. 'Ik hoop dat jij, die zoveel beter gewend bent, toch genoegen beleeft aan deze maaltijd.'

'Stelt u zich niet te veel voor van wat ik gewend ben,' zei ik. 'Ik eet meestal in karavaanherbergen.'

'Ik ken die herbergen,' zei ze. 'Wist u niet dat wij hier als vluchtelingen kwamen?'

'Maelgys heeft het me verteld.'

'Heeft hij ook verteld dat we niet teruggaan?' vroeg ze. 'Constantinopel komt niet meer los uit de wurggreep van Bayezid.'

'Is dat zo?' vroeg ik. 'Er kan nog veel gebeuren.'

Maelgys schudde zijn hoofd. 'Alles is mogelijk, maar ik zie de kruislegers niet terugkeren, zeker niet na hun vernedering bij Nikopolis.'

Sotiria's gezicht vertrok en ik wilde haar geruststellen. 'Trebizonde is veilig,' zei ik.

'Isidoor heeft gelijk,' zei Maelgys, 'hier zal niets gebeuren.' Hij stond op en sneed een stuk vlees af, dat hij van het mes af op mijn bord liet glijden.

'Jullie moeten niet denken dat ik dom ben.' Sotiria begon haar dochter te voeren. 'Mijn land kruimelt steeds verder af. Constantinopel staat er alleen voor. Onze broeders en zusters zijn overal verstrooid in ministaatjes, in het Despotaat van Morea, Epirus, Nicaea, hier in Trebizonde, en nog wat eilanden. Er blijft steeds minder over. Jullie weten net zo goed als ik dat het Turkse net zich langzaam sluit.'

'Daarom heeft onze keizer een verbond gesloten met Timoer Lenk,' zei Maelgys. 'Als iemand het Turkse tij kan keren, is hij het.'

Ze lachte vreugdeloos. 'Een verbond met de duivel! Van Scylla in Charybdis.'

Op een teken van Maelgys zette de lyraspeler een vrolijker melodie in.

'Het spijt me,' zei Sotiria, 'ik bederf de stemming bij mijn eigen diner. Ik hoop niet dat mijn melancholie u gestoord heeft, Isidoor.'

'Integendeel,' zei ik. 'Ik luister graag naar u.'

Van mij mocht ze de hele nacht doorpraten. Haar stem was even bedwelmend als haar verschijning. Ik meende zelfs dat ik haar geur opving, tussen al die andere geuren van de tafel, het knetterende vuurtje en de geurende kaarsen.

Maelgys haalde me uit de droom. 'Je moet vaker komen,' zei hij, 'ik denk dat wij elkaar veel kunnen leren. Je zou eens moeten zien wat ik in mijn werkkamer op de school heb gemaakt!'

Sotiria lachte. 'O nee,' zei ze, 'als mijn man eenmaal begint over de machine van Llull, dan houdt hij niet meer op.'

'Ramon Llull?' vroeg ik. 'Ik heb een paar van zijn boeken gelezen toen ik in Parijs studeerde. Raimundus Lullus wordt daar door velen nog hooggeacht, al heeft de kerk zijn leerstellingen veroordeeld. Maar ik heb nooit iets gehoord over een machine.'

‘Wacht maar,’ zei Maelgys als om de woorden van zijn vrouw te logenstraffen, ‘daarover hebben we het wel een andere keer.’

Ik weet nog hoe ik die nacht naar huis liep, mijn vriend. Een vreemde glans lag over de stad en het was niet alleen het maanlicht. Ik bezag alles met een andere blik en vond zelfs genoegen in het tafereel van de ratten die zich tegoed deden aan het groenteafval dat op de markt was blijven liggen. Een kreupele bedelaar vroeg om geld en ik gaf hem zonder nadenken een muntstuk. Hij bekeek het en zette het toen op een lopen, bang dat het een vergissing was en ik het terug zou vragen. En steeds had ik haar beeld voor ogen.

Ook nu nog zoek ik haar in mijn herinnering. Geketend in deze kerker, mijn vriend, met niets binnen handbereik dan een strontgat boven wat naar het geluid te oordelen een waterloop moet zijn. En waar zijn de ratten? Zouden die ons niet moeten plagen in dit duister? Aan onze tenen knagen als we te zwak zijn om ons te bewegen, aan het vocht likken dat lekt uit onze rauwe wonden, veroorzaakt door de kluisters met hun eindeloze geschuur. Zouden we niet met ze moeten vechten om het karige voedsel?

Kon ik haar nu maar zien zoals ze op die dag was, mijn vriend. Dat zou alles goedmaken.

19

Amputatie

De volgende dag kon ik de aandacht niet bij mijn werk houden. De ochtend kroop om en ik was nauwelijks in staat de verhalen van mijn patiënten te volgen. Net wilde ik mijn knecht Gurgen vragen om af te sluiten, toen hij kwam vertellen dat er een bode aan de deur was van het Castelleone, het Genuese handelsfort.

'Wat wil hij?' vroeg ik.

Gurgen haalde zijn schouders op maar de Genuees, een forse soldaat, schoof hem al opzij. 'Onze commandant vraagt of u naar het fort wilt komen om een soldaat met een gebroken been te behandelen,' zei hij.

'Kun je hem niet brengen?'

De Genuees gooide zijn hoofd in de nek, zoals ze doen als ze 'nee' bedoelen. 'Dat is niet mogelijk.' Hij bood een aanzienlijk bedrag, dus ik sloot af en volgde hem naar het Genuese handelsfort. Daar aangekomen begreep ik waarom ze de man niet wilden vervoeren. Hij schreeuwde zo hard dat het in alle uithoeken van het fort te horen moest zijn. Alleen al de geur die me uit het lazaret tegemoet sloeg was voldoende om een diagnose te stellen. Het been was gebroken onder de knie en zwart van gangreen.

De commandant kwam erbij. Guarnieri was zijn naam. 'Doe er wat aan,' zei hij, 'dit is slecht voor het moreel en voor de handel.'

Ik nam hem bij de arm, zodat we in een andere kamer konden praten. 'Hier is niets aan te doen,' zei ik, 'je kunt het been hooguit afzetten. En dan garandeer ik nog niet dat hij het overleeft. Als ik niets doe, kan hij nog weken met gruwelijke pijn doorleven.'

'Doe wat je moet doen,' zei hij.

'Ik ben terug over twee uur, met de juiste instrumenten en medicijnen.'

Thuis stuurde ik eerst Gurgen uit om een paar kruiken wijn te kopen. Ik zette alles klaar en toen hij terugkwam, zette ik mijn grootste retort op de brander en distilleerde tot ik een volle karaf alcohol had. Ik roerde amfioenballetjes in kokend water tot een dikke drab en voegde kruiden toe. Aan de Zwarte Zeekust is niet alles te vinden om een goede Engelse *dwale* te maken, maar de hoofdingrediënten had ik. Toen ik met allebei klaar was, mengde ik de vloeistoffen en goot ze in flesjes. Ik nam botzaag en cauteriseerijzers en ging op weg. Op de markt kocht ik nog tien el linnen bij een Turkse stoffenhandelaar.

'Koop je een doodskleed voor een patiënt?' vroeg een stem achter me. Ik hoefde me niet om te draaien om degene te zien van wie het beeld mij al de hele dag en nacht voor ogen stond.

'Integendeel, *kyria* Sotiria,' zei ik. 'Ik probeer een leven te redden, maar ik wil u niet verontrusten met de details.' Ik draaide me om en keek in haar ogen, want veel meer was er niet om naar te kijken. Ze droeg de gebruikelijke vrouwenmantel, met de leren gordel om haar middel strakker dan gebruikelijk. De zijden sluier om haar hoofd liet alleen haar ogen en neus vrij.

'Ik schrik niet zo snel,' zei ze, 'mijn vader werkte in een hospitaal.'

'Dat heb ik in Adrianopel gedaan.'

'Is daar een universiteit?' Ze verschikte haar sluier zodat ik haar gezicht kon zien.

'Een Turkse madrassa met zelfstandige leraren.'

'Dat laatste geldt ook voor Constantinopel.'

'En hier is het niet anders,' zei ik.

Ze glimlachte. 'Belooft u dat u snel weer langskomt?' vroeg ze. 'Maelgys zal het ook heel fijn vinden, hij heeft niet veel mensen om mee van gedachten te wisselen.'

'Ik doe niets liever, kyria,' zei ik. 'Ik beloof dat ik kom, zodra mijn werk en studie het toelaten. En nu moet ik een patiënt verlossen die ondraaglijke pijnen lijdt.'

'Ach, wat praten we hier dan,' zei ze, 'haast u!' De sluier ging weer voor haar gezicht als een wolk die de maan wil verbergen.

De soldaat schreeuwde nog altijd. Hij was een sterke man die in het strijdperk formidabel moest zijn geweest, maar als hij dit overleefde, mocht hij blij zijn als ze hem een keukenbaantje gaven. Ik dwong hem een flesje leeg te drinken en bleef bij hem, tot zijn ogen vertelden dat de dwale begon te werken. Zijn geschreeuw nam af.

Ik liet een achttal soldaten bijeenroepen en beval ze om hem roerloos te houden. Terwijl de ijzers in het vuur lagen, maakte ik een snelle rondsnede, een handbreedte boven het gangreneuze zwart. Aan ieder van de ledematen zaten twee soldaten, een nam het hoofd in een nekklem. De ongelukkige worstelde als een bezetene, wat zijn pijn alleen maar moest verergeren, maar hij was van zinnen beroofd; meestal een slecht teken. Ik zaagde zo snel als ik kon en toen ik bijna door het bot heen was, waarschuwde ik de mannen die het zieke been vasthielden, want als ze achterovervielen door het plotselinge loskomen, zou het laatste stukje bot afbreken voor het helemaal door was. Ze zetten zich schrap. Met twee halen was ik erdoor. Een van de helpers liep weg om in een hoekje te kotsen, de ander stond dom te grijnzen met het zwarte been in zijn hand.

Mijn patiënt piepte nog zwakjes, maar dat veranderde toen ik het bloeden stelpte met de cauteriseerijzers. Daarna viel hij in diepe zwijm.

'Dat is al een verbetering,' zei Guarnieri, die even kwam kijken. Hij bedoelde dat de rust was weergekeerd. Nadat hij me had betaald, gaf ik hem een paar flesjes met instructies.

'Wat doe ik met dit been?' vroeg de soldaat die nog altijd standhield, waar zijn kameraden al waren afgetrokken.

'Op de begraafplaats,' zei mijn opdrachtgever.

Ik voegde eraan toe: 'Graaf maar een gat dat groot genoeg is voor een lichaam, zijn overlevingskansen zijn gering.'

'En daar betaal ik zoveel voor?' vroeg Guarnieri.

'Als het jou overkomt,' zei ik, 'dan mag je bidden dat ik in de buurt ben.'

En dit gezegd hebbende, verliet ik het Castelleone voor een lange wandeling. Ik voelde een dringende noodzaak om mijn ommegang te gaan en toen ik na geruime tijd thuiskwam en op mijn bed ging liggen, bleef ik dwalen tot de slaap me overviel.

Ik had graag op de uitnodiging van Sotiria willen ingaan, en na de eerste verwarring nam in de dagen na onze ontmoeting ook mijn nieuwsgierigheid toe naar de boeken en de ervaringen van Maelgys.

Ik verzette me tegen de aandrang om direct langs te gaan en bleef mijn dagelijkse route lopen, in de hoop dat ik de man weer zou tegenkomen. Toen ik hem na een week nog niet had gezien, vroeg ik Gurgen op het huis te passen en ik vertrok naar een nabijgelegen gehucht, dat alleen bestond om een drukke karavaanplaats te onderhouden. Ik vulde er mijn medicijnvoorraad aan en bleef er langer rondhangen dan ik van plan was geweest.

Ik dacht veel aan de ontmoeting met het echtpaar en verbaasde me erover hoezeer die mijn innerlijke rust had verstoord. Terug in Trebizonde nam ik me voor om nog een week te wachten en net toen ik de beslissing maakte om langs te gaan, kwam ik Maelgys weer tegen. Ik at gebakken sardines op de vismarkt en hij liep me in de menigte voorbij, zonder me op te merken.

'Maelgys,' zei ik.

Hij schrok op uit zijn overpeinzing, herkende me niet direct. Toen zei hij: 'Isidoor! Waar ben jij geweest?'

'Ik had het druk,' zei ik. 'Ik moest inkopen doen, en...'

'Ik ben blij dat je er weer bent,' zei hij, 'en mijn vrouw zal zich verheugen, ze vroeg al naar je. Ik geloof dat ze je had uitgenodigd.'

Ik vrees dat ik bloosde toen ik zei: 'Dat is zo, maar ze noemde geen specifieke datum.'

'Dat betekent dat je kunt komen wanneer je wilt,' zei hij. 'Vandaag bijvoorbeeld... nee, ik sta erop!'

Ik aanvaardde de uitnodiging. Ditmaal gingen we meteen naar de werkruimte, waar we weer dronken en spraken over de boeken die we hadden gelezen. Ik raakte vol vuur, niet in de laatste plaats omdat ik wist dat ik haar straks weer zou zien. We draaiden om elkaar heen als spelende honden, bespraken schrijvers, plaatsen, ideeën. Hij had landen bezocht die ik had bezocht, en daarnaast Egypte en Aleppo, Damascus en Bagdad. Hij kende Arabische boeken waarvan ik nog niet had gehoord, maar de meeste had hij niet in huis.

'Ken je ze niet vanbuiten?' vroeg ik.

Hij lachte alsof ik een grapje maakte. Toen ik niet meelachte, zei hij: 'Serieus?'

'Ik leer alles vanbuiten.'

'Dat geloof ik niet.'

Ik haalde mijn schouders op en toen, overmoedig door de wijn, zei ik: 'Noem een boek.'

Hij dacht even na en zei toen: 'Razi, we hadden het pas over hem. *Het alomvattende boek*.'

'Latijn of Arabisch?'

'Allebei.'

Ik liet hem een willekeurig hoofdstuk kiezen en declameerde, in beide talen. Hij stond verstomd. Toen ik klaar was, vroeg hij: 'Griekse poëzie, heb je daar veel van gelezen?'

'Ik studeerde een paar jaar geleden in Adrianopel.'

'Bij wie?'

'Bij Gemistos.'

'Ha, Georgos Gemistos!' riep hij lachend. 'Ik ken zijn reputatie. Naar het schijnt heeft hij gezegd dat het christendom geen toekomst heeft.'

'Is dat een vreemde uitspraak?' vroeg ik. 'In onze landen menen wij dat we het centrum van de wereld zijn, maar jij en ik, wij weten beter. Het christendom is veel minder wijdverbreid dan zevenhonderd jaar geleden. Waarom zou het niet op een dag verdwijnen, zoals de goden van de ouden die alleen nog in boeken voortleven?'

Op slag was zijn vrolijke stemming voorbij. 'Dat zal een zwarte dag zijn,' zei hij.

Hij was vergeten dat hij me naar de Griekse poëzie wilde vragen, maar toen we even later aan tafel zaten met Sotiria en de kleine meid, kwam hij erop terug. 'Isidoor, wil je iets voor Sotiria voordragen?' Er was weer een muzikant, ditmaal een man met een tokkelinstrument op de knieën.

'Poëzie is niet mijn grootste interesse,' zei ik verontschuldigend. 'Ik las het alleen om me in de taal te bekwamen.'

'Doe maar iets,' zei Sotiria.

Ik dacht even na en vroeg toen: 'Hoor je de cicaden in de bomen?' Ik zei het gedicht van de cicaden op. '*Wij bewonderen jou, cicade...*' De tokkelaar hield niet op met spelen, hij paste zijn spel soepel aan bij het ritme van het gedicht.

'Prachtig!' riep ze. Maelgys klapte en voegde eraan toe: 'Wat je hoort zijn krekels. Je zei dat je bij Gemistos was. Heb je Homerus gelezen?'

'Natuurlijk,' zei ik. 'Daarvoor hoefde ik niet naar Adrianopel. Ik las het tweetalig, maar je wilt vast Grieks horen?'

Hij gaf me een vers en ik knikte naar de tokkelaar, die een eentonige begeleiding voor Homerus inzette, die hij, zodra hij wist welke zang ik voordroeg, passend bijkleurde.

'Wat zegt hij?' vroeg het kind aan haar moeder, maar ik liet me er niet door storen en maakte de zang af.

Na de complimenten zei ik nog een stuk op voor het meisje Lorea. Ze gaf me een stralende glimlach, ze leek op haar moeder. En ze vroeg nogmaals: 'Wat zegt hij, moeder?' Ik besefte dat ze het Grieks van zoveel eeuwen geleden niet kon begrijpen.

Zo houterig als ik me bij mijn eerste bezoek aan Maelgys en zijn vrouw had gedragen, zo vrolijk en zelfverzekerd was ik ditmaal. De avond verliep als een heerlijke roes, de lente zat in de lucht en iedereen was vrolijk en gelukkig. De speler speelde. Zijn gezicht verried dat hij verbaasd stond van zichzelf. Misschien tilde mijn enthousiasme hem op en gaf hij het optreden van zijn leven. Maelgys, vol vuur, zong een lied uit zijn eigen land en we lachten allemaal om de klanken, die zelfs mij, Engelsman, vreemd in de oren klonken. 'Barbaars,' vond Sotiria, en ik was het met haar eens. Even dacht ik aan een zwijnenfeest, lang geleden.

Er kwam een moment dat Maelgys in zijn beschonken geestdrift struikelde over de wegschietende kat en hard ten val kwam. Sotiria schreeuwde; ik schoot toe. Voorbij was het feest. Ik hielp Sotiria hem naar het slaapvertrek te verplaatsen. Hoewel hij wat kreunde tijdens het verslepen, sliep hij snel in. We kleedden hem gedeeltelijk uit zodat ik hem kon onderzoeken. De geur van dat bed. Om daar met haar te liggen. Even betrapte ik me op de gedachte hoe anders alles zou zijn als Maelgys deze nacht stierf. Ik had het eerder gezien, een man valt, stoot zijn hoofd en zakt weg in de eeuwige slaap. Maar Maelgys was sterk, in de kracht van zijn leven en hij sliep een gezonde slaap.

'Hij zal hoofdpijn hebben morgen,' zei ik tegen Sotiria. 'En misschien is hij een dag of wat stijf in zijn gewrichten en ledematen.'

'Dank je, Isidoor,' zei ze.

Ze begeleidde me naar de poort om afscheid te nemen.

'Kom je morgen weer?' vroeg ze. 'Ik ben er geruster op als je nog even naar hem kijkt.' Haar gezicht was niet te zien in de schaduwen van de tuin. Ze legde haar hand op mijn arm, leek nog wat te willen zeggen, draaide zich toen om en liep van me weg.

'Ik kom na de middag,' riep ik haar na.

De volgende dag kreeg ik weer bezoek van een Genuees, ditmaal een gewone boodschapper. Of ik nog wat van die flesjes kon bezorgen, zo veel mogelijk. Omdat de boodschapper geen geld bij zich had en niet wilde vertellen voor wie het was, nam ik de resterende flesjes en volgde hem naar het Castelleone. Guarnieri ontving me en nam me mee naar de keuken, waar een viertal kerels zat te kaarten. Onder hen de soldaat van wie ik had aangenomen dat hij het niet zou redden. Hij begroette me luidruchtig en bedankte me.

'Hoe ziet het eruit?' vroeg ik.

'Perfect,' zei hij. 'Het doet nog wel wat pijn en ik slaap slecht 's nachts.' Hij draaide een kwartslag op zijn kruk en liet me de stomp zien. Die was goed verbonden en ik zag geen reden om hem verder te onderzoeken. Ik gaf hem de flesjes en waarschuwde: 'Dit mag dan de pijn verlichten, als je het te lang neemt, zal het juist pijn veroorzaken en dan kun je dagenlang niet meer slapen.'

De mannen lachten hartelijk en ik kreeg een kroes wijn. 'Een medicijn dat pijn bestrijdt en tegelijkertijd veroorzaakt!' Dat was nieuw voor ze. De soldaat sloeg een flesje achterover, wat ongeveer het viervoudige was van de dosis die ik net had voorgeschreven en spoelde het weg met wijn, vloekend om de bittere smaak.

Ik dronk met hen op de goede afloop en liet me bij Guarnieri brengen, die op de toren uitkeek over de zee. Vanuit het noorden kwam een donkere wolkenvloot opzetten. 'We zijn tevreden over je diensten,' zei hij, 'we zullen je vaker inhuren.'

Ik dankte hem, nam afscheid en haastte me toen naar mijn afspraak met Sotiria.

Maelgys zat al op een bankje onder de wijnranken. Hij was een beetje ineengezakt en zag er, zoals ik verwachtte, niet zo gezond uit.

'Hoe voel je je?' vroeg ik.

'Redelijk,' zei hij, 'zolang je niet te hard praat.'

'Is je vrouw er niet?'

'Ze ligt te slapen met onze dochter,' zei hij. 'Ze dacht dat je niet meer zou komen en was erg moe.'

Ik knikte. 'Helaas heb ik weinig tijd vandaag. Ik raad je aan veel water te drinken, zodat de kwade sappen sneller je lichaam verlaten.'

Maelgys kwam wat overeind. 'Wat zijn je plannen, rusteloze?' vroeg hij.

'Hoe bedoel je?'

Hij gebaarde dat ik bij hem moest komen zitten. 'Je woont hier nu twee jaar? Hoelang ben je van plan te blijven?'

'Dat ligt eraan,' zei ik. 'Ik wacht op een verandering in de situatie in de landen om ons heen, net als jij en je vrouw, maar ik heb geen haast.' Ik nam plaats naast hem en sloeg mijn mantel dichter om me heen. 'Het is fris,' zei ik. 'Je kunt beter naar binnen gaan.'

'Wij zijn hier op onze plaats, Sotiria en ik,' zei hij, mijn laatste opmerking negerend. 'We willen nergens anders heen.'

'Van je vrouw begreep ik iets anders.'

'Dat is melancholie,' zei hij, 'ze heeft heimwee, maar is hier gelukkiger dan ze was in de stad.'

Ik wilde niet met hem in discussie over de gemoedstoestand van zijn vrouw en deed er het zwijgen toe. Er viel een druppel op mijn hand, en toen barstte opeens een bui los zoals ik zelden had gezien. Binnen een paar ademtochten stond het binnenplaatsje blank, het regenwater kolkte en stroomde naar een afvoer, maar die kon de hoeveelheid niet verwerken. Een bliksemflits zette alles in fel licht en meteen daarop kraakte de donder. Maelgys stond op. 'Kom mee, naar binnen,' riep hij boven het lawaai uit. Ik volgde hem door het water dat tot mijn enkels kwam, en voor we, met opgetrokken mantels, de galerij betraden, waren we al doorweekt.

Sotiria kwam ons tegemoet, het kind op haar arm. Ze stuurde een meid om warm water te maken.

'Je kunt die natte kleren uitdoen,' zei ze tegen mij, terwijl ze haar haren haastig opstak. 'Ik laat de meid droge kleren brengen. Ze zal ook een bad voor je klaarmaken en je erbij helpen. Ik zorg voor Maelgys.'

Veel liever zag ik de rollen tussen meid en meesteres omgedraaid, maar ik zei niets.

Ik kon wel genieten van het warme bad en liet me achterover-zakken in de tobbe. Die meid had betere jaren gekend, maar ze deed haar werk goed en snel, en gelukkig praatte ze niet honderduit, zodat ik wat kon wegdromen en denken aan de vrouw die zo vlakbij was en toch onbereikbaar. Uiteindelijk liet de meid me alleen met mijn gedachten en net toen ik me begon af te vragen of ik geacht werd hier de hele avond door te brengen, kwam Sotiria binnen. Met haar gezicht afgewend zei ze, lachend: 'Ze is vergeten je kleren te geven.'

Ik moest half overeind komen om ze aan te nemen en omdat zij niet precies wist waar ik stond, wierp ze toch een snelle blik op me, iets langer dan strikt noodzakelijk. Ze keek weer weg maar kleurde tot in haar nek en liep toen snel het vertrek uit.

Ik zag haar die avond niet meer. Maelgys kwam me ophalen en vroeg of ik nog een glas wilde, maar ik wimpelde het af, zeggend dat het al later was dan wenselijk. Het donkerde toen ik naar huis liep door straatjes waar nu geen spoor meer te zien was van de bui van uren eerder. Het was warmer dan ik verwachtte, alsof de stad de warmte van de dag even had teruggetrokken tijdens de onweersbui, om haar pas weer los te laten toen alles voorbij was.

20

De machine van Llull

Op een ochtend kwam Maelgys' knecht Vassili me een uitnodiging brengen van zijn meester. Of ik in de middag naar de school van de Hagia Sophia kon komen. Ik zegde toe, hoewel ik mijn vriend uiteraard liever in zijn huis had willen bezoeken. Aan de andere kant was dit een mooie gelegenheid om de school eens te bekijken, die bij kerk en klooster hoorde en die al van het begin af aan op mijn wandelroute had gelegen. Hier hadden beroemde wiskundigen en astronomen gestudeerd en ik wist dat ze een indrukwekkende boekerij bezaten.

Ik meldde me bij het schoolgebouw, dat even buiten de stad lag, en waar een jongen me bij Maelgys bracht. Mijn vriend begroette me hartelijk en noodde me in zijn kamer, een grote ruimte met hoge gewelfde plafonds. Ik dacht eerst dat hij me in de bibliotheek ontving, want één wand was vrijwel bedekt met boeken, zowel gebonden als in rollen en er stonden drie lessenaars, elk overladen met documenten. Ik nam een boek van de plank, een traktaat over astronomie.

'Dat is de almanak van de Trebizonder monnik Manuel,' zei Maelgys, 'en daarnaast vind je een commentaar en uitbreiding door Georgios Chrysokokkes. Maar laten we een andere keer door de boeken gaan, nu wil ik je iets laten zien.'

'De machine van Ramon Llull,' zei ik, me de woorden van Sotiria herinnerend. 'Ik ben benieuwd.' In werkelijkheid was ik er met mijn gedachten niet echt bij.

Maelgys liep naar een hoek van het vertrek, waar een stellage stond, die gedeeltelijk onder een doek schuilging. Met een dramatisch gebaar trok hij het weg en zei: 'Aanschouw de logische machine van Llull.'

De machine bestond uit een samenstel van drie houten schijven, of wielen, met daarop veelpuntige sterren waarvan de punten wezen op letters en woorden. Maelgys gaf een van de schijven een slinger en ik begreep dat ze ten opzichte van elkaar konden draaien op assen.

Hij wees op een schijf. 'Hier staan alle filosofische attributen op een logische wijze gerangschikt. Ik volg precies de regels die Llull in zijn *Ars generalis ultima* heeft opgesteld, maar ik kom er nog niet echt uit. Elke schijf bevat geordende elementen uit specifieke velden van kennis, en door de verschillende velden met elkaar te combineren kunnen we belangwekkende waarheden afleiden.'

Mijns ondanks was ik toch gefascineerd door de machine. 'En deze schijf,' vroeg ik, 'uit welk kennisveld zijn die attributen afkomstig?'

'Dit zijn de negen eigenschappen van God,' zei Maelgys. 'Lullus wilde dit gebruiken bij zijn bekeringswerk onder de ongelovige volgelingen van Mahomet. Met deze schijven kon hij, aan de hand van combinaties, het logische bewijs van God leveren.'

'Ik begrijp het.'

Maelgys gooide de doek weer over de machine. 'Ik ben het nog aan het uitwerken,' zei hij, 'het is niet zo eenvoudig als het lijkt. Misschien kunnen we ons er eens samen over buigen, twee weten meer dan een.'

Hij nam een grote boekrol van een lessenaar, bevestigde een uiteinde van de rol aan een houder op een blinde muur en rolde het boek toen voorzichtig uit, zodat het horizontaal, over een lengte van zeker tien ellen op de muur prijkte. Ook het andere einde klemde hij vast. Het bevatte een tekening van een boom, een zeer complexe, met breed uitwaaierende wortels en een al even brede kroon over de hele lengte van de rol. Tussen wortels en kroon verbond een stam ze, die in werkelijkheid veel te slank zou zijn om de immense kroon te dragen.

Ik deed een stap naar voren en zag dat wortels en takken opschriften droegen, en dat gold ook voor de vertakkingen, zowel onder als boven, en voor de vertakkingen van die vertakkingen.

'Deze boom bevat de gehele kennis van de mensheid,' zei Maelgys. 'Ook dit is naar Lullus' aanwijzingen, maar ik heb het steeds verder uitgebreid. Je begrijpt dat er bijna oneindig nieuwe niveaus van complexiteit zijn aan te brengen. Ik zal hier nog lang mee bezig zijn.'

Hij liet de tekening hangen en trok me mee. 'Kom, dan gaan we iets drinken,' zei hij.

Ik hoopte dat hij me mee naar huis zou nemen, maar in plaats daarvan bracht hij me naar een eenvoudige taveerne die tegen de stadsmuur was aangebouwd. Wij zetten ons op een bankje en een jongeman schonk wijn.

'Kennis,' zei Maelgys. 'Iedere dag komen we dichter bij de waarheid.'

Ik dronk, en toen ik de wijn voelde opstijgen, zei ik: 'Ik probeer te bedenken in hoeverre jouw machine, of varianten ervan, kunnen bijdragen tot de wetenschap. En ik zie mogelijkheden, maar niet zolang je God en Zijn veronderstelde eigenschappen gebruikt als logische variabelen.'

Maelgys lachte en gebaarde de bediende om meer wijn. 'Dat is precies mijn idee,' riep hij uit. 'Ik zei het al: ik ben het nog aan het uitwerken. De schijf in kwestie was naar aanwijzingen van Llull, maar ik heb nog meer schijven die je beter zullen bevallen. En die boom, hoe vind je die? Je bent toch bekend met de geheugensystemen? Ik probeer universele bomen te ontwerpen die we in het onderwijs kunnen gebruiken om grote hoeveelheden kennis te memoriseren.'

Ik dronk mijn beker leeg en sloot even mijn ogen terwijl ik de boom probeerde terug te halen in mijn geest. De wortels bewogen, kronkelden om elkaar heen, de takken wuifden, vervlochten zich met elkaar en woekerden ten hemel. 'Ik geloof niet dat dit goed zal werken,' zei ik toen, 'je kent toch de *Ad Herennium*? Ik heb mijn eigen geheugen gebouwd naar de aanwijzingen van dat boek. Het zijn straten met tempels en huizen en paleizen, waarin ik alles heb weggeborgen. In de loop van de jaren zijn het wijken geworden en inmiddels draag ik een stad in mij mee die, als hij werkelijk zou bestaan, plaats kon bieden aan tienduizenden inwoners. Ik loop mijn straten na en zorg dat alles onveranderd blijft door steeds opnieuw die kennis te proeven die ik heb opgeslagen. Dit kan alleen maar als mijn innerlijke bouwsels geloofwaardig blijven. Maar een boom moet, om geloofwaardig te zijn, noodzakelijkerwijs leven, bewegen, groeien. Hij moet vertakken, bladeren dragen en bloesems. Hij ruist en ritselt en woelt. Leven worstelt, kronkelt, woekert. En die vertakkingen, hoe kun je die uit elkaar houden? Hoe kun je de complexiteit van kennis in duizenden takken en tienduizenden twijgen vangen?'

Maelgys schudde zijn hoofd. 'Ik ken *Ad Herennium*,' zei hij glimlachend. 'Ik heb het zelf ook veel gebruikt, maar vast niet in dezelfde mate als jij. Een innerlijke stad! En jij als God in je eigen stad!' Hij legde een hand op mijn schouder. 'Daar drinken we op!'

En zo bleven we daar zitten praten en drinken tot de straten leeg waren en we, elkaar ondersteunend, terugwankelden naar de stad.

Na mijn eerste bezoek aan de school, onderbrak ik dikwijls mijn wandeling om even met Maelgys te praten, die meestal een korte maaltijd gebruikte in de kloostertuin. Dan praatten we over onze wederzijdse passies, al was er één die ik voor hem verborgen moest houden. Ik nam kennis van de bibliotheek die zeer interessante boeken bevatte, maar juist in die periode van mijn leven kon ik mij er moeilijk toe zetten ze uit mijn hoofd te leren of zelfs maar te lezen.

Ik speelde met de machine van Llull, die mij weinig verder bracht in mijn begrip en kennis van de wereld. Ik twijfelde er niet aan of op een dag zou ik mijn eigen logische machine bouwen, maar nu waren er andere zaken die me bezighielden.

Maelgys' enthousiasme en energie waren onuitputtelijk. Hij sleepte me van boekerij naar taveerne, en vandaar weer naar zijn laboratorium. Terwijl hij me een demonstratie gaf van de transmutaties van bepaalde stoffen, probeerde hij me ertoe te brengen om een samenwerking aan te gaan.

'Onze interessen komen in veel opzichten overeen,' zei ik, 'maar ik zie op dit moment weinig heil in een eindeloos agglutinerend corpus aan kennis. Ik heb andere doelen.'

'En welke doelen zijn dat dan?' vroeg hij, terwijl hij vruchteloos met zijn vingers een gemorste druppel kwikzilver probeerde op te pakken.

'Als geneesheer probeer ik mijn fortuin te maken,' zei ik, 'en ik ben op de goede weg. Natuurlijk gaat het me niet om het fortuin zelf...' Ik kon de onhandige pogingen niet aanzien, pakte een glazen buisje van de tafel en zoog de druppel kwikzilver op. Daarna verplaatste ik hem naar het bakje waarin Maelgys de rest van zijn kwikzilver bewaarde.

'Waarom gaat het dan?' vroeg Maelgys.

'Ik wil grote bouwwerken scheppen. Ik wil het leven schenken aan de machtige, elegante gebouwen die ik voor mijn geestesoog zie en die ik tot dusver alleen in tekeningen en formules kan vormgeven.'

Maelgys maakte een sprongetje, wat nogal een idioot gezicht was voor een man op zijn leeftijd. 'Dat is een nobel streven!' riep hij. 'Als wij iets op deze wereld achterlaten, dan zijn het wel onze gebouwen. Vertel me hoe ik je kan helpen om dit doel te bereiken!'

Ik verzekerde hem dat ik niet zou aarzelen zijn hulp te vragen. Ondertussen wilde ik eigenlijk alleen maar dat hij me weer thuis zou ontvangen, maar ik kon moeilijk mezelf uitnodigen. Ik had al overwogen om een gastmaal in mijn eigen huis aan te richten voor het echtpaar, in de hoop dat dit aanleiding zou zijn voor een nieuwe keten aan ontmoetingen. Maar mijn huis was niet geschikt voor gastmalen en mijn knecht Gurgen schrikte eerder gasten af dan dat hij ze een aangename ontvangst wist te bereiden.

Dus voorlopig kon ik niets anders doen dan regelmatig informeren naar de gezondheid van Sotiria, en natuurlijk van de kleine Lorea. Jaja, die maakten het goed. Uitnodigingen bleven uit en ik begreep dat de wereld waarin Maelgys bij voorkeur onze vriendschap plaatste, eerder zijn laboratorium gold dan het huis, waar zijn boekenvoorraad en instrumentarium beperkt waren, vergeleken met de weelde van de Hagia Sophiaschool.

En toen kwam die dag waarop Sotiria mij zelf opzocht.

Die ochtend, nog voor het begin van mijn consulten, hoorde ik rumoer bij de deur. Toen ik een kijkje nam, zag ik hoe Gurgen een vrouw probeerde weg te sturen. Het was Sotiria, ze zag er verwilderd uit en was ongesluierd. Haar gezicht was nat van tranen en vegen bloed; in haar armen een doodstille Lorea, die mij met grote bange ogen aankeek. Een doekje moest de hoofdwond bedekken, maar het bloed kwam er nog onder vandaan.

'Ze is gevallen bij het spelen en kwam op een steen terecht...' Sotiria's stem brak af.

Ik stuurde Gurgen weg, nam Lorea over en bracht haar naar mijn onderzoekstafel. De wond bloedde nog steeds. Ik liet Sotiria de doek er weer op drukken, zodat ik mijn hechtmaterialen kon klaarmaken. Toen het kind de naald en draad zag, begon ze zachtjes te jammeren. Ik vroeg de moeder om haar stevig vast te houden. 'Dit gaat pijn doen, maar er zit niets anders op.'

Toen ik de wond schoonmaakte begon Sotiria ook te huilen. 'Niet kijken,' zei ik. 'Het is zo gebeurd.' Zonder verder op hen te letten, maakte ik alles schoon met alcohol, wat de schimmels en wormen weghoudt. Daarna hechtte ik snel de wond.

'Zie je hoe snel het ging?' zei ik tegen het meisje. 'Het is al klaar. Nu doe ik er een verband om, maar dat voel je niet.'

Ze was al stil, maar bleef me voor zover dat mogelijk was in de gaten houden bij alles wat ik deed. Ondertussen praatte ik met haar. 'Kun je nog een keer vertellen hoe je heet?'

'Lorea,' zei ze zachtjes.

'En weet je nog waar dat verhaaltje over ging, dat ik vertelde?'

'Ik begreep niet wat je zei.'

'Dat klopt,' zei ik. 'Het gaat over een oorlog tussen de kikkers en de muizen.'

'Wie heeft die gewonnen?'

'Dat vertel ik je de volgende keer,' zei ik, 'maar zo dat je het kunt verstaan.'

'Zal ze beter worden?' vroeg Sotiria ademloos. Ze keek vol afschuw naar het naaiwerkje op haar dochters slaap.

'Daar twijfel ik niet aan.'

Sotiria sloeg een arm om mijn nek en kuste me op mijn wang; haar lippen waren heet en ik voelde haar tranen. Ik stelde haar nogmaals gerust, zei dat ik de volgende dag zou langskomen om het verband te verwisselen.

'We zijn je oneindig dankbaar,' zei ze. 'Maelgys is aan het werk en hij weet het nog niet, maar ik dank je alvast uit zijn naam.'

Ik besloot dat ik wel later kon beginnen vandaag. 'Ik breng je naar huis,' zei ik. 'We kopen een sluier op de markt, want zo trek je bekijks.'

Ik droeg het kind op mijn arm, ze was zwaarder dan ik had gedacht. Op de markt werden ons bevreemde blikken toegeworpen, maar een vrouw die de situatie begreep, hielp ons snel en daarna bracht ik Sotiria naar huis. In de poort draaide ze zich om en bedankte me nogmaals. 'Wij zijn je veel verschuldigd, goede Isidoor.' Ze omhelsde me, met kind en al, nam toen haar dochter over en ging naar binnen.

Die zomer begonnen geruchten de ronde te doen. Ik bezocht de karavaanherbergen en luisterde naar de verhalen van reizigers en kooplieden.

Timoer Lenk, die zich twee jaar eerder, na de plundering van Sebaste, had teruggetrokken uit de gebieden van de Osmanli Turken, zou alsnog in conflict zijn geraakt met sultan Bayezid. Hij eiste uitlevering van een paar van zijn eigen vazallen die naar de Osmanli waren gevlucht. Bayezid weigerde en zag zich genoodzaakt zijn troepen terug te trekken uit Europa om de dreiging in het Oosten het hoofd te bieden.

Het nieuws dat Bayezid na acht jaar de belegering van Constantinopel had opgegeven, vond weinig geloof in de stad, maar in de loop van de dagen kwamen steeds meer berichten binnen van ooggetuigen en van boodschappers, die het bevestigden: Constantinopel was vrij.

Grote euforie in de herbergen. Velen die daar rondhingen, waren Constantinopel destijds ontvlucht en leefden vaak in armoedige omstandigheden. Niet iedereen had het zo goed als Maelgys en Sotiria.

Ik klopte aan bij mijn vrienden en viel daar midden in een feest, want ze hadden het een uur eerder gehoord. Sotiria liet wijn schenken en had een viertal musici ingehuurd, die sentimentele liederen zongen over 'de stad' tot hun stemmen schor waren als die van de cicaden in de bomen.

'Eindelijk vrij.' Sotiria omhelsde me op een wijze die in nuchtere omstandigheden als ongepast zou gelden, maar die in mij een vuur ontstak waarvan ik dacht dat het nog maar laag smeulde.

Zelfs na al die jaren beneemt de herinnering aan haar me nog even de adem.

'Gaan jullie terug?' vroeg ik aan Maelgys.

'Ik heb hier mijn leven,' zei hij. 'Wij blijven, maar we zijn blij voor de mensen daar, Sotiria's familie is er nog, we zullen ons altijd verbonden voelen met de stad.'

Er brak een tijd aan van nog wildere geruchten. Velen hadden de legers van Bayezid zien langstrekken en die leken elk voortschrijdend uur en elke beker wijn groter te worden. Bayezid ging aan het hoofd van zijn troepen, en met hem reed de Servische prins Stefan Lazarević met zijn ridders. Daarnaast kon hij rekenen op Walachijers en op afvallige Tataren die zich tegen Timoer hadden gekeerd.

Een reiziger had een maand eerder al de legermacht van Timoer Lenk vanaf een hoge bergweg waargenomen en hij vertelde dat hij niet meteen begreep wat hij zag, omdat de vlakte waarover hij uitkeek gedeeltelijk in stofwolken was gehuld van de vele duizenden ruiters en de machtige olifanten met hun berijders. Het was een oceaan van mensen en dieren; de Tataarse krijgsheer had zeker een miljoen mannen in het veld gebracht, zo zei hij. Hij had het toen niet geweten, maar inmiddels waren we er allemaal van overtuigd dat Timoer het op Angora had voorzien.

'Dat is goed nieuws,' zei een vrouw die rondging met een kruik.

'Goed nieuws voor wie?' vroeg een handwerker. 'Als Timoer hem verslaat, dan zijn wij ook niet meer veilig.'

'En als Bayezid wint, dan wacht ons het lot van alle gebieden die al onder Turkse controle zijn,' zei de vrouw, 'of dacht je soms dat hij ons in eeuwige vriendschap laat zijn wie we willen zijn?'

'Laat ze elkaar verzwakken,' zei een oude man, 'laat ze elkaar verpletteren, die strategie heeft ons altijd groot voordeel gebracht.'

Zo werd ieder nieuwtje bevestigd en weerlegd, omgedraaid en geïnterpreteerd, in een eindeloze getijdenwisseling van euforie en wanhoop.

Eind juli brachten bereden koeriers het grote nieuws: na een zware slag was Angora gevallen en de sultan gevangengenomen.

Ik hoorde het in de herberg van een Servische oud-schipper die mede schonk aan landgenoten en aan Turkse reizigers die de uitslag van de strijd afwachtten omdat niemand op dit moment durfde te reizen. Het was nog vroeg op de dag, maar de gasten dronken al uren achtereen, want met mede moet je niet te laat beginnen. De aanwezigen trokken zich in wanhoop de haren uit het hoofd. Ik stemde een tijdje beleefd in met de lamentaties, klopte hier en daar bemoedigend op een rug. Toen ik eindelijk wist weg te komen, spoedde ik me naar het huis van Maelgys, wensend dat ik niet zoveel had ingenomen. Het is altijd moeilijk om de dronken van vriendelijke gastheren af te slaan.

Ik trof Sotiria alleen aan met haar dochter, die mij vrolijk tegemoet huppelde. Van die vrolijkheid was bij haar moeder niet veel te merken. Ze zei me dat Maelgys er niet was en dat ze zich niet zo goed voelde.

'Ben je ziek?' vroeg ik. 'Zal ik je onderzoeken?'

Ze schudde haar hoofd en glimlachte moeizaam. 'Is er nieuws?' vroeg ze.

'Je weet het nog niet? Bayezid is verslagen, de Tataren hebben hem zelfs gevangengenomen.'

'Wat betekent dat voor ons?'

'Ik weet het niet,' moest ik eerlijk toegeven. 'Het betekent dat de Grieksssprekende volkeren zich voorlopig niet druk hoeven te maken over de Turkse macht die hen verstrooit. Het zal me niet verbazen als de verloren territoria terugkomen bij Constantinopel. Trebizonde zal een diplomatiekere weg moeten bewandelen.'

'En Timoer?'

Ik schudde mijn hoofd. Als hij meteen vanuit Angora naar huis zou trekken, dan hoefde hij geen grote omweg te maken om Trebizonde te bereiken en hoewel keizer Manuel de Tataarse krijgsheer steunde in de strijd tegen de Turken, kon Timoer elk moment van gedachten veranderen. Trebizonde was immers een vette buit. Hij zou zeker de steden die hij op zijn terugtocht aandeed dwingen om zijn immense legermacht te bevoorraden, goedschiks of kwaadschiks. Hij hoefde maar een van zijn zonen sturen. Zelfs een kleine legermacht zou zonder veel moeite het kleine keizerrijk innemen. En dan wachtte ons een gruwelijk lot. De vrouwen en meisjes zouden verkracht worden voor het oog van hun zonen en mannen, en uiteindelijk zouden ze iedereen onthoofden, ze zouden muren bouwen met de lichamen en van de stad geen steen op de andere laten. Soms spaarden ze geloofsgenoten, maar christenen hoefden niet op genade te rekenen.

Dat alles wilde ik haar niet vertellen. Toch moest ze dezelfde gedachtegang volgen als ik, want ze zei: 'Ik wil naar Constantinopel, Isidoor, maar Maelgys denkt er niet over om terug te gaan. Hier is hij een belangrijk geleerde; daar was hij een beschermeling van mijn vader.'

'Misschien heeft hij gelijk,' begon ik, maar toen hield ik op, want als ik haar was zou ik ook terug willen. En daarbij was Constantinopel nu veiliger dan Trebizonde.

Ze schudde wild haar hoofd en verborg toen haar gezicht in haar handen. 'Ik wil naar huis,' zei ze gesmoord. Ik sloeg mijn armen om haar heen en streelde onhandig haar lange haren om haar te troosten. Ik voelde een groeiende weerzin tegen die, in mijn ogen, oude man die deze kostbare bloesem ver van haar geboortegrond liet verwelken.

Lorea probeerde ook haar moeder te omhelzen en ze keek naar me op met haar grote ogen. De wond aan haar slaap was mooi geheeld, ik kon niet anders dan mijn eigen werk bewonderen. Over enkele jaren zou er niet veel meer te zien zijn dan een paar zilveren lijntjes, en dan nog alleen als ze zongebruind zou zijn.

'Wat doe je?' vroeg ze.

'Je moeder is verdrietig,' zei ik. Ik drukte Sotiria wat steviger tegen me aan, wat ze een ademtocht lang toestond. Toen maakte ze zich voorzichtig van me los. 'Dit kan niet,' zei ze zachtjes, maar ik meende dat haar ogen iets anders zeiden en vond daarin de moed om te zeggen: 'Kom dan met mij mee naar Constantinopel, Sotiria. Ik zorg voor jou en je dochter.'

Ze deinsde terug, fluisterde: 'En mijn man dan?'

'Hij is hier beter op zijn plek.'

Haar gezicht vertrok en ze zei, nog steeds op fluistertoon, om haar dochter niet te laten schrikken. 'Je moet gaan, goede Isidoor, je bent jezelf niet!'

Ik wilde wat zeggen, maar ze gaf me geen kans. 'Ik zal niets tegen Maelgys zeggen,' zei ze, 'hij is je vriend... O, ga alsjeblieft!'

Desondanks bleef ik staan, niet in staat om me te verroeren. Ook Sotiria aarzelde, even dacht ik dat ze me wilde kussen. Het moment ging voorbij. Ze draaide zich om en liep van me weg, het kind huppelde vrolijk naast haar voort, keek nog eens om en zwaaide.

Ik wankelde de poort uit en vervloekte mezelf, omdat ik beschonken naar dat huis was gegaan en mijn zelfbeheersing verloor. Ik balde mijn vuisten en praatte wild tegen mezelf, wat ik nooit eerder had gedaan. Even later betrapte ik mezelf op een innerlijke dialoog met haar, waarin ik uitlegde, vergoelijkte, toelichtte, waarin ik mijn vergissing weet aan dronkenschap en aan tijdelijke verstandsverbijstering.

De weg naar Konstanz XIII
—
Geesten in de kruisgang

We overnachtten in een gasthuis en het feit dat Lorea en ik samen sliepen was vanzelfsprekend geworden. Over geld spraken we niet, ik wist inmiddels dat de oude man niet onbemiddeld was en had zelf voldoende om het tot de winter uit te houden.

Ik was blij met mijn beslissing om naar Konstanz te gaan. Omdat die stad de komende jaren een centrum zou zijn van de macht, was het misschien wel de beste plek om een praktijk als geneesheer te beginnen. En als ik érgens de contacten kon leggen om een bisschopszetel te verwerven, dan was het daar wel.

Ik wist wat Lorea van mij verwachtte, maar als bisschop zou ik haar niet kunnen trouwen, wat overigens niet wilde zeggen dat ik haar niet als lief bij me kon houden.

'Wil je, nu we in Bologna zijn, de plaatsen van je verleden niet opzoeken?' vroeg ze me op de tweede nacht, toen ze na de liefde met haar hoofd op mijn borst rustte en ik dacht dat ze al sliep.

'Ik draag ze in me mee,' zei ik, 'volmaakter dan in werkelijkheid en geladen met kennis.'

Ze zuchtte. 'Denk je dat ik dat ook kan leren?'

'Iedereen kan dat, die de wilskracht heeft om zich veel kennis eigen te maken.'

'Laat me het nog een keer zien.'

'Ik begon mijn systeem met de geitenstal waar ik als kind sliep,' zei ik.

'Waar was dat dan?' vroeg ze. 'Ik weet niet eens waar je vandaan komt.'

'Ik ben opgegroeid in de abdij van Bellalanda in Yorkshire.'

'Neem me met je mee.' Ze kneep dwingerig in mijn tepel.

'Naar die geitenstal?' vroeg ik. 'Dat is geen plek voor dames, weet je hoe het daar stinkt?'

Ze kneep nog harder, tot het pijn deed. 'Neem me mee.'

'Goed, lieve vriendin.' Ik volgde met mijn handen de lijnen van haar lichaam. 'Volg mij dan naar de abdij van Bellalanda. We mijden de hoofdpoort bij de buitenmuur, maar glijden als geesten door de tuin van het poortwachtershuis en nemen de kleine deur naast de overdekte gaanderij die de officiële ingang is. We komen binnen in de vleugel van de lekenbroeders, waar je niemand zult tegenkomen, want na de Zwarte Dood waren er geen lekenbroeders meer. We zweven naar de kruisgang en vervolgen onze weg onder de bogen naar de noordkant. Spreek niet, blijf in de schaduwen, we willen ze niet storen bij de completen.

Ik wil je mijn eerste verkenningen door het klooster laten navoelen. Ik leerde al vroeg dat ik vrij kon rondlopen tijdens het getijdengebed. Hoor je het gemurmel van de monniken in de kerk? Ze zijn nog met de gebeden bezig. Aan deze kant van de kruisgang staan de stenen bankjes waar de kloosterlingen op de voorgeschreven uren zitten te lezen. We kunnen even plaatsnemen, naar de beurtzang luisteren die nu in flarden door de gangen zwerft – en nog net zien hoe het late zonlicht speelt door de hoogste bladeren en takken van de oude linde in de pandhof. De gekandelaberde takken zijn al verder uitgegroeid dan verstandig is. Misschien zijn hier geen handen meer om te snoeien, weet niemand meer hoe je bomen behandelt. Op het midden van de dag zet deze linde de hele hof in de schaduw. Het is een goede plek voor meditatie, maar we moeten niet te lang dralen. Vooruit, sta op.

We gaan weer de kruisgang op, slaan de hoek om en lopen de kapittelzaal in. Ondertussen zijn ze in de kerk bij de antifonen, die zijn hier nog goed te horen. Hoor je ze galmen? Misschien zingen ze extra hard uit angst dat de stemmen van hun uitgedunde gelederen God niet meer bereiken. Je wilt details; goed, het salve regina...wat anders? Kom op nu, de kust is voorlopig veilig.

...Ad te clamamus, exsules filii Evae...

De bankjes langs de wanden, die plaats bieden aan zestig man onder de kruisribgewelven, en waarvan de meeste al decennia leeg zijn bij de dagelijkse bijeenkomsten. In het midden de lessenaar.

...Ad te suspiramus, gementes et flentes...

Hier zie je ook de sarcofagen van de vroegere abten; het zijn er zes. Nee, we blijven niet staan om de namen te lezen. We gaan door naar het parlatorium, kleiner maar met hetzelfde ribgewelf – hier mogen de monniken spreken. Nu zijn het alleen hun stemmen die nog zwak doordringen.

...in hac lacrimarum valle...

In het dagverblijf is het rommeliger dan zou mogen. Hier werken de broeders overdag, de verdieping erboven is waar ze slapen. De volgende ruimte, en dan zijn we al aan de andere kant van de pandhof aangekomen, is maar klein. Het is het calefactorium, de plek waar de broeders zich kunnen warmen op koude dagen. Hier houdt Osbert, de calefactor, in de koude jaargetijden het vuur aan. Hij, een jongen in een gemeenschap van oude mannen, was meestal de enige die me zag rondsluipen in de gangen maar hij maakte nooit bezwaar tegen mijn aanwezigheid. Ik groet zijn geest in het voorbijgaan.

Zou hij nog in leven zijn? Nee, nu verstoor ik mijn evocatie.

Je hoort niets meer? Dat komt omdat we nu aan de andere kant van de hof zijn. Inmiddels zijn de antifonen wel voorbij. De monniken kunnen elk moment krakend en kreunend met hun stijve gewrichten de binnenhof op komen, dus we nemen de zuidelijke kruisgang en lopen langs refter en keuken. Het bakhuis voor het brood zul je hier niet vinden, dat is een apart gebouw in de buitenhof. Bij de boomgaarden, de kruidentuin en visvijver... Maar die bezoeken we wel een andere keer. Waar de bibliotheek was? Ha, de bibliotheek... maar eerst lopen we de kelder in...'

Ik liet plagerig mijn vrije hand afdwalen naar de regionen van haar lichaam die in overdrachtelijke zin zouden overeenkomen met een keldertje, en ontdekte aan de droomgeluidjes die mijn aanraking haar ontlokte, dat ze in slaap moest zijn gevallen, misschien al helemaal in het begin van mijn rondleiding. Een ommegang is niet voor iedereen weggelegd.

21

De Zwarte Dood

Zullen we ooit de Zwarte Dood te boven komen, mijn vriend? Heel mijn leven voel ik de schaduw van de plaag die onze wereld bijna verwoestte. Toen ik jong was, herinnerden de ouderen zich nog de rampzalige uitbraak. Vijftien jaar later volgde een tweede, die van de grote kindersterfte, nauwelijks tien jaar voor mijn geboorte. Niemand twijfelde eraan of dit was de straf van God.

Maar waar hadden we die straf aan verdiend?

Aan de schaamteloze corruptie van de kerk, daarover was men het eens. De paus in ballingschap in Avignon en een Heilige Stad die, verlaten door zijn bisschop, langzaam instortte, waardoor de hele Pauselijke Staat in verval raakte. Een christendom dat, van zijn centrum beroofd, niet alleen van binnenuit door ketterijen dreigde te bezwijken, maar ook door de oprukkende veroveraars uit het Oosten. En tot overmaat van ramp ontstond er een schisma waarbij twee, later zelfs drie concurrerende pausen Petrus' zetel opeisten, waardoor er grote tweespalt was gezaaid tussen volkeren die toch al door oorlogen waren verscheurd.

Natuurlijk hecht ik geen geloof aan zulke verklaringen. De pest waart nu al meer dan zestig jaar rond en na de grote sterfte van de beginjaren blijft de ziekte hier en daar opduiken, slaat soms decennia over, maar neemt duidelijk af. Als het een straf was van God, zouden de slagen die Hij ons toedient dan niet juist in hevigheid toenemen naarmate de kerk verder versplintert, de ketterijen weliger tieren en de mensen zich almaar liederlijker gedragen?

Ik, als medicus, wijt de zwarte dood aan God noch de sterren. Die oude Thucydides, die ik pas las in mijn Adrianopelse tijd, had het al goed gezien: de ziekte breidt zich uit als een brand en ieder die ermee in aanraking komt, wordt aangetast. Het is als het schimmelrot op fruit, leg een aangetast exemplaar in een volle mand en in korte tijd steken ze elkaar aan. Steeds weer moest ik denken aan de animalcules van Varro. Als er al een kruid tegen gewassen is, dan moet dat nog worden gevonden.

Ik sloot mijn praktijk en beval Gurgen om voor niemand open te doen. Hoe kon ik in deze stad blijven als ik hen iedere dag kon ontmoeten? Waar kon ik heen, naar huis? Waar was dat? Kon ik niet beter naar Constantinopel gaan?

Ik had een grote fout gemaakt. Overrompeld door een zwakte die me van mijn pad afleidde. Verliefd te worden op een vrouw! Nee, ik zou alle dwaasheid uit mijn hoofd zetten en voortgaan met mijn jacht naar kennis en waarheid. Mijn droom was nog niet vervlogen, ik had gespaard in de afgelopen jaren en over niet al te lange tijd zou ik een bisschopszetel kunnen kopen in Frankrijk of Engeland om daar grote werken te verrichten. Maar hoe kon ik nu terug naar het Westen, terwijl overal om ons heen legers opmarcheerden en de chaos was uitgebroken? Ik moest er niet aan denken om over zee te reizen en besloot af te wachten tot het oorlogsgeweld was uitgewoed.

Het duurde veel langer dan ik had verwacht. Het werd herfst en nog zat ik thuis of ik hing rond in de karavaanherbergen en luisterde naar details van de slag van Angora en verhalen over alle andere veldslagen en overwinningen van Timoer.

In de winter bereikte ons een bericht uit Smyrna. Timoer speelde in twee weken klaar wat sultan Bayezid in geen zeven jaren was gelukt: hij veroverde het christelijke bruggenhoofd op de Hospitaalridders, die zich in hun door zee omsloten citadel onoverwinnelijk hadden geacht. Timoer liet platforms bouwen op het water, waarvandaan belegeringswerktuigen de stad onafgebroken bestookten met steenblokken en Grieks vuur. Toen de muren bezweken, stroomden de Tataarse horden de stad in om een slachting aan te richten onder de ongelovigen. Een vloot die de hospitaalridders te hulp wilde schieten, arriveerde te laat en Timoer liet zijn katapulten nogmaals laden, ditmaal met de afgehakte hoofden van de ongelovigen, zodat de schepelingen in afgrijzen het roer wendden en terugkeerden naar huis.

Eerder al hadden Venetiaanse en Genuese kooplieden, tegen goede betaling, de restanten van de Turkse legers die de Dardanellen wisten te bereiken, overgezet naar Thracië, waar ze buiten bereik waren van de Tataarse veroveraar.

Natuurlijk kregen we de berichten met vertraging binnen en soms in de verkeerde volgorde. In sommige steden vonden slachtpartijen plaats, andere kregen een Tataarse gouverneur en het leven bleef zoals het was voor de verovering. Bij Angora waren grote gedeelten van de Turkse legers naar Timoer overgelopen, onder andere zijn voormalige Tataarse bondgenoten, die, nu het erop aankwam, toch liever voor hun oude aanvoerder bleken te vechten.

Het zou nog zeker tot de lente duren voor ik westwaarts kon reizen.

Ik wandelde niet meer door de stad, langs het strand of over de pieren, want ik wilde het verleden achter me laten en pijnlijke ontmoetingen vermijden. Nu waren het de rotskloven en beboste heuvels rond Trebizonde waar ik ronddwaalde, terwijl ik onafgebroken mijn ommegang ging.

Toen ik op een gure avond de oostelijke stadspoort binnenging, stapten twee zwaargebouwde mannen uit de schaduwen en versperden me de weg.

'Ser Guarnieri verzoekt u naar het Castelleone te komen,' zei een van hen, 'en hij vraagt of u al uw doktersbenodigdheden wilt meenemen.'

'Ik wilde net gaan slapen,' zei ik. 'Zeg tegen Guarnieri dat ik morgenochtend langskom.'

'Nu,' zei de man.

Ik wilde protesteren, maar ze grepen me van twee kanten beet. Zo liepen we, strak gearmd, naar mijn huis, waar ik snel de belangrijkste benodigdheden bij elkaar pakte in een kist. Gurgen, die had liggen snurken, kwam aangerend en struikelde bijna over zijn witte slaapgewaad. 'Wat gebeurt er?' vroeg hij.

'Je meester zal een tijdje weg zijn,' zei een van de Genuezen, terwijl hij de inhoud van mijn kist inspecteerde. 'Is dit alles wat je nodig hebt?'

'Alles zit hierin,' zei ik. 'Gurgen, pas op mijn huis.'

Ik vroeg me af wat de Genuees bedoelde met een tijdje, maar ik zei niets meer tot ze me bij Guarnieri afleverden, niet in het Castelleone, maar op een van de steigers in de haven waar de Genuese galeien op een rij lagen. De boten schommelden in de straffe wind en stootten zachtjes tegen elkaar. De fakkeldragers in Guarnieri's gezelschap moesten steeds van positie veranderen om de laaiende vlammen aan te houden.

'Wat heeft dit te betekenen?' vroeg ik.

'Ik heb je diensten nodig,' zei hij. 'Reken op een paar maanden.'

'Waarom ik?'

'Omdat je de beste arts bent van het keizerrijk.'

Ik schudde mijn hoofd en noemde toen een krankzinnig hoog bedrag dat ik per dag wilde ontvangen, in de hoop dat hij een andere geneesheer zou zoeken.

'Dat is goed,' zei hij. 'Je gaat een tijdje naar onze kolonie in Sinope, daar hebben we een ernstig probleem.'

'Sinope?' Ik kreeg het opeens ijskoud. 'Ik kan geen zeereizen maken, zeker niet in dit jaargetijde!'

'Het is niet ver en een galei is stabiel.' Guarnieri gebaarde naar een van zijn mannen. 'Geef hem een beker wijn en zet hem aan boord.'

Ik wilde protesteren, zeggen dat ik niet dronk, maar voor ik het wist kreeg ik de wijn ingegoten, terwijl een van de zware jongens mijn neus dichtkneep. Daarna gooiden ze me als een graanbaal over de reling van een schip en zetten mijn kist naast me neer. 'Blijf daar maar zitten,' zei iemand, 'dan zit je goed als je moet kotsen.'

Ik riep Guarnieri, die al wegliep. 'Wat is er aan de hand in Sinope?'

Hij kwam terug en terwijl de schepelingen, die de trossen al los hadden gegooid, de boot van de wal duwden, stak hij zijn magere kop naar me toe en hij fluisterde, zodat alleen ik het kon horen: 'Wij denken dat het de Zwarte Dood is.'

De Zwarte Dood. Waarom dacht hij dat ik die kon genezen? En hoe kon ik overleven, als ik me onder de lijders moest begeven? Want zoveel wist ik wel: je had een kans tegen de pest als je er ver van bleef. Eenmaal was ik op tijd ontkomen, maar ik zou niet iedere keer zoveel geluk hebben. Opeens was ik misselijk, ik wilde ineenduiken en me oprollen op de dekplanken, maar hield mijn blik gevestigd op de achterblijvers.

Ditmaal liep Ser Guarnieri niet weg. Hij stond daar, wijdbeens, met gekruiste armen en zijn kleed klapperde in de wind. Een onzichtbare trommelslager sloeg appèl op het achterdek en terwijl het schip een slinger maakte, bleef ik kijken hoe de fakkels, de donkere schimmen en hun krankzinnige fladderschaduwen op de pier langzaam wegdraaiden en kleiner werden. Even viel de trommel stil, iedereen zat nu op zijn plek. Toen begonnen de regelmatige slagen die de roeiers moesten voortstuwen en die langzaam versnelden tot een tempo dat ons binnen een paar dagen in Sinope moest brengen. Nu kwam ook het zeil langzaam omhoog en vulde zich met de koude wind.

Ik bleef me aan de reling vastklemmen en probeerde diep en regelmatig te ademen tegen de paniek. De boot lag stevig op de golven, de zee leek vlak, maar het was volkomen waanzin om uit te varen bij nacht, met geen andere gids dan de sterren en af en toe het verre schijnsel van een vuurtoren.

Niemand van de schepelingen wilde met me praten toen ik de volgende dag vragen begon te stellen. Ze wendden zich van me af, alsof zelfs mijn aanblik al voorbode en drager was van de naderende dood. Ik hulde me somber in mijn mantel en probeerde mijn ommegang te maken, maar zoals meestal bij mijn onvrijwillige zeereizen lukte het niet. Toen we ergens aan het einde van de derde dag de haven van Sinope binnenliepen, was er geen ontvangstcomité voor mij. De pier was leeg, afgezien van twee Turken, die op kistjes *shatranj* zaten te spelen. Ik sprong op de planken en begon de pier af te lopen. Een roeier volgde me met mijn kist op de schouders. Vanaf de stad kwam een langgerekte oproep tot gebed en ik meende vast te kunnen stellen dat een palazzo met een indrukwekkende loggia de residentie was van de Genuese consul. Ik hoopte op een goede ontvangst en een stevige maaltijd, die me de reis kon doen vergeten. Maar nauwelijks had ik de pier verlaten, of enkele soldaten schoten op me af en een van hen vroeg of ik de geneesheer Isidorus was.

'Breng me naar de consul,' zei ik, knikkend.

'Daar moet u niet zijn,' zei de soldaat beleefd en hij verzocht me hem te volgen.

Ik stemde toe, niet in de laatste plaats omdat ze met vier man waren en zo dicht bij me bleven dat ik hun lichaamswarmte kon voelen. 'Waar brengen jullie me heen?'

Niemand antwoordde.

Onze bestemming bleek een vervallen pakhuis aan de zeekant en nog net binnen de stadsmuren. De soldaten hielden halt bij de poort. Degene die me eerder had toegesproken, klopte op de deur en toen die langzaam opendraaide, gaf hij te kennen dat ik binnen moest gaan. De soldaat die mijn kist droeg, zette het ding op de grond met een klap die me deed vrezen voor het glaswerk. Ik stond in een hal en wachtte op mijn escorte, maar de soldaten volgden me niet naar binnen. Voordat de deur dichtzwaaide, kon ik hun aftocht nog zien, die veel weg had van een vlucht.

Toen pas werd ik me bewust van de stank.

Een in doeken gewikkelde gestalte wenkte me en ik volgde haar naar een schemerduistere ruimte die vol hing met zuchten en gekerm, maar bovenal met de stank van stront en pus en afgestorven lichaamsdelen. Ik hield mijn mouw voor mijn neus en probeerde door de mond te ademen. Ik wachtte een paar tellen om mijn ogen te laten wennen en om nog even het contact met de zieken uit te stellen.

Langzaam begon ik vormen te onderscheiden van mensen die in lange rijen op dekens, vodden, strozakken, matten lagen. Een vrouw, een non, kwam op me af, ze droeg een doek voor haar gezicht en gaf mij er ook een. Een andere non bracht een fakkel en een kruik wijn. Met een hand sprenkelde ze wijn over mijn gezichtsdoek. Ingezegende miswijn ongetwijfeld, waarvan ze geloofden dat die bescherming zou bieden tegen ziekten. Aldus gewapend tegen kwade geesten en sappen, begon ik de eerste lijders te onderzoeken.

Dood en rottenis, de weg van alle vlees, werd hier nadrukkelijk zichtbaar. De gelukkigsten onder hen waren al niet meer in leven.

'Kan iemand de doden weghalen?' vroeg ik aan een non.

'Wie kan dat doen?' De vrouw schudde haar hoofd. 'De consul wil niet dat de autoriteiten van de beylik Sinope erachter komen dat hier zoveel mensen ziek zijn. Het begon twee weken geleden toen een groep gevangenen uit Pera na hun bevrijding hierheen werd gebracht. Onze consul wil voorkomen dat de ziekte overslaat op de stadsbevolking.'

Ze sprak Italiaans en ik antwoordde in dezelfde taal. 'Zijn dit allemaal Genuezen?'

'Genuezen en slaven,' zei ze. 'Voor zover ik weet zijn het allemaal christenen. Ze waren gevangenen van Bayezid. Ze kwamen in de stad op de dag van de Egyptische Martelaren.'

Ik knikte, dat was begin januari. 'Waarom is het hier zo donker?' Aan de lichtbanen die door spleten van de dichtgemaakte ramen vielen zag ik dat het nog klaarlichte dag was.

'Ze kunnen niet tegen licht.'

Ik begon de zieken systematisch te onderzoeken en begreep al snel dat het niet om de pest ging. Ik sprak met de nonnen af dat ik de lijken uit de rij zou halen, daarna zouden zij ze naar een ander vertrek slepen, dat verder afgesloten zou blijven. De lijders waren verhit en hadden uitslag op hun hele lichaam. Van sommigen was nauwelijks vast te stellen of ze dood waren. Een enkeling zat rechtop en sloeg wartaal uit.

Ik begreep waarom de Genuezen het stil wilden houden. Tijdens mijn studie in Bologna had ik gehoord over het verloop van de grote pestepidemie van 1347 en de jaren daarna. Meer dan een halve eeuw geleden hadden belegeraars van de Gouden Horde hun pestilente lijken over de muren gekatapulteerd van een Genuese kolonie op de noordelijke Zwarte Zeekust. Op Genuese schepen reisde de pest mee naar Europa. Waren de handelaren bang dat ze door de Turken uit hun burchten en palazzi zouden worden verjaagd?

Ik zou hier voorlopig niet wegkomen, dus ik schikte me in het onvermijdelijke en liet de lijders die de meeste kans maakten op overleving bijeenbrengen om ze te behandelen. Vermoedelijk was het niet de ziekte die de mensen zo had vermagerd en uitgeput, maar had de uitputting ze juist ziek gemaakt.

'Hoe is de voedselvoorziening?' vroeg ik aan een non.

'Hoe kunt u aan eten denken onder deze omstandigheden?' vroeg ze afgemeten.

'Niet voor mij, domme vrouw. De zieken moeten eten, ze moeten kracht opbouwen.'

'We krijgen brood, soms wat gedroogd vlees of vis, soms appels of noten. Veel is het niet.'

'Goed,' zei ik. 'Eerst eten wij, want als wij ziek worden, is er niemand meer om de lijders te verzorgen. De sterksten onder hen moeten blijven eten. Wat overblijft is voor de stervenden.'

Er bleef niets over en de stervenden aten niet. De nonnen, vier in getal op meer dan veertig zieken, hadden al moeite genoeg om de levensvatbaren aan het eten te krijgen. Ondertussen paste ik aderlatingen toe waar ik kon en probeerde met wisselend succes mijn medicijnen uit. Ik verzocht de nonnen en de paar mensen die nog in staat waren iets te doen om de lijders te wassen.

Dit stuitte op grote weerstand. 'Als God straft door ziekte, waarom zouden we Hem dan nog dieper grieven?' vroeg een non.

'Grieven door wat?' vroeg ik. Vaak kon ik de gedachtegangen van anderen niet volgen. Ach, mijn eigen serene gangen!

'Door naaktheid.'

Ik zuchtte. 'Hij heeft de mens naakt geschapen en zal met welgevallen toezien hoe jullie de behoeftigen reinigen en dan weer kleden in schoon goed.'

De zuster wilde protesteren, maar ik gaf haar geen kans. 'Iedereen moet gewassen worden,' zei ik streng. 'Verbrand kleren en beddengoed op het binnenplaatsje. We krijgen nieuwe dekens, nachthemden en lijkwaden van de consul.'

'Die zijn er al,' zei de non. 'Veel te weinig nachthemden, en een overvloed aan lijkwaden.'

'Geef de sterksten de hemden, de lijkwaden zijn voor de zwaarst getroffenen, dat scheelt werk.'

Na een maand was ik nog altijd niet ziek. Ik verloor patiënten en zag een enkeling langzaam genezen. Geen van de nonnen was aangetast. Af en toe kwamen er nieuwe patiënten binnen. In het begin waren er een paar met dezelfde symptomen, maar al spoedig kwamen er alleen mensen binnen met andere ziektebeelden die verkeerd waren beoordeeld door artsen van buiten. Evengoed moesten ze blijven.

Mijn gedachten dwaalden, hoezeer ik ook probeerde mijn geestelijke discipline te handhaven. Dat is moeilijk als je aan het werk bent en gedachten en herinneringen die je juist wilde wegdrukken, zich met grote kracht opdringen. Hoe zou het nu met Sotiria zijn? Hadden we de ziekte weten te beperken tot de Genuezen van Sinope, of was ze al bezig met haar opmars door de wereld? En zou zij, Sotiria, er dan ook aan ten prooi vallen?

De winter was genadeloos, maar we kregen meer dekens voor onszelf en voor de zieken, en brandhout voor in de kachel. Een onverwacht voordeel was dat de lijken nauwelijks meer stonken; die bevroren in het onverwarmde vertrek. Eén non verloor ik aan een longaandoening. Ik had toen nog vijftien patiënten over en hoewel sommigen ernstig verzwakt waren, toonde geen van hen meer tekenen van ziekte. Op die dag opende ik de poort en riep naar de kapitein van de wacht dat we ziektevrij waren. Hij knikte en bleef op afstand. 'Ik zal om instructies vragen.'

's Avonds kwam hij vertellen dat de *quaranta giorni* de volgende dag zouden ingaan. Bijna zes weken quarantaine! Ik hoorde hem knarsetandend aan en ging vloekend weer naar binnen. Werk was er niet meer voor mij. Ik zocht een plek bij de kachel en zette me aan mijn ommegang, vrezend dat die schade had geleden door de eindeloze interventies van het natuurlijke geheugen. Nu kon ik wegzinken in mijn kwartieren. Niet zoals ik gewend was, op het ritme van mijn voetstappen, waardoor mijn weg vaak iets had van een complex rozenkransgebed, maar stap voor stap voortschrijdend op geen ander ritme dan dat van de kennis zelf, waarbij ik ieder woord zou proeven alsof het de eerste keer was.

Niemand waagde het me te storen, al zorgden de nonnen dat mijn etensbord steeds binnen handbereik stond. Ze moesten me voor een heilige hebben gehouden, zoals ik daar in mezelf gekeerd zat. Ah, maar waarom bleef de onrust me dan plagen?

Op de eenenveertigste dag mochten we naar buiten.

Ik knipperde tegen de zon en wilde naar het palazzo van de consul lopen, maar de mensen die ik had genezen, of die althans niet onder mijn behandeling waren gestorven, begonnen me te bedanken en ik liet hun loftuitingen en affectie gelaten over me komen. Toen ik me eindelijk uit hun kleverige omhelzingen losmaakte, stonden daar weer de soldaten die mij hier maanden geleden hadden afgezet.

'Uw schip ligt klaar,' zei de aanvoerder.

'Naar Trebizonde?' vroeg ik wantrouwend.

'Naar Trebizonde,' bevestigde hij, onverwacht mededeelzaam.

'Ik wil naar de consul,' zei ik. 'Geef mij loon voor die maanden, dan reis ik te paard terug. Het is verdomme winter!'

'Het is lente,' zei de soldaat, 'de wegen zijn niet veilig en ik heb opdracht toe te zien op uw inscheping en uw vertrek. Betaling ontvangt u van Ser Guarnieri, op het moment dat u in Trebizonde aan wal gaat.'

Het schip was kleiner ditmaal en alleen met zeilen uitgerust. Ik kreeg een tent op het dek, waar ik het me gemakkelijk kon maken op Turkse kussens. Maar ook de zegeningen van het Oosten konden mijn somberheid niet wegnemen. Een nieuwe helletocht over grillige golven en ondoorgrondelijke wateren, en met welk doel? Een verloren vriendschap, een vrouw die me had afgewezen? Of zag ik het verkeerd? Wie weet hoe de zaken inmiddels gewijzigd waren?

Ik zette de zwartgalligheid van me af, spoedig genoeg zou ik in Trebizonde zijn. Vanaf mijn gerieflijke plek keek ik hoe een span paarden het scheepje langs de pier trokken, tot de schepelingen met een geschreeuwde groet de tros losgooiden.

Na enig wrikken kwamen we goed te liggen ten opzichte van de wind en het klapperende zeil sloeg met een doffe klap bol. De mast kreunde en het schip helde zwaar naar rechts maar de stad begon nu snel van ons weg te draaien en toen ik even later keek was er aan de landzijde al niets meer te zien dan groene heuvels, met hier en daar een wit strandje waar de golfjes in lange rijen naartoe snelden.

Eindelijk weg uit het kille fort, waar de winter nog na-ijlde tussen de stenen. De lentezon op mijn gezicht; een gladde blauwe deining weerspiegelde wolkenveren die goede dagen voorspelden, meeuwen zeilden bijna onzichtbaar hoog boven ons mee en ergens achter het zeil zongen een paar matrozen een vrolijk lied in een taal die ik niet kende. Onder het dek klonk het klaaglijk gemekker van kleinvee.

Ik sloot mijn ogen en dwaalde wat door mijn straten, tot ik in het grensgebied raakte waar slaap de leidsels in handen neemt. Toch wilde ik me niet overgeven, want ik merkte dat een vreemde beklemming zich van me meester maakte. Ik opende mijn ogen en wist dat er iets helemaal mis was. De zon stond aan de verkeerde kant, ik vervloekte mezelf dat ik dat niet meteen had gezien. Ik sprong overeind en riep de kapitein, die met één hand aan de plecht naar het voorbijglijdende land stond te kijken.

'We gaan niet goed,' zei ik, 'Trebizonde is de andere kant op.'

De man lachte en zei iets onverstaanbaars.

'Trebizonde!' riep ik en ik wees in de richting waar ik de stad wist.

'Trebizonde!' zei hij, heftig knikkend. Toen boog hij, liep weg en riep iets tegen een matroos. Ik herkende de taal, dit waren geen Genuezen, maar Laz, een volk dat zich doorgaans ophield in de Oostelijke Pontos. Ik kende geen woord van hun taal, die verder ook van geen belang was, behalve dat die kennis me nu van pas zou zijn gekomen. Wat gebeurde hier? Hadden de Genuezen me verkocht? Was ik een slaaf? Ik vervloekte in gedachten Guarnieri, die me bedrogen had.

Ik sprak nog enige scheepslieden aan, maar niemand begreep mijn vragen.

22

Anorexia mirabilis

Ik verwierp de theorie dat ik een slaaf zou zijn, daarvoor was mijn onderkomen te gerieflijk en het eten te goed. Mals geitenvlees naar Laz-wijze gekruid en gebraden is niet te versmaden, maar van onder de dekplanken kwam geen gemekker meer.

Na enkele dagen liepen we de kleine, natuurlijke haven in van een stadje aan een landengte met fortificaties op het vasteland en op het schiereiland. De kapitein kwam naast me staan bij de reling en zei: 'Amastris.'

Vlak bij het strand ging het schip voor anker. Enkele mannen wachtten ons al op. Twee van hen droegen mantels; een paar stevige knapen, nauwelijks gekleed en in slavenkettingen, waadden naar ons schip. Ze wenkten, en ik deed een stap terug, maar toen een bemanningslid mijn kist aan een van hen overreikte, sprong ik ertussen. Zonder te aarzelen grepen de andere kerels mij en tilden me over de reling.

De gemantelde mannen wachtten tot ik op mijn benen stond. Een van hen zei in het Italiaans: 'Het verheugt ons om u hier te hebben, heer Isidoor.'

Ik stelde de voor de hand liggende vragen.

De man stelde zich voor als *capitano* Brancaleone. 'Het verheugt ons om u hier te hebben, heer Isidoor. U krijgt logies in onze mooie stad tot alles veilig is op de route.'

'Wat zou er niet veilig zijn?' vroeg ik.

'De oorlogen hebben chaos gebracht,' zei de man, terwijl hij me met een beschermende arm om mijn schouders naar de hoger gelegen straat dirigeerde. 'U hebt ons onschatbare diensten bewezen en wij moeten u beschermen tot de weg naar Trebizonde weer veilig is.'

'Wie zou me dan bedreigen? Timoer is alweer oostwaarts getrokken.'

'Dat is waar,' zei de man, 'maar de situatie die eerst stabiel leek is onoverzichtelijk geworden. De emiraten hebben hun zelfstandigheid terug, Constantinopel is bevrijd en veel partijen maakten van de chaos gebruik om handel te drijven, zonder de geldende verdragen in acht te nemen. Ook de piraterij is toegenomen. Gelukkig is er één partij die, althans op zee en aan de kusten, de orde weet te handhaven.'

'Laat me raden,' zei ik, 'de Genuezen.'

'Ik ben blij dat u de situatie begrijpt,' zei hij, 'alle partijen rekenen op ons. Hierlangs.'

We namen de brug naar het schiereiland maar ons doel was niet het fort en ook de huizen lieten we links liggen. Een pad dat rondom liep, bracht ons bij een paar elegante stenen huisjes die uitkeken op de golven. 'Hier brengen we onze gasten onder,' zei Brancaleone. 'U zult hier een aangenaam verblijf hebben. Op het eiland bent u vrij om te gaan en staan waar u wilt, maar u mag de brug niet over zonder mijn toestemming.'

Een van zijn metgezellen die steeds achter ons had gelopen voegde eraan toe: 'Voor uw eigen veiligheid.'

De slaaf zette mijn kist in het derde huisje. Ik wierp een blik naar binnen. Een bed, een lessenaartje en een kruk.

'De stad verstrekt tweemaal daags een maaltijd,' zei Brancaleone.

'Wacht,' riep ik, 'ik begrijp het niet, ben ik nu een gevangene? Dit is een misverstand, u moet contact opnemen met commandant Guarnieri van het fort in Trebizonde!'

'Hij stuurde u juist,' zei Brancaleone glimlachend. 'De Laz brachten u hier in zijn opdracht.'

'Hoe kunt u dat weten,' vroeg ik, 'als de zee te gevaarlijk is en niemand die Laz verstaat?'

Hij wees naar een van de hoeken van het fort waar een kleine duiventoren stond, die wit was van de vogelstront.

'U zult in Trebizonde uw betaling ontvangen,' zei hij. 'Hier hoeft u niet te werken, maar misschien doe ik af en toe een beroep op u. In dat geval betalen we extra.'

Ik bracht die dag door op een rots en keek uit over zee. In de avond bracht een slaaf een blad met dampende kommen. Hij zette ze op een stenen tafel, een paar kort afgezaagde boomstammetjes dienden als krukken. Op het vasteland luidde een klok en binnen enkele tellen voegden zich drie mensen bij mij.

Een grote kerel gromde iets naar me en keek toen in zijn kom. Hij schudde zijn hoofd en begon toen te eten.

'De Laz lusten niets,' zei een jonge Griek met witblond haar. 'En jij,' ging hij verder, 'wie ben je? Spreek je een menselijke taal?'

'Welke je maar wilt,' zei ik, 'alleen geen Laz. Ik ben Isidoor en ik woon in Trebizonde.'

De grote man gaf me een duwtje en barstte in lachen uit. Toen at hij verder.

'Trebizonde?' zei de Griek. 'Maar daar kom je niet vandaan!'

Ik gaf het toe en lichtte hem in over mijn afkomst, al ging het hem niet aan.

'Ik ben Michael,' zei hij, 'maar dat is niet mijn echte naam. En dat is Düz.' Hij knikte naar de derde man, een bleke jongen met een korte zwarte baard die zijn kom al uitschraapte.

Ik nam een eerste hap. Gekruid schapenvlees in dikke gerstepap. 'Niet slecht,' zei ik.

Michael knikte. 'Alleen varkensvlees krijg je hier niet. Düz is muzelman en degene die ons voer bereidt heeft blijkbaar geen zin om aparte potjes te koken.'

'Ik vraag daar ook niet om,' mompelde Düz. 'Gezien de kleine hoeveelheden die we krijgen, mag ik alles eten om mezelf in leven te houden.'

'Dat geldt dan toch zeker ook voor de wijn?' vroeg Michael.

'Waarom zijn jullie hier?' vroeg ik. Ik had weinig zin in gekeuvel.

'Laz is gijzelaar,' zei Michael. 'De Genuezen houden altijd een hoofdman vast als garantie voor de ladingen waarvoor ze al hebben betaald. Mijn familie betaalt voor mijn bescherming omdat mijn leven in gevaar is. Ik ben pretendent voor de erfopvolging in een niet nader te noemen staat. En Düz?' Hij keek naar de Seltsjoek.

'Ik ben een pion in het Genuese machtsspel,' zei Düz somber.

Niemand van hen zat er korter dan drie jaar.

'Schaak jij?' vroeg Michael.

Ik excuseerde me en ging op bed liggen, waar ik luisterde naar het briesen van de zee. Als ik mijn ogen sloot zag ik haar gezicht en in gedachten voerden we eindeloze gesprekken.

Ik bracht mijn dagen door met kijken naar de zee terwijl ik mijn ommegang liep om Sotiria te vergeten. Michael had me ondervraagd omdat ik had verteld dat ik niet wist waarom ik hier zat. Hij kwam met een verklaring. 'De Genuezen beheersen de slavenhandel op de Zwarte Zee,' zei hij. 'Als bekend wordt dat de pest met hun ladingen meereist, stort de hele markt in.'

Ik geloofde hem. De grote epidemie van een halve eeuw geleden was immers ook begonnen bij de Genuezen en door hen verspreid. Die idioten zouden de hele wereld nog eens vergiftigen. 'Overigens was het niet de pest,' zei ik.

'Alsof dat ertoe doet.'

Mijn medegevangenen brachten hun dagen voornamelijk door in bed. Alleen bij het eten zagen we elkaar en naderhand werd er geschaakt. Soms deed ik mee, want met een oneven aantal schiet er altijd een over.

Een paar weken na mijn aankomst was de Laz, die bij gebrek aan conversatie altijd lachte, plotseling verdwenen. De Genuezen kwamen ons ondervragen maar wij wisten van niets. Een dag later spoelde hij aan op het strand. Hij moest hebben besloten om zwemmend te ontkomen.

Brancaleone haalde me af en toe op voor een medisch noodgeval. Ik bedong dat hij me in goud betaalde, en wel goede dukaten, niet van dat minderwaardige Byzantijnse goud.

Hij bracht me in een luxe huis waar een paar verbijsterend mooie vrouwen hun dagen in opperste verveling op ligbanken leken door te brengen.

'Dit moet een duur bordeel zijn,' zei ik, 'met zo weinig klanten.'

Hij wees naar een broodmagere vrouw. 'Voor haar komen we,' zei hij, 'en dit is geen bordeel. Dit zijn Circassische maagden. Zij was de mooiste van allemaal, tot ze ophield met eten.'

Ik sommeerde iedereen het vertrek te verlaten en sprak met de vrouw. Ze wilde eerst niets zeggen en prevelde onafgebroken gebeden in haar eigen taal. Opeens keek ze me aan, met branderige ogen in donkere oogkassen, schaduwen onder haar scherpe jukbeenderen. 'Ik ben een christen,' zei ze. 'Ik ben gedoopt, ze mogen mij niet verkopen!'

'Zijn jullie slaven?'

'Wij zijn vrijgeborenen,' zei ze. 'Ik ben een bruid van Jezus, ik kan niet naar de emiraten.'

Brancaleone kwam erbij. 'Kun je haar redden?' vroeg hij.

'Helaas,' zei ik, 'deze vrouw lijdt aan *anorexia mirabilis*. Je hebt er vast van gehoord, het komt in Italië ook voor. Dit is het heilige vuur en de liefde voor Christus. Je hebt vast wel gehoord van Catharina van Sienna? Zij had het, net als Angela van Foligno. Het is jammer dat jullie geen pestilentie hebben in de stad, want zij voedden zich bij voorkeur met het pus uit de wonden van lijders.'

'Wat moet ik met haar doen?'

'Je kunt haar hooguit naar huis sturen,' zei ik, 'christenen mogen niet verkocht worden als slaaf.'

Hij snoof minachtend. 'Dat geldt alleen voor de christenlanden,' zei hij, 'en iedereen kan zich christen noemen om de slavernij te ontkomen, dat is een doorzichtige truc.'

Ik haalde mijn schouders op. 'Als jij jezelf voor eeuwig wilt verdoemen, is dat jouw zaak.'

Tot mijn vreugde verbleekte hij.

Een andere keer, het was al zomer, bracht hij een heel jong meisje bij me dat duidelijk zwanger was. 'Laat dat kind verdwijnen,' zei hij. Het meisje keek me doodsbang aan.

'Dit is niet het werk dat ik doe,' zei ik. 'Als je haar als maagd wilde verkopen, moet ik je teleurstellen, want naar mijn deskundige mening is zij geen maagd meer.'

Het meisje viel uit: 'Geen man heeft mij aangeraakt!'

Ik vond dat moeilijk te geloven, maar ze begon te gillen. 'Een demon heeft me verkracht, haal het weg!'

Zuchtend liet ik me naar de markt brengen en zocht daar naar kruiden. Polei vond ik niet. Ik vroeg het aan de oude vrouwen. 'Vlychonias,' zei een van hen. 'Dat groeit bij de rivier.'

Nog altijd geëscorteerd door soldaten ging ik uit plukken. In mijn hutje bereidde ik de olie en gaf die mee aan Brancaleone met strikte instructies omtrent de dosering.

Na een week kwam hij terug en betaalde me. 'Ze heeft een miskraam gehad,' zei hij. 'Jij bent goed!'

Weer een week later kwam hij zijn geld terugeisen. 'Ze is dood!'

Ik vouwde mijn armen. 'Alleen Christus geeft garanties,' zei ik, 'en ik denk dat jij in je ongeduld een te hoge dosering hebt gegeven.'

Hij knarsetandde, draaide zich om en liep weg.

Nu we maar met drie gevangenen waren, vroeg niemand me meer om te schaken. De twee jongens speelden uren achter elkaar, zonder een woord te zeggen. Op een ochtend liep ik het huisje van Michael binnen om hem iets te vragen en ik trof hem in bed met Düz, in innige omhelzing. Ze schrokken en begonnen in twee talen te stamelen, maar ik liep lachend naar mijn eigen huisje. Grieken en Seltsjoeken, altijd hetzelfde.

Bij de eerste herfstregens kwam Brancaleone me halen. Tussen twee soldaten in ging ik naar mijn schip, zonder dat ik ook maar afscheid kon nemen van mijn medegevangenen. Ditmaal zeilden we oostwaarts.

Een jaar was ik al weg uit Trebizonde en ik dacht dat de pijn was weggetrokken, maar nu, terwijl de stad met elke riemslag naderde en het gebons op de trommel in mijn borstkas resoneerde, trokken mijn gedachten weer naar Sotiria en Maelgys. Had ik de situatie destijds niet verkeerd beoordeeld? Het was misschien niet zo erg als het toen had geleken. Sotiria zou niets tegen Maelgys zeggen. Misschien kon ik er op een dag weer binnenlopen en was ze alles vergeten.

En hoeveel had ik niet van Maelgys kunnen leren, als haar aanwezigheid mij niet uit mijn evenwicht had gebracht? Konden we niet terug naar de toestand van voor mijn misstap? Maelgys en ik zouden vrienden zijn en kennis delen, ik zou aanzitten aan hun tafel en mee-eten, ik zou lachen om haar grapjes en haar muzikanten prijzen. Hoe bitter ik me dan ook moest verbijten, zij zou vlak bij me zijn.

Maar nee, nee! Ik kon niet blijven, ik moest me niet laten afleiden!

En toen de stad al in zicht was, kwamen andere gedachten in me op: had de ziekte van Sinope niet ook Trebizonde bereikt? Misschien was Maelgys al niet eens meer in leven. Hij was al niet jong meer. Maar dan zou ook het leven van Sotiria in gevaar zijn.

Op de pier wachtte mij al een escorte naar het Castelleone, waar Guarnieri mij het beloofde honorarium in goud uitbetaalde. 'De ziekte heeft zich niet verspreid,' zei hij, 'we hopen een andere keer weer een beroep op je te kunnen doen.'

Ik verzekerde hem dat ik altijd blij was de Genuezen te kunnen helpen en haastte me opgelucht naar huis. Geen doden in Trebizonde.

Toch liet de gedachte me onderweg niet los. Hoe oud zou Maelgys zijn? Als ik als vriend van de familie in de buurt bleef, zou ik hem dan niet tientallen jaren overleven? Op een dag kon ik zijn weduwe troost bieden in haar moeilijkste uren en dan waren er geen obstakels meer. Ik worstelde me door de mensenmassa op het plein en een duistere gedachte kwam in me op. Als behandelend geneesheer van de familie zou het me weinig moeite kosten om Maelgys' overlijden te bespoedigen. 'Ben je gek geworden, Iss?' zei ik hardop, zodat mensen me verschrikt aankeken, ik moest wel een raaskallende gek hebben geleken.

Thuis wachtte me een nieuwe ramp. Gurgen, mijn knecht, was verdwenen en hij had alles van waarde meegenomen. Mijn huis en praktijk waren overhoopgehaald, geplunderd en kaalgevreten. Tussen het aardewerk in de keuken lag nog een wit rattenskeletje, er hing zelfs geen stank meer na al die tijd. Na een snelle inspectie begreep ik dat ik geen bezittingen meer had dan mijn dokterskist en de geldbuidel die Guarnieri me had gegeven.

Gurgen had zelfs mijn matras stukgesneden op zoek naar verborgen schatten. Mijn boeken waren weg, net als mijn kleren, mijn huisraad en mijn instrumenten, en zelfs de geldkist, die ik zorgvuldig had verborgen, met al mijn gespaarde geld waarmee ik me op een dag had willen inkopen in de kerkelijke hiërarchie.

Om de boeken treurde ik niet, die kende ik immers vanbuiten. Maar ook mijn Vitruvius, die ik al die jaren bij me had gehouden, was verdwenen.

Het had geen zin om op zoek te gaan naar Gurgen, daarvoor was hij al te lang weg. Hij moest alles meteen na mijn vertrek hebben bekokstoofd en had ongetwijfeld diezelfde dag nog de stad verlaten om naar zijn eigen land te reizen, waar hij zijn oude dag als een rijk man zou doorbrengen.

Het honorarium van de Genuezen, hoe zwaar de geldbuidel ook woog, was niet toereikend voor mijn plannen. Ik zou me weer ergens moeten vestigen en helemaal opnieuw beginnen met het opbouwen van een dokterspraktijk. En voorlopig kon ik hier nog niet weg door de oorlogen. Ik zou jaren van mijn leven verliezen, de jaren waarin ik mijn dromen had willen verwezenlijken.

Tenzij... Een mogelijke oplossing kwam me voor de geest, een vage notie van een korter pad dat ik kon begaan. Het was gevaarlijk en zou me nog verder van huis brengen dan ik ooit had kunnen denken, maar het was een mogelijkheid.

Nee, waanzin! Ik drukte de gedachte weg.

Beter kon ik mijn verhouding met Maelgys en Sotiria nader beschouwen. Wat was er in de afgelopen maanden met hen gebeurd? Onwillekeurig speelde ik weer met het idee dat eerder die dag bij me was opgekomen: nu ik voorlopig vastzat in deze stad, kon ik net zo goed proberen om de band met mijn vriend en zijn vrouw weer aan te halen.

Ik ging op de resten van mijn matras liggen en probeerde een nieuw plan in elkaar te zetten, een waarin Maelgys een spoedige dood zou sterven en ikzelf de rol speelde van de wanhopige geneesheer die alles, werkelijk alles deed om zijn geliefde vriend te redden, maar tevergeefs.

De geneesheer die, weliswaar gebroken door het verlies, desondanks een sterke arm zou bieden aan de kwetsbare weduwe, want zij was nu alleen op de wereld en had niemand om haar te beschermen en te verzorgen. Misschien leed haar dochter wel aan een moeilijk te onderkennen, maar ernstige ziekte, waardoor het een zegen zou zijn om altijd een geneesheer in de buurt te hebben. Hoe dankbaar zou die weduwe wel niet zijn!

Tegen de tijd dat ik uitgeput in slaap viel, had ik mezelf alweer een rooskleurige toekomst geschilderd. Isidoor en Sotiria. Trouwen kon ik haar niet, want dat was een bisschop niet toegestaan, maar zij zou een goed leven hebben als bijzit en haar dochter zou nog altijd de naam van haar vader kunnen dragen, daar had ik geen bezwaar tegen.

Een paar dagen later ging ik de stad in, om alvast geschenken te kopen voor mijn vrienden, zodat ik een mooie entree kon maken bij de hernieuwde kennismaking. En alsof de duivel met ons speelde, liep ik op de markt Maelgys recht in de armen.

'Isidoor!' riep hij. 'Waar ben jij al die tijd geweest? Ik zou je bijna niet herkennen met die baard! Ik heb je overal gezocht.'

'Ik heb een epidemie bezworen in Sinope,' zei ik, 'en de Genuezen hebben me langer vastgehouden dan nodig was. Hoe gaat het met jou? Met jullie?'

'Met mijn vrouw ging het een tijdje niet zo goed,' zei hij. 'Je weet hoe graag ze terug wilde naar Constantinopel?'

Ik knikte.

De schoft grijnsde. 'Ik heb goed nieuws,' zei hij. Hij boog zich naar me toe en ik wilde de grijns wel van zijn bek slaan. Tegelijkertijd kromp ik ineen van schaamte om mijn redeloze gedachten en mijn potsierlijke verliefdheid. Hij vervolgde: 'Ik heb net een uitnodiging ontvangen om naar Constantinopel te komen, waar ik een aanstelling krijg als docent. Dus we kunnen terug naar Sotiria's geboortestad. Ze zal buiten zinnen zijn als ik haar het nieuws vertel.'

'Je gaat terug?' vroeg ik ongelovig.

'We gaan naar huis!' riep hij. 'En waarom kom je niet mee? Jij wilde toch ook naar de stad? Er zijn daar altijd dokters nodig, zeker nu, na acht jaar belegering. De bevolking zal er slecht aan toe zijn. Wij willen jou zelf ook niet missen als dokter. Zeker nu het bijna zover is.'

'Wat bedoel je?' vroeg ik en een donker vermoeden besloop me.

'Sotiria zal over een maand bevallen.'

Ik bleef staan. 'Is ze zwanger?'

'Dat had ik je natuurlijk als eerste moeten vertellen!' Hij lachte. 'Ik ben zo verstrooid. We hebben elkaar ook in geen maanden gezien. Hoe het ook zij, ze bevalt binnenkort en we willen dat ons kind in Constantinopel geboren wordt. Ik hoop op een zoon.'

Opeens leek Sotiria weer oneindig ver en onbereikbaar.

Maelgys keek me vragend aan.

Had ik iets gemist? 'Wat vroeg je?'

'Ga mee,' zei hij. 'Ik kan je klanten bezorgen uit de hoogste kringen, je zult het goed hebben en we kunnen samen studeren. De stad mag dan niet meer zijn wat ze ooit was, het intellectuele leven staat er nog altijd op een hoog peil.'

Ik aarzelde, dacht aan zijn boekenverzameling. Aan de komende jaren van veinzerij en zelfkwelling. 'Je boeken,' begon ik.

'Mijn verzameling heb ik verkocht,' zei hij, 'zo kan ik me een nieuw begin veroorloven.'

Een duizeling kwam over me. 'Verkocht?' vroeg ik, toen ik mijn stem terugvond. 'Aan wie?'

'Aan het keizerlijk hof. Ze hebben alles aan het begin van de winter opgehaald. De diplomaten van de keizer willen het aan een bondgenoot schenken.'

'Aan wie dan?' Maar ik wist het antwoord al.

'Timoer Lenk natuurlijk,' zei Maelgys lachend. 'Zoveel bondgenoten hebben we niet meer.' Hij pakte me met beide handen bij mijn schouders. 'Dus, ga je mee naar Constantinopel?'

Ik trok me los en zei: 'Nooit! Je zei het al, het Oosten trekt me. Nog één vraag over Timoer Lenk...'

'Vraag op,' zei hij. 'Loop anders mee, mijn vrouw zal blij zijn je te zien. Misschien kan zij je overhalen.'

'Geef antwoord,' zei ik. 'Weet je nog dat je ooit zei dat Timoer Lenk geleerden, architecten en kunstenaars in leven laat?'

Hij knikte. 'Dat is bekend. Hij neemt ze mee om van Samarkand de mooiste hoofdstad van de wereld te maken. Geleerden, architecten en kunstenaars krijgen een goed leven bij hem. Hij heeft groot respect voor de wetenschap, daarom krijgt hij mijn boekenbezit. Hij is de afspraken met Trebizonde nagekomen en verblijft op dit moment in zijn winterkwartier in Karabach.'

Nu greep ik hem beet. 'Neem je vrouw mee naar Constantinopel,' zei ik. 'Zorg goed voor haar. Wij zullen elkaar niet meer zien.'

Hij wilde wat zeggen, maar ik stak een hand op. 'Vaarwel.' Ik wierp me in de massa. Weg van hier! Ik wist nu zeker dat ik naar het Oosten moest.

Het zou mijn grootste reis worden en de minst vruchtbare.

Nu ik dit had besloten, leken de gevaren niet zo groot meer. Een veroveraar als Timoer Lenk, die zoveel respect had voor wetenschappers en kunstenaars, streefde een hogere bestemming na dan al die woelende volkeren en stammen die hem trotseerden en tegenwerkten en die het grotere belang niet wilden zien. En waren zijn vijanden niet evenzeer de vijanden van de beschaafde landen? Op al mijn reizen had ik nog geen volk ontdekt dat de Turken tot zijn vrienden rekende en overal zouden ze Timoer Lenk als bevrijder verwelkomen en zijn naam zegenen.

Ik schafte alle benodigdheden aan voor een lange reis en kocht een ezel om de last te dragen. Daarna begon ik de karavaanherbergen af te lopen om te vragen waar en wanneer er reisgezelschappen naar het Oosten gingen. Veel mensen zouden juist dit tijdstip van wintervrede aangrijpen om op reis te gaan, nam ik aan.

Het bleek dat er twee weken eerder een karavaan was vertrokken en de volgende zou nog weken op zich laten wachten. Tegen wachten had ik geen bezwaar. Ik besloot me in mijn huis op te sluiten met minimale voorzieningen. Vuur in de haard had ik niet nodig, ik hulde me in een deken en als ik niet sliep, reisde ik door de domeinen van mijn kennis.

Op de nacht voor mijn vertrek klonk een klop op de deur. Toen ik niet reageerde, veranderde het kloppen in luid, dwingend gebonk. Ik zat in diepe contemplatie en verroerde me niet. Ik hield geen praktijk meer, want als ik eenmaal begon met mensen helpen, zou ik andermaal verstrikt raken in allerlei veelomvattende ondernemingen. Het konden wel weer de Genuezen zijn met een verre opdracht. Ik had genoeg tijd verloren, genoeg kansen voorbij laten gaan.

Maar ditmaal waren het niet de Genuezen. Het was Maelgys, ik herkende zijn stem. Hij riep me bij mijn naam. 'Isidoor, het is een noodgeval! Ik heb je nodig!'

Ik probeerde de stem buiten te sluiten en concentreerde me op mijn innerlijke wereld. Na verloop van tijd hield het gebonk en geroep op. Maelgys moest begrepen hebben dat Isidoor niet meer in de stad was.

Deel VI

De Bukht van de Ağ Qoyunlu

(1404)

‘Zie de huizen en gebouwen: ze waren als verhalen in de geest van de architect.’

– Rumi, *De Masnavi* 965

23

Bij de stam van de dansers

Het was een kleine karavaan waar ik me bij had aangesloten, mijn duistere vriend; onderweg zouden zich nog groepen bij ons voegen. Wij verlieten de stad, maar ik voelde me niet bevrijd, want die hele lange dag bleven mijn gedachten malen. Waarom was Maelgys de vorige nacht aan mijn deur gekomen? Hij had verteld dat Sotiria binnenkort zou bevallen, maar voor die tijd wilden ze nog naar Constantinopel zeilen, dus het kon haar tijd nog niet zijn. Een complicatie? Ik hield mezelf voor dat er genoeg dokters waren in Trebizonde, waarom zou ik me met hen moeten bezighouden?

En toch bleef haar gezicht me voor de geest, niet als een fresco of een geschilderd paneel, maar in voortdurende beweging. Ik zag haar lach, haar vervoering, ik zag haar fascinaties en de angst in haar ogen – haar afschuw – ik zag alle verschijningsvormen van Sotiria en op sommige momenten meende ik zelfs haar stem nog te horen.

Ik wist dat ze langzaam zou vervagen in mijn herinnering, dat de eindeloze stroom van alledaagse indrukken haar naar de achtergrond zou verdrijven, om daar hooguit als schim voort te leven. Ik troostte mezelf met de gedachte dat het, hoe schrijnend ook, om een oppervlakkige wond ging; uiteindelijk was ze immers nooit de mijne geweest.

Op een dag zou ik lachen om deze episode uit mijn leven.

Die lange vroege dagen van de reis sjokte ik mee naast mijn witte ezel of ik zat, in een deken gehuld, tussen mijn bagage en dommelde weg op de trage ezelstred. Aan mijn omgeving schonk ik weinig aandacht. Onze gidsen en begeleiders onderhielden banden met de Chagatai, de stam van Timoer Lenk zelf, en ze hadden ons verzekerd dat de meeste gebieden waar we doorheen zouden reizen, zich inmiddels hadden onderworpen aan de grote veroveraar. Evengoed vroegen ze ons al op de vierde dag om een extra bijdrage, toen we door een nauwe pas kwamen waar een Griekse edelman zijn onneembare tolburcht had gebouwd.

Enkele dagen later passeerden we de ruïnes van huizen en dorpjes, maar ik kon niet uitmaken of ze tijdens de krijgstochten van de afgelopen twee jaar waren verwoest, of al decennia geleden. Soms hielden we halt in dorpen waar de bevolking ons van voedsel voorzag, dikwijls onder aansporing van Chagatai, die – naast geestdrift – een opmerkelijke vaardigheid vertoonden met de zweep.

De eerste echte stad die we aandeden was Erzinjan, een ogenschijnlijk welvarende plaats, waar vooral Grieken en Armeniërs woonden. Het lag in een lieflijke vallei, in het noordwesten gedomineerd door een bergketen met besneeuwde toppen en aan de andere kant begrensd door de westelijke Eufraat.

Toen de Turkse sultan Bayezid een paar jaar eerder schatting verlangde van de plaatselijke Armeense prins, wendde deze zich tot Timoer en verklaarde dat hij zijn vazal wilde worden. Daarop veroverde Bayezid de stad, om haar maanden later weer aan Timoer te verliezen. Veel schoten de Armeniërs er niet mee op, want zodra Timoer zich tot hun leenheer had gemaakt, begonnen de moslims van de stad zich tegen hem te beklagen dat de christenen voorrechten genoten en dat hun kerken groter waren dan de moskeeën. De Armeense prins verklaarde dat de christenen welvaart brachten en daaraan hun bevoorrechte positie dankten. Hierop riep Timoer de geestelijk leider van de christenen bij zich en beval hem het islamitische geloof aan te nemen. Toen de man weigerde, gaf Timoer bevel om alle christenen van de stad te doden. De prins kon de slachtpartij voorkomen door een grote schatting te betalen, maar de christenen moesten toezien hoe hun kerken tot de grond werden afgebroken.

In Erzinjan hoorde ik tot mijn ergernis dat we hier drie dagen zouden blijven, zonder dat iemand me daarvoor een duidelijke reden kon geven. Ik had niets anders te doen en besloot de stad in te gaan waar ik wat door de straten slenterde en alles in me opnam, om mijn aandacht even af te leiden van mijn sombere overpeinzingen.

Er was geen spoor meer van verwoeste gebouwen en ik verbaasde me erover hoe snel ze alle puin hadden afgevoerd. Zelfs de fundamenten waren verwijderd, al droegen de braakliggende terreinen tussen de huizen nog littekens waar ze gelegen hadden. Uiteindelijk streek ik neer op een ruwhouten bank voor een van de wijnhuizen aan de markt, waar de mensen zich warmden aan de lentezon.

Een Griekse pope sprak me aan. 'Reiziger?' En zonder op antwoord te wachten ging hij verder: 'We hebben al een paar weken geen bezoekers gehad. Is er nog nieuws uit het Noorden en Westen?'

'Ik houd me niet zo bezig met de actualiteit,' zei ik, 'maar ik geloof niet dat er grote veranderingen hebben plaatsgevonden.' Ik knikte naar de bedrijvigheid die zich voor ons op het plein afspeelde. 'Je zou niet zeggen dat jullie hier oorlog, bezetting en plunderingen hebben doorstaan.'

Hij haalde de schouders op. 'Wat kunnen we anders?' vroeg hij. 'Wij danken God dat we nog leven.'

'Onder het juk van de Chagatai,' zei ik, 'maar als ik de mensen zo bezig zie, lijken ze opgeruimd en lichtvoetig.'

De pope lachte. 'Zo is onze aard,' zei hij, 'en daarnaast heeft God de mens een groot talent gegeven, het vermogen om te vergeten.'

Ik lachte niet met hem mee, ik keek naar de menigte en meende in het gewoel een glimp op te vangen van haar die ik had achtergelaten in Trebizonde. Ik zou haar nooit meer zien, daaraan twijfelde ik niet, maar opeens besefte ik dat ook ik ooit zou vergeten en terwijl dat besef in mij neerdaalde greep ik wanhopig terug op mijn herinnering, voelde ik hoe haar beeld me al begon te ontglippen. Ik stond abrupt op en liep weg, zonder de priester zelfs maar te groeten.

Terug bij mijn ezel hulde ik me in een deken die ik als een monnikskap over mijn hoofd trok zodat de wereld me niet zou afleiden. Die hele namiddag, avond en nacht werkte ik in mijn geest aan Sotiria's beeltenis. Ik schilderde een portret op houtpaneel in de stijl van de Italiaanse meesters en vernauwde mijn aandacht tot er niets anders meer in mijn gedachten was dan dit geestelijke konterfeitsel. Tegen de ochtend waren de beweeglijke herinneringen gestold tot dit volmaakte beeld en zo zou ik haar altijd bij me dragen. Ik creeerde een plein in mijn ommegang en bouwde daar een eenvoudige, lichte pinacotheek waarin zij een plaats kreeg op de wand tegenover de ingang.

Voor de rest van ons oponthoud bleef ik bij mijn ezel en wachtte geduldig tot de karavaantrein een paar dagen later weer moeizaam op gang kwam.

Weer kwamen we door verwoeste streken waar de aasvogels ons op enige afstand volgden. Wachtten ze op ons slachtafval, of hadden ze de afgelopen jaren geleerd dat groepsbewegingen van de menselijke soort dikwijls leidden tot slachtpartijen? Van ons zouden ze niet vet worden; de streek, zo stelde ik vast, was goed gepacificeerd. We trokken langs dorpen waar vooral Turken woonden en Armeense dorpen waar steevast de kerken waren gesloopt.

Ik begon langzaam oog te krijgen voor de omgeving. Het was een prachtig land, vol groene akkers en weiden, met boomgaarden en verre bergketens als rijen drakentanden.

Bij Erzerum, de volgende grote stad, vroeg ik aan een van mijn reisgezellen, een Armeniër, hoe ver het nog was.

'Dat ligt eraan waar je heen gaat,' zei de man.

'Samarkand.'

Hij begon te lachen en riep iets naar zijn vrienden. Iedereen lachte. 'Je bent op nog geen tiende van de afstand,' zei hij, 'maar waarom wil je in godsnaam naar Samarkand?'

Ik haalde mijn schouders op en deed er verder het zwijgen toe.

Af en toe knoopte ik een gesprek aan met onze begeleiders, in de hoop dat ze me de taal van de Chagatai konden leren, maar ze weigerden iets anders te spreken dan Turks of Grieks en hadden weinig geduld met me.

Ik gaf het op en trok me terug in mijzelf. Vele uren per dag deed ik mijn ommegang, die zo goed samenging met de cadans van paardenhoeven, ezelsgetrippel, het geplof van dromedarispoten en menselijke voetstappen – en zo vergleden mijn dagen, terwijl ik door mijn kwartieren dwaalde en het besef van tijd verloor. Zelfs 's avonds als de handelaren bij elkaar zaten rond de kampvuurtjes en spraken over de weg en de gevaren of juist verlokkingen die ons wachtten, dan zat ik bij de knielende *tülu*-kamelen en herhaalde mijn verworven kennis op het ritme van de herkauwende kemelkaken. Soms probeerde ik me een voorstelling te maken van de afstanden die ik in mijn innerlijk aflegde, maar de domeinen van de geest, hoe vernuftig ook van constructie, laten zich niet meten met de maatstaven van de wereld.

Ondanks mijn teruggetrokken houding won ik het respect en vertrouwen van mijn reisgezellen en andermaal genoot ik de voordelen van mijn beroep, want hoewel ik dit niet had rondgeschreeuwd, wisten ze me spoedig te vinden. Nadat ik de gebroken arm van een Armeniër had gezet, begonnen sommigen me lekkere hapjes toe te stoppen en uiteindelijk kon ik mee-eten waar ik maar wilde, zodat ik geen zorg hoefde te dragen voor mijn eigen voedselvoorziening.

Een enkele keer kwamen er ruiters op ons pad. Dan hielden we halt en zaten de karavaanleiders neer met de aanvoerders, tot er geschenken naar tevredenheid waren uitgewisseld. Eén keer probeerden bandieten ons in een hinderlaag te lokken, maar onze bewakers ontdekten het op tijd en verjoegen de bende, waarbij een paar van hen het niet overleefden.

We kwamen door miezerige dorpjes waar slierten kinderen ons tegemoet renden en vaak nog mijlenver achtervolgden in de hoop dat de handelaren hun iets van hun overvloed zouden toewerpen – en uiteindelijk leken al die dorpen op elkaar, welk volk er ook leefde en welke godsdienst ze ook beleden. Ik kan vertellen van het Dorp van de Dwazen, waar alleen heilige mannen leefden die zich helemaal gladschoren en in vodden gekleed gingen of, als het weer het toeliet, naakt; ik kan vertellen van de 'Vurige Berg' die volgens sommigen de Ararat is uit de Bijbel – maar als er al – hoe ongeloofwaardig dat verhaal ook is – ooit een ark strandde, dan is daar nu niets meer van over.

Hoe het ook zij, mijn vriend, ik kan niet zeggen dat ik onderweg veel meemaakte wat je niet ook bij anderen kunt lezen; bij Polo, die men ten onrechte een leugenaar noemde, of bij die idioot van een Ruy González de Clavijo en zijn kompanen, over wie ik je later zal vertellen. Als ik al aantekeningen had gemaakt van de dorpjes, stromen en bergen met hun nauwe passen, de vlakten en woestijnen die wij doorkruisten, dan zou je daar nog niets aan hebben, ik maakte werkelijk niets mee wat de moeite van het vertellen waard is. Dat wil zeggen, tot ik van de rechte weg afdwaalde en de Bukht van de Ağ Qoyunlu tegen het lijf liep.

Ik maak nu een sprong van duizend mijl of daaromtrent... Ik geloof dat we al een tijdje door Perzië reisden – toen ik verdwaalde.

Het was laat in de lente, of vroege zomer, ik had het niet bijgehouden. Drie dagen waren we onderweg sinds de laatste pleisterplaats en we leken niet vooruit te komen. Dan weer brak een lastzadel, viel een rijdier uit of moesten we wachten op een plaatselijke gids, want ieder dorp, hoe klein ook, wilde verdienen aan de karavanen.

Op de vierde dag was het mijn ezel die oponthoud veroorzaakte. Ik had net mijn voorraden en mijn dokterskist opgeladen, toen ze achteruit trapte naar een jongen die haar met een prikkel stak op een plek waar ezels, net als mensen, gevoelig zijn. De jongen lag op de grond naar adem te happen, hij was midden op de borst geraakt en had misschien een paar ribben gebroken. Een paar mannen knielden bij hem neer en riepen naar mij om hulp en hoewel ik mijn medereizigers niet tegen me wilde innemen, woog het verlies van rijdier en bepakking zwaarder. Ik maakte een verontschuldigend gebaar en rende in de richting waar ik mijn ezel had zien verdwijnen.

Ik kwam op een bochtig pad dat omhoogvoerde, zonder het dier te zien. Met bonkend hart rende ik het pad op en na een paar kronkelingen kon ik opeens een eind voor me uit kijken, waar het pad langs een steile rotswand voerde. Ik besefte dat de ezel onmogelijk zo ver kon zijn gekomen in de korte tijd sinds hij me ontglipte. Ik had geen zijpaden gezien, maar misschien bood de rots verderop voldoende oneffenheden om een ezel aan het zicht te onttrekken. Ik liep snel verder en tot mijn vreugde week de rotswand terug en gaapte er een grot aan mijn rechterhand. Ik bleef staan en tuurde in het halfduister, want ik kwam nog maar net uit de felle ochtendzon gelopen.

Mijn ezel was niet alleen.

Een grote man hield haar bij de halster en was druk met het doorzoeken van mijn dokterskist. Achter hem stond een groepje vrouwen en kinderen naar mij te kijken. De man, gekleed in een kleurig en kostbaar gewaad, keek niet op, hij leek alleen belang te stellen in mijn bagage. Ik liep op hem toe, met open handen om te laten zien dat ik in vrede kwam.

'Goede man,' zei ik in het Turks, en toen hij nog niet opkeek, ging ik over op Perzisch, al sprak ik dat niet goed. Turks leek toch de beste keus. 'Dank dat u mijn ezel hebt gevangen,' zei ik. 'Ik neem haar nu weer van u over, want mijn karavaan staat al op het punt om te vertrekken.'

Ik legde een hand op mijn dokterskist. De man draaide zich om en gaf me een duw zodat ik neerging als een dronkenlap. Ik probeerde overeind te komen, maar hij hield me met één voet tegen de grond. De vrouwen en kinderen begonnen te lachen. Hij legde hun met een handgebaar het zwijgen op. 'Sta,' zei hij tegen mij.

Ik kwam overeind en klopte het zand van mijn kleed. Hij tikte met een stok op mijn rechterarm en riep iets wat ik niet verstond. Hij sloeg nogmaals, nu harder. Ik begreep dat hij me wilde laten buigen en kon niet anders dan gehoorzamen, want hij was werkelijk een van de grootste mannen die ik ooit zag. Een tik vertelde me dat ik me weer mocht oprichten. Ik keek naar hem. Hij zou in ieder land ter wereld een rariteit zijn, maar in deze streken, waar de mensen gemiddeld kleiner waren dan in Europa, moest hij wel voor een halfgod doorgaan. Zijn gezicht was getaand, met diepliggende spleetogen en zijn lange haar en baard waren goed verzorgd en geolied.

Ik wilde mijn gezicht afwenden van zijn priemende blik, maar hij hief een vinger als om aandacht te vragen, tilde toen één been op als een hond die moet plassen. Met een tik gaf hij aan dat ik zijn voorbeeld moest volgen.

Ergens dieper in de grot klonk geratel van een trommeltje. Ik voelde me een idioot, zo op één been tegenover die reus. Toen wisselde hij van been en ik volgde. Nu begon hij van het ene been op het andere te springen en met gestrekte armen te zwaaien, kleine bewegingen op schouderhoogte. Ik volgde hem na, zij het in spiegelbeeld. Hij grijnsde en de vrouwen lachten. Eén, twee trommels kwamen bij de eerste en wij voegden ons naar het complexe, samengestelde ritme, of misschien andersom, dat kan ik niet zeggen.

Opeens stopten trommels en danser als op een afgesproken teken, en hoewel ik nog even na-ijlde in mijn bewegingen, wist ik me snel te herstellen en stond ik in dezelfde houding als de grote man. Armen wijd uitgestrekt, hoofd gebogen naar de rechterschouder en op één been als een kraanvogel, met de voet van het andere been op de knie. Christus aan het kruis. Ik kon me met moeite in evenwicht houden. Ik wilde weg en tegelijkertijd voelde ik me gevangen in dit vreemde ritueel.

Lang duurde het niet. De eerste trommel hervatte het spel en de man begon opnieuw, dezelfde dans. Ik volgde, ook toen hij om zijn lengteas begon te draaien. Hieraan kwam eveneens een abrupt einde. Toen vond ik het genoeg en ik stapte uit de verstarring. 'Het was aangenaam,' zei ik, 'maar ik moet nu toch werkelijk weg. Waar is mijn ezel?' Ik keek om me heen, iemand moest het dier hebben weggevoerd.

Een striem over mijn gezicht bracht mijn aandacht weer bij de man, die niet uit zijn eenbenige houding was gekomen. Nu drongen de vrouwen en kinderen op en vormden een kring om ons heen, ik kon geen kant op. De man hervatte zijn dans en dwong mij, nu alleen met zijn ogen, om mee te doen. Ik voelde bloed op mijn gezicht, het liep zelfs in mijn linkeroog, maar ik kon niet anders dan meedoen met de bizarre wervelingen. Al spoedig draaide alles om me heen en moest ik me inhouden om niet te kotsen.

Het kwam tot een einde en ik was al niet meer in staat om te vertrekken. De grote man liep weg en liet mij daar staan. Een paar van de grotere kinderen duwden me naar een hoek waar ze me pootje lichtten zodat ik op een stapel schaapsvellen viel. Hier bleef ik liggen.

De karavaan moest allang zijn vertrokken. Was ik gevangene van deze vreemde stam?

Ik wilde mijn ommegang in om te zoeken naar aanwijzingen, maar wist dat ik die daar niet zou vinden. Toch ging ik die stille straten in, zomaar, doelloos – al was dat niet mijn gewoonte – ik herhaalde geluidloos de titels en trefwoorden en bij het bestiarium van Hrabanus verwijlde ik en prevelde de teksten om me voor te bereiden op de mogelijke gevaren die me op deze reis konden wachten. Na de tijger, leeuw en panter vergeleek ik hun lemma's met de corresponderende bij Plinius en bij mijn naamgenoot uit Sevilla en daarna ging ik naar de slangen. Verder dan de draak (bij wie het gevaar eerder in de staart schuilt dan in de tanden) kwam ik niet, de slaap nam me in zijn kaken en mijn bouwwerk van rede bezweek onder dromen vol waanzin en angst.

24

De Clan van de Witte Schapen

Nog voor ik mijn ogen opende, besefte ik waar ik was. Ik ging overeind zitten en keek om me heen. Enkele vrouwen zaten bij een vuurtje onder een natuurlijk rookgat en bakten brood in de as, zoals ik ook de karavaandrijvers had zien doen. Een van hen zag dat ik wakker was. Ze haalde uit als een discuswerper uit oude tijden en wierp me een rond brood toe dat in een volmaakte boog door de lucht wervelde om te landen in mijn schoot. Ik stond verbaasd om haar trefzekerheid, want de afstand bedroeg zeker twintig wandelpassen. Als iedereen hier zo kon gooien, dan zou het ze weinig moeite kosten om een vluchtende gevangene met stenen uit te schakelen.

Bij de grotopening, in het zonlicht, speelden een paar meisjes een van die spellen die meisjes overal ter wereld spelen, met geklap en sprongetjes en aftelrijmpjes. Het konden net zo goed duivelsbezweringen zijn, ik verstond het niet. Wat had die man gesproken gisteren? Sta, had hij gezegd en hij zei het in een Turkse taal, dat was duidelijk, maar niet het Turks dat ik had geleerd in Adrianopel en Trebizonde. Een jongen kwam voorbijgelopen, hij droeg een slinger in zijn gordel en keurde me geen blik waardig. 'Hé, jongen!' riep ik.

Hij keek in mijn richting en spoog op de grond. Toen kwam hij toch maar op me toe, hij moest een jaar of twaalf zijn. Hij snauwde iets onverstaanbaars.

'Hoe heet je?' vroeg ik.

Hij haalde zijn schouders op.

Ik probeerde iets anders. 'Waar is die man die hier gisteren was?'

'Ata Ilyas slaapt.' Het was inderdaad geen gangbaar Turks, maar het was te verstaan.

'Wie zijn jullie?' vroeg ik.

Hij rekte zich verder uit dan ik voor mogelijk had gehouden en zei trots: 'Wij zijn de Bukht van de Ağ Qoyunlu, de Clan van de Witte Schapen.'

De Witte Schapen-clan, dat waren bondgenoten van Timoer, misschien kon ik de situatie in mijn voordeel ombuigen. 'Ik ben...' begon ik.

'Je bent een dokter,' zei hij, 'en onze slaaf.'

Hij wilde al weglopen, maar ik hield hem tegen. Hij keek naar mijn hand op zijn schouder. 'Als mijn grootvader ziet dat je me aanraakt, hakt hij je hand af,' zei hij.

Ik trok mijn hand schielijk terug. 'Ik ben dokter,' zei ik, 'maar ook architect. Ik weet dat jullie je hebben onderworpen aan Timoer Lenk, vertel je grootvader...'

'Wij zijn de Bukht van de Ağ Qoyunlu, wij onderwerpen ons aan niemand,' zei de jongen met stemverheffing.

'Salih!' De gestalte van de patriarch schoof voor het daglicht van de grotopening als een donderwolk voor de zon. De jongen haalde zijn schouders op en liep weg.

'Ata Ilyas,' zei ik. 'Breng mij naar Timoer, ik wil hem mijn diensten aanbieden. Hij zal je belonen.'

De grote man lachte. 'Jij noemt mij Ilyas Beg,' zei hij. 'En Timoer is niet mijn meester. Wij zijn de Bukht van de Ağ Qoyunlu, wij onderwerpen ons aan niemand.'

'Ik denk...'

Hij liet me niet uitpraten, trok me overeind en nam me mee naar het daglicht. 'Zwijg nu,' zei hij en hij ging op één been staan. Ergens achter ons begon een trommeltje te ratelen, het brak af, begon een ritmisch patroon en twee trommels vielen in. Ik trok zuchtend een been op en nam me voor om brood voortaan meteen op te eten als ik het kreeg, want ik duizelde van de honger. Een paar keer viel ik en dan sloeg de man me met zijn stok, zonder me echt pijn te doen, als een voerman die zijn paard met milde tikken aanwijzingen geeft.

In de avond, na een drietal lange danssessies die slechts werden onderbroken voor een korte maaltijd, begonnen mijn spieren pijn te doen. Ik kende alle onderdelen van het menselijk lichaam, door mijn studie en door observatie en dissectie, maar nog nooit had ik ze ook werkelijk allemaal gevoeld. De volgende ochtend lukte het me niet om op te staan.

Een jonge vrouw bracht me een stuk brood. Ik wilde met haar praten maar ze draaide zich om en liep terug naar de kookplaats. De taferelen bij het vuur en bij de grotopening waren dezelfde als gisteren. Een van de vrouwen was oud genoeg om de moeder te zijn van de andere. En geen van de kinderen leek ouder dan twaalf, het moesten allemaal kleinkinderen zijn. Maar waar verbleven, afgezien van Ata Ilyas, de mannen?

Toen de stamvader me kwam halen, liet ik door gekreun weten dat ik niet in staat was tot dansen. Hij zette me op mijn voeten, trok me in het licht en ging op één been staan.

Het was een marteling, dat kon niet anders. Ik schikte me en probeerde hem te volgen. Het ging beter dan ik had verwacht. Ik danste en wervelde, ik werd misselijk en het ging over en ik verloor alle besef van tijd. De pijnen bleven hels en toen voelde ik opeens niets meer, alleen de wervelingen van ons, dansers, en zonder dat ik het merkte hadden de vrouwen en kinderen zich bij ons gevoegd en we waren raderen in een uurwerk, maar wat dat ook aangaf, de tijd was het niet.

Er kwam een dag dat ik bij het ontwaken besefte dat ik verlangde naar de dans. Maar de geluiden waren niet dezelfde en toen ik mijn ogen opende, zag ik dat alle sporen van de Bukht van de Ağ Qoyunlu uit de grot waren verdwenen. Het hele kamp was ingepakt en op een paar dromedarissen geladen die voor de grot stonden, klaar voor vertrek. Ik kreeg een brood toegeworpen en plukte het uit de lucht met een alertheid die mezelf verbaasde.

'Eet en pak je bed,' zei een van de jongens, ik had hem Iskender horen noemen, 'we gaan zo.'

'Waarheen?'

'Naar ons weidegebied.'

'Welk weidegebied is dat?'

'Dat van de Bukht van de Ağ Qoyunlu.' Iskender groeide voor mijn ogen.

Ik knipperde tegen het felle licht buiten en probeerde mijn ezel te vinden. Ata Ilyas zat al hoog op een tülukameel die met kleurige zadelkleden was omhangen, en ooit moeten mannen als hij model hebben gestaan voor de verhalen over reuzen – de hybride leek klein onder zijn gestalte. De vier vrouwen zaten op evenzovele dromedarissen, de oude vrouw zag ik niet. Een paar meisjes speelden met een springtouw.

Opeens kwam mijn ezel aangelopen, vier jongens zaten op haar rug, op mijn dokterskist en bagagepakken, en ze spoorden hem met geroep en tikken aan om zich bij de kemelcade te voegen. De ezel verdroeg het goedmoedig en liet zich door hen leiden. Ik constateerde knarsetandend dat sommige volkeren naar hun aard beter met ezels konden omgaan dan andere. Ik had groter zorgen, mijn instrumenten!

Ata Ilyas bekeek glimlachend het tafereel en negeerde mij. De hele stoet zette zich in beweging. Ik kon niet anders dan er woedend achteraan sloffen en mezelf gelukkig prijzen dat ze geen haast leken te hebben. Dit was een vergissing, want nog voor het noenuur verlieten we de bergen en trokken door een zinderende rode vlakte waar niets wilde groeien dan hier en daar een taaie kromme boom. Het tempo lag nu hoger. Om de kleine karavaan bij te houden, moest ik in een sukkeldraf lopen en mijn kleed, doorweekt van het zweet, plakte en schuurde op mijn huid. Niemand zou het opmerken als ik in elkaar zakte en bezweek van de hitte en inspanning.

Zover kwam het niet. Al snel begon de weg te dalen, waardoor het rennen weinig moeite kostte. De rode aarde maakte plaats voor grasland en ver voor ons uit lag een mistig dal met groepjes bomen, dat door vertekening van de trillende lucht boven de vlakte dichterbij bleek dan ik dacht. Meestal is het andersom en lijkt een toevluchtsoord nabij, terwijl het nog dagreizen gaans is. Dit fenomeen verdient nadere bestudering, al twijfel ik eraan of ik hier ooit aan toekom. Op een dag zullen geleerden een toepassing vinden voor dit effect.

Onder de bomen liet ik me neer, op enige afstand van de familie. De vrouwen hadden al tapijten uitgerold en pakten eten uit. Ik sluimerde wat, maar schrok op toen een brood me tegen de zijkant van mijn gezicht raakte. Iedereen lachte en ik grijnsde dom en nam meteen een hap, want ik had mijn les geleerd. Even later kwam Iskender een waterzak brengen. Hij liet me een paar slokken nemen en trok het ding toen uit mijn handen. 'Niet te veel, *qalandar*,' zei hij.

'Wat is qalandar?' vroeg ik.

Hij haalde zijn schouders op. Toen greep hij een handvol van mijn baardhaar en trok eraan. Ik schreeuwde van pijn en haalde naar hem uit. De jongen dook op tijd weg, onder gelach van de stam. Korte tijd later lagen ze allemaal te slapen. Ik maakte het me gemakkelijk onder de boom waar ik lag en volgde hun voorbeeld. Wie weet hoe ver we nog moesten?

Na de rust kwam de grote man op me afgelopen.

'Reizen we nog ver vandaag?' vroeg ik.

Hij schudde zijn hoofd en gebaarde dat ik overeind moest komen. Terwijl ik me met moeite oprichtte, ging hij op één been staan. Een trommeltje begon te ratelen, twee vielen al snel in om een ingewikkeld patroon te vlechten. Wij dansten.

Toen het duister inviel dansten we nog steeds. De vrouwen hadden een vuur gemaakt en ook zij dansten rond de vlammen, spookachtige gestalten in hun schaduwen en sluiers. Ik draaide mee in de grote beweging om me heen, en de tijd stond stil. Ergens veranderde die nacht in een droom maar ik weet niet waar de een overging in de ander.

Tijdens een korte waakperiode keek ik naar schapenwolkjes die tegen de verder heldere sterrenhemel dreven. Ik nam het in me op en even vroeg ik me af waar de schapen waren van deze familie.

Ik droomde zelfs van schapen, maar bij het ontwaken bleken ze echt te zijn. Ze waren overal, honderden. Ze struikelden over mijn liggende lijf, duwden elkaar van alle kanten op en draaiden rondjes omdat ze geen doorgang vonden in hun eigen massa. Ik sprong op om niet verzwolgen te worden in die zee van uiers en vuile wol.

Verderop was de familie al bezig met het bepakken van de rijdieren. De jongens stonden van een afstandje te lachen en gezichten naar me te trekken en ik begreep dat zij, met behulp van een tweetal honden, de schapen in mijn richting hadden gedreven.

Er waren een paar nieuwelingen bij, volwassen jongemannen die mij nieuwsgierig bekeken. Dit moesten de zonen en kleinzonen van Ilyas zijn. Niet lang daarna kwam het hele gezelschap in beweging, aanvankelijk gevolgd door een lange sliert schapen, en ik vreesde dat ik voor de duur van de reis onderdeel zou uitmaken van die kudde, maar dat was niet het geval. Spoedig dreven een paar jongens met honden de kudde de grasvlakte in. Ik liep een eind mee met de karavaan die nu groter was dan voorheen, en de volwassen mannen gingen te paard. Ilyas zelf dreef zijn tülukameel in mijn richting. Wijzend met zijn stok riep hij me toe: 'Neem je ezel.'

Ik liep naar mijn ezeltje dat achter een dromedaris aan draafde, met wie ze door een touw verbonden was. De kemelruiter gooide het touw los, zodat ik het dier kon overnemen.

Ik constateerde dat mijn bagage ongeschonden was en vlijde me tevreden tussen de pakken. Het tempo lag een stuk hoger dan de vorige dag en het was niet uit medelijden of menslievendheid dat ik weer mijn eigen ezel had teruggekregen. Ik zou de karavaan maar ophouden met mijn gestrompel in de achterhoede. Niet dat het uitmaakte; sterrenhemel en zon hadden me al verteld dat we in de richting van Timoers hoofdstad reisden, en daar konden eindelijk mijn kennis, mijn vaardigheden en ideeën tot hun recht komen.

Die dag dansten we niet. We stevenden af op een rotsformatie en rustten daar aan de oever van een kleine rivier in een beschaduwde kloof, waar de lente nog niet was doorgedrongen, want het was er kouder dan ik voor mogelijk had gehouden, zo midden op de dag, en gezien de hitte die op de vlakten had geheerst.

Na het middageten kwam een van de jongemannen bij me zitten. 'Jij bent dokter?' vroeg hij in redelijk Grieks.

Ik knikte. 'Dokter en architect.' Ik moest mezelf zijn wereld in prijzen.

'Dat is goed,' zei hij, 'dat maakt je een waardevolle aanwinst.'

Nu was het mijn beurt om te vragen. 'Is Ilyas Beg je vader?'

'Hij is de vader van ons allemaal. Hij is de Bukht.'

'Ik dacht dat jullie allemaal de Bukht waren.'

Hij knikte. 'Ze noemden mijn vader als jongeman al de Bukht omdat hij groot was als een tülukameel en zeker zo geducht in de strijd. En nu is het de naam van de familie.'

Ik begreep het. *Bukht* is Arabisch en *tülu* Turks voor de hybridekameel. 'En hoe heet jij?'

'Ik ben Suleiman van de Bukht van de Ağ Qoyunlu!'

'Hoe is jullie relatie met Timoer Lenk?' vroeg ik.

Hij lachte. 'Als amir Timoer hoort dat je hem zo noemt,' zei hij, 'laat hij je levend villen. *Kreupele* Timoer betekent dat.'

'Timoer Beg bedoel ik,' herstelde ik – heer Timoer. 'Gaan jullie hem bezoeken?'

'Zeker niet,' zei Suleiman. 'We gaan naar de *deve güreşi*. Met amir Timoer leven we in onmin, maar we zullen onze banden later in het jaar aanhalen, als God het wil.'

Wat een deve güreşi was, dat zou ik later wel uitzoeken. 'Onmin waarom?' vroeg ik en voegde eraan toe: 'Je Grieks is uitstekend.'

'Wij waren niet aanwezig toen de Clan zich onderwierp,' antwoordde hij. 'We reizen verder dan wie ook, op zoek naar nieuwe weidegronden, want ons eigen land droogt uit. En nu vallen we buiten de alliantie. Mijn vader heeft vroeger met Timoer gereden, maar toen de grote amir ons vorig jaar opriep om de eed af te leggen, negeerde mijn vader hem en nu beschouwt de Clan van de Witte Schapen ons als renegaten. Ik weet zeker dat mijn vader alles zal oplossen.'

'Dan moet hij Timoer wel opzoeken,' suggereerde ik.

Het gevaar bestond dat ze mij niet zouden laten gaan. Voor deze stam moest het bezit van een arts waardevol zijn. Mijn bouwambities kon ik hier niet vervullen, want wat voor eer viel er te behalen aan tentenbouw, of huizen van modder en stro?

Suleiman schudde zijn hoofd. 'We zullen hem in het najaar ontmoeten als God het wil, en zo niet, dan zeker volgend jaar, want we willen de campagne naar het Oosten niet missen. Eerst gaan we naar de deve güreşi!'

'Wat is dat?' vroeg ik. De helft had ik begrepen, iets met kameel

Hij keek me aan zoals je een idioot aankijkt. Toen schoot hij in de lach en liep weg.

Ik ging liggen op mijn gerieflijke slaapkleed. Eindelijk beschikte ik weer over mijn eigendommen.

Lang duurde mijn rust niet.

Ik schrok op uit een korte sluimering. Vrouwen en kinderen renden in paniek door elkaar en ik vreesde even dat we werden aangevallen door bandieten.

Een jongetje had bij het spelen tussen de rotsen op een slang getrapt. Ze droegen hem naar mij en ik opende mijn kist om snel te kunnen handelen. Het lijfje schudde en kronkelde, ik vreesde dat het al te laat was. Ik lokaliseerde de puntjes waar hij gebeten was, maakte een inkeping met een scherp mesje, zoog de wond uit en spuugde het bloed in het zand. Daarna legde ik een hand op zijn hoofd, dat nat was van het zweet. De jongen keek me met grote angstogen aan, kronkelen deed hij niet meer en ik vermoedde dat zijn eerdere spasmen veroorzaakt waren door paniek en de wens om zich al die handen van het lijf te houden.

Ik nam houtskoolpoeder en een paar oliën uit mijn dokterskist en vroeg de vrouwen om de jongen stil te houden.

Zijn ogen werden nog groter, maar ik zag geen tekenen van ziekte, al konden de symptomen zelfs nog na uren optreden. Ik mengde houtskool met lavendelolie en smeerde het op de bijtwond. Daarna zalfde ik zijn borstkas met een middeltje dat een indrukwekkende geur verspreidde. Ik liet koud water komen, druppelde er wat bitter papaverextract in en liet de jongen drinken. 'Alles,' zei ik streng, want hij wilde al na één slok de kop wegduwen.

'Ik ben Ali, van de Bukht van de...' begon hij, maar ik kneep zijn neus dicht en goot het drankje in zijn keel. 'Als de dokter zegt dat je drinkt, dan drink je.'

Toen hij het had weggeslikt, en de daaropvolgende hoestbui verstomde, hield ik mijn handen een stukje boven zijn hoofd en ik zong met diepe stem een schunnige ballade uit Oxford. Ik liet het zoemen en resoneren zodat niemand aan de kracht kon twijfelen. Daarna zei ik tegen de vrouwen: 'Leg hem te slapen. Roep me alleen als er wat verandert.' Ik sprak Arabisch, want ik had ze eerder die taal horen spreken en een Arabische arts had in deze contreien meer status dan een Europeaan.

Niemand kwam me meer storen en toen we een uur later vertrokken, nam een van de kemelruiters de slapende jongen in zijn armen. Een dag later, toen we afstegen bij een dorpje tussen de boomgaarden, aan de zonzijde van een rotspartij, zag ik hem alweer in een boom klimmen.

25

De deve güreşi

De dorpelingen onthaalden ons op een overvloedig maal. Naderhand legde ik me tevreden te slapen onder het bladerdak van een moerbei. Ik ontwaakte omdat de Bukht me een por gaf met zijn voet. Hij had zijn zoon Suleiman bij zich.

Ik nam een zithouding aan en de grote man liet zich naast me neer op het kleedje. Suleiman zette zich tegenover mij.

'Drink met ons.' De Bukht Ata Ilyas reikte me een zwetende wijnzak aan. Ik wilde het ding van hem aannemen, maar hij zei: 'Open je mond.'

Ik deed wat hij me vroeg en hij spoot een straal wijn in mijn mond. Ik probeerde te slikken, maar de helft liep over mijn gezicht en in mijn kleren, tot ik me verslikte en een zware hoestbui kreeg. Terwijl ik op adem kwam, kreeg Suleiman een straal en daarna bediende hij zichzelf. Toen ik weer aan de beurt was, hief ik mijn hand. 'Ik weet niet of ik zo kan drinken,' zei ik.

Hij lachte. 'Je moet eraan wennen. Ik begin opnieuw, nu voorzichtig.'

Evengoed steeg de wijn me al bij de tweede poging naar het hoofd. Na een derde ronde kwam hij ter zake. 'Je zei me dat je naar Timoer Beg wilt. Vertel me waarom.'

'Ik wil hem mijn diensten aanbieden.'

'Als arts?' vroeg de Bukht. 'Je hebt mijn kleinzoon gered. Je kunt beter bij ons blijven, als geëerde gast. Je bent een waardevolle aanwinst in onze tenten. Wij hebben een goed leven.'

Ik schudde mijn hoofd. 'Ik heb gehoord dat Timoer de mooiste stad van de wereld bouwt en op zoek is naar architecten. Dat is wat ik wil. Ik werd alleen arts omdat ik in mijn eigen land niet de kans krijg om mijn ambities na te jagen.'

Hij knikte langzaam en gaf zichzelf een straal wijn, zonder te morsen, daarna kreeg ik een portie.

‘Timoer is geen vriend van ons,’ zei Suleiman. ‘Ik heb je dat al verteld.’

De Bukht legde hem met de wijnzak het zwijgen op, zodat verdere woorden verdronken in een fonkelende fontein. ‘Ooit streed ik samen met Timoer,’ vervolgde hij. ‘Met een paar clanbroeders zochten we het avontuur en tien jaar geleden vochten we mee in de slag aan de Terek, tegen de Gouden Horde van Tochtamysj. Dronken van de overwinning en zwaarbeladen met buit volgden we Timoer naar Samarkand waar we als overwinnaars werden onthaald. Het is een schitterende stad en de bouwkoorts had Timoer Beg toen al bevangen. Ik hing er enige tijd rond, maar hoewel mijn broeders wilden blijven, keerde ik vlak voor de winter terug naar mijn weidegronden, want een man moet voor zijn familie zorgen. De vergaarde rijkdommen liet ik achter en ik kwam thuis met niet meer dan mijn dromedaris en mijn wapens.

Het was de koudste winter die ik in mijn leven meemaakte, maar alleen voor mij, want de kou had zich genesteld in mijn hart. Na de roes van strijd en overwinningsfeesten, in de stilte van mijn thuisland, kwamen de boze dromen en demonen, en niet alleen tijdens de slaap. Ik voelde me niet meer thuis in mijn eigen tent, durfde mijn kinderen niet meer in de ogen te kijken. Overal zag ik de afgeslachte mannen, vrouwen en kinderen, de piramiden van afgehakte hoofden die onze legers in hun spoor achterlieten. Ziehier, de bouwwerken van Timoer, die me het best zijn bijgebleven en die zelfs de grootste moskeeën en madrassa’s in de schaduw laten.

Ik nam zelf geen deel aan de slachtpartijen, ik stond steeds vooraan in de strijd, maar heb het allemaal gezien, van veraf, toen het gaande was. En later, tijdens onze triomfantelijke terugtocht, kwamen we door ontvolkte streken waar de lucht dik was van lijkenstank en waar alleen nog wat te halen viel voor de ratten en aasgieren.

Hoe had ik kunnen blijven? Na twee jaar begon ik mijn rust weer te vinden. En toen kwamen de mannen van Timoer mij halen voor een volgende veldtocht. Hij kon mij niet missen, liet hij weten. Ditmaal trok hij op tegen Hindoestan en ik wist dat ik niet kon weigeren zonder hem tot doodsvijand te maken.’

Hier zweeg hij even. Hij zette de tuit aan zijn mond en dronk tot de wijnzak plat was als het scrotum van een eunuch. Suleiman stak hem een nieuwe toe, maar hij schudde zijn hoofd. 'Die tocht over de bergen,' ging hij verder, 'velen van ons haalden het niet. Terwijl de hoofdmacht van zeker honderdduizend strijders voortging, onderwierp ons elitekorps onder leiding van Timoer zelf de Nuristani in de bergen. Ook hier bouwden we piramiden van mensenhoofden. Midden in de winter voegden we ons bij de hoofdmacht die geleid werd door Timoers kleinzoon en zo kwamen we voor Delhi.

Inmiddels was de groep krijgsgevangenen die we onderweg hadden gemaakt groter dan ons voltallige leger en hoewel de verdedigers van Delhi ver in de minderheid waren, gaf Timoer opdracht om alle krijgsgevangenen te doden, zodat wij onze handen vrij hadden voor de aanval. Niemand mocht zich hieraan onttrekken, ook iedere strijder uit de voorhoede moest een aantal mensenhoofden overleggen als bewijs van loyaliteit.'

Nu onderbrak Suleiman hem. 'Het waren ongelovigen, Ata Ilyas,' zei hij.

'Geef mij die wijnzak, dwaas,' zei de Bukht, eerder bedroefd dan boos. Hij nam de zak aan van zijn zoon en wachtte tot ik mijn mond opende. Ik durfde niet meer te weigeren. Hij bediende ook zichzelf, en wel zo kwistig dat de wijn van zijn kin droop. Toen ging hij verder. 'Nu nog hoor ik de smeekbeden van de vrouwen, ik zie de razernij en wanhoop van de mannen, de doodsangst in de ogen van kinderen...' Hij dronk weer, verslikte zich en kromp ineen onder een zware hoestbui zodat de wijn in het wilde weg uit de zak spoot. Hij kwam weer tot rust en keek naar zijn druipende handen. Tranen liepen over zijn wangen.

'Vertel liever van de strijd, vader,' zei Suleiman, in verlegenheid gebracht. 'Hoe jullie het dodelijke gevaar van de strijdolifanten bezwoeren en de stad innamen.'

'Dat is niet het verhaal dat ik wil vertellen,' zei de Bukht, 'als je dat zo graag wilt, dan mag je het zelf vertellen, maar niet nu. Nu drink ik met mijn vriend.' Hij duwde mij de drinktuit in de mond en hield niet op met persen tot ik me half stikkend afwendde en weer onder kwam te zitten. En terwijl ik nog naar adem hapte, drukte de Bukht mijn hoofd tegen zijn borst en hij weende zo hartstochtelijk, dat de tranen in mijn nek druppelden en ik me los moest worstelen om het er levend van af te brengen.

Suleiman liep hoofdschuddend weg, maar mijn weerstand was gebroken en wij dronken samen door. Een vrouw bracht een nieuwe wijnzak en ook die ging op.

Later vroeg de Bukht met onvaste stem of ik nog altijd naar Timoer wilde. 'Aan het begin van zijn laatste grote veroveringstocht onderwierp hij de Clan van de Witte Schapen,' zei hij, zonder op antwoord te wachten. 'Ik was ver van mijn volk, want ik had mijn familie verplaatst naar een afgelegen gebied om niet nogmaals gedwongen te worden met hem te rijden. Ik had meegedaan aan de gruweldaden om mijn familie te beschermen. Was ik alleen geweest, dan had ik geweigerd en was mijn hoofd nu de hoeksteen van een schedelpiramide.'

Hij haalde een klein mes tevoorschijn, nam mijn hand en kraste over de palm zodat het flink bloedde. Mijn kreet negerend, sneed hij ook zichzelf en drukte toen mijn hand zodat ons bloed zich mengde. 'Jij hebt mijn kleinzoon gered, Izz,' zei hij, 'wij zijn bloedbroeders. Vertel me je grootste wens en ik zal die vervullen.'

'Ik weet het al,' zei ik, 'mijn stiefvader vertelde mij ook al dat de wereld een oord is van dood en rottenis. Maar bouwwerken zijn voor de eeuwigheid.'

Hij knikte gelaten. 'Goed dan,' zei hij, 'ik zal je naar Timoer laten gaan.'

Na een korte nacht onder de sterren, met de furiën van de wijn nog in mijn hoofd, verkende ik de omgeving van het dorp. De zonen van de Bukht hadden een vijftal tenten opgezet, we zouden hier langere tijd doorbrengen. De clanvrouwen en die van het dorp kookten samen en naar het zich liet aanzien troffen ze voorbereidingen voor een feestmaal. Dorpelingen sjouwden met palen en met grote lappen stof, kinderen die in de weg liepen kregen een schop en niemand sloeg acht op mij.

Ik slenterde tussen de huizen door naar de rotswand, waar mannen een baldakijn bouwden van lichte palen en wit doek.

'Waarvoor is dat?' vroeg ik aan een jongeman van de clan, die instructies gaf aan de werkers.

'Hier komt de deve güreşi,' zei hij kort en hij wendde zich tot iemand, was me al vergeten.

Voor het baldakijn veegden enkele vrouwen een rond terreintje tussen de fruitbomen dat zorgvuldig van onkruid was ontdaan. Een wedren met kamelen? Daarvoor was de cirkel te klein.

Suleiman kwam aangelopen. 'Isidoor,' riep hij. 'Kom mee!' Hij wenkte me naar de tenten en ging me voor door de lage opening van de kleinste. Ik volgde hem en liet mijn ogen even aan het duister wennen. Suleiman zat al op een kussen, de benen onder zich gevouwen. Voor hem stond een laag schrijftafeltje met een vel papier, een pen. Hij knikte naar een kussen. Nog voor ik zat, stelde hij de eerste vraag. 'Je bent dus heelmeester?'

'Dat klopt,' zei ik, 'ik ben arts en architect.'

Hij schreef het op. 'Waar heb je gestudeerd?'

Ik noemde alle universiteiten die ik had bezocht in volgorde op. En bij welke geleerden had ik medicijnen geleerd, waar werkervaring opgedaan? Ik noemde alles, tot mijn laatste opdracht in Sinope, waar ik een uitbraak had bezworen en het er levend afbracht.

'En je ervaringen als architect?'

Ik dicteerde een aantal projecten. Salisbury als eerste. Het werd een indrukwekkende lijst. Te laat besefte ik dat sommige misschien controleerbaar waren. Hoeveel krijgsgevangenen en slaven in deze contreien hadden kennis van de gebouwen in Europa? Misschien kon iemand getuigen dat de ontwerper van Salisbury ver over de honderd jaar oud moest zijn. Maar Suleiman had de tent al verlaten. Ik stelde mezelf gerust, ik kon altijd zeggen dat ik verantwoordelijk was geweest voor verbouwingen, onderhoud, aanbouwsels. En in dit deel van de wereld zou niemand iets weten over recente projecten. Sommige van de gebouwen die ik had genoemd, bestonden slechts in mijn ommegang.

Toen ik weer in het daglicht trad, draaide Suleiman zich naar me om. 'Dit is de tent waar jij slaapt. Breng je slaapmat er maar heen.'

Ik deed wat hij zei en besloot heel even te gaan liggen om mijn ogen te sluiten, want de vorige, half doorwaakte nacht had zijn tol geëist.

Veel later stapte ik naar buiten om een boom te zoeken. Inmiddels was het weer nacht geworden. Verderop dansten mensen bij een vuur op het opzwepende geratel van trommels en snaterende schalmeien. Ditmaal waren ze mij vergeten. Ik piste in de schaduwen en gleed mijn tent weer in om verder te slapen.

De volgende dag was het stil in het dorp, al stond de zon al hoog toen ik buitenkwam. De aarde en rotsen hadden de nachtkilte nog niet afgeschud. Bij de kookplaats waakte een oude vrouw over de met doeken afgedekte potten en pannen. Ze gaf me brood en kaas en wuifde me weg. Ik at onder een boom en warmde me in de zon. Uit gewoonte begon ik aan mijn ommegang, tot ik mannenstemmen hoorde ruziën. Ik wandelde verder de boomgaard in op zoek naar rust.

Op de hoogte waar de boomgaard plaatsmaakte voor de grasvlakte ontdekte ik een tentenkamp dat er nog niet was geweest toen we hier aankwamen. Een aantal mannen was bezig met het optuigen van paarden en dromedarissen. Veel aandacht ging naar een grote, met kleurige brokaten kleden behangen tülukameel. Een man stak een hand naar me op en ik groette terug. Een ruiter bracht zijn paard naast de tülukameel en nam het leidsel over van een verzorger. Nu bestegen allen hun rijdieren en de groep begon langzaam in de richting van ons kamp te bewegen. De ruiters hadden hun speren met doek omwikkeld. Deze nieuwkomers waren niet op het oorlogspad, maar kwamen voor het feestmaal. Ik liep terug door de boomgaard.

De gasten hadden zich al gemeld toen ik bij het kamp terugkwam. Ik wilde naar mijn tent om nog wat te sluimeren, maar Suleiman onderschepte me voor ik naar binnen kon glippen. 'Waar was je?' vroeg hij. 'Je moet erbij zijn als we onze gasten ontvangen. Je bent belangrijk.'

'Onlangs was ik nog jullie gevangene,' zei ik.

Hij schudde zijn hoofd en glimlachte. 'Jij, als dokter en architect... jouw aanwezigheid is een geschenk voor onze stam.'

Eindelijk erkenning. Ik wilde al rechtsomkeert maken naar het feestterrein, maar Suleiman duwde me door de tentopening naar binnen. 'Wacht hier,' zei hij.

Ik liet me zuchtend op mijn bed vallen. Nog geen tien ademtochten later stond de tent vol met vrouwen die me overeind sjorden en aan alle kanten de maat namen. Terwijl de een lappen stof langs mijn lichaam hield, stonden een paar anderen me te monsteren en commentaar te leveren. De vrouwen verdwenen en een nieuwe ploeg kwam binnen met kommen water en handdoeken.

Voor ik het wist hadden ze mijn oude reiskleren van mijn lijf gestroopt en stond ik daar naakt. Giechelend stortten ze zich op me en vier paar handen boenden en schrobden me tot op mijn intiemste delen, die zich niet onbetuigd lieten, wat aanleiding gaf tot nog meer gelach. Ondertussen klom een vrouw achter me op een krukje om zich met mijn haar bezig te houden. Ze waste het en trok er een grove kam door, waarbij ze de klitten met kracht verwijderde. Daarna kreeg mijn baard een wasbeurt.

Nooit eerder zag ik mensen zo doeltreffend samenwerken, want juist op het moment dat vele handen me droogwreven en een meisje wat kleurstof in mijn gezicht aanbracht, kwamen de kleedsters alweer binnen, de wasploeg verdween, en voor ik met mijn ogen kon knipperen, hadden ze me in een zijden tuniek gestoken, waar geen prins zich voor hoefde te schamen. De stof was zo licht en koel, dat ik me nog altijd naakt voelde. Pas in het zonlicht kwam de zilverglans van de zijde echt tot zijn recht en de geborduurde drakenmotieven lichtten op in hun volle kleurenpracht.

Ik zou nog veel prachtige en kostbare kostuums krijgen, in de maanden en jaren die volgden. 'Waar zijn die nu?' zul je je wel afvragen. Tot stof vergaan, zoals alles. Kun jij je nog licht en kleur herinneren, duistere gast? Bewaren mensen herinneringen aan die zaken als ze in het donker leven, en als ze niet zoals ik een leven lang bouwwerken opzetten en onderhouden in de geest? Ik kan me nauwelijks een voorstelling maken van de geesten van anderen.

Het terrein waar ze de vorige dag hadden gewerkt en gebouwd, was onherkenbaar. De hele stam had zich rond het baldakijn op kussens neergelaten, alleen de kinderen, die niet stil konden zitten, renden tussen de bomen achter elkaar aan. Onder het baldakijn zat de Bukht met zijn zonen en een aantal gasten, allen in glanzende, fijnbestikte gewaden, al bleef de schittering getemperd door de schaduwen. Aan weerszijden van het veld wapperden langwerpige vaandels en nu begreep ik het doel van de omwikkelde speren. Het waren vaandelstokken die zachtjes bogen in de wind en de vaandels zelf, die de hele stoklengte in beslag namen, snorden vrolijk. Links van het baldakijn kleurden ze bloedrood met gewrocht Arabisch schrift in felgeel en bekroond met een sterrenkrans. Ter rechterzijde waren de vaandels sabel als de nacht met een soortgelijke kalligrafie en een wassende maan in argent, om in onze heraldische termen te spreken.

Ik wilde naar het baldakijn, om de nieuwkomers eer te bewijzen en om me onder hen te voegen, maar Suleiman nam me bij de hand. Hij leidde me naar een kleine troon, die apart stond van het publiek en de ereplaatsen, maar die gezien de bekleding en het fijne houtsnijwerk in rug en leuningen des te eervoller was.

Het leek wel of iedereen op mij had gewacht, want meteen nadat ik me kreunend van genoegen in de kussens had laten zakken, stond de patriarch van mijn stam op. Ja, zo dacht ik toen al over de stam die mij in huis had gehaald.

'De Bukht van de Ağ Qoyunlu heten hun broeders van de Westelijke Vlakten welkom.' De diepe stem echode tegen de rotsen. 'Ik, Ata Ilyas de Bukht, hoofdman van de Bukht van de Ağ Qoyunlu, verwelkom Sayf ibn-Fayed, nobelste van de Westelijke Amaleh. Voor zijn vrienden is hij als de rivier die het land voedt, maar voor zijn vijanden geduchter dan honderd-en-een bergleeuwen.'

Een instemmend gemompel steeg op van beide kanten.

Nu stond de leider van de bezoekers op, een oude man, die ondersteund werd door een jonge adjudant, misschien een zoon. Zijn stem was groot en machtig door een leven van bevelen. 'Het is met groot respect, dat de clan van de Westelijke Amaleh – die onderdanen zijn van Timoer Beg – de Bukht begroet, stam zowel als leider. De Bukht is als een berg die onverschillig blijft onder aardbevingen en hij is onbuigzaam als een duizendjarige olijfboom.'

En hoewel het al stil was geweest tijdens zijn woorden, viel nu een stilte die dieper was en drukkender dan voorheen, alsof de wind zijn adem inhield en de bomen verstarden – en ik begreep dat het een toespeling was op de weigering van de Bukht om zich te onderwerpen aan Timoer, die de wereld al decennialang deed sidderen. De oude man wachtte even om het gewicht van zijn woorden te laten inwerken, toen vervolgde hij: 'Sayf ibn-Fayed laat de Bukht van de Ağ Qoyunlu groeten uit naam van amir Timoer, die spoedig zijn neef hoopt te mogen verwelkomen in zijn eigen woonstede. De amir spreekt zijn spijt uit dat hij niet aanwezig kan zijn bij de deve güreşi, want er is geen feest dat onze volkeren sterker bindt.'

Nu begon de menigte opgelucht te neuriën en kreten stegen op, terwijl uit de gelederen van de vrouwen een vreugdegejoel aanzwol, tot mijn oren er pijn van deden.

Twee mannen kwamen het veld op met ieder een gemuilkorfde tülukameel aan de leiband. De dieren droegen versierde zadels en kunstig geknoopte rugkleden met opgenaaide schelpen, die uitliepen in draperieën van goudbrokaat en zijde, waarop geborduurde clanmotieven zich vervlochten met vrome spreuken – veronderstelde ik, naar aanleiding van enkele leesbare woorden. Midden in het veld hielden de mannen halt, de kamelen hieven hun borst naar het baldakijn en de menners staken een hand op om eer te betonen aan de patriarchen.

Een man dook op van achter mijn zetel en rende met een dromedarismerrie aan een touw in een draf om de hybriden heen, die onrustig begonnen te draaien en hun koppen meebewogen, maar steeds als ze zich wilden omwenden om het wijfje te volgen in haar gang, dwongen de menners hen terug in hun positie.

De lopende man leidde de merrie uit het zicht en nu dreven de ruiters hun kamelen uit elkaar, maakten een halve cirkel over het veld en stelden ze tegenover elkaar op. In een snelle beweging verwijderden ze de muilkorven van de dieren die inmiddels kwistig schuimbekten en heftig de koppen schudden zodat de witte vlokken in het rond vlogen.

Er maakten zich een paar muzikanten los uit het publiek, trommelaars sloegen hun ritme, een vrolijke schalmei voegde zich erbij. De menigte schreeuwde van extase.

Als er iemand een teken had gegeven, was me dat ontgaan, maar opeens stapten de begeleiders tegelijkertijd weg en bijna direct kwamen de logge kemelhengsten in beweging. Terwijl het gejuich de muziek overstemde, botsten ze met borst en schoft op elkaar en begonnen met duikende koppen de hals van de tegenstander neer te drukken. Inmiddels liepen veel meer begeleiders, scheidsrechters en helpers om de worstelende dieren heen. Ze schreeuwden, gebaarden, moedigden aan of probeerden de kamelen touwen om de achterpoten te leggen, zonder duidelijke reden. Twee mannen vergaten de kamelen en begonnen onderling te vechten.

Een snelle blik op de Bukht en de bezoekende patriarch leerde me dat ze zich in een reeks vrolijke heildronken verloren, waarbij het kamelenspektakel maar bijzaak leek. Zo niet voor het volk. De bijvalskreten, de afkeuringen en het vrouwengejoel, vermengd met de zagende schalmeitonen leken de kemels tot steeds grotere woede te drijven. Een van hen, de hybride van de Bukht, beet de ander in de schouder en ze weken uiteen, om met des te grotere furie weer aan te vallen. De gewonde kameel zette zijn achterpoten wijd in het zand om kracht te zetten en duwde zijn tegenstander nu zo hard tegen de grond, dat deze onwrikbaar in de klem kwam te zitten.

Er moest een spelregel zijn overtreden, want de aard van het rumoer veranderde. De vrolijke gons sloeg om in woedend gemurmel. Steeds meer mannen liepen het veld op en sommigen probeerden de kamelen met touwen te scheiden. Toen dit niet lukte, kwam de Bukht zelf het veld op. Hij negeerde de touwen die men hem aanbood, pakte een van de wijdbeens geplaatste poten van de dominerende kameel, zette zijn schouder eronder en tilde die met een allesoverstemmend gekreun op. Ik kon achteraf niet zeggen of het de man was of de kemel die kreunde, maar de Bukht wist het dier zo uit zijn evenwicht te krijgen, dat het ruggelings omrolde, over zijn eigen bult en, hoewel hij snel weer op zijn poten stond, totaal gedesoriënteerd raakte. Nog altijd hevig bloedend uit de schouderwond, wankelde de kameel weg van het strijdtoneel.

De andere stond ook alweer op zijn hoge poten en liet zich rustig wegvoeren.

Nu kwam Sayf ibn-Fayed, nobelste van de Westelijke Amaleh, zonder ondersteuning het veld op. Hij liep op de Bukht af en omhelsde hem, hoewel hij de grote man nog niet tot de borst reikte.

Daarna draaide hij zich naar het publiek, dat stilviel. Hij sprak zonder stemverheffing: 'De Bukht van de Bukht van de Ağ Qoyunlu heeft de strijd gewonnen en wij zullen hem de verschuldigde eer bewijzen. Ik zal zijn voorspraak zijn bij Timoer Beg in de komende vergadering van alle stamhoofden. Ondertussen aanvaard ik in dankbaarheid en vriendschap zijn geschenk in naam van amir Timoer, de grootste veroveraar van de wereld.'

Hij knikte naar mij en ik knikte vriendelijk terug.

Ook de Bukht schonk me een glimlach. Hij kwam op me af met zijn armen uitnodigend gespreid en ik stond al op om mee te doen met de vriendschapsceremonie – tenslotte was ik de buitenlandse gast.

Ik vergiste me.

Zijn gebaar bleek een aanwijzing voor bedienden die aan weerszijden van mij opdoken, me bij de arm grepen en met gezwinde tred wegvoerden. Ik keek achterom, maar de stamhoofden sloegen al geen acht meer op mij, want de trommels begonnen opnieuw en als laatste zag ik hoe beide mannen op één been gingen staan, terwijl hun mensen toestroomden om deel te nemen aan de dans.

De bedienden voerden me naar een kleine kraal en voor ik het wist zat ik op een ezel die zich in de karavaan voegde die al klaarstond, en kwam alles in beweging. Inmiddels begreep ik met welk geschenk mijn bloedbroeder zijn genade van Timoer Lenk had gekocht.

De weg naar Konstanz XIV

—

Een blinde ezel

In de schaduw van de Porta San Felice dronk ik een beker wijn met Maelgys en ik hield een oogje op Lorea, die onderhandelde met een stoffenhandelaar.

Mijn oude vriend sprak maar zelden en hij had nog niet één keer mijn verbintenis met zijn dochter ter sprake gebracht. Maar nu we hier op rieten stoelen zaten in de vroege lentezon, tastte hij opeens naar mijn hand en vroeg: 'Zul je voor haar zorgen als ik er niet meer ben?'

Ik sprak niet meteen maar bestudeerde zijn gezicht, om te weten of de dood al zijn schaduwen vooruitwierp. 'Je zult nog lang leven,' zei ik toen. 'Je zult nieuwe studenten in je colleges ontvangen en ze als volwassenen, beladen met kennis zien vertrekken.'

'Dank je voor dit optimisme,' zei hij, 'maar erg geloofwaardig is het niet; zelfs toen wij elkaar leerden kennen was ik al niet meer jong.'

'Ik herinner me anders nog dat je de energie en het enthousiasme had van een achttienjarige.'

We lachten allebei.

'Ik zal voor je dochter zorgen,' zei ik toen.

Hij knikte en kneep even in mijn hand. Na een tijdje zei hij: 'Ik denk de laatste tijd ook vaak aan vroeger. Jij wilde alles. De geheimen van de schepping doorgronden en tegelijkertijd architect worden, hoewel je al een succesvol geneesheer was. Wat is er van die plannen gekomen? Heb je je nog aan de bouwkunst gewaagd?'

'Je dochter stelde dezelfde vraag,' zei ik. 'Ik vertelde haar over de geheugenkunst, die jou niet onbekend zal zijn en hoe ik bouwde in mijn geest, zodat ik de verworven kennis altijd paraat heb.'

'Het is een bekende techniek, ik heb die zelf ook wel gebruikt,' zei Maelgys. 'Je vertelde mij er toen al over, in mijn werkkamer in Trebizonde, ben je dat soms vergeten?'

Ik schudde mijn hoofd. 'Ik stond er niet bij stil. Mijn geheugen is niet ingericht voor het leven van alledag.'

Hij lachte kort. 'En daar is het bij gebleven? Bij bouwen in de geest?'

'Hooguit wat herstelwerk,' zei ik. Waarom zou ik hem de omvang schetsen van mijn innerlijke kwartieren? En waarom zou ik spreken over de moskee van Bibi-Khanum?

'Herstelwerk,' zei hij langzaam, alsof hij iets had gehoord in mijn stem, en ik dacht dat hij met zijn melkwitte ogen dwars door me heen zag. 'Dat is soms moeilijker dan het bouwen zelf.'

Dat kon ik bevestigen, maar ik deed het niet. Ik wilde van onderwerp veranderen. Kon hij niet bij zijn gewone zwijgzaamheid blijven?

De oude man sloot zijn ogen en wiebelde wat met zijn hoofd. Net toen ik dacht dat hij was weggezakt, zei hij: 'En wat, mijn zoon, heb je geleerd in al je jaren in het Oosten?'

'Dat kennis oneindig uit te breiden is,' zei ik, 'zonder dat die noodzakelijkerwijs tot nieuwe inzichten hoeft te leiden.'

Hij had zijn ogen weer open en er was geen spoor van slaap in zijn stem. 'Dus je hebt niet gevonden wat je zocht?' De vreemde gedachte kwam in me op dat ik nog nooit iemand had gezien die zo wakker was als deze oude man.

'Ik weet niet wat ik zocht,' zei ik. 'Het lijkt nu allemaal futiel.'

'Is dat een nieuw inzicht?'

Ik schudde mijn hoofd, en besefte toen dat hij me niet kon zien. 'Zo denk ik al jaren,' zei ik.

Hij stond op. 'En toch,' zei hij, 'toch draai je nog altijd rondjes in je geheugen, als een blind gestoken ezel die een tredmolen aandrijft.' Hij begon te lachen, stond op en schaterlachte, en zo liep hij het gedrang in, zonder ook maar iemand te raken. Ik keek hem na, hoe hij feilloos de kant van onze herberg op ging en verdween tussen de mensen.

Als hij mijn gesprekken met Lorea had gehoord, waarom stelde hij dan dezelfde vraag als zij? Wilde hij me iets duidelijk maken? En waarom lachte hij me uit?

26

Ruy González de Clavijo

Welaan, dan zou ik te gast zijn bij Sayf ibn-Fayed, de nobelste van de Westelijke Amaleh – als hij me maar bij Timoer Lenk bracht. Mijn begeleiders liepen aan weerszijden van de ezel die me droeg. Tegen mijn verwachting in gingen ze niet naar het kamp van de gasten, maar namen een weg in noordelijke richting.

'Jullie gaan verkeerd,' zei ik. De ruiter voor me keek over zijn schouder en snauwde: 'Zwijg of ik snij je tong af.'

Ik wilde hem scherp van repliek dienen. Wist hij dan niet hoeveel waarde Timoer hechtte aan iemand met mijn kennis en kwaliteiten? Aan de andere kant had ik mijn tong nodig om de grote veroveraar van mijn vaardigheden te overtuigen. Ik dwong mezelf om te ontspannen en liet me meevoeren in het ritme van de ezelsgang. Ondertussen bezocht ik de geheugenplaatsen die betrekking hadden op theorie en praktijk van de bouwkunst in al haar aspecten en verschijningsvormen en hoefde me waarlijk niet te vervelen.

Afgezien van een kleine rustpauze in de middag, die we aan de oever van een snelvlietende beek doorbrachten, reden we tot lang na het vallen van de avond. Niemand wisselde een woord met mij en ook onderling behelsden de gesprekken niet meer dan wat eenlettergrepige grauwen.

Onder een heldere, koude sterrenhemel bereikten we een kleine pleisterplaats waar de ruiters afstegen en hun rijdieren overgaven aan bedienden. Een paar lage gebouwen, een vuurplaats waar gemantelde silhouetten aan een spit draaiden, de heerlijke geur van gevogelte. Verderop stonden tenten.

Ik liet me van mijn ezel glijden en wilde de ruiters volgen naar de vuurplaats, maar mijn begeleiders grepen me bij de arm en brachten me naar een hutje met een hoge voordeur. Ze tilden me eenvoudig op en schoven me naar binnen, waarna ze de deur achter me dichtgooiden en vergrendelden. Het rook er naar een stal die lang niet was uitgemest.

Ik tastte om me heen en voelde tralies. Ik kon wel schreeuwen, daar zat ik, opgesloten als een wild beest! Ik hield me in. Als Timoer mij naar waarde kon schatten, dan zouden deze mensen hun straf krijgen. Nu dreigen en schelden zou niets uithalen, ze konden me zelfs vermoorden om dan in Samarkand te beweren dat ik aan een ziekte was gestorven. Wat deden één, twee doden ertoe in dit land waar meer bloed vloeide dan water?

Moe als ik was liet ik me neer op wat stinkend stro en ik probeerde niet te denken aan het dier dat hier voor mij gevangen had gezeten. Over mijn mooie kleren maakte ik me geen illusies, als ik hieruit kwam zou ik eruitzien als een bedelaar.

Ik kon maar moeilijk in mijn discipline glijden, steeds weer hoorde ik kreten en flarden muziek die uit de richting van de karavanserai kwamen. Vlakbij klonk een hoefslag tegen een houten schot, een plotseling briesen. En af en toe de vreemde keelzang van dromedarissen in een enigmatisch vraag-en-antwoordspel.

En dan opeens mannenstemmen dichtbij. Ik spande me in om te horen waar ze het over hadden. Een flakkerende flambouw naderde, geruis op nog geen armlengte van me. Ik rook de scherpe stank van urine, spetters raakten mijn arm. 'Hé!' riep ik zachtjes. 'Hou daarmee op!'

Ik had in het Turks gesproken en de mannen vloekten van schrik.

Ze vloekten in het Spaans.

'Castiliërs!' riep ik.

Even was het stil, toen vroeg een van de mannen: 'Wie ben jij?' Hij hield de toorts bij de tralies en ik toonde mijn gezicht. De man die me nu bestudeerde, had een hooghartig gezicht, hij droeg een overdreven verzorgde baard en snor, maar zijn hoofd was kaal.

'Mijn naam is Isidoor van Rillington,' zei ik.

'Rillington?'

'Dat is het dorp in Engeland waar ik ben geboren. En wie bent u?'

'Ik ben Ruy González de Clavijo,' zei de man. 'Ambassadeur van koning Hendrik van Castilië, op een missie naar Timoer Beg.'

'Dat treft,' zei ik. 'Ook ik ben op een missie naar Timoer, hij zoekt bekwame mensen.'

De mannen begonnen te lachen. 'Jij bent een gevangene,' zei de man die zijn naam nog niet had genoemd. Hij droeg een habijt. 'Een slaaf, ongetwijfeld.'

'Of een krankzinnige,' zei De Clavijo, 'je stinkt als een beest.'

Ik ontkende heftig. 'Ik ben medicus en architect. Dit hok stinkt naar een vroegere bewoner en mijn gevangenschap berust op een misverstand. Misschien kunnen jullie me helpen?'

De Clavijo trok de toorts terug. 'Waarom zou ik dat doen?'

De andere man lachte. 'En waarom zouden we een Engelsman helpen? Jullie verzetten je tegen de goede Papa Luna in Avignon, de ware paus!'

'Hoe kom je erbij!' riep ik harder dan ik wilde.

'Engelsen steunen de razende analfabeet Bonifatius in Rome,' zei de naamloze man, 'doe niet alsof je dat niet weet!'

'Ik steun geen enkele paus,' zei ik.

De mannen lachten.

'Hoe kan dat?' vroeg De Clavijo.

Zijn kameraad kreeg een ingeving. 'Je bent een afvallige, een volgeling van Mohammed!'

Ik kreunde en zei: 'Zeker niet!'

Het gezicht van de Spanjaard betrok. 'Je bent Engelsman... een lollaard!'

'Geen lollaard,' snauwde ik.

Wat bezielde die mensen? En hoe kon dat woord zelfs tot Castilië zijn doorgedrongen?

De Clavijo nam weer het woord. 'Als je had gezegd: help me als christenen onder elkaar, dan had ik je begrepen. Maar je bent duidelijk geen christen. Wat je wel bent weet ik niet, maar als diplomaat kan ik me niet inlaten met krijgsgevangenen of slaven van Timoer Beg. Wij zijn op een vriendschapsmissie.'

Zijn metgezel voegde eraan toe: 'Je bent harig als een beest, hoe kunnen we weten dat je geen duivel bent die ons probeert te verleiden? Timoer moet een reden hebben om je op te sluiten in een beestenkooi.'

'*¡Ven, ven hombre!*' zei De Clavijo, dringend opeens. 'We hebben al veel te lang gepraat met dit sinistere wezen.'

Voetstappen die zich verwijderden.

Ik wilde ze nog naroepen dat ik al jaren weg was uit Europa, dat ik niet op de hoogte was van de verhoudingen, en dat ik me als man van de wetenschap niet interesseerde voor kerkelijke aangelegenheden. Tegelijkertijd besefte ik dat zulk onderscheid niet besteed was aan mensen als De Clavijo en zijn metgezel. Misschien was een tijdelijke gevangenschap wel te verkiezen boven een twistgesprek met idioten.

En daarbij, wie kan een man gevangenhouden die een wereld in zich meedraagt?

Midden in de nacht schrok ik wakker. Had ik een klaroenstoot gehoord? Maar welke idioot blies 's nachts op een trompet?

Een doffe klap, dichtbij. Ik hoopte dat iemand de lawaaischopper had neergeslagen.

Ik probeerde me weer over te geven aan de slaap, maar die kwam niet terug. Tot het ochtendgloren piekerde ik over mijn situatie. Hoe kon ik Timoer Lenk laten weten dat hij mijn kennis en ervaring nodig had om zijn naam onsterfelijk te maken? Bij het eerste licht zag ik eindelijk mijn omgeving. Ver weg een tentenkamp. Achter me was nog net een stuk van een veekraal zichtbaar, waar een paar dromedarissen... Ik slaakte een kreet en ze draaiden tegelijkertijd hun koppen naar me toe, paardenkoppen, maar met kleine hoorntjes. Hoogpotig waren ze, als kamelen of dromedarissen, al hadden ze geen bulten.

Toen ik van de eerste schrik bekwam, kon ik ze toetsen aan mijn kennis. Dit was natuurlijk de *camelopardalis* of giraffe. De ruitvormige vlekken, de paardenkop. Dat moesten het wel zijn, al spraken Plinius en Isidorus niet over de lange nek, wat toch het meest opvallende kenmerk was. Van Heliodorus daarentegen, die ik altijd voor een fantast had gehouden, bewaarde ik de meest accurate beschrijving in mijn geheugen.

En terwijl ik zo naar die dieren keek, kwamen een paar mannen in vuilwitte gewaden aangelopen die aan draagstokken een kuip met zich meedroegen, terwijl ze in druk Arabisch een twistgesprek voerden. Het ging, zo maakte ik uit hun woorden op, over de Osmanli sultan Bayezid, die na zijn nederlaag van de vorige zomer was gevangengenomen door Timoer. Over het lot van de sultan waren ze het niet eens. Ik trok me terug in de schaduwen van mijn kooi omdat ik wilde horen waarover ze het hadden.

'De moeder van de beheerder vertelde het me,' zei een van hen, 'toen ik haar met het vuur hielp. De sultan werd naar Samarkand vervoerd als geëerde gast, maar de vernederingen van de verloren strijd maakten dat hij veren kreeg en omdat zijn bewakers vreesden dat hij weg zou vliegen, hebben ze hem in die kooiwagen gezet, die daar nog altijd staat.'

'Geloof jij dat? Een sultan die veren krijgt!' zei zijn makker.

'Welzeker! Als het Allah behaagt om een man veren te geven, dan doet hij dat zonder aarzelen.'

'Yoessoef van de postdienst heeft me iets anders verteld.' De spreker stond stil en liet zijn last zakken zodat de ander gedwongen werd hetzelfde te doen. 'Het was door ziekte en ouderdom,' ging de man verder. 'De beheerder stuurde nog een bode om een Armeense dokter uit Tabriz, maar die kwam te laat. Yoessoef gaf zelf het doodsbericht door en hij vertelde dat Timoer Beg bittere tranen weende.'

'Om het folterfeest dat hij misliep?'

'Nee, dwaas. Omdat Timoer geen groter geluk kent dan wanneer hij een vijand tot vriend kan maken.'

Bayezid, de Osmanli sultan dood, dat was nieuw voor me.

De mannen zwegen verder. Ik keek voorzichtig en zag dat ze een soort wortels ophielden voor de giraffen, die hun nekken neerzwaaiden en met hun grote lippen voorzichtig het gebodene aanpakten.

'Hé,' zei ik zachtjes om ze niet te laten schrikken. Het mislukte, de mannen sprongen in de lucht van schrik en begonnen al te rennen voor ze de grond hadden geraakt. Ook de giraffen schrikten terug, richtten zich op en haastten zich weg. Ik zuchtte en liet me op de bodem van de kooi zakken.

De Arabieren bekwamen snel van de schrik, van op enige afstand stonden ze te kijken en ik stak een hand door de tralies. 'Vrees niet,' riep ik in hun taal. 'Ik ben een vriend, die door een misverstand gevangenzit.'

Ze schoorvoetten terug. De dapperste, die vooropging, riep me toe: 'Die wortels zijn voor de giraffen. Als het je daarom te doen is, kunnen we je niet helpen. Wij werken in opdracht van de sultan van Egypte en deze dieren zijn een geschenk voor Timoer.'

'Horen jullie niet bij de Westelijke Amaleh?' vroeg ik.

'Nee heer,' zei de andere dienaar van de sultan. 'Wij maken deel uit van de ambassade van het Mammelukkenrijk. Wij reizen samen met de missie van de ongelovigen uit Spanje.'

'En waar zijn we nu?' vroeg ik.

'In Perzië,' zei de man, zonder nader in details te treden. 'Bent u ook een geschenk voor heer Timoer, dat u bij de beesten staat?'

'Een waardevoller geschenk dan jullie kunnen vermoeden,' zei ik, 'ik ben meester in de bouwkunst.' Het kon geen kwaad als die mare de ronde deed.

'Dan begrijp ik dat u in die kooi zit,' zei de man die dit eerder al over Bayezid had beweerd. 'Timoer moet bang zijn dat u ook veren krijgt en wegvliegt.'

'Als ik kon vliegen, vloog ik recht naar zijn paleis,' zei ik.

De Egyptenaren lachten, namen hun kuip weer tussen zich in en liepen terug naar het kamp.

Tegen de middag kwam een jongen van de Westelijke Amaleh me brood en schapenvlees brengen.

'Waarom zit ik gevangen?' vroeg ik hem in mijn gebroken Perzisch.

Hij haalde zijn schouders op en wilde al weglopen.

'Wachten we op de karavaan?' probeerde ik.

'Wij gaan terug naar onze weidegronden,' zei hij. 'Morgen of overmorgen.'

Ik wilde nog wat vragen, maar hij schudde zijn hoofd en rende weg.

Vroeg in de avond kwamen vier Amaleh naar de kooi. Ze openden de deur, trokken me naar buiten en bekeken me hoofdschuddend. Een van hen was een magere jongen van een jaar of veertien.

'Heb je gegeten?' vroeg een man, ongetwijfeld de leider.

Ik knikte.

'Gescheten, gepist? We willen geen oponthoud.'

Ik gaf het vol schaamte toe, ik had net mijn behoefte gedaan in de kooi en vroeg me al af hoe ik me van mijn afval kon ontdoen. Ik wilde het niet met blote handen aanraken.

'Hij is niet groot,' zei de jongen. 'Het zal geen probleem opleveren.'

De leider gaf een bevel en ze scheurden me mijn kleren van het lijf zodat ik naakt voor hen stond. Ik kreeg de kans niet op te protesteren, want ze grepen me beet, terwijl een man een tapijt over de grond uitrolde en voor ik het wist rolden ze me erin, zodat alleen mijn hoofd er half uitstak. Een paard brieste. Handen gaven me door en ik kwam over een paardenrug te hangen, maar gelukkig gaf het tapijt nog enige steun aan mijn lichaam. Nauwelijks speelde deze gedachte door mijn hoofd, of het paard ging er razendsnel vandoor.

Mijn angst om te vallen sloeg al snel om in hoop; een fatale struikelpartij zou mijn lijden verkorten. Hoe stevig ik ook zat ingepakt, alles deed pijn. Hoelang zou dit duren? Af en toe waagde ik het mijn ogen te openen. Dan weer leek de bodem bedekt met gras, dan weer rode aarde, al gingen we zo snel dat alles oploste in een waas. Na wat misschien een lang uur was – waarbij ik rekening houd met gestoorde tijdwaarneming onder hevige pijnen – kwamen er paardenhoeven bij en mijn ruiter sprak in volle vaart met een ander. Misschien zouden ze nu spoedig stilhouden, al was het maar om even te eten of te slapen.

Ik had te vroeg gehoopt. De ruiter wipte me zomaar van het paard af en terwijl ik nog schreeuwde van schrik, lag ik al bij de ander over de paardenrug, nu ruggelings, wat veel erger was dan op de buik. Ik bleef schreeuwen en de nieuwe ruiter sjorde in volle vaart aan de tapijtrol, tot ik weer op mijn buik hing.

Na de wissel wist ik het zeker, estafetteruiters vervoerden mij als postpakket. O God, laat het niet naar Samarkand zijn.

Hoe ver was dat?

Ik probeerde te rekenen. Kon ik dat overleven? De snelheid van een paard met berijder en menselijke bagage, allebei licht. Het aantal mijlen per dag met regelmatige paardenwissels en ruiterwissels. En door die wissels konden ze dag en nacht doorrijden. Wilde ik dat overleven? Hoe ver nog naar Samarkand, duizend mijl? Ik probeerde het steeds weer, maar rekenen viel me onder de omstandigheden te zwaar. God, laat er een einde aan komen. Ik was me vaag bewust van het vallen van de nacht.

Enkele malen moeten we zijn gestopt, al bewaar ik daar alleen vage herinneringen aan. Ik kreeg koude schapensoep en een stuk brood om te soppen. Het was nacht, bij een hutje van gestapelde stenen stonden wat jongens te praten, een van hen hield een paard bij de teugel. Een oude vrouw voerde me als een kind. Toen het op was dommelde ik even in en werd wakker omdat een jongeman me onderzocht. Hij beklopte me en vroeg iets in een taal die ik niet verstond. Opeens stak hij met een naald in een van mijn voetzolen. Een hete woede welde in me op en met hernieuwde kracht begon ik te vloeken. Hij grijnsde en riep iets naar de anderen.

Had ik mijn mond maar gehouden.

Schelden en tegenspartelen hielp niet, voor ik het wist was ik weer ingebakerd als een zuigeling en voort ging het over een rotsige weg.

Bij een van de haltes wasten een paar kerels me razendsnel in een rivier en ik kreeg in een obscene, maar niet mis te verstane gebarentaal de opdracht om mijn behoeften te doen, maar tot mijn schaamte moest ik bekennen dat ik alles al had laten lopen. Ze begrepen mijn machteloze gebaar en verpakten me weer voor transport, met geen andere kleding dan een wijde omslagdoek.

Ik zag het dag worden en nacht en weer dag en ik geloof dat mij zelfs eenmaal een complete nachtrust gegund werd, maar alleen als voorbereiding op een nog krankzinniger rit. Eén ding ontdekte ik, een mens kan slapen onder alle omstandigheden.

Op een vroege ochtend, toen de oostelijke hemel al de grauwe aankondiging van de dag droeg, bij een klein tentenkamp aan de oever van een brede rivier, bevrijdde men me. Ik kreeg een gebakken koek van tarwe en erwten, en voelde me algauw verkwikt, al schaamde ik me voor de smerige staat waarin ik verkeerde. Twee dikke vrouwen trokken me overeind, brachten me naar de rivier, en gaven me, tot hun middel in het water, een nieuwe wasbeurt, waarbij ze veel aandacht schonken aan mijn lange haren en baard. Naderhand hulden twee andere vrouwen me in een schone witte mantel van lichte stof, met ingewikkelde borduursels.

‘Is het voorbij?’ vroeg ik in het Perzisch. Deze kleding leek niet bedoeld voor eenmalig gebruik. Een jongen, hij was misschien veertien, kwam op me af. Hij wees trots naar een paard en toen naar zichzelf. Hij was het die me de laatste etappe had vervoerd en op deze plek afgeleverd. ‘Vanaf hier is het niet ver meer,’ zei hij. Hij wees naar de overkant van de rivier, waar in het eerste licht een bootje het water in stak.

‘Wat is daar?’ vroeg ik.

‘*Mā warā’ al-Nahr*,’ antwoordde hij. ‘Het land over de rivier.’

Ik begreep dat we Transoxanië hadden bereikt en de stroom was Amu Darja, die in de oude tijd bekendstond als de Oxus. Ik vergat alle ontberingen en een grote opwinding nam bezit van me.

De eerste zonnestralen vielen al op mijn gezicht toen ik naast de roerganger van de boot zat, terwijl zes roeiers zich over de riemen kromden. Er stond een kille wind, maar alles wees erop dat het spoedig warm zou worden. Bij een langgerekte zandbank die hier en daar in de vorm van ruig begroeide eilandjes aan de oppervlakte kwam, stonden roerloze zwarte ibissen en flamingo’s op hun lange stelten, maar bij onze nadering vlogen ze allemaal tegelijk op en verduisterden even de ochtendzon. Nu was ik in het land van Timoer Lenk, de kreupele wereldveroveraar die de mooiste stad van de wereld bouwde.

De tegenoverliggende oever naderde snel. Ik onderscheidde al een groepje mannen met lange, in de wind opbollende gewaden, die ons opwachtten met dromedarissen voor het laatste gedeelte van de reis.

Ze begroetten me met meer respect dan ik van de Westelijke Amaleh had mogen ontvangen. Een uitnodigend gebaar naar een dromedaris met een gerieflijk zadel, handen die me erop hielpen en we gingen de brede weg op.

‘Hoelang is het rijden naar Samarkand?’ vroeg ik aan de ruiter naast me, een grote sombere man die net als zijn metgezellen geheel in zwart was gekleed.

‘We gaan niet naar Samarkand,’ zei hij.

Dat kon niet waar zijn. ‘Ik moet naar Timoer Beg,’ protesteerde ik. ‘Het is van groot belang dat ik hem spoedig zie.’

‘Amir Timoer is nog niet in Samarkand,’ zei de man. ‘Ik breng u eerst naar Bukhara, waar de gasten verblijven. De hoofdstad wordt nog in gereedheid gebracht voor de intocht, later deze zomer.'

Ik kreunde. Nog langer wachten. Pas veel later zou ik vernemen dat we, tijdens mijn razendsnelle vervoer als postpakket, de terugkerende troepen hadden ingehaald en dat ik, zonder het te beseffen, op enkele paardlengtes afstand de grote veroveraar was voorbijgestormd. Legers reizen traag, zeker als ze zwaarbeladen zijn met de rijke buit van het rijk van de Osmanli Turken.

27

De maquette

Op een zinderende dag kwam een Tataar in een zwarte tuniek me in mijn tent opzoeken. Een dienaar glipte achter hem langs naar binnen, zette een schrijftafeltje op de grond en liet zich in kruiszit ervoor neer. De Tataar stelde zich voor als Jalal, zonder verdere toevoegingen en daarna pauzeerde hij respectvol om mij de gelegenheid te geven mijn eigen naam te noemen.

'Isidoor van Rillington,' zei ik, 'architect van faam en geneesheer.'

Een nieuwe dienaar kwam binnen met zitkussens en wijn. Hij schonk ons in en bleef achter Jalal staan, klaar om bij te schenken. Het was lang geleden dat ik wijn had geproefd.

Jalal dronk me toe. 'Op de glorie van heer Timoer, moge hij duizend jaar leven.'

'Daar drink ik op.'

'Dat u lang moge leven, Isidoor van Rillington, en uw werken bestendiger mogen zijn dan de bergen,' ging hij verder, want de schenker had al bijgeschonken voordat de gouden gloed onze magen bereikte. Hij kwam ter zake. 'Heer Timoer wil alle mensen met buitengewone vaardigheden uitnodigen om met hem mee te werken aan de glorie van zijn stad. Ik begrijp dat u een bijzonder talent bezit?'

'Ik ben in mijn land beroemd als architect van grote werken,' zei ik.

'En heelmeester?'

'En heelmeester,' gaf ik toe.

Hij lachte. 'Is dat niet een vreemde combinatie?'

'Geenszins,' zei ik. 'Er zijn meer geleerden geweest die in alle kunsten en wetenschappen schitterden. Ik heb grote bouwwerken tot stand gebracht, en daarnaast belangrijke mensen genezen, die anders zeker zouden zijn gestorven.'

Hij knikte en keek me peinzend aan. 'Wat hebt u gebouwd?' vroeg hij toen.

'Kathedralen, kloosters, paleizen.' Omdat hij niet reageerde vroeg ik: 'Weet u wat een kathedraal is?'

'Zeker, kathedralen zijn overal,' zei hij. 'Armenië, Syrië, Georgië...'

'Die zijn niets vergeleken met die van Engeland en Frankrijk,' zei ik. 'Ach, de Nostre Dame van Parijs, de kathedraal van Salisbury... Hebt u daarover gehoord?'

'Parijs en Salisbury, jazeker.' Zijn blik verscherpte alsof hij me op een leugen wilde betrappen. 'Hebt u die gebouwd?'

Ik begreep dat ik niet met een idioot te maken had. Een controleerbare leugen zou meteen tot mijn executie leiden. Of erger.

Ik lachte en hoopte dat het luchtig klonk. 'Dat kan niet, waarde heer Jalal,' zei ik. 'De Nostre Dame van Parijs is decennia voor mijn geboorte voltooid en de bouw heeft bijna twee eeuwen in beslag genomen.'

'En de kathedraal van Salisbury?' vroeg hij en hij sprak die naam uit zoals het hoort.

'Ook die was lang voor mijn geboorte klaar. Een eeuw misschien wel. Ik noemde deze twee omdat ze de meeste indruk op mij hebben gemaakt. Juist de kathedraal van Salisbury ken ik goed, ik heb die gedurende mijn leerjaren nauwkeurig bestudeerd.'

Hij wachtte. Nu moest ik vertellen wat ik wel had gebouwd.

'De kathedraal van Rillington, hebt u daarvan gehoord?'

Hij knikte. 'Wie niet? Is die van uw hand?'

'Ik heb hem ontworpen.' Ik probeerde mijn opluchting niet te laten blijken. 'Als bouwmeester heb ik natuurlijk veel handwerkers en meesters onder mijn medewerkers. Dat zal hier niet anders zijn. Hij wordt al gebruikt, al is hij nog niet voltooid.'

'Hoelang duurt dat nog?' wilde hij weten.

'Zeker een jaar.'

Hij trok zijn wenkbrauwen op. 'En hoelang heeft de bouw geduurd?'

'Tien jaar.'

'Tien jaar!' riep hij uit. 'Waarom zo lang?'

Ik vond de genoemde periode al behoorlijk kort, om de eerdere leugen te ondersteunen, maar hier golden zeker andere waarden. 'Omdat het geld bij de gelovigen moet worden opgehaald,' zei ik. 'Dat kan niet in één keer.'

Hij lachte. 'Wat een omslachtige manier om te bouwen. Heer Timoer heeft dit probleem niet.'

'Juist daarom zal het mij een eer zijn om voor hem te werken,' haastte ik me te zeggen.

Hij knikte. 'We zullen zien. En verder?'

Als ik maar met namen kwam die geen hond kende, zeker hier niet. 'Het klooster van Bellalanda,' zei ik, 'dat is in het noordwesten. Ik heb de oude abdij laten afbreken en het nieuwe klooster is nog in aanbouw. Mijn rol heb ik daar al vervuld, ik keer elk najaar terug om de vorderingen te inspecteren en waar nodig bij te sturen.'

'Hoeveel monniken kunnen er in dat klooster?' vroeg hij.

'Honderdvijftig.'

Hij stond op en begon heen en weer te lopen, de handen op zijn rug. Uiteindelijk hield hij halt en keerde zich naar mij om. 'Ik heb een opdracht voor u, heer Isidoor,' zei hij. 'Een bouwkundige opdracht.'

Hier had ik mijn leven lang op gewacht.

Ik haalde diep adem. 'Spreek heer, en ik zal het doen!'

'Ik wil dat u die kathedraal van Salisbury namaakt.'

Het duizelde me. 'Hier, in Bukhara?' Met een leger aan handwerkslieden en slaven, met alle geplunderde schatten van de wereld, hoe kon ik falen?

'Hier in het kamp,' zei hij. 'U krijgt een maand. Het moet op schaal zijn en op manshoogte zodat de details goed te zien zijn. Uw materialen zijn bamboe, papier en lijm. Ik laat het u brengen in elke hoeveelheid die u wilt.'

Ik kon even geen woord uitbrengen. Een maquette, hij wilde een maquette. Ik moest me tot het uiterste beheersen om hem niet op zijn uitgestreken Tataarse gezicht te slaan, maar dat zou niets anders opleveren dan mijn onmiddellijke dood.

'Zo zal het gebeuren,' zei ik, toen ik mijn stem had teruggevonden.

Papier had ik altijd als een inferieur product gezien. Sinds ik het voor het eerst tegenkwam in Parijs had ik het versmaad, want voor wie een kladversie wil schrijven, voldoet een schrijftablet of leitje, en voor netschrift is perkament het aangewezen materiaal. Het zal in geen duizend jaar uiteenvallen.

Voor mij, als kunstenaar van het geheugen, was papier iets vluchtigs. Kennis heeft een duurzame drager nodig alvorens de lezer het rangschikt in een solide geheugenbouwsel.

Jalal, het moet gezegd, bood me binnen de beperkingen van het materiaal alle mogelijkheden. Voor mij, die alleen het papier kende van de Franse en Italiaanse papiermolens, openbaarde zich een wereld van verscheidenheid.

De ochtend na ons gesprek meldde zich een slaaf bij me die de Tataarse trekken in zo overdreven mate bezat, dat het leek of de oervader van dit volk door sinistere necromantie tot leven was gebracht. De man was klein, licht van lijf en leden en met zijn fijne en half doorschijnende kleed had hij iets weg van een slecht opgespannen vlieger die evengoed bij het eerste zuchtje wind zou worden opgetild.

Zwak was hij niet. Hij bracht een grote, in doek gebonden bundel met zich mee, die hij op de grond ontrolde zodat er een lange rij papiersoorten in alle kleuren en maten tevoorschijn kwam, die met banden en linten op hun plaats werden gehouden. Er waren grote dunne vellen op rollen, dik stevig papier in vellen, stroken met rafelige randen en scherp gesneden kaarten. Sommige vellen, doorzichtig als kleurig glas, droegen vreemde watermerken. Daarnaast waren er bundels lange latten en stokken van een grassoort die zo hoog kan groeien dat een giraffe, zoals ik die in de karavanserai zag, zich in een bosje zou kunnen verbergen. Maar ik zou die grassen pas later leren kennen.

Ik knielde neer bij de schatten die zich daar aan mij openbaarden en streelde de zijdezachte vellen of voelde de harde vezelige structuren van een robuuste kaart. Ik had maar één gedachte: een kathedraal bouwen van papier. Opeens leek het bouwen van een maquette niet meer zo vernederend. Ik zag de logica in. Als ik hiermee mijn dromen zichtbaar zou maken, wie kon mij dan nog een positie als bouwmeester weigeren? Timoer zou meteen begrijpen dat hij geen betere architect kon vinden.

Ik bevoelde de latten en beproefde hun buigzaamheid, ze zouden moeten dienen als steunberen en bogen. Ik wilde net vragen waar de lijm was, toen de man al een pot uit zijn mouw haalde en die voor me op de grond zette. Het was uitstekende beenderlijm, beter zou ik het nergens vinden. Hij toverde nog meer tevoorschijn, vlijmscherpe messen, kleine zagen van een onbekende soort, staafjes houtskool en krijt en verder nog een etui met linialen in verschillende lengten.

'Dank je,' zei ik. 'Dit is alles wat ik nodig heb. Je kunt gaan.'

Hij vouwde zijn armen over elkaar en bleef staan.

'Hoe heet je?' vroeg ik.

Hij sperde zijn kaken open en toonde mij een tongloze mond. Daarna sloot hij hem weer en grijnsde breed om mijn schrik. Hij nam een groot vel, legde het op mijn tafel en gaf me een stuk houtskool.

Ik knikte en zette me aan het schetsen. Ik begon met de omtrekken en maakte in een hoekje van het vel snelle berekeningen van de verhoudingen. Natuurlijk had ik gelogen tegen Jalal. Zo lang was ik niet in Salisbury geweest, al had ik de kathedraal zorgvuldig bekeken en bewaarde ik de indrukken in mijn geheugen. Maar zou ik het bouwwerk tot in detail kunnen reproduceren?

Een ontwerp naar eigen inzicht maken was te riskant. Jalal had natuurlijk nooit de kathedraal van Salisbury gezien en niemand van zijn volk was ooit in Engeland geweest, maar misschien had hij tekeningen gezien, of erover gehoord van krijgsgevangenen, want na de slag bij Nikopolis, waar Bayezid zo'n acht jaar geleden het kruisvaardersleger verpletterde, waren velen als krijgsgevangenen meegenomen naar het Oosten. En wie zich in de jaren daarna niet door rijke familieleden kon laten vrijkopen, werd als slaaf verkocht. Een veroveraar als Timoer zou uiteindelijk ook zijn oog op Europa laten vallen, dus hij verzamelde waarschijnlijk al jaren inlichtingen. En misschien werkten er spionnen in Engeland, ik was er al lang niet meer geweest.

Terwijl de kerk in schets gestalte kreeg, kon ik de gruwelijke verminking van mijn assistent niet uit mijn gedachten bannen. Wat had hij gedaan, dat men hem de tong had uitgesneden? Of hadden ze die met een gloeiende tang afgeknepen? Had de man geheimen verraden? Waarom was hij juist aan mij toegewezen? Zodat hij niets kon doorvertellen?

Ik informeerde naar zijn naam en hield hem een stuk krijt voor. Hij knielde en maakte snel een kleine tekening. Omdat ik er geen bekende vormen in zag, nam ik aan dat hij niet kon schrijven. Toen ik later het schrift van China zou leren kennen, kon ik me deze tekens niet meer herinneren.

Ik vroeg of hij me iets te drinken kon brengen. Hij glimlachte en stapte naar buiten. Bijna sneller dan menselijkerwijs mogelijk was, keerde hij terug met een koel mengsel van vruchtensappen. Ik nam het aan en bedacht dat, los van alle andere redenen, een stom gemaakte slaaf ideaal was voor mij. Zo hoefde ik me niet te laten storen door gebabbel en geklets bij mijn werkzaamheden en bij mijn gang door de stille straten van mijn geheugen.

Voor het eerst moest ik een geheugenbeeld overbrengen naar materialen, al had ik nooit verwacht dat het op deze manier zou gebeuren. Het was ingewikkelder dan ik ooit had kunnen denken. Hoe kon ik een manshoge, stevige structuur opzetten met een licht, zwak en plooibaar materiaal als papier?

Ik begon met een ruw klein schaalmodel, niet groter dan één el in de lengte en een halve in de breedte, met een opgerold vel als toren, alleen om mijn assistent te laten zien wat ik van plan was. Zelfs op die grootte kon ik het nauwelijks bij elkaar houden, zo zwak was de constructie.

Mijn naamloze assistent stond bewegingsloos te kijken tot ik klaar was. Toen nam hij een mes en de lijmpot en deed me voor hoe ik twee stevige kaarten op elkaar kon plakken, waardoor de mogelijkheid ontstond om het half in te snijden en te vouwen, zonder dat het meteen in stukken uiteenviel. In korte tijd maakte hij mijn voorstudie na, maar nu solide, hij liet ook zien hoe lange repen van hetzelfde verkregen laagjespapier konden dienen als onzichtbare verstevigingen van de constructie. Ik begreep dat ik een waardevolle medewerker had en opeens leek het allemaal minder onmogelijk dan ik had gedacht.

Tijd voor het echte werk.

Terwijl ik de dimensies berekende van de basisvormen, probeerde ik al te bedenken hoe ik het probleem van de beelden, van het glas in lood en de roosvensters moest oplossen. En hoe kon je ooit in een maquette het binnenvallen van het licht laten zien? De beperkingen van de werkelijkheid: eigenlijk komt een replica van een kathedraal alleen tot zijn recht op ware grootte. Maar ook deze zou niet heel klein worden.

'We hebben een grotere tent nodig,' zei ik tegen mijn assistent. Hij knikte en ging op pad om het te regelen.

Drie slaven kwamen met de materialen, ik vroeg ze om later terug te komen omdat ik zo mijn middagslaapje wilde houden, maar ze verzekerden me dat ze voor de middag klaar zouden zijn. 'Gaat u maar even wandelen.' Een uur later stond er een drie keer zo grote tent op dezelfde plek. In mijn opwinding vergat ik mijn slaap en ik begon met het uitsnijden van de hoofdpanelen.

Mijn helper, die inmiddels ook een slaapmat in de tent had, stond me steeds bij, maar werkte daarnaast ook aan zijn eigen projecten. Hij maakte vliegers en lampionnen, papieren en zijden vlinders en vogels, en als hij iets af had, vlijde hij het voorzichtig neer in een hoek van de tent. Af en toe kwam een slaaf om zijn werkstukken mee te nemen. Ik nam aan dat ze als versieringen moesten dienen voor feesten of voor de beroemde tuinen van Samarkand, waar ik verschillende mensen al over gehoord had.

Ik sprak niet veel met mijn medekampbewoners. Niemand leek behoefte te hebben aan verbroedering en ik nog minder dan de anderen. Hier en daar zaten Arabische krijgsgevangenen zwijgend bordspelletjes te spelen voor hun tent, of ze beschreven papierrollen op schrijftafeltjes. Weer anderen beschilderden tegels of sneden kunstige ornamenten uit houtblokken, Sombere mannen waren het, ongetwijfeld geleerden, kunstenaars en architecten.

Niemand van hen leek ingenomen met het feit dat hij het had overleefd en soms betrapte ik een van hen erop dat hij openlijk stond te huilen. Dankzij de verhalen van de Bukht had ik een idee wat die mannen hadden meegemaakt toen hun steden werden overvallen. Ongetwijfeld hadden ze hun familie en vrienden zien sterven voor ze op transport werden gezet op weg naar een ongewisse toekomst. Hoeveel van hen waren hier bezig met een proefstuk, een meesterproef? Ik kon geen maquettemakers ontdekken onder mijn medegevangenen, maar het kamp was veel groter dan de tenten in mijn directe omgeving.

's Ochtends kregen we brood en melk, 's avonds kwamen slaven soep en stoofpot brengen. Samenzijn werd niet aangemoedigd en als iemand al contact zocht, kwam er snel een wachter die met zachte dwang de overtreder naar zijn tent terugstuurde. Verder hoefden ze nooit te gaan, de wreedheden van de Tataren waren bekend genoeg om ons onder de duim te houden.

Elke avond als naar zijn mening het werk gedaan was, pakte mijn assistent een klein snaarinstrument met een snaar en een lange hals en dan speelde hij een lange droevige melodie voor hij zich te slapen legde. Ik bleef dan vaak nog in de tentopening zitten met mijn ogen dicht, terwijl ik me Salisbury voor ogen haalde. Ik had het gebouw nu helderder voor ogen dan destijds.

Mijn maquette vorderde. Na een week stond er een robuuste kathedraal met toren en al in de tent. De toren steunde van binnenuit op vier bamboestengels en ik had zelfs de tijd genomen om het ingewikkelde balkenwerk na te maken en dat in een later stadium ook weer verworpen, want ik kon niet zweren dat ik dit goed in mijn hoofd had. Het was immers niet gebaseerd op een logisch ontwerp, maar op een lange reeks improvisaties naar aanleiding van een fout – krukken en spalken om een verkeerd ontworpen toren in stand te houden.

Al snel hoefde ik maar een voorbeeld te maken van een beeld, een venster of pilaster, of de stomme maakte het precies na in de hoeveelheid die ik nodig had. Ook was hij een meester in het secuur namaken van boog- en roosvensters, en hij wist zelfs een fijnmazig filigrein in het papier te snijden en knippen dat hij vervolgens afplakte met het doorzichtige kleurenpapier. We hoefden niet eens zo hard te werken om alles binnen de maand af te krijgen. Vijf dagen voor de aflevering bracht de stomme op mijn aanwijzingen kleuren aan met een spits toelopend penseel, dat hij met grote vaardigheid hanteerde.

Een dag voor het einde van de termijn klonk er geroep in het kamp en toen ik een kijkje ging nemen zag ik dat veel gevangenen dezelfde kant op liepen. Ik volgde de massa naar de rand van het kamp, waar een stoet over de weg langstrok. De meest opvallende deelnemers kende ik al. Weken geleden had ik de giraffen ergens in Perzië gezien en ik besefte nu pas hoeveel tijd de reis met de postpaarden me had bespaard.

De giraffen, vier in getal, liepen zelf, maar ze waren met rugtuigen aan wagens verbonden. In rijdende kooien zaten hoogbenige loopvogels en andere dieren die ik niet thuis kon brengen. De Mammelukse afgevaardigden en hun soldaten reden op paarden en wisten zich beter te presenteren dan de ruitergroep die volgde. Het was de strenge, magere De Clavijo, die ik eerder had ontmoet, en naast hem reed zijn geestelijke die het met een muilezel moest doen. Ook zij hadden een gevolg van ruiters en voetknechten, van wie een aantal onderweg gerekruteerd moest zijn.

Mijn stomme hulp was op de grond gaan zitten. Hij trok een pakje papier uit zijn gewaad en maakte met een stift snelle, komische schetsen van de magere ruiter met zijn gezette kompaan. Ik richtte mijn blik weer op de Castiliërs. Hoewel De Clavijo mij aankeek, gaf hij geen blijk van herkenning, hoogstens rustten zijn ogen iets langer op mij dan nodig was. Ik schonk hem een grijns, maar zijn blik gleed alweer verder.

De Tataarse wachters die het gedrang in goede banen moesten leiden, begonnen ons nu naar het kamp terug te dringen. Een paar toeschouwers, die niet snel genoeg waren, kregen stokslagen, zodat ze in paniek probeerden weg te kruipen. Ik kon nog net mijn vaardige helper buiten het bereik van een stok trekken. Hij woog bijna niets en stond meteen weer op zijn voeten. De Tataar die zich van zijn prooi zag beroofd, trok een zwaard en kwam op mij af, maar Jalal riep hem met een kort bevel terug. De man boog diep, bood Jalal zijn zwaard aan en twee van zijn collega's voerden hem weg.

'Heb jij geen belangrijker bezigheden dan hier te staan kijken?' vroeg Jalal streng. 'Ik wil niet dat je Li Peng blootstelt aan de willekeur van deze idioten. Hij is te waardevol.'

'Wie is Li Peng?' vroeg ik dom, want ik wist het antwoord al.

'Aan het werk,' zei Jalal. 'Als je te laat bent, kan niemand je redden.'

'Het werk is af,' zei ik.

'Dan moet je het met je leven bewaken,' zei hij. 'Hoe weet je dat niet iemand van de drukte en verwarring gebruikmaakt om je tent af te branden? Of je maquette te stelen, wat op hetzelfde neerkomt? Weet je hoevelen hier een kans willen krijgen om voor Timoer te werken? Er zijn twee wegen naar de top: uitblinken in je werk en het elimineren van mededingers.'

Ik haastte me achter Li Peng aan, die op zijn gemak was weggekuierd.

'Morgenochtend,' riep Jalal me nog na. Alsof ik dat niet wist.

In de tent lag alles erbij zoals we het hadden achtergelaten.

'Wat nu?' vroeg ik aan Li Peng.

Hij zette zich glimlachend aan een eigen werkstuk.

Ik vond dat ik rust had verdiend en legde me op de slaapmat.

Pas de volgende ochtend ontwaakte ik, toen een paar mannen binnentraden en me met hun kreten een doodsschrik bezorgden. Vier slaven stonden in de tentopening met open mond naar mijn kathedraal te kijken. Jalal, die achter hen aan kwam, riep: 'Vooruit, opladen!'

De slaven hadden lange bamboestokken meegenomen. Ik had voorzien in een stevig raamwerk als grondplan, zodat het hun weinig moeite kostte om de hele maquette op de staken te binden. Daarna begonnen ze van vier kanten de tent te ontmantelen, want de maquette was te groot voor de opening.

'Je hebt het goed gedaan,' zei Jalal. Op zijn bevel begonnen de slaven in een vreemde taal af te tellen en tilden toen het werkstuk in één keer op.

'Waar gaat het heen?' vroeg ik.

'Naar Samarkand,' zei Jalal.

'Wanneer zal heer Timoer daar arriveren?' vroeg ik.

Hij keek me scheef aan. 'Onze heer is er al,' zei hij toen. 'Hoorde je ze niet voorbijkomen?'

'Ik zag de karavaan van de Mammelukken en de Castiliërs,' zei ik.

'Ik bedoel in de nacht die daaraan voorafging,' zei hij ongeduldig. 'Het is natuurlijk niet aan de ambassadeurs om de stad te betreden voor Timoer daar is. Zij hebben gewacht tot hij voorbijtrok, want mijn heer wil in stilte zijn stad binnengaan. De stoet droeg de lijkkist van Timoers geliefde kleinzoon en troonopvolger, die enkele maanden geleden is gestorven.'

Hij vertrok met de slaven, maar niet voordat ze het tentdoek weer hadden neergelaten, en pas toen het te laat was bedacht ik dat ik naar Li Peng had moeten vragen. Ik wilde hem graag bij me houden; hij was een assistent zoals iedere architect zich kan wensen. Ik vond hem buiten op een open stuk grasland waar hij speelde met een van zijn vliegers. Het was de grootste tot nu toe, en stelde een vlinder voor, met een vreemde bruin-gele bloktekening.

Toen ik beter keek, zag ik dat het twee giraffen waren die, ondersteboven, met hun staarten tegen elkaar aan stonden. De nekken vormden de lange vleugellobben van de vlinder, de poten konden met enige fantasie doorgaan voor voelsprieten. Li Peng liet de vlinder dansen en duiken in de wind, hij hield hem met twee touwen in bedwang en toen hij mij zag aankomen, gebruikte hij een van de touwen om zijn schepping te laten vleugelklapperen. Dit kunststukje beheerste hij nog niet helemaal, want na een dappere reeks fladderingen, stortte het ding ter aarde.

Li Peng leek het niet uit te maken. Hij lachte hardop, met open mond, een gruwelijk gezicht. De dag daarop was hij echt verdwenen.

De weg naar Konstanz XV

—

De piramiden

Later die avond aten we in de herberg en vader en dochter spraken over de te volgen route. Ik luisterde niet, ik zweeg en gleed gewoontegetrouw door mijn ommegang. En hoewel ze gewend waren me met rust te laten als ik me naar binnen keerde, richtten ze zich nu tot mij.

'Wat vind jij, Isidoor?' vroeg Maelgys.

'Ik weet niet wat de keuzen zijn,' zei ik.

'De kortste weg, of de gemakkelijkste?' vroeg Lorea.

'Het maakt me niet uit,' zei ik, 'laat je vader beslissen, voor hem is het 't zwaarst.'

Maelgys lachte. 'Ik heb altijd mijn Gigi,' zei hij.

Vader en dochter kibbelden nog wat, zonder dat ze mij er verder bij betrokken en na een tijdje kondigde Lorea aan dat ze zich ging wassen.

'Ze heeft zeep gekocht op de markt,' zei Maelgys lachend. 'Wij blijven wel even beneden. Hopelijk wil Isidoor nog wat met me drinken.'

'Ga maar,' zei ik tegen haar. 'Ik zorg voor je vader,'

Hij bestelde bier en toen het voor ons stond, vroeg hij: 'Waarom ruiken herbergen altijd naar verschaald bier, terwijl je juist daar het bier niet laat verschalen?'

Ik weet niet meer wat ik antwoordde, de vraag was niet serieus bedoeld. We spraken wat over de weg die we waren gegaan en die we nog voor ons hadden en bestelden meer bier en dronken voor een open raam dat uitkeek op een klein kanaal achter de herberg.

'Ik hoor het water,' zei de oude man opeens, 'maar er beweegt iets kleins op de stenen en het is geen kat. Is het een rat?'

'Ja,' zei ik. 'Hoor je hem echt lopen?'

'Het is niet zo dat ik hem hoor,' zei hij. 'Het is eerder een afwezigheid in het constante gemurmel van het water, een akoestische schaduw die langsglijdt – nee, glijden is niet het juiste woord – een voorthobbelende schaduw.'

'Je weet je goed te redden zonder zicht,' zei ik. 'Hoelang ben je al blind?'

'Het begon al toen wij elkaar ontmoetten.'

'Waarom heb je het toen niet verteld?' vroeg ik. 'In dat vroege stadium had ik je misschien kunnen helpen.'

Hij glimlachte en schudde zijn hoofd. 'Het is geleidelijk gegaan en toen het weg was miste ik het niet.'

'Je vroeg me vandaag wat ik geleerd heb,' zei ik. 'En toen ik antwoordde, lachte je me uit. Nu vraag ik het jou, oude man. Wat heb jij geleerd in Trebizonde? En waarom ging je niet naar Constantinopel zoals jullie van plan waren?' Ik waagde het nog altijd niet om naar zijn vrouw te vragen.

Zijn hoofd wiebelde nog harder dan gewoonlijk. 'Ik begin bij de tweede vraag,' zei hij. 'Trebizonde heeft geen toekomst meer. Mijn tijd duurt het nog wel, maar mijn dochter zal de instorting meemaken van het kleine keizerrijk, en zo niet zij, dan wel haar kinderen. Constantinopel, Klein-Azië en ook Griekenland, allemaal zullen ze vallen onder het rijzende getij van de Osmanli Turken, of het nu van buiten komt, of van binnenuit.

Herinner jij je de euforie nog die heerste in Trebizonde, twaalf, dertien jaar geleden, toen Angora viel? De Tataren braken de macht van Bayezid, die toen al acht jaar Constantinopel bezette. De Trebizonders dachten dat ze niets meer te vrezen hadden, maar ik weet beter. De tijd van Byzantium is voorbij. Ze krijgen een kort respijt, maar ik voorspel dat de halvemaan de komende jaren alles zal overspoelen.'

'En mijn andere vraag?'

Hij zette zijn lege beker voorzichtig voor zich neer. 'Ik heb lesgegeven,' zei hij. 'Ik heb kennis doorgegeven, maar niet mijn eigen kennis vermeerderd. Als ik al iets heb verworven, is het een inzicht dat zich niet in woorden laat vatten, noch in een geheugennis plaatsen. Het laat zich niet kooien of kaderen, zelfs niet in de geest.'

Ik wachtte op verdere uitleg, maar die kwam niet. Hij hief even zijn hoofd op en snoof. 'Lorea en haar zeep,' zei hij. 'Ruik je het ook?'

Ik rook het niet, maar even later kwam Lorea aangelopen en de gelagkamer vulde zich met bloesemgeur.

'Heb je eigenlijk de piramiden gezien?' vroeg ze, alsof ze al die tijd met die vraag had rondgelopen.

'Lorea wil zo graag dat je vertelt over je belevenissen,' zei de oude man lachend.

'Ooit zal ik dat doen,' zei ik, want ik wilde mijn gesprek met haar vader voortzetten. Hij stond op het punt om me te vertellen over het inzicht dat hij verworven had en misschien was dit ook het moment om naar het lot van zijn vrouw te vragen.

Maar Maelgys kwam overeind. 'Ik ga slapen, het wordt weer een lange wandeling morgen. Vertel haar over de piramiden!'

Lorea ging zitten en nam een slok van mijn wijn. Ik wachtte tot Maelgys weg was en vroeg toen welke piramiden ze bedoelde.

'Mijn vader bezocht ze toen hij een jongeman was, hij had erover gelezen in een oud boek.'

'Dat zal Herodotus zijn geweest,' zei ik. 'Ik moet je teleurstellen. In de tijd dat ik naar het Mammelukkensultanaat wilde reizen, had Timoer ze net de oorlog verklaard.'

'Timoer is dood,' zei ze. 'Al heel lang.'

'Ik weet het.' Ik wilde haar niet vertellen dat ik een rol had gespeeld aan zijn sterfbed. Wat is het toch dat mensen zo fascineert aan die piramiden? Groots als ze zijn, hoe kunnen ze in de schaduw staan van de bouwkunst van onze tijd?

Ik zei alleen maar: 'Ik heb er een gezien, maar die was niet zo groot als Herodotus beschrijft. Het was het grafmonument voor een oeroude keizer in China, ze noemen hem de "gele keizer". Vlak bij zijn monument staan twee enorme zuilen die, zo zeiden de mensen daar, door duizend dragers waren aangevoerd. Die zuilen staan weer op de ruggen van stenen schildpadden en zijn van onder tot boven bedekt met schrifttekens.'

'Dus je hebt wel een piramide gezien.'

'In China,' zei ik.

'Hoelang doe je over die reis?' vroeg ze.

Daar moest ik even over nadenken. 'Ik heb de dagen niet geteld,' zei ik toen, 'ik denk dat je vier jaar nodig hebt om erheen te lopen en terug, als je geen rekening houdt met overstroomde rivieren, oorlogen, bandieten, hongersnood en ziekte. Het is een wonder dat ik het heb overleefd.'

We deden er verder het zwijgen toe en ik dacht terug aan de weg die ik was gegaan. Ik dacht aan de verwoeste, ontvolkte landstreken en zag weer de piramiden die ik niet kon vergeten, de piramiden die gebouwd waren van mensenschedels.

28

De toepassingen van bamboe

Mijn maquette had indruk gemaakt op de grote heerser, want een week nadat alles naar Samarkand was gestuurd, namen twee dienaren me mee naar een badhuis waar ze me met harde hand fatsoeneerden. Hoewel ik erom verzocht, wilden ze mijn baard en hoofdhaar niet afknippen of zelfs bijwerken, wassen was voldoende. Ik droeg een licht kleed van zwarte zijde, met als enige versiering een riem met zilveren gesp.

'Iedereen is in de rouw vanwege Timoers kleinzoon,' zei de man die me aankleedde.

Zo verscheen ik voor de hoofdstad, hoog op een zwarte hengst, de beroemde bouwmeester uit het land van de Franken, want zo heette dat hier. Ook mijn gevolg moest indruk maken maar ik maakte me geen illusies – het was hun taak om mij te beschermen, maar ook om me het vluchten te beletten. Timoer zou snel genoeg begrijpen dat ik er niet over peinsde om te vluchten. Eindelijk konden mijn talenten tot hun recht komen!

Er gebeurde veel in de hoofdstad van het rijk. Buiten de bebouwing stonden tienduizenden tenten, en alle clans en families van de horde waren in de laatste maanden naar de stad gekomen. De vlakte met het tentenkamp had wel wat van een woud, zoals de rookkolommen van duizenden houtvuren kaarsrecht opstegen om pas in de hogere luchtlagen uit te wolken als de bladerkronen van grauwe bomen in een godvergeten schimmenrijk.

In de straten van Samarkand verdrong het volk zich in groten getale. Wij reden stapvoets door een hoofdstraat waar kramen en winkels vol hingen met fijne stoffen, kunstvoorwerpen, snijwerken uit steen, kostbaar hout en ivoor, met parfums die de straat in een zoete walm zetten en de rook van de vlakte uit mijn neus verdreven.

Ik had weinig oog voor de winkelproducten. Hier en daar tussen de huizen rezen de contouren van torens op met geglazuurde muren, slanke minaretten en koepels van moskeeën. Maar voor ik kon vragen of we er een kijkje konden nemen, kwamen we aan op mijn bestemming.

In een zijstraat bevond zich het huis waarin ik zou worden ondergebracht en mijn begeleiders namen plaats voor de deur. Binnen vond ik naast een comfortabel ingerichte leefruimte een binnenplaatsje waar een fontein fris water opwierp en een boom overdag voor schaduw moest zorgen. Nu begon het al te schemeren. Uit de schaduwen trad een jonge slavin, die mij vroeg of ik me wilde opfrissen. Ze bracht me naar een badkamer waar koud water uit een stenen vissenkop in een klein bassin klaterde.

'Als u warm water wilt, dan maak ik dat,' zei ze, terwijl ze een olielamp aanstak. 'Ik zal ook eten voor u maken. En als u nog andere wensen hebt...'

'Later,' zei ik. 'Hoe heet je?'

'Ahin.'

'Ik wil zo de stad bekijken, Ahin. Als ik terugkom zal ik baden.'

Het huis was werkelijk voor mij persoonlijk ingericht. In de werkkamer vond ik een tekentafel, papier en schrijfwaren, teken- en meetinstrumenten en alles wat een architect zich verder maar kan wensen. Maar ik wilde niet langer dralen, ik was in Samarkand! Toen ik het huis verliet, voegde zich een zwaargebouwde, bewapende krijger bij me. 'Wat gaat u doen?' vroeg hij in het Perzisch.

'Ik wil de bouwwerken van de stad bekijken.'

'Ik ben Mûsa,' zei hij, 'uw begeleider. Ik sta met mijn leven garant voor uw veiligheid. Ik zal uw gids zijn in de stad, maar niet vandaag. Vandaag gaat u eten en slapen. Morgen wacht u een belangrijke ontmoeting.'

Onverrichter zake ging ik weer naar binnen waar het meisje Ahin mij naar een ligbank met zachte kussens leidde en toen ik eenmaal lag, voelde ik mijn vermoeidheid. Ahin snelde weg voor mijn avondmaal en haar half doorzichtige sluiers zweefden achter haar aan. Ik probeerde mijn ogen open te houden tot ze terug was, maar tevergeefs.

Ook de volgende dag kon ik niet naar de bouwwerken van Samarkand. Ik was net klaar met baden toen een paar gardisten binnenkwamen. 'Je wordt verwacht in de grastuin,' zei een van hen. Mûsa was nergens te zien.

In het kamp had ik gehoord over de beroemde tuinen van Samarkand, een grastuin was daar niet bij. 'Wat is dat?' vroeg ik.

De man schudde minachtend zijn hoofd. 'Een tuin met gras.'

Ze marcheerden door de straten en ik moest huppelen om het militaire tempo bij te benen, want ze hielden me vast bij mijn bovenarmen en tilden me zelfs een stukje op. Weg was de waardigheid die ik dacht te hebben verworven. Tegelijkertijd was ik dankbaar, want mijn vilten schoentjes waren te dun om mijn voeten te beschermen tegen de gloeiende straatstenen – het was nog altijd uitzonderlijk heet.

'Waarom zou iemand een grastuin willen?' vroeg ik hardop. Wie heeft er belang bij gras, afgezien van koeien of geiten? Ik had eindeloze grasvlakten gezien, maar ik kon geen reden bedenken om die naar de stad te halen.

'Onze amir Timoer wil het zo,' zei de man.

Met zulke mensen kon je de wereld veroveren!

Verder vragen was niet verstandig. Ik negeerde de blikken van de stadsbewoners, ze moesten wel denken dat er een misdadiger werd opgebracht. Of zou ik dan ketenen dragen? Zagen ze ooit Europeanen? Overigens zag ik er niet uit als een Europeaan: donker als ik was, en in de kleding van dit Mā warā' al-Nahr, kon ik doorgaan voor een Pers of Turk.

De mannen volgden een eindweegs een muur die net te hoog was om overheen te kijken en waar wuivende groene bossen bovenuit staken.

'Wat zijn dat voor bomen?' vroeg ik. Het had wat weg van palmen, maar was veel dichter. En de bladerkronen leken niet te rusten op lange stammen zoals palmen, maar ze bogen diep, en woelden en ruisten harder dan palmen konden doen, in een wind die op straat niet te voelen was.

'Gras,' zei een wachter, 'daarom heet het de grastuin.'

We waren inmiddels bij een poort aangekomen en na een gecompliceerd klopsignaal ging deze open. Meer soldaten. Mijn begeleiders verdwenen, de nieuwe gardisten leidden me langs paden in dit wuivende bos. Hier heerste stilte en nu pas zag ik de volle pracht van de grassen. Ze hadden wel degelijk stammen, of liever, stengels. Lange elegante stengels als de poten van kraanvogels, maar met vele geledingen. Ik kon al snel uitmaken dat er verschillende soorten in groepjes bij elkaar stonden. Bij onze nadering vlogen af en toe zwermen mussen op.

We kwamen bij een klein, overdekt paviljoen waar een oude man, gekleed in een eenvoudige tuniek van donkere zijde, me half liggend op een beklede divan opwachtte. Zijn gezicht straalde uit alle rimpels welwillendheid uit.

'Buig voor de amir,' fluisterde een gardist me in het oor en toen ik niet meteen reageerde, greep hij me bij mijn nek en schopte mijn benen onder me vandaan.

Ik lag op mijn buik en raakte de vochtige aarde aan met mijn neus.

'Je kunt opkijken,' zei de oude man. Hij ging rechtop zitten en staarde me aan alsof hij me al mijn geheimen wilde ontfutselen, maar ik zag dat hij bijna blind moest zijn.

'Isidoor, heelmeester en architect,' zei de grote veroveraar langzaam in het Turks, 'bouwer van kathedralen.'

Was dit een constatering of een vraag? Moest ik antwoorden? Ik had al begrepen dat een verkeerde opmerking mijn dood kon betekenen.

Hij verloste me van de keuze. 'Ik loop hier graag,' zei hij, 'voor zover ik dat nog kan. Een verwonding uit mijn jeugd begint haar tol te eisen. Dit wonderbaarlijke gras heb ik laten aanvoeren uit India en China.' Hij stond op. 'Loop met me mee.'

Ik kwam overeind en volgde hem in zijn strompelende wandeling een pad op tussen de hoge stengels, waarvan de toppen onrustiger bewogen dan een korenveld bij storm. Hoewel het werkelijk niet hard waaide, bogen ze bij het geringste zuchtje wind diep door, alsof ook zij een hommage wilden brengen aan de machtigste man van de wereld. Een steelse blik over mijn schouder leerde me dat de gardisten op nauwelijks een pas afstand achter ons liepen, bedacht op het geringste gebaar van mijn kant.

'Ik heb je model van de kathedraal gezien,' vertrouwde Timoer me toe. 'Het is indrukwekkend, zelfs in papier. Als je een complex bouwwerk zo gedetailleerd kunt namaken, ben je ofwel die speciale soort gek die in heel korte tijd alles in zich opneemt...' Hij trok een korte sabel uit zijn sjerp en hakte een steel af die laag over het pad hing. '...of je bent de bouwmeester zelf en dat is waarschijnlijker.'

Ik knikte, al hield hij zijn ogen op het pad gericht. Eén keer struikelde hij over een wortel en wist zich net staande te houden. Ik wilde te hulp schieten maar voelde direct een hand op mijn schouder.

'Deze plant, bamboe, is heel interessant,' ging de amir verder, zonder er acht op te slaan, 'hij vormt wortels met baarden. U weet toch dat de woorden *barba* en *barbaros* samenhangen? Barbarenbaarden, en onze kunstenaars weten er prachtige barbarenkoppen van te snijden. Maar het blijft niet bij die ene worteling: onder de grond groeit het door en nieuwe scheuten verspreiden het bos steeds verder. Een mooi bamboebos met diverse soorten kun je alleen onderhouden als je genoeg slaven hebt om de wortels in te perken. Het schijnt zwaar werk te zijn.'

'Het is prachtig, hoogheid,' waagde ik te zeggen. Ik had me in moeten houden om zijn vergezochte etymologie van *barba* en *barbaros* te corrigeren. Het verbaasde me al dat hij zulke woorden kende.

'En het is koel,' ging hij onverstoorbaar door, 'het maakt het leven draaglijk in de zomerhitte, die nu op zijn hoogtepunt is. Maar bamboe heeft nog interessantere eigenschappen.' Hij stond stil en pakte mijn hand. 'Luister goed, bouwmeester, sommige van deze grassen bloeien maar eens in de dertig jaar, sommige zelfs eens in de honderdvijftig jaar. En dan bloeien alle planten van die variëteit tegelijkertijd, waar ook ter wereld. Daarna sterven ze af.' Hij keek me aan met zijn halfdode ogen en niet alleen de staar had ze van hun ziel beroofd. 'Jullie christenen zijn als bamboe, jullie hebben je verspreid over de wereld en de kathedralen zijn opgerezen waar jullie je wortelden.. Maar de tijd van sterven is nabij, begrijp dat goed. Kerken, kathedralen en kloosters zijn gedoemd te verdwijnen, ik heb ze overal leeg zien staan en heb er vele laten vernietigen. De toekomst is aan moskeeën en madrassa's.'

Ik knikte.

'Hoe kun je het met me eens zijn, als christen?' vroeg hij.

'Ik ben geen christen,' zei ik aarzelend.

‘Ben je een ongelovige?’ Zijn stem klonk scherper, zelfs de bewolkte blik leek intenser.

‘Dat ook weer niet.’ Hoe redde ik me hieruit? Christenen stonden hoger dan duivelaanbidders, meergodendienaren en ongelovigen, wat dat laatste ook mocht zijn. Ik antwoordde: ‘Ik ben een zoeker en sta open voor de waarheid.’

Timoer leek zich te ontspannen. ‘Welnu, wie zoekt zal vinden,’ zei hij.

Ik weet niet of hij bewust de Bijbel citeerde, of dat het toeval was, maar ik voelde opeens een groot verlangen naar de waarheid en maakte een instemmende buiging. Een ooievaar kwam laag overvliegen, even gleed zijn schaduw over ons heen.

‘Je gaat een moskee voor mij bouwen,’ zei Timoer. ‘Het wordt het belangrijkste bouwwerk in de wereld en hoewel er al grote gedeelten af zijn, moet er nog veel gebeuren.’

‘Ik ben niet waardig,’ stamelde ik, maar ik voegde er snel aan toe: ‘Ik zal de mooiste moskee ter wereld bouwen.’

Hij hoestte even, schraapte zijn keel en zei: ‘Het gaat vooral om de pishtak en het hoofdgebouw, de moskee zelf, met de koepel. Ik zal zorgen dat u onbeperkte middelen en gelden krijgt. U hoeft niet van de grond af te beginnen, de fundamenten liggen er al, maar er is van alles fout gegaan bij de bouw en de vorige architecten...’ Hij glimlachte en maakte een weids gebaar. ‘Deze bamboe heeft nog meer eigenschappen. Met de grootste en dikste stengels bouwen we steigers, die het mogelijk maken om nog rondom de hoogste minaret te kunnen werken. En, mits goed aangescherpt, leveren deze grassen harde, vlijmscherpe speren op, die zich uitstekend lenen voor het spietsen van falende dienaren. Zeker voor architecten is het een passende dood, vindt u ook niet?’

‘Als mijn heer dat vindt, is het niet aan mij daaraan te twijfelen,’ haastte ik me te zeggen. Ik had hem wel een gezegde willen voorleggen dat ik in de werkplaats van Bartholomieu had geleerd, en volgens welk het uithakken van een kunstwerk onvermijdelijk spaanders oplevert, maar ik kende het Turkse woord voor spaanders niet en wilde niet te veel zeggen tegen Timoer Lenk.

Beg bedoel ik.

Hij had mijn kwaliteiten onderkend, dus ik hoefde me geen zorgen meer te maken. Mijn moskee zou alle andere in de schaduw stellen – wat was trouwens een pishtak? Ik betreurde natuurlijk dat ik moest voortbouwen op iets bestaands, maar met de onbeperkte middelen die ik ter beschikking kreeg, kon ik wellicht sluipenderwijs het ontwerp veranderen en naar mijn hand zetten; mijn schetsen, maquettes en de uiteindelijke resultaten zouden zelfs de meest veeleisende potentaat overtuigen.

Timoer knikte, hij bukte zich moeizaam om een verdroogde bamboestok op te rapen en toen hij weer omhoogkwam, barstte zijn gerimpelde oudemannengezicht open in een allervriendelijkste glimlach. Ik had hem wel willen omhelzen. Dienaren verschenen van tussen de stengels met een lichte draagstoel. Hij liet zich er kreunend in zakken en wuifde me weg. Nu pas zag ik dat hij een paar vingers miste.

Ik ging, begeleid door een gardist die enigszins gebukt ging om de overhangende graspluimen niet in zijn gezicht te krijgen. Achter ons klonk het splijten van een bamboestengel. We verlieten de tuin door een andere poort en de hitte buiten de muren was verpletterend.

Een overweldigende stank benam me de adem.

Aan weerszijden van de poort hingen de lijken van twee mannen, ieder voor zich op drie bamboestokken gespietst, waarvan er een van aars tot keel liep en twee schuin door borst en buik, zodat de dode lichamen in een vreemde driepoot overeind bleven staan.

Ondanks de hitte begon ik te klappertanden en ik kokhalsde zonder dat er iets kwam. De gardisten die me bij de poort overnamen, keken me verbaasd aan en barstten toen in lachen uit. Een van hen vertrouwde me toe dat Timoer bij de terechtstelling had gezegd: 'Ik zal jullie, ezels, tonen dat je al stabiliteit kunt bereiken met drie stokken.'

'Zijn dit de architecten?' vroeg ik met moeite.

'Nee, die zitten nog hun fouten te overdenken. Dit zijn hun ondergeschikten en de terechtstelling was een voorproefje van wat hun te wachten staat.'

Mûsa, mijn persoonlijke bewaker, kwam op me toe.

'Neem hem snel mee,' zei een gardist. 'Hij heeft wat onder de leden als je het mij vraagt.'

‘Wat nu?’ vroeg ik aan Mûsa, toen we een straat verder waren en de drukkend hete lucht niet meer zwanger ging van rottende krengen. ‘Breng je me naar huis?’

‘Nee, magister Isidoor,’ zei de man. ‘Ik heb opdracht om je mee te nemen naar de moskee.’

‘Welke moskee?’

‘De belangrijkste. Die waar je zelf aan gaat werken.’

Als een reusachtige parel lag hij daar, de grote moskee van Samarkand. Was dat mijn moskee? Maar die was af! Toen zag ik dat ik me in de maat had vergist, we stonden voor de noordelijke iwan, die slechts een onderdeel was van een veel groter complex. We betraden de binnenplaats. Aan de andere kant van de koer was een soortgelijk gebouw, maar de echte moskee lag aan mijn linkerhand, een koepel was in eerste aanleg aanwezig. Het gebouw stond in de steigers, die vanaf mijn standpunt als spinrag zo ijl leken. Tegenover de moskee aan de andere kant van het plein lagen bergen aarde en puin, en verderop wachtten marmerblokken op houten vlonders.

Mijn aandacht werd al afgeleid door drie mannen die kwamen aansnellen. Ze stelden zich voor als Firoek, Omar en Adan, bouwopzichters.

‘We zijn zo blij dat je er bent,’ zei Omar. Hij omhelsde me als een lang verloren vriend.

‘De grootste architecten van de *dar as-salaam* hebben hieraan gewerkt,’ zei Firoek, ‘en ze faalden. God heeft je gezonden.’ Hij kuste me op de mond zoals een man een vrouw kust.

Adan legde zijn handen op mijn schouders, keek me in de ogen en drukte me toen tegen zijn brede borst. Hij weende.

‘Hoelang bouwen jullie hier al aan?’ vroeg ik.

‘Vijf jaar,’ zei Jalal, die achter me stond. ‘Onze heer Timoer is de bouw begonnen na zijn veldtocht naar India. Hij heeft vijfennegentig olifanten ingezet om het marmer hierheen te brengen uit Perzië, India en Azerbeidzjan.’

Ik wees naar de puinhoop. ‘Wat is dat?’

‘Dat is de pishtak,’ zei Jalal, ‘die was voltooid toen we terugkwamen van de veldtocht, maar onze heer Timoer vond hem te klein. Hij heeft die gedeeltelijk laten afbreken en nu moet jij hem in de gewenste grootte opbouwen.’

'Goed,' zei ik. 'Wanneer begin ik?'

'Dat mag je zelf bedenken,' zei Jalal, 'het moet klaar zijn voor de wintercampagne.'

Ik wist niet wat ik moest zeggen. Was het niet al bijna herfst? 'Ik moet ontwerpen maken,' zei ik, 'tekeningen en berekeningen. Dat kost al weken.'

Jalal maakte een ongeduldig gebaar. 'Tekeningen zijn er al en heer Timoer heeft instructies op papier voor de proporties. Je hoeft het alleen maar te vergroten.'

Ik schudde mijn hoofd. 'En het echte werk dan, het bouwen? Dat gaat jaren kosten!'

'Het aantal arbeiders en vaklieden is oneindig,' zei Firoek. 'Ze weten wat hun lot is als ze falen, dus we vertrouwen op hun volledige toewijding.'

'En heer Timoer zal na de *Qurultai* en de overwinningsfeesten zelf de supervisie op zich nemen,' voegde Jalal eraan toe. 'Hij zal dan verblijven in de *khanaqah* en de madrassa van Saray Khanum Mulk. Hij wees op de puinhopen van het poortgewelf, maar ik begreep dat hij doelde op de gebouwen verderop.

'Wat is een khanaqah?' vroeg ik.

'Een plek waar een gelovige zich terugtrekt voor contemplatie,' zei Jalal.

'En wanneer begint de wintercampagne?' Ik had het ijskoud, al was het nog altijd die drukkend hete dag.

'Dat is geheim.' Jalal knikte naar het verwoeste gebouw. 'Waar wacht je op? De opzichters zullen je alle gegevens ter hand stellen. Timoer wil iedere ochtend verslag van de vorderingen en een uitgebreide rapportage over de werkers, wie er uitblinken en wie lijntrekken. Het uitwieden van onkruid is ook in jouw voordeel.'

De opzichters gingen me voor. Nu zag ik pas een groep mannen die neerzaten bij de puinhopen van het poortgewelf. 'Waarom werken ze niet?' vroeg ik.

'Ze wachten op uw bevelen,' zei Adan.

Ik begon wat sneller te lopen.

In een bouwhut van tentdoek, waar ook bedden stonden, gaf Firoek me een mapje met tekeningen.

Omar overhandigde me de instructies van Timoer.

'Eerst gaan we eten.' Adan riep bevelen naar een donkere jongen in een lendendoek.

Terwijl ik de papieren doorkeek, kwamen bedienden binnen met schotels rijst en schapenvlees.

'Leg toch weg, die papieren,' zei Adan, 'nu eten we!'

'Ik kan kijken en eten tegelijk,' zei ik korzelig. 'Je hebt toch gehoord hoeveel haast ermee gemoeid is?'

Firoek lachte en druppelde wat citroensap op zijn schapenkarbonade. 'Dat is zo,' zei hij, 'maar gezien de onmogelijkheid van de opdracht en de waarschijnlijkheid van onze vroegtijdige dood, kunnen we net zo goed genieten van de tijd die ons rest.'

'Maakt u zich geen zorgen.' Dat was Omar. 'Het mag een onmogelijke taak zijn, maar wij hebben uw maquette bestudeerd, uit elkaar gehaald en alle berekeningen erop losgelaten. Als er iemand het onmogelijke kan volbrengen, dan bent u het.'

De anderen maakten instemmende geluiden. Ik vermoedde dat ze mij hadden uitverkoren om in geval van mislukking de rol van zondebok toe te bedelen.

Mislukken? Nooit. Ik dacht aan de kathedralenbouwers in het Westen, die op alle heiligendagen vrij hadden, die 's zomers lange uren werkten, en 's winters korte – áls er al gewerkt werd. Dat alles zou me in Mā warā' al-Nahr niet belemmeren. Ik had een onuitputtelijk reservoir aan vaklieden dag en nacht tot mijn beschikking en Timoer zou niet aarzelen om de luilakken te doden. Een ideale werksituatie voor een architect met ambities. Ik verwachtte dat er weinig luilakken zouden zijn.

'We zullen slagen,' zei ik. 'Jullie worden rijkelijk beloond.' Geen pessimisme in mijn bouwhut.

'Als God het wil,' zeiden de drie, bijna in koor.

Ik zuchtte. 'Het ligt in jullie eigen hand.' Ik nam ook een stuk vlees, al was het maar om warm te worden, want de honger was me vergaan. 'Voor het donker wil ik een schouw van de bouwplaats,' voegde ik eraan toe. 'Ik wil ook metingen doen.'

Aldus geschiedde.

Tegen middernacht lieten mijn opzichters zich op hun matrassen vallen. Zelf zette ik me bij het licht van een olielamp aan het rekenen. Hoeveel materialen waren er, hoeveel moest er nog komen? En als ze bij de eerste opzet van de poort alles te klein bemeten hadden zou er niet genoeg marmer zijn. Hoe kwam dat ooit op tijd hier met die trage olifanten?

Het was al laat toen ik op mijn strozak lag. Met spijt dacht ik aan het heerlijke verblijf en het meisje Ahin, die me de eerste dag waren toegewezen, ik vermoedde dat het bij die ene dag zou blijven.

Die nacht, mijn vriend, kwamen dromen mij teisteren, die alle sindsdien verstreken jaren niet hebben kunnen uitwissen. Het waren geen monsters, demonen of zelfs maar mensen die maakten dat ik doorweekt van angstzweet ontwaakte, maar grassen zo ver en hoog als mijn droomoog kon kijken, ze ritselden en woelden en bogen overdreven diep, als verraderlijke dienaren die hun meester bespotten voor ze hem aan zijn vijanden uitleveren.

De volgende dag kwam een boodschapper mij een geschenk brengen van de amir. Het was een prachtig bewerkte wandelstaf van bamboe met als knop een bebaard barbarenkopje.

29

Regenschermen

'Heer Timoer zal de supervisie op zich nemen na de overwinningsfeesten en na de Qurultai,' had Jalal gezegd. Op de tweede dag van mijn aanstelling kwam hij me nog vertellen dat ik grote prioriteit moest geven aan de voltooiing van de vrijdagmoskee recht tegenover de pishtak, aan de overkant van de binnenplaats.

Ik ging op inspectie met in mijn kielzog de drie opzichters en mijn bewaker Mûsa. Hier zaten geen werkers in afwachting van bevelen, er heerste grote bedrijvigheid. Ik bekeek met groeiende ontzetting de aanzet van wat een granaatappelvormige koepel moest worden die, zoals in deze contreien gebruikelijk was, op een korte cilindrische toren stond. Vanbinnen bestond hij uit twee bouwlagen en ik hoefde niet eens te rekenen om te zien dat de verhoudingen niet klopten. Ik dacht aan Salisbury, waar achter een vals plafond krukken en steunen van binnenuit de boel bij elkaar hielden om de grove constructiefouten te maskeren. Zou Timoer zo'n oplossing accepteren?

Onder het werk vertelden mijn begeleiders over de vergissingen in het verleden en hoe de bouw keer op keer moest worden stilgelegd, op bevel van Zijne Hoogheid. Hoe architecten in de kerkers verdwenen en de nieuw aangeworvenen met dezelfde problemen kampten.

'Ze hebben het niet goed hersteld,' zei ik. 'Het fundament moet opnieuw gelegd worden, het grondplan komt niet overeen met de krachten die de moskee oproept.'

De drie knikten geestdriftig, keken elkaar aan en hadden even niets te zeggen.

'Nou?' vroeg ik. 'Is daar nooit eerder aan gedacht?'

'Zeker wel.' Adan keek naar de grond.

'Uw voorgangers beweerden hetzelfde,' zei Firoek, terwijl hij naar een verzakking in het metselwerk keek alsof hij wilde voorspellen wanneer de stenen zouden gaan vallen.

'Waarom is daar dan niet naar gehandeld?'

Omar keek de anderen aan. 'Heer Timoer had betere argumenten dan zijn architecten. "Het ligt in de hand van God," zei hij.'

Ik kreunde. Er was ook helemaal geen tijd voor een nieuw fundament. Als ik met het huidige ontwerp verder zou gaan, dan moest ik zoveel steunen aanbrengen dat het binnen een wirwar van balken zou worden en niet alleen boven in de koepel. En luchtbogen zoals bij een kathedraal? Geen denken aan. Ik hoefde niet eens te informeren naar de gewenstheid hiervan, het zou immers de hele elegante opzet van de hoge koepels op hun geglazuurde cilinders tenietdoen.

Teruglopend naar mijn werkplaats nam ik me voor om het werk zo goed mogelijk te laten uitvoeren en ervoor te zorgen dat het in elk geval enige tijd kon standhouden. Als Timoer op wintercampagne ging, kon ik misschien wegkomen. Hij zou me niet meenemen, en er lagen vast al nieuwe opdrachten voor me klaar. Ik kon wel janken. Eindelijk bouwmeester, maar gedoemd om te falen, en in plaats van eeuwige schoonheid te scheppen, moest ik een spel spelen van schijn en bedrog.

Jalal had zich losgemaakt van zijn bezigheden elders. 'Hoe denk je erover, nu je het allemaal hebt bekeken?' vroeg hij.

'Het wordt moeilijk,' zei ik voorzichtig, 'maar onmogelijk is het niet.'

'Natuurlijk niet,' antwoordde Jalal. 'Onze amir vergist zich niet en God, die met welgevallen op hem neerkijkt, heeft het allemaal in Zijn hand.'

In de avond kwamen kleermakers me een nieuw kostuum aanmeten en ik voelde mijn ster rijzen. Een strakke tuniek van rood brokaat met rijk borduursel in goud lieten ze voor me achter. En er zouden meer kostuums komen, zo verzekerde een van hen me. 'We hebben uw maten en we zullen u voor de Qurultai kleden zoals het een heer van uw status betaamt.'

'Wat is toch die Qurultai?' vroeg ik aan Mûsa.

'Dat is de grote samenkomst van de Chagatai,' zei mijn bewaker. 'Alle clans van de horde van Timoer Beg zijn hier in de vlakte bij elkaar gekomen om de overwinningen van hun heer te vieren.'

'Hoe vieren ze dat?' vroeg ik.

Mûsa grijnsde. 'Met veel vlees en nog veel meer wijn.' Hij leek zich er al op te verheugen.

'Jammer,' zei ik, 'ik ben geen liefhebber van wijn.'

'Dan kunt u beter zorgen dat u dat snel wordt,' zei hij, 'voor uw eigen lijfsbehoud!'

Een paar dagen later vroeg ik hem of ik nog altijd een gevangene was.

'U weet wel beter, heer!' Mûsa trok zijn doorlopende wenkbrauw hoog op, waardoor een tweedeling ontstond die deed denken aan het silhouet van een Bactrische kameel. 'Ik waak over uw veiligheid en bescherm u tegen uzelf en ieder ander. Er zijn veel plekken in Samarkand waar u niet mag komen en waar overtreding tot uw directe executie leidt. Ik behoed u voor zulke dwalingen.'

Ik maakte een voorlopig ontwerp. Het was mogelijk, maar dan moest ik niet te lang in Samarkand blijven rondhangen. Ik nam de oorspronkelijke tekeningen erbij en paste afwerking en versieringen aan. Ik sprak met steenbakkers en metselaars, met stucwerkers en mozaïekwerkers, glasblazers en pottenbakkers, en de gesprekken gingen, al dan niet via tolken, in Arabisch, Turkmeens, Perzisch, Azerbeidzjaans en Hindi. Ik kon alleen maar hopen dat mijn instructies goed waren overgekomen en omdat ik alles noodzakelijkerwijs moest controleren, was ik overal tegelijk.

De opbouw van de pishtak ging sneller dan ik had durven dromen en soms begon ik te geloven dat het toch kon lukken. De bouwmaterialen bleken grotendeels intact te zijn opgeslagen, olifanten kwamen er niet meer aan te pas.

Steeds vaker bleven voorbijgangers staan om te zien hoe de nieuwe pishtak oprees uit de afbraak, tot Jalal een schutting neerzette om ze te weren, want niets mocht de werkers afleiden. De ploegen werkten niet langer dan vier uur aaneen, ze wisselden elkaar dag en nacht af omdat ik geen vermoeide arbeiders wilde. 's Nachts ging het werk door bij toortslicht.

Aan het begin van mijn tweede week als bouwmeester kwam in de avond een groep soldaten het terrein op marcheren, die bij het openen van hun rijen een draagstoel onthulden. Ik wilde net naar bed gaan, maar kreeg nu bevel om me bij Timoer Beg te melden.

Op mijn knieën in stof en steengruis kroop ik de laatste passen naar de krijgsheer, hopend dat mijn tandengeknars niet tot hem zou doordringen.

'Bouwmeester,' zei hij, 'je levert goed werk, maar het moet sneller.'

'Ik zal erop toezien.'

'Het gaat regenen, wat ga je daaraan doen?'

Ik keek op naar hem en toen naar de lucht. De toortsen waren al een tijdje aan, maar het was nog niet geheel duister. Hoe wist hij dat het ging regenen? Een soldaat gaf me een tik met de schacht van zijn lans.

'Ik zal het open bouwsel met zeildoek beschermen, heer,' zei ik.

Hij gromde wat en spuwde door het luikje. 'Het werk moet doorgaan,' zei hij toen, 'laat de toortsen beschermen.'

Ik liet hem weten dat ik er alles aan zou doen en toen hij het luikje van zijn stoel dichtklapte, kroop ik drie passen terug en krabbelde weer moeizaam overeind. Hoeveel sneller zou het werk vorderen zonder dat achterlijke protocol! Ik riep mijn drie onderknuppels en vroeg hoeveel toortsen we in bedrijf hadden.

'Tachtig,' zei Firoek.

'Honderd,' zei Adan.

'Tweeënnegentig,' zei Omar.

Ik geloofde de laatste omdat hij specifieker was dan de rest, maar voor de zekerheid hield ik me bij het hoogste getal en nam er twintig procent bij als veiligheidsmarge.

'Ga naar de winkelstraat,' zei ik, 'haal regenschermen, honderdtwintig.'

Ze keken me verbaasd aan. 'Regenschermen?'

'Ik heb parasols gezien van gelakt papier. Koop die en zet ze bij de toortsen. Laat, terwijl we de buien afwachten, zo veel mogelijk mensen die dingen namaken, maar met steviger latten en bespannen met zeildoek. Snel, snel, als jullie deze nacht willen overleven!'

Ze stoven weg. Een van hen kocht parasols, de andere twee zochten mensen om snel nieuwe schermen in elkaar te zetten. Er kwamen tentenbouwers, timmerlieden, vlechters, wevers en naaiers en al rond middernacht waren er meer regenschermen dan toortsen. Overal stonden jongens klaar om ze boven de vlammen te houden. Ik zette mensen in die niet direct nodig waren, maar evengoed was het tijdverlies.

Dacht ik. Kort na middernacht barstte een onweer los.

Steeds weer zag ik de mogelijkheden van een onbeperkt leger vakbekwame en gemotiveerde handwerkslieden. Ik keek in de vlagende regen op de bouwplaats, waar de schermhouders alles inzetten om de toortsen te beschermen. Timoer kon tevreden zijn, het werk ging door.

Maar nog kon ik niet slapen, want opnieuw kwam de draagstoel van Timoer de bouwplaats op hobbelen, met dragers en soldaten. Het escorte schoof ineen onder een afdakje, terwijl Timoer vanuit zijn eenzame draagstoel instructies begon te roepen naar de arbeiders. Hij vuurde aan, hij dreigde en maande en zijn stem was nog altijd krachtig genoeg om boven het geraas van het hemelwater uit te klinken.

Ik twijfelde even, maar was zo moe dat ik mijn bed opzocht. Toch kon ik de slaap moeilijk vatten, want de hele nacht bleef ik die stem horen. Ik verwonderde me en bewonderde. Timoer Beg was de vleesgeworden Babylonische spraakverwarring, hij sprak meer talen dan ik. Tegen de ochtend sukkelde ik in slaap, lang kan het niet geweest zijn. Buiten scheen een waterig herfstzonnetje en de draagstoel was verdwenen, maar de hamerslagen en commando's van de werkvloer klonken levendiger dan ooit. Aan de galgen hingen verse kadavers. Ongetwijfeld moest de lijkenstank de motivatie van het werkvolk versterken, maar de aasvogels, geïnspireerd door de oplaaiende werklust, zouden de krengen nog voor de middag tot op het bot ontvlezen.

Na die nacht zou Timoer op ieder willekeurig uur van de dag of nacht opduiken. Nooit meer richtte hij zich rechtstreeks tot mij, maar hij bleef het werkvolk aanwijzingen geven, bedreigingen toeroepen en af en toe hing hij iemand op, ter aanmoediging. Op een dag waagde ik het om erover te beginnen tegen Jalal, in de hoop dat mijn bouwmeesterlijke opinie ergens gehoor zou vinden. 'Is het wel een goed idee om de beste vaklieden op te hangen?'

Hij glimlachte toegeeflijk. 'Maak je geen zorgen, goede Izz, onze amir beschikt over een onmetelijk leger aan vakbekwame specialisten. Zelfs als hij de complete ploeg ophangt, met jou incluis, is dat nog bevorderlijk, want het geeft de overlevenden vleugels.'

Ik liet het rusten. En van die vleugels zouden we spoedig een demonstratie krijgen.

Hoe moe ik ook was, ik sliep slecht en maakte regelmatig een avondwandeling door de stad. Het donkerde al vroeg en de straten waren bijna verlaten, alleen in de hoofdstraat hielden volhardende handelaren hun neringen nog open, terwijl anderen onder dekzeilen op de koopwaar lagen te slapen. Af en toe moesten we in een smalle straat wijken voor een gezelschap hoogwaardigheidsbekleders dat zich van of naar een feest spoedde, want de feesten gingen door in Samarkand, men vierde nog altijd de terugkeer van Timoer, na zijn vijfjarige afwezigheid.

Op een avond kwamen ons mannen tegemoet die Spaans spraken en toen we ze voorbij lieten gaan, herkende ik ambassadeur De Clavijo, de edelman die mij niet had willen helpen toen ik als een beest in een kooi zat. Onder zijn landgenoten, die steun zochten bij elkaar, bevond zich ook de geestelijke die mij voor een duivel hield. De man was te dronken om te lopen, zijn prachtige Tataarse kostuum verpest door ingedroogd braaksel.

De Clavijo zag mij niet, hij had alleen oog voor zijn beschonken metgezel. De Tataarse begeleiders waren alert, iedere keer als de geestelijke leek om te vallen, grepen ze zijn armen en steeds herstelde hij zich en sloeg ze van zich af.

In een impuls stak ik mijn wandelstaf tussen de benen van de geestelijke, zodat hij pardoes op zijn gezicht viel. Kermend bleef hij liggen op de straatstenen.

'Fray Alfonso!' riep De Clavijo.

De zwaarden van de begeleiders vlogen uit de scheden en een van hen haalde bliksemsnel naar me uit, maar niet zo snel of Mûsa was hem voor. Hij ving de klap op met zijn eigen kling en het andere zwaard viel op straat. De bewakers aarzelden, Mûsa had hun kameraad de zwaardpunt op de keel gezet en het zou zeker niet bij één dode blijven.

'Er is niets gebeurd,' zei Mûsa kalm. 'Wij beschermen allemaal onze gasten en die dronkenlap struikelde.'

'Zo denk ik er ook over,' zei de bewaker die hij onder bedwang had. 'Laat gaan, mannen.'

'Laat mij de ambassadeurs begroeten.' Ik richtte me tot de ambassadeur die de frater ondersteunde. 'Señor De Clavijo, herkent u me niet meer?'

De edelman keek me scherp aan. 'De duivel uit de kooi,' zei hij, 'ik herken je aan je stem. Waarom liet je Fray Alfonso Paez struikelen?'

'Hij struikelde omdat hij stomdronken is,' zei ik. 'Het verbaast me dat dienaren van de kerk én van de Spaanse koning zich in zulke omstandigheden laten zien. Is dat uw idee van een diplomatieke missie? *La banda borracha*?' Ik ergerde me aan de liederlijkheid van mensen die toch – althans in de ogen van de Tataren – mijn landgenoten waren.

De geestelijke stootte met moeite een beschimping uit in zijn eigen taal, die ik meteen wegborg in mijn innerlijke vocabularia, nooit te beroerd om iets te leren.

De Clavijo maande zijn metgezel tot kalmte. 'Ik vrees dat de onfortuinlijke omstandigheden van onze vorige ontmoeting mij een verkeerde indruk hebben gegeven,' zei hij. Nu hij me hier zo goed gekleed voor zich zag, nam zijn diplomatieke instinct het over. 'Vergeeft u mij en mijn metgezellen en wees zo vriendelijk nogmaals uw naam te zeggen en uw bezigheden.'

'Ik ben magister Isidoor van Rillington. Op de eerste plaats architect en in die hoedanigheid belast met de bouw van de belangrijkste en grootste moskee van Samarkand. Op verzoek van Timoer Beg.'

'Het is niet uit vrije wil dat mijn gezelschap zo beschonken is,' zei De Clavijo, nadat hij me een respectvolle buiging had vergund. 'Ik begrijp dat het een ongunstige indruk maakt, maar als diplomaten plooien wij ons naar de lokale gebruiken. Wij bezoeken dagelijks de feesten van de amir en zijn familieleden, en naar plaatselijke gewoonte drinkt iedereen aan één stuk door. Een feestmaal kan pas aanvangen als alle aanwezigen dronken zijn.'

'Waarom bent u niet dronken?'

'Ik drink nooit,' zei De Clavijo enigszins gegeneerd. Ik vond het niet nodig om hem op zijn tegenspraak te wijzen. Hij ging verder: 'We hebben dat uitgelegd aan de Tataren en frater Alfonso Paez bood in een daad van buitengewone opofferingsgezindheid aan om, naast zijn eigen deel, ook mijn deel van de drank tot zich te nemen.'

Ik moest lachen. 'U hebt een trouwe vriend,' zei ik. 'Zelf ben ik geen drinker, maar ik zou niet aarzelen als de gewoonte het vereiste.'

'U bent nog niet bij de feesten geweest?' vroeg hij verbaasd.

'Dat zal binnenkort gebeuren,' zei ik. 'Ik neem aan dat men mijn werk nog te belangrijk vindt en dat niemand mij wil afleiden.'

'U hebt een zware taak,' zei de Spanjaard. 'De moskee van Mohammed Sultan, die vorige maand op verzoek van Timoer Beg is afgebroken omdat de vorm van de koepel niet naar zijn zin was, moest in tien dagen herbouwd worden. Het lukte ten koste van honderden doden, vaklieden, architecten, bouwopzichters – menigeen heeft zich eenvoudigweg doodgewerkt. En hoeveel tijd hebt u gekregen?'

'Genoeg,' zei ik. Ik had geen zin meer in deze conversatie en na wat beleefde buigingen vervolgden wij onze weg. Ondertussen was ik verkild tot op het bot. Een zware taak? O God, het was onmogelijk.

De weg naar Konstanz XVI

—

Het inzicht

'Mijn vader wil met je praten,' zei Lorea.

'Hij weet van ons,' stelde ik vast.

'Natuurlijk weet hij van ons,' zei ze, 'en anders had ik het hem wel verteld. Maak je geen zorgen, we hebben zijn zegen. En dit zijn ook niet de zaken die hem bezighouden.'

Ik wist niet welke zaken de oude Maelgys bezighielden, en dat vertelde ik haar.

'Je zult het spoedig weten,' zei ze. 'Hij wacht op de heuvel. Ik heb hem beloofd dat je zult komen.'

Ik beklom de heuvel en vond hem onder een kromme naaldboom die zich afkeerde van de dominante windrichting, zoals bomen op heuvels dat soms doen.

'Ga zitten,' zei hij. Ik nam plaats naast hem en bood hem mijn waterzak. Hij dronk en daarna was hij lange tijd stil. Samen luisterden we naar het suizen van de wind en naar het zingen van de krekels, dat zwakjes van beneden kwam.

Na een tijdje sprak hij. 'We hadden het onlangs over de zoektocht naar kennis. Je wist niet wat je zocht en vond het allemaal futiel.'

'Ik heb mijn kennis uitgebreid,' zei ik, 'maar mijn rusteloosheid blijft. Als ik al iets zoek, dan kan ik niet verwoorden wat dat is.'

Hij keek in mijn richting met zijn uitdrukkingsloze ogen, maar om zijn mond speelde een spottend lachje. 'En als je het wel kon verwoorden?' vroeg hij.

'Als ik het kon verwoorden, had ik het al gevonden.'

'Je hebt gelijk,' zei hij, 'al is niet alles in woorden te vangen.'

Weer bleef het lang stil. Uiteindelijk zei Maelgys: 'Ik denk dat wij hetzelfde zochten, mijn vriend. En ik heb het gevonden. Heb je enig idee hoeveel er verloren gaat door de eeuwen heen? Hoeveel verzamelde kennis er aanwezig was in de bibliotheken die in oorlogen zijn platgebrand, hoeveel grote geesten zijn verzwolgen door zwaarden en ziekte?'

'Wat heb je gevonden?' vroeg ik, met groeiend ongeduld. Kon het werkelijk zo zijn, wat ik al vanaf het begin vermoedde?

'Ik verwierf kennis die niemand in ons gedeelte van de wereld bezit en daarbuiten misschien een enkeling. Ik gaf het door aan mijn dochter, maar zij is te jong en onrijp om het helemaal te bevatten. Ik daarentegen ben inmiddels te oud om het voor mezelf te houden. Elke dag opnieuw speelt me door het hoofd wat een ramp het zou zijn als ik deze reis niet zou overleven, waardoor het inzicht weer voor duizend jaar of langer verloren gaat. Lorea en ik zijn het erover eens dat we jou in onze inzichten moeten laten delen. Onze levens zijn te kwetsbaar om zo'n belangrijk inzicht alleen te kunnen dragen. Als we het delen, spreiden we het risico.'

Ik keek hem aan en wachtte ademloos, elk woord kon nu het verkeerde zijn en hem doen besluiten om het toch voor zich te houden. Maelgys sloot zijn blinde ogen en hij begon een liedje te neuriën, dat langzaam overging in woorden, maar de taal begreep ik niet. Na een tijdje viel hij stil en lachte wat voor zich heen. Net toen ik wilde vragen waar dit alles toe leidde, begon hij te spreken.

Maelgys sprak en ik begreep meteen dat wat ik die nacht van hem te horen kreeg, datgene was waarnaar ik, zonder het te weten, mijn hele leven gezocht had. Het was van een grote eenvoud en schoonheid en ik kon me er alleen maar over verbazen dat ik hier niet zelf op was gekomen. Al die tijd had het net voorbij de horizon van mijn geest gelegen, aan de drempel van mijn waarneming. Het was maar een kleine verschuiving, een minieme sprong van de geest, maar een waardoor alles anders werd. Het was er altijd al geweest, maar ik had het niet gezien.

We bleven daar zitten tot de dageraad het land in een gouden gloed zette en hoewel de bries van die nacht was gaan liggen, hoorde ik boven me dennennaalden zachtjes tegen elkaar ritselen, het klonk als een egel die zich tussen een paar kruiken onzichtbaar wil maken maar wiens stekels hem verraden.

Ik zat de hele volgende dag aan het strand en keek in volledige rust naar de aanrollende golven. Tegen de avond kwam Lorea bij me zitten, ze legde haar hoofd in mijn schoot. Ik volgde de wolken die in brede formaties voortjoegen, vluchtend voor een hoge wind en als ik terugdenk aan die nacht, dan kan ik niet zeggen welke gedachten er door me heen gingen, misschien waren er geen gedachten, waren mijn innerlijke stemmen voor één keer tot zwijgen gebracht. Lang na middernacht werd ik me weer bewust van Lorea's slapende lichaam tegen dat van mij en ik legde me naast haar in het zand.

In de ochtend ging ik voorop en de weg openbaarde zich aan me in al zijn complexiteit, ik ervoer de wereld om me heen in duizend schakeringen en in oneindig veel details die me eerder niet waren opgevallen. Het land loeide me tegemoet als een stormwind, ik bood weerstand, ik zette me schrap tegen de veelheid en liet me gaan toen ik een vlucht trekvogels zag overkomen en gefascineerd raakte door het gemak waarmee ze vlogen. Het was toen alsof ikzelf de wind onder mijn vleugels kreeg en ik voelde me opgeheven naar hoogten van waaruit ik kon uitkijken in verten die oplosten in mistigheid, maar ook daaraan voorbij zag ik, en wat eerst mist had geleken was een nieuw oneindig perspectief van vervloeiend, verschietend leven.

Ik toetste niets aan mijn ommegang, maar één woord kwam in me op, waarin de mysticus Meister Eckhart iets meer dan een eeuw geleden deze wervelende dynamiek had weten te vangen. *Wirklichkeit.* Ik begreep nu pas wat hij gezien had.

Ik vergat mijn reisgezellen en toen mijn lichaam me liet weten dat het moe was, ging ik liggen in het gras onder een boom en keek naar een spin met heel lange poten die statig over een steenplaat marcheerde. Ik stelde me voor dat ik die spin was en zag de wereld als spin. Het lopen op acht poten ging me moeiteloos af en toen verplaatste ik me naar een wezen dat zo klein was dat het diezelfde spin zag langskomen als een monster dat zijn stelten dreunend neerplantte en schaduwen wierp die zich rekten tot aan de verre horizon.

Nog groter was de schaduw van Maelgys die over me heen viel. Hij stampte met zijn staf op de grond. 'Het is overweldigend,' zei hij. 'Ik weet het, maar je moet nog steeds eten.'

Vanaf die dag had ik de vreemde gewaarwording dat we sneller vooruitkwamen dan voorheen, terwijl alles om me heen tegelijkertijd rijker en dichter was geworden. Ook het landschap veranderde, we hadden de zee al verlaten en liepen door het heuvelland dat ver voor ons zou overgaan in de bergen, die we zagen oprijzen en waartegen ik in eerdere dagen zo had opgezien, al wilde ik dat niet weten voor mijn metgezellen. Nu leek het me toe alsof elke weerstand, iedere wrijving die ik ontmoette, mijn kracht deed toenemen, alsof ik als een dolfijn kon rijden op golven die, zonder zichtbaar te zijn, net zo werkelijk waren als die hoge bergen zelf.

30

De vlucht van Li Peng

Moet ik echt de kleren beschrijven die ik kreeg op de ochtend van de Qurultai, duistere vriend? Ik ben geen man van pracht en praal en begon me inmiddels enigszins belachelijk te voelen in zijde en goudbrokaat, in die flonkerende borduursels waarin je bij ons niet over straat zou kunnen zonder dat de straatjongens je uitjouwen en met modderkluiten bekogelen. Het is ook de gêne die me terughoudt. Vooruit dan, ik droeg onder mijn gewrochte tuniek een groteske lichtblauwe broek van zijde, die aan alle kanten bol stond, alsof ik gekleed ging in een wolk. Mijn enige troost: ik was niet de enige die er bespottelijk bij liep, dat privilege leek vooral vreemdelingen te beurt te vallen.

Gazelleogige lieden van wie ik werkelijk niet kon uitmaken of het jongens of meisjes waren wasten, kamden en parfumeerden mijn baard en mijn hoofdhaar tot ik stonk als een bordeel op de rue de Gratte-cul.

En dan de tenten waarin Timoer zijn feesten hield. Elk op zichzelf was een paleis van kostbare stoffen, van protserige gordijnen en baldakijnen, van zijden koorden en kwasten – maar het bleef doek, het waren geen gebouwen. Al die praal kon mij niet imponeren en ik betrapte mezelf er meermalen op dat mijn gezicht verveling of minachting moest uitstralen. Dan probeerde ik vlug het domme ontzag te imiteren van de schapen om me heen, die zich vergaapten aan het vluchtige klatergoud van de amir – want zoveel jaar later, nu ik je dit vertel, zijn al die stoffen uiteengevallen tot stof, wat anders?

Nee, waarom zou ik die zaken beschrijven? Dat was eerder iets voor praalhans De Clavijo, de gladde hoveling uit Castilië, die driftig aantekeningen maakte van alles wat zich voor zijn ogen afspeelde. Wij springen over de routines van alledag en begeven ons rechtstreeks naar de ochtend van de Qurultai.

Daar zat ik dan, na een leven lang streven en hunkeren, te midden van de architecten in wier orde ik was opgenomen, een gezelschap waarin ik nu eens niet de indringer was, maar juist onderwerp van kruiperige bewondering. Tegelijkertijd durfde niemand lang met me te spreken, alsof mijn confraters de doem al boven mijn hoofd zagen hangen.

Wij hadden als beroepsgroep onze eigen tent en zaten in kringen rond een verhoogd podiumpje dat overigens leeg was. Onze aandacht ging vooral uit naar de belangrijkere gasten, die langskwamen in groepen en steeds wat dichter bij de tent van Timoer en zijn familie een plaats zouden krijgen. Een van de laatste groepen was die van de ambassadeurs, en naarmate de kleding – geschonken door Timoer – extravaganter en kostbaarder werd, begon ik me af te vragen of die buitenissigheden niet bedoeld waren om gasten te vernederen door ze als narren tentoon te stellen. De afgevaardigden van het Mammelukkenrijk kwamen voorbij en daarna volgde een groep mannen die zich weer op een andere manier onderscheidde in haardracht en kleding, ze droegen zeer wijde gewaden die, hoewel van dure stoffen gemaakt, bleekjes afstaken tegen de pracht van de Chagatai en hun gasten. Ze droegen ringbaardjes maar zonder snorren en op hun hoofden prijkten ronde kapjes, met aan weerszijden uitsteeksels.

'De delegatie van de Ming-keizer,' zei een man naast me in het Perzisch.

'Die krijgen het moeilijk,' zei een ander.

'Hoe weet je dat?'

'Zie je dat niet? Ze hebben geen feestkleding cadeau gekregen. En dat terwijl ze de belangrijkste gasten zijn. Onze heer wil hen vernederen.'

Ik verwierp de theorie die ik zojuist had gevormd.

De eerste wees naar een nieuwe delegatie en begon te lachen. 'Kijk, daar heb je die Castiliërs weer.'

De Clavijo gunde mij een stroef knikje. Voor hem liep Fray Alfonso Paez, fris en schoon en in een hemelsblauw zijden gewaad. Hij huppelde bijna in de blijde verwachting van weer een feestdag.

'Iedere held van de Chagatai wil het met drinken opnemen tegen die frater,' ging de man naast me verder. 'Zijn opnamevermogen is al legendarisch. En die ambassadeur krijgt weer heel wat om op te tekenen.' De mannen schoten tegelijk in de lach en ze bleven lachen, tot de Spanjaarden uit beeld waren. Ik richtte me tot hen en vroeg: 'Waarom vinden jullie die Castiliërs zo grappig?'

De dichtstbijzijnde Pers keek me doordringend aan. Toen vroeg hij: 'Afgezien van een zuiplap die zich tot mikpunt van bespotting maakt? Hij zal zich dooddrinken voordat zijn missie tot een einde komt.'

'En dan die ambassadeur,' zei zijn makker. 'Die gelooft alles wat je hem vertelt en schrijft het op. Bij het banket van vorige week maakten we hem wijs dat we het mausoleum van Mohammed Sultan, de geliefde en betreurde kleinzoon van onze amir, in tien dagen en nachten hebben gebouwd.'

Nu kon hij rekenen op mijn volle belangstelling. 'Dat verhaal heb ik ook gehoord,' zei ik, 'over de doden, de executies van trage werkers, de velen die zich doodwerkten... Dat is dus niet waar?'

De Pers keek me verstoord aan. 'Dát wel,' zei hij toen, 'maar het was niet in tien dagen geklaard.'

Mijn hoop flakkerde op. 'Hoelang duurde het dan?'

'Drie weken. Eén dag langer en ook wij hadden het niet overleefd.' Ze stootten elkaar aan en schoten weer in de lach. Daardoor ontging het ze hoe mijn kortstondige vreugde omsloeg in diepe wanhoop. De twee stelden zich voor, tenslotte waren we voor deze avond drinkebroers. Firoz en Delir, onderbouwmeesters uit Isfahaan, waren ook echt broers, de een tien jaar ouder dan de ander.

'Hebben jullie het mausoleum in drie weken gebouwd?' vroeg ik voor de zekerheid nog eens. Hoe dwaas is de mens toch, want alweer voelde ik een vonkje hoop, immers, als zij het konden, waarom zou het dan voor mij anders zijn?

'Drie weken en geen uur meer,' zei Firoz. 'Het fundament lag er natuurlijk al, anders was het nooit gelukt.' Hij gaf zijn broer een blik van verstandhouding en gluurde toen van onder zijn tulband naar mij. 'Laten we niet over werk praten,' zei hij, 'het is feest.'

Op dat moment kwamen slaven de wijnkruiken openen en in zeer snel tempo hadden ze ons allemaal voorzien. Wij schikten onze kussens en namen comfortabeler houdingen aan, want drinken was in dit land een serieuze zaak.

'Honger?' vroeg Delir. 'Zorg dat je snel dronken bent,' ging hij verder, 'eerder komt er geen eten. Dat is traditie.'

Ik bracht schouderophalend mijn wijnkroes naar mijn mond, maar Firoz waarschuwde me: 'Niet voor onze gastheer er is!' Hij wees. Door een zijingang kwam een zwaarlijvige prins binnen. Opeens was het stil en iedereen neeg het hoofd. De prins liet zich door bedienden het platformpje op helpen en nam plaats op de taboeret die al voor hem klaarstond. Met een verveeld gebaar wuifde hij de formaliteiten weg en nam het glas aan dat een schenker hem, als een worm kruipend, bracht. Het kon niet eenvoudig zijn om al kruipend een wijnglas recht te houden. De prins sloeg het achterover, mompelde een wens en zette het glas op het hoofd van de schenker, die achterwaarts terugkroop, zonder dat hij het glas liet vallen.

Nu mochten we allemaal drinken en de schenkers begonnen te draven om bij te schenken. De prins liet bij monde van een secretaris een lange reeks genodigden bij zich roepen om een heildronk met hem uit te brengen. De hele tent stemde dan in.

Ik, het drinken niet meer gewoon, liet me half van mijn kussen glijden en zat met gekruiste benen, zodat ik veel wijn tussen mijn benen door op het grove plankier kon laten weglopen.

'Roept hij iedereen op om te drinken?' vroeg ik aan de mannen uit Isfahaan.

'Maak je niet ongerust,' zei Delir, 'jou zal hij niet oproepen.' Op dat moment zag hij dat ik een plens wijn liet gaan en zijn hand schoot uit. 'Pas op, broeder!' riep hij. 'Je morst.'

Door zijn schielijke beweging kreeg ik nu een scheut wijn over mijn hemelsblauwe pofbroek, zodat het leek of ik mezelf had bezeken. Firoz begon zich uitputtend en veel te luid te verontschuldigen. Ik zei dat het al goed was, maar te laat. Een fronsende functionaris stapte tussen het volk door recht op mij af om te zien wat alle consternatie te betekenen had. Hij aanschouwde mijn toestand en begon te lachen. 'Deze heeft zichzelf ondergepist,' riep hij naar de prins.

Onder grote hilariteit liet ik me meetronen naar het platform waar de prins zat. Ik knielde neer en kroop. Vlak voor hem raakte ik de grond aan met mijn neus, zoals ik het de anderen had zien doen en nam toen een glas aan van de schenker.

'Kun je net zo goed drinken als die andere Frank?' vroeg de prins. Ik verstond hem met moeite en schudde mijn hoofd, maar hij was niet geïnteresseerd in mijn antwoord. 'Drink op mijn gezondheid, o Isidoor,' riep de prins en hij gaf het voorbeeld.

Terwijl ik op zijn gezondheid dronk, vroeg ik me af hoe hij mijn naam kende.

Nog een dronk. 'Op de paarden van de Chagatai, de beste van de wereld.' Daarop dronken we er wel drie.

'Op onze amir, dat hij lang moge leven!'

Heildronken werken niet, dat zou spoedig genoeg blijken, maar vooralsnog hield ik het moeilijk uit op mijn knieën. Vijf glazen verder voelde ik ze al niet meer. We dronken op de moskee van Bibi-Khanum, op de mooie jongens van Delhi (waarvan verschillende hier als wijnschenker dienstdeden), op de vrouwen van Timoer en dat zij hem nog meer voortreffelijk nageslacht mochten schenken, talrijk als de sterren in een zomernacht. Op eeuwigdurende vriendschap dronken wij, tussen allen die hier aanwezig waren op de vlakte.

'Behalve de onderdanen van de Ming-keizer in China,' zei een oude man naast de prins.

'Behalve de onderdanen van de Ming-keizer in China,' zei de prins hem na.

'Behalve de onderdanen van de Ming-keizer in China,' echode het volk.

En alsof de duivel zijn ragfijn spel met ons speelde, kwam nu een omroeper de tent binnen, die met luide stem een voorstelling aankondigde, ter ere van de ambassade uit China. Iedereen moest zich buiten verzamelen rond de toren van Fereshteh, die gelukkig niet ver bleek te zijn, want ik wankelde op mijn benen en had me op dat moment liever kruipend voortbewogen. Maar mijn drinkbroeders stonden naast me en ondersteunden me.

'De prins heeft je grote eer bewezen,' zei Firoz.

'En je hebt hem uitstekend partij gegeven,' vond Delir.

Met moeite kwam ik uit mijn woorden. 'Die paar glazen van mij stelden niets voor,' zei ik. 'Hij had er al tientallen op vóór ik naar het platform kwam.'

'Hij is een Tataar,' zei Delir. 'Vergelijk geen mussen met adelaars.'

Ik moest mijn vergissing toegeven. Ondertussen was de voorstelling begonnen en de aandacht richtte zich nu op de toren van Fereshteh, een oude ronde cilinder van tien, vijftien manslengten die spoedig gesloopt zou worden. Maar vandaag stond er iets bijzonders op het programma. De toren was van boven tot beneden versierd met papieren bloemen en vlinders die zachtjes bewogen in de wind.

'Kijk, de amir!' hoorde ik mensen om me heen fluisteren en inderdaad brachten slaven net de draagstoel van de grote Timoer. Hij groette met een hand door de gordijntjes. De stoel stond te midden van de ambassadeurs die bij elkaar groepten. Soldaten manoeuvreerden de delegatie van China naar een ereplaatsje vooraan.

Een kreet om stilte. Allen keken we naar de toren, want daar, hoog boven de menigte, stond een man. Hij droeg een hoed met lange uitsteeksels en bewoog zachtjes met zijn vleugels, want die had hij; vleugels als van een vlinder of een libelle. Groot en doorzichtig waren ze, in vele iriserende kleuren.

Het was mijn voormalige stomme medewerker Li Peng.

Hij nam een kleine aanloop en dook de toren af. In plaats van te vallen, begon hij aan een lange glijvlucht naar beneden, waarbij het leek of hij tussen de mensen zou neerkomen, maar toen tilde een windvlaag hem op en zoals je dat soms bij vogels ziet gleed hij verder, voorbij de menigte.

Een stem gaf een bevel en een tiental ruiters stoof weg in een wolk stof, de vliegende man achterna. De jacht duurde maar kort. Een pijlenwolk achtervolgde de ongelukkige Li Peng, waarvan verschillende hem en de vleugels doorboorden, zodat hij in een boomkruin neerstortte. De ruiters stormden naar de boom en een van hen trok het geknakte lichaam van de takken en gooide het voor zich op het paard.

Timoer stond op ze te wachten, steunend op een stok. Hij genoot zichtbaar van de toejuichingen. Toen het lijk van de jongeman voor zijn voeten werd gelegd, en de menigte stilviel, prees hij de ruiters en liet hun weten dat ze stukken land ten geschenke zouden krijgen. Toen wees hij op het lijk en zei iets in zijn eigen taal wat ik niet verstond. Firoz vertaalde het voor me: 'Ik had hem de opdracht gegeven om te fladderen als een vlinder, niet te zweven als een roofvogel!'

Iemand begon te joelen en de menigte volgde gehoorzaam.

De gezanten uit China waren naar elkaar toe geschoven, en nu krompen ze ineen.

'Moeten ze voor hun leven vrezen?' vroeg ik toen we terugliepen naar de tent waar het gebraad al op een grote leren slede naar binnen was gesleept.

Delir schudde zijn hoofd. 'Onze amir is onvoorspelbaar, maar hij zal zeker één van hen in leven laten om de boodschap over te brengen aan de Ming-keizer.'

We lieten ons op de kussens neer.

'Welke boodschap is dat?' vroeg ik.

'Dat de Chagatai geen schatting meer betalen aan de keizer.' Firoz lachte, en het was geen vrolijke lach. 'Hij zal ongetwijfeld een aantal van de gezanten onthoofden, en de hoofden meegeven als waarschuwing.'

De gebeurtenissen hadden me ontnuchterd. In gedachten ging ik de mogelijkheden af om hier weg te komen. Ondertussen begonnen de jongens uit Isfahaan aan het gebraad. 'Tast toe, Izz,' zei Delir, 'beter dan dit zul je nooit meer proeven, aangezien de toekomst niets te bieden heeft dan martelingen en pijn.'

Alle nachten lag ik wakker en ik tastte in de geest duizend vluchtwegen af, maar geen daarvan leek mogelijk. Ondertussen naderde de pishtak zijn voltooiing en ook de koepel van de moskee was al gesloten. Van beide gebouwen brachten nu tegelwerkers de glazuren mozaïeken aan, die de Perzen *hazarbaf* noemen, en alleen al de fragmenten die hier en daar onder de steigers en beschermdoeken zichtbaar werden, waren oogverblindend. Nog altijd dook Timoer naar willekeur op om het werkvolk aan te sporen. Soms schold hij, soms vuurde hij aan en een enkele keer strooide hij met geldstukken. De draagstoel stond niet meer op één plek, maar ging rusteloos heen en weer tussen de brandpunten van mijn bouwactiviteit. Overal was de grote veldheer aanwezig. Alleen bij drinkgelagen kon ik er zeker van zijn dat hij een halve dag of nacht wegbleef.

Ik vervloekte mijn lot. Eindelijk kon ik bouwen, maar ik zat met een onmogelijke opdracht en had geen andere inbreng dan het verbeteren van andermans fouten. Hoezeer stond deze architectuur me nu tegen, alle schittering ten spijt. Een statisch geheel van ornamenten en gekalligrafeerd spektakel, een vergulde oesterschelp van parelmoer maar zonder het geringste drama. En dan die gekoepelde torentjes die in hun vorm deden denken aan stinkzwammen ontsproten uit een heksenei.

En toen, op een nacht, veranderde Timoers stem.

De weg naar Konstanz XVII
–
Zeno

Een paar dagreizen voor Konstanz verwijlden mijn gedachten weer bij Zeno's paradoxen. Dat had te maken met een vergissing die we maakten bij een driesprong.

Ergens moesten we een verkeerde weg hebben genomen, want anders dan men ons in een naburig dorp had verteld, geraakten we op een lang stijgend pad dat voortkronkelde en ons door steeds dichtere begroeiing voerde. We hielpen Maelgys op het muildier, want de beklimming van deze helling was zwaar, ook voor Lorea en mij. Zo steil ging het hier naar boven, dat mijn innerlijke kracht de berg niet kon aangrijpen zoals een adelaar de warme wind gebruikt om te stijgen. Net toen we begonnen te denken aan terugkeren, ook al omdat het pad moeilijker begaanbaar werd door overhangende takken en opdringende doornstruiken, brak het licht door en een bloemenweide opende zich voor ons als een veelkleurige waaier.

Ik sprak die laatste gedachte uit en zweeg toen omdat ik besefte dat de oude man dit allemaal niet kon zien, maar hij glimlachte naar een punt in de ruimte en zei: 'Ik kan het hele kleurenpalet ruiken, zoals jullie het zien. Ik ruik de vos die zich schuilhoudt in het lange gras en ik rook al water nog voor ik het verre geklater hoorde van een waterval en het geruis van een rivier die zich een weg baant door een diepe kloof.'

'Het is de wind die je hoort,' zei ik.

'De wind, ja, maar dat ligt voor de hand,' zei hij. 'De ondertonen zijn die van al het andere, alsof ik de afzonderlijke tonen hoor van een akkoord.'

Ik was het bijna vergeten, maar wij deelden dezelfde gevoeligheid.

Ik hielp hem van het rijdier en Lorea spreidde een deken voor hem uit in het gras. 'Zullen we die waterval eens opzoeken, Isidoor?'

vroeg ze, 'dan kan vader hier wat rusten. Misschien vinden we ook een pad dat terugvoert naar de grote weg.'

We liepen langzaam in de richting die Maelgys had aangegeven.

'Ik wil je al een tijdje wat vragen,' zei ze.

'Zeg het maar.'

'Ik kan me mijn moeder nog maar heel vaag herinneren,' zei ze. 'Je weet natuurlijk dat ze stierf in het kraambed toen ik een jaar of vier was?'

Ik knikte, al had ik dat tot dusver alleen maar vermoed.

'En het kind?' vroeg ik.

'Het was te vroeg geboren. Ik heb nooit precies geweten wat er fout ging, mijn vader wil er niet over praten.' Ze bleef staan en pakte mijn hand. 'Maar jij hebt haar ook gekend. Ik wil zo graag weten, lijk ik op haar?'

Ik keek haar aan en bezocht in mijn geest de kleine pinacotheek waar het portret van Sotiria hing. Ik had moeite het beeld scherp voor ogen te krijgen, het leek of iemand er een portret overheen had geschilderd, alsof de dochter de moeder verdrong.

'Meer dan mij lief is,' zei ik toen en om verdere vragen te vermijden, trok ik haar mee.

Je lijkt op haar, maar je bent haar niet.

Lang voor ik het zelf hoorde, voelde ik de grond onder mijn voeten trillen. We staken de weide over en kwamen aan een pad tussen de rotsen dat al snel veranderde in een brede richel langs een rotswand, waar de boomkruinen links, die hier en daar tot aan onze richel reikten, of hoger, een indicatie gaven van de diepte.

'Hoor je nu het water?' riep Lorea opgetogen, haar stem verheffend om boven het geraas uit te komen.

Al hoorden we het, we zagen nog niets, tot we een bocht omgingen naar een wereld die de rotswand verborgen had gehouden. Hoewel de richel nog altijd breed genoeg was voor een ossenspan, deinsde ik even terug voor de gapende kloof. Ik plantte mijn voeten neer op de manier van de wouddemonen in China, die dat 'klauwvoeten' noemen, en nam het allemaal in me op. Ik trilde mee met de berg en zweefde met de mistige damp die in het dal hing; ik omvatte het hele land dat zich uitstrekte tot verder dan het oog kon zien en de rijen heuvels die voortrolden, sommige donker van de naaldbomen, die werden afgewisseld door littekens van rots, en dan weer golvende, met grazende schapen bespikkelde weiden. Ik omvatte het allemaal, ik zweefde erboven als de wolken die voortraasden en voelde berg en dal en de hele blauwe hemelboog mijn borst doorgalmen, zodat alles trilde en resoneerde in een buitenaardse muziek. Alles kwam samen in mij en ik wist dat een grotere extase niet mogelijk was.

Lorea's hand op mijn arm. 'Isidoor,' zei ze bezorgd.

'Laat me,' zei ik. Ik schudde haar hand af en sloot mijn ogen om het moment vast te houden.

Die eindeloze vervoering.

Hoe kon ik dit grote geheim delen?

Nogmaals zei ze mijn naam en ze legde haar handen op mijn schouders, maar ik stootte haar van me af, opende meteen weer mijn ogen en zag hoe ze wankelde, in de lucht graaide, zich half omwrong en een hand naar mij uitstrekte.

Zeno's paradoxen; ik liep ze na op mijn terugweg over de richel. Achilles en de schildpad, de pijl, de dichotomie – de onmogelijkheid van beweging. Maar ook Aristoteles' weerlegging van dit alles.

Elke tijdspanne kan worden opgedeeld in een oneindig aantal momenten en op elk daarvan had ik mijn hand kunnen uitsteken om de hare te vatten en ze zou zijn gered. Daar staat tegenover dat mijn uitschietende hand iedere keer de helft van de afstand naar die van haar had moeten afleggen. En hetzelfde gold voor haar hand. Hoe konden we elkaar ooit bereiken? Of is het anders als dat reiken van beide kanten komt, had ik haar dan kunnen redden?

Als ik mijn hand had uitgestoken.

Zo zou ze me altijd voor ogen blijven, als een stille engel, zoals je die soms geschilderd vindt op muurfresco's. Een engel, in een werveling van rokken die met hun plooien een fladderende beweging suggereren – maar ze hangt onbeweeglijk in de lucht. Onbeweeglijk ook haar gezicht, haar getuite lippen, alsof die verstarden in haar intentie om mij te kussen, haar blik vol vertrouwen maar ook verbazing en een vermoeden van het ondenkbare. Ik zag zelfs al vergeving.

Alles was ze, behalve wie ze moest zijn. Sotiria, mijn geliefde.

En dan is ze weg, alsof ze nooit heeft bestaan. Geen kreet, geen plof, want onder ons raast de schuimende bergstroom en nog altijd stijgen de nevels op als pasgeboren wolken.

31

Zwart tandvlees

Ik verstijfde op mijn matras en luisterde naar de vloekenstroom in ik weet niet hoeveel talen. Het was niet zo dat de stem harder klonk, eerder leek hij gedempt – en terwijl ik nog lag te luisteren, verschorde hij, tot de laatste woorden – in het Perzisch – in zijn keel bleven steken. Ik sprong uit bed en stapte naar buiten, in een ijzige witte nacht. De sneeuw viel zo dicht dat ik de bouwplaats niet kon onderscheiden. Ik liep er op mijn sandalen heen, wat onverstandig was, want mijn voeten versteenden al. Daar zag ik hoe mijn werkvolk wanhopig volhield, terwijl de toortsbeschermers de sneeuw van hun schermen schudden om ze meteen weer boven de bijna uitdovende vlammen te houden. De vloeken en scheldwoorden waren verstomd en turend door de sneeuwjacht zag ik, aan het eind van een vers spoor, de vage contouren van een draagstoel die op vele voeten in de richting van de khanaqah waggelde.

Hoe dapper mijn mannen in de uren daarna ook voortgingen, met bevroren handen en glijdend over de platgelopen sneeuw, ik nam in gedachten afscheid van het leven en ging op mijn matras zitten wachten tot ze me kwamen halen.

Drie dagen later was er nog niets gebeurd. Het sneeuwde niet meer, maar de bouwplaats lag er verlaten bij, de werklieden hadden bij gebrek aan leiding hun kwartieren opgezocht en in de straten was het stiller dan de kou kon rechtvaardigen. Ik bleef in de bouwhut en deed niet veel meer dan slapen, en eten wat mijn drie paladijnen me voorzetten. Geruchten deden de ronde. De hoofdmannen van de Chagatai hadden een grote vergadering belegd. De zonen en kleinzonen van Timoer verzamelden hun mannen om zich heen en begonnen allianties te vormen binnen de clan. Niemand durfde de woorden uit te spreken, was de grote amir ziek, was hij al dood?

Op de ochtend van de vierde dag klonk het *salatoel-fadjr*, de holle oproep voor het ochtendgebed, van de minaretten alsof ze de doden wilden opwekken. Ik hield het binnen niet meer uit. Gehuld in een schapenvacht ging ik naar buiten. Het motregende en de sneeuw was in de loop van de nacht verdwenen, op wat vuile bijeengeveegde hopen na. Nog voor ik de straat bereikte, maakte Mûsa zich los uit de schaduwen van mijn hut. Sliep die man dan nooit?

'Weet jij wat er aan de hand is met de amir?' vroeg ik mijn bewaker, maar hij zweeg. We dwaalden door de stegen en over de stille winkelstraat. Een enkele slaaf haastte zich om een boodschap te doen, God weet waar, want geen handelaar hield zijn nering open in deze dagen. En na een ronde door de stad, op de terugweg naar de bouwplaats, kwam ons dan toch een kleine groep tegemoet.

'Het zijn die Castiliërs weer,' merkte Mûsa op.

Inderdaad waren het de edelman Ruy González de Clavijo met zijn metgezel Fray Alfonso Paez de Santa Maria en nog zowat, de hele delegatie onder begeleiding van een hoffunctionaris. Ik groette De Clavijo en kreeg een woedende blik ten antwoord. De man zag er verwilderd uit, maar de frater leek eindelijk ontnuchterd.

'Señor De Clavijo,' zei ik. 'Kan ik u helpen? Bent u in de problemen?'

Hij bleef abrupt staan. 'Ik wil van u weten, heer Isidoor! Bent u bij de amir op audiëntie geweest? Hebt u hem gezien de laatste tijd? Wij weten dat hij toezicht houdt bij de bouw.'

'Al een kleine week niet meer,' zei ik, 'hij is voor zover ik weet in de khanaqah en laat zich niet meer zien.'

Fray Alfonso wilde iets zeggen, maar De Clavijo snoerde hem de mond. 'Wij hebben al tevergeefs om belet laten vragen,' zei hij, 'het is een belediging voor mijn koning. Timoer wil ons niet te woord staan. Wij krijgen van tussenpersonen de instructie direct de stad te verlaten en terug te reizen naar Castilië.'

'Als men u adviseert weg te gaan, dat zou ik ijlings en spoorslags vertrekken,' zei ik voorzichtig. 'Wie weet wat de reden is.'

'Die reden interesseert mij niet,' zei De Clavijo, 'ik heb recht op een audiëntie, ik zat aan bij al die liederlijke feesten, maar ben nog niet in de gelegenheid gesteld om heer Timoer de boodschap van mijn koning te geven, en heb dus geen antwoord om mee naar huis te nemen.'

Ik nam de ambassadeur apart en zei: 'Hebt u dan niet gehoord dat de mannelijke nakomelingen van de amir zich opmaken voor de strijd? Moet ik het allemaal voor u uittekenen? Ik zag Timoer in de eerste sneeuwnacht en hoorde hoe zijn stem brak.'

Hij wilde wat zeggen, sloot zijn mond, ademde diep in en wierp een blik op de Tataarse begeleiders die er onbewogen bij stonden. Ik neem aan dat zij de Spaanse taal niet beheersten, maar evengoed wilde ik niet degene zijn die, misschien wel voorbarig, Timoers dood aankondigde of, voor het geval het al voorbij was, verkondigde.

'Vaarwel, señor De Clavijo,' zei ik. 'U doet er verstandig aan om de instructies te volgen. Ik wilde dat ik zo gelukkig was, dat ik naar huis kon.'

Hierna vervolgde ik mijn weg. Waar was Timoer? Ging de hel hier losbreken? 'Mûsa,' zei ik. 'Aan welke kant sta jij?'

'Aan uw kant,' zei hij.

Ik lachte schamper. Ja, letterlijk stond hij aan mijn kant, klaar om me desnoods kreupel te schoppen of te doden als ik ervandoor zou gaan.

Voor de hut wachtte Jalal op me. 'Vrijdag,' zei hij. 'Dan moet de moskee klaar zijn.'

Mijn drie assistenten stonden erbij en knikten ijverig.

'Zeker, zeker.'

'Vrijdag kan het gebed plaatsvinden in de moskee.'

'Zonder twijfel!'

Ik kon moeilijk tegenspreken, bovendien had ik geen idee welke dag het was. Ik spreidde mijn handen uit. 'Insjallah, zal hij klaar zijn,' zei ik, want een beter antwoord is er niet als je de verantwoordelijkheid wilt afschuiven.

'Insjallah,' zei Jalal tevreden. 'Het is van essentieel belang dat de gelovigen vrijdag samenkomen om *du'a* te doen voor de gezondheid van onze amir.'

'Is zijn gezondheid in gevaar?' waagde ik te vragen.

'Dat is in Gods hand.' Hij draaide zich om en liep snel in de richting van de khanaqah waar Timoer resideerde.

Ik wendde me tot de drie onderbouwmeesters. 'De sneeuw is weg, schiet op. Waarom is niet iedereen aan het werk?'

Ze vertrokken zonder aarzelen en ik riep hun na: 'Welke dag is het eigenlijk?' Maar ze hoorden me al niet meer. Mûsa antwoordde voor hen. 'Het is dinsdag, bouwmeester.'

'Over drie dagen ben jij van je taak verlost, vriend,' zei ik. Wat zou het worden, doorboring met bamboestaken? De galg?

Mûsa glimlachte alleen maar en haalde zijn schouders op. Even later was hij weer verdwenen, maar ik twijfelde er niet aan of hij volgde iedere beweging van mij vanuit de een of andere godvergeten schaduw.

Op donderdagavond beklom ik de linkerminaret van de pishtak om te kijken hoe het ervoor stond met het tentenkamp. Morgen in alle vroegte zou de muezzin de gebedsoproep doen.

Veel tenten in de vlakte rond de stad waren verdwenen, waardoor het patroon van rechte lanen was verbroken. Van mijn ondergeschikten had ik gehoord dat de horde zich had opgesplitst en dat iedereen zich nu rond zijn leider schaarde. De belangrijkste namen waren die van Pir Mohammed, een kleinzoon van Timoer en die van zijn zoon Shahrukh Mirza. De eerste heerste over Kandahar en hij was het die zes jaar eerder de grote aanval op Delhi had geleid. Shahrukh Mirza regeerde in Khorasan en had zijn zetel in Herat. Iedereen leek zich voor te bereiden op een machtsstrijd.

Ik liet mijn ogen gaan over de moskee, van hieruit kon ik de koepel zien die vanaf de binnenplaats bekeken altijd schuilging achter de gigantische iwan. Van buitenaf leek de koepel volmaakt. Aan de twee kleinere iwans met hun eigen koepels had ik niets hoeven doen en de grote pishtak was klaar, zodat ik die laatste dagen alle werkkrachten op de moskee kon zetten.

Het krioelde er nog altijd van de arbeiders. Tegelaars, glazuurwerkers en stukadoors legden de laatste hand aan de decoraties. Ik maakte me zorgen, er mocht niets fout gaan. Morgen moest alles zijn gedroogd en uitgehard. Vannacht werden nog stoffen opgehangen, tapijten gelegd. Het ijzerwerk was klaar, alles was in gereedheid voor de gebedsdienst.

Ik geloof niet dat ook maar iemand van mijn medewerkers vermoedde hoe zwak de koepelconstructie was. Ik prees me gelukkig dat niemand van mij, ongelovige, verwachtte dat ik bij de dienst aanwezig zou zijn.

Recht beneden, bij de toegang voor de minaret stond Mûsa, ik keek neer op zijn kleine gestalte in de diepte en voelde even de neiging om op zijn kale kop te spuwen, maar ik liet het achterwege. Hij had zijn opdracht, ik de mijne.

Die nacht sliep ik tegen alle verwachting in uitstekend. Ik hoorde de eerste oproep in de vroege uren van de morgen, en draaide me nog eens om. Mijn laatste uren op deze wereld, zonder twijfel, waarom zou ik die niet slapend doorbrengen?

Bij de tweede oproep stond ik op, ik dronk een kop geitenmelk en at kaas en brood tot ik niet meer kon. Sterven hoeft niet met lege maag. Daarna begon ik aan mijn ommegang, die er tegenwoordig vaak bij inschoot. Mijn naaste medewerkers zouden wel in de moskee zijn, des te beter.

Pas na de middagoproep ging ik naar buiten om de menigten te zien toestromen. Twee keer was het goed gegaan, ik begon er vertrouwen in te krijgen dat ik deze dag ook zou overleven. Ik had nog niet eens gekeken naar de voltooide binnenruimte van de moskee, maar die moest volmaakt zijn, anders had ik allang bezoek gekregen.

Ik liep om de hut heen en riep Mûsa, maar hij was nergens te vinden. Zou hij bij de bijeenkomst zijn? De plotselinge vrijheid gaf me vleugels. Ik nam mijn mantel en ging de straat op, waar het nu heel stil was. Als straks de chaos uitbrak, wilde ik er niet tussen zitten. Bij een van onze wandelingen had Mûsa me laten zien waar de ambassadeurs verbleven en ik besloot hen eens op te zoeken en te informeren hoe hun terugreis was georganiseerd. Wie weet zou men mij bij de komende machtswisseling vergeten en kon ik mee met de karavaan naar het Westen.

Ik was te laat, de gastenverblijven voor de Castiliërs en de Mammelukse delegatie waren verlaten. Zo te zien hadden ze haast gehad. Alleen het hoogstnodige was meegenomen en nog niemand had een schoonmaakploeg gestuurd.

Vandaag was niets hetzelfde, maar spoedig zou het leven weer zijn gewone loop nemen. Kon ik nog wegkomen? Ik vervolgde mijn wandeling in de richting die de reizigers genomen moesten hebben. Hoe kon ik die lange tocht aanvaarden zonder voorraden, zonder rijdier of zelfs maar passende kleren? Ik had niets dan de protserige en opvallende kleren die bij mijn status hoorden. Hoe kon ik duizenden mijlen door dit rijk reizen zonder vrijgeleide?

Ik kwam aan de rand van de stad, waar de vaste bebouwing overging in tenten, die nu lukraak door elkaar stonden. Vele leken verlaten, achtergelaten door hun bewoners. Zou ik het wagen? Maar moest ik wel vluchten? Zolang de moskee niet instortte, zou men mijn kwaliteiten naar waarde weten te schatten. Als de rust weerkeerde, had ik tijd om versterkingen aan te brengen in de koepel. De grootste opdrachten zouden voor mij zijn. Wie weet, een laatste rustplaats voor Timoer, als hij deze winter stierf? Ik sloot mijn ogen en voor mijn geestesoog rees een mausoleum op dat mijn stempel droeg, zonder de plaatselijke stijl te veronachtzamen. Het zou over de hele wereld vermaard zijn.

Ik draaide me abrupt om en botste bijna tegen Mûsa aan, die achter me stond.

'Hoelang sta je daar al?' vroeg ik.

'Net zo lang als u.'

Ik zuchtte. 'Kom, we gaan terug naar de hut.'

'Natuurlijk.' Mûsa liet mij voorgaan.

Bij de bouwplaats leek de gebedsdienst al ten einde. Mannen stroomden naar buiten, maar er was iets mis. Het volk leek te vluchten en ik miste de innerlijke rust die moskeegangers doorgaans uitstralen. Vanaf de binnenplaats klonk geschreeuw en gehuil. Ik drong me door de ingang en stak het binnenplein over, dat al deels ontvolkt was. Vlak bij de moskee lagen mannen op de grond, anderen knielden bij de lichamen en ziekenbroeders kwamen aanlopen met draagbaren.

'Wat is er gebeurd?' vroeg ik aan een omstander.

'Er vielen stenen uit het dak van de koepel,' zei de man. 'Er zijn gewonden gevallen.' Hij keek me scherp aan. Ik wachtte niet op herkenning, ik draaide me om en keerde terug naar de bouwhut. Mûsa volgde, er was geen mogelijkheid om weg te komen, ik kon alleen afwachten.

En zelfs dat niet. Bij de hut wachtte Jalal me op met een groepje soldaten. 'Izz,' zei hij, 'meekomen, nu!'

Een soldaat greep me al bij mijn arm, maar Mûsa dook op hem als een luipaard, wrong zijn arm op zijn rug en gaf een extra ruk, zodat het bot brak. De soldaat viel op de grond en begon te kermen.

'Het is goed, Mûsa,' zei Jalal. 'Ik handel in opdracht van de amir. Kom met ons mee.'

Wij volgden Jalal en niemand raakte mij meer aan. De soldaten bleven dichtbij, hun zwaarden klaar om toe te slaan.

Ik had de khanaqah verwacht, maar onze bestemming lag elders. Uit het oosten kwam een koude wind opzetten. Ik sloeg mijn mantel dichter om me heen en probeerde mijn koortsachtige gedachten onder controle te krijgen. Was Timoer niet meer in de khanaqah? Maar waarom zouden ze me bij hem brengen? De galgen stonden buiten de stad en hij hoefde niet aanwezig te zijn.

Als het maar de galg was, dat ging nog redelijk snel. Misschien wilde Timoer aanwezig zijn en genieten van de eindeloze foltering die mijn deel zou worden.

Ik zocht in mijn geest naar de ommegang. Zou ik in die laatste gruwelijke uren door de kwartieren van mijn geheugen kunnen dwalen en me afsluiten voor de pijn? Waarschijnlijk kon ik ze niet eens bereiken, in tijden van angst viel het me altijd zwaarder om een goede ommegang te gaan, en niets nagelt een mens vaster in de werkelijkheid dan ondraaglijk lichamelijk lijden.

Onze bestemming lag vlak buiten de stad, in een winderige boomgaard, tussen eeuwenoude zwarte moerbeien, waar een eenvoudige vilten koepeltent stond. Een groepje boogschutters hield de wacht rond het kamp en de tent zelf werd bewaakt door een kordon speerdragers. Ik had nooit gehoord van tenten die waren ingericht als martelkamer. Onderaardse kerkers zijn veel efficiënter, maar de Tataren verbaasden mij wel vaker.

Ik aarzelde voor de tentopening, tot een soldaat een zware hand op mijn hoofd legde en me voorwaarts het gat in duwde. Ik struikelde naar binnen en moest even wennen aan de schemer. In het midden brandde een komfoor en mijn ogen begonnen meteen te tranen door de rook.

Jalal pakte me bij de schouder. 'Onze grote amir is ziek,' zei hij, 'de dokters brengen geen verbetering in zijn toestand. Jij bent een beroemd geneesheer; genees hem.' Hij wees op een platform achter in de tent waarop een gestalte lag.

Ik wilde er al heen lopen, maar hij hield me terug. 'Ik hoop dat je een betere geneesheer bent dan architect. Onze amir mag nog niet weten wat er bij de moskee is gebeurd, hij raakt zeer van streek als hij hoort dat zijn grote offer aan God niet is aanvaard.'

'Hoe kan een zieke ademen in deze tent?' vroeg ik. 'Mijn eerste advies: haal hem hier weg en breng hem naar een van zijn paleizen.'

'Dat zullen we doen,' zei Jalal. 'Ga nu en vergeet het protocol. Je hebt toestemming hem te onderzoeken en al het nodige te ondernemen.' Hij greep me onzacht bij de pols. 'Luister goed,' zei hij op dringende fluistertoon, 'wat je bevindingen ook mogen zijn, vertel ze eerst aan mij en aan niemand anders.' Pas toen mocht ik gaan.

Ik snelde naar de krijgsheer en liet me neer op een taboeret naast het bed. Ondanks zijn getaande leren huid kon ik zien dat de oude man bleek was als een dode. 'Heer,' zei ik, 'ik kijk nu in uw mond.' Hij opende zijn ogen maar die leken mij niet te zien. De mond ging een stukje open.

'Licht me bij,' beval ik een bediende die daar stond met een olielamp. Ik trok voorzichtig Timoers lippen uiteen. Het tandvlees was blauwzwart en ik rook de dood in zijn adem. Een man in een lange mantel knielde bij me neer en somde zachtjes een aantal symptomen op in het Perzisch. Zijn baard was getwijnd, de strengen door kralen gescheiden. Ik luisterde en hoorde een bevestiging van wat ik al vermoedde.

Ik vroeg Timoer zijn armen uit te strekken en zijn handen op en neer te bewegen. Hij deed wat ik zei, maar slechts één hand bewoog, en nauwelijks waarneembaar. Het was de rechter, waar pink en ringvinger ontbraken. Ik keek op van de zieke. Meer mensen stonden nu om het bed. Artsen, dienaren en een aantal prinsen, zonen en kleinzonen van de grote heerser. Van kleinzoon Pir Mohammed kende ik de naam, een norse jongeman die me geen blik waardig keurde.

'Wat is uw mening, dokter?' vroeg een ander. Jalal fluisterde: 'Dat is Shahrukh Mirza, zoon van Timoer.'

Voordat ik kon antwoorden begon een derde man te jammeren en twee dienaren voerden hem weg. Dat moest Miran Shah zijn, de krankzinnige zoon. Buiten de tent klonk gejammer van vrouwen, ze moesten denken dat Timoer al was overleden. Even later brak het gejammer net zo abrupt af als het begon.

'Dokter,' zei Shahrukh nogmaals.

Ik aarzelde. Moest ik hier hardop zeggen dat de grote leider van de Chagatai vergiftigd werd, misschien al weken, maandenlang? Die Pir Mohammed leek me een wrede moordenaar en dan stonden er nog een paar sinistere onbekenden in een tweede kring om het bed.

'Hij moet hier weg,' zei ik, 'hij moet goede lucht inademen en niet in een bedompte tent liggen. Hij moet veel water en melk drinken, fruit eten.'

'Zal hij leven?' vroeg Shahrukh.

'Als Allah wil,' zei ik.

'Hebt u geen medicijn voor hem?' Dat was Jalal.

'Wat staat daar op het vuur?' was mijn tegenvraag.

De Perzische dokter antwoordde: 'Een kruidenmengsel dat hem zijn kracht moet teruggeven.'

'Is dat het medicijn dat hij de laatste dagen heeft gekregen?'

De dokter knikte.

'Schrijft u voor mij de ingrediënten op.' Ik stond op en liep naar het komfoor. De pan op het vuur was halfvol. Ik vervolgde mijn weg naar de uitgang.

Jalal kwam achter me aan. 'Zal hij genezen?' fluisterde hij.

Kon ik hem vertrouwen? 'Vertrouwt u de dokter?' vroeg ik.

'Hij is de lijfarts van prins Shahrukh Mirza,' zei Jalal. 'Is er een reden om hem niet te vertrouwen?'

Hoe kon ik antwoord geven op die vraag? 'Volg mijn aanwijzingen op,' zei ik. 'Timoers toestand kan daardoor verbeteren.' Ik durfde geen genezing te voorspellen, naar mijn mening waren de dagen van de amir geteld.

Maar Jalal was geen domme man. 'Die arts,' zei hij. 'Denk je dat hij de amir vergiftigt?'

Ik spreidde mijn handen uit. 'Ik weet het niet.' Ik kon het niet langer verzwijgen. 'Iemand vergiftigt hem en dat is al enige tijd gaande. Ik heb eerder al kunnen constateren dat heer Timoer een gebrekkige hand en voet heeft?'

Jalal knikte. 'Al sinds hij een jongen was.'

'Deze vergiftiging heeft als symptoom een verlamming in de pols en de enkel,' zei ik, 'en ik denk dat dit gif speciaal gekozen is opdat de symptomen niet zullen opvallen, waardoor het verraad niet snel aan het licht komt. Iemand dient hem lood toe, misschien in de vorm van damp, maar het kan ook in zijn voedsel of drank zitten.'

Jalal vertoonde geen spoor van verwondering. 'Ik laat de dokter zijn eigen medicijn opdrinken,' zei hij. 'Jij houdt hierover verder je mond. Ik laat de Dwinger van Volkeren hier weghalen.'

'En wat doe ik? Terug naar de bouwhut?'

Hij schudde zijn hoofd. 'Als bekend wordt dat iemand onze amir vergiftigt, dan sterf jij, de deskundige die de diagnose stelt, als eerste.' Hij wendde zich tot Mûsa. 'Ik wil jou even spreken.'

De twee mannen staken de hoofden bij elkaar en overlegden. Toen wenkte Mûsa me. 'Kom mee.'

De weg naar Konstanz XVIII

—

Wat voor de hand lag

Hij kon niets hebben gehoord, de oude man. Ik kwam de weide op, en hoewel ik verwijlde in mijn ommegang en daar de vroege tempel bezocht die ik aan Zeno had gewijd – ook al was Diogenes Laërtius' anekdote-met-het-oor voor deze situatie irrelevant – terwijl ik daar dus liep, nog natrillend van mijn ervaringen, zag ik hem daar half overeind komen, zijn gezicht naar me toegekeerd. Waren het de voetstappen? Niet de gehoorde, maar de ontbrekende stappen, die nooit meer zouden klinken?

Hij vroeg niets, bleef maar naar me kijken terwijl ik naderde. Die ogen als lege ijsvelden, die afwezigheid van uitdrukking die nooit gruwelijker was dan op die dag. Ik verdroeg ze niet langer, ik wilde niet wachten op zijn vragen of opmerkingen. Te zeer in beslag genomen door mijn eigen gedachten was ik onvoorbereid. Misschien was ik ergens al bezig met een aannemelijk verhaal – Zeno was voor mijzelf bedoeld – waarna ik hem in het dichtstbijzijnde dorp aan de genade van een klooster kon overgeven en mijn weg vervolgen. Maar die dode ogen vertelden me dat geen verhaal ter wereld geloofwaardig genoeg zou zijn. En dan is de beste oplossing dat wat voor de hand ligt.

In dit geval was dat een witte steen van bergkwarts, met een ader van gouden glimmer. Eén slag en hij zakte in elkaar. Er was niets in zijn ogen wat kon breken. Hij lag op zijn zij, het bloed vormde een kleine plas en zakte al weg in de aarde.

Heb ik zijn ogen gesloten? Ik weet eerlijk gezegd niet meer of ik dat werkelijk heb gedaan, of alleen in gedachten. Met het muildier bereikte ik de grote weg en liet het allemaal achter me.

32

Qalandar

Ik kon niet anders dan volgen. Ondertussen bleef de galg mij nog even bespaard. 'Waar gaan we heen?' vroeg ik.

Mûsa zweeg. Hij bracht me niet terug naar de stad. We liepen door verwaarloosde gaarden waar de boomkruinen al waren uitgedund, hoewel de wind er nog bij iedere vlaag een zwerm bladeren aan wist te onttrekken. Het begon te schemeren en het was ijzig koud. Tussen de laatste bomen bij een lage tent hurkten een paar langgemantelde nomaden met tulbanden op hun hoofden rond een vuurtje. Mûsa sprak hen aan in een taal die ik niet kende. Ze kwamen overeind en bogen. Mûsa zei dat ik me moest uitkleden.

Ik dacht dat ik hem niet had begrepen. 'Uitkleden?'

Hij stapte op me toe en scheurde in één beweging brokaat en zijde van mijn lichaam zodat ik daar naakt voor die mannen stond te rillen. Niemand lachte om mijn vernedering, ze keken belangstellend naar mijn witte huid en iemand gooide me een lange, grauwe lap toe. Ik hing die over mijn schouders en sloeg de einden om mijn heupen. Een ander maakte mijn opgebonden haar los, smeerde er iets in en bracht het door de war. Hetzelfde deed hij met mijn baard. Daarna wreef hij as over mijn gezicht en handen.

Na deze handelingen hurkten ze weer neer en vergaten me.

'Wat nu?' vroeg ik aan Mûsa. Hij liet zich in hurkhouding zakken en ik volgde zijn voorbeeld. Gesproken werd er niet meer, we keken in het vuur en af en toe gooide iemand er iets bij. Toen mijn tandengeklapper het geknetter overstemde, kreeg ik een lange vilten jas en een kegelvormige leren muts met een ring van bont. Nu voelde ik de kou niet meer, al stonken mijn nieuwe kleren naar ranzige boter en kamelen.

Ik weet niet hoelang we daar zaten, ik deed mijn ommegang tot onze gastheren genoeg hadden van de veranderlijkheden van het vuur. Ze stonden op en kropen achter elkaar aan de tent in. Mûsa gaf met een knik te kennen dat ik hen moest volgen. De mannen hadden zich al opgerold op slaapmatten. Door de tentopening zag ik Mûsa's grote gestalte afgetekend tegen het sterrengewemel.

Nog voor het ochtendgloren werd ik wakker van pratende mensen buiten de tent. Ik herkende de stemmen van Jalal en Mûsa en kroop naar buiten. Ze namen geen notie van mij maar overlegden zachtjes over de te nemen maatregelen. Hielpen ze me om weg te komen? Misschien konden ze me naar de karavaan van de Spanjaarden brengen, die lieten vast geen medechristen achter.

'Hoe gaat het met de amir?' vroeg ik.

'Hij maakt het iets beter,' zei Jalal, 'hij spreekt zelfs alweer over nieuwe veroveringen, hoewel hij te zwak is om overeind te komen.'

'Dat is een onderdeel van de ziekte,' zei ik, 'het tast de verstandelijke vermogens aan.'

Jalal fronste. Ik boog mijn hoofd en besloot de verstandelijke vermogens van de geniale krijgsheer nooit meer in twijfel te trekken.

'Jullie blijven een paar dagen hier,' zei Jalal, 'de verraders zullen Isidoor zoeken. Het gerucht gaat nu dat de amir is betoverd door de vreemdelingen die hij in zijn tent heeft genodigd.'

'Met tovenarij heeft het niets te maken,' zei ik. Hoe sterk ook, Timoer was een oude man en wie wist hoeveel hij al binnen had gekregen van het gif. Hoelang was dit verraad al gaande?

Jalal schudde zijn hoofd. 'Wij zoeken uit wie de verantwoordelijke is. Ondertussen is heer Timoer op de hoogte van je mislukking bij de bouw van de Vrijdagmoskee. Ik had het willen verzwijgen, maar een pluimstrijker vertelde het hem, in de hoop op een beloning. Timoer stikte bijna in zijn razernij. De boodschapper liet hij levend villen en hij wilde zelf de zoektocht naar jou leiden. Voor hij echter de khanaqah kon verlaten, zakte hij in elkaar. Hij moet eerst op krachten komen.'

Het zweet brak me uit in de ranzige jas. Welk lot had Timoer voor mij in gedachten?

Jalal nam afscheid van Mûsa en negeerde mij. 'Overmorgen ben ik terug,' zei hij.

Ik keek hoe hij tussen de bomen verdween en wendde me toen tot Mûsa. 'Het ziet ernaar uit dat je niet lang meer op me hoeft te passen,' zei ik bitter.

Mûsa knikte. 'Je moet hier weg.'

Had ik hem goed gehoord? 'Jalal zei...'

'Eet, drink,' zei Mûsa, zonder acht te slaan op mijn woorden. 'Zorg dat je over een uur klaarstaat.' Hij riep iets naar de mannen van de tent die, zag ik nu, naar buiten gekomen waren en weer gehurkt zaten te wachten. Twee jongens kwamen aangelopen met paarden en dromedarissen. Een van hen bracht me een kom gerst in warme kemelmelk en een koude schapenbout. Terwijl ik at braken de nomaden hun tent af en laadden alles op dromedarissen.

Mûsa zei: 'Ik zal een manier moeten bedenken om je Mā warā' al-Nahr uit te smokkelen.'

'Voor wie werk jij eigenlijk?' vroeg ik. Ik verwachtte geen antwoord en kreeg dat ook niet. 'Het maakt me niet uit,' zei ik. 'Als ik maar niet hoef te reizen zoals ik gekomen ben.'

Nu hoorde hij me wel. 'Hoe kwam je hier?'

'Als een postpakket te paard.' Ik werd nog kwaad als ik eraan dacht.

Mûsa staarde me aan, riep toen een bevel naar de nomaden. Ik besefte mijn domheid, maar het was al te laat. Luttele momenten later lag ik stijf opgerold in een tapijt. Vervloekte dwaas die ik was, ditmaal kon ik zelfs niets zien. Weer belandde ik op een paardenrug en werd meegesleurd in een krankzinnige rit. Het was geen eenzame ruiter die me vervoerde, daarvoor klonken er te veel paardenhoeven. Ze namen geen tijd voor pauzes, maar gaven de tapijtrol in volle vaart aan elkaar door om de last te verdelen. Soms klonken er minder hoeven, dan weer voegden zich ruiters bij ons.

Ik kan niet bij benadering zeggen hoelang die hellerit duurde, mijn vriend in het duister, want een groot deel van de tijd bracht ik door in een toestand van bewusteloosheid. Ik moet mezelf hebben bevuild in dat tapijt, maar zelfs daarvan had ik weinig notie. Ik weet alleen dat er een einde aan kwam en dat iemand mij ergens in een zwarte nacht afspoelde in een snelstromende rivier, zodat ik het uitschreeuwde van de plotselinge kou. Daarna kreeg ik dezelfde kleren aan, gewassen nu, want ze waren nat en droegen nog vaag de stank van uitwerpselen.

Ik sliep uitgeput op een matje bij een vuur en als ik af en toe ontwaakte uit onrustige dromen, hoorde ik een murmelend gezang van mannenstemmen.

In de morgen ontwaakte ik door vogelgekwetter, ik was alleen. Naast mij lag mijn wandelstaf met het barbarenkopje. Het vuur rookte nog, ik voelde de warmte van de sintels en kwam half overeind. Helemaal alleen was ik toch niet. Verderop stond iemand op een lage boomtak, met één hand aan de stam en één boven zijn ogen tegen de zon, in de verte te kijken. Een grote man was het, die me vaag bekend voorkwam. 'Hé,' riep ik. 'Wie ben je?'

Hij draaide zich naar me om en grijnsde. 'Ik ben de Bukht van de Ağ Qoyunlu,' zei hij, enigszins ten overvloede. Opeens was mijn angst verdwenen. Ik schaam me om het te zeggen, maar de tranen liepen over mijn wangen toen we elkaar omhelsden.

Hij bracht me bij zijn familie, die verderop bivakkeerde. De vrouwen waren bezig met eten maken en sloegen geen acht op mij, maar de kinderen dansten om me heen. Op een kussen voor de tent van de Bukht at ik een ontbijt, dat bijna de helse reis goedmaakte. Ik sprak mijn vreugde uit, dat ik al zo ver op weg was, maar de Bukht hielp me uit mijn droom. 'We zijn niet in het Westen,' zei hij. 'Mûsa liet je bij mij brengen omdat je bij ons veilig bent. We zijn hier voorlopig buiten bereik van Timoer. Niet dat hij zich daardoor laat belemmeren, hij gaat waar hij wil als hij op veroveringstocht is, maar gezien zijn toestand is het onwaarschijnlijk dat dit gebeurt. En niemand zal vermoeden dat je hier bent, want een Frank die naar het Oosten vlucht is een idioot.'

Ik had een klemmende vraag. 'Hoe ken jij Mûsa? Hij was aangesteld als mijn bewaker. Waarom heeft hij me geholpen?'

De Bukht lachte. 'Mûsa is mijn broer.'

'Je broer?' Opeens zag ik de gelijkenis.

De grote man ging verder. 'Mûsa is geen renegaat zoals ik, hij woont al jaren in Samarkand en had zich op mijn verzoek vrijwillig aangemeld om jou te bewaken. Omdat hij een formidabele krijger is, met invloedrijke vrienden, hebben ze zijn verzoek ingewilligd.'

'Dan is hij nu wel een renegaat,' zei ik.

'Dat is mogelijk. Hij heeft mij gewaarschuwd dat Timoer mij nog altijd zoekt, en zijn loyaliteit geldt eerder zijn familie dan een amir in de winter van zijn leven.'

'Loopt hij geen gevaar? Ze zullen hem verantwoordelijk stellen.'

De Bukht knikte. 'Maar mijn broer laat zich niet eenvoudig grijpen. Ik zal hem weerzien.'

Ik zag aan zijn treurige gezicht dat hij niet zeker was van zijn zaak. Het eten had me opgewarmd en maakte me weer slaperig, maar de Bukht kwam overeind. 'Genoeg gepraat,' zei hij. Hij ging op één been staan. Ergens begon een trommeltje te ratelen.

Die nacht ging het weer sneeuwen. Buiten gierde de wind, maar de hele familie verbleef nu in één tent, zo hielden we onszelf warm. Niemand zou zich nu op de wegen begeven, dacht ik, maar na enkele dagen kwamen berichten uit Samarkand. Ik weet niet wie de Bukht van inlichtingen voorzag, maar hij vertelde me dat Timoer was opgeleefd en koortsachtig voorbereidingen trof voor een nieuwe veldtocht.

'Is hij nog op zoek naar mij?'

Hij spreidde zijn handen uit. 'Jalal houdt een klopjacht naar de oplichter die de amir probeerde te vergiftigen. Het zou een Engelsman zijn, die zich soms voor architect uitgeeft, dan weer voor arts.'

'Ik was toch juist degene die de diagnose stelde?' riep ik uit. Deze leugen overtrof alles. 'Hoe kon ik een langdurig opgebouwde vergiftiging veroorzaken, terwijl ik pas aan zijn ziekbed kwam toen de ziekte al in een vergevorderd stadium was?'

'Isidoor,' zei Ata Ilyas, hoofdschuddend om mijn onbeholpen zelfverdediging. 'Oorzaak en gevolg betekenen niets, alles is immers in handen van God? Maar begrijp je niet dat ze jou nu dus in de verkeerde richting zoeken?'

Verdomd.

Ik begon zo mijn vermoedens te krijgen over de rol die Jalal, Mûsa en prins Shahrukh Mirza hadden gespeeld. En wat kon ik anders dan afwachten? Het jaargetijde was er geschikt voor; in de winters van dit land gebeurde al net zo weinig als in die van thuis. Iedereen hing rond de vuurkorf onder het rookgat. Ik luisterde slaperig naar de liederen en de verhalen die rondgingen, zonder dat ik er veel van kon verstaan. Onze dansen waren zwaarder dan ze eerder waren geweest. Moesten die ons warm houden? Dat werkte uitstekend, we dansten het grootste deel van de dag.

Rond de zonnewende dook Mûsa weer op met een drietal getaande stamgenoten, die plaatsnamen in een hoek van de tent, waar ze eten kregen van de dochters van de Bukht. Mûsa was vermagerd, maar hij droeg een grijns op zijn anders zo onbewogen gezicht. Hij vertelde dat Timoer Beg zijn legers verzameld had om in de lente de Ming-keizer van China aan te vallen. 'Het goede nieuws is dat hij niet meer naar zijn architect zoekt,' zei hij. 'Na een lange drijfjacht kwam ik hem op het spoor. Hij vluchtte een houten huis in en toen we hem eruit wilden halen, stak hij het in brand. We kregen hem niet levend te pakken.'

Ik vroeg niet wiens verkoolde lichaam ze naar de amir hadden gebracht. Een slaaf, ongetwijfeld. Belangrijker was de vraag hoe Mûsa het er levend van af had gebracht.

'Niemand zal mij dit nadragen,' zei hij. 'Ik ben een hoofdman van mijn volk en Timoer doodt geen hoofdlieden die hij nodig heeft voor de komende strijd.'

Ik begreep het. 'Dus jullie gaan mee op veldtocht naar China?' vroeg ik met een blik op de Bukht, die somber in de gloeiende sintels staarde.

Mûsa knikte.

'De lente is nog ver,' zei ik, 'en wat betekent het voor mij?'

'China is ook ver,' zei de Bukht. 'Het betekent dat de legers van Timoer snel op weg moeten gaan, als ze het gebied van de Ming-keizer nog in de lente willen bereiken.'

'Dus jullie gaan naar Samarkand,' stelde ik vast.

'Wij blijven,' zei Mûsa, 'we zitten hier op de route die het veroveringsleger gaat nemen en wachten ze op.'

'Is dat allemaal al zeker?' vroeg ik tegen beter weten in.

'Je zag toch hoe hij de Chinese afgezanten behandelde?' vroeg Mûsa. 'Dat was een oorlogsverklaring aan de Ming-keizer. Timoer heeft dit al jaren voorbereid. De boeren langs de route hebben voedselvoorraden opgebouwd voor de legerschaar. Zo kunnen de troepen snel reizen en zijn er geen lange, kwetsbare aanvoerlijnen nodig.'

‘En wat moet ik nu doen?’ vroeg ik nogmaals.

De Bukht keek zijn broer aan. ‘Kan hij naar Balkh reizen, en van daaruit naar India?’

‘Daarvoor is het te laat,’ zei Mûsa. ‘Hij wordt niet meer gezocht, maar in het Westen of Zuiden zal hij de troepen in de armen lopen. En als iemand hem dan toch herkent, dan zal zelfs onze clan zich tegen ons keren.’ Tegen mij zei hij: ‘Je kunt maar één kant op, naar het oosten. Zolang je de legers maar voorblijft.’

Ik probeerde me voor te stellen hoeveel mijl ik per dag zou moeten afleggen om een snel voortbewegend leger voor te blijven.

Alsof hij mijn gedachten geraden had, voegde Mûsa eraan toe: ‘Hou rekening met verspieders, die soms dagen vooruitrijden.’

Ik kreunde. ‘Wanneer kunnen we die verwachten?’

Mûsa grijnsde. ‘Die zijn er al.’ Hij wees op zijn mannen die nu opgerold in hun mantels lagen te slapen. ‘Zij laten zich liever doodmartelen dan dat ze praten. We brengen je morgen op weg.’

‘En daarna?’

‘Daarna ren je voor je leven,’ zei Ata Ilyas.

Ik moet hem verbijsterd hebben aangekeken, stille celgenoot, want hij probeerde me te troosten. ‘Vrees niet, broeder, er zijn geen poststations meer. Een man loopt niet sneller dan een paard, maar hij houdt het wel langer vol.’

Mûsa vulde aan: ‘Een leger voorblijven is nog eenvoudiger.’

Ik legde me vroeg te slapen die avond, want ik zou al mijn krachten nodig hebben. Ik wilde alleen nog maar weg uit dit gruwelijke land en nu de zaken zo stonden, begon ik de lokroep te horen van dat immense rijk dat ik kende uit het werk van Rustichello. De paleizen en pagoden, de tempels en kloosters, wat zou ik daar niet kunnen leren? Ik voelde de onrust in mijn benen en verlangde naar de eindeloze verten. Als een zwerver zou ik op weg gaan, en eindelijk kon ik weer mijn kwartieren nalopen, die ik in Samarkand zo had verwaarloosd.

In de ochtend gaf de Bukht me een gewatteerd kleed dat ik met een riem om mijn lichaam moest binden. ‘Het ziet er smerig uit,’ zei hij, ‘maar dat is juist de bedoeling. In werkelijkheid is het nieuw en zal het je lang van dienst zijn.’ Hij trok mijn lange haren die inmiddels één geheel vormden in strengen uiteen. Ik kreeg sandalen van gelaagd runderleer en bindriemen waarmee ik snel zou kunnen lopen. Daarnaast zorgde hij voor een dekenrol en een rugzak met gedroogd vlees voor weken.

'Je zult niet veel mensen tegenkomen onderweg,' zei mijn vriend. 'Je bent nu een *qalandar*, een heilige bedelaar en je hoeft niet te praten. In een gevaarlijke situatie begin je te dansen. Niemand doodt een dansende derwisj. Ze zullen je voedsel en onderdak bieden.'

Nog veel meer raad kreeg ik, maar Mûsa en zijn ruiters werden ongeduldig en na een omhelzing die me bijna smoorde, steeg ik te paard en voorwaarts ging het.

Twee dagen van lange ritten en twee nachten onder de ijzige sterren; op de derde dag trok de hemel dicht met een grauw wolkendek. Die dag vertelde Mûsa over de streek waar ik door zou gaan. 'Vermijd de steden,' zei hij, 'als eerste zal dat Qashqar zijn. Je zult medestanders van Timoer treffen en ook zijn doodsvijanden. Vertrouw niemand, je komt door gebieden die Timoer vijftien jaar geleden heeft geplunderd. Dit volk is de gruwelen niet vergeten.'

Ik vroeg niet of hij erbij was geweest.

In de middag namen mijn begeleiders afscheid. Mûsa omhelsde me. 'Wij zullen elkaar niet meer zien,' zei hij. 'Vaarwel, mijn vriend. Moge de weg je brengen wat je zoekt.'

De ruiters verdwenen in een stofwolk, en terwijl ik hen nog nakeek, voelde ik de angst groeien in mijn borst en keel. Ik had ze willen naroepen, neem me mee! Waarom kon ik niet bij de stam blijven? Ik zou me voordoen als een van hen, onopvallend in hun gelederen verblijven en geduldig wachten tot de hele toestand rond Timoer en zijn opvolgers zich stabiliseerde. Hoelang kon de oude man nog leven?

Maar het was te laat, en de terugweg bood meer gevaren dan de weg vooruit. Ik begon te lopen naar het oosten, aanvankelijk in stevige wandelpas, maar eenmaal opgewarmd ging ik over in een rustige draf. Moge de weg je brengen wat je zoekt... maar wat zocht ik?

Ik had mijn instructies. Van de drie mogelijke routes moest ik de noordelijke ten koste van alles vermijden en ook de middenroute zou weinig heil brengen, want die liep recht door een woestijn. De meeste kans maakte ik via de zuidroute en dan moest ik steeds de bergen aan mijn rechterhand houden.

Ik wist dat ik dit tempo uren kon volhouden. Om niet te hoeven denken aan alle gevaren die dreigden, begon ik aan een lange ommegang door mijn kwartieren, die zo uitgebreid waren dat ik weken nodig zou hebben om hem helemaal te gaan.

Nooit eerder, mijn vriend, zag ik zo'n onherbergzaam land. Er moesten grote wegen naar het oosten leiden, maar ik liep op een zandpad tussen rotsige bergwanden die al hoog genoeg waren om mijn pad te overschaduwen in de avonden, maar het niet haalden bij de besneeuwde toppen die verderop in het zuiden oprezen. Zolang ik die maar vermeed. Soms kronkelde mijn pad de heuvels in en moest ik een doorgang zoeken tussen de rotsen. Uiteindelijk verdween het helemaal. Ik sliep de eerste nachten in grotten en onder overhangende rotsen en als ik niet sliep, luisterde ik naar het verre gehuil van wolven.

In een sneeuwnacht kroop ik diep een lage grot in, op zoek naar warmte, want zelfs met de nog altijd bedekte hemel was het bitter koud. Net had ik me in mijn deken gerold, of ik hoorde een zware zucht uit een hoek komen. Ik lag verstijfd en vroeg me af wie deze mensen waren en of ik me bekend zou maken. Kon ik niet beter wachten tot de ochtend? Mijn half bevroren neus begon zijn gevoeligheid terug te krijgen en ik rook een doordringende beestenlucht. Toen volgde een zware grom en ik besefte dat ik bij een beer in het hol was gekropen. Of bij iets anders, iets onvoorstelbaars.

Uiterst voorzichtig kroop ik terug naar buiten. Ik besloot die nacht door te lopen, de sneeuw zette alles in toverlicht. Misschien was het beter om overdag te slapen zolang dit weer aanhield.

Omdat ik overdag geen zon zag en 's nachts geen sterren, kon ik me nergens meer op richten. Het aan mijn rechterhand houden van de bergen bleek moeilijker dan ik dacht. Langzamerhand dwaalde ik door passen en over uitlopers, en door de afwisselende sneeuwbuien en mist kon ik me niet meer op bergpieken oriënteren. Met een paar eenvoudige zaken had ik een kompas kunnen maken. Een stukje kurkbast, een gemagnetiseerde naald en wat boter, maar ik had niets van dat alles. En het enige water dat ik zag, was bevroren.

Ik weet niet hoeveel dagen ik gelopen had toen ik op een ochtend een weg vond, een breed pad met wagensporen. Eigenlijk had ik nu moeten slapen om bij het schemeren weer op weg te gaan, maar in mijn opwinding besloot ik een stuk te rennen. Ik zou gauw genoeg te moe zijn en dan kon ik altijd nog een slaapplek zoeken. Hoewel het een koude dag was, begon ik al snel te zweten in mijn kleren en ik meende dat ik het wel tot de schemering kon uithouden.

Misschien had ik een uur zo gerend, toen ik ver voor me een ruitergroep zag. Ik wist niet of ze mij gezien hadden, maar ik bevond me nu op terrein dat geen directe schuilmogelijkheid bood. De rotsrug die met de weg parallel liep was misschien een halve mijl verder. Lang voor die tijd zouden ze me zien.

Ik besloot halt te houden en gooide mijn rugzak op de grond. Mijn haar, dat ik in een staart had gebonden zodat het me niet zou hinderen, knoopte ik los en ik begon te dansen als een bezetene, blij dat ik al bezweet was. Voor de ruiters, wie ze ook waren, zou het lijken of ik hier al de hele dag danste. Ik sloot mijn ogen, stampte mijn staf op de rotsbodem en sprong op en neer. Wat ze ook zouden vragen of zeggen, ik zou niet antwoorden. Ik zou ze aankijken met de waanzinnige blik van de heilige bedelaar. Ik merkte dat mijn tanden meeklapperden en alle beweging ten spijt kreeg ik het steenkoud.

De ruiters stormden voorbij, zonder me ook maar een woord toe te roepen. Ik wachtte tot het hoefgeklepper wegstierf en ook toen het stil was danste ik nog een tijdje door. Toen ik eindelijk mijn ogen opende, was de weg voor en achter me leeg.

Dagen later kwam ik in alle vroegte door een dorpje waar ik niet omheen kon. Kinderen vluchtten de huizen in en hun moeders verschenen in de openingen van hun huisjes die van modder of leem waren gebouwd. Een van hen riep me aan. Ze gaf me een brood. Ik stak mijn hand zegenend op. Verderop kreeg ik een stuk gedroogd vlees. Hoe graag had ik niet de weg willen vragen, maar ik hield me aan de instructie, ik wisselde met niemand een woord.

Ik kwam weer in hoger gelegen gebieden en op een avond, toen ik een dorp passeerde, begonnen de jongemannen met stenen te gooien, zodat ik moest rennen voor mijn leven. Bang dat ze achter me aan zouden komen, koos ik een zijpad en besloot de wegen te mijden. Uren later zag ik, ver beneden me, hoe een kleine gewapende groep op zoek was. Ik wachtte tot ze onverrichter zake terugkeerden en vluchtte toen verder, steeds hoger grond zoekend.

De weg naar Konstanz XIX

–

Haverkist

Ik besloot evengoed verder te reizen naar Konstanz. Maelgys had het goed gezien. Die stad zoog deze jaren in een grote werveling alles naar zich toe en voor mij als drager van het grote inzicht was er geen betere bestemming denkbaar. Nu was ik de hoeder en in Konstanz kwamen de machtigste mensen van de wereld bijeen. Hier bepaalden zij de toekomst van de wereldlijke en geestelijke macht voor de eeuwen die kwamen. Als ik tot de juiste mensen wist door te dringen – en hoe kon iemand mij weerstaan? – zou ik alle obstakels uit de weg ruimen en de partijen verzoenen. Ik had de sleutel in handen en zou het hele krakelende kabaal van pausen en koningen, theologen, curialen, bisschoppen en prelaten optillen naar een hoger plan, ja, onder mijn leiding zou er een gouden tijd aanbreken.

Onder het gaan, mijn vriend, bruiste en sidderde ik van extase, en op een zeker moment merkte ik dat ik luidop lachte, tot verbazing van een tegemoetkomende boer. Maar hoe kon hij vermoeden dat ik het hemelvuur met me meedroeg?

Op een dagreis van de stad hield ik halt voor een hevig onweer, puur omdat ik de schoonheid wilde ervaren. Ik school onder een overhangende rots en nadat ik een tijdlang had zitten kijken naar de ranselende regens, sloot ik mijn ogen en richtte mijn blik inwaarts. Ik dwaalde door mijn ommegang, op zoek naar een goede plek om mijn verworven inzicht in weg te bergen. Als altijd zocht ik naar plekken die een sterke relatie hadden met het te bergen onderwerp. En ik lachte hardop toen ik de onnozelheid van mijn zoektocht besefte, want dit inzicht, dit geheim was verbonden met alles, van het stuifmeel in de bloemen tot de spiralen van de Melkweg, het doordrong alles en stond buiten elke categorie. Het vormde een eigen supercategorie die het geheel der kennis omvatte en daar tegelijkertijd de kern van was.

Opeens wist ik het.

Ik schoot naar mijn oude uitgangspunt, het huisje van Giles, waar ik ooit mijn eerste woorden schreef: 'Anser erat' – er was eens een gans. Ik keek er rond, nam alle voorwerpen in me op, leitjes op de tafel, een oude schapenvacht waarop ik zat als kind, dennenappels in een mand bij de haard en een kat die te lui was om muizen te vangen. Ik knikte naar Giles, die daar voor eeuwig zat te slapen in zijn stoel. En ik liep verder, naar de stal. De geiten liet ik buiten, maar achter het schot hoorde ik schapen stommelen. Ik bekeek glimlachend mijn allereerste geheugenbeelden, die nog niet waren verdwenen, al had ik de geitenstal al sinds mijn jongelingsjaren niet meer bezocht, omdat ik te druk was met de opbouw van mijn veelomvattende intellectuele systeem.

Toen wendde ik me naar de haverkist, die daar al die tijd op me had gewacht. Natuurlijk mocht dit niet meer de oude, afgedankte kist zijn van destijds, ik stelde me hem voor van een kostbaar, gelakt notenhout, getekend met een grillige vlam. Ik legde mijn geheim erin. Er was geen noodzaak toe, want de eenvoud was vergelijkbaar met de kennis die ik in mijn kinderjaren opdeed. Het lag zo voor de hand. Een kleine verschuiving, een minieme sprong van de geest, meer was het niet.

Ik sloot het deksel van de kist en vermaakte me enige tijd met het bedenken van fraai smeedwerk naar Byzantijns voorbeeld. Ik liet het vervormen, groeien en uitvorken als boomtakken tot de kist bedekt was met een verfijnd zilverfiligrein. Uiteindelijk streek ik die ingewikkelde textuur weg en ik herschiep de kist in keizersjade, een materiaal dat overeenstemde met de eenvoud en de onschatbare waarde van wat ik erin bewaarde.

Ik opende mijn ogen en keek weer naar het gestage vallen van de regen. Af en toe stond de omgeving een moment in het felle licht van de bliksem, maar de intervallen tussen de na-ijlende donderslagen werden groter, tot uiteindelijk de stilte terugkeerde en ik vanuit mijn donkere schuilplaats alleen nog het nadruppen hoorde van de bomen. Ik bleef zitten in het rulle zand, vervuld van macht; aan slaap had ik geen behoefte.

33

Long Gum Pa

Ik weet niet hoeveel dagen ik gelopen had. Het bevroren plateau leek geen einde te hebben; aan mijn linkerhand, maar misschien honderd mijl verder, rezen hoge gekartelde rotsruggen die grotendeels met sneeuw waren bedekt. Ik bleef mijn pas houden en liep alleen bij daglicht, zonder halt te houden. Als ik me in dekens rolde, sliep ik meteen in en ontwaakte niet voor het aangrauwen. Ik was me nauwelijks bewust van de koude, mijn eenzaamheid onder de eindeloze blauwe hemel gaf me een groot gevoel van vrede. Mijn voeten gingen voort in een rechte lijn en in de geest liep ik steeds wijdere cirkels door mijn domeinen.

Dorpen zag ik niet meer en ik vroeg me af of men me onderhand niet zou aanzien voor een bovennatuurlijk wezen. Ik moest een angstaanjagende aanblik vormen, mijn hoofd en gezicht waren beschermd met windsels met een kijkspleet tegen sneeuwblindheid. Vooralsnog ijs en sneeuw zover ik kon zien. Ik zou een nederzetting van veraf ontdekken en als de honger me niet dwong, wilde ik de mensen mijden. Ik hield al rekening met een hongerdood in dit lege land, en als het zover kwam, zou ik naakt in de sneeuw gaan liggen om mijn lijden te bekorten.

Drie dagen na mijn laatste karige maal was ik klaar om de man met de zeis te ontmoeten – in overdrachtelijke zin natuurlijk, want alleen een dwaas gelooft in fantomen. En toen kwam ik iemand tegen die bovennatuurlijker was dan ik voor mogelijk had gehouden.

Niet meer dan een stip was het, maar een die tegen het wit afstak als de ontsierende wrat op het gezicht van een mooie vrouw. Wat het ook was, het bewoog. Van veraf leek het een springende vlo en ik vreesde dat de lange eentonigheid me drogbeelden bracht. Moest ik mijn ogen nog beter beschermen? Ik hoefde niet lang te wachten, de stip groeide zienderogen. Het was een man, maar de sprongen die hij maakte en de snelheid waarmee hij bewoog leken onmenselijk. Ik hield halt en volgde de springer, die me op een afstand van misschien honderd ellen voorbij zou gaan.

Zag hij me niet? Hij sprong voort, met vreemde pompende armbewegingen en leek niet uit op een ontmoeting. Toen hij zo dicht genaderd was dat hij me in twee sprongen voorbij zou zijn, kon ik me niet meer inhouden. Mijn honger won het van de angst en we waren ver van Timoers oprukkende legers – want wie, behalve ik, was gek genoeg om over besneeuwde hoogvlakten te trekken? – en misschien kon deze man me redden van de hongerdood.

Als hij me al had gehoord, verkoos hij me te negeren. Voor ik het wist was hij voorbij, ik ving een glimp op van zijn gezicht, van starre ogen die me niet leken te zien. Hij droeg een halflang wit kleed van ruwe wol, dat met een touw om zijn middel zat. Ik wilde nogmaals roepen, maar merkte dat zijn sprongen kleiner werden en dat hij afremde, tot hij op misschien een halve mijl afstand tot stilstand kwam. Hij draaide zich om en liep met rustige passen in mijn richting. Een leeftijdsloze man, hij droeg een vilten muts en had een lange zijige sik.

Ik groette hem in het Tataars, toen in het Mongools, een taal waarvan ik maar drie woorden kende. Zwijgend bestudeerde hij me, zoals je een onbekend, maar ongevaarlijk dier bekijkt. Ik trok de vodden weg voor mijn gezicht en groette nu in het Turks. Hij liet zich in een vloeiende beweging in kruiszit neer in de sneeuw. Ik besloot zijn voorbeeld te volgen, te zwak om nog lang te staan. In feite knakte ik door mijn knieën en plofte op mijn achterste. Met moeite vouwde ik mijn benen.

Al hield hij zijn ogen nog steeds op mij gericht, zijn blik was die van een slaapwandelaar. Was hij sneeuwblind, of net als ik verzonken in een innerlijke ommegang? Ik had nooit gehoord van mensen die zo hoog sprongen en liepen met de snelheid van een luipaard.

Dringender zaken waren nu aan de orde. Ik wees op mijn mond en maakte kauwende bewegingen. Een van zijn handen ging langzaam onder de mantel en hij haalde een afgeplatte deegbal tevoorschijn, die hij doormidden brak. Een stuk gaf hij aan mij, daarna gooide hij zijn eigen helft in de lucht en ving hem op. Ik rook aan mijn stuk. Een vage broodlucht, vermengd met ranzige boter en misschien kaas – en nog iets. Het voelde warm aan in mijn hand en ik besefte dat hij het onder zijn oksel had gehouden, uren-, dagenlang. Zelden smaakte iets mij beter dan dit stukje brood dat, hoe klein ook, me verzadigde.

Ondertussen begon het te sneeuwen. Spoedig kon ik de man tegenover me nog nauwelijks onderscheiden, al waren we minder dan twee armlengten van elkaar verwijderd. Hij had zijn ogen gesloten en ik veronderstelde dat hij sliep. Te koud en te moe om me zelfs maar uit te kunnen strekken, bleef ook ik in zithouding en sloot mijn ogen. In mijn ommegang zijn de gebouwen altijd zonbeschenen en werpen nooit lange schaduwen, want het is er eeuwig middag. Ik vergat mijn ledematen en dwaalde rond tot de slaap me overmande.

Ik weet niet hoelang ik sliep. Bij het ontwaken leek ik me in een ander universum te bevinden, de ruimte was klein en donker; tegenover me zat de man, nu vaag zichtbaar in het lichtschijnsel van een piepklein olielampje tussen ons in. Hij had zijn ogen open, maar ik had niet de indruk dat hij naar mij keek. Ik begon de ruimte om me heen te bestuderen.

Dit was niet een ger zoals ik die bij Tataren en Mongolen had gezien. Aan de ruwe blokkenstructuur van de koepel om ons heen kon ik afleiden dat we in een sneeuwhut zaten. Voor een opening hing een lap leer om de wind buiten te houden. De wind! Ik hoorde hem huilen buiten en huiverde bij de gedachte dat ik zonder deze ontmoeting nu waarschijnlijk dood zou zijn.

Had deze man de hut gebouwd toen ik sliep? Hier heerste geen kou, het was zelfs behaaglijk te noemen. Ik bedankte de vreemdeling in het Engels, want als wij geen enkele taal gemeen hadden, dan kon ik net zo goed mijn eigen taal spreken.

'Maar waarom zou je praten?'

Mijn adem stokte even. Had hij die woorden net uitgesproken? Ik had zijn lippen niet zien bewegen en ik wist niet eens in welke taal ze gesproken waren. Of kwam die gedachte uit mezelf?

De man moest ver weg zijn met zijn geest.

Nu goed. Dan spreken we niet. Als hij zijn ommegang ging, dan zou ik die van mijzelf lopen, was er een betere manier om een sneeuwstorm uit te zitten? Ik besloot te beginnen bij het warmgestookte kamertje waar ik mijn eerste woorden leerde lezen. Een spinnende kat, een snurkende monnik. Gestommel in de stal. Een doorkijk naar het binnenplaatsje waar de ganzen lopen. Zelfs in mijn ommegang was ik hier lang niet geweest. Ik voelde de hitte van de kachel op mijn huid en begon aan mijn lange tocht, met de ogen van een heel jonge Isidoor.

Ik weet niet hoelang het had geduurd, toen ik opeens een harde duw tegen mijn schouder kreeg. Ik opende mijn ogen. Mijn hutgenoot keek mij nu strak aan en hield een opgestoken wijsvinger voor mijn gezicht. Ik wist niet wat hij van me wilde en zei dat. Hij legde de vinger op zijn lippen en raakte toen daarna raakte mijn neusvleugel aan. Hij ademde diep en ik volgde zijn voorbeeld. Hij gebaarde naar zijn ogen, toen naar zijn neus. Goed. Ik moest alleen hiermee bezig zijn, met niets anders. Ik was hem iets verschuldigd en wierp me met grote inzet op mijn ademhaling. Sloot mijn ogen, volgde het in- en uitgaan van de lucht. Ik dacht aan de snurkgeluiden van Giles en even rook ik de bossen rond Bellalanda.

Pijn in mijn benen, hoelang ging dit duren?

'Niet afdwalen.'

Had hij dat gezegd? Ik keek en zag hem daar, onbeweeglijk. Kon ik zijn gedachten horen? Weer had ik de taal gemist. De volgende keer zou ik beter opletten.

'Adem. Niets anders.'

Weer gemist. Goed. In. Uit.

Mijn benen, godverdomme. Hoelang zaten we daar al? Ik verzat en binnen drie ademtochten begon de marteling weer. Ik wilde niet opstaan, me niet laten kennen.

Veel later moest ik mijn lichaam afgaan, mijn hoofd, romp en ledematen, van boven naar beneden en andersom. Ik vroeg me niet eens meer af waarom, ik volgde in de geest de grote lijnen, een mislukte krakeling, langzaam afdalend en weer klimmend. Een kleine, simpele ommegang, was dit wat hij deed? Ik glimlachte onwillekeurig en volgde zijn voorbeeld. Hij kon de oneindige complexiteit van mijn innerlijk landschap niet bevroeden, eenvoudige ziel. Ik paste me aan en deed de kleine ommegang die ieder van nature met zich meedraagt. Het kostte geen moeite.

Als tenminste mijn benen me niet zo kwelden. Een lijdensweg. Negeren, want elke verandering van houding brengt een nieuwe kwelling.

'Gelijkmoedig blijven.'

Er kwam een moment dat ik dacht dat ik het geen hartslag meer vol zou houden. Ik bewoog niet. Terug naar de kleine ommegang. Iedere verdere hartslag een slag gewonnen. En dan het besef: ik hoef niet te bewegen. Ik zuchtte en kreunde. Probeerde het onhoorbaar te doen.

Opeens lag ik, was ik omgevallen? Ik wilde overeind komen maar de man hield me tegen. Ik kreeg een nieuw stuk deeg en at er dankbaar van. Voor ik het ophad, viel ik in slaap.

Later zat ik weer. Voorlopig zou ik geen pijn voelen, dacht ik, maar de gedachte was nog niet voltooid of het was er weer. Negeren, volg de stroom door je ledematen.

Wacht. Welke stroom?

De stroom trok mijn aandacht van de onderrug door mijn linkerbeen naar de voet en vandaar weer omhoog. Of was het andersom, dreef mijn aandacht de stroom voort? Ik kon niet uitmaken of ik volgde of voorging. De stroom trok een gloeiend spoor, een krakeling van kracht en ik was me vaag bewust dat ik kreunde. Niet van pijn. Of toch? De pijn was er nog maar had zich omgezet in extase. Laat het niet ophouden.

Lange tijd zat ik daar en zwiepte door de kleine ommegang, de tijd loste op en ik vergat de man die daar nog altijd zat. Dat beseffend, keek ik. Hij hing enigszins voorover, maar terwijl ik hem bestudeerde, kwam hij rechtop, opende zijn ogen en lachte me toe. Toen stak hij zijn armen omhoog, zodat hij het lage dak van onze hut raakte en duwde er hard tegen, zodat zijn handen er dwars doorheen gingen en daglicht naar binnen viel. Het volgende moment sprong hij op als een kikker, dwars door het dak heen en verdween even uit het zicht. Nog meer daglicht, blauwe lucht boven ons. In een paar tellen brak hij de hut om ons heen af en daar zat ik in de koude buitenlucht, knipperend tegen de zon.

Weer nam hij plaats tegenover me. Sloot zijn ogen.

Ook ik zette me weer aan de innerlijke reis en zigzagde door mijn knoken zonder me te storen aan koude en pijn. En hoe hartstochtelijk ik me er ook op wierp, na verloop van tijd kwamen gedachten. Als ik kon rennen en springen als deze man, zou ik naar het einde van de wereld kunnen lopen en mocht het me daar niet bevallen, dan was ik snel weer thuis. Ik zou moordende benden ontlopen, niemand die me inhaalde.

Ik hield het niet meer uit. 'Hoe heb je geleerd zo hard te rennen, vriend? Hoe maak je die hoge sprongen?'

Hij opende zijn ogen en zei: 'Ik ben Long Gum Pa.' Hij had gewoon Tataars gesproken, maar het laatste woord had ik niet begrepen.

'Je spreekt!' zei ik. 'Wat is Long Gum Pa? Kan ik het leren?'

Hij lachte. 'Je begint als kind en oefent dan negen jaar lang het opspringen uit een zittende houding. Daarnaast doe je de geestelijke oefeningen die kracht geven om dagen achtereen voort te rennen.'

Ik wilde meer weten maar hij schudde zijn hoofd en richtte zijn blik weer naar binnen. Meer dan de geestelijke oefening zou ik niet verwerven, besefte ik knarsetandend, ik zou spoedig verdergaan. Ik ging mijn vertrouwde ommegang in en wandelde door de bekende straten.

Een tik op mijn arm haalde me eruit. Een vragende blik. Wat doe je?

Ik wist niet hoe ik het uit moest leggen. Ik wees naar mijn hoofd en maakte een weids gebaar. Probeerde een verklaring te geven in mijn eigen taal. Hoe ik mijn kennis bewaarde in gebouwen en stadswijken die ik vormgaf in mijn geest.

Hij knikte. Stak toen zijn handen uit met de palmen naar boven en daar ontstond een beeld van een stad, golvend en vaag, als een spiegeling in water, maar terwijl ik keek werd het al duidelijker en ik herkende de straten van mijn eigen stadskwartieren als in kraaienvlucht. Het begon vanuit een klein gedeelte maar groeide snel uit tot een grote wentelende schijf en voor het eerst zag ik hoe veelomvattend mijn netwerk van straten was, de complexiteit van de verbindingen en al mijn verzamelde kennis. In één groot visioen omvatte ik het, naar adem happend. Toen kromp het ineen. Hij hield het nog altijd in zijn handen, het leek nu een bordspel of een grote koek. Hij gooide het in de lucht, ving het op en verfrommelde het toen als papier.

'Wat doe je?' vroeg ik geschokt.

Hij antwoordde in mijn eigen taal. 'Het is niets.' Hij begon te lachen en opeens schreeuwde ik het uit. Ik wilde hem grijpen, stompte naar zijn hoofd maar hij ontweek mijn vuist. Toen gooide hij de prop met een achteloos gebaar over zijn schouder. Hij vloog op, maakte een spottende buiging en sprong toen met grote snelheid weg, nog altijd schaterlachend. En lang nadat hij uit het zicht was verdwenen, bleef ik hem horen, zijn lachsalvo's rolden en echoden over de vlakte, zoals ze dat alleen maar kunnen in een leeg ijsveld.

Toen de stilte weer was neergedaald vervolgde ik mijn weg en zocht soelaas in mijn innerlijke kwartieren, die onaangetast waren gebleven. Geen magiërshand kon daar iets aan veranderen.

Deel VII

Kettergericht, of: Heilige Onschuld

(1415-1417)

'"De beste vogel die ik kende
is de gans," zong men ooit.
In Bohemen nam dit een wende,
toen daar dwaling binnensloop
met een woord, want waar het lied
duidelijk sprak van "de beste",
schrijven nu meester en vreemdeling
"de booste" – nu doen dat alle landen.
Zo veranderde in Boheemse kring
de gans zelf, tot haar blijvende schande.'

– Oswald von Wolkenstein, 'Hussietenlied'

34

De Friedel Ziere

Op zoek naar een plek om me te wassen, kwam ik voorbij een kleine akker waar een jonge vrouw met een hak ruwe voren maakte in de aarde.

'Is het niet een beetje vroeg in het jaar om al te ploegen?' vroeg ik haar.

Ze slaakte een kreet van schrik, hief haar hak en zei: 'Loop door, reiziger.' Ze bezat het soort aantrekkelijkheid dat je alleen bij boerenmeiden aantreft. Een verwaaide, rossige haardos en, afgezien van de blossen op haar wangen, een winterbleek gezichtje.

Zonder dat ik werkelijk behoefte had aan een meisje op die vroege, kille ochtend, wilde ik mijn nieuwe talent weleens uitproberen. Ik stapte op haar toe en zei zachtjes: 'Leg die hak neer.'

Ze aarzelde, liet toen haar gereedschap vallen. Met grote angstogen keek ze me aan.

'Trek je kleren uit,' zei ik.

Ze deed wat ik zei, haar blauwe ogen in een ver niets. Zonder dat ik iets hoefde te zeggen, ging ze achteroverliggen in het gras dat nog nat was van de dauw. Haar huid trok kippenvel, de kleine tepels verstrakten.

Ik wist genoeg. 'Trek je kleren maar weer aan,' zei ik, 'zo zul je nog ziek worden.'

De twee soldaten die de poort van Konstanz bewaakten, doorzochten iedere kar en reiziger die naar binnen wilde, maar ik kon zo doorlopen met mijn muildier. Ik had me die ochtend in de ijzige Bodensee gewassen, had me laten ranselen door schuimkoppen en wind, waarna ik me op het kiezelstrand in mijn beste kleren had gestoken – maar dat was niet de reden dat ze mij met rust lieten, want ik zag dat ze zelfs edelen en geestelijken ondervroegen. Ik trok geen aandacht, eenvoudig omdat ik dat wilde en zonder zelfs maar mijn pas in te houden mengde ik me in het gewoel.

Zelden zag ik zoveel mensen bijeen als daar in Konstanz. Later zou ik horen dat de stadsbevolking die eerste jaren van het concilie was vertienvoudigd. Het kolkte en stroomde om me heen, en terwijl ik daar stilstond, reikte ik ver met mijn zintuigen en voelde dat ik hier in het centrum van de macht was aangeland. Ik genoot van het krachtenspel, ik wist dat ik deze stad stormenderhand zou veroveren. Wie kon mij nu nog weerstaan?

Evengoed beleefde ik geen genoegen aan de massa, ik verlangde naar de rust van mijn geest en wilde snel een logement vinden om het stof van me af te wassen en om een goede maaltijd te gebruiken. Ik had immers alle tijd van de wereld.

De goedkope en volkse uitspanningen negeerde ik, die puilden zichtbaar uit. Kamertjes, kasten, schuurtjes, zelfs de hondenhokken leken te zijn ingenomen. Vlak bij het plein van de kathedraal vond ik duurdere logementen, maar toen ik er een binnenging en de waard, een loensende kaalkop met een droevige hangsnor, vroeg of hij een kamer had, schudde hij zijn hoofd. 'Wij hebben geen plaats, nu niet en de rest van het jaar niet. Je zult niet gemakkelijk logies vinden in deze stad.'

Ik keek de lege gelagkamer door. Misschien was het nog te vroeg voor gasten. In een hoek onder een raam zat een brede man een draailier te repareren. 'En eten?' vroeg ik. 'Hebben jullie een plaats aan de tafel?'

'Ga zitten,' zei de man, 'er zit nog wel wat in de pot.'

'Eerlijk gezegd had ik een goede maaltijd in gedachten, geen restjes uit de pot.'

De waard, die al wegslofte, bleef staan. 'En hoe ga je daarvoor betalen, reiziger?'

Bij het zien van mijn beurs klaarde zijn gezicht op en zelfs zijn snor leek op te krullen. 'Zeg wat u wilt en we maken het voor u klaar, heer.'

Ik nam plaats achter de vensterruitjes zodat ik zicht had op het straatje en een deel van het plein. Door de open deur kwamen flarden muziek die dan weer eens aanzwollen, dan weer wegstierven met het opvlagen en wegvallen van de voorjaarswind. Zo keek ik naar de langstrekkende drommen, de schommelende draagstoelen van de hoge heren, de lastdragers met hun zwaarbeladen ezels; de potsenmakers, muzikanten, en de straatmadelieven die zich niet voegden naar de gang van de massa, maar ieder voor zich deinden op het ritme van een innerlijke tamboerijn, bij voorkeur tegen de mensenstroom in, als vissers die hun netten door het water trekken.

De muziek was al niet meer te horen. Ik ving hier en daar een paar woorden op van voorbijgangers en het leek wel of het concilie zich op straat voortzette in een veeltalig palaveren dat, eerder dan dat het de complexe problemen van de christenheid zou oplossen, wel moest leiden tot een Babylonisch bezwijken.

'Daar komt alleen maar gedonder van,' zei de waard. Hij zette een pot bier voor me neer en beschouwde mistroostig de massa. 'Al dat vreemde volk, er komt geen einde aan.' Opeens richtte hij geschrokken zijn blik op mij. 'Neemt u me niet kwalijk, heer.'

'Niets aan de hand,' zei ik.

'Mijn naam is Walter,' zei hij. 'Als u iets nodig hebt, dan roept u maar.'

Hij verdween naar buiten en glipte de steeg in naast de herberg. Ik nam een teug van het bier en liet de diepe smaken over me komen. Dit was een aangename plek om lang te blijven zitten. Uit de hoek waar de man met zijn muziekinstrument zat, kwamen nu de snerpende klanken van de draailier die alle geluiden van buiten overstemden. Ik knikte de speelman toe maar hij leek me niet te zien. Hij had één oog dicht en nadat ik hem even had bestudeerd, kwam ik tot de conclusie dat hij aan dat oog blind moest zijn. Ik wijdde me weer aan het bier en droomde wat weg op de lierzang. Ik schrok op toen een vrouw een nap dampende soep voor me neerzette. Voor ik haar kon bedanken was ze verdwenen.

Even later kwam Walter weer binnen, terwijl hij zijn gordel nog dichtgespte, zijn gezicht was vertrokken van pijn. Hij haakte zijn duim in het oor van een kruik en tilde het zware ding op zijn elleboog om een lange teug te nemen. Na een zucht vroeg hij: 'En waar komt u vandaan?'

'Ik kom uit Oxford in Engeland,' zei ik, want die naam maakte indruk en mijn herkomst, als ik die zelf al had gekend, ging hem niet aan.

'Dan bent u zeker aanhanger van de Romeinse partij,' stelde hij vast. 'Die Cossa, hun paus, zit gevangen in de burcht Gottlieben op de andere oever.'

'Spreek je over het concilie?' vroeg ik. 'Ik ben te lang weg geweest, en slecht op de hoogte van de verhoudingen.'

Hij liet zich zakken op een kruk die net zo hard kreunde als de waard zelf. 'Het is al een jaartje aan de gang,' begon hij. 'De kerkelijke heren...'

De kerkelijke heren waren al in het vorig jaar neergestreken, ieder met zijn eigen gevolg, en ze bezetten de beste gasthuizen, herbergen, paleizen en kloosterverblijven. Nu, een klein jaar later, stroomde er nog altijd volk naar de stad. In het spoor van de conciliegangers kwamen handelaren in kruiden en specerijen, reukwerken, fijne stoffen, sieraden, relikwieën en aflaten. Boeren en vissers deden dagelijks de stad aan om de keukens en dissen te bevoorraden, kwakzalvers en jongleurs maakten hun kunsten te gelde en zelfs wie niets bezat, maar zich het schamele lijf nog een penning waard achtte, kwam dat hier verkopen. Uit alle windrichtingen kwamen ze samen, als insecten die van heinde en verre naar een kadaver trekken, daar vaak mijlen voor afleggen, zonder dat iemand ooit heeft kunnen ontdekken hoe zij erachter zijn gekomen.

'En is het geen uitmuntend kadaver, die stad?' vroeg Walter. 'Nooit eerder, zo zegt men, waren zoveel priesters, prelaten, kanunniken, bisschoppen en uiteraard een paus aanwezig op één plek. En nooit eerder zijn de omliggende contreien zo grondig van hun lichtekooien ontdaan, ja, zelfs Rome, zo zegt men, moet het deze jaren doen zonder haar belangrijkste courtisane.' Hierbij gaf hij me een lepe knipoog.

'Ik houd mij niet bezig met zaken van kerk en staat,' zei ik. 'Ik heb er ook geen belang bij. Als geneesheer is mijn enige plicht iedereen te helpen die bij mij komt.'

Zijn sombere gezicht klaarde op. 'Een geneesheer! Mag ik u iets vragen, magister?'

'Ik weet het al,' zei ik. 'Blijf een tijdje weg bij de vrouwen, dan zal ik u medicijnen voorschrijven. Over een paar weken bent u weer de oude.'

'Kuthoeren,' zei Walter. Hij knikte en liep naar achteren.

Even later kwam hij me vertellen dat er een plaatsje in de herberg was vrijgekomen, en dat hij het als een eer zou beschouwen om mij tot gast te hebben. 'Welkom in de Friedel Ziere. U zult zien, er komen hier interessante mensen in de avonden en het gaat er vaak vrolijk aan toe.' Hij wees op de speelman die net was stilgehouden. 'Heer Oswald von Wolkenstein is hier een graag geziene gast. Hij is een ridder uit het gevolg van koning Sigismund, maar hangt liever hier rond dan bij zijn broodheer.'

Al was ik niet op zoek naar taveernevertier, ik liet hem weten dat ik blij was met mijn onderkomen en snakte naar een bed. 'Ondertussen zal ik uitkijken naar een huis in de stad om mijn praktijk uit te oefenen,' zei ik. 'Misschien weet u iets?'

'Ik zal eens rondvragen,' zei Walter. 'Er is veel behoefte aan geneesheren nu met het concilie. De stad is overvol. Niemand weet ook wanneer het ophoudt, ze blijven maar toestromen, iedereen wil dat er een einde komt aan het schisma.'

Ik humde wat, alsof het me weinig kon schelen. Hij had me nog niets wijzer gemaakt over de verhoudingen, maar dat zou vanzelf komen, daar twijfelde ik niet aan.

Walter ging verder. 'Ze zeggen dat dit de belangrijkste kerkvergadering is in duizend jaar. Ze willen de drie pausen tot aftreden dwingen, maar slechts één van hen is echt komen opdagen.'

Oswald von Wolkenstein was opgestaan, hij had de laatste woorden gehoord en zei: 'Dat kan ook niet anders, Baldassarre Cossa heeft zelf het concilie bijeengeroepen.'

'Onder zware druk van de rooms-koning,' zei Walter. 'Maar dat weerhield hem er niet van om te vluchten.'

De beide mannen barstten in lachen uit.

'Hebt u het niet gehoord?' vroeg Oswald. 'U weet toch dat Baldassarre Cossa een van de pausen is?'

'Ik ben lang in verre landen geweest,' zei ik. 'Ik hoor weleens wat, maar ben niet echt op de hoogte.'

'Heer waard, breng ons wijn,' zei Oswald, 'wij zijn zeer dorstig.'

De waard slofte gniffelend weg. Ik wist het toen nog niet, maar dit was de eerste regel van een van zijn drinkliederen die rondgingen in de Konstanzer taveernen en die iedereen kon meezingen. De winter was al net zo vrolijk geweest als de lente beloofde te worden, zo begreep ik van mijn nieuwe drinkmaat.

Toen de wijn voor ons stond te dampen, vertelde Von Wolkenstein me hoe de omstreden paus een paar maanden eerder, verkleed als postbeambte en met steun van de Oostenrijkse hertog, over de Rijn was gevlucht naar Schaffhausen. Sigismund, die zijn plannen om het schisma te beëindigen al zag vervliegen, reageerde snel. Hij verklaarde de hertog vogelvrij en liet al zijn land en bezittingen verbeurdverklaren. Hertog en paus kwamen niet verder dan Freiburg in de Breisgouw, waar Sigismunds mannen hen achterhaalden. De hertog gaf zich over en paus Johannes XXIII, alias Baldassarre Cossa, ging terug naar Konstanz, ditmaal in ketenen.

'En heeft het concilie nu al wat bereikt?' vroeg ik.

'Dat zou ik wel zeggen,' zei Oswald, 'inmiddels is in een decreet vastgelegd dat de kerkvergadering in sommige zaken een hogere autoriteit bezit dan de paus. Bijvoorbeeld in geval van een schisma.'

'Waarmee de weg openligt voor een veroordeling,' vulde Walter aan.

Oswald knikte. 'Het concilie buigt zich over de afzetting.' Hij moest zijn hoofd verdraaien om zijn goede oog recht op mij te richten. 'Ze leggen hem ketterij en simonie ten laste en daarnaast immoreel handelen. Omdat hij niet wilde aftreden en het concilie ondermijnde heeft hij vooral zijn eigen positie in gevaar gebracht. Nu kunnen ze hem veroordelen als schismaticus.'

'Over die immorele handelingen kan ik je meer vertellen,' zei Walter. 'Maar daar hebben we het nog weleens over. Je bed is trouwens klaar.'

Ik behandelde al druipers toen ik nog een student was in de vrije kunsten. De dankbare waard kwam na enkele dagen terug op mijn vraag. Het toeval wilde dat een van zijn neven een klein, maar fraai huis beschikbaar had en bereid was dit te verhuren, voor een astronomisch bedrag ongetwijfeld, maar voor mij betekende dit weinig, want ik had geen idee meer van de prijzen in dit deel van de wereld.

De eigenaar, die het huis zelf bewoonde, vertrok meteen naar een goedkopere bestemming en op mijn verzoek, en na een kleine bijbetaling, liet hij de meubels staan. Hij leek zelfs opgelucht, omdat het hem werk scheelde en opslagkosten.

Ik betaalde drie maanden vooruit en informeerde bij een bemiddelaar naar een goede knecht, want als heelmeester kon ik moeilijk zelf met allerlei zaken gaan zeulen en het muildier had ik al verkocht. Ik kreeg een zwijgzame Bohemer genaamd Zdislav, die, hoewel hij uitstekend Duits verstond, alleen maar zijn eigen taal sprak, die ik niet machtig was. Ik wilde ooit nog naar Praag, maar had begrepen dat je je daar uitstekend kon redden met Duits en Latijn, dus waarom zou ik nu nog mijn tijd verspillen aan weerbarstige volkstalen, terwijl ik beschikte over zoveel soepeler instrumenten om aan mijn ideeën vorm te geven? Ik was allang blij met een knecht die me niet stoorde met gepraat.

Met Zdislav twee passen achter me verkende ik de stad. Ik gaf de Munsterkathedraal een vluchtige blik en was niet onder de indruk. Ik bekeek de wapenschilden op de huizen en hospices van de concilianten, bezocht winkeltjes en marktkramen op zoek naar wat er zoal komt kijken bij een dokterspraktijk. Al snel was mijn knecht beladen met retorten en branders, met laatkoppen en scalpels, gedroogde kruiden, groenten, wortels en specerijen. Ik bezocht de Jodenstraatjes en liet een aantekenboekje maken van mooi papier. Ik deed bestellingen voor mijn praktijk bij de handelaren op voorwaarde dat ze snel konden leveren. Dat kon, al stegen de prijzen navenant. Koeriers zwermden uit in alle windrichtingen.

Als we laat in de avond terugkeerden door de stegen, stonden de voordeuren van de benedenhuizen wijd open. In het schemerduister wachtten de meisjes daar bij kaarslicht. In sommige kamertjes bloeiden vier, vijf van die lichtjes naast evenzovele dames, terwijl in de duurdere huizen een enkele courtisane zich liet beschijnen door kransen van kaarsenvlammen.

Naar ik in de taveerne hoorde, zaten de echte liefdesgodinnen in de bovenhuizen, waar ze rustten in hun hemelbedden, gekleed in de lichtste stoffen of soms zelfs in niets anders dan de wolken van hun reukwaters. Zij ontvingen alleen de kerkvorsten en de hoge adel. Namen gonsden door de gelagkamers en over de markten: Galatea, Fatma, Ghislaine, Sigrid. En natuurlijk de mooiste van allemaal, de Romeinse courtisane Imperia, die zich bij voorkeur liet betalen in landgoederen en kastelen.

Dat de vrouwen van Konstanz niet geheel ongevaarlijk waren, hoorde ik op een avond van Walter. Met gedempte stem vertelde hij me over koningin Barbara van Celje, die haar man Sigismund naar het concilie had vergezeld. 'Over haar wordt gezegd dat ze 's nachts anoniem door de straten dwaalt om mannen te verleiden, en wie dwaas genoeg is om met haar mee te gaan, overleeft het niet.'

Ik begon te lachen en wilde erop ingaan, maar hij greep me bij de pols. 'Stil!' zei hij. 'En praat er niet over met Oswald, maar iedereen weet dat er af en toe leeggezogen lijken in de haven drijven. Koningin Barbara is een alchemiste en als ze al geen vampier is, dan bedrijft ze bloedmagie met de levenssappen van haar slachtoffers.'

Ik hield mijn gezicht in de plooi en wandelde naar huis. Ik prees me gelukkig, goede metgezel, dat mijn pleegvader mij ooit het onderscheid had geleerd tussen ouwewijvenverhalen en ware kennis.

In mijn huis liet ik een werkplaats inrichten. Ik vroeg een handwerksman om een behandeltafel te maken en na een week van voorbereiding bestelde ik bij een schilder een uithangbord met mijn naam en mijn titels erop.

'Moeten het alleen letters zijn?' vroeg de man. 'Niet iedereen kan lezen, en als u er een mooie afbeelding op wilt, een embleem zoals in een wapenschild, dan zal dat meer aandacht trekken. De bijkomende kosten zijn te verwaarlozen.'

Hij toonde me voorbeelden van zijn uithangborden en naamschilden. Ik moest toegeven dat het een goed idee was. 'Het moet een eenvoudig maar sterk beeld zijn,' zei ik, 'schildert u maar een gans, van opzij gezien.'

'Welke kleuren wilt u?'

'Een zilveren gans op een zwart veld, met zilveren sterren rondom.'

'Dat is mooi op een schild,' zei de man. 'Maar dan moet de rand van het schild ook in zilver, anders valt het zwart weg in donkere nachten. Ik zal het voor u maken, een naamschild in sabel met een gans in argent.'

Twee dagen later bezorgde hij het schild aan huis. Ik was verrukt van zijn creatie. De gans was niet weergegeven als vlak silhouet, maar maakte een kleine draai en in het zilver was met kleine streken diepte aangebracht, wat de suggestie wekte van een verenkleed. Het was een volmaakte gans, die alleen nog iemands levensadem nodig had om uit het bord te stappen en weg te vliegen. Ik betaalde meer dan afgesproken en riep mijn knecht erbij, zodat hij de man kon helpen om het op de gevel te bevestigen.

Zdislav bekeek het naamschild aandachtig. Voor het eerst zag ik hem glimlachen. Hij zei iets wat ik niet verstond, negeerde de bordschilder en ging meteen aan het werk.

35

Een boottochtje op de Rijn

Vanaf de eerste dag zat mijn wachtkamer vol. Ik nam een plaatselijk meisje, Hilde, in dienst om de doorstroom van cliënten te regelen, want de Bohemer was te lomp om met mensen om te gaan. Het verbaasde me niet dat de meesten van mijn patiënten genezing kwamen zoeken voor de plagen van Venus.

Ik bleef de herberg bezoeken waar ik op mijn eerste dag was binnengelopen. Tot mijn verbazing voelde ik me niet langer ongemakkelijk in het gezelschap van mensen, alsof mijn verworven inzichten me een aantrekkingskracht verleenden die ik eerder niet had bezeten. Ik dronk en deed dat niet zoals vroeger, om de omgang met anderen te versoepelen, maar om geen andere reden dan het drinken zelf.

Walter de waard keek niet meer zo droevig, al loenste hij nog steeds. Het was het soort loensen dat zijn uitwerking op de vrouwen niet miste en hoewel hij zichzelf spoedig genezen verklaarde, vreesde ik dat het niet zijn laatste druiper was geweest.

Waaraan had deze herberg, de Friedel Ziere, die in het dagelijks verkeer de Friedel werd genoemd, zijn bestaan ontleend vóór het concilie? Ik kwam er nooit oorspronkelijke stadsbewoners tegen. Of had Walter zijn prijzen zodanig verhoogd dat alleen de rijke nieuwkomers zich die konden veroorloven? Hij liet ook duidelijk zijn voorkeuren blijken. Zo hoefde ik ondanks de drukte nooit naar een zitplaats te zoeken, want zodra ik binnenkwam zorgde Walter of een van zijn dienstmaagden ervoor dat er een kruk voor me klaarstond. Desnoods stuurde hij een andere gast weg, die dan scheldend de gelagkamer verliet.

Uiteraard gingen de gesprekken over het concilie, en waar de gasten elkaar niet konden verstaan bracht Latijn uitkomst, want er zaten zelden ongeletterden aan deze stamtafel. Ik maakte kennis met

Guillem, een Parijse monnik, die bevriend was met Armin, een ridder van de Teutoonse orde. Ze sloten graag weddenschappen af op de ontwikkelingen in het concilie, zodat ik redelijk snel op de hoogte raakte van de gebeurtenissen in de stad. En hoewel het mij aanvankelijk niet werkelijk interesseerde, genoot ik van het vermakelijke kat-en-muisspel tussen de pausen en de concilianten.

Ook op die bewuste ochtend ging het daarover. Ik had geen zin om te werken en was al vroeg de taveerne in gegaan. Hoewel het nog geen middag was, zaten mijn kennissen al aan het bier toen ik binnenkwam.

'Ik geef hem nog een week,' zei Armin. 'Drie florijnen.'

'Hij houdt het vol,' meende Guillem. 'Tot de volgende lente. En misschien nog langer. En jij, Isidoor?'

'Ik weet niet waarover dit gaat,' zei ik. 'Waarom zou ik gokken?'

Guillem lachte. 'Als Engelsman hoor je tot zijn partij.'

'Ik ben al het grootste deel van mijn leven op reis,' zei ik in het Frans, een taal die ik inmiddels beter beheerste dan menig Parijzenaar. 'Ik hoor tot geen partij.'

'Als je geen Engelsman bent,' vroeg Guillem, 'wat ben je dan wel?'

'Niets.' In mij kwam alles samen.

Guillem gebaarde naar Walter om meer wijn. 'Dat is maar goed ook,' zei hij. 'Jullie Engelsen gaan het niet redden hier. En we hebben het over die smeerlap van een Cossa.'

'Cossa?' vroeg ik.

'Heel grappig,' zei Guillem, 'hoe vaak hebben we het al niet over hem gehad?'

Armin lachte. 'Hij wil nog meer verhalen horen, die Isidoor.'

Armins Frans was zo slecht dat wij meestal noodgedwongen overgingen op Latijn. Voor mij maakte het niet uit, ik kon moeiteloos omschakelen.

'Ken je dat verhaal over die nonnen?' ging hij verder.

Ik kende veel verhalen over nonnen, maar nog niet voor zover ze betrekking hadden op Baldassarre Cossa.

Armin wachtte mijn antwoord niet eens af. 'Onderweg naar het concilie heeft hij driehonderd nonnen onteerd,' zei hij op fluistertoon. 'Ik heb het uit de beste bron.'

'Driehonderd?' Ik liet het even bezinken. 'Hoelang heeft hij over de reis gedaan?' vroeg ik toen.

Armin haalde zijn schouders op. 'Hij kwam van Pisa. Een paar weken? Een maand? Wat maakt dat nu uit!'

'Als hij er een maand over deed, dan onteerde hij elke dag gemiddeld tien nonnen. Waar haalde hij die vandaan? Of behoorden ze tot zijn gevolg? Heeft hij een paar vrouwenstiften aangedaan onderweg?'

'Ik ken dat verhaal,' zei Guillem. 'Het moet wel waar zijn, want het past in de reputatie van die ketter. Hij heeft alle kloosters op de weg hierheen aangedaan.'

'Ik zeg niet dat het niet waar is,' zei ik. 'Ik probeer het me gewoon voor te stellen. Aangezien hij een groot deel van de tijd onderweg moet zijn geweest, moet hij die nonnen wel in groepen hebben onteerd. Misschien stonden ze voor hem in de rij? En wat is dat eigenlijk, onteerd? Heeft hij ze verkracht? Of slechts ontkleed en betast?'

'Een scepticus,' stelde Guillem vast. 'Jij kunt het je niet voorstellen omdat je nooit in de positie hebt verkeerd van een paus. Als je zoveel macht zou hebben, dan zou je merken dat het organiseren van zulke liederlijkheden heel goed mogelijk is. Vergeet niet dat hij een uitgebreide staf heeft die hem ondersteunt.'

'Dat zullen dan wel specialisten zijn,' zei ik.

Guillem had mijn spot niet opgemerkt. 'Zeker zijn het specialisten,' zei hij. 'Ik heb onlangs nog het genoegen gehad van een gesprek met de *scriptor penitentiarius* van de paus, *messire* Poggio Bracciolini.'

'Heb je dan niet gevraagd hoe het zat met die nonnen?' vroeg ik.

Guillem snoof. 'Denk je nu echt dat hij dat zou toegeven? Ik had hem...' Opeens stopte hij en gaf me een giftige blik.

Armin barstte in lachen uit en dronk hem toe. 'Drie nonnen, of driehonderd! Wat maakt het uit? En wat moet je met een non als je hier in Konstanz de beste hoeren van Europa kunt vinden?'

Guillem schudde zijn hoofd. 'Daarvoor ben ik hier niet.'

'Imperia!' riep Armin. 'De schone Imperia, dat is de mooiste! Zij bedient alleen kardinalen en bisschoppen.'

'En als je geen bisschop bent maar je kunt het wel betalen?' vroeg ik.

'Dan is ze de jouwe,' zei Armin. 'Voor een uurtje of een nacht. Maar ik heb ook gehoord dat ze zich ooit aan een bedelmonnik heeft gegeven, omdat zijn oogopslag haar beviel.'

'Dat is een leugen,' zei Guillem zuur.

Armin lachte. 'Hoe kun je dat met zoveel zekerheid zeggen?' Hij draaide zich om naar de deur. 'Oswald!' riep hij. 'Kom je voor ons zingen?'

De speelman met de verstarde knipoog groette ons en antwoordde, met een stem die gewend was alles te overstemmen: 'Heer waard!' Het viel stil en nu zong Oswald, met luide stem:

Her wiert, uns dürstet also sere!
Trag auf wein,
Trag auf wein,
Trag auf wein!
Das dir Got dein laid verkere
Pring her wein,
Pring her wein,
Pring her wein!
Und dir dein sälden mere,
Nu schenck ein,
Nu schenck ein,
Nu schenck ein!

Sinds mijn eerste dag in de Friedel had ik Oswald von Wolkenstein niet meer gezien. Zijn oog zat nog steeds dicht en de draailier droeg hij op zijn rug. Iedereen was stilgevallen toen hij begon te zingen, maar al snel voegde een tweede stem zich bij de zijne en toen nog één en binnen korte tijd zong de hele gelagkamer. Het was een driestemmige canon waarin steeds een groep de roep om wijn herhaalde. In een volgend couplet zong Von Wolkenstein alleen:

Gretel, wil je niet mijn troeteltje zijn?
Spreek dan! Spreek dan!

En zo dreunde en bonsde de zaak en het leek wel of iedereen, man of vrouw, ridder of schildknaap, monnik of edelman, het lied kende. Walter en de meisjes van de bediening zongen mee terwijl ze rondgingen met de wijnkannen; de aardewerken bekers sloegen tegen elkaar aan, en wat brak werd snel vervangen. Een aantal mensen was al opgestaan om te dansen en de houten vloer leek te bezwijken onder het gestamp want het was geen elegant lied dat we hier zongen. Door de vele herhalingen kon ik al snel meezingen, al verstond ik niet alles. Dit was niet het Duits van Meister Eckhart.

Later voegde Oswald zich bij ons. Hij liet zich op een kruk zakken, zijn gezicht rood van het zingen en drinken, maar hij wenkte al om meer wijn.

'Waar ben je geweest?' vroeg Armin. 'We hebben je gemist.'

Oswald haalde zijn schouders op. 'In dienst van de koning blijft me weinig tijd over,' zei hij, 'maar de komende dagen ben ik vrij!' Hij richtte zich tot mij. 'Isidoor, was het toch? Heb je een huis gevonden?'

Ik knikte. 'En ik heb mijn praktijk als dokter geopend. Over klandizie heb ik niet te klagen, en...'

Armin onderbrak me en riep: 'Je hoeft je niet af te vragen wie de deur bij hem platlopen, het zit daar vol met lichtekooien, onze Isidoor is een gelukkig man.'

'Ik stuur ze graag naar je door, edele ridder,' zei ik, 'na al die etterende vagijnen van de afgelopen week is de lust me wel vergaan.'

'Als je er *ett'rende* van maakt, heb je een mooi metrum,' zei Von Wolkenstein, 'daar zit een lied in!' Hij knipperde met zijn goede oog, wat leek op een poging tot een knipoog.

'Als je het maar laat,' kwam Walter ertussen. 'Je jaagt al mijn klanten nog weg.'

Enkele meisjes kwamen aarzelend in onze richting en op een teken van Oswald streken ze bij ons neer als musjes rond een paardenvijg.

'Jullie zijn vrolijke gasten,' zei een donkerharige, terwijl ze mij over de wang streek. 'Is hier plaats voor ons? Krijgen we wat te drinken?'

'Zeker,' zei Oswald. 'En met een beroemde geneesheer in ons midden kan er weinig fout gaan.'

Het meisje glimlachte onzeker. Ik negeerde het gelach van mijn vrienden en schoof wat naar achteren. 'Laat ze,' zei ik. 'Dit is geen gesprek voor dames. Hoe heet jij?'

'Galina.' Ze vlijde zich op mijn schoot. 'En jij bent de geneesheer van het ganzenbord.' Ze sprak met een sterk accent, maar haar Duits was goed te verstaan.

'Dat is zo,' zei ik, verheugd dat mijn uithangbord zoveel indruk maakte. 'Vandaag ben ik de zieken moe, maar een gezonde meid zal ik met liefde onderzoeken.'

Ze glimlachte en wilde antwoorden, maar op dat moment zette Oswald zijn beker met een klap neer en hij riep: 'Wat dachten jullie van een boottochtje? Ik ken een schipper die er wel voor te vinden is. Hij kan alles snel klaarmaken voor vertrek en hij zorgt voor voedsel en wijn.'

'En wij dan?' vroeg Galina.

'Door jullie kwam ik juist op het idee.' Hij schoof zijn hand in het halfopen lijfje van zijn eigen tafeldame en ging verder. 'Ik bedacht opeens hoe graag ik de lentezon op jouw blote huid wil zien.'

'Ik hou niet van schepen,' zei ik, 'als jullie het niet erg vinden, blijf ik liever hier.'

'Kom op,' riep Armin, 'het is maar een rivier en met dit weer heb je niets te vrezen.'

Oswald stemde in: 'We willen je er graag bij hebben, Isidoor.' Hij liet meer wijn aanrukken. Al snel liet ik mijn weerstand varen.

Nauwelijks een uur later staken we van wal in een scheepje waar nog een vage vislucht hing, maar op de hoeken van het dek had de eigenaar tentdoeken gespannen waaronder gasten zich op kussens konden neervlijen. Ik zocht een plek waar ik alles in de gaten kon houden en probeerde mijn hart tot bedaren te brengen.

De roerganger riep bevelen naar zijn twee matrozen en een zeil kroop omhoog.

Oswald liet zich neer aan mijn linkerkant, zodat hij me met zijn goede oog kon aankijken. 'Ik zie dat je bang bent,' zei hij. 'Je moet gewoon vaker varen, het went vanzelf. Als je veel reist, weet je hoe weinig zo'n tochtje langs de oevers van de Bodensee voorstelt.'

'Ik heb veel gereisd,' zei ik. 'De laatste vijftien jaar heb ik tienduizend mijl gelopen en zo veel mogelijk de zeeën vermeden, maar soms kon ik niet anders. Ik maakte een galeireis die de halve wereld overspande en nog altijd wende het niet.'

Ik onderdrukte de aanvechting naar mijn polsen te kijken waar nog altijd de sporen zichtbaar waren van de boeien waarmee ik aan mijn galeiriem had vastgezeten; ik wilde mijn nieuwe vrienden niet alle beschamende details vertellen van mijn wederwaardigheden.

Jou, mijn stille kerkergenoot, zal ik uiteindelijk vertellen over mijn terugreis uit China, als passagier van de eunuch en ontdekkingsreiziger Zheng He – maar daar zijn we nog niet.

Ondertussen verbaasde ik mij over mijn gemoedstoestand. Wat kon mij nu nog deren? Sluimerden er nog rudimentaire angsten in mijn geest? En kwam het door de wijn dat ik ze niet als kaf kon wegblazen?

We waren al voorbij de stadsmuren en bleven dicht onder de oever. Mijn vrienden Armin en Guillem stonden voor in het schip te praten met de meisjes, die zich in bevallige houdingen rond de strakke lijnen drapeerden.

'Waar gaan we eigenlijk heen?' vroeg ik.

'Ik heb de schipper gezegd dat we de Rijn op willen,' zei Oswald, 'dan zien we straks de burcht Gottlieben, waar niet alleen de paus gevangenzit, maar ook de Boheemse ketter Johannes Hus, die zich binnenkort voor zijn rechters moet verantwoorden.'

'Ik wil niet onbeleefd zijn,' zei ik, 'maar ben je blind aan dat oog? Als je wilt zal ik er eens naar kijken, ik heb veel ervaring met oogziekten.'

Hij lachte kort. 'Aan mijn oog valt niets te redden,' zei hij. 'Ik raakte het jaren geleden bij een gevecht kwijt, toen ik schildknaap was van een dolende ridder. Ik mis het ook niet. Al was je zo'n duivelse wonderdoener dat je me een nieuw kon laten groeien, of een koeienoog plaatsen in de lege kas, dan zou dat nog voor eeuwig achterlopen op mijn goede oog, dat meer heeft gezien dan de meeste ogen in een duizend jaar.' Hij wees naar de treurwilgen langs de oever, die vanuit ons gezichtspunt af en toe uiteenweken en zicht gaven op de landerijen die erachter lagen. 'Dat gebied heet Paradies,' zei hij, 'er stond vroeger een nonnenklooster met die naam, maar de nonnen zijn lang geleden naar Schaffhausen vertrokken. Nu weiden de boeren er hun vee. Het is ook de plek waar veroordeelden op de brandstapel gaan. Ze zijn voorzichtiger geworden met vuur, sinds een generatie geleden de halve stad afbrandde.'

Even zag ik een gezicht van lang geleden voor me, mijn vriend Lotho in innige omhelzing met de man die ze de Grauwe Klauwier noemden. Zijn gezicht, zijn ogen die me aankeken, terwijl het vuur hem verteerde.

Ik schudde mijn hoofd om het beeld kwijt te raken en voelde nu pas hoe zwaar het was van de wijn. Ik had het koud en vond een deken binnen handbereik die ik half over me heen trok. Oswald praatte zachtjes door, maar ik sloot mijn ogen en zocht naar de vlam in mijn binnenste. Die vond ik niet. Weldra zakte ik in een sluimering.

Ik liep langs de oever van een wild stromende rivier en zocht een oversteekplaats, doodsbang voor de ruiters die me volgden. De rokende resten van een stad, waar geen huis meer overeind stond. En dan twee, drie torens; spitse piramiden van mensenhoofden. Grote en kleine schedels, vrouwenhoofden met het haar er nog op, stijf en zwart van geronnen bloed. Sommige met de trekken nog zichtbaar, elders was het gezichtsvlees weggevreten door vogels die bij mijn nadering opvlogen om meteen weer neer te strijken. Starre ogen, lege kassen. Ik wilde vluchten, op mijn schreden terugkeren, maar alles was beter dan de moordenaars die dit op hun geweten hadden, dus ik ging voort, wild om me heen zwaaiend toen een paar vogels me leken aan te vallen. O God, de stank. Een van de piramiden begon te verschuiven door het gewoel en opeens rolden vier, vijf hoofden voor mijn voeten. Ik probeerde schreeuwend weg te komen.

'Rustig maar, je droomt,' zei een vrouwenstem. Het was het meisje uit de taveerne. Ze legde haar handen tegen mijn slapen en drukte mij aan de boezem. Hoe heette ze ook weer?

'Je hebt te veel gedronken,' zei ze lachend. 'Laat me bij je liggen, ik zorg voor je.'

Galina.

Ik zocht Oswald en zag hem op het voorschip met een ander meisje. Hij tokkelde op een luit, en zong zachtjes voor haar. Guillem was nergens te zien.

'Kom er maar bij,' zei ik tegen Galina. Ik voelde nog het angstzweet op mijn rug en wilde de droom van me afschudden. Waar had ik die beelden vandaan? En pas later, toen ze mij gedeeltelijk had ontkleed en, bovenop zittend, met langzame, dwingende bewegingen de liefde met me bedreef, dacht ik weer aan de plagen die ik dagelijks in mijn praktijk zag. Als zij ook was aangetast, dan kon ik daar nu toch niets meer aan veranderen, dus ik liet haar begaan en het was goed.

Later voegde ik me bij Armin en Oswald, die bij de reling stonden te praten. De meisjes hadden zich gedrieën teruggetrokken in de tent waar ik eerder had geslapen.

'Waar is nu die burcht Gottlieben?' vroeg ik.

De mannen keken elkaar aan en lachten.

'Die zijn we allang voorbij,' zei Oswald. 'Je lag te slapen en we wilden je niet wekken. We komen er op de terugweg nog langs, maar eerst zoeken we een mooie landingsplaats om te baden.'

'Baden?' Ik had het alweer koud en dat zei ik hen.

Oswald deed mijn bezwaar af met een handgebaar. 'Magister Isidoor, een koud bad laat je pas echt voelen dat je leeft.'

'Misschien wil ik dat niet voelen,' wilde ik zeggen, maar ik zweeg, want ook Armin kwam met een bezwaar: 'Dit is het grondgebied van de Oostenrijkse hertog. Krijgen we daar geen problemen mee?'

'Nadat de koning hem vogelvrij heeft verklaard?' Oswald lachte schamper. 'Zelfs als hij hier de oever laat bewaken, zal hij het niet wagen om ons iets te doen. Hij heeft de koning de afgelopen weken al genoeg getergd.'

'Waar is Guillem eigenlijk?' vroeg ik.

Oswald wees. 'Hij ligt te slapen onder een zeiltje; te veel gedronken neem ik aan.'

Inmiddels lagen we in een vaargeul en de schipper wees waar we eenvoudig naar het kiezelstrand konden waden. Wij mannen kleedden ons uit tot op ons hemd, maar de meisjes lieten zich een voor een op de schouders van een matroos naar het strand brengen. Bij het derde tochtje stapte de matroos in een kuil en Galina, die aan de beurt was, krijste heel even en ging toen kopje-onder. De matroos bracht haar aan wal onder het uiten van verontschuldigingen. Ik nam de gelegenheid waar om haar half te ontbloten en aan een onderzoek te onderwerpen dat verderging dan haar luchtwegen en vooral was bedoeld om mijzelf gerust te stellen.

Immaculata, tot mijn opluchting.

De anderen lagen al in het water en Galina was van de schrik bekomen. Ze stroopte het restant van de natte kleren van haar lijf, hing ze over een boomtak en nam me bij de hand. 'Kom,' zei ze. 'Ik heb het koud en hoe eerder we in het water zijn, hoe beter we ertegen kunnen.'

'Even dan.' Ik waardeer wel degelijk de krachtgevende kwaliteiten van koud water. Ondertussen vermaakte de rest van het gezelschap zich met veel gekrijs en gespetter. Ze begonnen om ons te roepen.

'Als je er genoeg van hebt,' zei Galina, 'dan trekken we ons terug onder de bomen daar.' Ze wees en ik moest haar lichaam wel bewonderen, zoals ze daar naakt voor me stond. Mij hoefde ze niet te overtuigen, ik greep haar hand en trok haar mee het water in.

Later lagen we op een beschutte plek in het gras en ik liet mijn hand over haar licht gewelfde buik gaan en over het dons van haar venusheuvel. Ze liet me een tijdje begaan, draaide me toen op mijn rug en nam mijn lid in haar mond. Mijn adem stokte, de serafijnse kus was een ongebruikelijke handeling, zelfs voor een licht meisje, maar ik genoot en liet haar begaan. Ze hield even op en zei: 'Ik wil je laten zien hoezeer ik waardeer wat je voor mijn mensen doet.'

Ik kon niet veel uitbrengen. Dit was niet het moment om te denken aan de meisjes van plezier die op mijn behandeltafel terechtkwamen; als zij haar dank wilde uiten, dan kwam ik haar met genoegen tegemoet. Ze hield op tijd in en vlijde zich ruggelings in het mos om me te ontvangen. Over haar kreten hoefde ik me niet meer te schamen, want op korte afstand van ons *locus amoenus* klonken de liefdesgeluiden van mijn metgezellen en hun vriendinnen.

En ik lachte luid, want ik vond weer mijn kracht; die had me immers nooit verlaten.

36

De manuscriptenjager

Op mijn reis door Azië, duistere broeder, hoorde ik een verhaal over het muskushert, dat bekendstaat om de kostbare geurstof die ontspringt aan een klier bij zijn navel. Ergens tijdens het leven van het mannelijke hert springt de klier open en de muskusgeur komt vrij, waardoor het dier buiten zinnen raakt en rusteloos begint te zoeken naar de bron van zijn eigen aroma. Als het na weken nog niets vindt, stort het zich in dolle razernij in een ravijn.

Op de terugweg liet de schipper zijn vaartuigje zo dicht bij de waterburcht Gottlieben komen, dat we de soldaten op de transen heen en weer zagen lopen.

'Ze zijn waakzaam, dat is goed,' zei Armin.

Von Wolkenstein knikte. 'Voor je het weet komen ze die ketter bevrijden. Hij heeft genoeg aanhangers in de stad.'

'Welke ketter?' vroeg ik. 'Bedoelen jullie die voormalige paus?'

Armin schudde zijn hoofd. 'We hebben het over Johannes Hus, een theoloog van de universiteit van Praag. Hij is een gevaarlijk man, die op zijn proces wacht in een kerker in de toren.'

Oswald lachte. 'Hij was de gevangene van die infame Cossa en nu zitten ze daar samen, misschien wel op schreeuwafstand van elkaar.'

'Hus zal branden, dat is zeker,' meende Armin.

'Ik weet het niet.' Oswald tuurde naar een steiger voor ons uit en op enige afstand van de burcht, waar een paar mannen in een bootje stapten. 'Koning Sigismund heeft Johannes Hus een vrijgeleide naar Konstanz beloofd, om zijn stellingen te verdedigen voor het concilie. Dat Baldassarre Cossa hem desondanks gevangen liet nemen, brengt de koning in verlegenheid, maar ik twijfel er niet aan of hij zal dit snel rechtzetten.'

'Alleen als het hem uitkomt,' zei Armin. 'De rijkspolitiek heeft weinig op met rechtvaardigheid.'

'Sigismund zal het noodzakelijke doen,' zei Oswald. 'Het spijt me, Isidoor, maar als dat betekent dat hij Hus op de brandstapel moet brengen, dan is dat de juiste keuze.'

Ik wilde vragen waarom hij zich nu tot mij richtte, alsof ik belang had bij deze kwestie, maar inmiddels trok iets anders onze aandacht. Een bootje dat tot dan toe enigszins verscholen had gelegen, stak nu van wal. Een man stond met één hand aan de mast naar ons te kijken, terwijl twee anderen zich over de roeiriemen kromden.

'Verdomd, dat is Poggio!' Oswald begon te zwaaien. 'Messire Bracciolini! Ik ben het, Von Wolkenstein!'

De aangesprokene nam zijn hoed af. 'Oswaldo,' riep hij. 'Wat doe je hier, *trovatore*?'

'Wij maken een pleziertochtje, met goede wijn en lieve dames,' zei Oswald, nu sotto voce want de Italiaan was zo dichtbij dat hij niet hoefde te schreeuwen. 'Kom aan boord en drink met ons mee!'

'*Ragazzi!*'

De boot kwam langszij en de jonge edelman stak zijn roeiers wat muntjes toe voor hij overstapte op ons schip.

Oswald omhelsde hem alsof hij een lang vermiste broer had teruggevonden en sloeg toen zijn arm over de schouder van de jongeman. 'Dit is messire Poggio Bracciolini, zei hij, 'scriptor penitentiarius van de paus en secretaris van de Romeinse curie.'

'Gezien de omstandigheden is mijn positie niet geheel duidelijk,' zei Poggio bescheiden en hij maakte een kleine buiging naar het gezelschap. 'Mijn patroon mag dan nu een gevangene zijn, ik breng hem af en toe een boodschap van zijn vrienden in Italië.'

'Zijn bankiers ongetwijfeld,' zei Oswald, 'de familie De' Medici raakt ook haar paus kwijt, net als Poggio.'

De Italiaan haalde zijn schouders op. 'Er zal een nieuwe paus komen.'

'Poggio is net een vlo,' zei Oswald tegen mij. 'Nu de rat Cossa dood is, maakt hij dat hij wegkomt en zoekt een nieuwe rat.'

De jongeman in kwestie glimlachte. 'Kletspraat is het privilege van de potsenmaker,' zei hij tegen mij, 'en die rat is nog lang niet dood. Maar Oswaldo heeft gelijk. Het concilie heeft in de vijfde zitting, op quasimodozondag, het decreet *Haec Sancta Synodus* uitgevaardigd en zichzelf daarmee tot absolute autoriteit verklaard inzake geloofszaken, kerkhervorming en schisma's. De curie kan zich daar alleen maar bij neerleggen en zal geen paus volgen van wie de afzetting onvermijdelijk is.'

'Denk maar niet dat Poggio daar rouwig om is,' zei Oswald tegen mij. En hij ging verder: 'Magister Isidoor is een zeergeleerd arts die studeerde in Oxford, Parijs en Bologna.'

Poggio maakte een diepe buiging voor me. 'Ik ben altijd blij om een geleerde te ontmoeten,' zei hij. 'En Oswald heeft weer gelijk. In afwachting van nieuwe ontwikkelingen kan ik mijn tijd gebruiken voor mijn zoektocht naar waardevolle en onbekende manuscripten van de antieke schrijvers.'

'Ser Bracciolini kopieert voor zijn plezier,' zei Oswald, 'en niemand kan zo snel, zo fraai en nauwkeurig een boek afschrijven als hij.'

'Hoe zit het met de andere pausen?' vroeg ik. Ik liet me op een kussen zakken.

Poggio nam een beker aan van Armin en nam plaats op een taboeret. 'De andere twee weigeren vooralsnog afstand te doen van hun troon,' zei hij, 'ik verwacht dat Gregorius voor rede vatbaar is, maar Benedictus in Avignon zal niet zo gemakkelijk opgeven.'

'Papa Luna, zo noemen ze hem,' zei Armin grinnikend. 'Zelfs de Franse koning en de Parijse theologen steunen hem niet meer.'

'Ik denk niet dat een paus voordeel kan behalen bij de steun van Karel de Waanzinnige,' zei Poggio, 'alleen Schotland, Aragon en Castilië staan nog achter Papa Luna.'

'En Sicilië,' zei Armin.

'Heeft Frankrijk nog altijd geen andere koning?' vroeg ik. 'Ik herinner me de consternatie in Parijs na het beruchte Bal van de Brandende Mannen.'

'Wat is dat?' vroeg Oswald.

'Ik vertel dat wel een keer,' zei ik, 'maar nu wil ik graag met onze gast praten. Heb je al veel boeken gevonden, Poggio?'

Hij knikte vol vuur. 'In Bourgondië vond ik zeven oraties van Cicero, waarvan twee onbekende.'

'Dat moet in Cluny geweest zijn,' zei ik, 'ik was in hun boekerij, lang geleden.'

Hij trok zijn wenkbrauwen op. 'En die oraties zijn je ontgaan?'

'Dat weet ik niet meer,' zei ik alsof ik niet de hele catalogus van die boekerij uit mijn hoofd kende én de boeken zelf, inclusief de niet-gecatalogiseerde, die de monniken niet van belang achtten. 'Sommige boeken zijn in Parijs of Oxford minder onbekend dan bij jullie in Italië. En omgekeerd zal dat ook wel het geval zijn.'

'Ik was geschokt toen ik zag hoe ze alles verwaarlozen,' zei Poggio, 'zeker waar het de ouden betreft. Niemand neemt de moeite om oude boeken te kopiëren, ze hebben alleen oog voor liturgische werken, kerkvaders en theologie.'

Guillem kwam erbij zitten, hij gaf Bracciolini een norse knik en mengde zich in het gesprek. 'Zonder die monniken waren de werken van de ouden helemaal verloren gegaan,' zei hij, 'de oraties die je hebt gevonden, zijn ooit door monniken afgeschreven, toen het erfgoed bij jullie zelf verloren ging.'

'Dat is zeker waar,' zei de Italiaan, 'maar wij kunnen ons nauwelijks voorstellen hoeveel ze hebben vernietigd.'

Hij maakte zijn zin niet af, want Guillem onderbrak hem. 'Wat is de waarde van die oude geschriften? Ik heb er genoeg gelezen, maar vergeleken met de kerkvaders is het niets. En uit niets komt niets voort.'

'Alleen al die uitspraak, Guillem,' zei ik, 'die dank je aan Lucretius.'

'Ook een van wie het werk verloren is gegaan.' Poggio keek me onderzoekend aan.

Ik ging er verder niet op in. Ik glimlachte en stemde dan eens in met deze, dan weer met gene en hoewel ik niet onder de indruk was van de vondsten van deze Poggio Bracciolini, kon ik zijn enthousiasme waarderen. Ik had in mijn tijd in Bologna en Florence al kennisgemaakt met deze hemelbestormers en vertelde hem dat. 'Ik herinner me de reputatie van Petrarca. Ik was trouwens ook in jouw stad, tijdens de pestepidemie een jaar of twintig geleden. Later heb ik er nog eens overwinterd omdat ik bij een bekende leraar mijn kennis van het Grieks wilde vergroten.'

Poggio sprong op en liet zich meteen weer in de kussens vallen. Hij had inderdaad iets van een vlo in zijn enthousiasme. 'Toch niet bij Manuel Chrysoloras?'

'Jazeker,' zei ik verrast. 'Hoe is het met hem?'

Poggio zuchtte. 'Helaas, hij is net twee weken geleden overleden. Hier vlakbij, en onderweg naar Konstanz, nota bene, waar hij de Griekse kerk vertegenwoordigde. Hij was ook mijn leraar, en van velen van mijn vrienden.'

'Dat is slecht nieuws.' Bij Chrysoloras had ik mijn kennis van het Grieks uitgediept, en ook de oorspronkelijke Diogenes Laërtius gelezen, maar dat was lang geleden.

Ik verheugde me over de ontmoeting met Poggio Bracciolini. Via deze jongeman kon ik rechtstreeks toegang krijgen tot de curie, net zoals Von Wolkenstein een directe verbinding vormde met de koning, die weldra keizer van het Heilige Roomse Rijk zou zijn. De wereldlijke en geestelijke macht binnen handbereik. Ik dankte het lot dat ik meteen na mijn aankomst bij de Friedel Ziere was binnengestapt. Achteraf denk ik dat het mijn intuïtie was, mijn vermogen om in een oogwenk de werkelijkheid in al haar complexiteit te overzien en de juiste keuze te maken.

De meisjes waren bij elkaar gaan liggen in een dektent. Ik dacht dat ze sliepen, maar na een tijdje begonnen ze zachtjes te zingen, een melancholiek, driestemmig lied.

Ser Bracciolini hield net een betoog over de uitspraak *nihil* en *mihi*, die de Italianen volgens hem verkeerd uitspraken. Hij had oude grammatica's geraadpleegd en een eigen theorie gevormd, maar kreeg niet de tijd om die te verklaren, want Von Wolkenstein en Armin voegden zich bij ons.

'Heb je Hus nog gezien?' onderbrak Armin onze genoeglijke conversatie.

'Ik had niet het genoegen,' zei Poggio en zijn antwoord leek mijn vrienden te verbazen. 'Hij was ook niet het doel van mijn bezoek, maar ik zou graag eens met hem praten.'

'Waarover zou je met een ketter willen spreken?' vroeg Armin.

'Over de wetenschap natuurlijk,' zei Poggio. 'Ik ben niet overtuigd van zijn ketterse neigingen. Ik heb hem eerder ontmoet, toen hij nog in de stad gevangenzat, hij trof me als een intelligent en integer man...'

'...die tweespalt zaait in de kerk,' zei Oswald korzelig.

'Welke kerk?' vroeg Poggio glimlachend. 'En broeit het niet al decennialang in de christenheid? Hoe kan de kerk haar leerstellingen kracht bijzetten en verdedigen als er geen eenheid heerst?'

'De koning is vastbesloten om het schisma snel te beëindigen,' zei Von Wolkenstein beslist. 'Daarom zijn we hier. Om de eenheid te herstellen en om de ketterijen uit te roeien voor de chaos uitbreekt.'

Poggio knikte. 'En omdat hij nog gekroond moet worden tot keizer van het Heilige Roomse Rijk. Want wat stelt die kroon voor, als je haar ontvangt uit de handen van een omstreden paus?'

'Poggio, als je mijn vriend niet was, sloeg ik je voor je bek,' zei Oswald. 'Die kroon is maar een formaliteit. De koning wil ook de Turkse dreiging het hoofd bieden, dat is nog altijd een van zijn belangrijkste doelen. Dat was het twintig jaar geleden al, toen hij de aanval leidde op de troepen van Bayezid.'

'Waar hij een verpletterende nederlaag leed,' zei Armin bitter.

'Hij was toen nog jong,' zei Oswald, 'hij regeerde in die tijd alleen over Hongarije.'

Armin negeerde hem en ging verder: 'Het was een heroïsche kruistocht om de oostelijke grenzen van de christenheid te verdedigen, maar door de dwaasheid van sommige betrokken volkeren werd het een dramatische mislukking. Ik geloof niet dat onze leiders sindsdien veel hebben bijgeleerd.'

'Armin bedoelt de Fransen,' zei Oswald, ogenschijnlijk tegen mij, maar ik zag hoe hij schuins naar Guillem keek, die deed of hij doof was. 'En ik kan hem geen ongelijk geven,' voegde hij eraan toe.

'Was jij bij die slag?' vroeg ik aan Armin.

Hij knikte somber. 'Ik was drie jaar een gevangene van de Turken, voor de orde me vrijkocht.'

'Hoe groot is de dreiging van de Turken nu dan?' vroeg ik. 'Ik was zelf in Trebizonde, elf, twaalf jaar geleden, toen Timoer Lenk de troepen van Bayezid verpletterde, maar ik weet niet hoe de situatie zich in die landen sindsdien heeft ontwikkeld.'

'Na hun nederlaag bij Angora waren de Osmanli Turken volkomen in verwarring,' zei Armin. 'Ze vochten bijna tien jaar onderling om de macht. Inmiddels hebben ze zich gehergroepeerd en vormen een grotere bedreiging dan ooit.'

'Je ziet, Isidoor, er staat veel op het spel,' zei Poggio. 'En het doet er niet zoveel toe of Hus een ketter is of niet; hij is een pion in het spel en Sigismund zal hem zonder scrupules opofferen als hem dat uitkomt.'

'Daar drink ik op!' Oswald stak een beker in de lucht en wij dronken met hem mee. Hij was al een tijdje de snaren van zijn draailier aan het stemmen en vloekte toen er een brak. Hij legde het instrument terzijde en zei: 'Hus kon niet zomaar worden aangepakt. De eerste stap was een veroordeling van de ideeën van Wycliffe. Hus leerde in Engeland Wycliffes stellingen kennen en is sterk beïnvloed door de lollaards.'

'Maar Wycliffe is al jaren dood,' zei ik, 'als student in Oxford, bezocht ik eens een herdenking van zijn dood.'

Poggio knikte. 'Dat klopt. Maar het gaat in eerste instantie om zijn leer. Het concilie heeft Wycliffe onlangs officieel tot ketter verklaard. Ze zullen zijn boeken verbranden, en daarna zijn gebeente.' Hij schudde zijn hoofd. 'Ik ben altijd tegen het verbranden van boeken geweest. En een dwaalleer roei je alleen uit door haar te bestrijden met tegenargumenten. We moeten ook niet vergeten dat veel van de kritiekpunten valide zijn.'

'Dat maakt ze des te gevaarlijker,' zei Armin.

'De wolf van de leugen verbergt zich bij voorkeur in een kudde schapen,' zei Oswald met onvaste stem. Hij zweeg even en zei toen: 'In schaapskleren, bedoel ik.'

Poggio lachte. 'Als jij je metaforen door elkaar gaat halen, goede vriend,' zei hij, 'dan is het tijd voor luchtiger onderwerpen dan politiek of religie.'

'Ha!' Oswald had zijn antwoord al klaar. 'Dan willen we nu alles horen over de ontering van de driehonderd nonnen!'

'Cossa's ongeschiktheid staat buiten kijf,' zei Poggio. 'Dat neemt niet weg dat hij de gekozen pontifex was en wij ons daarnaar moesten schikken. Die nonnen...'

Hij begon te vertellen, maar mijn hoofd was alweer zwaar en toen ik opstond om mijn leden te strekken, voelde ik de toegenomen deining van het schip. Voor ik het wist stond ik te kotsen over de reling. Zo ging het verhaal over de onteringen aan me voorbij. Niet dat ik daar rouwig over was. Ieder verhaal dat zich niet leent voor mijn ommegang, beschouw ik als tijdverlies. Het was ongetwijfeld gelogen. Italianen zijn meesters in het vertellen van boertige anekdoten en schelmse geschiedenissen.

'Kom erbij, Isidoor,' riep Oswald later, toen ik licht door mijn knieën gezakt bij de mast stond om de deining op te vangen, in de hoop dat dit mijn misselijkheid zou doen verminderen. Er zijn weinig toestanden die een ommegang zo ondermijnen als misselijkheid.

Eén voordeel heeft onze kerker, stille kompaan, en die maakt het verblijf bijna de moeite waard: niemand zal me dwingen scheep te gaan.

37

De ziekte van de bisschop

Ik liet me niet overhalen om mee terug te gaan naar de Friedel, maar wandelde na aankomst in de haven naar mijn huis, waar ik in bed ging liggen, want door deining veroorzaakte misselijkheid kan lang aanhouden. Ik had mijn knecht verteld dat ik de volgende ochtend geen patiënten kon ontvangen. Ik verlangde naar rust en wilde mijn kracht weervinden.

Ergens in de nacht ontwaakte ik. Meestal ga ik mijn ommegang in tijdens slapeloze uren, maar ditmaal liet ik mijn gedachten dwalen en ik probeerde te reiken voorbij de muren van het huis, over de daken en door de stille straten van de stad. Hoelang was ik hier nu al? Ik had het me tot dusver gemakkelijk gemaakt, maar de kracht die zich in mij roerde vroeg om meer.

Misschien was het nog te vroeg. De hele christelijke wereld wachtte op de beëindiging van het schisma. Met de ketters werd al korte metten gemaakt. Spoedig zou in deze stad een nieuwe pontifex worden gekozen. Wie dat was maakte niet uit, het ging me erom dat ik dan in een eenvoudig speelveld kon opereren. Eén paus en één keizer; spoedig zou hier, voor korte tijd, alle macht geconcentreerd zijn. Dan moest ik klaarstaan en handelen.

Ik richtte me op de vurige stroom die door mijn leden ging en kreeg een voorgevoel van een betekenisvolle gebeurtenis. Lang hoefde ik niet te wachten.

Van beneden klonk luid gebonk. Ik kwam overeind, liep naar het raam en keek neer op een tweetal mannen in zwarte mantels met brede hoofddeksels, die mijn knecht Zdislav ervan probeerden te overtuigen dat ze mij moesten spreken. Een van hen hield een fakkel hoog geheven.

Zdislav bleef maar herhalen: 'Nein! Nein!'

In mijn nachthemd daalde ik de trap af en drong me naast de brede gestalte van mijn Bohemer, die de deuropening bijna geheel vulde. Het olielampje in zijn hand was nietig vergeleken met de flambouw van de nachtbrakers. Een van hen was Poggio Bracciolini, nu in zwarte mantel en een wijde fluwelen baret.

'Ser Bracciolini,' zei ik, 'ik ben verbaasd u hier te zien! Kan ik iets voor u doen?'

'Isidoor,' zei Poggio, 'we hebben je hulp nodig bij een ziektegeval.'

'Er is haast geboden,' zei zijn metgezel.

'Ik kleed me snel aan.' Opwinding doorvoer mijn ledematen en ik denk dat mijn bezoekers niet meer dan vijf ademtochten hoefden te wachten voor ik me bij hen voegde.

De natte straatkeien glommen. Ik volgde de mannen een steeg in, waar de donkere huizen zich naar ons toe leken te buigen. Een rat ter grootte van een kat hobbelde voor ons uit en verdween in een gat in een muur. Ik had moeite de twee jongemannen bij te houden, maar we hoefden niet ver te gaan. We liepen langs een hoge muur zonder ramen en met maar één kleine deur. Poggio gebruikte een sleutel om binnen te gaan. We traden een voorraadruimte binnen waar kazen lagen opgeslagen. De geur was even aangenaam als overweldigend.

'Waar zijn we?' vroeg ik.

'In het bisschoppelijk paleis,' zei de onbekende. 'U mag niet spreken over wat u zo meteen gaat zien.'

'Ik heb mijn medisch geheim.'

Ze gingen me voor door een gang en we betraden een zaal, die bij nader inzien niet meer was dan de vestibule, waar een paar kaarsen brandden. Een gestalte stond in een hoek, een bediende, die zich op de achtergrond hield. Wij bestegen een trap die met kunstig beeldhouwwerk was versierd, gingen een gang door en betraden een ruime kamer, waar een paar broeders knielden bij een stille gestalte die op een tapijt lag. Iemand had een deken over hem heen gelegd. Over de grond lagen een aantal rechthoekige kaartjes.

'Wie is dit?' vroeg ik, maar ik wist het antwoord al.

'Bisschop Otto van Konstanz.'

'Hij werd onwel,' zei Poggio, 'het is de heilige ziekte, ik heb het vaker gezien.'

'Eerder een demonische bezetenheid,' zei een van de knielers, een geestelijke.

Ik onderzocht de bisschop snel, hij was een vroegkalende jongeman met een doodsbleek gezicht. Iemand was zo slim geweest hem een opgerolde leren riem tussen de tanden te steken. 'Wie heeft dit gedaan?' vroeg ik.

'Ik,' zei Poggio. 'Zo kan hij zijn tong niet afbijten.'

'Heel goed.' Ik voelde de hals en polsen van de man en constateerde dat hij rustig ademde. 'Hij is buiten bewustzijn,' zei ik. 'Wat is er precies gebeurd?'

'We waren aan het spelen,' zei de man die Poggio vergezelde. 'Kaartspelen, kent u dat? We dronken er een glas bij en maakten plezier. Totdat de bisschop opeens viel en verstijfde.'

'Hij begon te trillen en te schudden,' vulde Poggio aan, 'schuim op zijn mond. Dit is de heilige ziekte.'

'Je hebt het goed gezien,' zei ik. 'Kom, dan leggen we hem op een bed. Dit is geen plek voor een bisschop om te liggen.'

'Hij is bezeten.' Dat was de geestelijke weer. 'Hij heeft een uitdrijver nodig.'

'Ik neem het nu over,' zei ik, 'en ik beslis wat hij nodig heeft.' Ik wendde me tot Poggio. 'Stuur die mensen de kamer uit, ze lopen alleen maar in de weg.'

Onder protest verlieten de geestelijken en bedienden van de bisschop de kamer. We tilden met z'n drieën de man op een ligbank. Hij begon al bij te komen en sprak een paar woorden, maar ik kon de taal niet plaatsen, waarschijnlijk was het de wartaal die epileptici soms spreken na een toeval.

Poggio sprak zachtjes tegen hem. 'Otto,' zei hij, 'alles is goed. We hebben de beste geneesheer van de stad erbij gehaald, hij zal je helpen.'

Ik liet me op een knie zakken en zei: 'Ik ben Isidoor van Rillington, maak u niet ongerust, u bent in goede handen.'

Nu sprak bisschop Otto duidelijker. 'Ik had net een goede hand, Poggio,' zei hij, 'denk maar niet dat je dit in je voordeel kunt gebruiken.'

Poggio en de ander lachten. 'Je hebt gewonnen,' zei Poggio, 'maar alleen voor nu. Zodra je eraan toe bent, wil ik revanche.' Hij richtte zich tot mij. 'Dank je, Isidoor, je hebt voorkomen dat de bisschop van Konstanz is onderworpen aan een idioot exorcisme.'

'Net zoals iedere beroepsgroep kent ook de geestelijkheid idioten,' zei bisschop Otto. 'Aan de andere kant, als er echt sprake is van demonische bezetenheid, dan kunnen ze goed werk verrichten.'

'Dan zijn ze zelfs onontbeerlijk.' Poggio's metgezel grijnsde naar me. Ik schonk hem een glimlach om te laten zien dat ik de spot apprecieerde. 'En wie bent u dan?' vroeg ik.

'Bartolomeo Aragazzi da Montepulciano,' zei hij. 'Ik ben meegekomen met mijn vriend Poggio. Wij onderzoeken samen de kloosters en abdijen in de omstreken naar de aanwezigheid van manuscripten.'

'Isidoor is ook een boekenliefhebber,' zei Poggio. 'Misschien wil hij ons eens vergezellen.'

'Dat zal ik graag doen,' zei ik. 'Ik lees alles waar ik de hand op kan leggen, maar heb me nooit toegelegd op verzamelen en kopiëren.'

'Bedenk eens wat er zelfs nu nog verloren kan gaan,' zei Poggio hartstochtelijk. 'Ik zie het als mijn heilige plicht om alles te redden. Een bibliotheek kan uitbranden, muizen kunnen een manuscript opeten, dat al vijfhonderd jaar vergeten in een hoek ligt. Hoe vaak is dat niet gebeurd? Daarom verspreiden we de kopieën onder onze vrienden, die zelf ook weer afschriften maken.'

'Ik zeg steeds dat ze naar Sankt Gallen moeten,' zei Otto. 'Dat is vlakbij en het is een van de belangrijkste en mooiste kloosterbibliotheken.'

Bartolomeo knikte. 'Dat is ons volgende doel. Er wachten nog wat conciliaire zaken.'

'Ik heb dorst gekregen van alle consternatie,' zei de bisschop somber en hij ging overeind zitten. 'Is er nog wijn? Anders laat ik die komen.'

'Als behandelend geneesheer moet ik u dat afraden,' zei ik. 'Vandaag kunt u het beter bij bier houden. Licht bier.'

Otto's gezicht klaarde op. 'Ik heb toevallig een paar vaten die gebrouwen zijn in ons eigen Paradies,' zei hij. 'Beter zult u het niet vinden. Poggio, kun je een bediende roepen? En Bartolomeo, schud de kaarten, dan kan Isidoor meespelen.'

'Ik ben niet bekend met dit spel,' zei ik. 'Ik heb het weleens gezien, maar ik weet niet of ik een goede kandidaat ben om mee te spelen.'

'Onzin,' zei Bartolomeo, die al bezig was. 'We spelen *Karnöffel*, dat is niet moeilijk te leren, als zelfs een bisschop het kent.'

Otto lachte, hij had zich snel hersteld. 'Ik heb het pas onlangs geleerd,' zei hij.

Een bediende kwam aangerend met een vaatje, gevolgd door een jongen die houten pullen droeg. De eerste schonk in zonder een druppel te morsen. Wij dronken elkaar toe en Bartolomeo deelde de kaarten, terwijl Poggio me zachtjes de regels uitlegde.

'Wat zijn jouw plannen voor na het concilie?' vroeg Poggio toen we een kleine pauze inlasten omdat de bisschop naar het gemak moest.

'Ik ben hier niet voor het concilie,' zei ik. 'Mijn komst naar de stad was eigenlijk toeval. Toen ik na jaren voet zette in de christelijke landen, wilde ik naar Engeland of Parijs terugkeren. Iemand vertelde me over het concilie en ik besloot de stad onderweg aan te doen. Misschien blijf ik wel.'

'We kunnen samenwerken,' zei Poggio enthousiast. 'Als jij je bij ons aansluit, kunnen we meer boeken vinden en verspreiden.'

Ik aarzelde. 'Ik weet het niet,' zei ik toen. 'Zoals ik al zei, dat was nooit mijn ambitie.'

'Wat is dan je ambitie?' vroeg Bartolomeo.

Ik zweeg even en schudde mijn hoofd. 'Toen ik jong was wilde ik maar één ding, grote bouwwerken scheppen. Ik heb het grootste deel van de wereld bereisd en overal de gebouwen bestudeerd. Ik bezocht de grootste en mooiste kathedralen, basilieken en zelfs moskeeën en nam ze tot in detail in me op. Ik verzamelde kennis en deed daarnaast praktische vaardigheden op, maar het is me nooit gelukt om werkelijk door te dringen tot de bouwhutten.'

'Heb je mijn kathedraal al goed bekeken, de *Münster*?' vroeg Otto, die alles gehoord moest hebben.

'Ik heb hem vanbuiten bewonderd,' zei ik voorzichtig. 'Ik ben nog niet binnen geweest, omdat het er steeds zo druk is.'

'Wat vond je ervan?'

Nu moest ik diplomatiek zijn. 'Van de buitenkant was ik niet echt onder de indruk,' zei ik, 'ik geloof dat er veel aan kan worden verbeterd.'

'Zie je nu?' zei Otto heftig tegen de Italianen. 'Dat zeg ik al jaren! Ik ben druk bezig met het werven van gelden om van onze kathedraal het juweel te maken dat een conciliestad verdient. De paus had mij toezeggingen gedaan.'

'En nu zit hij in de kerker,' vulde Bartolomeo aan. 'Onze goede Baldassarre...'

'Hij heeft wel toegang tot de rijkste mensen van Italië,' zei Poggio. 'Voor Otto is de gang van zaken een strop.'

Otto lachte. 'Voor jou ook, mijn vriend,' zei hij. 'Wat denk je dat er gebeurt als de andere pausen terugtreden of uit hun ambt worden gezet? We zitten nog altijd met drie curies. Ieder van jullie zal moeten vechten voor zijn positie.'

'Een ramp,' gaf Poggio toe. 'De kwezels en de strooplikkers winnen per definitie.'

'Behalve als we een echte geleerde als paus krijgen,' meende Bartolomeo.

'Dat is al in geen eeuwen gebeurd,' voegde ik eraan toe. Ik was geschrokken door de opmerkingen van Otto, het was dus niet zo vanzelfsprekend dat de huidige curie gehandhaafd bleef. Ik zag mijn hoop vervliegen om via Poggio mijn weg te vinden naar de macht. Maar uiteindelijk had ik daar niets anders voor nodig dan mijn eigen drijfveren. En terwijl ik zo in gedachten afdwaalde van de conversatie, miste ik bijna mijn grote kans, want Otto wuifde alle somberheid weg en zei: 'Dat is allemaal van later zorg, Isidoor. Ik popel om je mijn kathedraal te laten zien! Ik geef toe dat hij niet volmaakt is, maar ik ben benieuwd naar jouw inzichten en ik zou vereerd zijn als je me bij mijn bouwplannen wilt helpen.'

In gedachten liep ik naar huis. Ik had mijn bouwambities al min of meer laten varen, en nu deed zich een gelegenheid voor. Aangezien ik had besloten om de uitkomst van het concilie af te wachten, wat nog wel maanden of jaren kon duren, kon ik net zo goed in de tussentijd mijn krachten beproeven en invloed uitoefenen op de kathedraalbouw. Het zou me weinig moeite kosten om de leiding te krijgen over het project en ik hoefde me niet te beperken tot renovaties en uitbreidingen. Ook hier was de uitkomst van het concilie essentieel, tenslotte was er geld nodig voor de bouwplannen. Heel veel geld.

Tot dusver had ik me niet echt verdiept in het concilie, maar ik besefte inmiddels dat dit onterecht was geweest. Als er zoveel van afhing, dan kon ik beter zorgen dat ik enigszins op de hoogte bleef van de ontwikkelingen.

Lange tijd hoorde ik niets van de bisschop. Uit Engeland en Frankrijk kwamen berichten dat de beslissing van het concilie om Wycliffe tot ketter te verklaren weerklank had gevonden, en dat leidde tot boekverbrandingen en nieuwe vervolgingen van lollaards en aanverwante ketters.

'Nu is de weg vrij voor een veroordeling van Hus,' zei Oswald. Hij zat er verslagen bij en bestudeerde de droesem in zijn ruwe, gespikkelde drinkglas.

'Beschouw je dat niet als een noodzakelijkheid?' vroeg ik.

'Zeker.' Hij zette het glas met een klap neer, als teken dat hij klaar was voor een nieuwe ronde. 'Heb je gezien hoe de meisjes eraan toe zijn?'

Het was me niet ontgaan dat Galina en Anna – van hun vriendin kon ik me op dat moment de naam niet herinneren – er droevig bij zaten. Af en toe omhelsden ze elkaar en Galina was al een keer in tranen uitgebarsten. Ik voelde me niet geroepen om ertussen te komen. Ze zouden wel weer opfleuren naarmate de dag vorderde en de wijn vloeide.

'Wat is hun belang bij de conciliaire aangelegenheden?' vroeg ik.

'Je weet toch dat ze Bohemers zijn, net als Hus?' vroeg Oswald. 'Ze aanbidden die man bijna, zijn populariteit is grenzeloos bij het lagere volk, maar zelfs in de kringen van geleerden en bij de hogere adel heeft hij beschermers en bewonderaars.'

'Zal de koning zijn beloofde vrijgeleide voor Hus niet alsnog bekrachtigen?'

'Ik vrees van niet,' zei Oswald. 'Zoals ik al zei: Hus is een pion in het spel.'

'De Bohemers zullen dat niet accepteren,' zei Armin.

Oswald lachte schamper. 'Daar rekent hij juist op,' zei hij. 'Dat geeft hem de kans om af te rekenen met de opstandige elementen, die steeds luider van zich laten horen. Me dunkt dat de meisjes, hoe misleid ze ook zijn, behoefte hebben aan troost.' Hij kwam overeind, gaf me een wenk en wankelde naar de hoek waar ze zaten. Ik bleef zitten, niet in de stemming om meisjes te troosten wier verdriet een religieuze held betrof.

'Daar is Poggio,' zei Armin.

Ik begroette de Florentijn, die als altijd in grote opwinding leek te verkeren. Hij ging zitten en boog zich naar me over. 'Ik kom van bisschop Otto,' zei hij, 'en moet je vertellen dat hij de komende weken nog geen tijd heeft voor een ontmoeting. Hij heeft het druk met het concilie. Je bent vast op de hoogte van de ontwikkelingen?'

'Ik hoor het een en ander,' zei ik, 'maar ik moet je zeggen dat het niet echt mijn belangstelling heeft.' Het kon immers geen kwaad om nog wat te veinzen. Door mijn opmerking zou ik pas een paar dagen later vernemen dat paus Johannes XXIII, de beruchte Baldassarre Cossa, op die dag daadwerkelijk was afgezet.

Poggio liet het er verder bij. 'Je hebt gelijk,' zei hij zuchtend. 'Hoe mooi is het als je je dagen kunt vullen met belangrijker zaken dan de waan van de dag. Helaas vergen mijn werkzaamheden voor de curie nog altijd veel tijd. Ik heb mijn reis naar Sankt Gallen alweer moeten uitstellen.'

'Vergis je niet,' zei ik, 'ook ik moet de kost verdienen en behandel de kwalen en ongemakken van dwazen die zich meer ziekten inbeelden dan er in de handboeken vermeld staan.'

Hij knikte. 'Maar je geneest toch ook werkelijk zieken?'

'De echte ziekten zijn niet of nauwelijks te behandelen,' zei ik. 'Je kunt hoogstens troost en verlichting schenken. Ik krijg vooral mensen in mijn praktijk die hebben geminnekoosd met de verkeerde. Dat komt niet in de laatste plaats door onze waard Walter, die vanaf de eerste dag van mijn verblijf mijn lof op dit gebied heeft bezongen.'

'Maar je hebt hem wel genezen,' zei Armin. 'Walter!' Hij gebaarde om een nieuwe wijnronde.

Poggio schudde meewarig zijn hoofd. 'Ik heb met je te doen.'

'Ik had gisteren nog iemand uit jullie kring op bezoek,' zei ik. 'Een kok, een zekere Nicolò. Hij klaagde over een schrijnende pijn op zijn geslacht en durfde niet naar huis omdat hij dan zijn vrouw moest bekennen dat hij met een lichte vrouw had geslapen.'

'Ik ken hem,' zei Poggio lachend. 'Nicolò is onze keukenmeester;

hij zal eerder een van de keukenjongens hebben genomen tussen de worsten in de voorraadkamer. Heb je hem kunnen genezen?'

'Zeker,' zei ik. 'En juist die worsten waren het probleem. Het zag er werkelijk niet goed uit. Uiteindelijk heb ik hem geadviseerd om voortaan zijn handen te wassen na het worst stoppen. Hij had een sterke pepersaus gemaakt om de worst te kruiden en moest tussentijds nodig pissen. Even later schreeuwde hij het uit van de pijn. In plaats van een wasbeurt met koud water, heeft hij onder het werk steeds zitten krabben en wrijven, tot het hele ding ontveld en rauw was.'

'Waarom lachen jullie?' vroeg Walter, die met de wijn kwam. We hadden Latijn gesproken omdat Armin geen Italiaans verstond. Hij vertaalde het voor de waard, die hikkend van het lachen naar de keuken terugliep om het aan zijn vrouw te vertellen.

'Jullie nemen het ervan bij de curie,' zei Armin. 'Bij de Teutoonse ridders is schraalhans keukenmeester en peper blijft een luxe die wij zelden te proeven krijgen.'

'Dat zijn de goede kanten van mijn functie,' gaf Poggio toe. 'Maar ik zal geen worst meer kunnen eten zonder aan de lul van Nicolò te moeten denken.'

'En ik beklaag de keukenjongens,' zei ik. 'Ik heb zelden iemand gezien die zo groot geschapen was.'

Poggio kreunde. 'Als je zo doorgaat, kom ik voortaan bij jou eten.'

'Je bent altijd welkom, ik moet wel waarschuwen dat een Boheemse boer mijn eten kookt. Ik eet liever hier in de Friedel.'

'De bisschop wil je snel spreken,' kwam Poggio terug op zijn eerdere onderwerp. 'Hij is op het moment druk met de Parijse theologen die aan het concilie deelnemen. De Gerson, een vervelende scherpslijper en Pierre d'Ailly.'

'Ik ken die namen,' zei ik. 'D'Ailly was kanselier van de universiteit in Parijs toen ik daar studeerde, als het tenminste dezelfde is. En De Gerson herinner ik me ook.'

'Het is dezelfde,' zei Poggio. 'Jean de Gerson, zijn leerling, die hem opvolgde, betoont zich hier een fanatiek ketterjager. D'Ailly daarentegen is een echte geleerde. Maar dit alles houdt Otto niet bezig, de bisschop wil alleen maar een kathedraal bouwen naar de voorbeelden van de allergrootste van de christenheid.'

Oswald kwam terug naar onze tafel. Hij begroette Poggio en nam zijn draailier van de tafel. 'Tijd voor muziek,' zei hij. 'De dames zijn al vrolijker.'

38

Bisschop Otto zorgt voor vertier

Pas in de eerste julidagen kwam een boodschapper van de bisschop om me te halen. Het was nog vroeg op de dag en Hilde wierp tegen dat ik een wachtkamer vol lijders had.

'Stuur ze naar huis,' zei ik. 'De bisschop heeft me ontboden. Ze moeten morgen maar terugkomen.'

Hoewel het bisschoppelijk paleis niet ver was, had hij een klein escorte gestuurd en zelfs een draagstoel. Het was voor het eerst dat ik me zo liet vervoeren. Het gehobbel in de kleine gecapitonneerde ruimte riep onaangename herinneringen op aan een kooi waar ik ooit in zat, en aan de deining van de zee. Ik was opgelucht toen we al snel halt hielden op het domplein. Ik stapte met moeite uit de krappe draagstoel en stond tegenover twee rijen soldaten die de wacht hielden bij het voorportaal van de kathedraal. Terwijl ik mijn pijnlijke rug rechtte, weken de rijen uiteen om mij doorgang te verlenen. Eindelijk zou ik mijn rondleiding krijgen.

Op de trappen wachtte de bisschop me op, zijn gezicht bijna zo wit als zijn mijter. Ik liet mijn theorie varen dat die gelaatskleur bij onze eerste ontmoeting aan de epileptische toeval te danken was geweest. 'Kom mee,' zei hij. 'De conciliezitting is net begonnen en ik ben hier verder niet nodig.'

Ik volgde hem naar binnen, waar we een kleine zijdeur in gingen de linkertoren in.

De wenteltrap moest ooit solide zijn geweest, misschien ten tijde van Karel de Grote. Otto schortte zijn rokken op en begon vol energie aan de klim. 'Voorzichtig lopen,' zei hij over zijn schouder, 'we willen de vergadering niet storen.'

Dat was wel mijn minste angst. Desondanks volgde ik en steunde met mijn handen op de treden voor me, omdat ik de leuningen niet vertrouwde. De afzonderlijke treden protesteerden tegen ons gewicht en de hele trapstructuur deinde en veerde. Toen we een vloer bereikten bleek dat geen eindpunt, want nog verder ging het omhoog, en we lieten ook een tweede en derde vloer onder ons.

'We zijn er.' Otto duwde een deurtje open. Een koude wind vlaagde over me heen en ik struikelde bijna over de drempel in mijn haast om op de gaanderij te komen. De bisschop stond al bij het muurtje dat ons moest behoeden voor een val in de diepte, hij boog zich zo ver naar voren dat ik hem bij de arm greep.

'Wees niet bang,' zei hij, rechtop komend, 'ik kom hier vaak, om te kijken naar de onvolkomenheid van mijn kerk en de omringende gebouwen en ik probeer me dan voor te stellen hoe het kan zijn.' Hij keek me van opzij aan. 'Neem het in je op,' zei hij. 'Je zult hier nog vaker komen.' Hij haalde een leren fles uit de plooien van zijn kleed en ging weer over het muurtje hangen.

Hij bood mij geen slok aan en daar was ik dankbaar voor. Hoewel de toren eigenlijk helemaal niet zo hoog was, duizelde het me als ik in de diepte keek en de aanblik van de drinkende bisschop maakte het er niet beter op. Waar was mijn kracht?

Ik maakte een kleine rondgang langs de muur, me verbazend hoe klein en krap de stad eigenlijk was binnen haar muren. Aan de oostkant schitterde de Bodensee in het zonlicht. Op een klein schip vlak buiten de haven kroop het zeil omhoog, klapperde even en kwam toen bol te staan. Ik nam de gebouwen in de directe omgeving van de kathedraal in me op en liep verder. In het westen lag het groene Paradies, met een paar verspreide hoeven en een kapel. Witte stippen van schapen, een plukje koeien bij een bomenrij.

En terwijl ik daar zo liep viel de angst van me af en ik voelde hoe de hele stad in mij meedraaide. Waar was ik eigenlijk bang voor? Ik moest nog wennen aan mijn nieuwe vermogens.

Dit was nu waar ik altijd op had gehoopt, waar ik mijn hele leven op had gewacht. Ik kwam weer bij de bisschop uit, maakte nog een ronde en toetste de ruimte om me heen aan de gebouwen die in mijn geest leefden. Een nieuwe stad rees als een groot visioen in me op. Ik wist, als ik de kans zou krijgen, dan zou deze, op zichzelf onbeduidende stad, in enkele jaren kunnen uitgroeien tot een centrum van schoonheid en kennis dat zijn gelijke niet had in de wereld.

Weer kwam ik uit bij de bisschop, die nu overeind kwam, zich naar me omdraaide en me de fles aanbood. 'Geld is het probleem niet,' zei hij, 'dat gaan we oplossen.' Hij wilde met zijn rug tegen het muurtje aan leunen, maar dat was te laag en hij wankelde even. Misschien was hij over de rand gekiept als ik hem niet nogmaals had vastgegrepen. Hij herstelde zich en lachte. 'Ik val niet,' zei hij. 'God heeft andere plannen met mij.'

'Laten we naar beneden gaan,' zei ik. 'Ik heb voorlopig genoeg gezien.' Het zweet brak me uit bij de gedachte dat hij weer een toeval kon krijgen en in de diepte storten. Hoe kon ik dat uitleggen, de vreemdeling die met hem alleen op de toren was?

'Je hebt gelijk dat je voorzichtig bent,' zei hij, mijn gedachten radend. 'De stad snakt naar een catharsis na al deze spannende maanden. En ze hoeven niet lang te wachten.' Hij wees op iets wat zich beneden op het plein afspeelde. Een menigte begon het plein te vullen en draaide langzaam rond een kordon soldaten dat de mensen op enige afstand hield van een groepje dat zich langzaam naar de kerk toe bewoog.

Otto boog zich weer diep over de balustrade, om het beter te kunnen zien. 'Dat is de ketter Hus,' zei hij. 'Ik heb je niet voor niets vandaag laten komen. Het concilie is al te saai voor een buitenstaander, vandaag valt er echter iets te beleven, dat beloof ik je.'

Ik stond klaar om hem te grijpen, maar hij kwam overeind en wenkte me naar de deur.

We daalden af, al was het niet helemaal naar beneden. Ter hoogte van de eerste verdieping ging Otto een ruime kamer in waar hij een paar vensterroosters openklapte, zodat het daglicht viel op een tafel die bedekt was met grote vellen papier. Ondanks mijn ervaringen met de maquettebouw in het Oosten was ik nog altijd geen liefhebber van het weinig duurzame materiaal. Evengoed waren deze vellen voor bouwtekeningen ideaal, niet het papier immers, maar het gebouw moest de eeuwigheid trotseren. Ik liep rond de tafel en vloekte zachtjes, tot hilariteit van de bisschop. Weer benam de opwinding me bijna de adem. Om hier te mogen werken, om vorm te geven aan wat ik anders alleen in de geest bouwde!

'Dit zijn mijn eigen ideeën,' zei Otto. 'Wees niet bang om kritiek te geven, ik ben geen bouwer, ik ben een theoloog die droomt en wil leren.'

'Monseigneur,' zei ik, 'ik sta geheel tot uw beschikking en ben bereid mijn praktijk op te geven als dat nodig mocht zijn.'

'Het hoeft niet zo formeel,' zei hij lachend. 'Wil je wel weten dat ik niet eens ben gewijd? Mijn benoeming verliep destijds niet zonder tegenwerking. Onder ons noem je me Otto, maar bij officiële gelegenheden mag je de gebruikelijke titulatuur in acht nemen.'

Ik schudde mijn hoofd en verbaasde me, niet voor het eerst, over de gang van zaken in de kerk.

'Mag ik trouwens mijn wijnzak terug?' vroeg hij.

Die had ik nog in mijn hand, realiseerde ik me; ik had er zelfs niet van gedronken.

Otto wees me de onderdelen die hij getekend had. Hij markeerde wat er al bestond en hoe hij het wilde hebben. Zijn hand was onbeholpen en hij had duidelijk geen benul van wat onze christelijke landen aan kathedralen te bieden hadden, maar ik kon zien wat hij bedoelde en...

'Ik zie mogelijkheden,' zei ik, 'ik ga dit grondig bestuderen en maak een basisplan dat u als uitgangspunt kunt gebruiken. Ik zal ook tekeningen maken van de grootste en mooiste kathedralen die ik ken, om u een idee te geven van wat mogelijk is.'

'Ik kan niet wachten.' Otto ging me weer voor, een smalle gang door naar een deur waar een paar grimmige hellebaardiers de wacht hielden. 'En nu nodig ik je uit voor de zitting,' zei hij over zijn schouder. 'We hebben lang naar deze dag toegewerkt en ik wil het hoogtepunt niet missen.'

'Mogen we zomaar naar binnen?' De wachters keken naar me alsof ik een insluipende moordenaar was. Otto zette grote ogen op en zei: 'Het is godverdomme mijn kathedraal!'

De wachters stapten opzij en Otto duwde me door de deur, maar mijn schoen bleef hangen in de opening, zodat ik struikelend op een klein balkon belandde en mezelf ternauwernood overeind kon houden. Ik keek neer op de zaal, waar alle aanwezigen zich naar mij omdraaiden en omhoogkeken om te zien wie deze verstoring op zijn geweten had. Otto kwam lachend naast me staan, reikte mij mijn schoen en stak tegelijkertijd één hand op in een zegenend gebaar.

Ik hoopte dat de verzamelden de schoenoverdracht niet hadden gezien.

'Vooruit, ga zitten.'

Ik wilde plaatsnemen op een kleine troon, maar Otto hield me tegen. Hij wees op een eenvoudige taboeret. 'Daar zit jij,' zei hij half-luid. 'Het zou raar zijn als je op de bisschoppelijke troon plaatsnam!'

Ik liet me zuchtend neer en begon de zaal beter te bekijken. We bevonden ons in een kleine loge op de rechterzijbeukgalerij. Niemand keek meer naar boven, want het echte schouwtoneel was voorin, waar de aanklagers al begonnen waren met de ondervraging van het slachtoffer.

Otto begon me fluisterend het een en ander uit te leggen, hoewel ik liever de ondervraging had gevolgd. Om de dwingende macht van de Italianen te breken, die ver in de meerderheid waren, had het concilie een nieuwe maatregel doorgevoerd. Voor het eerst zouden niet de personen afzonderlijk stemmen, maar waren het de vier aanwezige nationes die een gelijke stem konden uitbrengen.

'Naties zoals op de universiteiten?' vroeg ik.

'Inderdaad,' zei hij. 'Er is veel weerstand tegen, maar de oude situatie werkte niet, dus nu willen ze een doorbraak forceren. Tenslotte gaat het om de beëindiging van het schisma.'

De nationes waren verdeeld in een Engelse, een Franse en een Italiaanse. Bij de vierde, die van het Duitse Rijk, waren ook de Polen, Hongaren en de Scandinavische landen inbegrepen.

'Vandaag spelen ze overigens geen rol,' zei Otto, 'het gaat nu om de veroordeling van de ketter.'

Ik zuchtte, hij had me dit ook een andere keer kunnen uitleggen. Hoewel ik het verloop slecht kon volgen door de spraakzame bisschop, kon ik een zeker patroon herkennen in het verhoor. Steeds als een van de theologen een vraag stelde aan doctor Hus en deze begon te antwoorden, onderbrak de ondervrager hem met striemende stem en de enkele keren dat de beklaagde een halve zin was vergund, werd hij al snel overstemd door een aanzwellend gemompel van de voltallige vergadering.

'Herroept u...?'

'...vierentwintig kardinalen,' fluisterde Otto. 'Vier patriarchen, tien aartsbisschoppen, negenenzeventig bisschoppen en de vertegenwoordigers van meer dan honderd afwezigen, honderdachtentwintig abten en priors, en vertegenwoordigers van tweehonderd andere...'

Ik liet mijn blik door de ruimte dwalen, langs het gewelfde dak en over het koor met het indrukwekkende orgel. Uit de resonantie van de stemmen en mijn ervaring met zulke gebouwen kon ik enigszins de akoestiek afleiden, maar hoe graag had ik nu niet het orgel op volle kracht willen horen, of een veelkoppig koor, zodat ik de ruimte in haar volle capaciteit kon omvatten.

'De hoofden van de Orden, driehonderd doctors in de theologie en canoniek recht, en verder vertegenwoordigers van kathedralen en kapittelkerken, en afgevaardigden van bijna alle koningen en hoge adel.' Hij legde een hand op mijn knie. 'Kijk, daar is Jean de Gerson uit Parijs.'

Een magere asceet trad naar voren en boog zich over een spreekgestoelte naar de ongelukkige die daar terechtstond. 'Wilt u werkelijk beweren...?'

Otto ging alweer verder: 'De patriarchen...'

'Blijft u bij uw standpunt...?'

Otto: 'Pierre D'Ailly, een van de Parijse theologen.'

'D'Ailly!' Ik herkende de oude leraar uit mijn studententijd.

Een van de aanklagers stond op en maande de menigte tot stilte. 'Ik verzoek de vergadering om een tijdstip vast te stellen voor de executie van deze ketter.'

Geroezemoes. De koning bleef zitten en keek omhoog alsof hij daar inspiratie zocht. Nee, alsof hij er niets mee te maken had. Ik zag een Bijbelse parallel. Een abt kwam naar voren. 'Waarom zouden we wachten?'

Iedereen begon door elkaar te roepen.

'De zaak is helder...'

'We krijgen regen...'

Het was al dagenlang warm bij een strakblauwe lucht, maar de gedachte dat de duivel regenwolken kon sturen en zodoende de ketter redden van de vuurdood, veroorzaakte grote opwinding onder de aanwezigen. Nu kwam Jean de Gerson overeind, stak zijn handen op en de concilianten zwegen allemaal, als bange leerlingen die hun hardvochtige meester zien binnenkomen. 'Waarom zouden we discussiëren over tijdstippen?' vroeg hij. 'Wat is het beste moment om een ketter te verbranden? Ik zal het u zeggen: Terstond!' Zijn stem leek geïnspireerd en versterkt door de Heilige Geest, zoals hij daar galmde en resoneerde onder de gewelven en nog voor zijn woorden waren weggestorven, herhaalde hij nog een keer: 'Terstond!'

De menigte nam zijn roep over, maar allemaal bij elkaar konden ze nog niet de orkaankracht evenaren van doctor Jean de Gerson.

'Er is haast geboden,' vertrouwde de bisschop me toe door het luikje van zijn draagstoel. 'Die Hus moet veel medestanders hebben in de stad en als we wachten, kunnen die zich groeperen.' Hij had mij een plaats aangeboden in zijn krappe stoel, maar ik gaf de voorkeur aan lopen, al ben ik geen liefhebber van mensenmassa's. De stoet wrong zich door de stegen als stront door een darmkanaal, en eenmaal voorbij de Geltingerpoort en de paardenstallen, waaierde ze uit over de Grote Brüel, waar het verschrikte vee al een goed heenkomen had gezocht.

Wij bevonden ons zo dicht bij de beklaagde dat ik af en toe zijn gestalte zag schemeren tussen de rijen soldaten die in een strakke linie de stoet afschermden van het gemene volk. Achter me klonk een antifoon, gezongen door vrouwenstemmen; voor ons sloeg een trommelaar een eentonige dreun en van verschillende kanten kwamen verschillende psalmen. Dit alles diende ongetwijfeld om de kreten te overstemmen van het grauw, dat soms om de vuurdood riep, dan weer vervloekingen uitte aan het adres van de aanklagers en zelfs aan koning Sigismund, die zich ergens achter ons bevond, aan het hoofd van een cavalcade die nu zijwaarts bewoog, de Kleine Brüel op, om met een omtrekkende beweging naar de brandplaats te trekken.

'We hoeven ons nu niet meer te haasten,' stelde Otto me gerust, 'als bisschop krijg ik een ereplaats en jij bent mijn gast. Je hoeft niets van het schouwspel te missen.'

Een ritmisch geklets trok mijn aandacht en wat zojuist nog een amorfe massa had geleken, week uiteen zodat ieder afzonderlijk de ruimte kreeg – het waren de flagellanten, die de gelegenheid aangrepen om het gezag te tarten.

'Daar zijn ze weer!' riep Otto lachend. 'Ik heb altijd sympathie gehad voor die gekke geselaars.'

‘Zijn ze niet bang om in één moeite door op de brandstapel te belanden?’ vroeg ik. Ik had in de Friedel gehoord dat een jaar eerder honderden flagellanten in Duitsland waren verbrand.

‘Daarvoor is dit het moment niet,’ zei Otto. ‘Nu gaat alle aandacht uit naar Hus, deze gebeurtenis is zo groot en ingrijpend, die moet niet verloren gaan in een groepsexecutie. We hebben de wortel al uitgetrokken, nu verbranden we de tak.’

Ik zag de wijsheid in van deze redenering. Later zou ik ook horen dat ze Vincent Ferrer volgden, die groot respect genoot bij het volk. Niemand zou zijn volgelingen vervolgen, hoe hard ze zichzelf ook toetakelden. Wij voegden ons al in de cirkel die zich om de executieplaats had gevormd. Otto kroop uit zijn kleine cabine, en een man uit zijn gevolg zette twee lichte, maar comfortabele zetels voor ons neer.

Otto richtte zich alweer op wereldser zaken. ‘Ik heb honger, meester Isidoor,’ zei hij. ‘Wat dacht je ervan?’

Ik had de braadgeur al van ver geroken en nu zag ik de kraam, die al uren geleden moest zijn bevoorraad, want de worsten lagen rijen dik, en bezoekers verdrongen zich om er een te bemachtigen.

Otto gaf een van zijn mannen opdracht om er een paar te kopen. De man doorkliefde de massa zonder acht te slaan op de protestkreten, die snel weer luwden toen men begreep dat hij tot het gevolg van de bisschop behoorde. Spoedig kwam hij terug met een schaal worstjes waaraan we ons tegoed deden en die we wegspoelden met de wijn die bisschop Otto in zijn draagstoel had meegenomen.

Het was een zinderende dag en een briesje dat vanaf de Brüel kwam aanwaaien leek even verkoeling te brengen, maar dat was een vergissing.

‘Godverdomme, wat is dát?’ riep Otto uit. De menigte om ons heen begon te roezemoezen. Een afschuwelijke stank kwam mee op de onreine vleugels van deze wind. Ik kokhalsde.

‘De poorten van de hel openen zich!’ riep iemand en kreten van afschuw gingen op.

Een stadsfunctionaris te paard maande de massa tot rust. ‘Het is niets,’ riep hij met een stentorstem. ‘Die stank komt van een dode ezel die de een of andere idioot hier een paar weken geleden zo oppervlakkig onder de grond heeft gestopt dat de honden hem weer hebben opgegraven.'

'Nog wat wijn dan maar,' zei Otto. 'God in de hemel, was ik maar in mijn draagstoel gebleven!'

Ik kreeg mijn maag weer onder controle en wilde wat zeggen, maar de bisschop stak een hand op. 'Het begint!'

Een kerkelijk functionaris las een korte verklaring voor. Toen richtte hij zich tot Hus, die voor de gelegenheid getooid was met een hoge papieren muts waar iemand met kinderlijke hand een paar dansende duiveltjes op had geschilderd.

'Johannes Hus,' zei hij, 'herroep je de ketterse dwalingen die je hebt geschreven en gedoceerd? Dit is je laatste kans om de vuurdood te ontlopen en je doodzonden te biechten.'

Hus ging rechter staan en zei met heldere stem: 'Ik heb geen doodzonden begaan en ik zal mijn stellingen niet herroepen.'

'Dan zul je branden.'

De veroordeelde begon met luide stem te spreken in een taal die ik niet machtig was, maar hertog Ludwig onderbrak hem. 'Laat hem zwijgen! Begin met de terechtstelling.'

Verschillende mensen begonnen te roepen, ze bevonden zich achter in de menigte, ver van de executieplaats. Een groot geroezemoes overstemde de proteststemmen en vlakbij stegen nieuwe kreten op:

'De vlam erin!'

'Verbrand die ketter!'

'In Gods naam!'

'De Bohemers zijn het er niet mee eens,' sprak bisschop Otto glimlachend. 'Maar het recht zal zijn beloop hebben en ze zijn ver in de minderheid.'

De beulsknechten zetten doctor Johannes Hus op een paar houtblokken tegen een paal, legden een ketting om zijn nek en bonden hem vast. Daarna begonnen ze takkenbossen en stro om hem heen op te stapelen tot die hem bijna tot de nek kwamen. Hus bewoog zijn lippen in een stil gebed en hij sloeg zijn ogen ten hemel.

Een oude vrouw kwam naar voren met een paar takjes, die ze zorgvuldig tussen de bossen stak. Hus keek even op haar neer en glimlachte. 'Heilige onschuld,' schijnt hij gezegd te hebben, al kon ik het vanaf mijn positie niet horen. Daarna zette hij zijn gebed voort.

Een beul kwam aangelopen met een toorts, liep rondom de brandstapel en stak die op verschillende plaatsen aan. De wind wakkerde het vuur snel aan. Hier en daar waaide het brandende stro weg en kwam tussen de toeschouwers terecht, maar niemand sloeg er acht op, want inmiddels begon het vuur op te laaien in de takken. Hus kromde zijn rug, voor zover de touwen dat toelieten en hij bad al harder in zijn moedertaal. Zijn kleren hadden al vlam gevat, ergens moest het gebed zijn overgegaan in onbegrijpelijke klanken, die op hun beurt smoorden in de rook. Ik zag dat hij probeerde te schreeuwen, maar daartoe ontbrak hem toen al de lucht en hij bewoog hevig in de touwen alsof hij los wilde breken van de paal. Even leek het te lukken, een arm schoot los, de touwen moesten zijn verteerd, maar toen zakte hij ineen en bleef hangen aan de ketting die hem nog met de paal verbond. Als mens was hij al niet meer herkenbaar.

De beulsknechten gooiden nog wat hout bij de brandstapel en een windvlaag blies de rook recht over ons heen. De stank van de dode ezel was er alleen maar erger op geworden. Ik dacht even terug aan mijn vriend Lotho en merkte dat het me niet meer deerde. Alles wat gebeurde moest zo zijn.

'Hoe vond je het?' vroeg bisschop Otto.

'Ik ben blij dat we de worst hadden gegeten vóór de terechtstelling,' zei ik. 'Achteraf had het me vast niet gesmaakt.'

'Het is niets vergeleken met wat hem te wachten staat,' zei bisschop Otto. 'Enkele ogenblikken nu, als voorproefje van het eeuwige hellevuur. En ik geloof dat we hier klaar zijn. Of wachten we tot ze het gebeente verpulveren?'

Ik schudde mijn hoofd. 'Hoe kun je hier ademen?' vroeg ik. 'Ik wil terug naar de stad.' Mijn stem was schor van de rook en mijn ogen traanden. In de verte zag ik de zwemmerige kathedraaltorens boven de stadsmuur uitkomen. Misschien kon ik morgen al beginnen met mijn ontwerp.

'Neem nog wat wijn,' zei Otto. 'Het is een dag van vreugde en daar moeten we op drinken.'

De ridders bestegen hun paarden en wendden de teugel naar de stad.

Ditmaal aanvaardde ik het aanbod om bij de bisschop in de draagstoel te komen. Het was krapper dan ik had gedacht en de bisschop nestelde zich al te behaaglijk tegen me aan. Ik moest mijn hoofd door het luikje steken om lucht te krijgen, al was die nog altijd zwanger van de dood. Gelukkig waren we snel terug op het plein voor de kathedraal, want de koning en zijn ridders trokken een breed pad door de menigte, geholpen door de voetsoldaten die met het plat van hun zwaard het volk uiteensloegen.

39

De koning trekt weg

Omdat de bisschop het nog erg druk had in de dagen na de ketterverbranding, kon ik niet meteen met mijn opdracht beginnen. Hij zou me laten weten wanneer hij tijd had.

Weer moest ik geduld oefenen. Tegelijkertijd kreeg ik een toevloed van patiënten, mijn faam als geneesheer verspreidde zich snel. Veel van hen waren Bohemers, en ik was blij dat ik Zdislav had, die hen in hun eigen taal kon afwimpelen bij de voordeur. Na de middag liet ik niemand meer toe. Ik bewaarde mijn krachten voor het echte werk en sliep wat, of ik klom door mijn dakluik en nam plaats op de vlonder die ik had laten plaatsen tussen de schuine daken van leisteen.

Ik verhief me graag boven het mensengewoel. Mijn huis was een van de hoogste van de stad, en met mijn vermogens kon ik, ook zonder naar beneden te kijken, in gedachten over de daken zweven en door de stegen glijden die ik inmiddels kon dromen. Ik richtte me met mijn diepzicht op vele plaatsen tegelijk en was me bewust van alle zielen die door de straten krioelden, van ridders tot straatmadelieven, van kerkvolk tot marktkooplui; ik kreupelde mee met bedelaars en danste met muzikanten.

Ik volgde een mierencolonne die recht tegen een muur opkroop omdat een keukenmeid gestolen honing had gemorst en, bij het zoeken naar een schuilplekje voor haar zoet genot, uitgleed en haar enkel brak. Nu lag ze in een lazaret, haar enkel zwart en gezwollen van de gangreen.

Ik liet haar los en hobbelde achter een rat aan, dicht langs een lemen muur en even later achtervolgde ik met een hongerige hond een andere rat over de kade. We kregen hem te pakken en ik genoot van de sensatie van het verslinden, het warme bloed in mijn bek en de duizend geuren van een niet-menselijke wereld. Ik wiegde met de schepen op de Bodensee en liet me meevoeren door een buizerd op de warme luchtlagen, te loom en volgevreten om muizen te vangen.

En toen de grote cavalcade van de koning de stad verliet, wist ik zonder te kijken dat ze daar gingen met hun dames, met hun kleurige vaandels en wuivende helmbossen. De koning zelf, hoog en arrogant op zijn paard, met naast zich op een evenwaardig rijdier zijn Spaanse nar, een dwerg van wie men fluisterde dat hij spioneerde voor de koning van Aragon. Vlak achter hen aan reed Oswald von Wolkenstein, die me de dag daarvoor al had verteld dat de koning op reis ging om allianties te smeden.

Ik was aanvankelijk onaangenaam verrast. Hoe moest het dan met het concilie en de na te streven eenheid onder de volkeren? Maar Oswald maakte me duidelijk dat dit juist de hoogste prioriteit had voor de koning. 'Deze zaken vergen veel gereis en diplomatie. Sigismund wil zo snel mogelijk terug naar Konstanz,' zei hij, 'en daar ben ik blij om, het bevalt me hier goed. De koning zal zeker slagen in zijn missie.'

Zijn vertrouwen was aanstekelijk. Sigismund zou hier zijn grootste triomf vieren, en uiteindelijk zou hij, met de juiste raadgevers, deze stad tot het centrum van de macht maken, zoals Constantijn ooit de stad aan de Bosporus tot de zijne maakte. Meer dan vierduizend mannen trokken weg met de koning, maar ik wist dat deze aderlating nauwelijks effect zou hebben op het gewoel van de massa's. Ik wist ook dat het allemaal langer zou duren dan ik had verwacht. Maar het kon me niet meer schelen. Hele nachten zat ik daar, zinderend van vervoering, naaf in de eindeloze wenteling van het besterde hemelwiel.

Op een middag, een week of wat na de terechtstelling van de Bohemer, liep ik de Friedel in. Mijn keel was droog en ik begon het drinken in een goed gezelschap te waarderen.

Mijn drinkmaten Armin en Guillem bespraken de aanhouding van een andere theoloog, die naar Konstanz was gekomen om zijn vriend en medestander Hus te steunen. Nu zat hijzelf gevangen in afwachting van zijn proces. Guillem betoogde net dat deze man, doctor Hiëronymus van Praag, een groter gevaar was dan Hus, en omdat ik de kwestie van de ketterijen als een bijzaak beschouwde, bestelde ik wijn en keek om me heen. 'Ik mis de muziek,' zei ik. Hoe snel zou zich hier een nieuwe speelman melden?

'Maar nog even over Hiëronymus,' zei Guillem. 'De Gerson heeft me verzekerd dat...'

Meer hoorde ik niet, want de Boheemse meisjes kwamen me omhelzen alsof ze me in geen jaar gezien hadden. Onverstaanbare koosnaampjes. Ik liet me meetronen naar een achterkamer, waar Poggio zat te praten met zijn vriend Bartolomeo. Hij onderbrak zijn conversatie midden in een zin en stond op om me te begroeten. 'Isidoor, vriend! We hadden het net over een nieuwe boekentocht! En jij gaat met ons mee!'

Hij wilde de meisjes ook verwelkomen, maar ze deinsden voor hem terug en struikelden bijna over elkaars voeten om het achterzaaltje uit te komen.

'Wat is er mis?' vroeg ik lachend. 'Heb je ruziegemaakt?'

'Ik ben nog steeds een dienaar van de curie,' zei hij schouderophalend. 'Dat maakt me in hun ogen medeschuldig aan de dood van hun geliefde meester Hus. Je moet eens opletten hoe ze Guillem behandelen, die immers werkt voor De Gerson. En heb je gezien hoeveel soldaten er op straat zijn? Het broeit in de stad. De autoriteiten hebben al rellen in de kiem moeten smoren. Er spoelen ook regelmatig lijken aan de laatste tijd en niet alleen van Bohemers.'

'Ik heb er niet echt op gelet,' zei ik, maar opeens begreep waarom ik de laatste weken zoveel kwetsuren moest behandelen. Dat, en de toevloed van Boheemse patiënten.

'Ga zitten,' zei Bartolomeo. 'We hebben een mooie reis uitgestippeld door Duitsland. Sankt Gallen komt later wel.'

'Ik had graag meegewild,' zei ik, 'maar ik heb het nu erg druk. Ik krijg een opdracht van de bisschop om de kathedraal uit te breiden.'

'Interessant,' zei Poggio, 'maar hoe wil hij dat betalen? Naar 't schijnt trof hij al bij zijn aantreden een bisdom aan dat diep in de schulden zat.'

Bartolomeo knikte. 'En die schulden zijn alleen maar groter geworden toen hij zijn paleis moest uitbreiden vanwege het concilie.'

Ondertussen had Walter een kan wijn gebracht en ik liet me inschenken.

'De bisschop is op zoek naar fondsen,' zei ik, toen de waard weer weg was. 'Hij heeft me verzekerd dat dit in orde zal komen.'

'Hij heeft een rijke vader,' zei Poggio lachend en hij hief het glas. 'Op Markgraaf Rudolf van Hachberg-Sausenberg.'

'Uit het huis van Zähringen,' voegde Bartolomeo eraan toe.

Ik vond het niet nodig daarop in te gaan. Het landbezit van een edelman zou niet toereikend zijn voor mijn plannen.

'Je gaat dus niet mee?' ging Bartolomeo verder. 'Dat is jammer. Probeer dan volgend jaar tijd vrij te houden voor Sankt Gallen, daar moet veel te vinden zijn.'

'Ik probeer het,' zei ik, om ervan af te zijn. Ik vroeg me ook iets af. 'Ik weet dat jullie geestverwanten al heel lang op jacht zijn naar manuscripten in Italië, daar zal wel niet veel meer te vinden zijn. Maar laten de kloosters van Duitsland jullie zomaar toe? De bibliothecarissen halen niet graag vreemdelingen binnen, en boeken uitlenen doen ze al helemaal niet.'

Poggio knikte. 'Dat is zeker zo. En als het dan ook nog heidense boeken zijn... Gastvrijheid voor een nacht zal geen probleem zijn. Zijn we eenmaal binnen, dan winnen we eerst hun vertrouwen.'

'Mijn vriend is een gladde prater,' zei Bartolomeo lachend. 'Hij weet precies hoe hij een abt of bibliothecaris moet vleien en hoe hij hun interesse moet wekken. Meestal raken ze zo op hem gesteld, dat ze hem niet meer willen laten gaan.'

'Evengoed zal het niet eenvoudig zijn,' ging Poggio verder. 'Onze paus werd niet overal in het Heilige Roomse Rijk gesteund en nu hij is afgezet, zijn onze geloofsbrieven ook niet veel meer waard.'

'Is de curie ook ontbonden?' vroeg ik.

Hij schudde zijn hoofd. 'Als het concilie een nieuwe paus kiest, moeten de curies onvermijdelijk fuseren. Dan raak ik waarschijnlijk mijn betrekking kwijt.'

'Heb je weleens een handschrift van Poggio gezien?' vroeg Bartolomeo. 'In de kloosters maakt hij indruk door zijn snelheid en door zijn prachtige letters.'

'En dat is een van de redenen dat ik in de scriptoria mag werken,' zei Poggio. 'Het kost veel tijd, want ik laat ook wat achter. Ach Isidoor, je hebt geen idee hoe het is om zo'n catalogus voor de eerste keer door te nemen en om een grote ontdekking te doen. Natuurlijk moet ik dan mijn opwinding intomen en de inzage van het boek uitstellen.'

'Meestal verspillen we dagen met het lezen van vrome, maar oninteressante werken,' vulde Bartolomeo aan.

'Ik ken dat,' zei ik.

'Heb je weleens gehoord over die keer dat de Hunnen Sankt Gallen overvielen?' vroeg Poggio.

'Waren dat niet gewoon Hongaren?' zei Bartolomeo.

Ik knikte, want hij had gelijk, maar Poggio negeerde hem. 'De monniken hadden gehoord dat ze eraan kwamen,' ging hij verder. 'De abt bezocht een heilige kluizenares, Sint-Wiborada, om haar te vragen wat ze moesten doen. En weet je wat ze zei?'

'Red eerst de boeken,' zei ik. Wie kende dat verhaal niet?

Poggio nam een slok en zette zijn kroes hard neer op de tafel. 'Ben je soms al in Sankt Gallen geweest?' vroeg hij nors.

Ik schudde mijn hoofd. 'Ik wil er echt heen,' zei ik, 'maar dat verhaal over die kluizenares doet al vier eeuwen de ronde.' Ik stond op. 'Ik moet gaan.'

Op weg naar de uitgang liep ik de meisjes weer tegen het lijf. Galina wilde me niet laten gaan. 'Blijf vannacht,' zei ze. 'Als je wilt, komt Ana erbij. Van jou verlangen we geen betaling.'

Ik negeerde de signalen van mijn lichaam. Als man van de geest kon ik me niet door mijn lusten laten regeren, dus ik ademde even haar zoete geur in en maakte me toen voorzichtig los uit haar omhelzing. 'Misschien kom ik vanavond terug,' zei ik, wel wetend dat werkende meisjes niet geloven in vage beloften.

'Heb je een geliefde?' Galina's blik voorspelde weinig goeds voor deze hypothetische dame.

'Een geliefde van steen,' zei ik. 'Ik ga naar de Onze-Lieve-Vrouwemunster.'

Mijn mededeling kon haar blik niet verzachten, integendeel, ze keek me vol afgrijzen aan en draaide zich toen van me af. Des te beter.

Ik trof het, want die dag was er geen concilievergadering in de munster. De kerk was leeg, afgezien van een paar jongens die de vloer veegden. Ik mat het middenschip af met mijn passen, om een ruw idee te krijgen van de maten. In een later stadium zou ik alles precies opmeten. Ik moest mezelf ook bekend maken met de plaatselijke bouwmethoden, de gebruikte materialen en de gangbare maatstaf. Zou Otto erin slagen om op korte termijn bouwers bij elkaar te krijgen? Als ik ooit al een idee had gehad van de bouwhutten in dit gedeelte van de wereld, dan was die kennis waarschijnlijk verouderd.

Ik popelde om met de bisschop om de tafel te zitten en te bespreken wie we zouden aantrekken om aan de constructie te beginnen, want het leek mij zinvoller en zelfs noodzakelijk om niet uit te gaan van de bestaande bouw. Als de bisschop zich fondsen kon verschaffen om een werkelijk groots bouwwerk aan te vangen, dan moest het iets worden als in Salisbury, een statig en harmonieus geheel dat in één generatie werd opgetrokken, zodat ik het nog in mijn eigen levenstijd zou zien oprijzen. De wereld zou zich verbazen over dit magnum opus, waaraan mijn naam voor altijd verbonden bleef. Het moest alles overtreffen wat tot nu gebouwd was.

Ik voelde opeens de dwingende behoefte om te zingen of te schreeuwen, om aan de hand van klank en resonantie de ruimte te meten, om al mijn aandacht te geven aan de weerkaatsingen onder de gewelven, zodat ik me die later zou herinneren om ze te vergelijken met de ontzagwekkende klanken van de ruimte die ik zelf zou scheppen.

Hoelang duurde de bouw van Salisbury? Achtendertig jaar.

Dat kon sneller. Met mijn ontwerp en een bouwhut van de beste mensen konden we het eerder klaren. Er was veel geld nodig en meer dan ooit zag ik het belang van de pauskeuze, van het beëindigen van het schisma. Ik zou me onder de mensen moeten begeven en me meester maken van hun geesten, ik zou mijn medestanders moeten zoeken in de hoogste kringen en invloed uitoefenen op besluiten. De gilden met hun ingewikkelde rechten en beperkingen moest ik omzeilen.

In Samarkand werkten ze zoveel sneller en efficiënter.

Hoelang bleef koning Sigismund weg? Hij was onmiskenbaar de machtigste man van de christenheid, maar hij had te maken met complexe problemen. Ik twijfelde er niet aan of hij zou die tot een goed einde brengen. Als hij eindelijk de keizerskroon zou ontvangen uit handen van de nieuwe paus, moest ik mij al een positie hebben verworven aan het hof, zodat ik mijn invloed kon aanwenden. Keizerstad Konstanz, mijn stad.

Om te beginnen kon ik Otto bijstaan bij het werven van fondsen. Ik kon mijn krachten aanwenden om de kerkvorsten te overreden en zou me snel opwerken. Op dit punt waar Duitsland, Bourgondië, Oostenrijk en het Eedgenootschap elkaar raakten, zouden we de volken en hun leiders ervan overtuigen bij te dragen om deze kleine stad aan de Bodensee, waar alle grote wegen samenkwamen, tot centrale en overweldigende metropool te maken waarvan de glorie zou afstralen op de hele christenheid.

Een van de jongens sloeg met zijn bezem naar een duif, die opfladderde en even de kleurige zonnebanen verbrak die door de ramen vielen. Spoedig zou de zon weg zijn.

'Je kunt niet wachten, goede Isidoor,' zei een stem achter me en ik wist dat het Otto was.

'Waarom wachten?' zei ik, heftiger dan ik wilde. 'Ik kan nu beginnen met mijn ontwerp.'

'Je krijgt je zin,' zei hij. 'Ik had al een boodschapper gestuurd vandaag, maar die trof je niet thuis. Kom mee!'

Hij ging me voor naar de deur die naar de toren leidde. 'Ik laat eten en drinken komen,' zei hij. 'Het wordt een lange nacht. Ik hoop dat je nog niet wilde gaan slapen.'

'Wie kan er slapen?' We gingen de wereld veranderen.

Die avond en de hele nacht praatten we als bezetenen. We onderbraken elkaar en struikelden over onze woorden, we dronken en schetsten op kleine en op grote papiervellen hoe we het voor ogen hadden. Otto wilde het bestaande uitbreiden, voortbouwen op de oorspronkelijke fundamenten, maar ik schilderde de kathedraal die ik mij droomde en vergeleek die met beroemde bouwwerken. Hij maakte bezwaren. Zijn lege geldkist bleef een rots der struikeling; het benodigde areaal zou de omringende gebouwen opslokken, zijn eigen paleis niet uitgezonderd.

'En als we de huidige kerk afbreken,' zei hij, 'waar moeten dan de misvieringen plaatsvinden? De bouwplaats zal jarenlang onbegaanbaar blijven.'

'Is dat niet zo bij elke kathedraalbouw?' Ik vertelde hem niet dat de nieuwe kathedraal van Salisbury eenvoudigweg op enige afstand was gebouwd van de oude. Dat was hier ook mogelijk, maar die oplossing was nu niet aan de orde. 'Het is gebruikelijk om alvast het koor neer te zetten, zodat er in elk geval missen kunnen plaatsvinden,' zei ik. 'Het werk kan dan voortgaan.'

Ik weerlegde al zijn argumenten, ik zette alle retorische vaardigheden in die ik in Parijs en Oxford zo eindeloos had geoefend, en ik hoefde zelfs de dwingende kracht van mijn geest niet in te zetten, want het kwam mij voor dat een beredeneerde, innerlijke overtuiging bestendiger is dan een opgelegde wil.

Niet lang voor het ochtendgloren brandde in bisschop Otto hetzelfde vuur dat mij vervulde, en hij beloofde me de vrije hand. Hij zou zorg dragen voor de fondsen. 'Ons geliefde Konstanz!' riep hij uit, toen wij een laatste dronk uitbrachten op ons grote werk. 'Een nieuw Rome, een nieuw Constantinopel, waarom niet? Ook die steden zijn ooit nederig begonnen.'

Thuis gaf ik de slapende Bohemer een duw en droeg hem op alle patiënten naar huis te sturen. 'Vandaag geen spreekuur, en morgen ook niet. Hilde mag thuisblijven en stuur de dringende gevallen maar door naar een andere geneesheer.'

Ik besloot weer naar mijn stille plek op het dak te klimmen om over stad en meer uit te kijken. Boven stond een straffe wind, een roedel grauwe wolken schoof langs de maan en de daken van de huizen verduisterden en lichtten weer op, al naargelang ze de manestralen vingen. Ik nam het hele beeld van de stad in me op en sloot mijn ogen, zodat ik in de geest de kathedraal kon laten oprijzen zoals ik die al gedeeltelijk voor ogen had. Ik speelde met het ontwerp, liet het uitdijen en inkrimpen, verlengde het tot absurde proporties en liet het weer inzakken naar een aanvaardbare grootte.

Wat had Lorea ook weer gezegd, gebouwen als bomen? Piramiden op hun punt? Ik voelde een steek van pijn en dwong mezelf om terug te keren naar mijn eerdere gedachtegang. Onzin of niet, ik kneedde en vormde en probeerde van alles uit zonder al te veel aandacht te schenken aan de geloofwaardigheid, mijn intuïtie nam het over en het gebouw doorliep eindeloze gedaanteverwisselingen in mijn slaperige geest. Op zeker moment doemde er een donkere massa op achter de torens en daar begon iets te groeien, eerst als een kleine uitstulping, maar gaandeweg als de hoed van een reuzenboleet die een ongekende spanwijdte bereikte.

Een koepel, mijn vriend, een koepel!

Mijn slaperigheid verdween op slag en ik liet het geestesbeeld stilstaan, beschouwde het en overdacht de mogelijkheden om hier zoiets tot stand te brengen. O ja, er was vooralsnog geen ruimte voor, maar hoe klein was de prijs die de stad zou moeten betalen voor het verwerven van een kathedraal die alle andere in de schaduw zou stellen? Ik dacht terug aan mijn onmogelijke opdracht in Samarkand en wist dat ik het nu zou volbrengen, groter en machtiger dan enige koepel in het Oosten of Westen, want ik zou het hele bouwproces van meet af aan in de hand houden.

En zo bleef ik stilzitten, met mijn ogen dicht en ik hield het beeld vast in zijn volle glorie en volmaaktheid. Zo bleef ik zitten tot de vogels zongen en de dageraad zich aarzelend aankondigde aan de horizon.

40

Galina

Ik verspilde geen tijd die ochtend en meldde me bij de munster. Ik had tijdens mijn doorwaakte nacht bedacht dat ik er een bed zou neerzetten zodat ik langer kon doorwerken. Ik kwam echter niet verder dan het kordon van wachters. De kerk bleek die dag niet toegankelijk voor het publiek. 'Alleen mensen op mijn lijst mogen naar binnen,' zei een wachter in gebroken Duits.

Ik noemde mijn naam. Hij bestudeerde zijn lijst lang genoeg om de verdenking te wekken dat hij niet kon lezen. Ik wilde hem het ding wel uit de hand rukken, maar hield me in. Uiteindelijk schudde hij zijn hoofd.

'Is de bisschop binnen?' vroeg ik.

'Welke bisschop?' Hij lachte. 'Het zit hier vol met bisschoppen.'

Ik probeerde beleefd te blijven. 'Die van Konstanz, bisschop Otto.'

Het bestuderen van de lijst begon van voren af aan. Uiteindelijk haalde hij zijn schouders op.

Ik keerde me om en liep naar het bisschoppelijk paleis. Een oude geestelijke met een woeste baard, die in de hal aan een lessenaartje had zitten knikkebollen, schrok op en vertelde me dat Otto niet aanwezig was. 'Hij is in bespreking.'

'Kunt u een bericht aan hem doorgeven?' vroeg ik. Als die geestelijken eenmaal in twistgesprekken verwikkeld raakten, kon dat dagen duren, zeker als er wijn vloeide.

'Natuurlijk kan ik dat,' zei de oude man. Hij leende mij een pen die al te ver was bijgesneden om nog goed te werken. Ik schreef met enige moeite wat woorden in mijn aantekenboekje, scheurde het blaadje eruit en gaf het aan hem. Hij las het aandachtig. Hoofdschuddend keek hij op. 'Vindt u dit een manier om u tot Zijne Hoogwaardige Excellentie te richten?' vroeg hij. 'Dit is een vodje.'

'Doet u het toch maar.'

Hij snoof luidruchtig en legde het briefje in zijn lessenaar. Daarna bestudeerde hij de pen die ik had teruggegeven. 'U hebt er te hard op gedrukt,' zei hij, 'het zal me verbazen als ik hier nog letters uit krijg.'

Verwachtte hij soms een fooi? 'Mijn knecht zal u een nieuwe brengen,' zei ik, gehaast om weg te komen van die idioot.

Thuis nam ik de tijd om te ontbijten, want dat was er die ochtend bij ingeschoten, en daarna gaf ik Zdislav een lijst van zaken die ik nodig zou hebben. Ik wist niet hoelang ik weer zou moeten wachten op bericht van de bisschop, maar ik kon net zo goed thuis beginnen met werken. 'En breng een goede ganzenveer naar de portier van het bisschoppelijk paleis. Weet je waar dat is?'

Zdislav knikte.

'Als er een bericht is van de bisschop, laat het me dan weten.'

Zdislav knikte.

Begreep hij me wel? 'Wat heb ik je nu gevraagd?'

'Ganzenveer. Bisschop. Bericht,' zei hij nors.

Hij verdween en omdat het meisje Hilde er niet was en ik geen zin had om zelf patiënten af te poeieren, besloot ik een glas te gaan drinken in de Friedel. Ik was moe van de doorwaakte nacht, maar wilde de grote klaarte in mijn geest niet laten verstoren door slaap. Later op de dag kon ik nog een poging doen om de bisschop te spreken. Hij was vast vergeten om mij toe te voegen aan de bezoekerslijst, wat niet verwonderlijk was, gezien de hoeveelheid die hij de afgelopen nacht had gedronken.

Even later zat ik op mijn vaste plekje. Geen van de vrienden was er en Walter zou nog wel slapen. Zijn vrouw, die bezig was met schoonmaken, had me met enige tegenzin binnengelaten, 'omdat jij het bent', en bracht een beker koele wijn. De drank verwarmde mijn gemoed en bracht me in een prettig ontspannen stemming, al had ik gehoopt op wat gezelschap.

Na een tijdje hoorde ik de waardin praten met een andere vrouw die de trap af kwam, ze had een bekende stem. Het was Galina, die gekleed ging in niet meer dan een chemise. Haar haren waren slordig opgestoken; ze moest net uit bed komen. Ze leek blij me te zien en kwam aarzelend naar me toe. 'Mag ik bij je komen zitten?' vroeg ze.

'Waarom niet?' Ik knikte naar de kruk naast me. 'Woon je hier,' vroeg ik, 'of had je een klant vannacht?'

'Geen klant.' Ze leek beledigd door mijn suggestie. 'Ik slaap 's nachts alleen.'

'Ik zou je een beker willen aanbieden,' zei ik, 'maar ik geloof niet dat er al iemand van de bediening beschikbaar is.'

'Ik haal het voor je.' Ze stond op en riep wat naar de vrouw des huizes. Even later was ze terug met een kan. 'Je hebt geluk,' zei ze, 'het vuur is al aan.'

Ze schonk mij en zichzelf in, warme wijn ditmaal, en rijkelijk gekruid. We spraken niet tot we onze bekers hadden geledigd. Toen zei ze: 'Je komt hier niet veel de laatste tijd.'

Ik haalde diep adem, de warmte steeg me nu naar het hoofd. 'Ik heb het druk,' zei ik toen. 'Je weet dat ik dokter ben? Daarnaast heb ik een belangrijke opdracht gekregen van het bisdom.'

Ze slikte en het was niet van de wijn. 'Ik begrijp het niet,' zei ze. 'Ben jij een man van de kerk, Isidoor?'

Ik lachte. 'Zeker niet. Mijn interesse gaat niet verder dan de bouwwerken.'

Ze zei niets. Net als bij Zdislav wist ik nooit goed of ze me begrepen had. Vervloekte Bohemers. 'Meer wijn?' vroeg ze.

Ik aarzelde, het was nog vroeg en ik was niet van plan geweest de dag drinkend door te brengen, maar de wijn die ze me gegeven had, was me zeer bevallen. 'Hoe noemen ze deze wijn hier?' vroeg ik terwijl ze schonk. Walter had een goede kelder, en hij wist ze te kruiden, maar zoals vandaag had ik het niet eerder geproefd. De warmte verbreidde zich in golven door mijn ledematen en mijn geest wilde uit de kooi van mijn lichaam breken.

Ze lachte verlegen. 'Dit heet Galina's mengsel.'

Op dat moment vloog de deur open. Een paar soldaten kwamen met veel lawaai naar binnen stampen. Walters vrouw stond opeens in de gelagkamer en riep de mannen toe dat het nog te vroeg was voor gasten, maar ze wezen naar Galina en mij en weigerden weg te gaan. Ze nestelden zich in een hoek en riepen om bier. De waardin liep mopperend naar de keuken, maar wilde zich toch de klandizie niet laten ontgaan. De mannen begonnen een gesprek in een onbekende taal en loerden naar Galina.

'Kom mee naar boven.' Ze kwam overeind en reikte me de hand.

Ik was eigenlijk van plan om naar huis te gaan, maar bij het opstaan verloor ik mijn evenwicht, zodat ze me moest ondersteunen, anders was ik gevallen. Ik was beschonkener dan ik dacht. De soldaten begonnen te lachen en een van hen riep iets. Galina pakte met haar vrije hand een nog halfvolle beker, deed een stap in zijn richting en gooide hem de wijn in het gezicht. Nu lachten ze nog harder, ook de soldaat bij wie het rode vocht uit zijn baard liep.

Galina trok me achter zich aan en ik volgde haar de trap op. In het kleine kamertje waar ze me heen bracht lagen twee strozakken op de grond. Ze gebaarde me dat ik moest gaan liggen en terwijl ik naar haar lag te kijken, schortte ze haar chemise op, kwam op me zitten en knoopte haar lange haren los. Haar geur bedwelmde me en een heftige begeerte beroofde me van mijn vrije wil. Galina lachte zachtjes, zei iets in haar eigen taaltje en begon mij langzaam uit te kleden. Ik wilde haar middel pakken maar mijn handen waren zwaar, ik kromde mijn rug en duwde mijn onderlijf omhoog, zij ontweek mijn roede met een vaardige draai van haar heupen en in een nieuwe schijnbeweging ging ze er rakelings langs, terwijl ze haar borsten in mijn gezicht drukte. Ik hapte naar haar tepels, reikte nogmaals met mijn onderlichaam en nu begon ze zachtjes mijn roede te berijden. Zo speelde en lokte ze en ik vergat alles.

Naderhand lagen we naast elkaar en ze vertelde me een verhaal, maar ik was te uitgeput om het te volgen en hoewel ik niet wilde slapen, gleed ik weg. Ergens in de nacht werd ik schreeuwend wakker, nat van het zweet. Galina was in een hoekje weggekropen. Ik weet niet wat ik erger vind, een heldere droom vol duisternis en gruwel, of een waarvan ik me de verschrikkingen zelfs niet kan herinneren, terwijl de geur van mijn eigen angstzweet me tot kotsens toe misselijk maakt.

'Wat is er?' vroeg ik aan Galina.

Ze stak haar hand afwerend op. En op dat moment herinnerde ik me toch iets, ik voelde weer een ijskoude hand, als van een halfverteerd lijk, die over mijn gezicht streelde. Had mijn slapende geest Galina's hand verwrongen tot iets afzichtelijks?

'Ik geloof dat ik een nachtmerrie had,' zei ik. 'Heb ik je pijn gedaan?'

'Het is niet erg,' zei ze, overeind komend. Ze begon zich aan te kleden.

Ik volgde haar voorbeeld. 'Hoeveel krijg je van me?' vroeg ik en ik moest snel wegduiken voor de oorvijg die ze me probeerde te geven. Ik greep haar pols.

'Iss, heb jij ooit moeten betalen?' siste ze en in de klanken van mijn naam kwam een slangenkuil tot leven.

Ze ging me voor naar de gelagkamer, die inmiddels was volgelopen, het moest al na de middag zijn. Vanaf de trap zag ik Poggio met een paar Italianen die ik vaker in zijn gezelschap had gezien. Hij zag mij ook, zijn blik ging van mij naar de Boheemse deerne die voor me uit liep, en zijn lippen krulden in een neerbuigende glimlach. Zonder te groeten keerde hij zich naar zijn vrienden en mengde zich in het gesprek. Iemand had net een vrolijke opmerking gemaakt, het gelach daverde door de ruimte.

Galina riep iets naar de Italianen, zag toen haar vriendinnen die net naar buiten gingen, maakte een verontschuldigend gebaar naar mij en volgde hen. Ik liet me neer op mijn favoriete plek en nog voor ik de aandacht kon trekken van een bediende, had ik al een beker voor me. 'Van Ser Bracciolini,' zei het meisje. 'Hij vraagt of je je bij zijn gezelschap wilt voegen.'

Ik begreep dat Poggio alleen maar discreet was, toen hij mij zojuist negeerde, ik moest een galante Italiaan niet beoordelen naar de maatstaven van de Duitsers en Bohemers tussen wie we hier leefden. Ik ving zijn blik en wenkte hem naar de tafel waar genoeg plaatsen vrij waren. Hij zei iets tegen zijn vrienden en kwam naar me toe.

'Poggio,' zei ik, 'moet jij niet bij het concilie zijn?'

'Waarom zou ik?' vroeg hij. 'Je weet dat mijn aanwezigheid irrelevant is geworden. Ik wacht af hoe de situatie zich ontwikkelt en houd me beschikbaar voor als men me nodig heeft.'

Een van de vrienden, een zekere Giacomo van Pisa, was bij ons komen staan. 'Er zijn trouwens geen zittingen,' zei hij, 'vandaag niet en de komende weken niet.'

Poggio knikte. 'Dat op de eerste plaats. Daarom kunnen we een paar weken op reis deze zomer. Ondertussen heb ik me op de studie van het Hebreeuws gestort. Ik betaal een bekeerde jood om me de grondbeginselen bij te brengen.'

'Niemand weet waarom hij dat wil leren,' zei Giacomo lachend. 'De Bijbel is immers al vertaald door de grote Hiëronymus en wat heeft die taal anders te bieden?'

'Dat wil ik uitzoeken,' zei Poggio onverstoorbaar. 'Een vertaling is altijd anders dan een origineel.'

Ik vroeg me iets af: 'Als er geen zittingen zijn, waar is dan bisschop Otto?'

Poggio maakte de hoofdbeweging die bij Italianen 'ik weet het niet' betekent, maar Giacomo wist meer. 'Ik zag hem eergisteren de Emmishoferpoort uit rijden met zijn entourage, ze hadden lastpaarden en bisschop Otto zat zelf ook te paard.'

'Dus hij is op reis,' zei ik, net iets te hard.

'Moest je hem hebben?' vroeg Poggio.

'Ik had met hem afgesproken dat ik werk zou verrichten in de munsterkerk.'

'Hij heeft mij niets verteld over een reis,' zei Poggio, 'ik sprak hem een paar dagen geleden nog, omdat ik zijn hulp nodig heb bij mijn reis.'

'Hoe kan hij je daarbij helpen?' vroeg ik.

De Italiaan trok zijn wenkbrauwen op. 'Je maakt een grapje,' zei hij, 'de bisschop van het grootste bisdom van het Heilige Roomse Rijk?'

Poggio wilde erop ingaan, maar op dat moment kwamen de Boheemse meisjes weer binnen. Galina gaf me een smachtende blik, en ik keek vlug in mijn wijnbeker.

'Het is in Konstanz geen schande als je je toevlucht zoekt bij een betaald meisje,' zei Poggio. 'Je hoeft je voor ons niet te schamen. Ook niet als je thuis een vrouw hebt.'

'Ik betaal haar niet,' zei ik. 'En ik heb geen vrouw.'

Poggio lachte. 'Iemand van jouw statuur kan zich toch iets beters veroorloven? Je kunt toch vast wel bij Imperia terecht?'

Ik nam aan dat het een retorische vraag was, want hij begon een verhaal te vertellen. 'Een jaloerse man krijgt 's nachts in een droom bezoek van de duivel. De gehoornde vertelt hem dat hij een wens mag doen. "Ik wil er zeker van zijn dat mijn vrouw me niet bedriegt," zegt de man. De duivel zwaait zijn pijlstaart. "Niets is gemakkelijker," zegt hij, grijnslachend. "Ik geef je een ring en zolang je die draagt, zul je verzekerd zijn van haar trouw." De man ontwaakt omdat zijn vrouw aan hem schudt. "Mijn lieve man," klaagt ze, "kun je daar niet iets anders insteken dan je vinger?"'

De Italianen lieten de gelagkamer daveren en op verzoek van de anderen plantte het verhaal zich voort in verschillende voor-de-vuist-wegvertalingen en zorgde voor nieuwe golven van hilariteit. Na een paar bekers wijn bleek Poggio iedere keer weer te beschikken over een onuitputtelijk reservoir aan boertige geschiedenissen.

Ik nam afscheid van Poggio en zijn vrienden. 'Ga mee, naar Sankt Gallen,' zei Poggio nog, maar ik schudde mijn hoofd. Ik had meer te doen. Toen Galina me bij de deur wilde tegenhouden, weerde ik haar af. Poggio had gelijk, waarom zou ik, als gerespecteerd man, mijn heil zoeken bij straatmeiden? Ik was eenvoudigweg teruggevallen in de gewoonten van een arme student.

Onder het wandelen naar huis, liep ik in gedachten de vrouwen na die ik in mijn leven had gehad. Veel waren het er niet geweest. Van het markthoertje in Easingwold tot dat meisje in de rue Grattecul... Hoe heette ze ook weer? Ik zag een honingbijtje, dansend boven bloemkelken – Melissa... En opeens was het geen bijtje meer. Ik kreunde hardop en schudde woest mijn hoofd om een beeld kwijt te raken, ook al was het maar dat van een geschilderde engel boven een afgrond.

Ik dwong mezelf om verder te gaan. Vrouwen, van sommigen had ik de naam zelfs niet gekend. En nu Galina. Op één na waren ze allemaal lichtekooien geweest. Zelfs in de gangen van mijn geheugen bleven het wezens van de duisternis, die zich verscholen in stegen buiten de herinnering. Dat is het lot van de hoeren, ze beklijven niet. Maar hoeveel mensen laten hun sporen na in het geheugen van de mensheid?

Thuis vond ik een verzegelde brief die volgens Zdislav ergens in de middag was bezorgd. Mijn kattebelletje had de bisschop niet bereikt, nam ik aan. Het was geschreven in een elegante maar gehaaste hand, dus waarschijnlijk niet door een secretaris maar door hemzelf.

Goede Isidoor,

De plicht roept, ik moet enige weken op reis. Als ik terugkom zullen wij onze plannen nader uitwerken. Ondertussen onderzoek ik onze mogelijkheden en de mogelijke beperkingen op ons pad. Begin dus nog niet, smeek ik je! Ik wil niets missen.

Otto von Hachberg, eps.

Weken wachten, had ik een keus?

Ik riep mijn bediende en zei: 'Morgen ontvang ik weer. Nu wil ik wat eten.'

Terwijl hij bezig was, scharrelde ik in mijn werkkamer wat papier en houtskool bij elkaar. Niets en niemand kon me ervan weerhouden om alvast gestalte te geven aan mijn dromen. Het zou toch al een groot werk worden, want ieder detail moest worden uitgerekend en uitgetekend.

Toen Zdislav mij een maaltijd wilde voorzetten, wuifde ik het naar een tafeltje in de hoek en raakte zo opgeslokt door mijn bezigheid dat ik het koud liet worden. Pas lang na middernacht at ik en viel daarna in slaap met mijn hoofd tussen de papieren op tafel. Zelfs de dromen lieten me met rust, goddank.

In de daaropvolgende dagen probeerde ik zo veel mogelijk zieken te helpen en ik besloot om voorlopig ook 's middags te werken, met de vage gedachte dat ik dan wellicht meer tijd zou hebben als de bisschop eenmaal terug was. Tegelijkertijd besefte ik dat de stinkende poel van ziekten en kwalen in een overvolle stad onuitputtelijk zijn.

Poggio's suggestie bleef ondertussen aan me knagen. En zo kwam er een dag dat ik, moe van de zieken die aan me voorbijtrokken, verlangde naar de spanning van een volmaakte vrouw. Waarom zou ik niet genieten van de vleespotten van deze stad?

Ik wist inmiddels waar de beroemde Imperia haar gasten ontving.

Ik stuurde Hilde om een afspraak te maken. Ze keurde me geen blik waardig en vertrok om mijn opdracht uit te voeren. Ze kwam terug om de afspraak te bevestigen voor die avond en kondigde meteen op ijzige toon haar vertrek aan. 'Ik ben een fatsoenlijk meisje,' zei ze, 'als u een koppelaarster nodig hebt, dan zoekt u maar een ander.'

Ik riep Zdislav en vroeg hem haar te betalen en op zoek te gaan naar een ander meisje. Toen het tijd was, vulde ik mijn beurs met een vorstelijk bedrag in goud, al vertrouwde ik erop dat ik dat niet nodig zou hebben.

Op de afgesproken tijd kwam ik aan bij het huis van Imperia en liet me aankondigen door een dienstmaagd, die de kamer van de courtisane in ging en, terugkerend, mij blozend vertelde dat ik verder mocht komen. Ik ging de trap op, geamuseerd door de verlegenheid van het meisje en de ironie van Imperia die een jonge maagd als portier had aangenomen. Of was het allemaal schijn, zoals alles in haar wereld?

Ik opende de deur maar bleef in de deuropening staan. In plaats van een verrukkelijke vrouw die me opwachtte in haar zijden kussens en bontvellen, keek ik uit op de rug van een dikke man, die, gekleed in niets dan een wijd, openhangend hemd, de beroemde hoer aan het neuken was. Zij steunde luid en omklemde zijn heupen met haar lange benen. De man stopte niet bij mijn binnenkomst, maar keek over zijn schouder en riep in het Frans: '*Entrez, mon ami*, en help me met deze woeste merrie!' Zijn bolle gezicht glom van het zweet en toen hij zijn hoofd weer naar Imperia zwaaide, vlogen de druppels uit zijn snor.

De vrouw kwam op één elleboog overeind, stak haar nek uit om langs de brede gestalte te kijken en ze zei, eveneens in het Frans: '*Allez, venez*, Isidore!'

Ik wierp nog één huiverende blik op de grote balzak die in een venijnig ritme tegen de billen van Imperia sloeg en bedankte toen met een: '*Très honoré, madame.* Ik kom wel een andere keer terug.'

Op weg naar huis probeerde ik het beeld uit mijn hoofd te krijgen, maar het bleef me nog lang bij. Zo gaat dat met het natuurlijk geheugen, je kunt het niet beheersen.

41

De grote vergadering

Soms, mijn stille metgezel, vroeg ik me af of ik niet te laat in actie was gekomen. Toen ik destijds in de stad aankwam, waren alle spelers aanwezig geweest en nu zat ik met een vleugellam gemaakte paus en een afwezige koning. Hij was zonder twijfel de machtigste man in dit deel van de wereld en, nu Timoer dood was, misschien wel van de hele wereld. Maar hoe betrekkelijk is macht als je voor iedere stap in de richting van je doel één of twee jaar onderweg moet zijn om tegenstanders te bevechten, medestanders met elkaar te verzoenen, of om potentiële medestanders te bewerken? Hij zou ongetwijfeld zijn doel bereiken in Spanje, maar hoeveel tijd ging daarmee zoek? En als hij dan zijn zaken op orde had in Konstanz, en het pauselijk schisma was opgelost, dan ging hij de Turkse dreiging het hoofd bieden. Maar tegen die tijd moest ik hem al onder mijn invloed hebben gebracht.

Dit waren de gedachten die soms door mijn hoofd gingen onder het schetsen. Als ik me erop betrapte veegde ik ze weg en probeerde ik me te focussen op mijn taak die weliswaar een bijzaak was, maar die uiteindelijk moest leiden tot de opbouw van mijn eigen machtscentrum. Als mijn grootste obstakel zag ik de mens zelf, de dwaasheid en ondraaglijke traagheid van deze rampzalige schepseltjes die zo overtuigd waren van hun belangrijkheid.

Jazeker, het was een bijzaak en een tijdverdrijf, maar ik had me in alle jaren waarin ik smachtte naar het bouwmeesterschap niet kunnen voorstellen dat ik er zoveel vreugde aan zou beleven, zelfs nu het nog in de schetsfase verkeerde. Ik kon mijn tijd nemen en dacht lang na over ieder detail. Ik kon het in mijn geest doen, maar dan zou ik het moeten vertalen naar bruikbare beelden voor de uitvoerende meesters en gezellen, dus ik streefde naar helderheid, zodat geen enkel misverstand straks het echte werk kon vertragen.

Na een paar weken viel ik terug in mijn oude routine van 's ochtends werken en 's middags naar de Friedel. Ik laafde me daar aan de vrolijkheid maar dronk weinig, zodat ik 's nachts thuis nog aan mijn ontwerp kon werken. Om de patiëntenstroom in te dammen verdubbelde ik mijn tarief en toen dat nauwelijks werkte verviervoudigde ik het. Bij iedere stap omhoog, leken de patiënten mijn kunsten hoger te waarderen. Zelfs Zdislav, die nog geen nieuw meisje had gevonden, wist ze niet af te schrikken met zijn lompe gedrag.

Enkele malen vroeg ik naar de bisschop, maar bij het paleis kreeg ik geen bevredigend antwoord.

'De bisschop is op reis,' zei de poortbroeder van dienst.

'Moet hij niet eens de mis voordragen in de munster?' vroeg ik een keer.

De broeder keek me meewarig aan. 'Een bisschop? Voor de gewone missen hebben we de plebaan. Weet u dat dan niet?'

Natuurlijk wist ik dat. Niemand was bereid mij te vertellen waar Otto's reis heen voerde en waarmee hij zich bezighield. De stad leek in de greep van nijd en wantrouwen, en ik had de indruk dat men mij sterker wantrouwde dan anderen. Ik begreep dit sentiment wel, in deze tijd van kettervervolging broeide het in de straten. Daarnaast verborg iedereen zijn loyaliteit ten opzichte van de pauskandidaten in afwachting van het onvermijdelijke conclaaf. Mijn uiterlijk van vreemdeling zal ook mee hebben gespeeld, dat is in iedere stad en in iedere periode ongunstig.

Een keer wilde ik me niet laten afschepen.

Na een nietszeggend en ontwijkend antwoord van de broeder die me die eerste keer zijn pen had geleend, reikte ik uit naar zijn geest en zei: 'Zeg me waar de bisschop is.'

En hoewel hij zelfs niet met zijn ogen knipperde, voelde ik hem spartelen in mijn greep. Met moeite bracht hij uit: 'Ik weet het niet.'

'Breng me bij de hoogste functionaris in het paleis.'

Hij kwam overeind als een konijn dat aan de oren wordt opgetild en ging me voor, de gebeeldhouwde trap op. Bij een van de deuren klopte hij aan, opende, en bleef staan, met gebogen hoofd. Ik ging de kamer binnen, waar een oude man achter een lessenaar stond te schrijven. Hij veegde zijn pen af en keek me boos aan. 'Wie ben jij, dat je hier onaangekondigd komt?'

'Dat doet er niet toe.' Nu ik toch mijn kracht gebruikte kon ik die net zo goed ook voor hem aanwenden. 'De vraag is: wie bent u?'

Stel je mijn mentale hand voor, duisterling: een metalen vuist met scharnierende vingers, niet zoals de geharnaste hand van een ridder, maar oneindig sterker, want zonder de beperkingen van vlees en bot. Hij sperde zijn ogen wijd open en hapte naar adem. 'Ik ben Liudolf,' zei hij, 'thesaurier en lid van het domkapittel.'

'Waar is de bisschop?' vroeg ik.

Even dacht ik dat hij stikte in zijn woorden, toen kwam het er enigszins stotterend uit. 'Hij ging aanvankelijk naar de B-b-breisgouw, maar is daar al lang weg. Wij zijn niet op de hoogte gesteld van zijn itinerarium.'

Ik vloekte zachtjes, hoewel ik het evengoed luidop had kunnen doen. 'Wat is het doel van zijn reis?' ging ik verder.

De man had snel zijn hulpeloosheid aanvaard; met vaste stem antwoordde hij: 'Daarvan zou hij ons in kennis stellen bij zijn terugkomst.'

'Vergeet wat hier net gebeurde,' zei ik, al wist ik niet of dat in mijn macht lag. Ik legde me erbij neer dat ik van deze mensen niets te weten zou komen.

Het was al volop winter toen ik eindelijk bericht kreeg van Otto. Niemand had me op de hoogte gebracht van zijn terugkeer, maar op een ochtend kwam een diaken me in alle vroegte halen. 'De bisschop nodigt u uit voor het ontbijt en hij vraagt u de rest van de dag vrij te nemen.'

Ik gaf Zdislav instructies de patiënten in te lichten en de praktijkruimte eens goed schoon te maken. Daarna volgde ik de diaken in hoop en vreze, want de lange afwezigheid van de bisschop kon duiden op moeilijkheden.

Otto ontving me in een lege eetzaal in zijn paleis. Hijzelf bediende me van de schalen die op tafel stonden, hij sneed brood en stapelde de sneden vol met gebakken spek, worstjes en eieren. 'Breng mijn vriend bier om het weg te spoelen,' zei hij tegen een onzichtbare bediende.

‘Drink je zelf niet?’ vroeg ik. Dit was de eerste keer dat ik hem zonder wijn zag.

Hij schudde zijn hoofd. ‘Ik heb tweemaal een toeval gehad,’ bekende hij. Hij zag er geteisterd uit. ‘De eerste keer in Mainz,’ ging hij verder. ‘Men wist zich geen raad, ook mijn begeleiders niet, die het eerder hebben meegemaakt. Die ezels zijn nog altijd bang voor de heilige ziekte. Ik schijn geraaskald te hebben. De een probeerde hemelse boodschappen uit mijn mond op te tekenen, een ander stopte zijn oren dicht om de duivel buiten te sluiten. De tweede keer, in een abdij op slechts dertig mijl vanhier, wisten de kloosterlingen mijn gezelschap ervan te overtuigen dat ik een exorcisme nodig had. Hoewel ik al bij was, lukte het spreken me niet en ik moest het ondergaan. Dat was een week geleden. Sindsdien luister ik naar jouw advies, Isidoor. Een bisschop die raaskalt, is onwaardig.’

Net als een dronken bisschop. Dat zei ik niet hardop. ‘Waarom ging u op reis?’ vroeg ik. ‘Het verbaasde me dat u vertrok, zo kort na dat inspirerende gesprek waarbij onze visies zo volmaakt samenvielen.’

Hij nam een hap, knikte en maakte al kauwend wat neusklanken alsof hij niet kon wachten om antwoord te geven. Hij verslikte zich bijna, en toen hij zich hersteld had, zei hij: ‘Wat denk je dat ik deed? Ik probeer overal in de kerkprovincie en het bisdom steun te vinden voor onze plannen. Ik sprak edellieden, abten en aartsdiakens, ik schilderde ze ons visioen en maakte afspraken over fondsenwerving, door belastingen, prebenden, giften of de verkoop van aflaatbrieven.’

‘Dat verheugt me zeer,’ zei ik, ‘en als u mij dit van tevoren had verteld, had ik mee kunnen gaan. Ik ben een vaardig retoricus en met mijn overtuigingskracht praat ik de Dood nog om aan een sterfbed. Daarnaast kan ik u beschermen tegen die dwazen die geen idee hebben van uw kwaal.’

‘Je bent een belangrijk arts,’ zei Otto, ‘ik wilde je niet uit je praktijk halen en mag je niet vermoeien met ingewikkelde kerkpolitiek of financiële rompslomp. Jouw taak is de mooiste. Waarom zou ik die ongebreidelde scheppingskracht ondermijnen met alledaags gekonkel?’

Ter zake. ‘Heeft uw missie succes gehad?’

‘Waarom eet je niets?’ vroeg hij.

Ik vouwde een stuk brood om een worstje en nam een hap, hoewel ik te opgewonden was om te eten.

‘In antwoord op je vraag,’ zei Otto, ‘zeker! Ik stuitte op genoeg enthousiasme, maar ook scepsis met betrekking tot de geldelijke middelen.’

‘Dit is het grootste bisdom van het Heilige Roomse Rijk,’ zei ik. ‘Hoe kan geld een probleem zijn? De kerk is een efficiënte geldmachine, een geolied raderwerk dat tienden heft en giften ontvangt, aflaten verkoopt en immense landerijen bezit.’

‘Dat is een feit,’ zei Otto glimlachend, ‘maar vergeet niet dat al die inkomsten verdeeld worden over specifieke posten. De *fabrica ecclesia*, ofwel het bouwfonds, is daar maar een van... en jij weet niet hoeveel ik heb moeten bouwen en renoveren in de aanloop naar het concilie, waardoor de bodem van de schatkist al in zicht kwam voor het concilie begon. De thesaurier schetste me gisteren een somberder beeld dan ik verwachtte.’

Ik zag mijn innerlijke bouwwerk instorten. ‘Hoe moet het dan verder?’

Otto lachte. ‘Maak je geen zorgen, vriend,’ zei hij, ‘die kist vult zich vanzelf weer en er zijn andere mogelijkheden. Wacht maar tot we een nieuwe paus hebben en dan is er ook nog de koning...’

‘Een koning die een grote oorlog gaat beginnen,’ zei ik.

Otto dronk een slok uit mijn bierpul, die ik zelf nog niet had aangeraakt. ‘Voor een keizer is het minder moeilijk om aan geld te komen,’ zei hij, ‘ook voor hem is het concilie duur, maar hij heeft dat al opgelost. Hij laat de Joden voor de kosten opdraaien.’

Dat begreep ik niet. ‘Waarom zouden die betalen?’

‘Om hun leven te redden? Is dat geen goeie motivatie?’ vroeg Otto knipogend. ‘De keizer kan doen wat hij wil, nietwaar?’

‘Hij is nog geen keizer,’ zei ik.

‘Een kwestie van tijd.’ Otto stond op. ‘Ben je klaar? Dan gaan we nu naar de vergadering.’

‘Welke vergadering?’ Ik had weinig trek in conciliaire zittingen.

‘Dat zul je wel zien.’

Wij gingen te voet, zonder escorte. Otto stevende recht op het haventje af, waar hij het nieuwe koopmanshuis binnenliep. We bleven even staan in de grote, lege zaal, die voor mij weinig interessants bood. Hij kenmerkte zich door eenvoud en functionaliteit, typisch een product van een burgerklasse die, verstoken van esthetisch gevoel, alleen praktisch nut voorstaat. Het resultaat was van een dodelijke saaiheid, een plomp mensen-en-goederenpakhuis, kortom, een verspilling van baksteen en balkhout. Ik maakte een mentale aantekening dat ook dit het veld zou ruimen voor mijn bouwplannen, desnoods paste ik die aan.

'Is het niet prachtig?' vroeg Otto. 'Deze zaal is publiekelijk toegankelijk, dus ik heb een kleinere geregeld om het beperkt te houden. Niemand schiet iets op met een volksoploop.'

Wat wilde hij beperkt houden?

Hij ging een trapje op en opende nog een deur. Geroezemoes golfde over ons heen en toen men de bisschop in het oog kreeg, bruiste het nog hoger op. Er moesten zo'n honderd mensen aanwezig zijn. Veel van hen zaten op lange banken, anderen stonden. Otto schreed door de menigte, vriendelijk knikkend naar bekenden en onderwijl bood hij zijn hand links en rechts aan de gelovigen die zich verdrongen om zijn ring te kussen. Hij hield even in, keek of ik wel volgde en liep toen naar een klein spreekgestoelte, waar hij het schuine blad aan weerszijden omklemde. Hij hoefde nog geen drie ademtochten te wachten of het was doodstil.

'Geachte aanwezigen,' zo begon hij, 'eerwaarde heren van het domkapittel, gildemeesters, kooplieden en klerken, ik heb jullie vandaag bijeengebracht om een aankondiging te doen. Zoals jullie wellicht hebben gemerkt, was ik enige tijd op reis om plannen te bespreken voor de uitbreiding van onze geliefde munster.'

Gemompel steeg op. Ik luisterde niet meer naar de bisschop, want ik kende het verhaal al, maar ik keek naar het verzamelde volk. Vooraan de voorname geestelijken, meteen daarna kwamen de gildemeesters en gezellen die zich voor de gelegenheid in stijve zondagse kostuums hadden gehesen. Bedelmonniken staken pover af bij de pralende kooplieden, die zich in hun dure gewaden vooral belachelijk maakten. In de hoeken en langs de randen van het zaaltje stonden stevige stadswachten en ik had hun baas, stadsvoogd Hans Hagen, al gezien onder de notabelen.

De bisschop zweeg even. Iemand waagde het om te roepen: 'Is er nog niet genoeg verbouwd aan de munster? En wie gaat dat betalen?'

'We moesten alles in orde brengen voor het concilie,' zei Otto, 'en dat heeft weliswaar het bouwfonds van de kerk uitgeput, maar voor de stad leverde het grote winsten op. Ik verzeker jullie dat ook deze bouw nieuwe welvaart zal brengen, nu niet alleen voor de duur van een concilie, maar permanent, omdat het ons geliefde Konstanz zal verheffen en uitlichten als een van de belangrijkste steden van de christenheid.'

Een grijze geestelijke die vooraan stond zei met een stem als een bronzen klok: 'Vergeet ook niet dat hier de nieuwe paus wordt gekozen.'

'Zo is het,' vervolgde Otto. 'We beleven een grote tijd in onze stad en als we nu niet onze kansen pakken, dan gaat het moment voorbij en zakken we terug in onbetekenendheid.'

'We zijn nooit onbetekenend geweest!' riep een driftkikker op de achtergrond. Voor hij verder kon spreken, werd hij door de ordehandhavers verwijderd.

Otto schilderde de toehoorders het visioen dat ik hem had voorgespiegeld, maar verzweeg wijselijk dat een groot deel van de binnenstad zou moeten verdwijnen. Dat was van later zorg.

Toen de bisschop was uitgesproken, kreeg het publiek de gelegenheid om vragen te stellen. De meester van de steenmetselaars kwam naar voren, een brede man met een wijduitstaande baard. 'Hoe organiseren we dit werk?' vroeg hij. 'Voor zover ik weet, hebben we al geen bouwhut meer sinds de kruisganguitbreiding en dat was nog voor de geboorte van mijn grootvader. Ik neem aan dat naburige broederschappen meedoen voor de duur van het werk? En wie wordt de werkmeester?'

'Wij stellen zelf een bouwhut samen,' zei Otto. 'Uiteraard in overleg met de betrokken gilden. We zoeken specialisten van naam. En de werkmeester staat hier naast me. Dit is Isidoor van Rillington.'

Hij was nog niet uitgesproken of iedereen begon door elkaar te roepen. De ordehandhavers mengden zich in het gewoel en brachten met stevige klappen de ergste schreeuwers tot betere gedachten.

De meester-steenmetselaar die eerder had gesproken kreeg weer het woord. 'Ik heb nooit gehoord van Isidoor van Rillington,' zei hij. 'Waarom niet iemand als Johann Parler de Jongere? Of Ulrich von Ensingen? Dat zijn namen die iedereen kent.'

'Denk je dat ik mij niet uitgebreid heb laten voorlichten?' vroeg de bisschop uit de hoogte. 'Dat is meer dan jij hebt gedaan, anders zou je wel weten dat Johann Parler al tien jaar dood is. En Ulrich von Ensingen is een oude man. Ik heb overal in de kerkprovincie rondgevraagd en er is geen enkele bouwmeester beschikbaar om dit grote werk aan te vatten. Dat jij geen weet hebt van de Engelse bouwmeesters kan ik je niet verwijten, maar Isidoor van Rillington geldt als de grootste van onze tijd. Zowaar als ik hier sta, hij zal het werk leiden.'

'Wat heb jij dan gebouwd?' vroeg de steenmetselaar, nu rechtstreeks aan mij.

Ik aarzelde, wilde wel antwoorden, maar Otto was me voor. 'Hij heeft de abdij van Rillington gebouwd in amper vijf jaar tijd, en dan bedoel ik inclusief de kerk. Daarnaast bouwde hij een doopkapel voor de Franse koning, waarmee hij roem en respect verwierf en bovendien een ridderorde. Een verkeerd geconstrueerde toren van de kathedraal van Salisbury is onder zijn leiding afgebroken en opnieuw gebouwd, maar ditmaal mooier en zeker veertig voet hoger dan de oorspronkelijke.'

Ik stond versteld hoe vlot de leugens hem over de lippen kwamen, maar toen overviel hij me, want hij richtte zich tot mij en vroeg: 'Vertel me nog eens wat je laatste grote werk was?'

Ik begon te stotteren, toen hervond ik mijn stem en zei: 'De Bibi-Khanum-moskee in Samarkand.'

De bisschop keerde zich weer naar het volk, met een triomfantelijk gebaar. 'En we weten allemaal dat Timoer voor zijn dood de grootste bouwkundigen uit de veroverde gebieden samenbracht in Samarkand om de mooiste stad van de wereld te scheppen. Van al die bouwkundigen koos hij Isidoor uit om zijn grootste en meest spectaculaire gebedshuis te bouwen.'

Het was nu doodstil. De steenmetselaar deed een stap terug en knikte. Toen zei hij: 'Dat is een indrukwekkende lijst, monseigneur, maar een moskee...?'

'Isidoor was ontvoerd door Timoer Lenk,' zei Otto. 'Hij benutte zijn tijd in gevangenschap om de geheimen te leren van Perzen en Tataren, die bekendstaan om hun vaardigheid bij het bouwen van koepels. En nu zal hij het geleerde aanwenden om onze kathedraal een koepel te schenken zoals in de hele christenheid niet te vinden is.'

Een kleine man in hoge laarzen nam nu het woord. 'Het maakt mij niet uit vanwaar de kathedraalwerkers komen,' zei hij, 'maar ik eis bij dezen in naam van het schoenmakersgilde dat het uitgereikte schoenleer en al het schoeisel dat bij de bouw gebruikt wordt, van ons gilde wordt betrokken, en niet van een uitheemse handelaar.'

'Hou toch op, idioot!' riep iemand. Rumoer van alle kanten.

Otto stak zijn hand op. 'Het lijkt mij een redelijk verzoek,' zei hij. 'We zullen het in overweging nemen.'

'En al het leer voor voorschoten, schutsvellen, riemen en alles wat me nu even niet te binnen schiet,' haastte de schoenmakersmeester zich eraan toe te voegen. 'Er zijn al te veel profiteurs van buitenaf die onze handel hier ondermijnen.'

'Je zult mijn beslissing horen,' zei Otto bars. De schoenmaker boog en schoof schielijk terug tussen zijn kompanen.

'Profiteurs of niet,' riep een bakker, 'wij zijn blij met de instroom van bakkers, want onze bakkerijen kunnen de vraag niet aan. Ze rijden zelfs met verrijdbare ovens rond, om aan de broodbehoefte te kunnen voldoen. En ondanks de bakkers van buitenaf verdien ik nu meer dan in de jaren voor het concilie!'

Hij kreeg een klein applaus en nu begonnen de mannen van de gilden onderling te smoezen. Na een tijdje kwam er eén naar voren. 'Er gaan geruchten dat deze man, die u hebt uitgekozen, een lollaard is,' zei een woordvoerder, 'en hij lijkt ook niet op een Engelsman.'

'Het is een lollaard!' riep een ander. 'Hoe kunt u onze kerk door een lollaard laten bouwen?'

'Zwijg, dwaas,' riep Otto, met zijn handen het lawaai bezwerend. Hij wendde zich tot mij: 'Zeg mij, Isidoor, ben jij een lollaard?'

'Geenszins,' zei ik.

'Zie je nu?' zei Otto triomfantelijk.

'Dat zegt niets,' hernam de eerdere spreker. 'Waarom zou hij toegeven dat hij een lollaard is?'

Otto schudde meewarig zijn hoofd. 'Als lollaards één kenmerk gemeen hebben, dwaas, dan is het wel het feit dat ze zelfs onder marteling blijven volharden in hun ketterse dwalingen. Dat zagen we bij de infame doctor Hus en we zagen het ook bij talloze anderen.' Hij spreidde zijn armen. 'Trouwens,' riep hij, 'dacht je nu echt dat ik niet op een mijl afstand een lollaard zou herkennen?'

Instemmend gemompel. Als een bisschop al geen verschil zag, wie dan nog wel?

Otto knikte tevreden. 'Wij gaan een grote tijd tegemoet,' zei hij, 'en ik zal de komende jaren offers van jullie vragen, maar die zijn niets vergeleken met de profijten die jullie zullen trekken van jullie medewerking, of het nu in giften is, of in te verrichten werk.'

42

Krempel

Eenmaal buiten excuseerde de bisschop zich. 'Mijn aanwezigheid is vereist bij het concilie; ik heb een zitting vanmiddag.' Hij liep al weg, bedacht zich en kwam terug. 'Was je al begonnen met tekenen?'

'Je had me verzocht om dat niet te doen,' zei ik voorzichtig.

Hij lachte. 'Ik wist dat jij je daar niet aan zou houden.'

'Ik heb wat voorwerk verricht,' gaf ik toe. 'En wat is nu de volgende stap?'

'Ik zal inlichtingen inwinnen over vakmensen en ik neem contact op met de broederschappen in de steden van het Rijk. Ga gewoon door met het uitwerken van je plannen en als je me iets kunt laten zien, laat het dan weten. Als we het eens zijn over ontwerp en afmetingen, dan kunnen we met de vaklieden een raming maken van de benodigde materialen voor de eerste bouwfase.'

'Ik kan je snel iets laten zien,' zei ik. 'Hoe eerder we beginnen, hoe beter.'

Hij knikte. 'Als we deze zomer de materialen kunnen kiezen en bestellen, zullen de steengroeven een eerste lading uithakken en hierheen vervoeren. Over anderhalf jaar hebben we dan stenen. Ik stuur ook mensen uit om een handelaar te zoeken die gedroogd en verwerkbaar balkhout heeft liggen. In het ergste geval moeten we geschikte eiken uitzoeken en die zullen dan moeten drogen. Je weet zelf wel hoelang dat duurt!'

Ik wist dat niet, maar wilde niet te koop lopen met mijn onwetendheid.

'Loop anders even mee,' zei hij.

We wandelden langzaam naar het domplein en hij praatte verder. 'Het heeft geen zin om een bouwhut op te richten als er nog geen materialen zijn,' zei hij. 'Dat betekent dat we niet de komende zomer, maar die daarop kunnen beginnen.'

'En wanneer breken we het bestaande af?'

We stonden inmiddels voor de munster, waar de concilianten in groepjes naar binnen gingen. Otto liet zijn blik gaan over de façade en zuchtte. 'Misschien moeten we niet te snel tot slopen beslissen,' zei hij. 'We kunnen ook een gedeelte weghalen en daar beginnen. Maar ik wil eerst het ontwerp beoordelen. Ik moet weten hoe groot het wordt, en hoeveel van de huidige bebouwing moet worden geruimd.' Hij pakte me bij de hand. 'Dat wordt nog lastig,' gaf hij toe. 'De eigenaren zullen niet snel toegeven, en als ze zich laten uitkopen zal dat niet goedkoop zijn.'

'De sloop is wel een essentieel onderdeel van ons plan,' zei ik. 'Als dat niet gebeurt, komt er geen kathedraal.'

'Maak je geen zorgen,' zei hij. 'Het kan ook gefaseerd in de tijd. Ik heb al besprekingen gehad met financiers. Als we een nieuwe paus hebben zal alles vanzelf gaan lopen. Laat dat maar aan mij over.' Hij wilde al weglopen maar ik hield hem tegen.

'Wacht,' zei ik. 'Ik wilde in de torenkamer werken, maar ze lieten me er niet in. Kun je mij toegang verschaffen?'

Hij schudde zijn hoofd. 'Het is winter!' zei hij verbaasd. 'Die kamer heeft aan alle kanten openingen zodat de lucht vrij kan stromen. Er is natuurlijk ook geen kachel. Kun je thuis niet werken?'

Ik vervloekte mijn domheid en verzekerde hem dat ik een goede werkplek had.

Vol twijfels liep ik alleen naar de Friedel, waar ik hoopte Poggio te treffen om met hem van gedachten te wisselen. Hij wist natuurlijk alles over de kerkelijke hiërarchie en de banden met Italiaanse bankiers. Maar Poggio was hier al een tijdje niet geweest, hoorde ik van Guillem en Armin, die net een discussie voerden over het bekeren van heidenen. Ze probeerden mij bij de conversatie te betrekken, maar ik weerde af. 'Er zijn hier toch geen heidenen?' vroeg ik. 'Ik denk dat je zeker vijfhonderd mijlen moet lopen om een heiden tegen te komen. Waarom zou ik me daar dan druk over maken? En waarom jullie?'

'Omdat het bekeren van heidenen precies de taak is die mijn orde op zich heeft genomen,' zei Armin beledigd. 'Wij strijden aan de randen van de beschaafde wereld en we proberen die randen te verleggen.'

‘Waar kom jij vandaan?’ vroeg Guillem.

‘Ik had een vergadering met de bisschop over de nieuwe kathedraal.’

‘Hoe gaat het daarmee?’ vroeg Armin.

Ik gebaarde naar een dienstertje om ons wijn te brengen. ‘Het gaat lang duren, vrees ik.’ Ik vertelde hoe de zaken ervoor stonden en besloot: ‘Als er eenmaal een nieuwe paus is, krijgt Otto meer mogelijkheden om fondsen te werven.’

‘Of minder,’ zei Guillem. ‘Door de afzetting van Baldassarre Cossa zijn ook al zijn decreten en beslissingen ongeldig verklaard.’

‘Wat heeft dat met dit project te maken?’ vroeg ik.

‘Bisschop Otto kreeg zijn aanstelling door Cossa,’ zei Guillem. ‘Misschien dat er nu niemand meer bij stilstaat, maar kwaadwillenden zouden zijn episcopaat weleens ter discussie kunnen stellen.’

‘Wie zou hem kwaad willen doen?’ vroeg Armin zich hardop af. ‘Otto is geliefd in de stad.’

‘Vergeet niet dat er een machtsstrijd gaande is,’ zei Guillem. ‘Iedereen neemt een positie in rond de pauskeuze. En de aanstelling van Otto was destijds omstreden.’

Ik dacht aan de opstandige stedelingen die ik deze ochtend had meegemaakt en deed er het zwijgen toe. Ik zou het bij deze beker houden en dan snel aan het werk gaan.

Opeens viel me op dat drie mannen naar me stonden te kijken terwijl ze kennelijk druk in gesprek waren. Toen ze doorhadden dat ik hen gezien had, keken ze weg, maar bijna meteen dwaalden hun blikken weer langs mij, schoten naar de meisjes in hun hoekje en kwamen weer terug. Opeens wist ik dat ik ze nog geen uur geleden gezien had, tijdens de vergadering. Het waren gezellen van het een of ander gilde.

Ik deed of ik naar Guillem en Armin luisterde, maar na een tijdje werd ik me ervan bewust dat de drie steeds harder gingen praten. Het was de bedoeling dat ik het zou horen.

‘Een Engelsman...’

‘Voor de ongelovigen gebouwd...’

‘Tot aan het einde van de wereld gelopen...’

Hoe wisten ze dat laatste? Ze moesten hier eerder zijn geweest en hadden misschien iets opgevangen van onze gesprekken. Hoe het ook zij, het leek mij beter om naar huis te gaan, want ik had niets op met ruziezoekers.

Ik vertelde mijn vrienden dat ik weg moest en legde een muntje neer om onze verteringen te betalen. Op weg naar de uitgang gebeurde wat ik al vreesde. De grootste van de drie, kaalhoofdig op een pluizige krans na, schoof zich tussen mij en de buitendeur. 'Als het onze nieuwe werkmeester niet is!' zei hij. 'Waar gaat u zo snel naartoe?'

'Dat gaat jou niet aan,' zei ik uit de hoogte, wetend dat dit het best werkt bij eenvoudige lieden. Helaas ben ik te klein van stuk om indruk te maken, zeker als mensen te dronken zijn voor dergelijke gevoeligheden. Ik wilde mijn dwingend vermogen toepassen, maar het ging allemaal te snel. De man maakte zich nog groter dan hij al was. 'Mijn maten en ik, wij vroegen ons iets af.' Hij kwam tegen me aan staan en duwde iets scherps tegen mijn buik. Ik begreep opeens hoe rampzalig dit voor mij kon uitpakken en zocht zijn blik. Hij keek echter naar een van zijn makkers.

'Laat maar, Krempel,' zei deze. 'De bouwmeester wil weg en je bereikt hier niets mee.'

Ik waagde het naar beneden te kijken. Het was geen mes dat hij tussen ons in hield. De man droeg een ijzeren haak op de plek waar zijn hand had moeten zitten.

'Bouwmeester, hè?' Hij verplaatste de haak naar mijn keel, zodat de punt op mijn strottenhoofd rustte. Nu keek hij op me neer en ik reikte wanhopig naar zijn geest, maar vond er geen houvast. Het was een wirwar van angsten en tegenstrijdige krachten, en dat alles mistig en glibberig door de wijn. Mij was de dronkenschap inmiddels wel vergaan.

'Krempel,' zei ik, 'als je me wat wilt vragen, dan kun je beter mijn keel smeren met wijn dan met een ijzeren haak.'

Het was stil geworden in de zaak, ik zag in mijn ooghoeken hoe ook de lange gestalte van Armin zich had opgericht, zijn zwaard al in de hand. Zou hij het risico nemen? Een zwaardhouw kon ook voor mij slecht uitpakken.

'Ik wil weleens weten,' zei de woesteling, 'bij wie jij het vak hebt geleerd.' Hij sprak met dubbele tong en ik had moeite om zijn Duits te verstaan.

'Bij velen,' zei ik om tijd te winnen, koortsachtig zoekend naar namen, maar die wilden mij juist nu niet te binnen schieten.

Verwarde geest of niet, zoveel had hij nog wel begrepen: 'Namen,' gromde hij.

Ik zei de eerste naam die me te binnen schoot. 'Tullius Cicero.'

'Nu hoor je het, Krempel,' zei de man achter me. 'Laat de bouwmeester los.'

'Ik ken die Töllus niet,' zei Krempel. Hij duwde harder met de haak en zette me tegen een pilaar. 'Ik wil nú...'

Verder kwam hij niet, want een furie stortte zich op zijn nek en dwong hem om de haak terug te trekken. Het was Galina, die zijn gezicht open klauwde met haar lange nagels. Op dat moment kwam iedereen in beweging. De maten van Krempel probeerden hem te ontzetten, de meisjes kwamen Galina te hulp en mijn vrienden trokken mij uit de vechtende kluwen.

Ik sloeg het even gade, hoe de timmerlieden de meisjes afschudden en hoe Krempel met zijn haak probeerde grip te krijgen op Galina die nog altijd op zijn nek zat, haar klauwen in zijn gezicht. Het bloed stroomde nu van zijn wangen en hij hield zijn ene hand voor zijn ogen om ze te beschermen, terwijl hij als een dolle om zijn eigen as draaide om haar af te werpen. Ik draaide me uit Armins greep en stapte naar voren. 'Galina,' zei ik, 'die man doet niets meer, laat hem los.'

Ze leek me niet te horen, maar toen ik haar bij de pols pakte en mijn gezicht vlak bij het hare bracht, liet ze hem gaan. 'Hij wilde je vermoorden,' hijgde ze.

Ik knikte. 'Je hebt me uit een moeilijke positie gered,' zei ik. 'Hiervoor moet ik je danken. Maar ook al viel hij me aan, als geneesheer ben ik verplicht om deze man te helpen.' Ik wilde tenslotte geen vijanden maken bij de gilden.

Krempel stond er een beetje dom bij, hij was al zijn bravoure kwijt en toen ik hem bij de hand pakte, liet hij zich naar een bank leiden. Zijn gezicht was zwaarder gehavend dan ik voor mogelijk had gehouden; hij leek wel het slachtoffer van een panter. Ik gaf een van de diensters instructies en ze rende naar de keuken om doeken en warm water te halen. Een ander meisje stuurde ik naar mijn huis om mijn dokterstas te halen.

'Kun je deze timmergezel een beker van je beste wijn brengen?' vroeg ik aan een norse Walter, die de gezellen er waarschijnlijk het liefst uit had gegooid.

Ik waste Krempels gezicht, zonder op zijn gepiep te letten, en tegen de tijd dat alles schoon was, op twee diepe nabloedende wonden na, kwam Zdislav mijn dokterstas brengen. Onder de ogen van de aanwezigen en begeleid door hun gemompel, hechtte ik de sneden die Galina had getrokken en ik nam me voor om bij gelegenheid haar vingernagels eens goed te bekijken. Er zat meer van een demon in haar dan ik had verwacht.

'Waarom doe je dit?' vroeg Krempel opeens.

'Ik ben dokter, naast bouwmeester,' zei ik. 'En ik geloof dat je weer toonbaar bent. Als je je wijn ophebt, kun je gaan.'

De grote man voelde voorzichtig aan zijn gezicht. Iemand kwam met een spiegeltje aanzetten, zodat hij de hechtingen, die als zwarte duizendpoten over zijn wangen liepen, kon bekijken. Hij stond op en legde zijn hand op mijn schouder. 'Dit is Olivier, onze bouwmeester,' zei hij tegen de aanwezigen. 'Hij is de beste in zijn vak, en wij gaan samen een nieuwe kathedraal bouwen.'

'Dat klopt,' zei ik, 'alleen is mijn naam Isidoor.'

'Isidoor.' Hij richtte zich weer tot mij. 'Je hebt me van die heks bevrijd. Als je problemen hebt met iemand, vraag dan naar mij.'

'Ik zal eraan denken.'

Voor ik de herberg verliet, draaide ik me nog even naar hem om. 'De meisjes hier zijn geen heksen,' zei ik, 'ze houden er gewoon niet van als je hun klanten lastigvalt.'

De drie gezellen stonden beschaamd te kijken en nu kon ik rustig het pand verlaten. Ik was de straat nog niet uit, of Galina kwam me achterop. 'Neem me mee,' zei ze.

'Wat je deed was gevaarlijk,' zei ik, 'die man had mij zwaar kunnen verwonden.'

'Maar dat heeft hij niet gedaan. Ik heb hem van je afgehaald.'

'Dat was mij uiteindelijk zelf ook gelukt,' zei ik. 'Zulke mensen zijn niet moeilijk onder controle te krijgen.'

Ze ging er niet verder op in, maar vroeg weer: 'Kan ik met je mee?'

Ik schudde mijn hoofd. 'Nu niet, ik heb werk te doen.'

Ze bleef een tijdje naast me lopen en ik nam een omweg. 'Ik zie je binnenkort in de Friedel,' zei ik uiteindelijk.

Toen ze begreep dat het me ernst was, draaide ze zich abrupt om en verdween.

Ik liep langzaam naar huis door de donkere straatjes die nog altijd niet uitgestorven waren. Het was het uur waarop de schaduwen gingen fluisteren en de deuren openkierden, zodat voorbijgangers een glimp kregen van de verlokkingen die erachter schuilgingen.

Thuis maakte ik een snelle inventarisatie van alles wat ik had gedaan. Ik had honderden schetsen, van de grote structuren en ook veel gedetailleerde uitwerkingen en berekeningen, maar het was nog niet teruggebracht tot één werkbaar geheel. Na mijn ontmoeting met de timmergezellen vroeg ik me ook af of het niet allemaal eenvoudiger moest, en nog meer opgebroken in begrijpelijke instructies. Het kostte me geen moeite om een idee op papier uit te werken, maar ik wist niet in hoeverre handwerkslieden in staat waren om tekeningen te lezen. Misschien moest ik iemand als Krempel erbij halen om het uit te proberen. Ik zou ook uit de diverse gilden mannen kunnen uitnodigen om de tekeningen te bespreken.

Peinzend boven mijn vellen viel ik in slaap met mijn hoofd op mijn handen en zo vond Zdislav mij die ochtend toen hij me kwam wekken. Ik nam staande een snel ontbijt tot me en zei toen dat ik die dag geen consulten gaf. 'Stuur de mensen maar door naar de barbier of anders naar de Joden,' zei ik. 'En heb je al een meisje gevonden voor het werk?'

Zdislav gromde wat. Ik vreesde dat ik het zelf zou moeten doen.

Later vroeg ik hem me te helpen om mijn werktafel dichter bij het raam te zetten, zodat ik meer profijt zou hebben van het daglicht in deze duistere maanden. Toen ik alles zo had als ik wilde en een ruit bleek zonlicht over mijn tafel viel, zette ik me opnieuw aan het werk. Ik rekende en mat en probeerde in alles wat ik tekende rekening te houden met de geestelijke beperkingen die handwerkslieden van nature bezitten. Ik vergat te eten en werkte door, later met kaarslicht en ik werkte nog altijd toen het eerste daglicht weer over mijn papier viel.

Een paar dagen na de vergadering had ik weer een ontmoeting met de bisschop in zijn woonvertrek in het paleis. Hij liet me eenvoudige kost voorzetten en nam zelf niets. Ook zijn lippen waren nu bleek.

'Gaat het goed met uw gezondheid?' informeerde ik.

'Uitstekend,' zei hij. 'En ik ben niet aan het vasten. Ik eet straks met mijn collega's bij de kerkvergadering.'

Ik zuchtte. 'Ach ja, het schisma. Hoelang gaat dat nog duren!'

'Ik heb bericht gekregen van de koning,' zei hij. 'Je weet dat er nog één paus is die niet wil aftreden en die ook niet zo eenvoudig kan worden afgezet.'

'Ik weet het,' zei ik. 'Papa Luna van Avignon.'

Hij knikte. 'De koning heeft hem in Perpignan ontmoet, waarbij hij, geruggensteund door vertegenwoordigers van vele landen, Papa Luna trachtte te overtuigen dat hij geen andere keuze heeft dan aftreden. Maar de man is koppig; hij weigerde en reisde af naar Spanje.'

'Wat betekent dat voor het concilie en voor ons?' Ik had al een vermoeden: uitstel.

'Het betekent dat de rechtsgeleerden van de kerk een afzettingsprocedure moeten aanspannen. Ik ben daar zelf bij betrokken en de abdicatie van Benedictus is onvermijdelijk. Het is het laatste obstakel op onze weg. Als dat eenmaal is opgeruimd, zal er snel een nieuwe paus zijn.'

'Hangt onze financiering helemaal van een paus af?' vroeg ik.

'Zeker niet!' Otto pakte de lege beker die voor hem stond en schoof die heen en weer. 'De kerk is er altijd, paus of niet. En het systeem van opbrengsten en inkomsten is intact. Een paus kan tijdelijke maatregelen nemen om dat alles te vermeerderen en hij heeft natuurlijk meer te zeggen over de toewijzing van fondsen dan een eenvoudige bisschop als ik.'

'Van het machtigste bisdom,' zei ik.

Ik vertelde hem van mijn plan om alle tekeningen opnieuw te maken, nu in begrijpelijke vorm. 'Daartoe moet ik afspreken met vertegenwoordigers van de gilden.'

'Daar zorg ik voor!' zei hij. 'Ik ben ook benieuwd naar je ontwerpen.'

'Het zijn maar werktekeningen,' zei ik, 'daar kan een leek niet veel uit opmaken.'

Hij lachte hard. 'Hoho! Ik ben geen leek, vergeet niet dat ik destijds de verbouwingen voor het concilie op me heb genomen. Ik heb toen veel kennis opgedaan. Het is alleen jammer dat niet iedereen tekeningen kan lezen, de stedelingen zijn al zo moeilijk te overtuigen.'

'Daar weet ik iets op.' Ik vertelde hoe ik jaren geleden een zeer waarheidsgetrouwe maquette had gemaakt van de kathedraal van Salisbury en hoe die in de smaak was gevallen bij de Tataarse autoriteiten. 'Ik heb alleen papier nodig, verschillende soorten en dikten, goede kwaliteit. Bij voorkeur ook in verschillende kleuren.'

Hij sprong op en stak zijn handen in de lucht. 'Papier is geen probleem en desnoods laat ik het maken zoals jij het wilt hebben,' zei hij. 'Is zo'n maquette verplaatsbaar?'

'Natuurlijk.' Ik had alweer een beetje spijt van mijn voorstel, want waar haalde ik een assistent als Li Peng vandaan? Ik herinnerde me vooral hoeveel werk het was. En moest ik nu op de bisschop wachten om papier te krijgen? Nee, daar zou ik zelf voor moeten zorgen, wilde ik geen eeuwigheid wachten. 'Eén ding nog,' zei ik, 'ik heb meer ruimte nodig. Ik wil werken in de torenkamer. Om kou maal ik niet.'

Ik verlangde nu sterk naar een stille plek waar ik me kon overgeven aan mijn geestvervoering.

43

Een ketter met gangreen

Mijn ergernis over Zdislav nam toe. Hij was druk met van alles, maar had nog steeds geen meisje voor mijn praktijk gevonden. En hoewel ik alleen in de ochtenden praktijk hield, moest ik nu vaak zelf mijn patiënten uit de wachtkamer halen.

Op een rustige ochtend vond ik Galina tussen de lijders. Ik vreesde aanvankelijk dat ze een van Venus' plagen had opgelopen en rekende snel terug naar onze laatste gemeenschap. Het bleek echter om een vriend van haar te gaan, die elders in bed lag met een gebroken been.

'Kon je hem niet hier laten brengen?'

'Nee,' zei ze. 'Kom alsjeblieft met me mee.'

Ik vertelde de andere patiënten dat ze morgen moesten terugkomen en pakte zuchtend mijn spullen.

Galina ging me voor door de stegen, tot we bij een poortje kwamen in een verder blinde muur. Ze klopte aan en zei iets in haar eigen taal. De deur zwaaide open en een oude vrouw liet ons binnen. Ik rook het al voordat Galina me naar de strozak bracht, waarop het slachtoffer lag te kermen. Hij was uitgemergeld, en toen ik de vuile deken wegtrok, zag ik wat ik al wist. Hij had gangreen, het been was niet te redden. De jongen zelf ook niet. Hij moest hier al weken liggen. Toen hij mij zag, begon hij te praten in zijn eigen taal.

'Wat zegt hij?' vroeg ik aan Galina.

'Alleen maar onzin,' zei ze, 'hij kan allang niet meer praten.'

'Waarom ben je niet eerder naar me toe gekomen?'

'Ik wist het niet,' zei ze. 'Op de vlucht voor justitie viel hij van een dak. Zijn vrienden zijn bang dat de politie hem vindt.'

'Wat had hij gedaan?'

'Hij heeft meegewerkt aan een plan om Hiëronymus te bevrijden.'

'Wie?'

'Hiëronymus van Praag,' zei ze. 'Hij staat terecht voor het concilie.'

'Aha, weer een Boheemse ketter,' zei ik. 'Arme jongen, zelfs die gruwelijke dood op de brandstapel is te verkiezen boven dit langzame wegrotten.'

'Wat kun je doen?'

Ik nam haar bij de hand, weg van het bed, want ik wist niet of de jongen ons kon horen. 'Hij gaat dood,' zei ik, 'ik kan niets doen.'

'Hij heeft pijn.'

'Hij zal nog lang pijn hebben. Ik kan thuis iets bereiden.'

Galina kwam met me mee en terwijl ik mijn drank bereidde, keek ze rond in mijn huis. 'Wat een smeerboel is het hier,' zei ze, 'en die Zdislav zorgt voor jou? En voor de praktijk?'

'Er was hier eerst een meisje.'

'Je hebt iemand nodig.' Ze stelde zich tegenover me op met haar handen op haar heupen. 'Ik kan voor je werken en van je leren. Je hebt een mooi beroep, mensen genezen.'

Ik wilde weigeren, maar bedacht me toen. Waarom eigenlijk niet? Ik had een voorbehoud. 'Als je voor mij werkt, dan kun je geen ander werk doen.'

'Betaal me goed, dan werk ik alleen voor jou,' zei ze uitdagend.

'Laat me nu dit elixer maken,' zei ik, 'dit kan niet wachten. Beschouw het als je eerste les.'

'Wat is het?'

'In Engeland noemen we het *dwale*, ik ben het ook in andere landen tegengekomen. Het brengt plezier en genot en werkt verlichtend bij pijn. Wie te veel neemt, sterft een goede dood.'

Ze keek me strak aan en knikte langzaam. Ik haastte me om eraan toe te voegen: 'Als dokter mag ik alleen genezen. Die goede dood, dat is een zware misdaad.'

'Natuurlijk.'

'Nu, laat me werken,' zei ik, 'des te eerder kan die man rustig slapen. Over een uur kun je het hem brengen.' Ik begon met het mengen en vijzelen en tot mijn verbazing nam zij een leitje en maakte aantekeningen alsof ze nooit anders had gedaan. Een geletterde straatmadelief.

Ze vertrok naar de patiënt, met genoeg dwale om een paar paarden in slaap te brengen. Zelf spoedde ik me naar de winkels van de Joden, waar ik een uitgebreide bestelling deed. Sommige zaken kreeg ik direct mee, bij andere trok de handelaar een rimpel in zijn voorhoofd. 'Dit zal moeten worden gemaakt,' zei hij, 'en het kan langer duren, want er is geen papiermolen in de buurt die dit aankan.'

'Ik betaal extra als het snel kan,' zei ik. Hij ging akkoord met een flink voorschot zodat hij een snelle koerier in de hand kon nemen.

Thuis trof ik alleen Zdislav. Galina was niet meer geweest en ik betrapte mezelf erop dat ik dit betreurde. Niet alleen omdat ik een meisje nodig had in de praktijk, maar ik had me al voorgesteld dat ze die nacht mijn matras met me zou delen. Natuurlijk betaalde ik haar niet om te blijven slapen, maar aangezien haar werkdag al was begonnen op het moment dat ik haar dwale leerde maken, had ik haar terug verwacht. Ik zou haar nog duidelijke instructies moeten geven omtrent werktijden. Als ze al terugkwam. Ongetwijfeld sliep ze in de Friedel, tussen de andere meiden, de nachtbrakers en straatmadelieven. En was het voor een meisje als Galina niet vrijwel onmogelijk om zich te onttrekken aan de aanzuigende maalstroom van het nachtleven? Had ik geen vergissing gemaakt toen ik haar een betrekking aanbood?

De volgende ochtend zag ik mijn vermoeden bevestigd. Geen Galina. Ik kon de patiëntenselectie overlaten aan Zdislav die verder geen taken had, en tegen het noenuur liet ik hem weten dat ik er voor die dag mee ophield. Even nadat Zdislav naar beneden was gegaan, hoorde ik rumoer door het trapgat en mijn knecht kwam weer omhoog. 'Boze man in wachtkamer,' zei hij, 'wil niet weg. Hij zegt dat hij u moet spreken, dat hij vriend is.'

'Hoe heet hij?'

De Bohemer trok een gezicht. 'Krempel.'

Ik liep naar de wachtruimte. 'Krempel,' zei ik. 'Dat is een verrassing. Kan ik iets voor je doen?'

Hij sprong op, verheugd me te zien. 'Ik heb een dokter nodig,' zei hij.

Ik deed een stap achteruit om aan zijn wijnadem te ontkomen en bekeek zijn wonden waar nog steeds de hechtingen in zaten. 'Het is mooi aan het genezen,' zei ik, 'over een paar dagen kunnen de hechtingen eruit.'

Hij knikte en stond wat te schutteren. 'Dokter,' zei hij toen, 'u hebt schitterend werk geleverd, alleen... er is nog iets.' Hij keek om zich heen en begon met gedempte stem te praten, maar ik onderbrak hem en wenkte hem naar de praktijkruimte.

'Vertel me wat er aan de hand is,' zei ik. 'Het is goed dat je er bent, want ik wil jou ook om hulp vragen.' Als ik toch de gilden aan mijn kant wilde krijgen, kon ik net zo goed beginnen met degenen die me al gunstig gezind waren.

'Dokter,' begon hij opnieuw, 'je vraagt of ik wat mankeer...' Hij stak zijn haak op. 'Ziet u, ik heb maar één hand...'

Ik hield mijn gezicht in de plooi. 'Dat is me bekend,' zei ik.

'U hebt mijn gezicht zo mooi genaaid,' ging hij verder, 'dus ik dacht...' Hij haalde voorzichtig een pakketje van zacht leer uit zijn gevoerde wambuis en opende het. Het was een menselijke hand. 'Ik wil dat u deze op mijn stomp naait,' fluisterde hij.

Ik deinsde terug en staarde naar het dode ding. Het was al uitgebloed en naar ik vermoedde in de fase van lijkstijfheid. Ik rook nog geen bederf. 'Waar heb je dat vandaan, Krempel?' vroeg ik. 'Van wie is die hand?' Het was een kleine hand, en deze was niet met een mes of bijl verwijderd, maar bij het polsgewricht afgezaagd, met een timmermanszaag, dat zag ik aan de rafelige wond.

Hij haalde zijn schouders op. 'Weet ik niet meer,' zei hij.

'Het is een linkerhand, zie je dat niet? Jij mist je rechterhand!'

'Maakt dat zoveel uit?' Hij stak de haak tussen zijn knieën en trok zijn polsstomp uit de leren houder. Toen probeerde hij de hand te passen. 'Verdomd,' zei hij, 'dat is toch geen gezicht. Hij is ook veel te klein.'

'Dat komt omdat het een vrouwenhand is,' zei ik. 'Hoe kom je eraan, Krempel?'

'Ik ben het vergeten,' mompelde hij, 'maar ik kan een andere halen, dat kost even tijd.'

'Krempel, ga even zitten,' zei ik. Toen hij zat legde ik het hem uit. 'Het is niet mogelijk om ledematen van een mens op een ander over te zetten. Het is ook een dode hand. Dode ledematen kun je niet tot leven wekken.'

Hij keek van de hand naar mij en weer terug. 'Als u denkt dat ik niet kan betalen...' begon hij.

'Al betaal je me duizend gouden florijnen,' zei ik. 'Dit is niet mogelijk.'

Krempel stond op in zijn volle lengte. 'De hoge heren,' zei hij minachtend. 'Voor hoeren hebben ze altijd geld, maar een eerlijk man...' Hij schudde zijn hoofd. Even dacht ik dat hij me een klap wilde geven, maar hij gooide de vrouwenhand op mijn behandeltafel en verliet stampvoetend de kamer. In een paar sprongen was hij beneden en de deur knalde in het slot.

Zdislav kwam de trap op. Ik wilde hem vragen om de hand te verwijderen, maar de aanblik van de delicate vingers, de lange nagels, waarvan twee gebroken waren, benam me de adem. Ik kon alleen maar wijzen. Mijn knecht gaf geen blijk van emotie, hij nam de hand op en verliet de kamer.

En terwijl Zdislavs gestommel nog op de trap klonk, draaiden de gedachten rondjes in mijn geest. Moest ik de autoriteiten waarschuwen? Nee, dan zou ik meteen mijn relatie met het gilde verstoren. Ik besloot het stil te houden tot ik meer hoorde over de herkomst van de hand; zo'n gruweldaad zou vanzelf de straat over gaan, al was het maar als gerucht. Pas toen de buitendeur nogmaals sloeg, rees er een vermoeden in mij, dat zich vastzette en niet meer liet wegredeneren.

Zwaar hijgend van het rennen kwam ik de Friedel binnen, waar Walter me verbaasd begroette in een verder bijna uitgestorven gelagkamer.

'Is er nieuws?' vroeg ik.

'Alles goed hier,' zei de waard lachend, 'maar mijn God, wat moet jij een dorst hebben!'

Ik herademde en liet me neer op een bankje. Het was te vroeg voor wijn, aan de andere kant, waarom zou ik anders naar een herberg komen? 'Doe maar een beker,' zei ik. 'Ik ben al klaar met mijn werk.'

Toen hij terugkwam met de wijn stelde ik toch terloops de vraag die me op de lippen brandde: 'Is Galina in huis?'

Hij lachte. 'Ha, dat had je ook meteen kunnen vragen, daarvoor hoef je geen wijn te bestellen. Ik heb haar nog niet gezien. En nu je het zegt, de meiden zijn laat vandaag.' Hij liep naar de trap en riep zo hard 'Galina!' dat de ruitjes in hun sponningen rinkelden.

Hoorde ik haar stem? Misschien had ik niet moeten komen. Ik kon nog weg als ik wilde.

'Je had haar niet hoeven roepen,' zei ik, 'zolang ik maar weet dat ze het goed maakt.'

'Waarom niet?' zei hij. 'Meisjes van de nacht, die slapen een gat in de dag.' Hij knipoogde. 'Ga anders maar naar boven. Ze wil vast wel wat verdienen.'

Ik zei het hem niet, maar aan mij had ze nog nooit verdiend. Ik aarzelde nog even, dronk toen mijn beker uit en liep de trap op. Niemand reageerde op mijn geklop. Ik riep zachtjes: 'Galina!' Geen antwoord. Dan was het toch niet haar stem die ik had gehoord. Ik duwde tegen de deur en hoewel die geen slot had, merkte ik dat iemand hem van binnenuit dichthield. 'Laat me erin,' riep ik geërgerd. Waarom zou ze me nu weigeren? Ik gaf een harde duw en hoorde vrouwen schreeuwen, terwijl ik weinig elegant naar binnen struikelde. In het licht van een paar verschrikte kaarsjes zag ik Anna, die zich beschermend opstelde voor een liggende gestalte. Galina.

'Ga opzij,' zei ik bars, 'je weet wie ik ben.' Ik knielde bij Galina. Ze glimlachte naar me vanuit een spierwit gezicht.

Ik zei haar naam en durfde toen pas te kijken naar het polsstompje, dat met bloedige repen linnen, maar niet zonder kennis van zaken verbonden was. 'Wat is er gebeurd?' vroeg ik. Maar ik wist al meer dan zijzelf.

'Ze is overvallen, door een onbekende, in een steeg,' zei Anna met een nog zwaarder accent dan dat van Galina. 'Wij waren niet ver achter haar en hoorden haar schreeuwen.'

'Wie heeft haar verbonden?'

'Gertrud,' zei Anna. 'Ze heeft de onderkant van mijn chemise afgesneden.'

'Dat is goed gedaan,' zei ik.

'Het was mijn enige chemise,' zei Anna spijtig. 'Hoe kan ik nu de straat op?'

'Help me haar aan te kleden en naar mijn huis te brengen,' zei ik. 'Ik geef je geld voor een chemise, een *cotte* en een *surcotte* erbij.'

Galina, die al die tijd stil was geweest, begon te huilen. 'Ik wil naar huis,' zei ze en ik hoorde de koorts al in haar stem. 'Laat me naar Praag gaan, ze zullen ons allemaal vermoorden hier...'

'Ze heeft gelijk,' zei Anna. 'Het is hier niet veilig voor ons. We worden vermarteld en gemoord. Ze willen ons op de schijthoop.'

Om deze verhaspeling te kunnen appreciëren, mijn vriend, moet je de Duitse taal beheersen. Scheiterhaufen, Scheißhaufen... begrijp je?

'Je bedoelt de brandstapel, neem ik aan,' zei ik, 'en nu begrijp ik ook waarom jullie niemand hebben gewaarschuwd. Er zit niemand achter jullie aan, Galina ijlt, en haar hand is afgezaagd door een wraakzuchtige gek. Van mij mogen jullie naar Praag, maar ik moet eerst Galina redden, want op deze manier overleeft ze het niet.'

Een zwaargebouwde Duitse meid kwam ons helpen, het was de Gertrud over wie Anna eerder sprak. Samen met haar tilde ik Galina op, wat niet meer dan een zwak gekreun aan haar ontlokte. Ik gaf Anna instructies om naar mijn huis te rennen en Zdislav te halen. Mijn knecht kwam ons halverwege al tegemoet. Hij riep iets in zijn eigen taal bij het zien van Galina, die zwaar op Gertrud en mij leunde. Hij nam haar over, tilde haar op in zijn armen en liep met grote passen naar mijn huis.

Gertrud wilde al teruggaan, maar ik vroeg haar mee te komen. 'Ik heb een paar sterke mensen nodig,' zei ik. 'Jij hebt ervaring, dat zie ik aan het verband dat je hebt aangelegd.'

'Ik ben er liever niet bij,' zei ze, 'maar het zal niet anders kunnen.' Ze had al begrepen dat er meer van de onderarm af zou moeten om een schone en rechte wond te krijgen. 'Hoe zijn haar kansen?' vroeg ze.

'Ik weet het niet,' zei ik. 'Ik zal haar bij me houden zolang als dat nodig is.'

Ondanks de dwale en de wijn die ik haar gaf, hadden Zdislav en Gertrud grote moeite om Galina stil te houden, toen de zaag in haar arm ging. Naderhand zakte ze weg in een diepe slaap. Gertrud vertrok en even later bracht Anna Galina's bezittingen. Meer dan een bundeltje was het niet. Wat kleren, een houten kruisje, een aantekenboekje dat volgeschreven stond met een onbegrijpelijk schrift en met tekeningetjes in de kantlijnen, die blijk gaven van een talent waar een goede verluchter zich niet voor hoefde te schamen. Ik vond ook het flesje dwale, dat nog halfvol was. Daar was ik blij mee, want mijn voorraad was beperkt en ze zou het nodig hebben. Helaas betekende dat meer lijden voor de jongen voor wie de dwale bestemd was geweest. Als die nog leefde.

'Gelukkig was het haar linkerhand,' zei Anna, die wat om me heen was blijven draaien. 'Zij maakte al onze kleren, dat deed ze beter dan de beste kleermakers in Konstanz.'

Ik liet mijn blikken over haar surcotte gaan en ze begon te lachen. 'Niet wat we op straat dragen,' zei ze, 'lieve hemel nee! Alleen het zondagse goed.' Haar gezicht betrok. 'Maar nu is het winter en ik heb niet eens een chemise voor onder mijn kleed!'

'Het spijt me,' zei ik, 'dat was ik vergeten.' Ik gaf haar een handje munten en ze huppelde heen en weer door de kamer.

'Hoe oud ben jij eigenlijk?' vroeg ik.

'Bijna veertien,' zei ze. Toen hield ze stil en vroeg: 'Denkt u dat Galina nog steeds kleren kan maken als ze weer beter is?'

'Het is niet zeker of ze beter wordt.'

'U bent de beste dokter van de stad,' zei ze. 'Natuurlijk wordt ze beter.'

Ik dacht aan al het werk dat me wachtte. Juist nu ik in de torenkamer zou kunnen werken, hoe kon ik dat combineren met deze nieuwe taak die ik op me had genomen? 'Als je wilt helpen met haar verplegen, dan zal ik je betalen voor je tijd,' zei ik.

Anna knikte berustend, gaf me een geroutineerde knipoog en wilde haar lijfje al losknopen. Het kostte me enige moeite om haar uit te leggen dat het plezieren van de heelmeester niet tot haar taken behoorde en liet Zdislav een tijdelijk leger voor haar maken in een voorraadkamertje.

In de herfst en winter van dat jaar 1415, duistere vriend, was het concilie in een luwte terechtgekomen. Het leek of de stad minder volk hoefde te herbergen en de prijzen van voedingsmiddelen daalden. Ik zag op mijn wandelingen meer mensen door de poorten wegtrekken dan dat er binnenkwamen. Nu ik vrije toegang had tot de toren, klom ik tussen mijn werkzaamheden door vaak naar het hoogst bereikbare punt en genoot van het gekrioel van de massa's zo diep onder me. Af en toe koos ik een van de poppetjes uit en volgde het terwijl ik het met een mentaal tentakel onderzocht tot ik alle geheimen en dromen kon lezen, als in een volksboek. Het waren vooral simpele zielen die de straten bewandelden. Waar waren de theologen en rechtsgeleerden, de erudiete Italiaanse klerken van de ontbonden curie? Sommigen zaten binnen en studeerden, of hielden eindeloze discussies over de te houden koers van de komende maanden. Velen waren naar huis, om verslag uit te brengen en ruggespraak te houden met hun superieuren en de overbodigen zochten naar een nieuwe betrekking.

Het kostte me meer moeite dan ik kan zeggen om mijn tekeningen aan te passen voor de eenvoudigen. Ondertussen kwamen de benodigdheden voor de maquette druppelsgewijs binnen. Alleen bamboe was niet te krijgen. Ik kocht latjes en zocht wilgentenen om mee te experimenteren.

Op een ochtend zat ik aan mijn werktafel thuis te experimenteren met wat materialen, ik tekende vormen af op papier en sneed ze op maat om een met stokjes versterkte torenspits te maken. Ik merkte dat Galina, geleund op een elleboog vanuit het bed naar me zat te kijken.

'Je moet niet steunen op die elleboog,' zei ik, 'je arm heeft rust nodig.'

'Ik heb genoeg rust gehad.' Ze stapte demonstratief uit bed.

'Je bent nog te zwak om eruit te komen.'

'Ik kom er al dagen uit,' was haar antwoord. 'Ik heb zelfs al een kleine wandeling buiten gemaakt, met Anna.'

Ik zuchtte. Anna was misschien niet de juiste persoon geweest voor de verpleging.

Galina nam een kruk en kwam bij me zitten. Ze bekeek mijn werkstuk. 'Wat doe je?'

'Ik maak een klein model van de kerk die ik voor ogen heb, zodat de bisschop en ik iets kunnen tonen aan de mensen die we willen winnen voor onze plannen.'

Ze keek het even aan, pakte toen mijn mes en het papier met de vormen. 'Ik denk dat ik dit beter kan dan jij,' zei ze. 'Ik wil je helpen, ik word gek van het nietsdoen.'

'Je hebt maar één hand,' wierp ik tegen. 'Je moet niet alleen snijden, je moet ook het papier stilhouden dat het niet meeschuift.'

Nog voor ik was uitgesproken plantte ze de elleboog van haar verminkte arm op het papier en begon te snijden. 'Ik zal het allemaal opnieuw moeten leren,' zei ze. 'Maar zelfs met één hand ben ik handiger dan jij.'

Het kostte haar aanvankelijk grote moeite om zich aan haar nieuwe situatie aan te passen. Ik loofde haar en verbaasde me over haar vorderingen. Een paar dagen later dacht ze al niet meer aan rusten, ze werkte aan de hand van mijn ontwerpen en maakte de onderdelen die ik getekend had veel beter dan ik had verwacht. Ze had werkelijk een talent om versterkingen onzichtbaar weg te werken en het minimaal vereiste te gebruiken.

44

Maquette

Poggio zag ik nog maar zelden. Ik wist dat hij de kloosters in de buurt afzocht naar oude manuscripten en wist ook hoeveel tijd dat iedere keer kostte. De laatste keer dat ik hem op straat was tegengekomen, droeg hij een schrijfkist aan een band om zijn schouder. Hij was vermagerd en zijn zwarte *houppelande*, dezelfde die hij gedragen had toen ik hem voor het eerst ontmoette, vertoonde vlekken. De elegante baret deed nu denken aan een slappe hanenkam.

'Die winters hier doen me geen goed,' zei hij, toen ik met beroepsmatige belangstelling naar zijn gezondheid informeerde.

'Dat is bijna voorbij,' zei ik. Omdat het etenstijd was, stelde ik voor om naar een herberg te gaan.

Hij aarzelde. 'Ik kan me op dit moment niet veel veroorloven,' zei hij. 'Ik maak nog gebruik van een onderkomen voor de curialen, maar omdat mijn functie de facto niet meer bestaat, ontvang ik geen vast inkomen. Ik heb wat kleine afschrijfopdrachten, maar al met al moet ik interen op wat ik eerder verdiende. Ik ben ook uitgeput van mijn zoektochten.'

'Ik nodig je uit, dus ik betaal.'

Wij schoven aan in een taveerne waar een klein varken aan het spit draaide. Ik liet brood en kaas komen. Poggio viel erop aan alsof hij dagen niet gegeten had en vertelde me tussen het kauwen en slikken door over de ongelooflijke vondsten die hij had gedaan in een Duits klooster. 'Niet in de bibliotheek,' zei hij, 'maar in een kelder onder een vervallen toren vond ik boeken die al eeuwen stof verzamelden en gedeeltelijk waren bedekt met puin.'

'Kreeg je ze mee,' vroeg ik, 'of is het je gelukt om afschriften te maken?'

Hij schudde zijn hoofd. 'Een van mijn metgezellen is daar nog. Hij begint vast met kopiëren, maar hij kan dat niet openlijk doen. Ik heb mijn contacten in Italië verzocht om geld te sturen, en dat zullen ze zeker doen, ze weten wat ik gevonden heb.'

'Welk klooster is het?'

Zijn blik stond opeens wantrouwig. 'Ik kan dat helaas niet onthullen,' zei hij. 'Als dit bekend wordt zullen meer mensen achter die manuscripten aangaan.'

Ik lachte. 'Ik begrijp je opwinding. Ik vond zelf als kind een kloosterbibliotheek waar al sinds de grote pestilentie niemand meer was geweest en die geheel verscholen ging onder het stof. De schatten die ik daar vond! Ik heb die bibliotheek een paar jaar onder mijn beheer gehad, tot ik er wegging om te studeren.'

'Waar was dat?' vroeg hij begerig.

Even dacht ik erover om hem die kennis te onthouden, zoals hij mij niet vertelde waar hij zijn manuscripten had gevonden. Toen zei ik: 'Dat was de abdij Bellalanda, in Engeland.'

'Ik ben nog nooit in Engeland geweest,' zei hij, 'heb je daar veel bibliotheken bezocht?'

'De belangrijkste wel.'

'Denk je dat daar veel te vinden is? Vergeten manuscripten, bedoel ik?'

'Ik kan niet beoordelen of een manuscript vergeten is of niet,' zei ik, 'ik heb gewoon alles gelezen waar ik de hand op kon leggen.'

'Daar moeten we nog eens diep op ingaan,' zei hij, 'nu ben ik helaas te uitgeput.'

Ik beloofde hem dat we dat ooit zouden doen. Natuurlijk kon ik deze belofte niet nakomen, noch kon ik vertellen dat ik al die boeken uit mijn hoofd kende, naast de boeken die ik in Parijs las en in Bologna en de andere Italiaanse steden; de boeken van Spanje, Griekenland, Adrianopel en het keizerrijk Trebizonde. Ik zou jaren zoekbrengen met het dicteren van oude boeken. Alleen al het reciteren van mijn innerlijke catalogus zou me een halve dag kosten.

Misschien begreep hij dat ook, want hij leek al spijt te hebben van zijn opmerking over uitputting. 'Ik ga over een paar weken met een paar kameraden naar Baden,' zei hij. 'Dat is een badplaats op één of twee dagreizen van hier. Ga mee, dan kunnen we eindeloos praten.'

'Ik denk dat ik daar geen tijd voor heb.'

'Het is een prachtige plek om te rusten, al zal ik er ook wat moeten werken.'

'Rust is goed voor je,' zei ik. 'Je hebt schrijfwerk, neem ik aan?'

Hij knikte en maakte een wegwerpgebaar. 'Die badplaats... naar het schijnt baden mannen en vrouwen in dit land samen en zijn ze nauwelijks gekleed.'

Ik wist dat hij het aantrekkelijk probeerde te maken voor mij, maar ik had geen behoefte aan badplaatsen en dat zei ik hem. Ook was ik niet onbekend met gelegenheden waar vrouwen en mannen naakt bij elkaar konden zijn.

Wij namen afscheid met wederzijdse verzekeringen dat we elkaar spoedig zouden spreken en daar bleef het bij.

Ik was in die dagen bezig met het polsen van gildeleden en maakte de ontwerptekeningen nu in samenspraak met de mensen die het werk zouden uitvoeren. Ik liet ramingen maken van de benodigde materialen en Otto stuurde boodschappers uit die informeerden naar reizende bouwgezelschappen, want veel konden we niet aan de gilden overlaten, die hadden de benodigde kennis niet meer in huis. Otto zette ook de steenhouwers in de groeven aan het werk en liet houtinkopers zoeken naar geschikte voorraden.

Het werk aan de onderdelen voor mijn maquette kon ik nu grotendeels aan Galina overlaten. Niet lang nadat ze deze taak op zich had genomen, begon ze ook in de ochtenden in mijn praktijk te werken, zoals we oorspronkelijk hadden afgesproken. Zdislav had zich sinds zij er was niet meer boven laten zien, ergens moest hij toch enig gevoel voor discretie hebben. De ochtend waarop Galina naar beneden ging, riep ik hem boven en vertelde dat Galina zijn taken in de praktijk zou overnemen.

Zdislav richtte zich groot op. 'Die vrouw!' zei hij.

'Ja, die vrouw.'

'Galina.'

'Galina,' zei ik, 'zij werkt hier, of het je bevalt of niet. Dan had je zelf maar een meisje moeten zoeken.'

Hij sloeg me op de schouder. 'Galina is een goede vrouw,' zei hij.

Hij stampte de trap af en ik hoorde hen beneden praten in hun eigen taal. Ze lachten allebei en de buitendeur sloeg dicht. Even later kwam ze omhoog. Ik bekeek haar eens en zei: 'Ik zal je geld geven voor andere kleding, je werkt nu voor een heelmeester.'

Ze vroeg Anna, die elke dag even langskwam maar wier diensten niet meer echt nodig waren, nog altijd om haar arm te verbinden, maar eerder om de stomp te verbergen dan om een andere reden. Ik denk dat ze zich tegenover mij schaamde voor haar verminking. Hoewel wij in hetzelfde bed sliepen, duurde het weken voor Galina zich weer aan het liefdesspel wilde overgeven. De nacht dat ze me dan eindelijk benaderde, vroeg ik haar of het niet te vroeg was.

'Ook dit zal ik moeten leren,' zei ze.

Tegen de ochtend kon ik haar melden dat ik niets had gemerkt van lichamelijke beperkingen. De volgende ochtend verklaarde ze zichzelf voor genezen. 'Je hoeft me hier niet meer te verplegen,' zei ze, 'ik kan weer boven de Friedel gaan wonen.'

'Als je hier werkt, kun je niet bij je vriendinnen verblijven,' zei ik. 'Die leven 's nachts en jij moet vroeg op. Je kunt hier wonen, als je wilt.'

'Slaap ik dan hier bij jou in bed?'

Ik knikte.

'Als jij me betaalt,' zei ze, 'en ik slaap bij je, dan ben ik je hoer.' Ze duwde me van zich af, maar ik trok haar terug.

'Ik betaal je voor je werk overdag,' zei ik, 'en als je wilt laat ik Zdislav een bed voor je maken in een ander vertrek.'

Ze lachte. 'Niet nodig. Alleen betaling voor overdag is goed. Ik kom hier wonen, en als ik naar de Friedel ga, dan ga ik voor mijn vrienden.'

'Dat is goed.'

'En nog wat,' zei ze, 'ik wil mee naar de torenkamer. Je hebt mij daar nodig.'

Hier moest ik een grens trekken. 'Een vrouw in de torenkamer, dat geeft geen pas.'

'Je ziet mij nog steeds als een hoer,' zei ze.

'Daar gaat het niet om. Ik kan gewoon geen vrouw meenemen.'

Ze liep boos weg en ik was het gesprek al bijna vergeten, toen er 's avonds een jongeman de kamer binnenkwam. Hij was door niemand aangekondigd en ik dacht even met een insluiper van doen te hebben.

Toen ik opstond om hem weg te jagen, begon hij te lachen. 'Je herkent me echt niet!' Het was Galina. 'Zo kan ik met je mee naar de munster,' zei ze, 'ik wil aan die maquette werken.'

'Het is goed,' zei ik. 'Hoe kom je aan die kleren?'

'Van een jongen die niet meer leeft.' Opeens was ze ernstig.

Ik herinnerde me de Boheemse patiënt. Ze was overvallen en van haar hand beroofd in de nacht dat ze de jongen had bezocht. 'Heeft hij nog lang geleefd?' vroeg ik.

'Wie bedoel je?'

'Die jongen van wie het been wegrotte.'

'Ik weet niets van een jongen die wegrot,' zei ze.

Ik begreep het, dit was nooit gebeurd. Ik liet het erbij, maar een paar dagen later, terwijl we aan de maquette werkten, vroeg ze me opeens of ik dacht dat God iemand naar de hel stuurt die een doodzonde heeft gepleegd, ook al is dat uit genade.

'Ik weet van God noch hel,' zei ik.

'Wat is al je kennis waard, als je daar niets van weet?'

Ik lachte maar wat. Ze had geen idee.

Ik had haar gezegd te stoppen met de dwale, maar op sommige nachten, als ze loom uitgestrekt naast me lag en de kou haar niet leek te deren, als ik de verre blik in haar ogen zag en haar droomkastelen kon voelen, dan wist ik dat ze het af en toe nog nam. Misschien maakte ze het inmiddels zelf, ik had mijn eigen kabinet met ingrediënten niet bijgehouden. Ik waarschuwde haar nogmaals en zei dat ze op een dag, als er niets meer over was, vreselijk ziek kon worden.

'Ik weet niet waar je het over hebt,' zei ze lachend. 'Ik voel me goed, en heb niets nodig.'

De maquette vorderde snel. Zelfs op mij, ontwerper en medebouwer, maakte het iedere keer weer een grote indruk. We hadden het zo in elkaar gezet dat het geheel eenvoudig kon worden afgebroken en elders weer opgebouwd. Op een dag kwam Otto kijken, Galina was er nog niet, die kwam altijd wat later omdat ze de praktijk op orde moest maken na een ochtend vol patiënten. Otto liep om de maquette heen en floot van verbazing. 'Dit is prachtig,' zei hij. 'Maar die koepel, zo breed! Is dat wel mogelijk?'

'Het is mogelijk,' zei ik, 'en hij zal er komen. Hoe gaat het met de voorbereidingen? En met het concilie?'

'Voorlopig zijn we bezig met de voorbereidingen voor een nieuw ketterproces,' zei hij, 'die Bohemer, Hiëronymus van Praag, heeft vorig jaar al zijn stellingen en beweringen ingetrokken en toegegeven dat het dwalingen zijn, maar de rechters zien toch genoeg aanknopingspunten om hem nogmaals te ondervragen.'

De lente begon door te zetten en steeds vaker trok ik naar de hoge omloop van de toren, waar ik mijn middagen doorbracht en zelfs een slaapmat en wat kussens had neergelegd. Achteraf lachte ik om mijn hoogtevrees van die eerste keer. Vanaf mijn hoge positie zag ik de bewegingspatronen van de stadsbevolking veranderen. Naarmate de zon aan kracht won, de dagen lengden en de bomen langs de Rijn de eerste zwemen van groen begonnen te dragen, bewogen de volksstromen zich steeds vaker naar buiten. In groepjes trok het volk eropuit, ze wandelden langs de rivier, helemaal tot het klooster Gottlieben en daaraan voorbij, ze streken neer op de Grote Brüel en op de weiden van Paradies, waar vrolijke gezelschappen zich verpoosden met wijn en gezang.

In de stad kon ik desondanks een spanning voelen, een verwachting van wat komen ging, want ongetwijfeld zouden de groten van kerk en staat deze zomer de gordiaanse knoop doorhakken die de christenheid al zoveel jaren onbestuurbaar maakte.

Ik sloeg de vrolijkheid van veraf gade en dwaalde met mijn geest over de velden en door de straten, zonder de behoefte te voelen om deel te nemen aan het gewoel. Al dit vermaak en verpozen beschouwde ik als een remedie tegen verveling. En verveling, het meest in het oog lopende kenmerk van domheid, kende ik niet. Evengoed kon ik de signalen in mijn lichaam niet negeren, want ook in mij begon de lente zich te roeren.

Het was niet om die reden dat ik Galina meenam naar mijn werkkamer. Ik had toegegeven, zolang ze zich maar consequent als jongen verkleedde, want hoewel iedereen nu wist dat ik gunsteling was van bisschop en kapittel, vond ik het niet nodig om al te zeer te provoceren. Als ik een vrouw meenam naar de toren, dan kon dat in de ogen van de bekrompen poorters alleen maar betekenen dat wij onze vleselijke lusten botvierden in hun kathedraal.

Galina werkte nu alleen aan de maquette. In de eerste dagen had ik haar getoond hoe ik het wilde, en wat ze ook maakte, bogen en muren, vensters, waterspuwers of gebinte, ze deed het precies zoals het moest. Zoals ze zelf al voorspeld had, kon zij zelfs met één hand beter met de materialen overweg dan ik. Ik liet het graag aan haar over. Af en toe keek ik hoe het ging en dan gaf ik haar een nieuwe tekening.

Nee, het was niet om de vleselijke lusten, maar evengoed liet haar aanwezigheid in de ronde kamer mij niet onberoerd, ook niet als ik veel hoger op de hoge omloop stond in de koude wind. Het feit dat ze zich als jongen kleedde maakte haar alleen maar aantrekkelijker. Ik kende immers de volmaakte vormen die zich onder de eenvoudige stof bevonden, ik zag haar gratie in elke stap en elke beweging die ze maakte en voelde hier, overdag in de toren, de begeerte veel sterker dan thuis op de strozak. Eenmaal probeerde ik haar te verleiden in de klokkentoren, in de hoop dat onze kreten zich zouden mengen met het gebeier in de galmgaten. Een andere keer probeerde ik het op de hoge omloop, maar zij, die anders zo gewillig was, weigerde pertinent.

'Dit is het huis van God,' zei ze, met grote ogen van afschuw.

'Dat maakt het juist zo aanlokkelijk, word je die strozak nooit eens zat?' Maar toen ik aandrong duwde ze me weg, weerde me zelfs af met een knie en vluchtte het trapgat in, terug naar de maquette.

Het was al mei toen ik Poggio weer zag. Hij stuurde me een briefje met een verzoek om te komen eten in een herberg in de haven. Bij schemering ontmoette ik hem in een etablissement op de kade waarvan hij me verzekerde dat hier de beste koks van Konstanz werkten. 'Daarom zitten alle Italianen hier,' zei hij.

En inderdaad, het waren niet de klerken of monniken die hier aten, maar de heren die het konden betalen. Ik keek in het rond en constateerde dat Poggio hier, wat zijn kleding betreft, goed paste. Hij droeg een nieuwe, overdreven wijde houppelande van een dure zwarte stof en daaronder de potsierlijke langgepunte poulaines waarover mijn medestudenten zich destijds in Parijs al zo vrolijk maakten als ze de jonge edellieden op straat zagen flaneren. Poggio Bracciolini was weer de zwierige, elegante Florentijn, hij had zijn kracht en gezondheid weergevonden.

'Die badplaats heeft je goed gedaan,' zei ik.

Hij lachte. 'Zei ik het je niet? Je had mee moeten gaan!' Hij wees op de tafels. 'Bestel wat je wilt, drink zoveel je op kunt,' zei hij, 'vandaag betaal ik.'

'Heb je een nieuwe betrekking?'

'Ik heb een manuscript verkocht aan een markgraaf,' zei hij. 'Het afschrijven kostte me weken, maar het was de moeite waard.'

Ik wilde weten om welk boek het ging, maar hij weigerde me dat te vertellen. 'Er zijn veel mensen op zoek naar boeken,' zei hij, 'en sommige willen voor zichzelf houden wat ze lezen.'

'En waarom ben je weer hier?' wilde ik weten.

'Ik heb nog steeds goede hoop op een plaats in de curie,' zei hij, 'kardinaal Zabarella heeft mij toezeggingen gedaan.'

'Die naam hoor ik vaker,' zei ik.

'Kardinaal Zabarella is natuurlijk de bisschop van Florence,' zei Poggio, 'en als een van de belangrijkste kardinalen is hij de gedoodverfde kandidaat voor de pauselijke troon. Zabarella zet zich al jaren in om het schisma te beëindigen, hij heeft er zelfs een boek over geschreven. Hij is een van de architecten van het concilie.'

'Dat is goed nieuws voor jou,' zei ik. Hij had nu mijn volle aandacht.

'Hij is een goede vriend,' zei Poggio, 'maar ik blijf ook omdat er nog veel te ontdekken is in de Duitse bibliotheken. Helaas kom ik daar de komende weken niet aan toe, want op verzoek van Zabarella woon ik de voortzetting bij van het proces tegen Hiëronymus van Praag, van wie de ketterijen nader zullen worden onderzocht.'

Hij vroeg ook nog naar mijn vorderingen en naar Galina, want hij had in de Friedel gehoord wat er was gebeurd. 'Heeft ze het overleefd? Gaat het goed met haar genezing?'

'Zeker,' zei ik, 'ik weet wat ik doe.'

'Zij is een goede vrouw,' zei hij. 'Er zijn veel jongere meiden hier, maar in Italië zeggen we: *Gallina vecchia fa buon brodo.* "Een oude kip trekt goede bouillon." Het is geen straatmeid, ze komt van goede familie, dat kun je zien. Waarom trouw je haar niet? Een man met jouw positie in de stad moet een vrouw hebben.'

'Waarom ben jij niet getrouwd?' vroeg ik lachend.

'Ik zal dat zeker doen,' zei hij, 'zodra mijn middelen toereikend zijn en ik terug ben in Italië.'

Nadat wij afscheid namen, maakte ik een ommetje langs de kade. Ik zocht, al was het maar voor even, de rust van het kalme water en van de eindeloos trage sterren.

Die vond ik niet. Ik meende dat iemand me volgde, maar toen ik achter me keek, zag ik niemand. Alles was stil en gehuld in schaduwen. Ik schouwde dieper en vond geen ander leven op straat dan een stervende straathond, die de hongerige ratten al nauwelijks meer op afstand kon houden. En ik voelde de vlooien op die ratten en nog dieper weer het ongedierte dat op de vlooien leefde en waarvoor nog geen naam bestond, maar ik wist dat ze zich volgezogen hadden aan de dood en klaar waren om die op elk willekeurig moment af te geven.

Soms, duisterling, schrok ik van mijn eigen gevoeligheid. Dan moest ik mezelf dwingen om niet zo diep te schouwen. Maar er waren dagen dat ik nog dieper ging, tot aan de *atoma* die oude filosofen en dichters hadden geopperd, en dan zwolg ik in hun samenspel, in die immense werveling op het allerkleinste plan van de schepping. Al zoek ik nog naar een beter woord om dat laatste te vervangen.

45

Standvastigheid van een ketter

Het leek wel of het proces van die Hiëronymus van Praag meer indruk maakte in de stad dan dat van Johannes Hus, het jaar daarvoor. In de dagen na de rechtszitting dwaalde ik wat door de stad en liep de bibliotheek van de bisschop binnen, waar ik Otto hoopte te treffen.

Otto was er niet, maar ik vond wel Poggio, die achter een lessenaartje zo geconcentreerd zat te schrijven, dat hij mijn nadering niet opmerkte. Ik keek over zijn schouder en raakte mijns ondanks in verrukking van zijn handschrift, dat werkelijk onovertroffen moest zijn in de literaire wereld.

Kennelijk schreef hij een brief aan een vriend. Om hem te plagen met zijn onoplettendheid, las ik een stukje mee terwijl hij schreef. Het ging over het proces van Hiëronymus en zijn woorden raakten me meer dan zijn handschrift. Poggio, de curiaal, de trouwe klerk van kerk en paus, uitte kritiek die hem, als hij haar in het openbaar uitsprak, een veroordeling zou opleveren en een stevig onderzoek naar de zuiverheid van zijn geloof. Mijn adem stokte even, wat mijn vriend opmerkzaam maakte op mijn aanwezigheid.

Zijn schrik was komisch om te zien, maar ik bewonderde de tegenwoordigheid van geest waarmee hij, hoewel er een siddering door zijn lijf ging, desondanks zijn pen stil wist te houden, waar ieder ander in deze omstandigheden een lelijke haal of een vlek op het perkament zou hebben gemaakt. Poggio's pen was de spil waar zijn wereld om draaide.

'Zit je mij te bespioneren?' vroeg hij.

'Je was te diep verzonken in je werk om mij te horen,' zei ik. 'Maak je een afschrift?' Zo gaf ik hem een uitweg en kon hij veronderstellen dat ik niets had gelezen.

'Ik schrijf een brief aan een vriend.' Hij blies voorzichtig over de nog natte inkt.

'Je hebt vast veel te vertellen,' zei ik, 'over badplaatsen en de dartele Duitse vrouwtjes...'

Hij schudde geïrriteerd zijn hoofd. 'Dat ligt alweer ver achter ons. De zaak van Hiëronymus van Praag houdt me nu bezig.'

'Je ziet er gespannen uit,' zei ik, 'laten we iets gaan drinken, vertel me erover.'

Ik wilde hem eigenlijk spreken over een andere kwestie.

'We kunnen een wandeling langs de Rijn maken,' zei Poggio, 'onze gedachten verstrooien, zodat we later beter kunnen denken.'

'Ik heb de hele wereld belopen,' zei ik, 'en er is geen betere manier om de gedachten op gang te brengen.'

Poggio moest lachen terwijl hij zijn schrijfmaterialen opborg in het lessenaartje. 'Waarom moet je heen en terug als de wereld rond is?'

'Uiteindelijk stuit je op een zee,' zei ik. 'Daar maakte ik rechtsomkeert, ik houd niet van schepen.' Waarom zou ik hem vertellen van mijn zeereis met de eunuch-kapitein Zheng He?

We gingen een trap af, door een portaal en stonden op het plein. 'Je had het toch moeten doen,' zei Poggio. 'In theorie kom je dan uit waar je begonnen was.'

'Maar dat zou Engeland zijn,' zei ik, 'en daar heb ik niets te zoeken.'

Poggio hield halt bij een paar Italiaanse jongens die met een verrijdbare bakkersoven naar de stad waren gekomen. Ik moest hun vindingrijkheid wel bewonderen. Hij bestelde pasteitjes met vlees- en kaasvulling. Kauwend en zwijgend liepen we langs de Pulvertoren en we verlieten de stad door de Scheltenpoort.

Langs de rivier vlogen vogels bij onze nadering uit het riet op. Aan de kant van Paradies lagen koeien vredig in het gras en hier en daar zaten mensen onder bomen te eten. We kwamen een stelletje tegen, het meisje met een hoogrode kleur en een jongen die ons wantrouwig monsterde of we geen spionnen waren, ingehuurd door een bezorgde vader. Ergens achter een houtwal mekkerde een onzichtbaar geitje.

'Die Hiëronymus,' zei Poggio opeens. Hij was er nog steeds vol van. 'Ik geloof niet dat ik ooit een waardiger, moediger man heb gezien dan hij.'

'Hij heeft vorig jaar al zijn leerstellingen verworpen,' zei ik. 'Ik ken die standpunten niet, maar het getuigt niet van moed om je eigen overtuigingen af te vallen.'

'Jij noch ik weten wat wij zouden doen onder langdurige en zware folteringen,' zei Poggio ernstig. 'Het klopt dat hij in september, op het concilie, zijn eerdere dwalingen verwierp. Een aantal rechtsgeleerden, waaronder de goede kardinaal Zabarella, pleitten hem toen vrij, maar anderen in het college twijfelden. Hiëronymus ging terug naar zijn kerker en in de maanden daarna kwamen er nieuwe beschuldigingen.' Hij wees op de stronk van een omgewaaide boom die een natuurlijk bankje vormde en wij zetten ons neer.

'Ze moeten hem wel als heel gevaarlijk beschouwen,' zei ik.

Poggio knikte. 'Misschien nog gevaarlijker dan Hus,' zei hij. 'Ze hebben grote aanhang onder de Bohemers en het broeit daar al jaren onder het volk. De kerk is beducht voor verspreiding van hun ideeën, die al sinds Wycliffe voortwoekeren en overal opduiken als paddenstoelen in een herfstbos.'

'Dat begrijp ik,' zei ik, 'een krachtige kerk is niet gebaat bij een eindeloze versplintering in ruziënde groepjes betweters. En koningen kunnen zich geen opstand veroorloven. Sigismund is alleen maar verstandig. Zie hoe Frankrijk al generaties een speelbal is in de handen van roversbenden en adellijke ijdeltuiten die nog geen vlieg kunnen doodslaan. Om nog maar te zwijgen van de krankzinnige op de troon.'

Poggio zette zijn baret af en schudde zijn hoofd. 'Jij hebt het over macht,' zei hij, 'maar het gaat hier om waarheid. Hiëronymus moest publiekelijk antwoord geven op iedere beschuldiging die hem werd voorgelegd. Denk niet dat die lichtvaardig zijn uitgebracht. De rechtsgeleerden hebben een jaar lang gestudeerd op de formuleringen en overal vandaan wetboeken laten komen. Ik heb er zelf nog een uit Schaffhausen gehaald voor mijn vriend de kardinaal. Bisschop Otto heeft zijn bibliotheek ter beschikking gesteld, want zoals je weet verzamelt hij veel op dat gebied.'

'En wat antwoordde Hiëronymus op de beschuldigingen?' Ik gaf niet om wetboeken, en al zeker niet om canoniek recht.

'Hij weigerde te antwoorden. Uiteindelijk vroeg hij het recht om zich te verdedigen tegen de "valse" aantijgingen, zoals hij zei. Hij riep dat hem groot onrecht werd aangedaan. In het jaar dat hij in de kerker zat, hadden zijn vijanden en lasteraars de gelegenheid gekregen om hun leugens in te brengen, terwijl men hem, de aangeklaagde, nog geen uur spreektijd in zijn eigen verdediging gunde? Hij stelde dat zijn rechters zich liever lieten leiden door vooroordelen dan de waarheid uit Hiëronymus eigen mond te willen vernemen. Waren zij geen mensen, die fouten maakten? Zo ging hij nog even door, tot ze hem onderbraken. Hij moest eerst op de beschuldigingen antwoorden en kon daarna vrijuit spreken.'

Ik lachte. 'En daar trapte hij in?' Hus had er ook geen woord tussen gekregen.

'Ik kan niet alles herhalen,' zei Poggio, 'maar na het voorlezen van de beschuldigingen en het horen van de ondersteunende getuigen, ontkende hij. Alles was verzonnen door zijn tegenstanders. Hij verdedigde zich gloedvol en vaak geestig. Een fanatieke dominicaan die hem aanviel riep hij toe: "Zwijg, huichelaar!" Een ander noemde hij consequent ezel of hond. Vanwege de lange lijst beschuldigingen en de tijd die zijn antwoordden kostten, werd de zitting verdaagd. De tweede dag las men weer beschuldigingen voor. Wederom getuigen. Hieronymus stond op en eiste dat men hem geduldig zou aanhoren.'

Poggio zweeg even, keek me recht aan en viel toen uit: 'Weet je, Isidoro... Zelden hoorde ik iemand zo waardig en welsprekend een pleidooi houden. Als een redenaar uit de oude tijd bouwde hij het op, hij noemde de mensen in het verleden die vals beschuldigd waren, van de standvastige Socrates, via de gevangenschap van Plato, naar de kwellingen van Anaxagoras en Zeno. De onverdiende dood van Boëthius. Mozes, door zijn eigen volk beschuldigd; Jozef, verraden door zijn broers. En dan nog...'

'Hij vergat Christus toch niet, hè?'

'Zeker niet.' Poggio zakte een beetje in elkaar. 'Ik kan het niet zo herhalen als hij het zei. Ik heb mijn aantekeningen van zijn redevoering uitgewerkt in de brief die ik net schreef. Als je wilt, kun je die lezen.'

'Ik zal dat graag doen,' zei ik.

'Het gaat mij om de waarheid. Niets van wat die man zei, rechtvaardigt een doodvonnis. Natuurlijk, hij is een geniaal redenaar, die onder erbarmelijke omstandigheden in een kerker een volmaakt betoog construeert, zonder boeken of schrijfmaterialen...'

'Dat is goed mogelijk,' zei ik. 'Zeker met een jaar de tijd. Hij heeft het in de geest opgebouwd en gememoriseerd.'

'Goed,' zei Poggio. 'Ook daarin kan hij zich meten met de ouden. Maar het was duidelijk dat hij de waarheid sprak en geen ketterse opvattingen koesterde. Alleen zijn kritiek op de kerk bleef overeind.'

'Nu,' zei ik, 'dan is hij toch daarvoor veroordeeld?'

'Omdat hij de waarheid sprak?' riep Poggio uit. 'Dat de kerk corrupt is? Dat al het geld dat ze de gelovige afpersen met hun tienden, hun prebenden en aflaathandel, alles wat ze verdienen met de verkoop van ambten, opgaat aan liederlijkheden en pralerige verspilling? Geld bedoeld voor de armen, voor de kerkenbouw, voor...'

'Daar zeg je me wat,' onderbrak ik hem. 'De kerkenbouw is een belangrijke zaak. Maar zeg jij, als lid van de curie en voormalig secretaris van een paus, dat zomaar hardop?'

'Ik zeg het tegen jou!' Hij pakte me bij mijn schouders. 'Ik kan je toch vertrouwen? Jij bent ook een man van de wetenschap, van de literatuur. Ik weet dat jij ziet wat ik zie. Het is toch geen misdaad om de waarheid te spreken, ook al kan dat niet hardop?'

'Natuurlijk, Poggio,' stelde ik hem gerust. 'De waarheid is wat ze is. Maar we zijn het ook eens dat het concilie een einde moet maken aan de chaos en dat daarvoor offers worden gebracht.'

Hij knikte mistroostig. 'Er is een kleine kans dat Hiëronymus alsnog terugkomt op zijn dwalingen,' zei hij, 'net als vorig jaar. Kardinaal Zabarella zal alles in het werk stellen om hem van gedachten te doen veranderen.'

'Zabarella wil hem redden?'

Poggio knikte. 'Hij zit in een moeilijke positie. Zabarella is een redelijk en zachtmoedig man, die de ketterjachten en executies verafschuwt, maar zijn grootste wens is een spoedige beëindiging van het schisma.'

'Naar ik begrijp, staat die verbranding al vast,' zei ik. 'Wanneer gebeurt het?'

'Overmorgen,' zei hij. 'Wil je met me meegaan?'

Ik schudde mijn hoofd. 'Ik ben een paar keer getuige geweest van een verbranding. Eén keer betrof het een vriend, de tweede keer was ik op uitnodiging en kon moeilijk weigeren. Ik beleef geen genoegen aan verbrandingen.'

Poggio stond met een ruk op. 'Ik ga niet voor mijn genoegen,' zei hij boos. 'Ik wil deze moedige man eren door, in zijn laatste momenten, getuige te zijn van zijn waardigheid en geestelijke kracht.'

Otto kwam mij een paar dagen later bezoeken in de torenkamer en hij bewonderde de maquette. Ik wees hem bij zijn binnenkomst op Galina en zei dat dit mijn helper Adam was.

Hij knikte haar vriendelijk toe, bood zelfs zijn ring, die ze deemoedig kuste. Daarna liep hij, samen met mij, om de maquette heen en hij gaf wat commentaren op de vormen. 'Hoe moet ik dit in de bestaande bebouwing zien?' vroeg hij uiteindelijk.

'Die moet gedeeltelijk wijken,' zei ik.

Hij lachte. 'Jij bent niet bang om grote hindernissen te nemen,' zei hij, 'dat bevalt me. Ik zou graag een glas met je drinken, goede Isidoor, maar ik moet helaas naar een ketterverbranding. Als je wilt kun je weer met me mee, dan zit je op de eerste rang.'

Ik had niet meer aan de executie van Hiëronymus gedacht. Ik bedankte voor de uitnodiging en zei: 'Het is de delegatie van Zabarella dus niet gelukt om hem te overreden?'

Otto keek me geamuseerd aan. 'Hoe weet jij dat?' Hij wachtte niet op antwoord en ging verder: 'Helaas niet. Natuurlijk is het goed dat deze Hiëronymus niet langer het gif van de dwaling kan verspreiden, maar velen van ons hadden hem liever vrijgelaten. Ook koning Sigismund zal niet blij zijn met de voltrekking van dit vonnis.'

'Waarom niet?'

Otto boog zich naar een pilaartje dat een beetje scheef stond en hij probeerde het recht te buigen, maar omdat het van papier was gemaakt, knakte het. Hij gaf zijn poging op en richtte zich weer tot mij. 'De kerk wilde met de executie van Hus een duidelijke boodschap afgeven aan de lollaards en de wycliffianen. Dat hebben we gedaan. Met Hiëronymus konden we ook in een later stadium afrekenen, want het broeit in Praag en er konden weleens onlusten komen als de ketters er nog een martelaar bij krijgen.

Daarbij heeft de keizer voor zijn vertrek laten weten dat het concilie geen beslissingen mag nemen bij zijn afwezigheid.'

'Maar ze hadden Hiëronymus toch vorig jaar kunnen laten gaan, toen hij al zijn dwalingen herriep?'

Otto zuchtte. 'Dat was inderdaad verstandig geweest, maar de scherpslijpers eisten een nieuw proces. In zijn jaar van gevangenschap heeft hij zijn geest kunnen oefenen in verstoktheid, misschien wel met behulp van de duivel.'

Boven ons begon de klok te luiden en Otto trok me mee naar de deur. Daar zei hij, in mijn oor: 'Ik moet me haasten. Zeg tegen je helper, Adam, dat het me spijt dat ik dat pilaartje heb beschadigd.' Hij kneep me in mijn arm en voegde eraan toe: 'Je bent je er toch wel van bewust dat die Adam eigenlijk een Eva is?'

'Ik weet het,' zei ik, 'maar ik ben bang dat de wachters geen vrouwen binnenlaten. Ik zorg voor haar omdat ze onlangs haar hand verloor, en zij helpt me bij het werk.'

'Ik vind het goed, hoor,' zei hij, 'zolang je de schijn maar ophoudt.' Hij gaf me een knipoog. 'Vergeet niet dat God alles ziet.'

Na zijn vertrek klom ik naar de hoge omloop. Vanaf de trans, waar een strakke kille bries me de warmte snel deed vergeten, keek ik hoe de menigte uitstroomde naar Paradies. De mensen kwamen in zo groten getale, dat ze de beklaagde niet allemaal konden volgen over de hoofdweg naar de poort, en zich door parallelle steegjes moesten persen om het niet te missen. De poort was de flessenhals en daaraan voorbij waaierde het weer uit over de velden.

Ik bleef kijken hoe de groep aangroeide daar in de verte en hoewel ik geen vlammen te zien kreeg, vertelde de rook me dat het vonnis was voltrokken. Ik probeerde mij een dood door verbranding voor te stellen. Zou ik, met mijn geestkracht, zo'n marteling gelijkmoedig kunnen ondergaan?

Spoedig zou de massa terugkeren naar de stad, dorstig van de geblakerde weiden van Paradies.

Ook ik was dorstig. Als ik nu ging, zou ik de drukte voor zijn. Ik daalde af naar de torenkamer en vroeg Galina of ze mee wilde komen. Buiten lag nog een deken van warmte op het plein. We liepen door de zinderende, lege straten naar de Friedel, maar vonden de deur gesloten.

We lieten ons neer op een bankje voor de taveerne. De straten vulden zich alweer en spoedig kwam Walter aangelopen, rood en bezweet van het lopen. 'Excuus,' riep hij al van verre, 'maar de hele stad liep leeg, dus wat zou ik hier blijven in mijn eentje?'

Binnen, waar het koeler was, lieten we ons inschenken.

'Waren jullie er niet bij?' vroeg Walter. 'Je hebt wat gemist. Die Hus, die was destijds snel ter ziele, hij stootte hooguit wat gepiep uit. Hiëronymus was een ander verhaal, dat is me toch een grote kerel!' Hij lachte en corrigeerde zichzelf. 'Wás een grote kerel. Hij rukte aan de touwen en toen het vuur eenmaal flink oplaaide begon hij als een bezetene te brullen, tot de rook hem het ademen onmogelijk maakte. Het was een lange doodsstrijd; iedereen vreesde dat hij zich nog zou weten te bevrijden, maar gelukkig hadden ze de touwen goed natgemaakt en zat hij met een forse ketting om de nek aan de paal vast.'

'Beste man,' zei ik, 'laat ons drinken. Als ik het had willen zien, was ik er wel heen gegaan.'

Walter lachte en verdween naar achteren.

Even later kwam Poggio binnen, de schrik nog in zijn ogen.

'Ik zal je niet vragen hoe het was,' zei ik en ik wenkte Walter die alweer terugkeerde. 'Breng onze vriend ook een beker!'

Poggio keek zwijgend hoe zijn beker werd gevuld, dronk toen en trok een vies gezicht.

'De heer van de curie is beter gewend,' stelde Walter vast, 'en evengoed heeft hij het al op.' Hij schonk bij.

'Wat zegt die man?' vroeg Poggio.

'Dat het verbranden van ketters dorstig maakt.'

We spraken Italiaans en Galina vroeg mij wat er met Poggio aan de hand was. Hij wierp een verbaasde blik op haar en ik besefte dat ze nog haar jongenskleren droeg. Hij vroeg echter niets.

'Hij is wat aangeslagen omdat ze weer een Praagse theoloog hebben verbrand,' zei ik.

'Hiëronymus?' zei Galina geschokt. 'Hebben ze het toch gedaan? Hij had zijn uitspraken toch ingetrokken?'

Ik had er niet aan gedacht dat dit weer een landgenoot van haar was. 'Dat was een jaar geleden,' zei ik. 'In de afgelopen week zijn er nieuwe beschuldigingen ingebracht en nieuwe getuigen gehoord.

Ditmaal volhardde hij in zijn oude standpunten, wat die ook mochten zijn.'

Galina trilde over haar hele lijf, ze stak haar handstomp op alsof ze een vuist wilde maken en keek naar de verbandhoes, die weleens mocht worden vervangen. Tranen stroomden over haar wangen.

'Doet het pijn?' vroeg ik.

Ze haalde haar schouders op.

'Ga anders naar huis,' zei ik, 'ik blijf ook niet lang.'

Ze stond met een ruk op en liep naar buiten.

'Poggio,' zei ik, 'dit was onvermijdelijk.'

'Ik weet het,' zei Poggio, 'maar deze man was er één zoals die er in onze tijd niet meer lijken te zijn. Ook in het aangezicht van de dood bleef hij waardig en kalm. Hij dwong meer respect af dan alle rechters en theologen bij elkaar.'

'Maar dat heeft hem niet kunnen redden,' zei ik, geamuseerd door de geheel andere lezing die Poggio nu gaf van de gebeurtenis die Walter me zo-even schetste. Ik dacht aan Meister Eckhart.

Poggio keek in zijn beker. 'Waarom zijn het nu juist de voortreffelijksten die moeten sterven op het offerblok?'

'En stel nu dat jouw kardinaal Zabarella paus was geweest, zou het dan anders zijn gegaan?'

Poggio zat meteen rechtop. 'Natuurlijk! Kardinaal Zabarella is er niet op uit om mensen te doden. Als hij eenmaal verkozen is, zal hij eenheid brengen en verzoening. De hele wereld wacht op hem.'

'Hier drink ik op.' Ik bestelde een nieuwe kan, vastbesloten om onze vriendschapsband te verstevigen.

O, ik denk dat ik op dat moment al meer verlangde naar de nieuwe paus dan mijn vriend Poggio Bracciolini.

46

Armins gantelet

Het was al laat in de nacht toen ik naar huis liep. Eerder die avond hadden zich een paar Italianen bij ons gevoegd, klerken van de opgeheven curie die net als Poggio in de stad waren blijven hangen.

Verdraaid, wat konden die curialen drinken! Al snel had de wijn ons gesprek overgenomen, waardoor het voor mijn geheugen verloren ging en, mijn kerkerkameraad, nu ik mij deze epische dronkenschap voor de geest probeer te halen, herinner ik me nog wel de Teutoonse ridders die zich bij ons aansloten. Woeste slagkracht wedijverde hier met Florentijns raffinement, om wie het meest kon drinken en tegen mijn gewoonte in liet ik me in die maalstroom meesleuren.

Op de weg huiswaarts bewoog ik me in een slepende knokkelgang door de modderstraatjes, want het regende alsof alle goden die de mens bijeen had verzonnen, samenspanden om de brandstapels van deze wereld te blussen. En hoe nabij ook mijn bestemming, ik ging verkeerd, probeerde op mijn schreden terug te keren en geraakte tot mijn verbazing in de velden buiten de stadsmuren, al was ik die in de dichte regensluiers niet tegengekomen. Modder en glibberige straatplankieren hadden ongemerkt plaatsgemaakt voor diepe plassen en zompig gras.

Snel ontnuchterd door het kille hemelwater wankelde ik voort, in de wetenschap dat ik mijn huis niet zou bereiken, maar al blij met om het even welk onderkomen, een schuurtje, hooiberg of varkenskot. Voor me uit doemde de donkere massa op van een boom, krom, hol en met een lang verwaarloosde knot; het soort boom dat slechts door een mirakel nog zijn eigen gewicht kan dragen. In mijn haast struikelde ik en viel languit in het water dat handbreedten hoog stond. Vloekend trok ik me op aan een laaghangende tak. Ik onderzocht de boom en ontdekte dat ik kon schuilen in de holte onder de knot. Ik wrong mezelf de beschutting in, hoewel ik vreesde dat de topzware knot uitgerekend dit moment zou uitkiezen om af te knappen. Ik sloot mijn ogen en gleed, geruggensteund door hout en schors, vanzelf weg in een onrustige slaap.

Ik liep door een bamboebos dat woelde en ruiste, wetend dat het een droom was, maar ik verzette me niet, want het was er aangenaam en ik voelde geen kou meer. Toen de bamboe plaatsmaakte voor bomen, ontdekte ik, tussen de stammen door, een houthakker. Iets zei me dat ik mijn aanwezigheid niet kenbaar moest maken. Ik keek toe hoe hij met een kapmes een boom van zijn lage takken ontdeed om zwaairuimte te scheppen voor zijn bijl. Ik spande me in om beter te zien en, alsof hij wist dat hij in de weg stond, stapte hij op dat moment opzij, waardoor ik zicht kreeg op de boom.

Daar stond een tweede man, naakt vastgebonden, zijn kaken bewogen zachtjes, zoals die van een vis op het droge. In zijn buik had hij een verse, bloedende snede, kennelijk toegebracht met het kapmes. De eerste man had inmiddels een plankje gepakt. Hij groef met een hand in het buikgat van zijn gevangene, trok toen met een ruk een darm naar buiten, klemde het uiteinde op de plank vast, waarna hij de hele darm als op een spindel begon op te winden. Het slachtoffer maakte geen geluid, hij bleef alleen maar met open mond naar adem happen.

In het besef dat het een droom was, dwong ik mezelf te ontwaken in de omklemming van de boom, doornat en ziek van mijn eigen stinkende angstzweet. Ik wilde me al uit de holte wurmen, toen voetstappen, vlakbij, me deden verstarren.

Een duistere gestalte in een donkergrijze mantel kwam langzaam, in zichzelf mompelend, voorbij. Nee, hij mompelde niet, hij neuriede een liedje. Het bloed stolde in mijn aderen toen ik hem herkende. Reeds was hij voorbij en ik vroeg me af of dit een droom was in een droom. Ik knipperde en schudde mijn hoofd en wist dat ik weer in de werkelijkheid verkeerde, maar kon niet met zekerheid zeggen of dat enkele ademtochten geleden ook al het geval was.

In het oosten kondigde zich met slordige penseelstreken de dageraad aan. Het moest al een tijdje hebben opgehouden met regenen, want de plassen waren verdwenen. In de verte zag ik de stadsmuur en een poort, ik wist niet welke. Toen het helemaal licht was geworden, verliet ik mijn schuilplaats en begon te lopen, koud en nat. Het liefst was ik gaan rennen, maar ik deed het niet, want hoewel ik er vrij zeker van was dat ik een nachtmerrie had gehad, vreesde ik één ding meer dan alles: dat ik de man achterop zou komen die zo lang geleden mijn vriend Lotho op de brandstapel had gezet.

Thuis trof ik Galina in een diepe slaap. Ik wilde haar wekken, maar slaagde daar niet in. Toen ik haar ooglid oplichtte en met een kaars bijscheen, kon ik zien dat ze kwistig van haar drankje had genomen.

Ik legde me naast haar neer. Uit het gebeier van de munster maakte ik op dat het zondag was, ik hoefde niet te werken. Ik sloot mijn ogen en ging mijn ommegang in, beginnend bij de tempels. Ik stond bij alles stil, hoe vanzelfsprekend veel van die kennis ook was na zoveel jaar. Zo kon ik de slaap op afstand houden en de spoken buitensluiten. Ik nam me voor om minder te drinken, bang dat het uiteindelijk mijn krachten zou doen verzwakken, maar terwijl deze gedachte nog door me heen ging, voelde ik ze alweer aanzwellen en bruisen en ik bleef stil liggen naast een zacht snurkende Galina, op zoek naar de bekende vervoering.

Die kwam niet; hoe kon dat ook? Het visioen van die nacht bleef me bezighouden. Ik had de beul gezien die ze twintig jaar eerder in Parijs de Grauwe Klauwier noemden en hoewel ik geen reden had om hem te vrezen, kreeg ik hem niet uit mijn gedachten. Gezien de omstandigheden en mijn toestand van dat moment was het zeer onwaarschijnlijk dat hij daar werkelijk had gelopen, en was het mijn onmatigheid die me nog een drogbeeld bracht, een uitvloeisel van de eerdere droom.

Hoe oud was die man, Lanius Collurio geweest, destijds in Parijs? Achter in de veertig? Hij had er niet veel ouder uitgezien dan toen, nog meer bewijs dat het maar een drogbeeld was; dat kon immers niet verouderen, het is gebaseerd op herinneringsflarden.

Of was mijn herinnering van de nacht onbetrouwbaar? Zijn gezicht werd immers versluierd door nacht en kap.

Kon hij zijn meegekomen met de Parijse theologen om terechtstellingen uit te voeren? Eén ding wist ik, hij was niet degene die Hus op de brandstapel had gezet, want dan zou hij me wel eerder zijn opgevallen. Zo draaiden mijn gedachten in kringetjes.

In de dagen daarna zocht ik Poggio, want zijn vriendschap met Zabarella kon van cruciaal belang zijn voor de voortgang van mijn kerkenbouw. Ik had allang begrepen dat bisschop Otto grotere dromen koesterde dan hij kon waarmaken. Maar Zabarella was een heel andere categorie. Als voormalig bisschop van Florence en kardinaal onder de afgezette paus, onderhield hij naar alle waarschijnlijkheid goede relaties met de Florentijnse bankiers, op de eerste plaats met de De' Medici. Bij wie kon ik beter beginnen dan bij de man die naar alle waarschijnlijkheid de volgende paus zou zijn? Maar ik wist niet waar Poggio op dit moment verbleef. Ik liep lukraak door de stad, deed elke dag de bibliotheek van Otto aan, dronk wat in de Friedel – geen Poggio.

Op een avond begeleidde ik Galina naar de Friedel, zij wilde graag haar vriendinnen weerzien. Ik had haar nog eens gewaarschuwd voor de pijnstillers, want naarmate dit middel zijn nut verliest, creëert het een nieuwe kwaal en nieuwe kwellingen.

Ik dronk wat met Guillem en Armin. Aan de andere kant van het lokaal zaten een paar Italianen, Bartolomeo Aragazzi da Montepulciano was bij hen. Ik hield hem in de gaten, want ik wilde hem, voor hij vertrok, vragen naar Poggio. Ondertussen vroeg ik Guillem of hij iets wist over de beulen die werkten voor de conciliaire rechtbank?

Guillem sopte een stuk witbrood in zijn soep. 'Wat moet jij toch met die hoer?' vroeg hij korzelig, terwijl hij met zijn kin een vage knik gaf in de richting van Galina, die met Anna zat te praten.

'Ze is geen hoer,' zei ik, 'ze werkt in mijn artsenpraktijk.'

'Wat voor nut heeft een vrouw met één hand?' vroeg hij.

'Wat weet een monnik daarvan?' was mijn tegenvraag. 'Al had ze vier handen, dan zou er voor jou nog geen toepassing denkbaar zijn.'

Armin schoot in de lach en Guillem probeerde onbewogen te blijven.

'Wat was je vraag ook weer?' vroeg hij.

'Ken jij de beulen die de rechtbank gebruikt om vonnissen te voltrekken?'

'De stad heeft natuurlijk een eigen beul,' zei hij schouderophalend. 'Ik ken zijn naam niet. En als sommige delegaties hun eigen functionarissen hebben meegenomen, dan weet ik niet wie dat zijn. Waarom wil je dat weten?'

'Laat maar zitten,' zei ik, want ondertussen kwam Bartolomeo naar ons toe. 'Isidoro,' zei hij, 'kunnen mijn vrienden erbij komen?'

'Natuurlijk,' zei ik.

De Italianen bestelden wijn, maar ik draaide mijn beker om. Mijn ervaringen hadden me voorzichtig gemaakt en ik wilde mezelf niet weer in kwetsbare en machteloze posities manoeuvreren.

Er volgde wat conciliepraat, waarbij ik niet de enige bleek die ongeduldig was, ook de Italianen waren onderhand het concilie moe.

'En waarom is die speelman hier niet?' vroeg Bartolomeo.

'Als je Oswald bedoelt,' zei ik, 'die is met de koning mee naar Aragon. Niemand weet wanneer ze terugkomen.'

'We kunnen wel wat vrolijkheid gebruiken,' zei Bartolomeo. 'Isidoro, een paar dagen geleden heb je ons zo vermaakt met je verhalen. Vertel mijn vrienden ook eens over die Broeders en Zusters van de Vrije Geest?'

Nu was ik verbaasd. 'Heb ik het daarover gehad?' vroeg ik. 'Ik kan me dat niet herinneren, sterker nog, ik ken ze niet eens.'

'Je noemde ze niet bij naam,' zei Bartolomeo, 'maar het was duidelijk. Je beschreef een vreemde kerstavond in Oxford die je doorbracht met Vlamingen, dus dat kunnen alleen maar Vrije Geesten zijn geweest.'

Had ik dat werkelijk gedaan? Ik had in geen jaren aan die avond gedacht en het was ook niet een verhaal om in kroegen te vertellen. Misschien kon ik beter helemaal niet drinken. 'Ik weet daar niets van,' zei ik voorzichtig. 'Misschien heb je me verkeerd begrepen.'

'Zeker niet!' Bartolomeo tintelde van plezier. Hij stak een vinger op naar zijn vrienden. 'Alsjeblieft, Isidoor, vertel nog eens over die serafijnse kus, zoals je aan mij en Poggio hebt gedaan?'

'Poggio!' zei ik, blij met een aanknopingspunt. 'Weet jij waar hij is?'

'Op manuscriptenjacht,' zei Bartolomeo. 'Ik verwacht hem niet snel terug.'

'Waar jaagt hij dan?' Ik was klaar om af te reizen als het niet anders kon.

Bartolomeo grijnsde. 'Ik kan die kennis niet met je delen.' Zijn metgezellen schudden ijverig hun hoofden, alsof ze allemaal bij het geheim betrokken waren.

'Vriend,' zei ik, 'ik heb geen belang bij die manuscripten. De meeste van jullie vondsten en ontdekkingen ken ik al jaren. Ik vind het verzamelen en kopiëren een nobele bezigheid en als jullie daar flink aan verdienen, dan is dat terecht. Alles is beter dan de aflaathandel van jullie broodheren, al heeft ook die zwendel een zeker nut.'

'Zwendel?' vroeg Bartolomeo verschrikt. Ook de anderen bogen zich vol aandacht naar me toe. Ik wierp een snelle blik op Guillem, die nors in zijn beker keek en besefte toen dat hij er geen woord van verstond. Maar ik moest mijn woorden wel terugnemen. Door Poggio's opmerkingen op die laatste avond dat we samen dronken, had ik de indruk gekregen dat zijn ideeën over de kerk gemeengoed waren in zijn kringen. Dat was een vergissing.

'Ik geloof niet dat ik het juiste woord heb gebruikt,' zei ik. In het Latijn ging ik verder: 'De handel in aflaten is lucratief en voor de kerk onontbeerlijk.'

Het gezelschap knikte eenstemmig, opgelucht. De domme Engelsman die dacht dat hij Italiaans sprak.

'Maar ik vroeg je naar de serafijnse kus,' zei Bartolomeo, nu ook in het Latijn.

Guillem boog zich naar me toe. 'Die uitdrukking hoor ik niet graag,' zei hij. 'Waar heeft hij die vandaan? Wat weet jij daarvan?'

'Ik kan geen verantwoording nemen voor woorden die ik in dronkenschap uitsprak,' zei ik, niet van plan om mezelf tot onderwerp van roddel te maken. 'Ik heb zoveel meegemaakt in mijn leven, ik heb de wereld bereisd en overal zie je vreemde gebruiken. Dat wil niet zeggen dat ik er zelf aan deelneem.' Een onzichtbare hand had mijn beker gevuld en nu die daar zo voor me stond, vond de wijn als vanzelf zijn weg naar mijn mond. Er was een speciaal vaatje aangebroken voor de curialen. Ongetwijfeld kon ik mij die zelf veroorloven, maar om werkelijk van verworven weelde te kunnen genieten, moet je wel weten wat er te koop is in de wereld.

'Vertel maar,' zei een van Bartolomeo's vrienden, die Lorenzo heette. 'Wij horen graag verhalen.'

'Ik was een jaar of tien geleden bij Timoer Lenk,' zei ik. 'De grote veroveraar liet gebedshuizen bouwen, die ze daar moskeeën noemen. Gebouwen ter grootte van onze kathedralen, waar wij een eeuw over zouden doen om te bouwen, wisten ze daar in nauwelijks vijf of zes jaar neer te zetten.'

De Italianen lachten. Guillem zei: 'Onzin. Of hadden die heidenen hulp van de duivel?'

'Er kwam geen duivel aan te pas,' zei ik. 'Ze werkten dag en nacht in ploegen en de wreedheid van Timoer kende geen grenzen voor wie niet hard genoeg werkte of wie fouten maakte. De bouwers kwamen uit vele landen. Timoer slachtte bij zijn veroveringen iedereen af die hij op zijn pad vond, maar de bouwers en kunstenaars liet hij in leven.'

'Het blijft jammer dat hij niet op ons is gestuit,' zei Armin. 'We zouden hem een les hebben geleerd die hij nooit was vergeten.'

'Jullie zitten aan de verkeerde kant van de wereld,' schamperde Guillem. 'Wie heeft wat te duchten van die wilden in Lijfland en Pruisen? Jullie lieten je lang geleden het Heilige land al ontglippen en...'

'Ben jij een Teutoonse ridder?' vroeg Bartolomeo. 'Ja, zeg maar niets, ik zie je ordeteken. Ik dacht dat jullie waren weggevaagd, zes jaar geleden, bij de slag van Tannenberg?'

Armin kwam met een ruk overeind, waardoor een paar bekers over de grond gingen. Mijn beker werd gespaard, want die had ik net in de hand genomen. 'Waar waren jullie, toen ik bij Nikopolis de Turken bevocht,' riep hij, 'vervloekte monniken, kloterige klerkjes!'

Bartolomeo, niet in het minst geïntimideerd, lachte. 'Ik was nog een kind in die jaren. Wij allemaal.'

'Nikopolis was toch een verloren slag?' zei Guillem spottend.

Armin liet zich weer op zijn kruk neer, hij ademde zwaar, opeens leek hij net zo oud als hij waarschijnlijk ook was. 'Die slag verloren we, ja,' zei hij toen. 'En dat kwam door die vervloekte Fransen, jouw landgenoten. Iedere strijd waar zij aan meedoen, is bij voorbaat verloren door de leeghoofdige ijdelheid van de Franse ridders, die alleen aan hun eigen eer denken en zich niet kunnen houden aan een strijdplan. Je weet toch wel hoe jullie zijn verpletterd bij Agincourt, vorige herfst? Op eigen terrein nog wel, door wat Engels voetvolk en een paar ridders.'

'En wat is er eervol aan langbogen?' vroeg Guillem. 'Vechten op afstand, dat is een laffe strijd. Onze ridders bevechten hun vijanden rechtstreeks, een armlengte van ze verwijderd.'

'Vooruit,' kwam Lorenzo ertussen, 'laten we er een nemen op de komende strijd, want het zal spoedig tot harde confrontaties komen met de Turken.'

Hij riep Walter en ook ik zette mijn inmiddels lege beker op tafel. Ik nam me voor om Walter te vragen wat er in die wijn zat, dat hij de gemoederen zo verhitte. We zwegen enige tijd en lieten de gloed door onze leden trekken.

Bartolomeo verbrak als eerste de stilte. 'Maar toch, in een paar jaar een kathedraal bouwen...' Hij schudde zijn hoofd en lachte.

'Het was een moskee,' zei ik, 'ik weet het omdat ik de leiding had over de bouw van de grootste van allemaal.' Dat ik alleen de laatste fase voor de voltooiing had begeleid, en dat het totaal mislukte, hoefden ze niet te weten.

Guillem fronste zijn wenkbrauwen. 'Jij was bouwmeester voor de heidenen?' vroeg hij ontzet.

'Ik werd gedwongen,' zei ik. 'Het was dat, of gespietst worden op een paal.' Toen ze bleven zwijgen voegde ik eraan toe: 'Ik zorgde dat het mislukte, niemand heeft ooit kunnen bidden in die moskee!'

'Je was gevangene in Samarkand en je liet je opdracht mislukken,' zei Lorenzo. 'Hoe heb je je daaruit gered, gezien je verhaal over Timoer van zojuist?'

Ook zijn makkers maakten ongelovige geluiden.

'Toen Timoer ziek werd en er een opvolgingsstrijd dreigde, ben ik, met de hulp van een paar vrienden, gevlucht.'

'Door duizend mijlen Tataren en Turken?'

Ik schudde mijn hoofd. 'Ik vluchtte naar het oosten. Heb je het relaas van Marco Polo niet gelezen? Ik volgde ongeveer zijn route naar China, verkleed als een stomme bedelmonnik.' Ik probeerde termen te gebruiken die voor hen begrijpelijk waren en niemand vroeg verder, want wie stelt belang in verre streken?

Galina kwam achter me staan, haar ene hand op mijn schouder. De andere vrouwen waren verdwenen, het was dat uur van de nacht waarop zij doorgaans het meest konden verdienen.

Bartolomeo was niet tevreden over mijn afleidingsmanoeuvre.

Hij sloeg een beker achterover en liet die van mij bijvullen. 'Ik begrijp je niet,' zei hij. 'Eerder had je grote verhalen over die Vrije Geesten van Vlaanderen en nu durf je ze niet te herhalen. Waar ben je bang voor? Je hebt in Italië gewoond, je weet hoe gek we zijn op zulke verhalen. Je kent Boccaccio, en je luistert zelf maar al te graag naar Poggio's schunnige geschiedenissen.'

'Het heeft niets met durf te maken,' zei ik, 'ieder verhaal heeft een tijdstip en stemming. Dit verhaal was toen, nu zijn er andere te vertellen.'

Bartolomeo pakte Galina bij haar pols en zei: 'Misschien kan dit schatje me wijzer maken over die serafijnse kus, die heb je haar vast bijgebracht. Een eenhandige hoer moet zich extra vaardigheden eigen maken. Ik zal het graag van haar zelf leren.'

Galina probeerde zich los te rukken maar hij verstevigde zijn greep. 'Komaan,' zei hij. 'Ik ben goed voor mijn geld. Ik neem je even mee naar boven.'

Ik greep op mijn beurt zijn pols en zei: 'Laat los of jij bent de volgende die met één hand door het leven moet.'

Ik hoefde mijn dreigement al niet meer uit te voeren, want Armin zag eindelijk een goede gelegenheid om de curiaal aan te pakken, die eerder zijn orde had beledigd. Hij haalde uit en Bartolomeo sloeg zonder zelfs maar een zucht te slaken tegen de grond. Ergens tijdens de conversatie had Armin de *gantelet* van zijn rechterhand aangetrokken. Hij nam rustig weer plaats, haalde een doekje uit zijn mouw en poetste de ijzeren knokkels schoon. Ik weet niet of er bloed op zat, of dat het een gewoontegebaar van hem was. De overige Italianen waagden het niet om hun kameraad te wreken, ze knielden bij hem neer en toen hij niet meteen bijkwam, droegen ze hem naar een tafel waar ze hem voorzichtig op legden.

Met een zucht kwam ik overeind en ik zei: 'Ragazzi, ik ben arts. Laat mij even kijken.'

Ze lieten me er niet bij. Toen ik zag dat Bartolomeo zijn ogen alweer opende, liet ik het zo en ik wenkte Galina ten teken dat we vertrokken.

Wat liet ik me toch afleiden door het leven van alledag, ik, de drager van het grote inzicht!

47

De hand van Galina

Vanaf het domplein kwam ons een aanzwellend rumoer tegemoet. Ik hield Galina tegen. 'Er is iets aan de hand verderop.' Ik probeerde me te concentreren en mijn verre blik te richten, maar het kostte me grote moeite. Net toen ik dacht dat het ging lukken, naderde iemand ons van achteren en Galina slaakte een gil.

'Ik ben het maar,' zei Armin. 'Wat staan jullie hier?'

Ik wees in de richting van het plein. Armin hield zijn hoofd scheef, luisterde en begon toen te lopen. 'Als we niet gaan kijken, komen we er niet achter.'

Wij volgden hem. Nog voor we het plein bereikten, kwamen mannen en vrouwen uit een steeg rennen, die gewapend waren met knuppels en grote messen. Enkele kerels stormden op ons af en riepen leuzen in een vreemde taal, terwijl de meesten ons voorbijrenden. Galina riep iets terug, het moest Boheems zijn, maar de eerste ging al neer onder Armins ijzeren vuist, hij droeg nog altijd zijn gantelet. Drie mannen vielen hem tegelijk aan en hij sloeg ze van zich af, het zwaard bleef in de schede. Galina bleef roepen, en nu hielden de rabauwen op. Ze wees op mij en Armin, en snauwde nog een paar woorden. De voorste mannen haalden hun schouders op en lachten. Toen hielpen ze hun ter aarde gestorte kameraad overeind en verdwenen, achter de eerste groep aan.

'Wie zijn dat?' vroeg ik aan Galina.

'Onze mensen,' zei ze, 'Bohemers. Ze zijn woedend vanwege de moord op Hiëronymus.'

'En wat willen ze dan daarmee bereiken?' vroeg Armin.

'Ze zoeken naar... ik kom niet op het woord,' zei Galina. 'Verantwoordelijken?'

Ik lachte. 'En die zoeken ze bij nacht in de straten?'

Op dat moment kwam er een patrouille uit de steeg, stadswachten, maar er waren ook soldaten bij. De meesten liepen door, speurend in alle nissen en hoeken en stegen, maar een drietal hield halt bij ons. 'Hebben jullie die opstandelingen gezien?' vroeg een van hen.

'Welke opstandelingen?'

'Ze zijn hier langsgekomen,' zei de man; hij kwam heel dicht voor me staan en keek me recht in de ogen. 'Als jij niets gezien hebt, dan ben je een handlanger.'

'Ik ben een gerespecteerd arts,' zei ik uit de hoogte. 'De lijfarts van jullie eigen bisschop Otto. Ik kan u alleen zeggen dat ik een groep mensen zag die stokken droegen. Ze renden weg van het plein, in de richting die jullie mensen nu gaan. Wat hebben ze gedaan?'

'Ze hebben de gastenverblijven aangevallen van onze meest vooraanstaande concilianten. Het zijn Boheemse ketters, en ze zullen boeten.' Hij nam Galina op. 'Wie is deze vrouw?'

'Zij werkt voor mij en helpt me met mijn patiënten.'

Armin stapte naar voren, maar de man maakte een verontschuldigend gebaar. 'U, als Duitse ridder, staat natuurlijk boven elke verdenking.'

Armin lachte. 'Ik heb een van die ketters een ijzeren vuistslag gegeven,' zei hij, 'maar zijn vrienden brachten hem weer op de been. Ga maar snel, straks zijn de vogels gevlogen.'

De man maakte een korte buiging en vertrok. Hij riep over zijn schouder: 'Kijkt u de ridder maar snel na, heelmeester; een kleine wond kan grote gevolgen hebben, dat hoef ik u niet te vertellen.'

'Verdomme, d'r heeft er een me geraakt,' zei Armin verbaasd. Hij had een messteek in zijn arm gekregen, op het straatplankier glom een plasje bloed in het maanlicht.

'Kom mee,' zei ik tegen Armin, 'hij heeft gelijk, een kleine snee kan ernstige gevolgen hebben.' Ik nam Galina bij de hand.

'Die man, dat was Hans Hagen, hoofd van de stadswacht,' zei Armin. 'Een kundig man.'

'Die krijgt de ketters er wel onder,' zei ik, al kon me dat weinig schelen.

'Hier in de stad, ja,' zei Armin, 'in Bohemen zullen nog wel de nodige problemen ontstaan. Ik vrees dat wij, Duitse ridders, daar de komende jaren veel werk aan zullen krijgen.'

‘Ik dacht dat jullie heidenen moesten bekeren?’ vroeg ik.

‘Dat zijn ’t toch ook?’ zei hij.

Galina trok haar hand uit de mijne. ‘Niks heidenen,’ zei ze. ‘Échte christenen!’

Armin schonk haar een boze blik, maar hij zweeg.

‘Kijk maar uit, Galina,’ zei ik, ‘straks voelt deze Teutoonse ridder zich genoodzaakt om jou tot orthodoxere gedachten te brengen.’

Armin lachte. ‘Heb je wijn in huis?’ Onder het lopen haalde hij een doekje tevoorschijn en hij poetste zorgvuldig zijn gantelet op, al glom die alweer als een pauselijke tiara.

Galina sloeg het zijdelings gade en toen we bij ons huis waren aangekomen zei ze: ‘Ik geef mijn ziel en zaligheid voor zo’n hand.’

Ik had haar graag een hand gegeven, maar sommige zaken kan zelfs ik niet waarmaken.

Ik wist toen nog niet hoe snel Galina’s wens zou worden vervuld.

‘Niets vitaals,’ zei ik, toen ik de wond had schoongemaakt. ‘Ik zal het verbinden en verwacht dat je over een dag of drie weer in orde bent. Geef het rust, dan komt het goed.’

‘Rust, daarvan krijg ik al te veel de laatste maanden,’ zei Armin. ‘Ik zal blij zijn als het hier allemaal is opgelost en ik kan terugkeren naar Pruisen.’

Ondertussen merkte ik dat hij zijn ogen nauwelijks kon afhouden van Galina, die druk bezig was met het bijeenzoeken en weer wegbergen van mijn doktersspullen, en dit alles terwijl ze wijn schonk en een kleine broodmaaltijd voor ons verzorgde.

‘Waar is Zdislav eigenlijk?’ vroeg ik.

‘Ik heb hem niet gezien vandaag,’ zei ze.

‘Je moet je personeel discipline bijbrengen,’ vond Armin.

‘Hij voldoet meestal uitstekend,’ zei ik. ‘Je kunt ook niet van de hele wereld verwachten dat ze zich zo gedragen als militaire monniken zoals jij en je kameraden.’

Hij lachte en liet zich de wijn smaken. ‘Waarom niet?’ vroeg hij toen. ‘Discipline schaadt niemand.’

‘Voor een celibatair heb je goed oog voor vrouwelijk schoon,’ merkte ik op, want zijn blikken bleven maar rusteloos rond Galina’s weelderige vormen zwerven.

Armin haalde zijn schouders op. 'Het vlees is zwak. Heeft de heilige Paulus dat niet gezegd?'

Ik vond het niet nodig om hem te verbeteren, maar zei: 'Het heilige boek biedt meer sluipwegen en aflaten dan de kerk zelf. Dan zal je de brief aan Timotheus ook wel bevallen.' Ik wedde met mezelf dat hij díé tekst zeker zou kennen.

'Neem wijn,' zei Armin grijnzend, 'omwille van uw maag en menigvuldige zwakheden.'

Ik kon het niet laten. '"Een weinig wijn," zegt hij om precies te zijn.'

'Als een weinig goed is, dan is veel beter,' meende mijn vriend. 'Zo is veel godsvrucht beter dan een weinig, en veel moed in de strijd is verre te verkiezen boven een weinig moed.'

Ik wilde die discussie niet aangaan, zulke grollen had ik als student vaak aangehoord, en filosofisch stelde het niets voor, maar ik dacht aan zijn eerdere opmerking over de Franse ridders, die iedere oorlog verloren door hun blinde onnadenkende moed en vechtlust.

Armin was nog niet klaar. 'Als de Saracenen en Turken iemand hadden gehad als de heilige Paulus,' zei hij, 'om nog maar te zwijgen van de Mongolen en Tataren, dan hadden wij niet zoveel met ze te stellen gehad.'

'Waarom denk je dat?' Los van zijn denkfout, want nergens vond ik meer drankzucht dan bij Turken en Tataren, betwijfelde ik of geestrijke dranken bevorderlijk zijn voor de vredelievendheid van een volk. Ik vroeg het eigenlijk omwille van de conversatie en luisterde niet naar zijn antwoord, want ik wachtte op een gelegenheid om een idee op hem uit te proberen, dat eerder die dag in de taveerne bij me was opgekomen.

Toen ik een opening zag in zijn door het geestrijke vocht geïnspireerde woordenvloed, kwam ik ertussen. 'Hoe staat het met de slavenhandel in Lijfland en Pruisen? Ben jij daarvan op de hoogte?'

Hij keek me verbaasd aan. 'Waarom wil je dat weten? Heb je een slaaf nodig? Dat is nauwelijks rendabel, mijn vriend. Een slaaf is niet geneigd hard te werken, maar kost veel tijd en moeite in zijn onderhoud.'

'Ik denk erover om slaven te gebruiken voor mijn grote bouwproject,' zei ik. 'Ik merkte tijdens mijn verblijf in Samarkand op hoe snel ze werken, mits er streng wordt opgetreden, dit in tegenstelling tot onze eigen handwerkslieden, die alles over jaren uitsmeren met al hun buitensporige eisen en rechten. Met slaven kan ik de bouwtijd van onze kathedraal vele jaren bekorten.'

Armin schaterde het uit, en maakte daarbij zoveel lawaai dat Galina, die niet in de kamer was geweest, verschrikt kwam aangerend. 'Dat kun je vergeten, Isidoor,' zei hij. 'Slaven hebben we niet meer, de volkeren die we moesten kerstenen, zijn inmiddels wel onderworpen en zodra ze christen zijn, mogen ze niet meer in slavernij leven. Dus wie zal jouw slaven beletten om het christendom aan te nemen, al was het alleen maar om aan die strenge straffen te ontsnappen? En daarbij, waar halen wij in die achterlijke streken vakmensen vandaan? Je mag al blij zijn als je er een bekwame kolenbrander of strontschepper vindt. Ja, een plaggenhuttenspecialist of een turfjongen, die kan ik je nog wel bezorgen!'

Een nieuw lachsalvo volgde en omdat ik de waarheid van zijn woorden inzag, zeker van zijn tweede argument, en omdat ik zijn lawaai niet langer verdroeg, zei ik: 'Het is tijd om te gaan slapen, ridder. Morgen werk ik weer en mijn bezigheden laten weinig speelruimte voor vertier.'

Hij nam goedmoedig afscheid en vertrok, nog nagrinnikend om de Lijflandse kathedralenbouwers.

Zdislav zouden we die avond niet meer zien, het duurde nog drie dagen voor hij zich weer meldde. Zonder verontschuldiging of uitleg wijdde hij zich weer aan zijn taken. Zijn gezicht was gehavend en hij liep een beetje mank, maar ik wist wel beter dan een verklaring te eisen. Soms hoorde ik Galina met hem praten. Hij antwoordde zelden en dan alleen maar in eenwoordzinnen.

Nee, naar vertier zocht ik niet, mijn vriend, noch heb ik dat ooit gedaan, maar die zomer – waarin het concilie nog altijd vrijwel stillag en de lediggangers die niet van arbeid afhankelijk waren vermaak zochten – die lange mooie zomer van dat jaar 1416, zocht het vertier mij op en ik ontkwam niet aan de lustigheden van deze stad. Waren de Duitsers op zichzelf al liefhebbers van wijn, wijfjes en gezang, ook de Italianen lieten zich van hun meest hedonistische en frivole kant zien en, omdat ook mijn werk niet vlotte, afhankelijk als het was van bisschoppelijke manipulaties, en van een steeds maar uitgestelde pauskeuze, liet ook ik me meeslepen, en wel letterlijk, want het was Galina die, eenmaal niet meer op haar oude beroep aangewezen, een plotselinge voorkeur begon te ontwikkelen voor het buitenleven. Ze gedroeg zich zowaar als een grande dame.

Overigens had ze mij op een nacht verteld dat haar familie in Praag tot de welgestelde burgerij had behoord, maar dat haar vader een paar jaar eerder was aangewezen als een van de aanstichters van onlusten, waarna koning Wenceslaus, de halfbroer van roomskoning Sigismund, hem had laten ophangen.

Zo brachten wij lange middagen wandelend en keuvelend door langs de weelderige Rijnoever en net zoals op die eerste dag dat we elkaar ontmoetten, zochten we dan een stil plekje in het hoge gras onder de linden, waar we een kleedje uitspreidden en de liefde bedreven. Naderhand sliepen we en ontwaakten soms pas als de vogels al het laatste uur van de dag aankondigden.

Galina compenseerde haar lichamelijke onvolkomenheid met een ongekend enthousiasme en nog grotere toewijding dan ik van haar kende. Ik veronderstel dat ons vroegere samenzijn voor haar eerder een beroepsmatige aangelegenheid was geweest, al verzekerde ze me meermalen dat ze van meet af aan een grote hartstocht voor mij had opgevat. Zij was aangenaam gezelschap en na zoveel jaren van zelfopgelegde ascese gunde ik mezelf in deze tijd van luwte en afwachten de luxe van een gewillige en vaardige vrouw.

Ondernemende lieden hadden hier en daar tenten opgezet met zitkussens waar mensen wijn of bier dronken en dikwijls ontmoetten we bekenden uit de stad, met wie we dan neerstreken in een van die tijdelijke gelegenheden en we prezen onszelf gelukkig dat de weersomstandigheden en de vrijheid ons zulke heerlijke dagen bezorgden.

Op een avond, terwijl we ons haastten over het karrenspoor langs de Grote Brüel om voor de duisternis in de stad te komen, liepen we bij de driesprong opeens Krempel tegen het lijf, de eenhandige van het houtbewerkersgilde. Galina slaakte een zachte kreet en ook Krempel keek om zich heen of hij nog weg kon komen, maar het was te laat. We bleven alle drie stilstaan en de grote man had niets meer van de bravoure die hij destijds in de taveerne had getoond. Hij stond daar verlegen te schutteren en zijn ene hand friemelde wat doelloos ter hoogte van zijn kruis in een vruchteloze zoektocht naar zijn gespiegelde tweelingbroer.

'Meester Isidoor,' begon hij verlegen en ik kon horen dat hij dronken was, maar ditmaal was het een ander soort dronkenschap dan destijds. 'Meester Isidoor, ik wil u danken dat u mij niet hebt aangeklaagd.'

'Je had het wel verdiend,' zei ik. 'Als ik je had aangeklaagd, was je misschien je andere hand ook nog kwijtgeraakt en had het gilde je verstoten. Dan was je vervallen tot de bedelarij, zonder zelfs maar een hand om op te kunnen houden.'

Hij kromp nog verder ineen. 'Ik dank u uit de grond van mijn hart,' zei hij, 'en ik ben niet waardig om uw dame aan te spreken, maar wilt u haar zeggen dat ik ten diepste mijn daad betreur en dat ik alles in mijn vermogen zal doen om het goed te maken?'

Galina, haar angst kwijt, snoof minachtend, tilde haar rokken op en vervolgde haar weg naar de stad. Ik schudde mijn hoofd en bekeek Krempel, de simpele ziel. 'Het is goed dat je de gruwelijkheid van je daad inziet,' zei ik, 'maar ik kan geen manier bedenken hoe je dit ooit goed kunt maken. Ik hoop dat je voortaan nadenkt voor je dergelijke dwaasheden begaat. Maar nu moet ik achter mijn vrouw aan.'

Hij bleef daar staan, terwijl ik me achter Galina aan haastte.

Ik verwachtte in die dagen steeds dat ze me zou vragen om Krempel bij de autoriteiten aan te klagen, maar dat leek niet in haar op te komen.

We hoorden een tijdje niets meer over de opstandelingen, maar laat in de zomer bleek er opeens een aantal te zijn opgepakt. Er gingen geruchten dat politiespionnen in alle kringen infiltreerden. Zo kon het gebeuren dat er op een dag, niet lang nadat het nieuws van de arrestaties ons bereikte, op de daartoe bestemde heuvel, een tiental ketters aan de galgen hing.

De autoriteiten hadden noch aan de rechtszaak, noch aan de ophangingen gerucht gegeven, maar niemand die in die mooie dagen een wandeling wilde maken, ontkwam aan de aanblik van de rottende krengen. De stank die over de velden hing, moest nog altijd afkomstig zijn van de ezel die hier vorig jaar vlak onder de oppervlakte begraven was, want die moest het hebben van trage wormen. Op de menselijke kadavers daarentegen, daalden in zwermen de raven neer, die ze ontvleesden met een gretige honger die ik voordien alleen pas bij Tataren had waargenomen, zodat de gehangenen niet eens de kans kregen om te rotten.

Ik vond het een fascinerend gezicht hoe snel de natuur zich ontfermde over de menselijke overschotten, maar Galina nam liever een omweg, zij had grote moeite met het aanschouwen van haar geëxecuteerde landgenoten, ook al gingen ze grotendeels verborgen onder klapperend gevogelte. Voor haar waren het sombere dagen, maar dat veranderde na een nieuw bezoek van Krempel.

Het was misschien een maand na onze ontmoeting met de houtbewerker bij de Grote Brüel dat Zdislav het bezoek aankondigde. ‘Krempel,’ zei hij en het kostte hem moeite om zelfs dit ene woord uit te stoten. Ook hij herinnerde zich de hand.

‘Vandaag geen consulten,’ zei ik, maar Krempel drong zich al langs mijn knecht, die hij de trap op gevolgd was, want hoe groot Zdislav ook mocht zijn, voor de timmerman was hij geen partij.

‘Krempel,’ zei ik, ‘wat brengt jou hier? Vandaag heb ik andere zaken aan mijn hoofd dan de gezondheid van mijn cliënten.’

‘Ik wil uw vrouw spreken,’ zei hij.

Tot mijn afschuw zag ik dat hij, net als de vorige keer, een pakje in zijn hand droeg. Voor ik hem kon wegsturen, kwam Galina de kamer in, een vleesmes in haar hand. Ze siste wat in haar eigen taal, die ik nog altijd niet beheerste, ook al bood ze dikwijls aan me die te leren.

Zo stond Krempel daar, in al zijn nederigheid, met zijn pakje in geolied papier en tegenover hem kromde Galina zich, klaar om aan te vallen en blazend als een kat die haar klauwen toont en bereid is die te gebruiken.

‘Zeg de edele vrouwe dat ik iets voor haar heb om het goed te maken.’

De edele vrouwe in kwestie had het al begrepen en zei: ‘Sodemieter op, ik wil niets van jou, of het moet je hart zijn, dat ik uit je lijf snijd.’

Krempel kromp nog verder ineen en ondanks haar dreigement hield hij het pakje op in zijn goede hand en vouwde het voorzichtig open met zijn haak. Galina stapte al naar voren om haar belofte waar te maken en ik wilde haar grijpen om het te verhinderen. Ook Zdislav kwam in beweging, maar we verstarden allemaal in onze houding toen we zagen wat de houtbewerker onthulde.

Het was een vrouwenhand, zeker, maar niemand zou ook maar voor de duur van een hartslag aannemen dat die afkomstig kon zijn van een levende vrouw. Deze hand was volmaakter dan enige levende hand kon zijn. Van deze hand waren alle andere afschaduwingen; het was de oerhand, de vrouwenhand zoals die in de onvolkomen werkelijkheid geen bestaansrecht heeft. Hij was gemaakt van hout en geen Italiaanse kunstenaar had de maker kunnen evenaren. Het moet eiken zijn geweest en een oliebehandeling bracht de vlamtekening van de nerven naar voren.

Krempel legde het kleinood voorzichtig neer op mijn behandeltafel en liep achterwaarts naar buiten, met een smekende blik op Galina. Zdislav volgde hem de trap af.

Galina wachtte tot hij buiten was, toen legde ze het mes neer, nam de hand op en bekeek hem van alle kanten. Hij was gemonteerd op een holle houder, en vanbinnen gevoerd met fluweel. Galina schoof de houder over haar stomp, hij leek goed te passen. Ze stak de hand op en bewoog met haar rechter de houten vingers, waarvan de kootjes op kunstige wijze, met verborgen scharniertjes onafhankelijk van elkaar konden worden bewogen waardoor ze de hand in iedere gewenste houding kon zetten. De speelruimte was dezelfde als bij een echte hand en met dezelfde beperkingen. Ik keek ademloos toe hoe ze de een na de andere vinger liet krommen en weer rechtboog.

Toen keek ze van de hand naar mij en ik zoog mijn longen vol lucht. Ze trok de ceintuur van mijn houppelande los en liet de houten hand onder mijn onderkleed glijden. In mijn lendenstreek begon een vurig kloppen en bonzen, vergelijkbaar met de extase die ik het jaar daarvoor voor het eerst had ervaren, maar nu toegespitst op heel specifieke lichaamsdelen.

48

Windstilte

Misschien had ik, achteraf gezien, de spanning moeten voelen die in de stad hing in die late zomerdagen. 'De stad snakt naar een catharsis,' had bisschop Otto een jaar eerder gezegd, en die kreeg ze destijds met de verbranding van de ketter Johannes Hus. Die eerste verbranding was een uitlaatklep geweest, en ook de afgelopen lente kregen volk en concilianten wat ze wilden. Nu wekte de lange vredige zomer verwachtingen van een wending of misschien wel een eindoplossing, maar na haar eerder zo daadkrachtige optreden, kwam de kerkvergadering terecht in een periode van windstilte. De koning zocht nog altijd aan de randen van zijn rijk steun tegen de weigerpaus en probeerde een coalitie te smeden voor de onvermijdelijke strijd tegen de Turken.

Die nazomer en vroege herfst, waarin ook ik het wachten op nieuwe ontwikkelingen moe begon te worden, bracht ik door met Galina. Was zij aanvankelijk alleen maar aangenaam gezelschap geweest, dat veranderde toen de wonderlijke hand van Krempel haar onvolkomenheid ophief.

Zij werkte nog altijd aan de maquette in de torenkamer, maar ik vrees dat ik haar weinig tijd gunde, want pas nu zag ik haar volmaaktheid en ik kon haar nauwelijks nog met rust laten. Steeds weer haastten we ons naar huis waar de strozak wachtte. Eenmaal werd het ons te machtig en moest haar godvrezendheid wijken voor een allesoverweldigende hartstocht, zodat we een deel van de maquette verpletterden in ons liefdesspel en dat pas merkten toen we elkaar hadden uitgeput.

Het maakte niet uit, want met haar vaardigheden maakte ze alles weer heel – en in het liefdesspel overtrof ze zelfs de Galina van voor haar onfortuinlijke ontmoeting met Krempel.

Zij bezocht dikwijls haar landgenoten en op zulke momenten,

als ik geen lust had in taveernebezoek en niets omhanden had, want met mijn rekenwerk en ontwerpen was ik nu wel klaar, beklom ik de toren en keerde terug naar het grote inzicht dat de oude man mij had gegeven. Ik had dit overal kunnen doen, maar deze hoge positie kwam het meest overeen met de extase die ik voelde, alsof ik de hele stad met haar bewoners en vreemdelingen in mij verenigde. En hier begon het alleen maar want als ik dat wilde, breidde ik mijn geest uit, totdat de wereld in mijn borstkas resoneerde. En naderhand vroeg ik me steeds weer af waarom ik nog afdaalde, waarom ik de taveernen bezocht en wijn dronk, me uitputte op deernen. Ik, die de wereld in mij omdroeg.

Hoe dikwijls brengt niet de mensheid en haar dwaasheden onwelkome afleiding voor wie grote werken wil verrichten? Op een avond zocht ik Galina in de Friedel en vond haar in een lang gesprek met een vriendin, die er nogal aangeslagen uitzag. Het ging om een probleem in de liefde of iets dergelijks, dus ik voegde me bij mijn drinkmakkers Armin en Guillem, die me al wenkten. Een beker goede wijn gaat er altijd in, al kon ik de waard er niet toe brengen mij te schenken wat hij de Italianen schonk. Ik weet niet precies hoe het werkt in Konstanzer herbergen, maar kennelijk hadden zij hun eigen vaatjes en ik moest genoegen nemen met de wijn die de Duitsers voorgezet kregen. Die overigens niet slecht was.

Het duurde niet lang of Guillem begon over Galina, want zij bleef voor hem een rots der struikeling. 'Die hoer...' was zijn opening.

Ik zuchtte al, dus hij matigde zijn toon. 'Die vrouw met wie je in ontucht leeft, Isidoor,' zei hij, 'ik zou toch zweren dat zij enkele maanden geleden haar hand had verloren.'

'Dat is ook zo.'

'Maar nu heeft ze er twee,' ging hij verder. 'Hoe is dat mogelijk? En deze nieuwe hand is mooier dan de oude.'

Ik constateerde, niet voor het eerst, dat zijn blik verder ging dan kruis en Heilige Geest. 'Waarom vraag je het haar niet zelf, als je iets wilt weten?' sarde ik hem, want ik wist dat hij nooit een vrouw zou aanspreken, althans niet in het openbaar. Geestelijken hebben andere manieren om aan hun gerief te komen.

Hij snoof minachtend en zei toen: 'Ik vraag het aan jou.'

'Ik heb haar genezen,' zei ik, 'je ziet het resultaat van mijn medische vaardigheid.'

Hij kneep zijn ogen samen en keek me aan door de spleetjes. 'Dat is niet mogelijk,' zei hij langzaam. 'Hoe heb je dat voor elkaar gekregen?'

Ook Armin had zijn twijfels. Hij lachte. 'Een vrouw kan geen hand laten groeien zoals een hagedis een afgebroken staart.'

'Ik heb hem eraan genaaid.'

Armin staarde, Guillem schudde zijn hoofd. 'Hoe kwam je dan aan een hand?'

'Voor een geestelijke heb je weinig geloof,' schertste ik. 'Het is haar oude hand, die was afgehakt. Ik vond hem in de modder van een steeg en hij bleek gaaf en ongeschonden te zijn. Hij was mooier dan voor de verwijdering en ik denk dat we kunnen spreken van goddelijke tussenkomst. Je weet zelf dat er vele voorbeelden zijn in de heiligenlevens. Dat zegt wel iets over mijn friedeltje.'

Guillem tuurde weer naar Galina. Na een tijdje zei hij: 'Dit komt niet van God, dit is duivelswerk. Een dode hand die tot leven komt, dat is niet in de haak.'

'En hoe zit het met Jezus, die Lazarus tot leven wekte?' vroeg ik. 'Als hij dat klaarspeelde met een dode man, hoe moeilijk kan een hand dan zijn?'

Galina kwam overeind en wenkte mij, met haar houten hand. Ik groette mijn vrienden, inwendig lachend om hun domme gezichten en liep, zinderend van lust, naar mijn vriendin om haar mee te tronen.

Onderweg vertelde Galina over haar vriendin, die was meegelokt door een man, en eenmaal binnen in zijn huis, in de val liep. Vijf mannen hadden haar om beurten misbruikt. 'En reken maar dat ze niet hebben betaald,' zei Galina.

'Dat is het risico van het vak,' zei ik. 'Wees maar blij dat ik je daaruit heb gehaald.'

Ze riep wat in haar taaltje, maar op dat moment werd mijn aandacht getrokken door Poggio, die een eindje voor ons een steeg in liep. Ik riep zijn naam en haastte me naar hem toe.

'Isidoro!' Hij was blij me te zien. Hij was duidelijk vermoeid, en zijn kleren, die een tijdje geleden nieuw waren geweest, zagen er nu gevlekt en verfomfaaid uit. Hij moest net terug zijn van zijn rondgang langs de kloosters.

'Was je op manuscriptenjacht?' vroeg ik, alsof er andere mogelijkheden waren.

'Het was een groot succes!' Hij straalde. 'Als je eens wist wat ik aan de vergetelheid heb weten te onttrekken! We moeten snel afspreken, ik heb nu een afspraak met kardinaal Zabarella.'

Hij wilde al weglopen, maar ik hield hem tegen. 'Over hem wilde ik je juist spreken. Kan ik niet met je mee?'

Hij keek naar Galina. 'Met die hoer?' Hij sprak Italiaans, maar ik kon zien dat Galina hem had begrepen.

'Ik stuur haar weg.' Ik wilde hem niet vertellen dat ze bij mij woonde.

Dat was niet voldoende. Hij schudde zijn hoofd. 'Vandaag komt het niet uit,' zei hij. 'De kardinaal is een drukbezet man en ik kan niet zomaar iedereen naar hem meenemen. Hij heeft nu even tijd voor mij, en ik wil niet opdringerig lijken door met vrienden bij hem aan te komen. Ik wil ook eerst van jou weten waarom je hem wilt spreken.'

'Dat is eenvoudig,' zei ik, 'het gaat om...'

Hij onderbrak me. 'Niet nu,' zei hij, 'dat bespreken we binnenkort in de taveerne. Ik moet echt weg.'

Hij verdween en ik bedacht te laat dat ik nog altijd niet wist waar ik hem kon treffen. Ik nam me voor om de komende tijd wat vaker de Friedel binnen te gaan.

Het zou nog een paar dagen duren voor ik Poggio weerzag, maar in die dagen veranderde alles.

Omdat ik nu het vooruitzicht had op een onderhoud met de kardinaal die het meest *papabile* of pauswaardig was, leek de tijd rijp voor nieuwe gesprekken met de individuele gildemeesters en met de bisschop. Ook zonder paus konden we al voorbereidingen treffen.

De bisschop had maar even tijd, maar hij verzekerde me dat de steenhouwerijen op vol vermogen werkten en dat de aanvoer van stenen de komende winter al op gang kon komen. Daarnaast hadden zijn vertegenwoordigers al uitstekend balkwerk geselecteerd en goede prijzen bedongen. 'Maar voor we beginnen wil ik nog eens het hele plan doornemen,' zei hij. Hij maakte een gezonde indruk, bisschop Otto, ik meende te kunnen constateren dat hij net als ik zat te popelen.

'We zullen een groot gedeelte van de huidige munster moeten afbreken,' zei ik. 'Dat zal op verzet stuiten, dus u moet het goed voorbereiden. We beginnen met een kern van waaruit we in de loop van de jaren zullen uitbreiden, dus ook de ruiming kan geleidelijk worden doorgevoerd.'

'Dat is zo,' gaf hij toe, 'en de afbraak van de munster is inderdaad lastig, zeker met een concilie dat nog niet voltooid is.'

'Maar ik begreep dat dit snel zal zijn afgehandeld?'

Hij knikte. 'Dat is wel de verwachting. Als de koning eenmaal terug is, zal de pauskeuze vlot verlopen. En de grote koophal aan de haven is een uitstekende uitwijkmogelijkheid voor het concilie. Als de tijd daar is, zal men begrip hebben voor een verplaatsing.'

'Wat denkt u van de kansen van kardinaal Zabarella?' wilde ik van hem weten.

Hij lachte. 'Als ik zou gokken, dan zette ik alles in op hem. Hij is de ideale kandidaat, zeker gezien zijn contacten met de bankiers. Je kent ze wel, de De' Medici uit Florence.'

'Ik heb jaren in Italië gewoond,' zei ik. 'Goed, het wordt tijd dat we duidelijkere afspraken maken met de gildemeesters en tijdpaden gaan vastleggen, zodat ook zij rekening kunnen houden met het aannemen van opdrachten. Dan kan achteraf niemand zeggen dat we de voorkeur geven aan mensen van buitenaf.'

Otto knikte geestdriftig. 'Ga die gesprekken voeren, laat ze nogmaals alles doorrekenen zodat we ergens in het volgende jaar kunnen beginnen.'

Ik had die gesprekken liever gevoerd met Otto zelf erbij, maar hij was te druk. 'De rust van deze maanden is maar schijn,' zei hij. 'Een kleine groep mensen, waaronder ikzelf, is bezig met voorbereidingen. Je weet dat ik een interessante bibliotheek heb en deze jaren druk ben met het bijeenbrengen van boeken op het gebied van canoniek recht. Als we ze ooit nodig hadden, dan is het wel nu. De bisschoppelijke bibliotheek is vermaard tot ver over de grenzen.'

Ik wist het. Canoniek recht, wat een verspilling van vellum en kastruimte!

Nu het allemaal concreet ging worden en ik een en ander aanschouwelijk kon maken met mijn tekeningen en de bijna voltooide maquette, ontving ik mijn gasten in mijn werkkamer in de munster. Ik vroeg Galina om zich op de achtergrond te houden en niet te vergeten dat zij in deze ruimte voor een jongeman moest doorgaan. Als eerste liet ik een ontmoeting regelen met de gildemeester van de steenhouwers.

Terwijl Galina aan een tafel in een hoek van het vertrek werkte aan ornamenten, die niet noodzakelijk waren voor een goed beeld van het kathedraalcomplex, maar die het aantrekkelijker maakten, sprak ik met meester Rüdiger.

Hij, die zelf uit een vierkant blok gehouwen leek, verheugde zich. 'Dit zal mijn zonen en zelfs mijn kleinzonen werk verschaffen,' zei hij, 'en als het moet kunnen we van elders uit de kerkprovincie mensen laten komen. Maar u weet dat een grotere kerk ook een groter fundament nodig heeft? Misschien kan dat al gelegd worden voor de gedeeltelijke afbraak van de kathedraal? Het vergt veel voorbereiding. Er moet gegraven worden en de waterlopen moeten goed in kaart gebracht. Het aanstampen van de grond met voorhamers is ook een tijdrovende zaak.'

'Dat is in dit stadium nog niet praktisch,' haastte ik me te zeggen, maar hij stak een hand op en liep naar mijn werktafel.

'Waar zijn de tekeningen?' riep hij. 'Ik ken deze stad als geen ander. Misschien kan ik alvast locaties aanwijzen...'

Ik probeerde hem tegen te houden, maar hij veranderde van koers en liep recht af op de maquette. 'Prachtig!' riep hij uit. Daarna viel hij stil en hij bekeek het van alle kanten. Toen draaide hij zich naar me om. 'Ik mis een paar straten,' zei hij. 'Ik mis de halve binnenstad.'

'Er moeten wat huizen wijken,' zei ik. 'Ook dat wordt geregeld, met royale compensaties en nieuwe woningbouw. De stad zal floreren als nooit tevoren, en...'

'Ik woon daar,' onderbrak hij me. Hij wees naar de rand van mijn grote koepel.

'Daarom is het te vroeg om fundamenten te leggen,' verklaarde ik rustig en ik bundelde mijn kracht om zijn geest in mijn greep te krijgen. 'Het is zoals u zei: dit werk gaat generaties duren en ik verwacht niet dat de herplaatsing van uw huis al tijdens uw leven plaatsvindt.' Ik schatte hem op een jaar of zestig en hij kon nog wel tien jaar mee. Tegen die tijd hoopte ik al klaar te zijn. Maar dat hoefde hij niet te weten. Ik voegde eraan toe: 'Ik denk zelfs dat uw zonen het niet zullen meemaken.'

Hij zweeg en keerde zich weer naar de maquette. Ik kwam naast hem staan en bekeek de stad door zijn ogen, overspoelde hem met de ontroering die mensen voelen bij het zien van grote kunst, ik nam zijn angsten weg en toen hij er klaar voor was, nam ik hem mee naar de zetels waarin we eerder gezeten hadden en schonk hem wijn. 'Op het welslagen,' zei ik.

Hij aanvaardde de dronk en voegde eraan toe: 'Op de glorie van onze geliefde stad!' Hij zag me niet eens meer als vreemdeling.

Met de meester van het houtbewerkersgilde, Johannes, was ik snel klaar: zijn mensen zouden voorlopig alleen ondersteuning bieden aan de metselaars en steenhouwers, pas later zouden ze direct meewerken aan de kerkbouw. Hij zou zorgen voor de ladders en stellages, steigers en mallen die de steenmetselaars nodig hadden, gedeeltelijk zou hij hiervoor externe krachten inhuren, zoals de kuipers.

'Ik zal een lijst maken en een prijs vaststellen,' zei hij. 'Wij willen wel de helft vooruitbetaald krijgen om materialen te kopen.'

Ik beloofde hem dit aan de thesaurier door te geven, en toen wij, na een goede dronk, afscheid wilden nemen, had ik nog een vraag voor hem. 'Onlangs kreeg ik een prachtig stuk onder ogen van jouw gildegenoot Krempel, het was een kunsthand. Ik vroeg me af hoe hij dat kon doen, aangezien hij zelf maar één hand heeft?'

Johann glimlachte. 'Krempel mag niet de slimste zijn, hij was ooit onze beste vakman. Hij heeft een preekstoel gemaakt die nog steeds onovertroffen is. Hij kon in deze stad maar zelden zijn vaardigheden tonen, meestal hebben we hier louter routinewerk te doen. Zijn hand verloor hij zo'n tien jaar geleden, toen hij klem kwam te zitten in het hefmechanisme van een hijsinstallatie. Sindsdien is hij steeds meer gaan drinken. Hij heeft een kwade dronk en verandert dan in een razende.'

'Dat heb ik gemerkt,' zei ik. 'Maar hoe kan hij dan nog steeds mooie dingen maken?'

De man haalde zijn schouders op. 'Ik geloof niet dat het veel voorstelt, wat hij maakt. Zijn vakkennis is hij niet verleerd natuurlijk, maar sinds zijn ongeluk werkt hij zo langzaam, dat hij voor ons niet meer bruikbaar is. Het gilde onderhoudt hem en hij zwerft wat rond in de werkplaatsen, maakt schoon, geeft leerjongens instructies en maakt soms wat kleine dingen voor zichzelf. Hij klemt alles vast en werkt dan eenhandig.'

'Ik wil hem desondanks vragen om beeldhouwwerk te verrichten voor de kathedraal.'

De man haalde zijn schouders op. 'Het is uw geld. Als hij betaald krijgt als een gewone werker kan niemand daartegen zijn. Dan komt hij voor de duur van het werk ook niet ten laste van het gilde. Ik zal hem naar u toesturen.'

'Morgen, als het kan,' zei ik. Als hij zo langzaam werkte, kon hij niet vroeg genoeg beginnen aan de toegangsdeur van mijn kathedraal.

Toen Johann weg was, riep ik Galina bij me. Ze kwam aangelopen, overdreven heupwiegend om haar jongensachtige verschijning te compenseren en gooide haar haren, die ze onder een kapje verborgen had gehouden, los. Terwijl ik aan de veters van haar lijfje peuterde, tikte ze met haar houten vingertjes op mijn wervels, zodat het tot in mijn wortels tintelde. Ik wilde de kleren van haar lijf scheuren, maar ze dook onder mijn arm door en riep: 'Niet hier, niet hier!'

'Kom mee naar huis dan,' zei ik.

Wij verlieten de toren maar op het plein sloeg Galina de verkeerde steeg in.

'Waar ga je heen?' vroeg ik.

'Naar de haven,' zei ze. 'Ik haal vlug even wat vis voor het avondeten.'

'Moet dat nu?' vroeg ik geërgerd en ik wilde haar arm grijpen, maar ze ontweek me lachend en riep over haar schouder: 'Het duurt maar even!' Ze versnelde haar pas en ik volgde haar zuchtend naar de vissers die de vangst bij hun boten in kistjes hadden uitgestald.

'Ik heb een heel mooie snoek voor je, jongeman,' zei een visser.

Galina lachte en probeerde haar stem als die van een jongen te laten klinken. 'Ik zoek zelf wel wat uit,' zei ze.

Ik keek toe hoe ze ongehaast hier en daar de koopwaar besnuffelde en mijn gedachten dwaalden naar een gesprek van nog niet zo lang geleden.

Wat had ze ook weer gezegd?

'Ik kijk graag naar vissen, of ze nu levend of dood zijn. In leven zijn het vlugge grijze schimmen, net één tint minder doorzichtig dan het water zelf. En dood lijken ze gevallen ridders in hun zilveren maliënkolders.'

Lorea. Haar stem, haar stille gestalte gespiegeld in de deining. Mijn ogen begonnen te prikken en ik draaide me om. Achter me riep Galina mijn naam. Ze had vis, we konden naar huis.

Maar de lust was me vergaan en ik wilde alleen zijn.

49

Zeno draait zich om in zijn graf

Eén van de wachters van de toreningang kwam melden dat er bezoek was. 'Hij noemt zich Kilian van Radolfzell,' zei hij.

Ik kende niemand met die naam en volgde hem naar het bordes. De man die voor de deur wachtte was Krempel.

'Waarom noem jij jezelf Kilian?' vroeg ik.

'Krempel is een bijnaam,' zei hij bedeesd, 'maar u mag me zo noemen, als u wilt.'

'Kom binnen, Krempel.' Ik ging hem voor de trap op.

Bij het binnentreden in mijn werkruimte besefte ik dat het een vergissing was om hem hier uit te nodigen. Galina verstijfde. 'Ik wil hem niet hier,' snauwde ze.

Krempel begon over zijn hele lijf te trillen. Ik liet hem staan en liep naar Galina.

'Ik heb hem nodig,' zei ik. 'Kijk naar je hand, en probeer je voor te stellen wat deze man kan bijdragen aan de kathedraal.' Ik wees op een van de gargouilles die zij in miniatuur had gemaakt. 'Denk aan de preekstoel, de grote deuren, denk aan heiligenbeelden!' Ik bespeelde haar met mijn krachten en ze kwam tot bedaren. Evengoed glipte ze langs Krempel, die nog in de deuropening stond en verdween, zonder hem maar een blik te gunnen, in het trappenhuis.

'Ik zie je zo thuis,' riep ik haar na.

Krempel bleef in de deuropening staan en hij volgde haar met zijn blik, waaruit ik kon opmaken dat zij de trap niet afdaalde, maar juist beklom. Omdat hij bleef kijken, zei ik zijn naam. 'Krempel!'

Hij schrok op en kwam naar binnen. 'Het spijt me dat ik uw vriendin wegjaag,' zei hij. 'Ik had haar nog willen spreken.'

'Dat zal dan een andere keer moeten,' zei ik, 'zij is hier als leerjongen, niet als vrouw. Vergeet dat je haar gezien hebt. De bisschop weet dat ze helpt, maar we moeten evengoed discreet zijn.'

Ik nodigde hem uit te gaan zitten en hij nam voorzichtig plaats, alsof hij bang was dat de oeroude eiken zetel zijn lompe gewicht niet kon verdragen. En misschien moest ik zijn oordeel respecteren, want hij kende zijn houtconstructies. De zetel bezweek niet. Ik schonk wijn om hem op zijn gemak te stellen.

'Ik heb die hand goed bekeken,' zei ik.

Hij keek me niet-begrijpend aan.

'De houten hand.'

'Ah!' Hij knikte. 'Het is niets.' Hij hief zijn haak en keek er mistroostig naar.

'Waarom heb je voor jezelf niet zo'n hand gemaakt?' vroeg ik.

'Ik heb er verschillende,' zei hij, 'het zijn houders voor gereedschappen, of klemmen. Voor een mooie vrouw is het anders, ik heb die schoonheid vernietigd.' Nu rolde een traan over zijn gegroefde wang.

'En je hebt haar hersteld.' Ik wilde niet zeggen 'verbeterd', maar bedoelde dat wel. Ik probeerde mijn ergernis te verbergen, hoe kon ik iets bespreken met die huilebalk? 'Het is goed,' zei ik, 'neem nog wat wijn.'

Hij schudde zijn hoofd, maar nauwelijks had ik hem ingeschonken of hij sloeg het naar binnen. 'Het is niet goed,' zei hij, 'u bent niet van uw hand beroofd. Dat ding is niet eens echt bruikbaar, het is maar een ornament.'

'Het is een meesterwerk,' zei ik gedecideerd, want ik wilde ter zake komen. De tranen stroomden nu vrijelijk van zijn wangen. 'Je bent een groot kunstenaar,' voegde ik eraan toe.

'Daarom ziet u het niet.' Hij kwam overeind en hief zijn haak. 'U hebt geen oog voor deze prachtige dame, anders maakte u haar tot uw vrouw. U noemt haar uw vriendin, of zelfs uw leerjongen; voor u is zij een instrument of een snuisterij.'

'Ik heb je niet laten komen voor deze discussie, Krempel,' zei ik streng en ik richtte wat dwingende kracht op hem. Hij zakte terug in de zetel, maar niet zonder eerst de kruik naar zich toe te halen om zichzelf bij te vullen. Ik liet hem begaan, nam hem toen de kruik af. 'Kunnen we praten?'

'Niet voordat dit is opgelost.' De kwaadaardige toon die nu in zijn stem sloop, maakte me alert.

'Goed,' zei ik, 'wat wil je dan?'

'Ik wil vergiffenis.'

'Ik vergeef het je,' zei ik, al wist ik dat hij zijn vergiffenis niet van mij wilde ontvangen.

Hij nam niet eens de moeite te antwoorden, kwam weer overeind en trok de kruik naar zich toe. Ik wilde hem tegenhouden, maar in plaats van in te schenken, haalde hij met de kruik naar me uit.

Hij raakte me zo hard dat ik tegen de grond ging en even tot mezelf moest komen. Ik wiste de wijn uit mijn ogen en kwam voorzichtig overeind. Krempel was weg, ik besefte nu dat ik de deur had horen slaan. Een gevoel van naderend onheil besprong me. Ik verzamelde mijn krachten en nam de wenteltrap naar boven, want het kon niet anders of hij was Galina gevolgd. Hoewel mijn hoofd nog nabonkte van de klap, probeerde ik snel te klimmen, want Krempel kon nog niet boven zijn en iedere trede die ik op hem inliep telde.

Op de trans zag ik hen niet meteen, maar ik hoorde hun stemmen.

'Luister alsjeblieft...!' zei Krempel.

Ik nam de draai in twee stappen. Galina riep iets in haar taal en daar waren ze, Galina tegen de spits gedrukt, Krempel gebarend met zijn haak, zijn hand naar haar uitgestrekt. Hij smeekte maar het bleef onverstaanbaar in de hoge, fluitende wind.

'Weg!' riep Galina. Ze gaf hem een duw tegen zijn borst. Hij deed een stap terug, greep haar bij de hand en trok haar naar zich toe. Even bood Galina weerstand, toen schoot haar hand los. Krempel wankelde achterwaarts, keek ongelovig naar het houten handje in zijn grote klauw, toen schoot zijn haakhand naar Galina. In een reflex reikte ze naar hem uit met het ijdele stompje.

Achteraf denk ik dat ik Zeno hoorde lachen in de wind.

Krempels gewankel op de trans, dat bevroren moment waarin hij haar aankijkt, zijn mond die geluidloos haar naam vormt. En toen was hij weg. We hoorden zelfs de klap niet waarmee zijn lichaam het bordes raakte.

Dit, mijn broeder in duisternis, zijn de beelden waarvoor je geen nis vrijhoudt in een imaginaire bouwconstructie, ze dringen zich op als hongerige ratten en bevolken je dromen.

Wij bogen ons voorzichtig over de balustrade en zagen het lichaam in een vreemde houding liggen. En hoe hoog we er ook boven verheven waren, de plas bloed die zich uitspreidde was net zo onontkoombaar als de poppetjes met hun lange schaduwen, die van alle kanten kwamen aangerend.

Galina legde haar arm over mijn schouder en drukte zich tegen me aan. Ik richtte me op en pakte haar bij haar middel. 'Wacht hier tot ik een verdieping lager ben,' zei ik, 'dan ga je naar de werkkamer en je komt niet naar buiten.'

Ik liet haar daar staan en sprong de trappen af. Ik kon alleen maar denken aan het houten handje met de soepele scharniertjes. Zou het erg beschadigd zijn? Had Krempels lichaam het verpletterd of juist beschermd? Buiten moest ik me al door de massa wringen. 'Waar is de hand?' riep ik. De mensen keken me dom aan. Ik knielde neer bij het verwrongen lichaam van Krempel en probeerde hem om te draaien. 'Wie heeft het houten handje gezien?' herhaalde ik mijn vraag.

Een hand op mijn schouder. 'U bent toch magister Isidoor van Rillington? Ik wil graag met u praten.' Ik stond op en keek in het gezicht van Hagen, de stadsvoogd. Ik negeerde hem en liet mijn blik naar boven glijden. Ik herinnerde me mijn angst toen ik voor het eerst de trans betrad. Waarom had ik die dag niet naar mijn intuïtie geluisterd? Vandaag had de hongerige diepte zijn offer gekregen.

Op verzoek van Hagen gingen we naar mijn werkkamer. Ondertussen begonnen een paar van zijn mannen de trappen te beklimmen om de toren te doorzoeken. Ik opende mijn deur terwijl ik koortsachtig zocht naar een verklaring voor de vrouw die Hagen in het vertrek zou tegenkomen, want hij zou snel haar vermomming doorzien. Maar Galina was er niet, ze moest in de consternatie naar buiten zijn geglipt. Een nieuwe verontrustende gedachte: wat als ze niet naar me had geluisterd en op de torentrans was gebleven? Dan zouden ze haar snel vinden.

'U bent een bekend arts in de stad,' begon Hagen. Ik had hem een zetel gewezen, maar hij verkoos door het vertrek te ijsberen en alles in zich op te nemen. Af en toe stond hij stil en bekeek hij zorgvuldig een stukje maquette. Ik wachtte op een vraag.

Hagen keek me aan, daarna bestudeerde hij de wond op mijn slaap. 'Ik weet dat u hier, in het laagste gedeelte van de toren werkt,' zei hij. 'De bisschop wil u aanstellen als bouwmeester voor de nieuwbouw van de kathedraal. Dat is een grote taak, die u op u neemt!'

Wat moest ik daarop zeggen? Ik knikte.

Hij ging verder: 'De dode is bekend genoeg, ik heb Kilian van Radolfzell, ook bekend als Krempel van het houtbewerkersgilde, vaak genoeg opgepakt wegens openbare dronkenschap en ordeverstoring. Zonder de steun van zijn gilde was hij allang de stad uit gegooid.' Hij kwam voor me staan en boog zich naar me toe. 'Wat ik graag wil weten, is: hoe kwam hij bij u terecht?'

'Ik wilde hem spreken,' zei ik. 'Meester Johannes van het gilde had hem naar mij toegestuurd, op mijn verzoek.'

'Waarover wilde u hem spreken?'

'Over een mogelijke opdracht in verband met het bouwproject.'

Hagen hernam zijn ronde door het vertrek. 'Krempel kon niets meer,' zei hij, 'hij miste een hand.'

'Ik moet dat tegenspreken,' zei ik. 'Hij was een geweldige vakman, die echter te langzaam werkte om van nut te zijn voor gewone opdrachten. Ik wilde hem vragen een heiligenbeeld te vervaardigen. Hij zou daar ruim de tijd voor krijgen.'

Hagen knikte en zweeg een tijdje. Toen vroeg hij: 'Waar is de leerjongen die hier werkt?'

'Ik weet het niet,' zei ik, 'maar als hij terugkomt, kan hij een draai om zijn oren verwachten. Er is nog genoeg te doen hier. Een luilak is het.'

'Je kunt ze niet vertrouwen,' beaamde Hagen. Hij liep om de maquette heen en bekeek hem zorgvuldig van alle kanten. 'Dit wordt het dus?' vroeg hij.

'Dit is het eindstadium,' gaf ik toe, 'maar de voltooiing zullen wij niet meemaken.'

'Is dat niet ontmoedigend?'

'Wat bedoelt u?'

'Dat u zo'n werk aanvat maar het nooit kunt voleinden?'

'Ik bouw niet voor mezelf,' zei ik vroom, 'ik bouw een huis voor God.'

'En u zult er goed aan verdienen,' zei hij. 'Ik heb gehoord dat u als bouwmeester veel ervaring hebt opgedaan in het buitenland.'

'Mijn honorarium is laag,' zei ik. 'Als medicus verdien ik voldoende.'

'U had het over een hand, toen u bij Krempel neerknielde. Wat bedoelde u daarmee?'

Ik had de vraag verwacht en kon vlot antwoorden: 'Hij had een hand meegenomen als proeve van bekwaamheid, een zeer kunstig gesneden vrouwenhand, zoals bij een heiligenbeeld. U weet wellicht dat handen voor een kunstenaar het moeilijkst zijn om weer te geven, terwijl ze tegelijkertijd de meeste mogelijkheden bieden.'

'Dat is buiten mijn competentie,' zei hij kortaf. 'Waar is die hand nu?'

Ik haalde mijn schouders op. 'Iemand zal hem gestolen hebben.'

Hagen knikte. 'Ik heb nog een vraag: hebt u Krempel van de toren geduwd?'

Ik ontkende. 'Ik heb hem wijn geschonken, meer niet.' Ik vroeg me af of ik moest toegeven dat ik ook op de trans was geweest. Wat nu als de getuigen die naar boven keken na Krempels val, mijn hoofd hadden gezien?

'Hoe kwam Krempel op de trans terecht?' vroeg Hagen.

Ik zuchtte en spreidde mijn handen. 'Na een paar bekers en een goed gesprek kregen we woorden over de betaling. Hij werd woedend en sloeg me met mijn eigen wijnkruik tegen mijn hoofd.' Ik wees op mijn wond. Ik hoorde hem naar boven rennen en volgde hem om hem tegen te houden. Hij was dronken en de trans is al gevaarlijk genoeg voor iemand die nuchter is.'

'En toen u bovenkwam?'

'Ik zag nog net hoe hij zijn evenwicht verloor en in de diepte verdween. Het was een afschuwelijk gezicht.'

'Goed, ik weet voldoende, voor nu,' zei Hagen. Na nog een doordringende blik nam hij afscheid. Voor hij de trap af ging draaide hij zich nog om. 'En wie was de persoon die bij u was? Toen u naar beneden keek?'

'Ik weet niet wat u bedoelt.'

'Iemand zei me dat er twee mensen naar beneden keken, net na de val.'

'Die zal zich vergissen,' zei ik. 'Ik was alleen. Misschien zagen ze een gargouille voor een mensenhoofd aan.' Het was als grapje bedoeld, maar volkomen misplaatst. Deze kathedraal had niet eens gargouilles.

De functionaris lachte niet. 'Ik dank u voor uw tijd,' zei hij.

Ik opende de deur voor hem en zag dat zijn ondergeschikten hem al stonden op te wachten.

'Blijf in de stad,' zei hij. 'Misschien heb ik u nog nodig.'

Ik wachtte tot alle gerechtsdienaren weg waren, nam toen mijn baret en liep door de donkere stegen naar huis, waar ik niemand aantrof. Ik kon zien dat Galina er even tevoren nog moest zijn geweest, want op mijn werktafel stond een beker vol wijn, die nog niet was afgekoeld. Ik dronk hem in één teug op, vloekte om de bittere smaak en nam me voor om Galina te vragen geen Boheemse kruidenmengsels meer te gebruiken maar zich te houden aan de Duitse, hoe weinig geraffineerd die ook waren.

In de Friedel vond ik haar niet en ook Poggio, die ik wilde spreken, was niet aanwezig, noch een van de andere Italianen. Ik kon beter teruggaan en op Galina wachten, maar de stad kwam me zachter en mooier voor dan anders en ik kon me er nog niet toe zetten om naar huis te gaan.

Ik liep naar de haven, wandelde een eindje over het plankier van een steiger en liet me toen neer op een stapel netten die daar lagen te drogen. Een koude oostenwind geselde het water zodat over brede banen schuimkoppen ontstonden die oplichtten in het donker en snel weer vervaagden als littekenweefsel, om uiteindelijk helemaal te verdwijnen. Vissers stonden rond een vuurkorfje waar de vlammen vochten voor hun leven, ze lieten een wijnzak rondgaan en praatten met grote gebaren, maar toen ik in de geest naar hen tastte om me even te vermaken met hun sterke verhalen, ging het niet over vis en waarom zou het ook? Dat was immers hun beroep. Het ging over de hoeren van Konstanz, die de stad net zo goed in hun greep hadden als de concilianten. Dat maakte de verhalen niet minder sterk.

De koude deerde me niet. Ik ademde de frisse lucht diep in, sloot mijn ogen en breidde mijn aandacht uit, ik wilde de stad omvamen en op zoek gaan naar Galina.

Concentreren ging slecht en ik merkte dat er vlakbij iemand naar me stond te kijken. Zonder mijn ogen te openen onderzocht ik de gestalte. Het was meester Lanius, de Grauwe Klauwier. En terwijl ik me nog bezon op een reactie, sprak hij en zijn stem joeg een rilling over mijn rug. 'Magister Isidoor, het verheugt mij om u te zien, niet langer de schimmige student van weleer, maar een man van gewicht in de bloei van zijn leven!'

'Dat is een hele prestatie,' zei ik, 'gezien het feit dat het een maanloze nacht is en u achter mij staat.'

Hij kwam naast me zitten. 'Ha, u herkent mijn stem,' zei hij. 'Dat is knap na al die jaren. Maar ik wist al dat u een man van het geheugen was. Overigens zag ik u eerder vandaag op het domplein, toen u de dode timmerman onderzocht.'

'En wat voert u naar Konstanz?' Was het nu werkelijk opeens zo koud geworden, of beving me een plotselinge koortsvlaag? 'Heeft het concilie een eigen beul?' vroeg ik.

Hij lachte. 'De plaatselijke beul is deskundig genoeg,' zei hij. 'Ik ben op de eerste plaats onderzoeker, dat was ik altijd al.'

Ik keek hem van opzij aan; anders dan ik was hij weinig veranderd in de – wat was het, twintig jaar? – dat ik hem niet had gezien. Misschien waren de groeven in zijn gezicht wat dieper geworden, maar dat kon ook komen door het grillige licht- en schaduwspel van het vissersvuurtje, dat al wat krachtiger brandde dan voorheen. De wind leek af te nemen.

'Onderzoeker van wat?' vroeg ik.

'Ik onderzoek een van de moeilijkste gebieden die we kennen: de zuiverheid in de leer van gelovigen.'

'En als u onzuiverheid vaststelt, voltrekt u dan zelf het vonnis?'

Hij lachte. 'Nu maakt u een denkfout,' zei hij. 'Onzuiverheid in de leer is gevaarlijk, maar zuiverheid is veel gevaarlijker.' En omdat ik zweeg ging hij verder: 'De kerk is een instituut van mensen en veranderlijk als het weer. De enige rechtzinnigheid die ze kan tolereren is de leer en koers van de kerk zelf, hoe onvolkomen en corrupt die ook kan zijn. Wie zichzelf als zuiverder ziet dan de kerk, zal op de brandstapel sterven.'

‘Net als de sodomieten,’ zei ik.

Lanius knikte ernstig. ‘Je bent je vriend nog niet vergeten, zie ik,’ zei hij. ‘Natuurlijk kan de kerk hier niet eenvoudig aan voorbijgaan. Ik wist destijds dat jij niet zo was, want...’

‘Want ik kwam mijn vriendin redden, toen ik dacht dat je haar mishandelde,’ vulde ik aan. ‘Maar was uw daad dan niet dubbel strafbaar? Als flagellatie, wat een ketters gebruik is, én als onnatuurlijke handeling?’

‘Dat is weer een denkfout, goede Isidoor,’ zei Lanius glimlachend. ‘Flagellatie is alleen ketters als het zelf toegebrachte geseling betreft en ook nog plaatsvindt buiten de kerkelijke rituelen. Anders is het eenvoudig een boetedoening. En met onnatuurlijke bevrediging van de lusten heeft het al helemaal niets te maken.’

‘Als ik het huidige object ben van uw onderzoek,’ zei ik, ‘dan kunt u dat beter even afstemmen met Hagen van de stadsvoogdij. Wij hebben het onfortuinlijke ongeluk van de dronkenlap Krempel al uitvoerig besproken.’

‘O, maar daar houd ik mij helemaal niet mee bezig!’ riep hij uit. ‘Ik werk niet voor het wereldlijke gerecht en het maakt mij niet uit wat daar is gebeurd.’ Hij knipoogde schalks. ‘Al hebt u hem over de balustrade gekieperd! Ik werk voor de kerk. U moet weten dat ik een speciaal talent heb. Daarom ben ik ondervrager. De meesten kunnen dat niet aan, zij leven zich te zeer in hun slachtoffer in en voelen als het ware de helse pijnen in hun eigen leden. Zij daarentegen, die plezier beleven aan het folteren, zijn geschikter, maar raken in hun enthousiasme gemakkelijk het doel van de ondervraging uit het oog. De beste ondervrager is hij die foltert zonder iets anders te voelen dan zijn beroepstrots, zoals een virtuoze muzikant geniet van zijn eigen spel.’ Hij legde een zware hand op mijn schouder. ‘Vertel mij eens, Isidoor, wat geeft jou beroepsmatige trots, het hechten van een wond? Het genezen van ontstoken geslachten? Of geniet je van het werken in pesthuizen?’

‘Je bent slecht geïnformeerd. Ik bouw een kathedraal.’

‘Ik weet het, ik weet het,’ zei hij. ‘Een kathedraal voor de conciliestad.’

‘Waarom ben ik object van je onderzoek, als het niet over Krempel gaat?’ vroeg ik.

'Ik zei het toch?' Lanius pakte een gedroogd visje op dat aan zijn voeten lag. 'Ik ben onderzoeker in dienst van de kerk en het geloof.'

'En die twee vallen samen?'

Lanius begon te lachen, hij gooide het visje in de lucht, ving het op en smeet het toen van zich af. 'Je maakt een grapje?' vroeg hij. 'Natuurlijk vallen die samen. Er is geen heil buiten de kerk. Maar ik weet dat jij geen ketter bent, jij hoort niet tot hen die zich zuiverder achten dan de kerk.'

'Goed dat je dat inziet,' zei ik.

'Jij bent veel erger,' zei Lanius, opeens ernstig. 'Jij bent een goddeloze. Jij stelt geen belang in de kerk en daarom ziet de kerk jou ook niet als bedreiging.'

'Als onderzoeker van geloofszaken,' zei ik, 'moet je wel veel verstand hebben van theorie en praktijk van de religie. Waar haal je die kennis vandaan?'

'Ik ben natuurlijk theoloog,' zei hij verbaasd, alsof ik dat niet zelf had kunnen bedenken. 'Het is alleen dat ene speciale talent dat mij onderscheidt van mijn collegae als de meesters De Gerson en D'Ailly.'

Ik begreep nog iets niet. 'Je zei eerder dat de kerk rot was en corrupt, maakt dat jouzelf niet tot ketter?'

Hij zette grote komische ogen op. 'Heb ik dat gezegd? Kan iemand dat bevestigen? Zo niet, dan is het jouw woord tegenover dat van een gerechtelijk onderzoeker voor de Heilige Stoel.' Hij ging verder, sotto voce nu: 'Een groot Italiaans schrijver beweerde, misschien al wel een eeuw geleden, dat de kerk een optelsom is van zotheid en corruptie en dat er geen liederlijkheid te bedenken is die niet wordt bedreven binnen haar muren...'

Ik kende de uitspraak. '...en dat de grootsheid van de kerk ligt in het feit dat ze desondanks standhoudt,' vulde ik aan. Ik nam niet de moeite om het citaat te verbeteren, verminking was tenslotte *zijn* specialiteit.

We zwegen een tijdje. Ook de vissers leken uitgepraat, ze verlieten hun stervende vuurtje en begonnen verderop hun boten klaar te maken om uit te varen. Toen ik merkte dat ik al een tijdje zat te knikkebollen, wilde ik me tot meester Lanius wenden om te zeggen dat ik weg moest, maar er zat niemand naast me; zonder dat ik het had gemerkt, was hij vertrokken.

Wat zat ik hier nog? Galina was waarschijnlijk allang thuis.

50

Het diner van de umanisti

Ik haastte me naar huis, zonder lamp of fakkel, dus ik probeerde onzichtbaar te blijven. In een steeg kwam mij een stel mannen tegemoet, met één fakkeldrager voorop. Op dit uur was het niet veilig op straat, maar rovers zouden niet met fakkels lopen en daarbij zongen ze een dwaas Italiaans liedje dat ik vaker had gehoord. Ik wilde langs het groepje glippen, maar een van hen greep me bij mijn mantel en riep mijn naam.

'Poggio!'

De troep kwam tot stilstand en ze begonnen me te kussen en te bekloppen, ook een opvallend deemoedige Bartolomeo omhelsde me. De anderen waren jonger dan Poggio en zijn vriend, en ze gedroegen zich als opgewonden kinderen.

'Waar ga je heen, Isidoro?' riep Poggio.

'Ik had je gezocht,' zei ik, 'ik ben nu op weg naar huis, maar ik wil snel iets met je afspreken.'

'Ik ben hier!' Poggio maakte een zwierige buiging waarbij hij zijn baret afnam. 'Kom mee met ons, we houden een klein feestmaal ter gelegenheid van mijn successen bij de manuscriptenjacht.' Hij wees naar zijn vrienden. 'We zijn allemaal *umanisti*, net als jij, mijn vriend!'

Ik glimlachte om zijn woorden. 'Als dat de enige manier is om jou te spreken te krijgen,' zei ik, 'maar ik blijf niet lang.'

'We hebben een goed adresje,' vertrouwde hij me onder het lopen toe. 'Bij ons is het schraal sinds onze paus is afgezet en de meesten naar huis zijn. Het is moeilijk om in Duitsland koks te vinden die iets lekkers weten klaar te maken.'

'Alleen de zalmpasteitjes smaken goed,' zei Bartolomeo.

Poggio negeerde hem. 'Een landgenoot uit het gevolg van de bisschop was bereid om vanavond voor ons te koken,' ging hij verder.

'We hebben een lokaal afgehuurd waar we ongestoord kunnen feesten.'

'Poggio heeft weer een afschrift verkocht,' zei iemand achter me.

'Dat gaat niemand wat aan,' beet Poggio hem toe. Hij hield halt en klopte driemaal op een lage deur. Een heel brede man deed open, hij was minder dan vijf voet lang en hoefde niet te bukken om ons te bekijken. 'Kom binnen,' zei hij.

Wij volgden hem door een gangetje en de geuren van gebraad sloegen ons al tegemoet. Een trapje op en we kwamen in een zaaltje, waar een aantal ligbanken in een carré stonden met tafels in het midden.

'We wilden een banket zoals in de oude tijden,' zei Bartolomeo tegen mij. 'Ik laat er een bank voor jou bij zetten.'

'Ik blijf niet lang,' herhaalde ik.

'Onzin!' Poggio duwde me neer. 'Je eet en drinkt met ons.' Hij wenkte en riep om wijn naar de meisjes die met kannen en bekers kwamen aangelopen.

Er was al een bank bijgezet en iedereen nam plaats. Sommigen zaten nog, anderen lagen achterover in de kussens. Poggio bracht de eerste dronk uit. 'Op de grote Tullius die dit mogelijk maakte. En op de oraties die ik toevoeg aan de vele die we al kennen!'

'Heb je weer nieuwe gevonden?' vroeg ik even later. 'Je had er vorig jaar al een paar in Cluny opgedoken.'

Zijn ogen glinsterden trots. 'Deze zijn nieuw,' bevestigde hij, 'drie ervan tot dusver onbekend. Ze lagen te verkruimelen in de kelder van een abdij.'

'Die goede Tullius,' zei ik lachend. 'Zijn oraties dreigen hetzelfde lot te ondergaan als de splinters van Christus' kruis; als je ze allemaal bijeenbrengt, heb je genoeg hout voor drie kruisen.'

De Italianen lachten, maar niet van harte.

'Zeker zullen er bedriegers zijn,' zei Bartolomeo, 'maar jouw stelling is alleen houdbaar als je bewijs levert, en dat is moeilijk. Als je al die splinters al kon lokaliseren, moet je ze nog loskrijgen van de kerk of het klooster waar ze worden bewaard. Niemand zal zulke kostbaarheden uitlenen.'

Poggio was het met hem eens. 'En daarbij,' zei hij, 'zelfs in het hypothetische geval dat jij erin slaagde al dat hout te verzamelen en het zou werkelijk genoeg zijn voor drie kruisen; zou dat geen wonder zijn? Zouden we daar niet de hand in zien van hem die de broden en de vissen vermenigvuldigde?'

Ik gaf het goedmoedig toe. 'Ik dat geval kunnen we spreken van een mirakel. Ik sprak natuurlijk gekscherend, in werkelijkheid passen alle tot dusver bekende oraties van Cicero in een bescheiden band.'

'Daar heb je gelijk in.' Poggio hief nogmaals zijn beker. 'En ik wil nog eens een volledige verzameling afschrijven, niet voor de handel, maar voor mijzelf als ik me dat op een dag kan veroorloven. Op de oraties!'

De meisjes zetten schaaltjes *nucato* voor ons neer, walnoten in gekruide honing. We aten en dronken en een van de Italianen citeerde een paar gedichten van een landsman die ik niet kende, maar hij haperde zo vaak dat zijn vrienden hem uitjouwden.

'Poggio,' zei ik, 'ik wilde jou vragen of je een keer een onderhoud voor mij kunt regelen met kardinaal Zabarella.'

Poggio knikte. 'Als ik hem spreek zal ik het vragen. Waar gaat het over?'

'Over de bouw van een kathedraal in Konstanz.'

'Waarom moet je hem daarvoor hebben?'

'Hij wordt de nieuwe paus, zoals je zelf al zei.' Dat hij mij in verbinding kon brengen met de rijkste Italiaanse bankiers vertelde ik er niet bij. 'Ik wil niet te veel op de zaken vooruitlopen,' zei ik, 'maar het is in mijn positie een goed idee om contacten te leggen voor toekomstige samenwerking.'

'Dat is het altijd,' zei hij. 'Zonder mijn aanstelling in de curie had ik niet de relaties gehad die mij aanbevalen bij de kloosters. En de relaties die me kopers bezorgen van afschriften.' Hij schonk me bij en ging verder: 'Ik zal je met plezier met hem in contact brengen. Ik kan niet zomaar iedereen op hem afsturen, dit is echter een belangrijke zaak.'

Bartolomeo trok een van de dienstertjes op schoot, maar ze rukte zich los. 'Nog niet,' zei ze en ze rende het vertrek uit.

'Eerst eten,' zei Poggio, 'daarna komen de meisjes en wie het niet laten kan, gaat maar naar de kamertjes boven. We zijn geen Duitsers, die zich in het openbaar ontkleden!'

We kregen *lasanis* voorgezet, een Italiaans gerecht van laagjes deeg met vlees, kaas en kruiden. Ik nam een hap en spoelde het deeg met moeite weg. Eigenlijk wilde ik naar huis, maar ik gleed inmiddels in een aangename roes en voelde er nog niet voor om de nachtkou te trotseren.

'Dit is het goede leven,' zei Bartolomeo, die mijn gedachten leek te raden. 'Het is maar goed ook dat Cicero's oraties overal verspreid liggen voor de eerlijke vinder, anders zou Poggio nog zelf oraties moeten schrijven en Cicero's naam eronder zetten.'

'Hou op, Bartolomeo,' zei Poggio scherp.

Bartolomeo deed of hij hem niet had gehoord. 'Als iemand het kan,' zo zei hij, 'is het Poggio wel. Zijn beheersing van de retorica en van het klassieke Latijn zijn adembenemend.'

Begreep ik het goed? Ik keek van opzij naar Poggio, die net verwoed zijn lasanis naar binnen werkte. 'Wil je die van mij ook?' vroeg ik.

'Wat is er mis met de lasanis?' vroeg hij. 'Het is een van onze beste gerechten en deze is werkelijk uitstekend.'

Ik haalde mijn schouders op. 'Ik ben nooit gek geweest op lasanis. Ik heb altijd het gevoel dat er iets aan ontbreekt.'

'En wat mag dat dan zijn?' Poggio's strijdlust leek alleen maar toe te nemen, ook al hadden we het over iets onnozels als een deeggerecht.

'Dat weet ik toch niet?' zei ik. 'Ik vind het wat kaal. Een groente misschien, al kan ik niet zeggen welke.'

Poggio snoof minachtend, maar hij nam mijn bord over en at zwijgend verder.

Bartolomeo probeerde zijn gespot goed te maken. Hij vertrouwde me toe dat zijn vriend werkelijk grote vondsten had gedaan. 'Ik betreur zeer dat ik er niet bij was,' zei hij. 'Er is niets mooiers dan een verloren gewaand boek terug te vinden, dat al zeshonderd jaar door niemand is beroerd. En dat dan weer in de openbaarheid te brengen.'

'Welke vondsten heb je gedaan?' vroeg ik.

Bartolomeo keek naar Poggio, alsof hij hem de eer van het vertellen wilde laten. Poggio knikte. 'Het mooiste is natuurlijk Lucretius' *De rerum natura*,' zei hij. 'En dan heb ik nog een geschiedschrijver, Ammianus Marcellinus.'

'Vergeet de architect niet,' zei Bartolomeo.

De wrevel was allang weer verdwenen van Poggio's gezicht. 'Vitruvius,' zei hij, 'de tien boeken over bouwkunde.'

'Weet je,' zei ik, 'als jullie in Florence boeken niet kennen, wil dat niet per se zeggen dat ze helemaal onbekend zijn. Zo kan ik aantonen dat Lucretius bij jullie in Italië één, twee generaties geleden al bekend was. Er zijn ongetwijfeld talloze kathedralen en kloosters met bibliotheken waar oude boeken staan, die ook nog gelezen worden. Vitruvius las ik als kind en ik vertelde al, Poggio, dat ik lang geleden een bibliotheek vond...'

Poggio onderbrak me. 'Vitruvius las je als kind?' snauwde hij. 'Je bent een leugenaar. Niemand kende dat boek voor ik het van stof en puin ontdeed. Het heeft eeuwen verborgen gelegen.'

De meisjes kwamen binnen met vleesschalen, Ik haalde mijn schouders op en dronk mijn beker uit. 'Misschien moet ik maar gaan,' zei ik. 'Als je me uitscheldt, is voor mij het feest voorbij.'

'Zo gemakkelijk kom je niet weg,' zei Poggio. Ook de andere Italianen keken me beschuldigend aan. 'Geef toe dat je het verzonnen hebt!'

Ik schudde mijn hoofd. 'Waarom zou ik het verzinnen?'

'Omdat je jaloers bent.'

Nu werd ik kwaad. 'Jaloers op jullie, klerkjes?' riep ik. Ik nam een kan wijn en klom op de tafel. 'Geef me een getal van één tot tien,' zei ik.

'Zeven!' Dat was Poggio.

Ik begon boek zeven van Vitruvius' *Architectura* voor te dragen. De Italianen die overeind waren gekomen tijdens de ruzie, zakten nu terug in hun banken en luisterden ademloos toe. Af en toe nam iemand een stuk vlees en ze kauwden traag zonder dat ze hun ogen van mij aflieten. Ik liet me meeslepen en declameerde als een beroepsredenaar, met hooguit af en toe een paar tellen pauze om een slok te nemen uit de kan.

Opeens onderbrak Poggio me. 'Drie!'

Ik schakelde over naar boek drie. Ik moet zeker een uur gesproken hebben, toen hij er met bevende stem een einde aan maakte. 'Hou op!'

'Wat een fenomenaal geheugen!' riep een van de jonge Italianen, ik geloof dat hij Giuseppe heette, maar dat kan ik ook mis hebben.

Poggio keek strak naar het tafelblad. Ik had nog een goede raad voor hem. 'Als je van Cicero houdt, kan ik je zijn *Rhetorica ad Herennium* aanraden. Ken je dat? Er staat een verhandeling in over het geheugen. Als er één kunst is die wij ons weer eigen moeten maken, is die het wel. En nu ga ik.'

Het groepje beantwoordde luidruchtig mijn groet, maar Poggio bewoog niet, noch sprak hij een woord.

Thuis was alles stil. Ik stak een kaars aan en zette die in de houder. Galina was nog altijd niet thuis, ze zou wel bij haar vriendinnen zijn. Het was onwaarschijnlijk warm, hoewel de kachel niet brandde. Ik opende het venster om de kwade dampen het huis uit te jagen, kleedde me uit en kroop in bed, waar ik een tijdje keek naar het schaduwspel dat de kaars op de muur tekende.

Later in de nacht kwam ze bij me, ze glipte geruisloos achter me onder de dekens en duwde haar lichaam tegen me aan. Ik wilde terug naar de droomkastelen die als kleurige vliegers langstrokken, maar Galina's handen gleden over mijn lichaam in een grillige dwaaltocht naar mijn roede, die zich niets aantrok van mijn wil om de slaap vast te houden. Haar handen streelden en bespeelden mijn roede als een schalmei, terwijl ze haar venusheuvel dwingend tegen mijn stuit schurkte. Ik liet haar begaan, nog verstrikt in dromen, tot ik het niet uithield en me op mijn rug wentelde, zodat ze op me kon komen. Ze gleed zachtjes over me heen, kneedde mijn borstspieren en ik liet me meevoeren. Ik opende mijn ogen, die wel met spinnenwebben bedekt leken, omdat ik haar luisterrijke lichaam wilde zien, maar de kaars moest zijn uitgewaaid, want het was aardedonker.

Opeens kreeg ik het ijskoud. Het waren twee levende handen die met mijn tepels speelden. Een moment verstijfde ik, toen tastte ik naar Galina's gezicht, maar ik stuitte op een hard en scherp voorwerp, een snavel. Een pestmasker. In een wilde draai gooide ik haar van me af.

'Wie ben je?' riep ik.

Ik stak een kaars aan. Er was niemand in de kamer. Bij het licht van een olielamp doorzocht ik het huis. Het raam van mijn slaapvertrek stond open, veel wijder dan de kier waarop ik het zelf had gezet. Het was een nachtmerrie geweest, maar hoewel mijn lichaam niets liever wilde dan slapen, kon ik me niet nogmaals overgeven aan de onvoorspelbaarheid van de droom.

Ik moest naar buiten. Huiverend schoot ik mijn onderkleding aan, sloeg een deken om, nam een tapijtje en een kussen en ik klom naar mijn plek op het dak.

Daar ademde ik diep de ijzige nachtlucht in en liet mijn blikken over de daken van huizen en kerken glijden, de stadsmuur en de verre bomen die, iedere keer als de wolken even plaatsmaakten voor de maan, een zilveren omlijning droegen. Het moest eerder geregend hebben, want op alles lag een natte glans. Banen licht streken over het rimpelende meer. Een roeibootje stak recht van wal en boog toen af, de Rijn op.

Ik zocht rust in de kwartieren van mijn ommegang, waar alles licht is en onveranderlijk, maar kon er mijn aandacht niet bij houden. Iets wilde dat ik bleef kijken, maar deed ik dat, dan zag ik een wolkschaduw of de korte fladdering van een vleermuis. Ik kon het ook met open ogen, al kostte dat iets meer moeite. Ik vestigde mijn blik op het havenhoofd en begon in de buitenste ring.

Weken-, maandenlang had ik mijn kennis verwaarloosd en ik zou een nieuwe discipline moeten vinden, nu ik geen reizend bestaan meer leidde. Ik nam me voor om weer lange eenzame wandelingen te maken, waarbij ik door de straten en stegen zou gaan, om ieder gebouw opnieuw te verkennen, ieder tafereel of ornament tot in detail te bestuderen en benoemen. Weken, maanden zou het me kosten, maar een kennissysteem vergt onderhoud en het moest weer vast onderdeel worden van mijn dagen en nachten.

En zo zwierf ik door de structuren van mijn geest, terwijl de wolken voortjoegen en het water oplichtte en dan weer verduisterde. De vertrouwdheid van mijn domeinen van perfectie, waar geen verval is en geen rottenis, en waar geen ziel zich waagt. Tegelijkertijd voelde ik nog altijd de stad aan me trekken. Zoals ik hierbinnen heerste, zou ik het ook buiten mezelf kunnen.

En terwijl ik die gedachte glimlachend wegwuifde die nu niet aan de orde was, werd ik in mijn ooghoek een beweging gewaar. Ik negeerde het aanvankelijk, zoals ik geleerd had. Het zou weer een verre boomtak zijn, een rookpluim of een nachtvogel, maar terwijl ik me naar binnen richtte, breidde de beweging in mijn ooghoek zich uit en dwong me te kijken.

Het kwam van de torens van de munster, en aanvankelijk zag ik niets vreemds, maar ik verscherpte en verdiepte mijn zicht voorbij de natuurlijke beperkingen en nu werd ik een duister wezen gewaar, dat zich gedeeltelijk achter de kleinere spits van de linkertoren leek te verbergen. Een klauw klemde zich vast aan een dakgoot, een grote vlerk sloeg even uit als om het evenwicht te bewaren en vouwde zich toen op. Ik keek met mijn blik, die geen menselijk wezen kon evenaren, en voelde dat een soortgelijke blik terugkeek naar mij. Lege ogen boven een kromme zwarte snavel.

Het duurde nog niet de tijdspanne tussen twee hartslagen, toen het wezen wegsprong van de toren en in één, twee vlerkslagen tussen de hoge gevels verdween.

Door de ontzetting nauwelijks in staat tot lopen, kroop ik naar het luik en ik rolde bijna het trapje af in mijn haast om in mijn woning te komen.

Binnen was het warm, de haard brandde. Galina stond midden in de kamer. 'Wat is er met jou gebeurd?' vroeg ze.

Ik vreesde dat ik als een idioot stond te brabbelen toen ik haar probeerde uit te leggen wat ik net gezien had. Tranen liepen over mijn wangen en ze nam me in haar armen om me tot rust te brengen. 'Je mist een hand!' zei ik, in een opluchting die ze niet kon begrijpen.

'Heb je hem gevonden?' Ik begreep dat ze haar houten hand bedoelde en schudde mijn hoofd.

'Die is voorgoed verdwenen,' zei ze, 'maar voor de rest heb je alles gedroomd. Kom mee, naar bed. Als je één keer zo'n nachtmerrie hebt gehad, dan krijg je er vannacht niet nog een.'

Ik liet me als een kind door haar uitkleden en in bed warmde ze me met haar lichaam. Opeens vroeg ze: 'Heb jij die wijn opgedronken die op de werktafel stond?'

Ik wist niet meteen waarover ze het had. Toen zei ik: 'Die bittere wijn, ja. Je moet toch eens leren kruiden.'

Ze begon te lachen. 'Dat was dwale,' zei ze. 'Toen ik thuiskwam na die die vreselijke geschiedenis met Krempel heb ik wat voor mezelf klaargemaakt. Het verlies van mijn houten hand deed me net zoveel pijn als het verlies van de oorspronkelijke.'

Ik kreunde. Ik was me niet bewust geweest van de werking van de ingrediënten en achteraf kon ik nauwelijks begrijpen dat ik het niet eerder had gemerkt. Nu ik het warm kreeg, begon de lichamelijke sensatie van het drankje weer naar de voorgrond te treden en hoewel ik nieuwe dromen vreesde, was ik te moe om weerstand te bieden.

Ik bleef een dag in bed en Galina week niet van mijn zijde. 'Je had dood kunnen zijn,' zei ze, 'de pijnloze dood van de dwale.'

'Een gezond mens zal er niet snel aan sterven,' zei ik, 'iemand die daarentegen al op de rand van de dood zweeft, zal zonder moeite het leven loslaten en kan zichzelf zo weken van lijden besparen.' Er was nog een vraag onbeantwoord. 'Hoe kwam je weg uit die toren na de val van Krempel?'

Ze lachte droevig. 'Wie ziet een leerjongen? Ik verliet de toren gewoon door de deur. Ook de wachters hadden alleen oog voor het lijk en de heelmeester die zich er opeens mee bemoeide, op zoek naar een houten handje.'

'En toen ging je thuis nieuwe dwale bereiden? Maar waarom was je er niet?'

'Iemand kwam met een spoedgeval,' zei ze. 'Wij moesten een van ons helpen.'

'Wij?'

'Zdislav en ik,' zei ze. 'Een vriendin van ons was een dag eerder neergestoken met een zwaard.'

'Door wie?'

Galina schudde haar hoofd. 'Wie zal het zeggen? Ze stierf onder mijn handen voor ik het kon vragen. O, Isidoor, leer mij toch hoe ik mensen kan genezen!' Ze stak haar stomp op alsof ze een gebaar wilde maken om haar woorden te ondersteunen, maar had niets om mee te gebaren.

Ik pakte haar arm en bekeek de stomp van alle kanten. 'Ik zoek een handwerksman die een nieuwe voor je kan maken,' zei ik, wel wetend dat die zoektocht een leven lang kon duren. 'En ik wil je alles wel leren, maar ook de bekwaamste heelmeester kan niet iedereen redden.'

Van beneden klonk geklop. 'De eerste patiënt,' zei Galina, 'ik stuur hem weg.'

'Negeer maar,' zei ik. 'Waar is Zdislav?'

'Hij bereidt de begrafenis van onze landgenote voor; haar lichaam moet naar Praag.'

Ik lachte in onbegrip. 'Wat maakt het uit in welke grond je verrot? Dood is dood.'

Galina schudde verschrikt haar hoofd en legde een vinger op mijn lippen.

Die hele verdere dag bleven mijn gedachten aangenaam mistig.

Pas de volgende dag kwam mijn avond met de umanisti me weer met enige klaarte voor de geest. Had ik nu een afspraak gemaakt met Poggio? Ik herinnerde me dat hij niet gelukkig was met mijn onthulling dat ik Vitruvius al jaren kende. Ik had het tactischer moeten aanpakken, maar de invloed van het medicijn had me roekeloos gemaakt.

Evengoed begreep ik niet goed hoe hij kon beweren dat hij een vergeten boek had herontdekt. En waarom die geheimzinnigheid over de vindplaats? Misschien had hij wel het boek gevonden dat ik zo lang met me had meegedragen, sommige boeken maakten vreemde reizen, alvorens ze in de kopieerwerkplaatsen van de umanisti terechtkwamen. Overigens had in al die jaren dat ik het als onderpand gebruikte, niemand zich ooit over mijn boek verbaasd. Zo zeldzaam kon het niet zijn.

Zdislav liet zich niet zien. 'Misschien heeft hij jullie vriendin wel helemaal naar Bohemen gebracht,' zei ik schertsend tegen Galina, maar zij zweeg en haar gezicht versomberde.

'Hij komt wel terug,' zei ik, 'onkruid vergaat niet.'

Die uitdrukking kende ze niet en toen ik het uitlegde, begreep ze het nog altijd niet.

Ik kon beter op zoek gaan naar Poggio, ik had iets goed te maken.

51

Stadsvoogd

Soms denk ik dat je dood bent, vriend. Dan hoor ik je adem niet meer, zelfs niet als ik mijn eigen adem inhoud om beter te kunnen luisteren. En het zet me aan het denken. Waarom hoor ik je nooit eten, hoor ik je niet naar voedsel graaien? Waarom hoor ik jouw kettingen niet rammelen? Denk vooral niet dat ik gek ben, maar ik mis nog altijd de ratten. Er is voedsel, er zijn kleine waterlopen voor onze excrementen, niets houdt ze tegen om hier te komen. En hoe geloofwaardig is een kerker zonder ratten?

Ik wijdde me twee dagen helemaal aan mijn patiënten, maar op de derde dag kreeg ik er genoeg van. Ik luisterde een tijdje naar het geklaag van een oude jichtlijder. Nadat ik hem had onderzocht, kreeg hij de gebruikelijke kruiden van me. Ik wist uit ondervinding dat ik hem nu een paar weken niet meer zou zien. Hij betaalde en draaide zich in de deuropening nog een keer naar me om. ‘Dat is een lief meisje dat nu de mensen ontvangt,’ zei hij, ‘een hele verbetering na die lomperik die eerst voor u werkte.’

‘Die lomperik komt terug,’ zei ik, ‘en soms heb ik iemand nodig die zorgt dat het niet uit de hand loopt. Het kan hier echt druk worden.’

‘Dat dankt u aan uw vaardigheid,’ zei hij. ‘Het is wel vreemd dat het hier vaak vol met Bohemers zit. Ik telde er net acht! Zelf ben ik meermalen aan de deur geweigerd door die kerel. Hebt u soms een voorkeur voor Bohemers?’

‘Zeker niet! Het verbaast mij net zo goed als u!’

‘Spreek het personeel maar eens over uw toegangsbeleid,’ zei de man lachend. ‘Ik begrijp dat u het druk hebt, maar ik wil niet het slachtoffer worden van de willekeur van knechten.’

Ik beloofde hem om het te onderzoeken en wachtte op de volgende patiënt, een geobstipeerde matrone. Haar verhaal duurde eindeloos, maar toen ik begreep dat ze al een week niet op het gemak was geweest, drong niets meer tot me door. Gelukkig hij die een innerlijke stad in zich draagt! Toen de woordenstroom tot een einde kwam en ze me verwachtingsvol aankeek, liep ik naar mijn lessenaar en sloeg Avicenna open. Ik mompelde wat gewichtige termen, en vijzelde een kruidenmengseltje. Ik liet het even trekken, zeefde het en voegde een pasta van fijngewreven gedroogde pruimen toe. Het geheel roerde ik tot een dikke prut. 'Helemaal opdrinken,' zei ik. Ze betaalde zonder morren mijn forse tarief. Ook haar zou ik spoedig terugzien.

Ik wachtte op de volgende, maar er kwam niemand. Ik riep naar Galina dat ze moesten voortmaken. Als er zoveel mensen zaten, kon ik hoe dan ook niet iedereen helpen. Ze kwam de trap op. 'Dat was de laatste,' zei ze.

Ik staarde haar aan. 'Ik hoorde van die oude kerel dat de wachtkamer vol zat met Bohemers.'

Ze lachte. 'Hij overdreef,' zei ze, 'een paar vriendinnen kwamen langs om te praten. En er zaten inderdaad wat landgenoten, maar die hadden niets dringends en besloten een andere keer terug te komen.' Ze begon mijn werktafel op te ruimen en nam vijzel en retort mee naar achteren voor een wasbeurt.

Des te beter, ik wilde vandaag bisschop Otto polsen over het verloop van het concilie en vragen of hij wist waar Poggio zich ophield. Maar waarom had ik daar niet eerder aan gedacht? Misschien kon hij me ook wel bij Zabarella introduceren! Dan had ik Poggio niet nodig. Otto had de kardinaal waarschijnlijk allang gesproken over het project.

'Ik weet niet waar Poggio uithangt,' zei Otto.

Ik weigerde beleefd de wijn die hij me schonk, maar hij was onverbiddelijk. 'Als de bisschop met je wil drinken, dan drink je.'

We zaten in zijn kamer en naar zijn adem te oordelen moest hij al veel werkbezoeken hebben ontvangen. Evengoed legde ik hem mijn vraag voor.

Hij schudde zijn hoofd, opeens ernstig. 'Waarom wil je met Zabarella spreken? Laat hem aan mij over. Als hij eenmaal verkozen is en als paus wordt geïnstalleerd, zal eindelijk de zetel van Petrus weer naar Rome komen. Je weet dat die stad in puin ligt na zeventig jaar schisma en chaos. Hij zal er alles aan doen om de eeuwige stad weer in haar volle glorie te herstellen. Nee, dit moet subtiel worden aangepakt en je kunt het aan mij overlaten. Ik weet hoe ik een en ander moet inkleden.'

Nu was ik er nog sterker van overtuigd dat ik de kardinaal persoonlijk moest spreken, zodat ik mijn dwingende gaven op hem kon gebruiken. 'Goede bisschop,' zei ik daarom, 'het is van groot belang dat ik Zabarella zelf spreek.' Of hij daarbij aanwezig was, maakte mij verder niet uit.

Hij begon te glimlachen en schudde zijn hoofd al, maar onder het praten tastte ik naar zijn geest en begon druk uit te oefenen.

'Ik ken de Italianen en weet hoe ik met hen moet omgaan,' zei ik. 'Zabarella heeft contact met de grote financiers in de Italiaanse steden en ik weet hoe ik hem moet bespelen.'

Precies zoals ik Otto nu bespeelde. Zijn gezicht verschoot van vriendelijke terughoudendheid via welwillende aandacht naar diepe concentratie. Nog even en het organiseren van een ontmoeting tussen ons drieën zou zijn levensdoel zijn, althans voor de komende dagen. Ik besloot met 'het is werkelijk van het grootste belang...' – en gaf hem een laatste duw.

'Isidoor,' zei hij, opstaande van zijn zetel, 'je hebt alle gelijk van de wereld, en ik...' Toen stokte hij midden in de zin. Zijn blik verglaasde en hij viel, hevig schokkend, op het dikke kleed. In zijn val nam hij de stoel, een kandelaar en de wijnkruik mee, welke laatste met een knal aan scherven vloog, terwijl de wijn zich over het kostbare tapijt verspreidde.

Van twee kanten kwamen geestelijken aanrennen. 'Wat hebt u gedaan?' riepen ze.

'Ik heb niets gedaan,' zei ik. Ik gespte mijn leren gordel los, trok mijn mes en wrong het heft tussen 's bisschops kaken. Er stonden al meer mensen om de stuiptrekkende man heen.

'Wat doet u!' riepen ze. 'Hou op!' Een van hen begon aan mijn schouders te trekken.

'Ik ben dokter,' snauwde ik, 'willen jullie dat hij zijn eigen tong afbijt?'

‘Hij is van de duivel bezeten,’ riep iemand. Ze deinsden allemaal terug.

‘Het is de heilige ziekte,’ zei ik. ‘Lezen jullie, dwazen, dan geen boeken meer?’

Ik gaf instructies om Otto in zijn bed te leggen. ‘Ik kan bij hem blijven,’ zei ik tegen de klerken die zich om het bed verdrongen.

Een van hen zei: ‘Hij is in goede handen bij ons. U kunt beter vertrekken, er mogen op dit uur geen bezoekers meer in het paleis zijn.’

Ik lachte hem in zijn gezicht uit, want ik herinnerde me een nachtelijke speel-en-zuipsessie in deze zelfde kamers. Toch ging ik. Met de bisschop zou het wel goed komen. Ondertussen besefte ik dat mijn verworven gaven ook hun beperkingen hadden.

In de dagen daarna informeerde ik enkele malen naar Otto. De ene keer maakte hij het goed maar was hij druk, een andere keer was hij ziek. De derde ochtend maakte men de poort niet eens meer open. ‘De bisschop houdt het bed en is voor niemand te spreken,’ zei de woordvoerder door de kier van de deur, die hij niet verder wilde openen.

‘Ik ben zijn lijfarts,’ protesteerde ik.

‘Hij werd juist ziek door uw bezoek,’ zei de man en hij wilde de deur al sluiten. Ik zette mijn laars in de kier.

‘Daar zal bisschop Otto anders over denken,’ zei ik. ‘Mijn bezoek was oorzaak noch aanleiding tot zijn toeval. De heilige ziekte is het kruis dat hij draagt, dat weten jullie heel goed.’

De man lachte schamper en achter de deur lachten anderen met hem mee. Er stond zich daar een stel clerici te verdringen om mee te luisteren. ‘Dit is de tweede keer in een jaar dat hij die toevallen krijgt tijdens uw aanwezigheid,’ zei de man.

Deze verdraaiing maakte me razend. ‘Ik kwam daar juist naar aanleiding van zijn toeval, ik was gevraagd als arts om hem te helpen! Vraag het aan Ser Bracciolini, die heeft me toentertijd laten halen.’

‘Zelfs als dat zo was,’ zei de man, ‘dan heeft uw behandeling tot niets geleid.’

‘Roep Bracciolini,’ riep ik, ‘hij zal het u zeggen!’

‘Die is hier niet,’ zei de man. ‘Gaat u weg, of moet ik de stadswacht laten komen?’

Ik gaf het op en liep naar de munster, op een steenworp afstand, maar het vriesweer en de snijdende wind dwongen me om een stevige looppas in te zetten. De rust van mijn werkkamer was me niet vergund, want een gewapende man versperde me de weg. Het was niet een van de gebruikelijke functionarissen, maar een zwaargebouwde stadswachter. 'Niemand mag hier voorlopig in,' zei hij. 'Ook u niet.'

'Ik werk hier in opdracht van de bisschop,' zei ik.

Hij knikte. 'Dat is me bekend, Helaas is de toren afgesloten op last van heer Hagen, en in samenspraak met de bisschop. Het is er ook te koud om te werken, dat zal u niet zijn ontgaan.'

'Laat me tenminste mijn werk ophalen,' zei ik, 'dan kan ik thuis verdergaan.'

'Alles in de kamer is bewijsmateriaal,' zei hij, 'en zelfs als ik het zou willen, dan kon ik u nog niet toelaten. Heer Hagen heeft, hangende het onderzoek, een slot op de deur laten aanbrengen, waarvan hij zelf de sleutel bewaart.'

Mijn overredingskracht kon hier dus ook niets bereiken. 'Wat onderzoekt hij eigenlijk?' vroeg ik, maar de man glimlachte en zweeg verder.

Naar huis lopend peinsde ik over de ziekte van de bisschop. De man aan de deur had, zonder het te weten, gelijk gehad. Ik was ditmaal de veroorzaker van Otto's toeval. Mijn mentale aanval was te krachtig geweest en ik besefte nu dat het geschenk van de oude Maelgys nog machtiger was dan ik had gedacht. Kon ik met wat oefening wellicht ook een gezond mens laten instorten? Misschien zelfs doden? Ik nam me voor om wat meer te experimenteren, zodat ik een beter idee kreeg van de benodigde intensiteit onder verschillende omstandigheden.

Bij mijn huis wachtte een nieuwe verassing. Het was Hagen zelf, die voor mijn deur stond. 'Mag ik nu ook mijn eigen huis niet meer in?' schertste ik, in een flauwe poging tot luchtigheid.

'Natuurlijk mag dat,' zei hij lachend, 'en ik loop dan graag met u mee, want ik wil u nog een paar vragen stellen.'

'Komt u binnen!' Ik ging hem voor, de trap op. De haard brandde al. Galina trok zich schielijk terug toen ze de man zag. 'Kun je wijn brengen?' riep ik naar haar.

Ik wees Hagen mijn beste zetel en nam ook zelf plaats. 'Waarover wilde u me spreken?'

'Werkt u niet meer als arts?' vroeg hij. 'In de tijd dat ik sta te wachten kwamen er al een paar mensen voor u aan de deur, maar uw dienstmaagd stuurde ze allemaal weg.'

'Vanochtend werkte ik,' zei ik, 'daarna legde ik een bezoek af bij onze bisschop. Het meisje vertelt mensen wanneer ze terug kunnen komen.'

'Ik dacht al zoiets, maar ik kon haar niet verstaan. Het was allemaal Wals voor me.' Hij lachte om zijn eigen grapje. 'Ik hou het kort, u hebt het druk. Het gaat om die Bohemer die voor u werkt.'

'Zdislav,' zei ik.

'Dat is 'm. Wat is zijn functie bij u?'

'Hij is mijn knecht: hij kookt, maakt schoon, doet inkopen en tot voor kort ontving hij patiënten en zorgde dat hun bezoeken in goede banen werden geleid.'

Op dat moment kwam Galina binnen met twee bekers in haar hand, de kruik tegen haar boezem geklemd; haar lijfje stond half open. Ze boog zich over de tafel om de bekers neer te zetten, schonk toen met een handig gebaar in en trok zich terug. Waarom gaf ze zich zo bloot? De man had zijn ogen niet van haar borsten af kunnen houden.

'Een mooie vrouw,' zei hij. 'Is het gebruikelijk in uw land dat een dienstmaagd zich zo frivool kleedt?'

'Dat weet ik niet,' zei ik. 'Ik ben al sinds mijn jongelingsjaren weg uit mijn land. En deze vrouw is geen dienstmaagd, ik leef met haar.'

'U gaat haar trouwen,' zei hij.

Ik haalde mijn schouders op. 'Als dat nodig is.' Ik had me nooit afgevraagd hoe het gesteld was met de lokale moraal. Kon je leven in concubinaat? Was het geoorloofd om het te houden met een dienstmaagd? Maar hoe kon iemand daar bezwaar tegen maken in een stad waar iedere prelaat of bisschop er een paar hoeren op na hield?

Hagen begon al over iets anders. 'Die man is nogal zwijgzaam, vindt u niet?' vroeg hij.

'Welke man?'

'Die Bohemer, die knecht van u.'

'Hij spreekt nauwelijks Duits,' zei ik. 'Ik weet nooit zeker of hij me wel begrijpt. Maar hij voert zijn opdrachten meestal naar tevredenheid uit.'

Hagen nipte aan zijn wijn en sloot even zijn ogen. 'U hebt een goede smaak,' zei hij. Hij opende zijn ogen weer en keek me strak aan. 'Wij hebben uw knecht een paar dagen geleden opgepakt toen hij op de rivier roeide met een vreemde lading aan boord.'

Ik keek hem vragend aan.

'Een lijk,' zei hij. 'Uw knecht vervoerde het lijk van een ketterin die we al een tijdje volgden.'

'Ik vroeg me al af waar hij gebleven was,' zei ik. 'Als hij zich nog bij me had gemeld, had ik hem de deur gewezen. Maar waarom deed hij dat? Wat moet hij met ketters?'

Hagen haalde zijn schouders op. 'Hij is een Bohemer, een volk waar de ketterij welig tiert. Ik neem aan dat hij het lijk het land uit wilde smokkelen. De Boheemse ketternesten smachten naar martelaren.' Hij keek spijtig in zijn lege beker en boog zich toen naar mij toe. 'Werkte hij in uw opdracht?'

'Hoe kunt u dat vragen,' zei ik hartstochtelijk, 'en uitgerekend aan de man die de nieuwe kathedraal van Konstanz gaat bouwen?'

Hij lachte en legde een hand op mijn schouder. 'U hebt gelijk, meester Isidoor, u bent natuurlijk niet verantwoordelijk voor de handelingen van uw knecht.'

'Zo is het,' zei ik. 'Als hij terugkomt, zal hij ervan lusten.'

Hagen stond op. 'O, maar hij komt niet terug,' zei hij. 'Wij ondervragen hem al dagen en hij zegt geen woord. Hij zal volharden in zijn zwijgen, maar mijn ondervragers zijn al net zo koppig. U begrijpt dat er zo niet veel van hem overblijft.' Hij maakte een spottende buiging voor me. 'Geeft u mijn complimenten aan uw knappe vrouwtje,' zei hij, 'en dank voor de voortreffelijke wijn. Een man in mijn positie is niet vaak in de gelegenheid om zulke kwaliteit te proeven.'

Na zijn vertrek verscheen Galina in de kamer, ze was spierwit.

'Waarom ging je zo gekleed?' vroeg ik haar. 'Het is hier toch geen bordeel? Dat deel van je leven is voorbij, hoor je me? Je maakt me te schande als je een gast zo ontvangt.'

'Ik deed het omdat ik niet wilde dat hij naar mijn hand keek,' zei ze. 'Hij heeft niet gemerkt dat ik er een mis.'

Ik begreep het. Als Hagen wist dat Galina een hand miste, dan kon hij weleens zaken gaan combineren en achter de waarheid komen.

52

De kardinaal kon doodvallen

Later die dag, toen we de straat op gingen om inkopen te doen voor de praktijk, vroeg ik of Galina had geweten van Zdislav.

'Ik wist dat hij een overleden landgenote zou overdragen aan iemand op de andere oever,' zei ze. 'Waarom mag een vrouw niet in haar eigen land begraven worden?'

'Volgens Hagen werd ze beschuldigd van ketterij. Dat betekent dat haar gebeente moet worden verbrand en de as verstrooid.'

'Ze is bij leven noch beschuldigd, noch veroordeeld,' zei Galina, 'dus haar kadaver kan niet worden behandeld als dat van een ketter.' Ze hield halt bij een overdekte markt. 'De dwale is bijna op,' ging ze verder, 'en we hebben geen ingrediënten meer.'

'Dan gaan we eerst naar de Joden,' zei ik.

Isaac de Jood was niet aanwezig en zijn zoon Mordechai vertelde dat ze geen amfioen in voorraad hadden. 'Ik bestel het,' zei hij, 'maar verwacht het niet voor het einde van de winter.'

We liepen langzaam terug door de smalle straatjes. Galina leek niet gelukkig. 'Kunnen we het niet ergens anders halen?' vroeg ze.

'Als iemand in de stad het al had, dan zouden zij dat weten.' Ik pakte haar bij de bovenarm. In haar ogen zag ik wat ik al verwachtte. 'Ik had je gewaarschuwd,' zei ik. 'Dwale is geen medicijn om lang te nemen. Ik dacht dat je geen pijn meer had?'

'Het is andere pijn,' zei ze, 'die zit overal.'

'We lossen het op,' beloofde ik.

Galina knikte somber, maar opeens schoot ze in de lach. 'Kijk dan,' zei ze, 'daar is Armin, hij komt uit een huis van zonde.'

Inderdaad kwam Armin daar gebukt door een deurtje en verwijderde zich, steels om zich heen kijkend, van het bordeel. Helaas liep hij ons daarbij in de armen.

'Waarom die haast, ridder?' vroeg ik. 'Je ziet eruit als een krijger die net een steekspel verloren heeft.'

Na de eerste schrik leek hij opgelucht dat wij het waren. 'Ik ben een oude veteraan,' zei hij, 'maar mijn lans is nog onoverwinnelijk.' Toen keek hij naar Galina, en voegde eraan toe: 'Dat zullen de Turken spoedig ondervinden.'

Galina lachte nu hardop en Armin kleurde tot in zijn nek. 'Zo bedoelde ik het niet,' zei hij, 'ik bedoelde...'

'Ik weet wat je bedoelde,' zei ze, stralend. Door zijn onhandige en mislukte poging om een erotische metafoor te ontkrachten, liet hij zien dat hij haar als een dame zag en niet langer als een straatmeid.

'Waar gaan jullie heen?' vroeg hij.

'Nergens heen,' zei ik, 'we hebben iets bij de Joden besteld.'

'De vraag is hoelang het duurt.' Galina's stem was bitter als het kruid waarnaar ze verlangde.

'Vergis je niet,' zei ik, 'het is er eerder dan je denkt.'

'Ik wil het niet weten,' gromde Armin, alsof elk product van de Joden aanleiding kon zijn tot een offensief van de Teutoonse ridders. Opeens klaarde hij op. 'Ga mee, dan trakteer ik jullie op een paar kruiken,' riep hij.

Ik wijdde voor de duur van een hartslag een overpeinzing aan de geheugens van de eenvoudigen, wier gedachten vluchtig zijn en die elke dag hetzelfde idee opnieuw afstoffen alsof het geheel oorspronkelijk uit henzelf opborrelt.

'Geweldig idee!' zei ik met geveinsd enthousiasme. Als dank kreeg ik een stomp in mijn zij van Galina.

'Ik heb wat te vieren,' zei Armin. 'Ik vertrek over een paar dagen naar Bourgondië, waar de hertog me heeft uitgenodigd voor een zwijnenjacht. Wij hebben destijds, na Nikopolis, een tijdlang samen in Turkse gevangenschap doorgebracht.'

Het was druk in de Friedel. Een groep Duitsers zong een drinklied met veel hoho's en voetgestamp. Galina verdween naar haar vriendinnen, die wat bedrukt in een hoekje rondhingen. Guillem, op zijn gebruikelijke stek, was al zo dronken dat hij ons nauwelijks herkende. Ik voelde een plotselinge weerzin om onder de mensen te verkeren. Ik merkte dat de gebeurtenissen van de laatste dagen en mijn vergissing met Galina's medicijn me onrustig hadden gemaakt en ik verlangde naar eenzaamheid. Net wilde ik me bij Armin excuseren, of mijn aandacht werd getrokken door een groepje zwartgemantelde klerken. Het waren de umanisti en onder hen was Poggio. Het gezelschap streek neer aan de andere kant van het zaaltje.

Ik wenkte Walter, die al aankwam met kruiken. 'Breng die Italianen de beste wijn die je hebt,' zei ik, 'en doe het namens mij.'

Hij haastte zich terug naar de kelder.

Armin klonk met me. 'We drinken rechtstreeks uit de kruik vanavond,' zei hij, 'dat scheelt de waard een paar wandelingen.' Hij begon een verhaal over de drinkgewoonten in Litouwen en over gebruiken van heidense volkeren die hij had bezocht, maar ik was er met mijn gedachten niet bij.

Had ik Poggio geërgerd, die avond met zijn vrienden, toen ik Vitruvius declameerde? Negeerde hij me? Ik keek toe hoe Walter de Italianen wijn bracht en op mij wees. Geen van hen nam notie van me. Poggio wisselde wat woorden met de waard. Daarna liet Walter de kruiken bij hen achter, ving mijn blik bij het weglopen en haalde zijn schouders op. Even later liet hij me in het voorbijgaan weten dat de Italianen geweigerd hadden om in mijn naam wijn te aanvaarden, ze betaalden die zelf.

'Zij drinken toch al de beste,' zei Walter lachend, 'dus ze konden hem niet terugsturen.' En voort ging hij weer, de dorstigen laven.

Armin vertelde over de zwijnenjacht en besloot dat hij kerst zou vieren in Bourgondië. 'Daarna ga ik terug naar Pruisen,' zei hij, 'en als jij zo doorgaat, moet ik je nog naar huis dragen.'

Ik keek naar mijn kruik, ik was me er niet eens van bewust geweest.

Armin bestelde er nog een. 'Zal ik de Italianen naar onze tafel halen?' vroeg hij.

'Doe wat je wilt,' zei ik, 'mij maakt het niet uit.'

Guillem deed voor het eerst die avond zijn mond open. 'Laat ze waar ze zijn. Als die praalhanzen hier komen zitten, volgen de hoeren als fruitvliegjes.'

'Die hoeren zitten te treuren omdat jij geen oog voor ze hebt,' zei Armin.

Ik corrigeerde hem. 'Zie je niet dat Guillem alléén maar oog heeft voor de hoeren?'

Armin liep naar de Italianen en gebaarde naar onze tafel. Ik liet mijn blikken wat ronddwalen alsof het me niet kon schelen. Even later kwamen ze er allemaal aan. Ik nam een teug van de nieuwe kruik, draaide me naar de nieuwkomers en begroette ze, voor zover ik hun namen kende. 'Poggio, Bartolomeo, Lorenzo...'

Bij Poggio kon er geen knikje af, maar Bartolomeo klopte me op de schouder en zei lachend: 'Isidoro, ga je ons weer verbazen met je geheugenkunst?'

'Ik geloof dat ik me nogal heb aangesteld.' Ik knikte naar Poggio. 'Ik had een verkeerd medicijn genomen die avond en liet me meeslepen in het vuur van het gesprek.'

'Kom, Poggio,' zei Bartolomeo. 'Alsof jij daar nooit last van hebt. Het geval wil dat Isidoro ooit in een ver land Vitruvius las. Waarom zou hij daarover zwijgen? Logisch dat hij, nadat jij hem voor leugenaar uitmaakte, wilde bewijzen dat hij de waarheid sprak.'

'Poggio,' zei ik deemoedig, want er was me veel aan gelegen om vrede te sluiten met deze ijdeltuit. 'Niemand begrijpt beter het belang van jouw vondsten dan ik. Het feit dat ik er enkele ken, neemt niet weg dat jij onschatbare boeken veiligstelt voor de mensheid.'

Hij schonk me een felle blik en vroeg toen: 'Je kent er al énkele?'

'Vitruvius natuurlijk,' zei ik. 'Wil je wel weten dat ik dat boek als kind tot hoofdkussen had? Het duurde jaren voor ik erachter kwam waarom ik zo hard lag in mijn kribbe.'

De omstanders barstten in lachen uit, ze dachten dat ik schertste. Poggio lachte niet, hij leek alleen maar bozer te worden. 'Welke kende je nog meer?'

Ik haalde mijn schouders op. 'Ik las een onvolledig Lucretius manuscript, dat een jaar of twintig geleden op mijn weg kwam.'

'Lucretius...' hij sperde zijn ogen open. Had ik mijn mond maar gehouden. 'En Ammianus?' vroeg hij moedeloos.

'Je noemde zijn naam,' zei ik naar waarheid, 'maar eerder had ik nooit van hem gehoord. En uiteraard ken ik ook niet de nieuwe oraties van Cicero.'

'Uiteraard? Wat wil je daarmee zeggen?' Hij kwam met zijn gezicht zo dichtbij, dat ik kon ruiken wat hij had gegeten. Niet alle Italiaanse gerechten zijn uit de tweede hand te verdragen.

'Je had ze immers genoemd,' zei ik. Was dit zo? Veel van wat er die avond gebeurde, bleef voor mij in de mist.

'Was Oswald er maar weer,' kwam Armin ertussen. Ik weet niet in hoeverre hij de conversatie verstond, maar hij probeerde de aandacht af te leiden en wees. Het gezang van de Duitsers in de hoek ontspoorde in een onbedoelde en weinig harmonieuze meerstemmigheid.

Poggio wierp hun een minachtende blik toe. 'Jullie zijn barbaren,' zei hij. 'In Italië hebben we componisten... Zelfs in mijn stad zijn er al meer dan ik op kan noemen, Gherardello, Johannes Ciconia...'

'Maar dit is een taveerne, Poggio,' zei ik. 'Dit zijn geen musici of componisten, maar gewone burgers die plezier maken en drinken.'

'In mijn stad drinken we ook en we maken plezier,' zei hij. 'Én we zingen in de taveernen.'

Hij gaf zijn vrienden een teken en zong een lage toon, maar zo luid dat de Duitsers allemaal in onze richting keken en een voor een stilvielen. De vrienden van Poggio stemden met hem in en terwijl iedereen stil luisterde, zongen ze een canon die ik eerder had gehoord, maar nog niet met zoveel verve als op die dag.

Het was *Tosto che l'alba*, van eerdergenoemde Gherardello da Firenze, een heerlijk jachtlied waarin de stemmen van jagers elkaar verdringen in hun enthousiasme en de opwinding oproepen van een spannende jachtpartij. Toen ze eindelijk klaar waren barstte het volk uit in gejuich en vroeg om meer.

Poggio fluisterde zijn kornuiten wat toe. Ze zetten tegelijkertijd in en er ontspon zich een kunstig vlechtwerk van stemmen. Het was een melismatische lofzang, vol honingzoete vleierigheid, maar door de gelijktijdigheid en de warrigheid van de langgerekte melodielijnen kon ik de woorden slecht verstaan, wat ook de reden is dat ik niet houd van motetten of andere meerstemmige gezangen, want wat heb je aan onverstaanbare liedteksten?

Ik luisterde maar half, zinnend op een manier om Poggio weer tot mijn vriend te maken, zodat wij samen naar kardinaal Zabarella konden gaan. Ik vulde mijn borst met kracht en vreugde en bewerkte Poggio. En waarlijk, hij leek op te bloeien; zelfs zijn stem won aan kracht en welluidendheid. Opeens hoorde ik de naam van Francesco Zabarella in de liedflarden. Het loflied was aan hem gericht. De naam bleef terugkomen, de vleierijen waren ondraaglijk, maar ook hieraan kwam een einde.

Na alle bijval complimenteerde ik Poggio met de zangkwaliteiten van zijn vriendenkring. 'Het is ook een prachtig lied,' zei ik, 'en opgedragen aan een groot man!'

Poggio duwde me een beker in de hand. Ik goot de wijn in één teug naar binnen om onze hernieuwde vriendschap kracht bij te zetten en vroeg of hij het zelf had gecomponeerd.

'O nee!' Poggio schudde heftig zijn hoofd. 'Johannes Ciconia schreef het voor Zabarella, die hem begunstigde toen hij in Padua woonde.'

'Zabarella,' zei ik, 'wat een bijzondere man moet hij zijn! Ik zou hem graag ontmoeten, onze volgende paus.'

'Hij is nog niet gekozen.' Poggio haalde een pennenmesje uit zijn mouw en begon zijn nagels schoon te maken. Even staakte hij zijn bezigheid en keek naar me op. 'Het is bijgeloof, maar ze zeggen dat je de dag niet moet prijzen voor het vallen van de avond.'

'Natuurlijk,' zei ik. 'Niets is zeker. Er kan zich een nieuwe kandidaat melden met steun uit onverwachte hoek, de koning kan nog jaren wegblijven, de kardinaal kan dood neervallen, we kunnen allemaal bezwijken aan de pest...'

'Isidoor!' riep hij ontzet.

Ik vervloekte mijn losse tong. Geen slok meer, nam ik mezelf voor. 'Het spijt me,' zei ik, 'maar we weten allemaal hoe onvoorspelbaar het leven kan zijn. En jij, als geleerd man, bent niet bijgelovig.'

'Dat is zo,' zei hij, 'maar met jouw uitspraken verzoek je God en daag je de duivel uit.'

Ik onderdrukte een schaterlach en hield de woorden in die worstelden om naar buiten te komen. 'We zouden nog een keer met hem afspreken,' bracht ik hem in herinnering.

'Dat is zo,' zei Poggio voorzichtig, 'maar als architect van dit concilie heeft hij het druk met de voorbereiding van de komende zittingen. Daarnaast bestuurt, bij gebrek aan een paus, het college van kardinalen nu de hele christenheid.'

Ik sprak mijn gedachte niet uit dat dit een week geleden nog geen bezwaar had geleken.

En toen mengde Bartolomeo zich in het gesprek. 'Mijn vriend is veel te diplomatiek, Isidoro,' riep hij, 'de eerbiedwaardige Zabarella wil jou helemaal niet spreken.'

Poggio siste: 'Stil toch!'

Maar Bartolomeo was niet te stuiten. 'De kardinaal was diep ontzet,' zo ging hij verder, 'toen hij hoorde over de begardenorgie waaraan je deelnam in je studietijd. Jouw zwelgen in de vleselijke lusten, het aanbidden van het zwijn, de serafijnse kus...' Hij haalde diep adem en rolde met zijn ogen, alsof de gruwel hem te veel werd, de huichelaar.

Ik moet Poggio hebben aangestaard, want hij haalde zijn schouders op. 'Ik was er niet bij toen je dat vertelde,' mompelde hij. 'Hij heeft het niet van mij. Evengoed kun je een audiëntie met Zijne Excellentie vergeten.'

Een kille woede maakte zich van me meester. Ik stond op en riep: 'Vervloekte Italiaanse kletskousen! Hij kan doodvallen, die geweldige kardinaal Zabarella... en jij ook, Poggio Bracciolini, met je idioten van vrienden.'

Ik keek om me heen. Het was stil geworden in de gelagkamer, iedereen staarde naar me, alleen Armin keek van me weg, en Guillem bedekte zijn gezicht met zijn handen. Ik wist dat het tijd was om te gaan. Galina maakte zich los van haar groepje en volgde me naar buiten.

Ik vloekte de hele weg naar huis. Voor één keer was ik mijn zelfbeheersing kwijtgeraakt. Ik vervloekte de onberekenbare Bartolomeo, de ijdele tekstbakker Poggio, ik vervloekte de koning die maar niet terugkwam en die waanzinnige Papa Luna die het pausschap niet wilde opgeven. Ik vervloekte zelfs bisschop Otto met zijn heilige ziekte. En het meest van alles vervloekte ik mezelf, omdat ik me onder idioten had begeven, en me door hen laten beïnvloeden in plaats van andersom, zodat ik mezelf kwetsbaar maakte in hun drankholen en te veel losliet over mijn verleden. Terwijl ik nooit meer was geweest dan een toeschouwer, een waarnemer en student van menselijke dwaasheden. Hoezeer verlangde ik nu naar de eenzaamheid in mijn volmaakte, stille wereld van kennis.

Thuis kwam ik niet tot rust, ik liep rondjes om de tafel, tot Galina zich voor me opstelde en haar armen om me heen sloeg. 'Kom mee naar bed,' zei ze. 'Ik zal maken dat je deze avond vergeet.' Haar onvolkomen omhelzing.

‘Laat me met rust, hoer,’ zei ik en ik gaf haar een duw waardoor ze met haar volle gewicht tegen mijn medicijnenkabinet aan viel, dat versplinterde, zodat de flesjes en potjes over de vloerplanken rolden. Ze kwam moeizaam overeind en strompelde, zonder me aan te kijken, naar de achterkamer.

Ik nam mijn deken en ging naar het dak. De sterrenhemel zou rust brengen. Voor ik kon nadenken en mijn plannen wijzigen, wilde ik vrede vinden in mijn ommegang.

Zo zat ik daar boven de donkere stad en hervond mijn evenwicht. Ik bewandelde mijn kwartieren en nam lange rustpozen waarin ik me laafde aan Maelgys’ geschenk, het grote inzicht. De nachthemel wentelde traag om me heen en ik zag de sterren verbleken in een roze dageraad. Uiteindelijk besloot ik naar binnen te gaan. Het was tijd voor een nieuwe strategie, mijn welslagen hing immers niet af van twee of drie mensen; het aantal wegen naar Rome was eindeloos.

In mijn kamer waar het haardvuur al aangenaam brandde, deed niets meer denken aan de chaos van de vorige avond. Het kabinet was verdwenen en de potjes moesten ergens anders zijn opgeslagen. Galina had opgeruimd, wat natuurlijk ook haar werk was. Ik riep haar naam en ze kwam meteen van beneden. Zonder iets te zeggen stond ze voor me.

‘Is het al tijd om te ontvangen?’ vroeg ik.

‘Er heeft zich nog niemand gemeld,’ zei ze. Beneden zaten een paar van haar vriendinnen. Ze zou de patiënten doorsturen zodra die begonnen te komen. Ik knikte vriendelijk en trok haar naar me toe om haar te laten weten dat ik het goed wilde maken. Ze liet me even begaan, maakte zich toen van me los en vertrok weer naar beneden.

Ik sneed wat oud brood af, belegde het dik met worst en at met smaak. Ondertussen liet ik mijn gedachten de vrije loop. De koning zou niet lang op zich laten wachten en ik had Oswald de minnezanger en ridder nog, die nu mijn opstap zou zijn naar de hoogste gezagsdrager in het Heilige Roomse Rijk. En dan Otto, zodra hij zichzelf gezond genoeg achtte, zou hij door zijn burcht van beschermende geestelijken heen breken, want hij was er de man niet naar om zich gevangen te laten houden.

Een bouwer, net als ik. Als ik dat wilde, kon hij me alsnog met Zabarella in contact brengen; hij kon de roddels als onzin afdoen. Ik zou subtieler moeten zijn met mijn beïnvloeding om niet nogmaals een toeval te veroorzaken. En wat was er mis met die goeie oude retorica? Ik had geen speciale krachten nodig om iemand voor mijn ideeën te winnen, zeker niet als onze ideeën zo sterk overeenkwamen.

Zo zat ik daar in aangenaam gepeins, maar na een tijdje begon het me toch te bevreemden dat er geen patiënten kwamen. Tot dusver had ik meer aanloop gehad dan ik aankon. Het kon toch niet door de vorige avond komen? Ik had nauwelijks cliënten die in de Friedel kwamen.

Ik besefte opeens dat ik de gebruikelijke geluiden miste. Geen geratel van karren, geen zweepknallende voerlieden, geen geschreeuw van venters of gekijf van bekvechtende lichtekooien drong door in mijn kamers, alsof de stad in de nacht was uitgestorven door een pestilentie. Ik liep naar het raam en deinsde meteen terug.

Het plein voor mijn huis stond vol doodstille mensen, die allemaal opkeken naar mijn raam. En juist op het moment dat ik mij toonde, begonnen ze te roezemoezen. Mensen wezen, gebalde vuisten kwamen omhoog. Ik voelde mijn hoofdhaar overeind komen en ik begreep de acute ernst van mijn situatie. Nooit eerder had ik een menigte anders gezien dan vanuit de achterhoede, en ik vreesde dit onvoorspelbare, veelkoppige beest. Mijn krachten werkten op individuen, niet op menigten, want niets kon die grillige, samengebundelde geest overtreffen. Ik stapte terug in de schaduwen en nu begon het volk daadwerkelijk te schreeuwen. Ik verstond niet wat ze riepen en probeerde het ook niet. Kon ik nog ongemerkt wegkomen? Ik moest bij de autoriteiten zien te komen en iemand met gezag vinden die me kon helpen.

Op dat moment klonk zwaar gebonk op de voordeur. Ik sprong naar het trapgat en riep: 'Niet opendoen!'

Ik was te laat. Enkele tellen later verschenen mannen op de trap, die ongevraagd mijn kamer binnenkwamen en met hun zware laarzen begonnen rond te stampen. Een van hen kwam voor me staan. 'Isidoor van Rillington,' zei hij, 'ik verzoek u om mee te komen voor verhoor.'

Het was Hans Hagen, de stadsvoogd. Ik was de hele zaak met Krempel al vergeten. Een grote opluchting maakte zich van me meester. 'Ik sta geheel tot uw beschikking,' zei ik. 'U weet dat ik niets te maken had met de dood van Krempel, maar ik zal de gebeurtenissen van die dag graag nog eens toelichten.'

Eenmaal in de veilige beslotenheid van het recht kon ik zo nodig mijn geest loslaten op de wijze mannen die het in deze stad voor het zeggen hadden. Menigten bleven immers waar ze hoorden, op straat.

Ik had verwacht dat Hagen en zijn mannen mij naar de stadsvoogdij zouden brengen, maar in plaats daarvan liepen we over de landengte naar het schiereiland met het dominicanenklooster, waar ik een eenvoudig maar gerieflijk kamertje toegewezen kreeg. Ik had een nieuwe strozak, een schrijftafeltje en zodra ik de kamer binnenging, bracht een monnik me een schaal noten en gedroogd fruit.

'Waarom dit klooster?' vroeg ik aan Hagen.

'Wees blij dat ik u niet naar het klooster van de barrevoeters breng,' zei hij lachend, 'daar eten ze lang niet zo goed als hier. Ik kan een belangrijk man als u toch niet tussen het gespuis zetten? Hier verblijven belangrijke concilianten, en het klooster biedt ook u welwillend gastvrijheid voor de duur van het onderzoek.'

Even na het vertrek van Hagen opende ik mijn deur om op de gang te kijken. Zoals ik verwachtte, stond daar een stevige jongeman die me vriendelijk verzocht binnen te blijven. 'Als u iets nodig heeft, dan moet u dat maar zeggen,' zei hij. 'We zullen u van alles voorzien. Ik ben fra Capi.'

'Moet jij verhinderen dat ik wegloop?'

Hij schoot in de lach. 'God nee,' zei hij, 'ik ben hier om u te beschermen tegen kwaadwillenden. U bent een waardevol burger en het stadsbestuur wil niet dat u iets overkomt omdat een aantal domme lieden verhalen over u rondstrooien.'

'Dus ik kan zo weg als ik wil?'

Hij schudde zijn hoofd. 'Dat kan alleen als ik u een escorte meegeef, en het kost enige tijd om dat samen te stellen. We zijn op deze locatie onvoldoende toegerust om u op straat bescherming te bieden.'

‘Wie bedreigt mij dan?’ wilde ik weten.

‘Ik heb al te veel gezegd,’ zei hij. ‘Gaat u naar binnen, dan zal ik uw wens doorgeven. Wees gerust, hier bent u veilig.’

Ik had zijn geest in een houdgreep kunnen nemen om hem te dwingen me te laten gaan, maar met welk doel? In plaats van blindelings de massa in te duiken, kon ik beter mijn krachten sparen voor waar het ertoe deed, bij de macht. ‘Als u een boodschap kunt overbrengen,’ zei ik, ‘zeg bisschop Otto dan dat ik hem dringend moet spreken.’

De man beloofde dit te doen. Hij sloot de deur en een grendel viel knarsend op zijn plaats. Ik moest lachen. Welke muur of deur kon mij gevangenhouden? Ik ging liggen op het bed, dat beter was dan thuis, en reikte met mijn aandacht ver voorbij de kloostermuren. Ik dwaalde over de daken want zelfs in de geest vermijd ik bij voorkeur de menigten. Ik gleed het bisschoppelijk paleis binnen via een torentje en dwaalde wat door de gangen. Een heel jonge monnik stond te knikkebollen voor de deur van Otto’s kamer, ik legde het beeld in zijn geest van een beeldschone vrouw die zich tergend langzaam ontkleedde, meer om mezelf te vermaken dan om een andere reden. Ik bestudeerde zijn gezicht, maar in plaats van wellust en opgewekte schuldige begeerte zag ik het jonge gelaat vertrekken van afschuw. Als medicus had ik er nooit bij stilgestaan, maar hoe ziek waren deze mensen en hoe ziek de wereld waarin ze gevangenzaten.

Ik dreef dwars door zijn nutteloze lichaam en door de deur die hij bewaakte. In de kamer waar ik kaart had gespeeld met Otto en Poggio, zat mijn vriend de bisschop bij het licht van een kaarsje gebogen over volgeschreven vella. Hij was druk bezig met berekeningen op een kleine abacus. Tot mijn genoegen vertoonde hij geen spoor meer van ziekte. Als de boodschap hem bereikte, zou hij me te hulp snellen. Ik legde een hevig verlangen in zijn geest om mij weer te ontmoeten.

Pas laat in de volgende middag kwamen de gerechtsdienaren me halen. Ze gaven me een gekapte mantel om me moeilijker herkenbaar te maken en namen me mee de straat op. ‘Was die Krempel werkelijk zo geliefd bij zijn stadsgenoten?’ vroeg ik aan een van hen, maar ze konden net zo goed doofstom zijn. We doken een steeg in en daar gaven ze me over aan andere functionarissen.

Hans Hagen was bij hen. Hij maande zijn mensen om me met respect te behandelen en ging me voor naar een kamertje waar, afgezien van een schrijftafeltje, twee krukjes stonden. Een oude man kwam achter ons aan en nam plaats achter de schrijftafel.

Ik hing de mantel op een haak en ging zitten op de kruk die Hagen me wees. 'Ik weet niet wat ik u nog kan vertellen over wat er op die toren gebeurde,' zei ik.

Hagen snoof. 'Krempel kan niemand iets schelen,' zei hij, 'hij had kip noch kraai op de wereld. Het gaat om een heel andere zaak.' Hij knikte naar de schrijver in de hoek. Toen richtte hij zich weer tot mij: 'U zat gisteravond in de Friedel, klopt dat?'

'Jazeker,' zei ik, 'daar zit ik weleens.'

'En daar heb je ten overstaan van vele mensen kardinaal Zabarella vervloekt?'

Een hete gloed trok langs mijn nek. 'Dat is niet waar!' zei ik. 'Ik had een meningsverschil met mijn drinkmakkers en in het vuur van de conversatie vertelde ik ze dat ze konden doodvallen, zij en hun kardinaal Zabarella. Het valt niet goed te begrijpen als u het verloop van het gesprek niet kent, het was gewoon iets in boosheid gezegd.'

'Ik begrijp het wel,' zei hij, 'net zoals ik weleens tegen mijn vrouw zeg: krijg de pest – of iets dergelijks.'

'Precies.'

'Maar ook u moet hier het grotere geheel begrijpen,' ging hij verder. 'Uw op het eerste gezicht onschuldige woorden kwamen in een ander licht te staan toen gisteravond bekend werd dat kardinaal Zabarella tijdens het lezen van de mis ter aarde stortte. Dit gebeurde zo rond het tijdstip waarop u hem verwenste, dus u begrijpt dat het verhaal van uw vervloeking zich razendsnel verspreidde.'

Ik trilde over mijn hele lijf. 'U gelooft toch niet dat dit door mij komt?' stamelde ik.

Hij schudde glimlachend zijn hoofd. 'Natuurlijk niet,' zei hij, 'en daarnaast verkeren de anderen die u verwenste in goede gezondheid, voor zover ik weet. Maar veel mensen zien dat anders. U weet hoe het gaat met geruchten... en de mensen spreken al langer over u.'

Achterlijke roddelaars. Ik dacht meteen aan Galina. 'Als het om die vrouw gaat...' begon ik.

'Het gaat om veel meer,' zei Hagen, 'maar nu u zelf over haar begint, hoe goed kent u haar?'

Ik wachtte te lang met antwoorden en hij vervolgde: 'Weet u dat ze de dochter is van een prominente Praagse ketter?'

Ik zweeg en Hagen knikte. 'Er is al een tijdlang een onderzoek gaande. U kunt teruggaan naar uw verblijf. U begrijpt dat wij u moeten beschermen tegen de volkswoede, want het volk wacht niet op gerechtigheid, het wil bloed zien.'

We kwamen allebei overeind en hij lachte geruststellend, terwijl hij zijn handen op mijn schouders legde. 'Alles komt goed, mijn vriend,' zei hij.

Terug in mijn kamertje vond ik geen rust. Was Zabarella's dood werkelijk door mijn verwensing veroorzaakt? Ik kon het bijna niet geloven. Maar áls, als het toch eens echt zo was... Ik sidderde van de eindeloze vergezichten die zich nu voor me openden.

53

Een rechtbank zonder juridische status

Mijn gevangenschap in het dominicanenklooster bezorgde me weinig ongemak. Eindelijk voelde ik me eens verlost van het gewoel der mensheid en had ik tijd voor een uitgebreide ommegang, zoals ik die in de voorgaande jaren langs de wegen maakte. De kamer was groot genoeg, ik liep achtvormige lussen, wat in een kleine ruimte beter werkt dan rondjes, en toen ik de juiste cadans te pakken had, kon ik blindelings de paden van mijn geest gaan.

Voor het eerst in vele maanden kwam ik langs het plein met de kleine pinacotheek. Ik verlangde opeens sterk naar dat gezicht van lang geleden, alsof het me verlossing zou brengen. Binnen deed ik een paar stappen naar het portret. Mijn geestesoog kon het met moeite onderscheiden, want hoewel ik het gebouw zo had ontworpen dat er altijd een baan licht naar binnen viel, heerste er nu schemerduister. Niet langer hing hier het portret dat ik geschilderd had. Net als op die fatale dag had de dochter de moeder verdrongen, maar ditmaal was het een dodenmasker.

Ik vluchtte naar buiten en liep des te harder mijn lussen, ik kwam langs de tempels en riep hardop de namen van de onderdelen, zodat de jongen die me bewaakte naar binnen kwam en vroeg wat er aan de hand was.

'Het is niets,' zei ik. 'Een gebed, meer niet!'

Na een dag of vier zonder bericht, kwam een bewaker melden dat ik rond het noenuur ter zitting verwacht werd.

'Zitting van wat?' vroeg ik.

Hij haalde zijn schouders op.

Na een korte wandeling, geflankeerd door twee wachters en gehuld in mijn anonieme mantel, die ook bescherming bood tegen de zware regen, kwamen we bij de koophal in de haven, waar ik eerder met Otto de vergadering van de gildemeesters had bijgewoond. Bij binnenkomst in de grote zaal schrok ik van de vele aanwezigen. Ik had een gesprek verwacht met een paar ondervragers, maar dit had meer weg van een rechtszitting. Voorin zaten zowel geestelijke als wereldlijke heren, velen van hen kende ik al van gezicht. Een groepje kardinalen zat aan de linkerkant en rechts waren het de zwartkappen en een paar franciscanen. Het geroezemoes kwam vooral van het publiek dat achterin in toom werd gehouden door stadswachten.

Bij mijn binnentreden verspreidde stilte zich door de zaal. Een van de geestelijken stond op en heette me welkom. Het was Jean de Gerson. 'Meester Isidoor van Rillington,' zei hij, 'het verheugt me om u hier te zien vandaag. Neemt u alstublieft plaats.' Hij wees op een houten zetel die weinig had van de kruk of harde bank waarop ze een verdachte misdadiger zouden neerzetten.

Ik nam plaats en besloot meteen het initiatief naar me toe te trekken. 'Wat is de status van deze rechtbank?' vroeg ik.

De Gerson trok zijn wenkbrauwen op. 'Rechtbank zegt u? Lieve help! Nu maakt u het wel heel dramatisch. Dit is een informele zitting zonder juridische status met geen andere bedoeling dan het onderzoeken van de geruchten die de ronde doen over uw persoon. Waarbij ik denk dat ik voor al mijn collegae spreek als ik zeg dat wij u respecteren en waarderen, als arts, als burger van deze stad en als bouwmeester van de nieuwbouw van onze geliefde kathedraal.'

Ik moet eerlijk toegeven dat deze woorden mij niet weinig opluchtten. Een slaande deur had De Gerson onderbroken en tot mijn nog grotere vreugde zag ik bisschop Otto, die binnen kwam wankelen in een verfomfaaide, natte mantel, die hij met één hand ophield om niet te struikelen. Hij nam plaats tussen de geestelijken, keek om zich heen en grijnsde breed naar mij.

De Gerson had even gewacht, hij knikte naar Otto en daarna richtte hij zich weer tot mij. 'Klopt het dat u in de taveerne Friedel Ziere de wens hebt uitgesproken dat kardinaal Zabarella mocht doodvallen?'

'Ik zei dat in een twistgesprek met vrienden,' zei ik, 'en het was geen wens, het was een zegswijze zoals je die soms, onnadenkend, bij een twist uitspreekt.'

De Gerson knikte en hij wuifde mijn woorden weg. 'De aangesprokenen Poggio Bracciolini en Bartolomeo Aragazzi da Montepulciano hebben een soortgelijke verklaring afgelegd. Uw intenties staan ook niet ter discussie.'

'Ik ben arts,' zei ik, 'ik red levens met mijn vaardigheden. En woorden zijn niet bij machte om mensen te doden. Als er al eens iemand sterft na een uitgesproken verwensing, dan is dat toeval.'

De Gerson knikte even en keek toen opzij, want iemand trok zijn aandacht met een luide klop op de houten vloer. Het was een oude man, in wie ik opeens Pierre D'Ailly herkende, de theoloog bij wie ik een paar colleges had gevolgd in mijn Parijse tijd. Hij stond op, steunend op de kromme staf waarmee hij had gestampt en zei: 'Leven en dood is nooit een kwestie van toeval, die liggen in de hand van God. Wilt u dit ontkennen?'

Ik schudde mijn hoofd. 'Geenszins,' zei ik, 'en met dit argument, meester D'Ailly, geeft u toe dat mijn verwensing niemand kon doden, maar dat God beschikt?'

De grijsaard mompelde iets en liet zich weer moeizaam neer. Maar hij was nog niet uitgesproken. 'Kan een satansknecht geen levens nemen?' vroeg hij.

Een zwartkap naast hem viel hem bij. 'Zoals een necromantiër met duivelskunst een dode tot leven kan wekken?'

'Dat is nu niet aan de orde!' sprak De Gerson streng. 'Ik wijs er wel even op dat een necromantiër de doden geen echt leven inblaast, het kan slechts een tijdelijk pseudoleven zijn, dat de opgewekte niet zal vrijwaren van bederf en rottenis.'

De aangesproken wilde nog iets zeggen, maar De Gerson wees hem terecht. 'U weet dit heel goed, fra Zerbino. Laat dit onderwerp liggen voor nu.'

Geroezemoes van achter in de zaal, het was me al opgevallen toen de dominicaan over necromantie begon. Wat hij bedoelde, ontging me.

'Meester Isidoor,' ging De Gerson verder, 'in deze eerste zitting willen wij duidelijkheid krijgen over uw relaties met de Bohemers en we willen erachter komen wat u allemaal over hen te weten bent gekomen.'

'Bohemers?' zei ik verbaasd. 'Ik heb er twee in dienst. Zdislav en

Galina. Zdislav is in bewaring bij de stadswacht, die hem ondervraagt over zijn betrokkenheid bij het vervoer van een dode ketterin. Ik weet daar niet meer van dan wat ik van Hans Hagen heb gehoord.'

'Dit is mij bekend,' zei hij, 'maar hoe zit het met de vrouw?'

'Ik leid haar op.'

De Gerson stak zijn handen op in verbazing. 'Als heelmeester? U weet toch dat vrouwen niet geschikt zijn voor de wetenschap? Moeten wij soms de universiteiten openen voor vrouwen?'

Gelach van alle kanten. Ik voelde me vernederd en had moeite mijn irritatie te verbergen. 'U weet net zo goed als ik dat vrouwen dikwijls goede ziekenverzorgers zijn. Denkt u aan de eerwaarde zusters in uw eigen Parijs!'

'Goed,' zei De Gerson, 'zij ondersteunt u in uw goede werken, maar er is een kwestie die vragen oproept. Hoe zit het met de bijeenkomsten die zij in uw huis organiseert?'

'Ik weet van geen bijeenkomsten,' zei ik, 'en ik geloof het ook niet, want...' En toen zweeg ik en herinnerde me de volle wachtkamers, die nooit overeen leken te stemmen met het aantal klanten dat ik boven ontving. De Bohemers, die zo graag mijn praktijk bezochten.

De Gerson glimlachte, hij had me even de tijd gegeven om tot besef te komen en ongetwijfeld zag hij aan mijn reactie dat ik wist waarover hij het had. 'Bijeenkomsten van ketters,' zei hij. 'Uw naam gaat al geruime tijd rond. De verdenking is gerezen, meester Isidoor van Rillington, dat u zich schuldig maakt aan lollaardij.'

'Dat is absurd,' zei ik.

De Gerson glimlachte en wisselde blikken van verstandhouding met zijn collegae. 'Soms zijn juist de grootste waarheden absurd,' zei hij toen.

'Ik ben geen lollaard.'

Hij reageerde daar niet op maar vervolgde: 'Lollaardij is op de eerste plaats een Engelse aangelegenheid en sinds de veroordeling van Wycliffe komt de vervolging van de lollaards goed op gang. U begrijpt dat wij hier in Konstanz, waar ook een aanzienlijk aantal Engelsen aanwezig is, alert moeten zijn op mogelijke lollaardistische activiteiten.'

'Ik begrijp dat volkomen,' zei ik, 'maar met mij heeft het niets van doen. En begrijp ik nu goed dat het feit dat ik in Engeland geboren ben, mij tot verdachte maakt?'

'Zeker niet,' zei hij, 'wij proberen gewoon alles duidelijk te krijgen en u weet ook wel dat één rotte appel in een mand al het gezonde fruit kan aansteken.'

Links van hem kwam D'Ailly overeind. 'U hebt nog niet geantwoord op de vraag over de bijeenkomsten in uw huis.'

'Dat heb ik wel. Ik weet niets van bijeenkomsten,' zei ik, 'of het moeten de lijders zijn die in mijn wachtruimte zitten, want zoals u weet, heb ik veel cliënten.'

D'Ailly zakte weer terug. Ik vroeg me af of hij me zelfs had herkend. Die ongedisciplineerde geheugens, en dat voor een geleerde!

De Gerson hernam het woord. 'Uw suggestie dat het om uw afkomst gaat, zou men kunnen opvatten als een goedkope afleidingsmanoeuvre, heelmeester. Maar laten wij nu het onderwerp van de lollaardij even terzijde leggen, want er zijn andere beschuldigingen.' Hij liep naar een lessenaar waar een griffier hem een kleine perkamentrol aanreikte. Terug op zijn plaats rolde hij het document uit, las even en zei toen, mij recht aankijkend: 'Uw vaardigheden als heelmeester zijn werkelijk buitengewoon. Zo kwam ons ter ore, dat uw vrouw, die een aantal maanden geleden nog eenhandig was, op een dag opeens weer twee handen bezat. Waarbij het de getuigen opviel dat de nieuwe hand niet paste bij de eerste.'

Ik schudde mijn hoofd en schoot in de lach om zoveel domheid. 'Ik kan dit uitleggen,' zei ik.

'Beantwoordt u liever de vragen die ik ga stellen.'

'Het is eenvoudiger als ik het uitleg,' protesteerde ik.

'Heer Isidoor!' sneed zijn stem. 'Zwijgt u terstond! Wij hebben procedures.'

Voor een informele zitting? Ik zweeg en overwoog of ik zijn geest zou bewerken, zoals ik bij Otto had gedaan, maar dan wat rigoureuzer.

'Hebt u een vrouw met één hand?' vroeg De Gerson.

'Het gaat hier om eerdergenoemde assistente,' zei ik, 'en ja, zij verloor haar hand bij een nachtelijke straatoverval.'

Er steeg weer gemompel op. De Gerson gebaarde om stilte en kreeg het. 'Hebt u haar genezen?' vroeg hij.

Ik schudde mijn hoofd. 'Dat is niet mogelijk, magister. Zij droeg een houten handje, dat was gemaakt door timmergezel Krempel.'

Hij keek me lang aan en schudde toen zijn hoofd. 'U hebt anders verteld dat u haar hand terugvond, en nog wel mooier en gaver dan ooit. Er was geen rottenis opgetreden. U hebt deze dode hand doen herrijzen zoals, in uw eigen woorden, de levende Christus Lazarus opwekte uit de dood.'

'Dat was scherts!' riep ik. 'Ik zei dat tegen Guillem, een drinkmaat.'

'Dat weten wij,' zei De Gerson kil. 'Hij heeft het ons immers verteld. Hij vertelde ook dat de hand volmaakter was dan een echte. Uw verhaal over timmergezel Krempel is niet alleen ongeloofwaardig, het is belachelijk. Maar op hem komen wij terug, of was het ook toeval dat hij zijn dood tegemoet stortte, van dezelfde toren waar u werkzaam was?'

'Als u mij laat s-s-spreken, leg ik het uit,' zei ik, stotterend van woede.

Waar had De Gerson opeens die houten hamer vandaan gehaald? 'Zwijg!' onderbrak hij me, met een paar slagen. 'U werkte samen met een jongeman, die inmiddels is verdwenen. De gerechtsdienaren zoeken hem nog, maar het vermoeden bestaat dat u deze jongen hebt vermoord voor zijn hand.'

'Dat was geen jongen,' zei ik, 'het was dezelfde vrouw, Galina, die bij mij in de toren werkte! Zij verkleedde zich als jongeman!' Ik zocht naar bisschop Otto voor steun. Maar hij zat te slapen, zijn hoofd op de borst. Ik wees. 'Bisschop Otto is mijn getuige,' riep ik, 'vraag het hem!'

Otto schrok wakker bij het horen van zijn naam. De Gerson richtte zich tot hem. 'Hebt u die jongen ontmoet?'

'Welke jongen?' vroeg Otto met dikke stem.

'Die jongen die bij meester Isidoor in de torenkamer werkte.'

Otto schudde zijn hoofd. 'Laat me denken,' zei hij. '...ja, die heb ik ontmoet, Adam heette hij, een knappe jongen...'

'Nee,' riep ik, 'het was geen jongen, u zei zelf dat Adam eigenlijk een Eva was!'

Otto haalde zijn schouders op en wilde wat zeggen, maar moest toen kokhalzen, en een golf braaksel spoot tegen de grond. Grote ontsteltenis bij de menigte. 'Bloed, hij braakt bloed!' riepen mensen door elkaar.

'Stilte!' Dat was De Gerson. 'Bisschop Otto is onwel geworden, hij heeft terstond verzorging nodig.'

Broeders schoten toe en hielpen Otto overeind. Tussen hen in wankelde hij naar de uitgang. Anderen kwamen aangerend met doeken om de rommel op te ruimen.

D'Ailly, die was gaan staan om het allemaal te volgen, riep met stentorstem: 'De verdachte sprak van een "Adam die eigenlijk een Eva was", laat de griffie dit noteren, zodat het niet in de consternatie verloren gaat.'

De Gerson knikte naar hem. 'Het zal worden genoteerd voor een later stadium van de ondervraging.' Hij richtte zich weer tot mij. 'Meester Isidoor, net sprak iemand over necromantie. Is het juist dat u uw vrouw een dode hand hebt aangemeten en dat deze na verloop van enkele weken een onhoudbare stank verspreidde, zodat u hem weer moest amputeren?'

Ik schudde mijn hoofd. 'Bespottelijk!'

Achter me vroeg iemand om aandacht. Het was een monnik die ik eerder had gezien in het bisschoppelijk paleis. Hij kreeg het woord. 'Deze man,' begon hij in het Latijn, maar hij vond de woorden niet om verder te gaan, dus hij ging over op Duits. 'Deze man heeft eerder een ontmoeting gehad met de bisschop en iedere keer kreeg de bisschop een zware ziektekramp zoals u zojuist kon zien. Wij zagen dit al een paar keer eerder en steeds was de beschuldigde aanwezig!'

'*Das war doch ein Zufall!*' riep ik, vertwijfeld over zoveel domheid. 'Dat was toch maar toeval? De bisschop heeft de heilige ziekte, maar die dag was hij gewoon straalbezopen!'

De zaal loeide van verontwaardiging. Toen het weer stil was, deed de tolk zijn werk, maar hij vertaalde Zufall in de betekenis van coïncidentie.

'Alweer dat idiote argument?' riep D'Ailly. 'Er is verdomme geen toeval, meester Isidoor; alles ligt in Gods hand.'

'En daaraan wil ik nog iets toevoegen!' De Gersons stem sloeg over. 'Ik eis respect voor Zijne Hoogwaardige Excellentie!'

Ik had De Gerson en zijn hof willen vertellen dat ik de bisschop ten zeerste respecteerde, dat hij en ik vrienden waren, bondgenoten, mannen die grote dromen koesterden en die dromen gestalte wilden geven in hout, mortel en steen. Hoe kon ik bisschop Otto niet respecteren? Maar ik wist ook dat ze mij niet aan het woord zouden laten. Ik kon beter wachten tot Otto hersteld was, dan zou hij me zeker te hulp schieten.

Ik moest het nu niet van woorden hebben, ik wilde De Gerson voorzichtig met mijn geest bewerken, zodat de andere aanwezigen geen dramatische ommekeer zouden bespeuren in zijn houding. Ik moest mijn vulkanische woede inhouden, want inmiddels was ik in staat hem te reduceren tot een kwakende vleeshomp.

Hij was in overleg met zijn collega's, drie, vier mannen die met de koppen bij elkaar stonden te fluisteren. Een magere kardinaal was blijven zitten en hij rekte zich uit om de anderen beter te kunnen horen. Zijn tonsuur had zich naar buiten uitgebreid en liet slechts ruimte voor een vingerbrede haarkrans op een schedel die uit niets dan bot en vel leek te bestaan, als een levende uitbeelding van het memento mori.

Ik begon De Gerson op te laden met welwillendheid en ontzag jegens de medicus met de indrukwekkende staat van dienst. Ik spon een ragfijn weefsel in zijn geest waarin mijn persoon een bron vormde van vreugde en inspiratie, maar toen hij een blik op me wierp, hield ik meteen op. Ik had nog te weinig met mijn talenten gespeeld om te weten of hij zich van mijn manipulaties bewust kon worden. Toch meende ik in die blik een mildheid te bespeuren die er eerder niet was geweest. Omdat De Gerson deel uitmaakte van een groter lichaam, en ik meer mensen voor mijn zaak moest winnen, verplaatste ik mijn aandacht naar D'Ailly, die nu het woord leek te voeren.

Ooit een aanhanger van Papa Luna, had hij de tekenen des tijds verstaan en was hij overgestapt. Onder de afgezette paus was hij kardinaal geweest en kennelijk nog altijd in functie. Ik onderzocht zijn geest met interesse, want afgezien van de colleges, had ik destijds enkele van zijn werken gelezen, waarbij het boek over geografie, *Imago mundi*, mijn belangstelling had, ofschoon ik geloofde dat de wereld zoals hij die in zijn berekeningen voorstelt, noodzakelijkerwijs de vorm moest hebben van een augurk. Ik woelde in hem rond en proefde angst voor de afgrond en visioenen van een aanstaande apocalyps. Hij was gevaarlijker dan De Gerson.

In mijn concentratie ontging het me bijna dat een van de kardinalen me nauwlettend in het oog hield. Het was de magere, zittende man. Ik liet d'Ailly los en keek terug. De man glimlachte naar me, kwam toen moeizaam overeind en schuifelde naar me toe, al was hij lang niet de oudste van het college. Twee wachters schoten toe en kwamen naast hem staan terwijl hij zich naar me toe boog. 'U wilde mij toch niet werkelijk dood hebben, heer Isidoor?' vroeg hij zachtjes.

Ik begreep niet wat hij bedoelde. 'Ik ken u niet,' zei ik, 'waarom zou ik uw dood verlangen?'

'Dat zei Poggio ook al,' zei hij, knikkend, en het leek of het ontvleesde hoofd van zijn dunne nekje zou vallen.

'Maar...' begon ik, 'u bent...'

'Zabarella,' zei hij, 'bisschop en kardinaal-diaken van Florence.'

Het duizelde me. 'Ik dacht dat u dood was!' liet ik me ontvallen.

Hij lachte. 'Wie beweert dat dan?'

Ik wilde Hans Hagen als schuldige noemen, maar besefte opeens dat deze niets anders had gezegd dan dat deze kardinaal ter aarde was gestort. Niemand had ooit gezegd dat Zabarella was overleden. 'Ik moet het verkeerd hebben begrepen,' stamelde ik.

'Ik begrijp het,' zei hij. 'Ik zal zorgen dat in elk geval dit gedeelte van de aanklacht komt te vervallen. Ik zeg ook weleens "val dood" tegen een misdienaar.' Hij grijnsde vriendelijk. 'En denkt u dat de goede God mij dan te hulp schiet? En de duivel al helemaal niet, die helpt alleen bondgenoten.'

'Hoe is het nu met uw gezondheid?' informeerde ik, want in mijn opinie als arts was deze man, ofschoon allesbehalve dood, werkelijk niet in orde.

'Het gaat alweer,' zei hij. 'Ik geloof dat het harde werk om dit concilie tot een goed einde te brengen nogal zijn tol heeft geëist.'

'Neemt u vooral rust,' zei ik.

Hij knikte. 'Ik ben van plan om in het voorjaar een tijdje naar de baden te gaan, dat heeft onze wederzijdse vriend ons aangeraden.'

Ik dacht aan de naakte baadsters. 'Het zal u goeddoen,' zei ik. 'Hoe is het met Poggio?'

'Ik heb hem al een tijdje niet gezien,' zei Zabarella. 'Hij is weer op manuscriptenjacht, ik geloof dat hij iets groots op het spoor is.'

Ik had verder willen praten, de kardinaal om hulp willen verzoeken en misschien kon hij Poggio vragen bij mij langs te komen. Maar de zaal begon onrustig te worden en Zabarella richtte zich steunend op. 'Ik ga weer zitten,' zei hij, 'ik wens u kracht toe en moge de Allerhoogste u genadig zijn.' Ondersteund door een van de wachters schuifelde hij terug naar zijn zetel.

Nieuwe hoop vlamde in me op. Het leek mij toe dat het zwaartepunt, de eerste aanleiding van mijn aanklacht, hierbij kwam te vervallen. Hoe verkeerd had ik mijn eigen situatie beoordeeld!

54

De Grauwe Klauwier

Het volk hoefde niet lang te wachten. De Gerson draaide zich nogal abrupt weer naar het publiek en deed een stap naar voren. 'We zullen nu de getuige horen.'

Twee mannen leidden een vrouw naar binnen. Ze bleef met gebogen hoofd staan voor De Gerson. Een functionaris buiten mijn gezichtsveld zei met luide stem: 'Galina van Praag zal worden ondervraagd door Jean de Gerson, in het onderzoek naar Isidorus van Rillington.'

'Wees niet bang, meisje,' zei De Gerson en hij naderde haar tot op een pas. Een tolk kwam naar voren en vertaalde zijn woorden in het Duits.

'Ik ben niet bang, excellentie,' zei ze.

Hij luisterde naar de vertaling en knikte toen verheugd. 'Dat is goed, dat is goed!' Hij draaide zich om en deed een stap van haar weg. Met zijn rug naar haar toe vroeg hij: 'Beseft u dat u gebonden bent om de waarheid te zeggen gedurende dit onderzoek?'

'De eed is mij afgenomen,' zei ze, 'ik kan niet anders dan de waarheid spreken.'

'U mist een hand, zag ik dat goed?' vroeg hij.

Galina knikte, al stond hij nog steeds met zijn rug naar haar toe. Een van de gerechtsdienaren deed een stap naar voren en zei: 'Antwoord!'

'Ja,' zei ze.

'Het is mij ter ore gekomen,' ging De Gerson verder, nadat hij zich naar haar toe had gedraaid, 'dat u een tijdje geleden een nieuwe hand hebt gekregen. Is dat zo?'

'Dat is zo.'

'En was deze hand in kwestie, ofschoon gaver en volmaakter dan voorheen, uw eigen hand?'

‘Het was niet mijn eigen hand,’ zei ze, ‘het...’

‘Alleen antwoord geven op de vraag!’ riep de gerechtsdienaar. De Gerson maakte een sussend gebaar en knikte Galina toe.

‘Dus als ik het goed begrijp,’ ging hij verder, ‘kreeg u de hand van een ander aangemeten?’

‘Het was een houten hand,’ zei ze.

Gelach vanuit de achterhoede.

‘Een houten hand?’ vroeg De Gerson. ‘En desondanks volmaakter dan een echte?’

Zij knikte weer.

‘U bent in dienst van meester Isidorus,’ zei De Gerson, ‘hij leidt u op om medische verzorging te verlenen. Ik wil van u horen, of bij uw weten, Meester Isidorus een lollaard is?’

Ze aarzelde, zei toen: ‘Ik weet niet wat dat is.’

‘Een ketter?’

Galina draaide zich voor het eerst naar mij en toen haalde ze haar schouders op.

‘Bent u een ketter, Galina van Praag?’

‘Dat is uw woord.’ En opeens viel ze uit: ‘Als u bedoelt dat ik tegen een corrupte kerk ben en tegen een geestelijkheid die zich verrijkt en volvreet ten koste van het volk; als u mij vraagt of ik geloof in een persoonlijke band met God in plaats van een priesterlijke bemiddelaar, ja, dan ben ik een ketter.’

Deze woorden leken haar normale beheersing van de Duitse taal te boven te gaan, maar ik nam aan dat zij ze al vaak had uitgesproken. Verontwaardiging golfde door de zaal. De vertaler wachtte tot het luwde, keek toen De Gerson aan en volstond met een ‘sic’. Ja, ze was een ketterin.

‘U bent een volgeling van Hus,’ constateerde De Gerson.

Galina vouwde haar armen voor de borst en gaf hem nu zelf een trots en spottend: ‘Sic!’

‘Is meester Isidoor een medestander?’ Dit vroeg D’Ailly en hij had Duits gesproken.

‘Iedereen weet dat,’ zei Galina.

‘Verklaar u nader!’ zei Jean de Gerson.

Galina haalde haar schouders op. ‘Het bord met de gans,’ zei ze op een toon alsof ze niet kon geloven hoe dom haar ondervragers waren.

Ik voelde me ook dom. Wat bedoelde ze?

Een zwartkap stond op. 'Excellentie,' zei hij, 'het Boheemse woord voor gans is *hus*.'

'Zoals de ketter?' vroeg De Gerson verbaasd.

'Precies zo.'

Ik was nog nauwelijks bijgekomen van de schok die haar woorden bij me hadden veroorzaakt. 'Nee!' riep ik en ik wilde opspringen om te zeggen dat ik hier niets van wist. Dat ik die taal niet beheerste en de gans had gekozen vanwege de fabel – maar een hand duwde me ruw terug op mijn zetel.

'Zwijg tot je wordt aangesproken!' zei de man die me bewaakte.

De Gerson maande het publiek, dat hevig tekeerging, tot stilte. 'Fra Dolce,' zei hij, '*hus* is gans in de volkstaal van de Bohemers?'

De dominicaan knikte. 'U weet dat ik een paar weken geleden in Praag kennis heb genomen van wat daar broeit onder het volk. De aanhangers van de ketter hebben zich al voor de dood van hun valse profeet verenigd onder het banier van de gans. En de ketterij woekert voort.'

'Dus iedere hussiet in Konstanz wist, door dat bord, dat dit het verzamelpunt was van hun beweging?' vroeg De Gerson.

Galina knikte. Toen draaide ze zich om naar mij. 'Ze hebben Zdislav vermoord,' riep ze. De gerechtsdienaren sprongen op haar toe. Een van hen trok haar naar achteren, de andere gaf haar een vuistslag in het gezicht.

'Ik ben nog niet klaar met u,' zei De Gerson somber. 'Voor nu roep ik als getuige mijn landgenoot Guillem op.'

Guillem kwam alleen naar voren. Hij keek niet naar mij maar stelde zich tegenover De Gerson op als tegenover een gelijke.

'Broeder Guillem,' zei de ondervrager, 'u hebt de vrouw gehoord, zij beweert dat haar hand van hout was.'

Guillem knikte grimmig. 'De hoer liegt,' zei hij, 'als er ooit een hand was van vlees en bloed, dan wel die nieuwe hand van haar. Ik kon meteen zien dat het een perversie was van de natuur en ik was niet verbaasd, toen hij later bleek te zijn weggerot. Dit is duivelskunst, eminente leden van het college!'

'Ik dank u,' zei De Gerson vermoeid. 'U mag gaan.'

Hij richtte zich weer tot mij. 'Deze zitting is verdaagd. U blijft nog enige tijd in bewaring, meester Isidoor. U zult de gelegenheid krijgen om uw ketterse ideeën te herroepen, maar de andere zaken die nu naar boven komen, zijn ernstiger, en verlangen een diepgaander onderzoek.'

'Excellentie,' zei ik, overeind komend, 'mag ik u even alleen spreken? Ik kan alles verklaren!'

De mildheid was nog altijd niet geweken uit zijn blik, maar hij antwoordde: 'Helaas, meester, hoe graag ik het ook zou willen, het is tegen alle procedurele regels.'

'Maar dit is informeel!' riep ik hem na, terwijl hij al wegliep. Hij schudde glimlachend zijn hoofd en strekte zijn armen zijwaarts om zijn collegae naar buiten te leiden, als een hen die haar kuikens met gespreide vleugels bijeenveegt om ze de juiste richting op te sturen.

Een diepgaander onderzoek. Ik wachtte af in mijn onderkomen en probeerde van mijn geest te genieten, maar dat ging moeilijker dan anders. De gebeurtenissen van de zitting bleven aan me knagen. Ik twijfelde er niet aan of ik zou het oplossen, ik kon een van de machtige heren ombuigen naar mijn kant en dan gebruiken als hefboom om vrij te komen en om door te stoten naar de top. Ik wist iets wat zij niet wisten en uiteindelijk zou ik de koning aan mijn kant krijgen. Waar bleef hij toch!

Tot mijn vreugde kwam, op de vijfde dag na de zitting, bisschop Otto mij een bezoek brengen.

'Laat zitten,' zei hij, toen ik me naar zijn ring boog. Hij omhelsde me als een vriend.

Hij zette de leren tas die hij bij zich had op de grond, riep een wachter toe dat hij wijn verlangde en vroeg toen: 'Krijg jij dat eigenlijk ook?'

'Ik heb er nog niet om gevraagd.'

Hij lachte en nam plaats op de zetel die ze speciaal voor hem hadden binnengebracht. 'Die goede Isidoor, nog altijd niet in staat om van de goede dingen van het leven te genieten. Je weet dat het een plicht is voor de rechtgelovige om te drinken? In de brieven van Paulus...'

'Ik weet het,' zei ik. 'Ik ken die brief uit mijn hoofd.'

Een monnik bracht wijn en schonk ons in.

'Op de kathedraal,' zei de bisschop, 'en op Konstanz!'

Ik beantwoordde zijn dronk en zei toen: 'Otto, mijn vriend, kun je mij zeggen hoelang deze beschermende detentie nog duurt?'

'Bij de tweede zitting zal worden besloten wat er verder gebeurt,' zei hij. 'Het college is zeer geïnteresseerd in onze plannen en ik krijg aanmoedigingen van alle kanten.' Hij pakte de leren tas op en sloeg hem open. 'Nu we het over die plannen hebben,' zei hij, 'het werk moet natuurlijk wel voortgaan, want als we niet alles op tijd bestellen, verliezen we een jaar.' Hij trok een stapel papieren en een perkamentrol tevoorschijn en ging verder: 'Op dit moment heb ik nog een aantal vragen over de bouwplannen.'

Wat hij daar voor me uitspreidde op tafel, waren mijn eigen plannen en aantekeningen, die hij uit de torenkamer had meegenomen, de goede bisschop.

Het volgende uur spraken we uitvoerig. Het verbaasde me dat Otto zich zo in de materie had verdiept, hij bleek mijn plannen net zo goed te kennen als ikzelf en stelde kritische vragen over de spatkracht van gewelven en bogen, over de spanwijdte van de koepel en hoe ik zus en zo dacht op te lossen. En ik vertelde het hem allemaal, blij dat tenminste deze kar bleef voortrollen. Toen we afscheid namen, verzekerde hij me dat hij zich in mijn zaak zou verdiepen, want ook al was die informeel, het zou toch jammer zijn als ik werkelijk problemen kreeg door alles wat er naar boven kwam.

'Zo gaat dat nou eenmaal,' zei hij. 'Als je op de grond stampt, komen er wormen naar boven. En wie zoekt, die vindt. Staat dat niet ook in de Schrift? Juist. Vergeet ook niet dat het concilie, dat met zo'n groot momentum begon, nu stagneert. De mensen zoeken afleiding. De zomer is allang voorbij, er is geen vertier – ook niet voor de concilianten. Dan is iedere aanleiding welkom om een zitting te beleggen. Overigens weet je vast wel dat de koning elke conciliaire beslissing heeft verboden gedurende zijn afwezigheid? Als hij over een paar dagen of weken terug is, komen de belangrijke zaken weer aan bod. Tot die tijd... Maak je niet ongerust, ik zal me ook eens verdiepen in de juridische kant van de zaak. Je weet dat dit mijn specialiteit is en je kent mijn bibliotheek. Ik zal daar met plezier mee aan de gang gaan.'

We omhelsden elkaar bij het afscheid en geheel gerustgesteld bracht ik de daaropvolgende nacht door in gelukzaligheid en dwaalde door mijn innerlijk zonder dat er maar iets van de buitenwereld tot mij doordrong.

Zeven dagen moest ik wachten tot de volgende zittingsdag.

En weer zat ik tegenover De Gerson en D'Ailly en hun collegae, van wie ik de meeste niet bij naam kende. Ditmaal begon ik direct met het bewerken van De Gerson, die ik beschouwde als de belangrijkste vertegenwoordiger van dit college. Ik reikte met mentale voelsprieten, ik kneedde en masseerde en vervulde hem met een grote sympathie voor de kleine bouwheer en dokter die daar voor hem zat.

'Meester Isidoor,' zei de theoloog, 'wij zullen u eerst in de gelegenheid stellen om uw ketterij te herroepen.'

Ik stond op, keek hem in de ogen en zei vriendelijk, want rancune is in zo'n situatie funest: 'Ik ben geen ketter, excellentie, dus ik koester geen ketterse gedachten – er valt derhalve niets te herroepen.'

Er was opeens een intense droefenis in zijn blik; nog een klein zetje en de tranen zouden over zijn wangen stromen.

'Welaan dan,' zei hij, 'dit was maar een formaliteit, laat ons overgaan tot de orde van de dag. De eerste getuige, ik roep nogmaals Galina van Praag op.'

Galina kwam binnen tussen haar begeleiders. Ditmaal wankelde ze, kon ze ternauwernood staan. En toen ze zich half naar mij toe draaide, bracht een van de bewakers haar met een duw terug in positie.

'Galina,' zei De Gerson, 'tijdens het verhoor sprak u over zaken die uw meester Isidorus van Rillington u vertelde.'

'Het was de dwale,' zei Galina zacht en de hele zaal werd muisstil want niemand wilde iets missen.

Ook de vertaler wist er geen raad mee. 'Wat zei u?'

'Het was de dwale,' zei ze, luider nu. 'Mijn heer Isidoor vertelde me over een ontmoeting met iemand uit zijn verleden, een beul genaamd de Grauwe Klauwier, die hij kende van zijn studententijd. Een zeer wrede man. En later in de nacht van die ontmoeting heeft hij, meester Isidoor, de liefde bedreven met een wezen van bovennatuurlijke aard. Het was niet zijn opzet dit te doen, hij dacht dat ik bij hem kwam, maar toen hij besefte dat het een demon was, met een snavel en vleugels, wierp hij het monster van zich af, waarna het door het venster ontsnapte. Later zag hij het vanaf zijn platte dak, waar hij altijd naar de sterren kijkt. Het klemde zich vast aan een torenspits en terwijl hij nog keek, vloog het weg.'

Er leek een huivering door het vertrek te gaan. Ik was vergeten De Gerson te bespelen, maar nu begon ik weer. Mildheid, ook voor Galina, want ik vermoedde dat ze haar hadden gemarteld. God, wat was het moeilijk, want op dat moment voelde ik niets dan razernij tegen die huichelaars.

'Dit is heel veel, wat u me vertelt,' zei De Gerson. 'Ik wil de verschillende zaken graag uit elkaar halen. Om te beginnen had u het over dwale.'

Galina knikte. 'Ik bedoelde dat hij die dingen niet echt zag. Het kwam door een drankje dat ik had bereid. Dwale heet het, en het is bedoeld om pijn weg te nemen, maar het brengt ook dromen en veroorzaakt uiteindelijk meer pijn dan het bestrijdt.'

'Dat klinkt als theologie!' riep een onbekende uit het publiek. Gelach. De Gerson stak bezwerend zijn handen op. Het werd weer stil.

D'Ailly bemoeide zich ermee. 'Dus u maakt dranken, toverdranken?'

'Dit is een Engelse drank die hij mij leerde maken,' zei ze. 'Het komt uit de medische literatuur.'

'En waar haalt u de ingrediënten voor die drank?' wilde D'Ailly weten.

'Bij de Joden,' zei ze.

'Bij de Joden...' De zaal siste.

'Dus u zegt dat hij alles wat hij meemaakte alleen zo ervoer door de Joodse drank dwale?' vroeg de Gerson toen het weer stil was. 'Hij droomde van een man die de Grauwe Klauwier wordt genoemd? En daarnaast had hij in dromen geslachtsgemeenschap met een demon?'

'Zo is het,' zei ze.

Opeens drong een grote man in een grijze mantel zich door de massa naar voren. Hij ging naast Galina staan, en zij keek angstig naar hem op.

'En als ik u nu vertel,' ging De Gerson verder, 'dat dit de Grauwe Klauwier is, de grote beul uit Parijs.'

De zaal begon te roezemoezen en er werd gelachen.

Lanius Collurio maakte een grappige buiging voor haar en mij gaf hij een knipoog.

De adem stokte me in de keel. Wat was dit, een boerenklucht? Ik begreep opeens wat Otto bedoelde toen hij het over verstrooiing had.

'En, vrouwe Galina,' zei De Gerson, 'aangezien de Grauwe Klauwier allerminst een droomgestalte is, zoals u wel kunt zien, kunnen we dan niet veronderstellen dat uw patroon die nacht daadwerkelijk gemeenschap had met een duivel of demon?'

Galina keek naar me om. Ze was doodsbang, de martelingen hadden haar gebroken. 'O God, o God!' zei ze.

'Voer deze vrouw af,' zei De Gerson. 'Ons vonnis moge duidelijk zijn. En gezien haar onbeduidendheid valt ze buiten het koninklijk embargo.'

Lanius Collurio stapte opzij en maakte een zwierige reverence voor de vrouw die huilend werd weggevoerd.

De Gerson wachtte tot alles weer rustig was, en sprak toen. 'Meester Lanius is vorig jaar in mijn opdracht een onderzoek begonnen naar de handel en wandel van Isidorus van Rillington. Hij heeft meester Isidorus in het verleden ontmoet en hoewel hij niet onbevooroordeeld is, want hij sprak over hem met warme sympathie, weet ik dat hij zijn onderzoek in alle integriteit heeft verricht en dat hij zijn oordeel niet door een oude vriendschap zal laten vertroebelen.'

Lanius kwam naast me staan en kneep me eens in de schouder. Ik kon mijn verbijstering over onze veronderstelde vriendschap niet verbergen en rilde van afschuw onder zijn aanraking. Dat ik hem eerder wel had kunnen verdragen zegt alles over de kracht van die goede Engelse dwale. Ik sloot mijn ogen, zocht naar mijn zelfbeheersing en vond die, want nog altijd droeg ik het hemelvuur in mijn borst.

De woorden van De Gerson drongen niet meer tot me door, totdat hij aankondigde dat het woord nu was aan meester Lanius Collurio.

En aldus sprak Lanius. 'Geachte aanwezigen, hooggeleerd college. Ik nam dit onderzoek niet alleen op me omdat ik, als theoloog, een man van de wetenschap ben, zoals mijn waarde collega's hier voor mij, maar ook omdat ik als beul een jarenlange ervaring heb met mensen. Als ondervrager kreeg ik de gelegenheid om de menselijke ziel ten diepste te doorgronden.

Voor het onderzoek naar onze gerespecteerde dokter Isidorus bezocht ik de plaatsen van zijn verleden en sprak vrienden en studiegenoten die mij een en ander over hem konden vertellen.

Het spoor was dikwijls vaag en zwak. Het liep van een klooster in Yorkshire via Oxford naar Parijs, waar ik hem persoonlijk mocht ontmoeten. Daarna verdwijnt hij lange tijd uit het zicht. Hij zou hebben verbleven in Bologna en Florence, hij was in Spanje en de Saraceense gebieden, hij werkte bij de Turken in Adrianopel en in het keizerrijk van Trebizonde. In Samarkand zou hij een moskee hebben gebouwd voor de beruchte Timoer Lenk. Hij heeft zelf beweerd dat hij tot aan de rand van de aarde is gewandeld, waar de zee hem ervan weerhield om verder te reizen. Ondanks zijn angst voor varen, keerde hij over zee terug.' Hij wachtte even, knikte naar het volk achterin en liet erop volgen: 'Terwijl iedereen weet dat dit, indien al mogelijk, nog nooit gedaan is.'

Kort gelach. Lanius begon heen en weer te lopen onder het spreken. 'Onze gewaardeerde dokter,' zo ging hij verder, 'waar komt hij vandaan? Niemand weet het. Hij is als vondeling opgenomen in het klooster van Bellalanda, waar de goede abt hem de gelegenheid gaf om te studeren, zodat hij daarna het onderwijs in dat klooster op zich kon nemen. Hij kreeg een aanzienlijk bedrag mee en een aanbeveling voor het studentenhuis van de orde, maar daar heeft hij zich nooit laten zien en ook in Bellalanda kwam hij niet terug.

Hoewel een briljant student in Oxford, verdacht men hem ervan dat hij een man had doodgeslagen tijdens een hagenpreek die ontaardde in een gevecht met justitie. Ik bezocht een studievriend van Isidoor, de nobele bisschop Randel, met wie ik lange gesprekken voerde over beklaagde. Deze bisschop had een tweelingbroer, Piers, die Isidoor, enkele jaren na diens vertrek, achternareisde naar Bologna, met het oogmerk daar een medische studie te volgen. Dokter Isidoor constateerde destijds een ernstige ziekte bij deze Piers, wat hem er echter niet van weerhield om zijn vriend mee te slepen naar baldadige slemppartijen van boosaardig volk, waar deze Piers, niet opgewassen tegen zware uitspattingen, een gewelddadige dood stierf.

De goede bisschop Randel liet mij zelfs de brief zien waarin Isidoor hem op de hoogte stelde van de dood van zijn broer. Het was duidelijk dat Zijne Hoogwaardige Excellentie de blaam legde bij zijn voormalige vriend Isidoor. Maar hij bracht kwalijker zaken aan het licht dan dood door schuld...'

De zaal huiverde hoorbaar en Lanius boog even zijn hoofd en zweeg, ongetwijfeld om de spanning op te voeren. Ondertussen kon ik niet meer stoppen met trillen, ik had het ijskoud gekregen en meende tegelijkertijd dat mijn hoofd uiteen zou barsten van woede.

O, mijn gekluisterde lotgenoot, ik herinner me nog woordelijk de brief die ik aan Randel schreef; hoe kon hij die zo verkeerd uitleggen? En hoe kon iemand die ik ooit mijn vriend noemde mij zo verraden!

Meester Lanius schonk me een lachje en vervolgde toen: 'Zo kwam ik te weten dat hij een kerstavond doorbracht met een groep Vlaamse begarden of Broeders en Zusters van de Vrije Geest, die een zwijn ritueel slachtten, waarna alle aanwezigen, man en vrouw, zich insmeerden met bloed en zich overgaven aan geslachtelijke omgang in groepsverband. Zelfs hier in Konstanz heeft hij nog tegen vrienden opgeschept over deze misdaden.

Ook in Parijs, waar hij naartoe vluchtte, geholpen door lollaards in de staf van de Oxfordse universiteit, trok hij de aandacht door zijn ijver en studieresultaten. Hij woonde er in een bordeel, en daar was het dat ik hem voor het eerst ontmoette.'

Van alle kanten kwam gelach uit de zaal, maar ook afkeurend gejoel. De Grauwe Klauwier stak een hand op. 'Ik onderzocht het bordeel op onnatuurlijke handelingen,' zei hij luid, en toen de stilte weerkeerde ging hij verder: 'En die vond ik. De toenmalige student Isidoor was destijds bevriend met een man die ik op de brandstapel heb moeten brengen.'

'Waarvan was deze man beschuldigd?' vroeg De Gerson.

Lanius schudde zijn hoofd. In de doodse stilte hoefde hij zijn stem niet te verheffen, maar ik weet dat men hem hoorde tot in de verste uithoeken. 'Van sodomie.'

Een zucht van ontzetting woei door de zaal.

De Gerson keek me scherp aan, triomf in zijn blik. 'Ik wíst dat ik je kende. Jij kwam bij mij, twintig jaar geleden. Je pleitte voor het leven van een sodomiet, die je vriend was. En waarom zou iemand bevriend zijn met een sodomiet, als hij er zelf niet ook een is?'

Hij wachtte tot de griffier zijn retorische vraag had opgeschreven en zei toen: 'Hoe is dat destijds afgelopen, meester Lanius? Ik ben een oud man, frist u mijn geheugen op.'

'Genoemde Lotho is geëindigd op de brandstapel,' zei Lanius, 'als voorproef van het hellevuur dat hem wachtte. Ik kon destijds overigens vaststellen dat Isidorus van Rillington hier zelf niet bij betrokken was. Hij verkeerde met een echte vrouw, terwijl zijn vriend verkeerde met een als vrouw verklede man.'

De zaal was te murw geslagen om nog te reageren, maar ergens achterin begon een vrouw te wenen.

'Begarden, sodomieten...' Lanius wachtte weer even, toen zei hij: 'Adamieten! U herinnert zich nog de verdwenen leerjongen Adam? De adamieten zijn, zoals de theologen onder ons weten, naaktlopers uit de Lage Landen, die zich net als de begarden en de Broeders en Zusters van de Vrije Geest, overgeven aan de liederlijkste van de vleselijke zonden...'

Een groot gemor en tandengeknars ging op onder de hoge zoldering.

55

Nog meer vertier

Mijn vriend, kun jij je voorstellen hoe ik daar toen zat?

Natuurlijk kun je dat niet. IJsbeekjes meanderden over mijn rug, hete explosies in mijn borst... en desondanks wist ik me in toom te houden en probeerde gelijkmoedigheid te betrachten, steunend op mijn vroegere ervaringen en verworven talenten. Ergens in de loop van Lanius' betoog tastte ik naar zijn geest en toen ik er niet direct vat op kreeg, deed ik een snelle, krachtige uitval. Ik probeerde hem op verschillende niveaus te beïnvloeden, te doorboren, maar steeds ontglipte hij me en ik vond niets dan een duistere wildernis waar glibberige schimmen wegkronkelden en krankzinnigheid op de loer lag. Ik voelde dat ik snel weg moest, wilde ik niet verstrikt raken in een eeuwige nachtmerrie, en met een harde ruk wist ik me los te trekken uit die poel van waanzin.

Terug in de doodstille zaal. Alle gezichten waren naar mij toe gekeerd en mijn eigen kreet echode nog in mijn oren.

'Voelt u zich wel goed, heelmeester?' vroeg Lanius met vaderlijke bezorgdheid.

Ik had mijn gezicht weer in de plooi en zweeg.

'Meester Lanius,' zei De Gerson, 'wij hebben inmiddels voldoende aanknopingspunten voor nieuwe onderzoeken naar deze Isidorus van Rillington. Daarnaast is er nog die mogelijke moord...'

'Ik ben bekend met de zaak,' onderbrak Lanius hem, 'maar, doctor De Gerson, gezien de emoties bij mijn cliënt, verzoek ik u een pauze in te lassen, zodat iedereen even tot zichzelf kan komen.'

Aldus geschiedde. Sommige mensen begonnen naar de uitgang te lopen, want buiten waren vleespasteitjes en worstenbroodjes te koop, en voor de dorstigen verfrissingen naar draagkracht. De meesten bleven echter op hun plek. Meester Lanius kwam bij mij staan en hij fluisterde: 'Eigenlijk mag het niet, maar als u wilt kan ik u wat wijn laten bezorgen, zolang wij maar doen alsof het water is.'

'In godsnaam dan maar,' zei ik.

Hij moest hartelijk lachen. 'Mij maakt u niets wijs.' Hij gaf een teken naar iemand achter mijn rug. Een knechtje kwam met een oude waterzak waar inderdaad wijn in bleek te zitten. Wie er al belang in zou stellen kreeg niets anders te zien dan een kleurloos, doorzichtig vocht, maar de wijn was van buitengewone kwaliteit. Nauwelijks kon ik een slok nemen, of er kwam iets met grote snelheid voorbijrollen, zodat de paar hoge heren die nog op hun zetels knikkebolden wakker schrokken.

Gelach golfde door de zaal, want het bleek een dwerg te zijn, in het kostuum van een kwakzalver, wat betekent dat hij eruitzag zoals het volk een heelmeester ziet. Achter hem aan kwam een non getrippeld, haar nonnenhabijt hoog opgeschort, zodat witte, licht gepokte benen zichtbaar waren; haar achterste was zo buiten proporties dat ik vermoedde dat ze een kussen onder haar kleed droeg. Dwerg en non zorgden voor grote hilariteit.

Toen het stil was geworden, haalde de dwerg een piepklein boekje uit zijn mouw en begon zeer gewichtig voor te lezen in een behoorlijke imitatie van Latijn, waarbij hij de inspiratie vooral uit de liturgie moest hebben gehaald. De vrouw stootte een zacht gejammer uit en schoorvoette twee passen naar hem toe. Hij negeerde haar, zij kwam nog wat dichterbij, jammerde luider.

Uiteindelijk keek hij verstoord op. 'Was ist?' riep hij.

'Arzet?' vroeg ze, wat Duits is voor heelmeester.

'Arzet?' bauwde hij haar na. Hij hield haar het boekje voor de neus. 'Arzet bin ick!' riep hij.

De vrouw boog zich naar het boekje en las de titel. '*Ars medica*?' En triomfantelijk: '*Ars medica*! Ars! An jenem Ort juckt's mich, Herr Doktor!'

De dwerg begreep er niets van; het publiek begreep het maar al te goed.

'An welchem Ort?' vroeg hij.

Ze wees naar haar kont: 'Da, gnau da!'

'Sanctas simplicitas, du!' riep hij uit en de verwijzing ontging het publiek niet, het gierde het uit.

'Es juckt mich am Arsch, du Trottel!' riep ze toen het weer stil was en dat was aanleiding voor nieuwe vrolijkheid. De dokter in kwestie begon ernstig te knikken, hij sloeg zijn boekje erop na en hij mompelde, luid genoeg voor iedereen om het te horen: 'Culus, culus, vermiculi, anus... Aha! Si prurit in anum!'

De non inmiddels, die met gevouwen handen devoot omhoogkeek, haar lippen prevelend in een stil gebed, verstarde en blikte op hem neer. 'Verlos me!' riep ze. De dwerg begon ernstig knikkend om haar heen te lopen, tilde haar kleed op, wierp er een blik onder en dook toen, onder grote hilariteit van het publiek, onder haar rokken. De non, die in eerste instantie leek te schrikken, begon nu te giechelen, en slaakte een paar hoge kreetjes om het ten slotte uit te gillen.

Het had mij niet verbaasd als sommige toeschouwers erin waren gebleven, zo hoog liep de vrolijkheid op. Uiteindelijk kwam de non tot rust. Ze sloeg haar ogen ten hemel en sprak haar dank uit. Toen keek ze naar beneden en zei: 'Herr Doktor!'

Geen antwoord van onder de rokken.

Nogmaals: 'Herr Doktor?' Opeens in paniek, tilde ze haar rokken hoog op en keek tussen haar benen. Geen dokter te zien. Ik geloof dat zelfs ik moest lachen om deze slimme truc. Haar buitenproportionele achterste moest een kooi zijn, van wilgentenen of iets dergelijks, waar de dwerg zich in had opgevouwen.

Onder groot applaus trok de non zich terug, waarbij ze diepe buigingen maakte en, als om mijn vermoeden te bevestigen, haar billen moest ondersteunen omdat die zienderogen afzakten.

De geestelijken, die een voor een terug waren gekeerd naar hun plaatsen, negeerden de voorstelling of keken in gepeins, met hooguit af en toe een geforceerde glimlach, om het volk enige welwillendheid te tonen.

Nu trad een dienaar naar voren. 'Stilte, de zitting wordt hervat!'

'Dit is natuurlijk een voorlopige, en nogmaals, informele, zitting,' zei De Gerson, 'maar toch begint zich een patroon af te tekenen. Het ziet ernaar uit dat meester Isidoor van Rillington zich schuldig heeft gemaakt aan ketterse sympathieën, en ondersteuning heeft geboden aan ketterse praktijken, door aanhangers van Hus de ruimte te geven om te vergaderen en zich te organiseren. Hij heeft deelgenomen aan lollaardistische onlusten en aan heidense en godslasterlijke rituelen met begarden en Vrije Geesten. Verder rust de verdenking op hem van necromantie en bestaat er een gerede verdenking van sodomie, maar dit moet nog blijken uit verdere ondervraging. En dan is er de zaak van timmergezel Krempel, die onder verdachte omstandigheden van de kerktoren viel. Ook dit onderzoek is nog in gang, zodat wij ervan uit kunnen gaan dat de zitting een vervolg zal hebben.'

Gejuich van het volk. De Gerson knikte vriendelijk, blij dat hij de mensen gelukkig kon maken.

'Mag ik iets zeggen?' vroeg ik.

'Zwijg!' zei hij. 'Aan het einde van de zitting wil ik meester Lanius nog vragen of hij iets heeft toe te voegen.'

Lanius kwam naar voren. 'Och, waarde collega,' sprak hij, 'ik denk dat het geen kwaad kan om de beklaagde te laten spreken.'

'Dat is heel ongebruikelijk,' zei De Gerson.

'Het is een informele zitting,' bracht de Grauwe Klauwier daartegen in.

'Juist daarom,' zei De Gerson. 'Er is geen protocol voor.'

'Dan is het aan ons om dat te maken.' Meester Lanius wachtte niet op toestemming, maar keerde zich naar mij. 'Spreek!'

'Ik kan alles uitleggen, als u mij even de kans geeft,' zei ik, overeind komend. Een hand duwde me ruw weer neer, dus vervolgde ik mijn betoog zittend. 'De dood van Krempel, de hand van mijn dienstmaagd, alles hangt samen. Laat u Galina nogmaals hierover getuigen, dan zal zij bevestigen dat haar nieuwe hand van hout was.'

'Waarom zouden wij een ketterin geloven?' vroeg D'Ailly. 'En de echte vraag is natuurlijk: waar is dan die houten hand gebleven?'

'Die is nog niet teruggevonden,' moest ik bekennen, tot nieuwe hilariteit van de aanwezigen.

'En ik zou u hierin graag ter wille zijn, meester Isidoor,' zei De Gerson droevig, 'maar de vrouw Galina is niet meer beschikbaar. Als uw leerjongen... Adam...? nog wel in leven is en opduikt, zullen we hem over de kwestie ondervragen. Mocht zijn getuigenis ontlastend zijn, dan vervalt in elk geval dit gedeelte van de aanklacht.'

Ik wilde nog verder spreken, maar De Gerson maakte haast. 'De zitting is verdaagd,' zei hij en hij keerde zich van me af.

Het college kwam eensgezind overeind en de heren begonnen onderling te overleggen. Twee wachters trokken me tussen zich in, en naar buiten ging het, waar meester Lanius Collurio op me stond te wachten.

'Ik denk dat ik even met u meeloop,' zei hij. 'Het is fijn om aanspraak te hebben onderweg, en u zult wel niet veel gezelschap krijgen in uw tijdelijk verblijf.'

Ik antwoordde niet en hij verzocht de bewakers een stap achter ons te gaan lopen, zodat wij konden praten.

'Hebt u niet genoten?' vroeg hij.

Ik keek hem van opzij aan.

'Van de voorstelling,' zei hij. 'Ik heb die dwerg zelf gevonden in een taveerne, misschien hebt u hem ook weleens zien optreden. Weet u, koningen hebben narren om hen aan het lachen te maken als er ernstige zaken aan de orde zijn, maar wat heeft het volk? Precies. Wij hebben een verantwoordelijkheid.'

Hij bleef even staan en schudde zijn hoofd. 'Wordt u ook niet gek van die bedwantsen? Of hebt u die niet in uw verblijf?'

'Ik heb daar geen last van,' zei ik, want hoe klein ook, deze triomf kon ik tenminste nog op hem behalen.

Hij lachte. 'Ik kan u verzekeren,' zei hij, 'dat ik veel betere slaapgelegenheden heb gekend dan hier in Konstanz. Mijn eigen huis in Parijs natuurlijk. En ah, dat bordeel in de Gratte-cul, waar wij elkaar leerden kennen... waar u de duivel uit me zweepte, wat u overigens erg goed deed... maar om op het onderwerp terug te komen...' Hij begon weer te lopen en ik volgde. 'U weet toch, als man van de letteren, hoe de rechtspraak ooit begon als volksvermaak? Hoe retoren zich te buiten gingen aan eloquente betogen en de schuld of onschuld van betrokkenen al snel bijzaak werd?'

'Ik weet daar niets van,' zei ik nors.

Hij lachte en ging verder. 'Het is tegenwoordig al niet anders. Jammer genoeg laat uw oude vriend Poggio Bracciolini ons niet van zijn retorische gaven genieten, hij weigerde aanwezig te zijn bij de zittingen; hij is niet boos op u, maar hij is druk met zijn manuscripten. Als er iemand een Cicero van onze tijd genoemd kan worden, dan is hij het wel.'

'U kent mijn retorische gaven niet,' zei ik. 'Laat mij mijn eigen verdediging voeren, dan valt er veel te genieten.'

'Dat is uw rol niet,' zei hij. 'U bent de tragische held tegen wie alle machten van het universum samenspannen.'

'Maar ik ben onschuldig!' Ja, ik was dom genoeg om dit te zeggen, maar we waren al bij het klooster, waar ik nog lang tijd zou doorbrengen, en de wanhoop sloeg toe. Tegelijkertijd wist ik dat deze man geen interesse had in schuld of onschuld.

'Meester Isidoor,' zei hij, 'ik laat u over aan uw bewakers en keer terug naar mijn door ongedierte vergeven slaapvertrek.'

Hij draaide wat onbehaaglijk met zijn schouders en trok een gezicht. Maar opeens leek hij zich iets te herinneren. Uit zijn mouw trok hij een stok, waar op het uiteinde een kleine, volmaakte vrouwenhand was bevestigd. Die stak hij van achter in de kraag van zijn wijde grauwe mantel en, wellustig kreunend, krabde hij zich.

'Ik zou bijna vergeten dat ik mijn rugkrabber bij me had,' zei hij, knipogend. 'Tot spoedig, Isidoor, oude vriend!'

In mijn kamer bleef ik lang nadenken over wat er die dag was gebeurd. Hoe kon ik mijn rede en mijn kennis gebruiken in deze sotternie, deze boerenklucht? De hele opzet van het spel wekte de verwachting dat men op enig moment de deur zou opengooien en dat ze daar dan allemaal zouden staan, en uitroepen: 'Gefopt! Hebben we jou even mooi te pakken?' Die gedachte was al even absurd als de aanname dat dit allemaal een serieuze zaak was.

En mijn vrienden van weleer. Armin joeg op everzwijnen; misschien was hij al terug in Pruisen. En waar was Poggio Bracciolini, met zijn hang naar gerechtigheid? Ik zag hem nog voor me op die dag in de Friedel, toen Hiëronymus' verbranding hem zo had aangegrepen. En zoals het natuurlijk geheugen je iedere keer weer een streek levert, herinnerde ik me nu pas Galina, die op die dag in haar argeloosheid in jongenskleren de Friedel betrad, en Poggio's verbaasde blik. Ik besefte nu pas dat hij kon getuigen dat er nooit een leerjongen was geweest.

Áls er althans iemand geïnteresseerd was in de waarheid.

De tijd verstreek hier en alles wees erop dat ik nu diende om af en toe vertier te brengen, tot mijn rol was uitgespeeld.

Maar zij wisten niet wat ik wist. Ik spaarde mijn krachten, als een krijger die zijn tegenstander door eindeloos ontwijken uitput, tot hij zijn kans grijpt en de wankelende reus verplettert.

Ik had nog steeds mijn hoop gevestigd op de koning, de machtigste man van de christelijke wereld. Hij zou op tijd komen en ook als het nog lang duurde, dan viel ik onder zijn embargo. Dus liep ik in trage pas door mijn kamer en hernam de enige routine die nooit verveelde. Ik merkte zelfs dat de wereld die ik in me omdroeg verscherpte, dat die meer detail droeg dan voorheen en ook op veel kleinere schaal aan echtheid won. Ik kon de textuur bestuderen van steen en hout, en een nerf of een oog in een mentale plank plaatsen als ankerpunt van een tekstregel of een herinnering. Helaas had ik weinig anders aan mijn kennis toe te voegen, of het moest het Boheemse woord voor gans zijn – want hier was niets te lezen, en de ervaringen in een lege kamer zijn het herinneren niet waard.

Evengoed fascineerde mij dit nieuwe niveau van complexiteit. Ik keek naar de korrelstructuur van een baksteen en zag al dieper. Als mijn innerlijke zintuig zich zo bleef ontwikkelen, zou ik spoedig de atomen waarnemen waarover Lucretius had geschreven en waaruit alles was samengesteld. Ik zou ze zien wervelen en glijden door de leegte en zou uiteindelijk in zo'n atoom afdalen en nieuwe werelden vinden met eigen natuurwetten en onvoorstelbare bewoners. Steeds vaker ontdekte ik toevoegingen die ikzelf nooit had aangebracht en soms leek er zich iets te roeren in mijn mentale blikveld, alsof de wereld die ik had gecreëerd zelf leven begon voort te brengen.

Als er zoiets is als een geestesoog, en ik was het beste bewijs van het bestaan daarvan, bestaat er dan ook zoiets als mentale ooghoeken? Ik zweer het je, duistere vriend, mijn innerlijke wereld won aan werkelijkheid en het kon niet anders of uiteindelijk zou deze net zo werkelijk zijn als die waarin ik gevangenzat – nee, in zijn volmaaktheid zou hij werkelijker zijn. Ik zou deze van rottenis en dwaasheid aaneenhangende aardkloot achter me laten als een half herinnerde droomflard en opgenomen worden in mijn domeinen van kennis en schoonheid.

De enkele keren dat ik in die dagen terugkeerde naar mijn kleine ruimte was het omdat iemand me een maaltijd bracht of omdat mijn lichaam zich ergens van moest ontdoen. En soms vond ik mezelf 's nachts zittend op de vloerplanken en dan vermaakte ik me met het schouwspel van de muizen, die zich in het maanlicht tegoed deden aan mijn onaangeroerde voedsel. Ze deden me denken aan De Gerson, D'Ailly, aan de prelaten en kardinalen, de pausen en umanisti en aan al die anderen. Onbeduidend en vraatzuchtig. Misschien zou een van hen nog eindigen als levende voedselbron van een klauwier die hem zorgvuldig op een doorn zou prikken, zodat hij verlamd moest toekijken hoe een onverschillige snavel dagenlang stukje bij beetje zijn ingewand uit zijn buik trok, want de klauwier heeft een sterke voorkeur voor vers vlees.

Ik kon me afwenden van de wereld zoveel als ik wilde, maar uiteindelijk klopte de wereld aan mijn deur en zo toog ik, geflankeerd door stadswachten, ten derden male naar de zitting in de Konstanzer koophal.

Er was meer volk dan bij de eerdere gelegenheden en dat viel ook De Gerson op. 'Het verheugt mij te zien dat iedereen in zo groten getale de sneeuw heeft getrotseerd om getuige te zijn van deze zitting, die belooft net zo gedenkwaardig te worden als de vorige twee,' zo begon hij.

Sneeuwde het? Het was mij niet opgevallen, maar toen ik neerkeek op mijn laarzen, zag ik dat ze nog wit waren.

'Dit moet noodgedwongen de laatste zitting zijn,' ging De Gerson verder, 'want de koning laat weten dat zijn komst aanstaande is. Deze zitting maakt geen deel uit van het concilie, al maakt dat de zaak niet minder belangrijk.' Hij keek even naar zijn collega's, knikte en zei toen: 'Meester Lanius zal nu, op eigen verzoek, eerst een lied voor u zingen.'

Ik had Lanius nog niet gezien, maar opeens stond hij voor me. Hij zwaaide, boog zich zelfs naar mij toe voor een joviale groet, en vroeg toen de zaal met een gebaar om stilte.

Die stilte viel abrupt, als vreesde men dat het overtreden van Lanius' wens uiteindelijk zou leiden tot de brandstapel. Lanius zette zijn rechtervoet voor, zijn handen in zijn zij en hij begon te zingen. Hij zong met een onverwacht hoge stem en dat deed hij erg goed. Het was een melancholieke ballade in een Frans dialect dat ik niet goed verstond, maar het ging over nachtegalen en verloren liefdes.

Ondertussen ontdekte ik ook Hans Hagen onder de heren van het hof. Waarom was hij er opeens bij? Ik besefte opeens dat de hele ceremoniële bevelsketen voor een onmiddellijke executie aanwezig was. En weer hoorde ik de echo's van De Gersons 'Terstond!' op de vraag wat het beste moment was om een ketter te verbranden.

Aanvankelijk luisterde het publiek aandachtig toe, maar toen de coupletten zich aaneenregen in een taal die weinigen begrepen, begon de zaal onrustig te worden, al waagde niemand het om te roepen. De spanning steeg tot bijna ondraaglijke hoogten. De glimlachen bevroren op de gelaten, niemand durfde zelfs maar van houding te veranderen.

Uiteindelijk hield Lanius stil. Glimlachend nam hij een donderend applaus in ontvangst.

De Gerson bedankte hem voor zijn vriendelijke geste en meldde dat het tijd werd om naar de orde van de dag over te gaan. 'Zoals ik eerder zei, de voorliggende zaak van Isidoor van Rillington valt alleen binnen de bevoegdheden van het concilie voor waar het de ketterij betreft, waardoor wij nog niet tot een veroordeling kunnen komen, want de conciliaire aangelegenheden liggen onder koninklijk embargo. En omdat het concilie binnenkort andere zaken heeft af te handelen dan deze ketterij, zal het er na de komst van de koning niet meer van komen.'

D'Ailly onderbrak hem. 'We kunnen hem toch voor die andere zaken veroordelen?'

De Gerson knikte. 'Ik wilde dat al voorstellen,' zei hij. 'De sodomie zou op zichzelf al voldoende zijn, maar valt moeilijk te bewijzen...'

'Necromantie is ook een halsmisdaad!' D'Ailly's stem sloeg over.

'Dat is het zeker.' De Gerson aarzelde. 'Maar u zult het allemaal met mij eens zijn dat het weer van vandaag zich niet leent voor een verbranding op de gebruikelijke locatie. Daar komt bij dat brandstapels in de binnenstad verboden zijn.' Hij wierp een vragende blik op iemand achter me en kreeg als antwoord: 'De sneeuwstorm wordt alleen maar erger.'

Al die tijd had ik mijn krachten gebundeld en nu zei ik, met luide stem, terwijl ik met al mijn mentale kracht de belangrijkste drie van het college mijn dwang oplegde: 'Ik heb tijdens mijn reis naar Konstanz een belangrijk geheim vernomen, dat ik onverwijld aan de koning moet doorgeven. Hij zal zeer ontstemd zijn als u mij terechtstelt voordat hij het gehoord heeft!'

De heren hadden me aangehoord en niets wees erop dat ze mijn manipulaties hadden bespeurd, maar verdomd, het werkte en mijn woorden troffen doel.

De Grauwe Klauwier stond er geamuseerd bij te kijken. 'Kijk aan,' zei hij, 'een wending in de zaak.'

'Dat geheim van jou,' vroeg De Gerson, 'houdt dat verband met Christus, met God? Anders is het waardeloos.'

'Met Christus, God, met de Heilige Geest,' zei ik, 'het houdt verband met alles.'

D'Ailly kwam weer moeizaam overeind. 'Isidorus van Rillington is vaardig in geneeskunst, in necromantie en in vele andere duistere zaken. Welk geheim kan hij bezitten dat de koning zou willen hebben? Alchemie? Sterrenkunde? Hij vergeet zeker dat hier de grootste geleerden van Europa bij elkaar zijn. Maar misschien is deze Isidoor van plan om de grote Sigismund, die de christenheid wil verenigen, lollaardij in te fluisteren, om onze kerk te verderven en het volk in duisternis te leiden?'

'Isidorus kan best de antichrist zijn,' spotte Lanius.

D'Ailly schudde somber zijn hoofd. 'Dat komt niet overeen met de sterren, die aangeven dat de antichrist pas over driehonderddrieenzeventig jaar komt, in het jaar 1789.'

Geroezemoes en gelach. 'Dan hebben we tijd genoeg om ons voor te bereiden,' zei De Gerson.

Meester Lanius nam weer het woord. 'Als u wilt, geacht college, dan kan ik Isidorus zijn geheim ontfutselen. Ik beloof u dat ik het snel uit hem heb.'

'Dat is niet mogelijk,' zei ik. 'Dit geheim laat zich niet eenvoudig en snel meedelen, het moet in rust en vrede worden overgedragen. Het is niets goddeloos of ketters, het is een geschenk aan de mensheid, dat in handen van een rechtvaardige vorst vrede en voorspoed zal brengen. Het kan de redding zijn van de christenheid.'

De Gerson stond in dubio. 'Als hij het vrijwillig aan de koning wil geven, waarom het dan uit hem persen? Aan de andere kant, dit college is geleerd, en bestand tegen alle listen en lagen van de Boze; de koning daarentegen...' Hij schrok van zijn eigen woorden. Dacht hij aan koningin Barbara, die bedreven was in de alchemie en zelf een sterrenwichelaarster van naam?

Nu klonk een bekende stem van achter uit de zaal. 'Als dit geheim bestemd is voor de koning, dan zal hij niet toestaan dat anderen zich ervan meester maken.'

'Heer Von Wolkenstein,' zei De Gerson verrast. 'Bent u in de stad?'

Oswald stapte naar voren. 'Ik ben zojuist gearriveerd; de koning stuurt mij vooruit om zijn intocht voor te bereiden.'

En daarmee kreeg ik nog meer uitstel. Met een hamerslag was de zitting voorbij. Oswald kwam naar me toe. 'Ik weet niet precies wat er aan de hand is,' zei hij, 'maar de koning zal je aanhoren, dat garandeer ik je.'

Ik kon mijn tranen niet langer beheersen. 'Dank, vriend.'

56

Het grote inzicht

Die avond begon ik aan een nieuwe reis door mijn koninkrijk, zonder systeem ditmaal, want soms is een willekeurige zwerftocht noodzakelijk om het geheugen te versterken; ook de paden van herinnering laten zich immers plattreden en uithollen tot mnemonische tunnels, waardoor grotere verbanden en samenhangen de innerlijke reiziger kunnen ontgaan.

Ach vriend, wie het nooit heeft meegemaakt kan er niet over meepraten. Ik kon inmiddels al uren verwijlen bij een marmeren zuil, want waar de marmering in de steen aanvankelijk niet meer was dan een willekeurig patroon, aangebracht om geloofwaardigheid te verlenen, begon ik er een hogere, betekenisvolle complexiteit in te ontdekken, ik volgde iedere ader, iedere vlag, kwast of knoop, het dunste draadje en herleidde, om de zuil heen draaiend, oorsprongen of juist uitvloeisels van de gevolgde patronen. Zo zat ik daar, schuimbekkend van extase, en probeerde het allemaal te interpreteren, tot een klop op de deur me uit mijn concentratie haalde. Het was niet aan mij, gevangene, om 'binnen' te zeggen, maar ik deed het toch.

Oswald kwam binnen, in vol ridderlijk ornaat, zoals eerder in de koophal; op zijn borst droeg hij het embleem van de orde van de draak, het kruis met een zichzelf verslindende slang.

'Kom je me bevrijden?' vroeg ik, ondanks de verstoring, blij om hem te zien.

Hij lachte grimmig. 'Zo eenvoudig is het niet. Het college durft de koning niet te trotseren, en de koning op zijn beurt heeft het college nodig. Maar voorlopig heb ik uitstel, zodat jij de koning deelgenoot kunt maken van jouw geheim. Hij weet van je reizen naar de Turken en Tataren, naar China. Alle strategische kennis is welkom in het zicht van de komende strijd, want Sigismund kan zich geen tweede Nikopolis veroorloven en hij doet alles om de volkeren te verenigen die elkaar nu uitputten in eindeloze oorlogen.'

Ik knikte voorzichtig. Dit was immers niet direct wat ik te bieden had.

'Kun je mij alvast iets vertellen over dat geheim?'

'Helaas,' zei ik, 'het is ook geen militair of strategisch geheim, hoewel het grote macht geeft aan wie het kent. Een groot inzicht is het, een geesteskracht die zich uitstrekt tot alle andere terreinen.'

Hij haalde zijn schouders op. 'Zijne Koninklijke Hoogheid Sigismund kan alle kracht gebruiken. Ondertussen onderzoeken wij de zaak en voor er iets besloten wordt, krijg je de gelegenheid om je te verdedigen. De beste juristen zullen je bijstaan.'

'Ik vermoed ook,' zei ik, 'dat met de komst van de koning, de belangstelling voor mijn persoon snel zal vervliegen.'

'Dat denk ik ook.' Veel tijd had Oswald niet. Hij beloofde dat hij zijn best zou doen om me vrij te krijgen en maakte aanstalten om te vertrekken.

'Vergeet niet te zeggen,' drukte ik hem op het hart, 'dat het van cruciaal belang is dat ik de koning persoonlijk spreek. Bij een audiëntie of zelfs een publieke ondervraging valt het geheim dat ik zo lang gekoesterd heb onvermijdelijk in verkeerde handen, en de rampzalige strijd die daaruit voortvloeit, is duizendmaal gevaarlijker dan de verdeeldheid waaraan de koning een einde wil maken.'

'Ik beloof het,' zei Oswald, met een hand op zijn ridderorde.

Nu was ik weer alleen met mijn gedachten. Ik peinsde over de weg die ik moest gaan. Als ik Sigismund vertelde wat Maelgys mij had geleerd, dan deelde ik het geheim. En zou hij dan niet dezelfde conclusie trekken als ik? Vormde ik dan geen bedreiging voor hem, toch al de machtigste man ter wereld? Nee, ik moest hem mentaal in mijn gareel dwingen. Ik zou op verschillende niveaus aan hem werken, en ook gebruikmaken van mijn vertrouwde retorische vaardigheid.

En zo peinzend besloot ik de nacht door te brengen in contemplatie en de meest relevante locaties van mijn geheugen na te lopen. Ik had alles paraat, maar gewoonten laten zich slecht uitwissen.

Oswald had niet verteld wanneer de koning zou aankomen, maar Sigismund verbleef al enkele dagen in de buurt, zodat Konstanz zich kon voorbereiden op de blijde intocht. Zo klonken al een dag na Oswalds bezoek klaroenstoten in de ochtend, gevolgd door zware tromslagen en het machtige geklepper van een grote cavalcade over de straatplankieren.

Ik bleef rustig zitten op mijn bed en breidde mijn waarneming uit voorbij de muren om de inkomst te bekijken vanuit vele gezichtspunten. De lange stoet met de koning vooraan. De ontvangst door uitgedoste stadsautoriteiten en concilianten. Ik voelde de vreugde en de verwachtingen die Sigismunds komst wekten. Nu zou eindelijk het concilie tot een climax komen en de kloven tussen de partijen, waar al zovelen in waren verdwenen, zouden zich sluiten.

Ik lachte hardop. Het concilie had mij niet meer nodig voor een tussentijdse catharsis en spoedig zou ik aan de zijde van de koning staan. Hij, Sigismund, zou mijn zwaard zijn en op de achtergrond zou ik dit rijk besturen en de volkeren aaneensmeden. Grenzen en vijandschappen zouden in de vergetelheid raken en een gouden eeuw van vrede en voorspoed lag binnen handbereik. Ik lachte nogmaals bij de gedachte aan de kathedraal. Zeker, Otto kreeg zijn kathedraal, de mooiste en grootste van de christenheid. En niemand stond mij straks nog in de weg bij het verwezenlijken van mijn plannen. Maar mijn ontwerp was al af en de taak die mij nu wachtte, was zo veelomvattender, zoveel groter dan het bouwen van een kathedraal!

De hele wereld zou mijn bouwplaats zijn, ik zou vorsten en veroveraars vormen als gargouilles die hun versteende angstaanjagende vorm behielden, maar dan zonder de macht en willekeur die ze nu nog bezaten.

Die nacht legde ik me rustig te slapen. De koning moest voldoen aan zijn gebruikelijke verplichtingen, de feestmaaltijden, de presenties bij allerlei gelegenheden en conciliaire zittingen, maar hij wist al van de onterecht gevangen geleerde en zijn geheime inzicht.

Haast had ik niet meer. Dagenlang verwijlde ik in mijn ommegang en toen ze me kwamen halen omdat de koning mij wilde spreken, voelde ik zelfs enige ergernis dat men mijn rust verstoorde.

Een paleisfunctionaris kwam mijn kamer in met knechten in zijn kielzog. Hij bekeek me van top tot teen. 'Zo kunt u niet naar de koning,' zei hij. Hij moest dit al hebben voorzien, want een paar stevige jonge monniken namen me mee om me te baden en te scheren en toen ik, nog nagloeiend van de hardhandige behandeling, terugkwam in mijn kamertje, lag daar een kostuum klaar dat wonderwel paste. Het was eenvoudig maar stijlvol en van duur fabricaat. Het deed in niets denken aan de protserige piassenkostuums die ik destijds bij Timoers banketten kreeg aangemeten. In deze kleren kon ik indruk maken.

Ditmaal brachten mijn begeleiders me naar een rijk ingericht patriciërshuis, waar knechten en meiden af en aan gingen met schalen en kruiken. We gingen een gang door en een grote zaal in, die tijdelijk was ingericht voor een schranspartij, want de tafels, hoe kostelijk ook gedekt met fijn linnen en vaatwerk, pasten niet in het interieur: het waren planken op eenvoudige schragen en bokken.

Even zonk de moed me in de schoenen. Dit was niet de kleine intieme omgeving waarom ik verzocht had en waar ik de koning voor mezelf kon hebben. Maar ik herinnerde me Oswalds woorden, hij zou ervoor zorgen dat ik Sigismund alleen of in kleine kring te spreken kreeg. Ik wist dat ik deze man niet moest onderschatten, hij was ongetwijfeld een formidabele persoonlijkheid. Tegelijkertijd had ik me maandenlang kunnen voorbereiden, mijn geest was uitgerust en opgeladen, ik had mijn talenten door lange contemplatie gescherpt en was bij machte om zelfs een klein gezelschap aan te vatten.

Maar dit was nog niet het moment van de ontmoeting. Mijn begeleiders droegen me over aan een knecht, die een buiging maakte en me op fluistertoon vroeg hem te volgen. 'U zit aan bij het banket op uitnodiging van de koning zelf,' zei hij. Hij wees me een plaats aan een van de lange tafels, waar ik plaatsnam tussen een magere monnik, die me wantrouwig aankeek en mijn groet negeerde en een onbeduidende burger die zich aan me voorstelde, maar van wie ik de naam direct vergat.

Ik nipte aan mijn wijn en nam de omgeving in me op. Vier lange schraagtafels parallel aan elkaar en één kleinere dwars ertegenaan. Daar zat de koning, in het midden, met zicht op iedereen.

Ik vroeg mijn onbeduidende buurman van wie het huis was waar we ons bevonden, en vergat zijn antwoord al voor hij was uitgesproken. Ik staarde naar de koning en probeerde de mensen om hem heen te identificeren. Oswald zat drie plaatsen rechts van de koning en één plaats dichter bij Sigismund zat de Spaanse hofnar, voor wie een hoge kruk was aangeschoven. De koning zelf was in druk gesprek verwikkeld met Zabarella, de levende Florentijnse kardinaal, en terwijl ik ze zo gadesloeg, wist ik dat Sigismund al begonnen was met het bewerken van het college en dat Zabarella ook *zijn* kandidaat was. Dit behoefde geen overreding.

Ik bestudeerde de mannen links van hen. De eerste was een zware kerel in protserige kledij die niet bij hem paste, een typische nouveau riche, ongetwijfeld de koopman aan wie dit huis toebehoorde. En hoewel zijn naam er verder niet toe doet, vervloek ik nu het feit dat ik me die niet herinner. Hij was in gesprek met een tweetal heren uit Italië aan hun kleding te zien, en door hun heftige handgebaren leken ze ruzie te hebben, maar ik wist dat dit niet zo was. Ik reikte naar hen met mijn zintuigen en ondanks de afstand kon ik het gesprek volgen. Over geld ging het, wat anders, het waren bankiers. Kardinalen bezetten de rest van de tafel. Ik liet mijn blikken dwalen langs de lange tafels en zag vooral burgers, een enkele geestelijke, de twee theologen die ik al kende van mijn zitting en Otto, die vrolijk naar me zwaaide toen mijn blik op hem viel. Ik groette lauw terug, veel had ik nog niet aan hem gehad.

De eerste gang bestond uit zoet gebak met amandelen en noten. Toen iedereen zich aan het eten zette en de conversaties luwden, nam ik ook een paar happen om niet de aandacht op me te vestigen, maar ik hield een oog op de tafel van de koning. Was hij bezig met rechtspraak? Een man werd voor hem geleid en de koning sprak met hem. Lang duurde het niet, de man liep weg, zonder begeleiders en nam plaats aan een van de tafels. De begeleiders wezen een andere man aan om voor de koning te komen.

Nu stond Oswald von Wolkenstein op, hij liep naar mij toe. ‘Isidoor,’ zei hij, ‘jij bent zo aan de beurt.’ Hij liet zich neer op een krukje. ‘Zijne majesteit wil je eerst leren kennen en later zal hij je vragen naar de kennis die je met hem wilt delen. Hij weet al dat je die niet voor alle gasten kunt uitspreken.’

‘Uiteraard,’ zei ik, ‘dit is precies zoals ik het me had voorgesteld.’

Ik voelde mijn opwinding groeien. Dit was het dan, mijn grote moment. Nu zou ik toegang krijgen tot de hoogste regionen. 'Ga jij nog zingen?' vroeg ik, gewoon voor de conversatie.

'Alleen als de koning het me vraagt,' zei Oswald. 'Die kans is er altijd, dus ik moet niet te veel drinken, maar laat jij je daardoor niet weerhouden.'

Ik schudde mijn hoofd, meer dan nippen deed ik niet, ik had mijn lesje geleerd.

Er gebeurde iets bij de koningstafel, mensen stonden op en verlieten de tafel, bedienden snelden toe en ruimden af.

'Wat gebeurt daar?' vroeg ik.

'De mensen die de koning willen spreken krijgen maar even de tijd,' zei Oswald. 'En degenen die belangrijk genoeg zijn, mogen bij hem aan tafel zitten. Maar ook die moeten nu plaatsmaken voor de volgende gasten.'

'En ik?'

Hij lachte. 'Jij komt aan tafel.'

Helaas kwamen ook de Parijse theologen aan de tafel van de koning zitten. Ik besloot me aan hen niet te storen. Vooralsnog hield Sigismund zich bezig met zijn dwerg, ze zaten druk te fluisteren en af en toe schoot de koning in de lach. Bedienden brachten nieuwe schalen en kommen en nu tikte de dwerg op zijn drinkkelk en bracht met zijn hoge stem een dronk uit op de koning en op kardinaal Zabarella, die zich inmiddels aan een andere tafel had gezet. Dat ze maar in wijsheid zouden slagen in hun grote werk.

Bijval uiteraard. Wij dronken koning en kardinaal toe. Toen iedereen zich weer aan zijn voedsel wijdde, boog de koning zich naar mij. 'Het verheugt mij om u, heer Isidoor van Rillington, hier bij me te hebben,' zei hij.

Ik prevelde de gebruikelijke protocollaire termen. Sigismund lachte. 'Laat dat maar achterwege,' zei hij, 'wij zullen elkaar later op de avond nader spreken, maar nu wil ik u eerst een paar vragen stellen.'

'Wat u maar wilt, sire,' zei ik.

'U woonde bij Timoer Lenk,' begon hij, 'mijn goede Oswald vertelde me dat u erbij was toen hij optrok tegen China en daar stukliep. Maar hoe hebben zijn vijanden hem verslagen?'

'Timoer Lenk stierf onderweg,' zei ik, 'zijn vijanden kregen hem zelfs niet te zien. Hij was oud en ziek.' Ik vond het niet nodig om de vergiftiging erbij te halen.

'Nu,' zei hij glimlachend, 'dat brengt mij niet verder. En maakte u ook de val van Angora mee, het jaar daarvoor?'

'Ik was in Trebizonde,' zei ik. 'Ik hoorde ervan, maar de verhalen waren tegenstrijdig.'

Hij knikte. 'Dat zijn ze altijd. Valt er iets uit te leren?'

Ik dacht even na. 'Toen Bayezid gevangengenomen werd en stierf,' zei ik toen, 'stortte zijn rijk in chaos omdat zijn opvolgers elkaar gingen bestrijden. Het is bij de Turken altijd een goede strategie om hun leider uit te schakelen.'

De koning knikte langzaam. 'Gebeurde dit ook bij Timoer?'

'Ik was in die dagen op de vlucht voor Timoers verkenners en hoorde pas maanden later, toen ik in China was, dat hij het nooit had gehaald. Maar de troonpretendenten stonden al klaar om de onderlinge strijd aan te binden.'

'Goed,' zei Sigismund, 'het feit dat we al tien jaar niet meer van de Tataren horen zegt voldoende, lijkt me. En nu is de situatie anders dan tien jaar geleden. Het schisma is bijna opgelost, de hardnekkige Pedro de Luna afgezet, en volgende maand zal het concilie hem vervloeken. Spoedig zullen wij optrekken tegen de Turken. Ik kan ieder voordeel gebruiken, dus ik ben benieuwd naar het geheim dat jij draagt.'

'Ik zei het al tegen uw ridder,' zei ik, 'het is niet strategisch van aard, maar fundamenteler.'

'Sire, luister niet naar deze man,' kwam D'Ailly tussenbeide, 'hij is een gevaarlijke ketter.'

De koning schonk hem een glimlach en legde een vinger op zijn lippen. Met een knik moedigde hij mij aan.

Ik ging verder: 'Sommige astrologen lezen in de sterren wat de toekomst brengt, zoals kardinaal D'Ailly hier...' Ik genoot van de woedende blik, dit was mijn moment. 'Volgens D'Ailly komt de antichrist over meer dan driehonderd jaar. Geen van ons zal het ooit kunnen verifiëren. Toch, mijn koning, staat de waarheid wel degelijk in de sterren geschreven, maar ook in de configuratie van die onaangeroerde boontjes op uw bord, of in het patroon van het maanzaad op uw broodje. Wie dit grote inzicht bezit, leest de verschijnselen als een boek. Het geeft geen aanwijzingen over de toekomst, maar klaarheid over de wereld zoals die is.'

Nu hield De Gerson het niet meer. 'Sire!' Hij kwam overeind met een veerkracht die je bij een man van zijn leeftijd zelden ziet en zijn roep veranderde in een pijnkreet. Was het mijn woede die hem een heksenschot in de rug bezorgde?

Ik ging door. 'De Gerson kan even niet spreken. Hij haalt overal de duivel bij, maar dat is omdat hij en zijn collegae de waarheid willen monopoliseren.'

'Sire,' probeerde De Gerson nog eens, 'wij hebben deze ketter veroordeeld en wachtten alleen uw komst af om hem op de brandstapel te brengen.'

Sigismund leek nu wat geërgerd. 'Wij hoeven nu geen ketters te verbranden,' zei hij. 'Mijn boodschap aan de opstandige elementen in Bohemen was duidelijk. Nu moeten wij de mensen een uitweg bieden, anders gaan ze over tot wanhoopsdaden. Het zal mij een zorg zijn wat je gelooft, Isidoor, als je het maar voor je houdt.'

'Ik ben geen ketter,' zei ik, 'ik stel geen speciaal belang in geloofszaken, maar ben een man van de wetenschap.'

D'Ailly kwam overeind, zonder stok, het religieus vuur tilde hem op. 'Deze man is veel meer dan een ketter,' zei hij bevend van haat. 'Hij is een antichrist, een tovenaar en een necromantiër. U weet nog niet wat er allemaal boven is gekomen tijdens de zittingen.'

Een burger kwam nu naar voren en zei: 'Vergeef me, sire, maar deze man vertelde overal rond dat hij tot aan het einde van de wereld is gelopen en terug. Hij is de Wandelende Jood!'

Dit laatste kreeg veel meer bijval dan de eerdere beschuldigingen. 'Hij is de Wandelende Jood!' riepen mensen door elkaar. 'Dood hem! Op de brandstapel!'

De koning stak een hand op en in de ingevallen stilte keek hij me aan. 'Is dat zo?' vroeg hij met een glimlach. 'Zeg me eerlijk en draai er niet omheen: ben jij de Wandelende Jood?'

Ik schudde mijn hoofd. 'Zeker niet.'

'Zwijg,' riep de koning opeens. 'Als hij de Wandelende Jood niet is, dan is er geen reden om hem op de brandstapel te zetten en als hij het wel is, dan kan geen hand ter wereld hem doden. Hij is immers gedoemd om in alle eeuwigheid de aarde te bewandelen.'

Ik wist dat Sigismund een redelijk man was. Bij zijn eerste woorden was het gepeupel stilgevallen en niemand durfde hem tegen te spreken. Nu stond hij op. 'Ik trek me terug om in kleine kring met Isidoor te kunnen spreken,' zei hij.

Ik kwam overeind en allen die aan deze tafel zaten volgden ons voorbeeld.

'Ik spreek u graag alleen,' zei ik, want ik zag dat ook de theologen ons wilden volgen.

'Dat gaat niet gebeuren,' snerpte De Gerson. 'Wij moeten de koning beschermen tegen duivelse verleidingen.'

'Je hoort het,' zei Sigismund glimlachend. 'Een tiental getrouwen zal erbij zijn, en bewakers natuurlijk, maar als je wilt, kun je het in mijn oor fluisteren.'

Wij begaven ons naar een belendend vertrek waar de koning zich in een zetel liet zakken en, op zijn elleboog leunend, een afwachtende houding aannam. 'Isidoor van Rillington,' zei hij, 'nu wil ik uw geheim horen.'

Het was zo heel anders dan ik me had voorgesteld. Opeens leek de overdracht niet meer zo eenvoudig. Hoe kon ik het hem zo in het kort uitleggen? 'Ik moet me even voorbereiden,' zei ik, koortsachtig nadenkend.

De Gerson liet een kort lachje horen.

Koning Sigismund knikte naar zijn dwerg. 'Misschien kun jij ons even vermaken, terwijl de heelmeester denkt.'

De dwerg kwam naar voren en ik sloot mijn ogen, blij met de invallende stilte. Ik ging mijn ommegang in bij het allereerste begin, de geitenstal. De intensiteit van dit moment van waarheid maakte dat ik alles scherper voor mijn geest kreeg dan ooit.

Gerommel achter het schot, een geur van mest, turf en verschaalde wijngeest. Een rat rent over een hanenbalk. En hoor ik daar gesnurk uit het huisje komen? Zelfs de geit is er, ik ben haar naam vergeten. Ik duw haar opzij, want ze staat voor de haverkist. Hoelang geleden was het dat ik hier mijn geheim opborg? Ik weet nog dat ik speelde met de vormen, maar wat ik me niet herinner is deze solide glanzende kist. Obsidiaan? Nee, het is keizersjade, in het groen van de zee.

Ik tast in mijn geest naar het deksel, probeer het te openen, maar het geeft niet mee. Het is naadloos, massief. In paniek probeer ik de structuur, het materiaal te wijzigen en als dat niet lukt zet ik bruut geweld in. Mijn verbeelding laat me in de steek, de kille steen verandert niet en geeft zijn geheim niet prijs.

Ik open mijn ogen, merk dat ik nat ben van het zweet. Om me heen gemurmel en gegniffel. Voor mijn ogen hangt een grote glazen koepel, die trilt en iriseert. Ik richt met moeite mijn ogen en zie dat het geen koepel is, maar een enorme zeepbel, die zijn oorsprong vindt in een door de dwerg aangeblazen pijpje. Met grote vaardigheid weet hij het sidderende geheel in bedwang te houden. Ik kijk gefascineerd toe hoe het gekromde oppervlak de lichtstralen uit de gekleurde vensters vangt, en hoe de bel zijn eigen kleurenspel creëert.

Dan steekt de dwerg een vinger uit, raakt de zeepbel aan en hij verdwijnt in het niets.

Alle aanwezigen klappen en juichen, maar na een gebaar van de koning luwt het. 'Isidoor,' zegt hij. 'Kom naar voren en vertel me je geheim.'

Ik doe een stap, twee stappen, maar hij wenkt me nog dichterbij. 'In mijn oor.'

Al die tijd had het net voorbij de horizon van mijn geest gelegen, aan de drempel van mijn waarneming. Ik zet nog een stap. Het was maar een kleine verschuiving, een minieme sprong van de geest, maar een waardoor alles anders werd.

'Kom, kom!' Sigismund wordt ongeduldig. Hij gebaart dat ik om de tafel heen moet lopen.

Het was er altijd al geweest, maar ik zag het niet.

Nu sta ik bij hem, hij biedt me zijn oor. Het is mijn laatste kans. Ik buig me naar hem toe. Een gewoon oor, rood als dat van een boer, met een afschuwelijke pluk oorhaar. Zeno en de tiran, zal ik het doen? Was dat niet te verkiezen boven eindeloze marteling, boven een dood op de brandstapel?

'Ik kan het me niet herinneren,' zeg ik dan.

'Al die moeite om me een geheim te vertellen en je bent het vergeten?' Hij kijkt me in verbijstering aan. 'Wat is dit?'

Ik schud wanhopig mijn hoofd. 'Ik kom er wel op, geef me even de tijd!'

De stilte die valt is ondraaglijk. Dan begint de nar zachtjes te grinniken. Al snel is hij niet de enige meer, hij lacht steeds harder en iedereen lacht mee.

Sigismund rijst op uit zijn zetel en slaat met de vuist op tafel. Meteen is het stil. 'Is dit een zot?' vraagt hij luid. 'Houdt hij me voor de gek?'

Sterf, schreeuw ik inwendig en tegen mezelf, sterf! Maar de kracht die ik die ochtend nog in me voelde stromen is verdwenen.

'Uit mijn ogen met die idioot,' zegt Sigismund.

Epiloog

Hoe ik China kwijtraakte

Ik had geen toegang meer tot mijn geheim, mijn vriend, en daardoor was ook de weg afgesloten naar de macht en de vervoering die het me bracht. Ik besefte nu dat ik het inzicht dat Maelgys mij toevertrouwde niet zomaar had kunnen verwerven, maar dat alle ervaringen op mijn levensweg mij hadden voorbereid op dat moment en op dat grote geschenk. Dat is de reden dat ik, samen met jou, die hele weg opnieuw ben gegaan, want het vertellen dwingt tot een rustig voortschrijden, en is daarom te verkiezen boven panisch voortijlende gedachten die naar willekeur heen en weer springen en soms in kringen ronddraaien.

En toch ben ik nog te snel gegaan, heb ik gedeelten overgeslagen. Het zal je niet zijn ontgaan dat ik een tijdlang heb gezwegen. Ik had beloofd je over China te vertellen, net zoals ik dat aan Lorea beloofde, een belofte die ik niet meer na kon komen. Onder het vertellen heeft het steeds op de achtergrond gespeeld, het grote China, waar ik gelukkige tijden meemaakte. Althans, ik herinner me dat ik dat onlangs tegen je zei – de feiten zelf zijn verdwenen.

In mijn dromen loop ik door bamboebossen tussen boomdikke stengels als titanische, gelede insectenpoten en met duistere pluimen zo hoog dat ze het hemelgewelf kietelen en de sterren uitwissen. Waar komt dan dat spooklicht vandaan? Ik zoek een uitweg tussen processies van schaduwen die lijken op nonnen, op de Zwarte Zusters van Sint-Augustijn, maar die evengoed de Demonen van het Woud kunnen zijn, van zuigeling af getrainde moordenaars die bedreven zijn op alle wapenen en zo snel bewegen dat ze, als ze om je heen wervelen, een spoor van nabeelden in de lucht achterlaten, een verhonderdvoudiging in palinopsie – flarden van dodelijke nonnen, die andere flarden oproepen. Zheng He, zeekapitein, ontdekker, eunuch en mijn vriend, die me in een moment van vertrouwelijkheid zijn platte klootzak toont; Zheng He, die zijn eigen geheugenbeeld op mijn polsen aanbracht op de dag dat hij me aan een roeiersbank vastketende om mijn leven te redden, toen ik in doodsangst in de golven wilde springen, want soms is de angst zo groot dat de bedreiging die haar veroorzaakte komt als een verlossing; die mij in een godvergeten woestijn afzette uit angst dat mijn angst zou overslaan op zijn bemanning.

En dat is alles wat van die episode rest, want ergens onderweg raakte ik mijn herinneringen kwijt aan dat eindeloze land, ergens ben ik China kwijtgeraakt. Een kleine piramide, een kapitein zonder kloten, demonische moordenaars. Misschien zit het allemaal hermetisch opgesloten in een kist van keizersjade.

Maar, zul je zeggen, dit zijn maar hersenschimmen en flakkerschaduwen, je hebt toch nog je ommegang?

Ah ja, mijn ommegang.

In de loop van die weken voor mijn ontmoeting met de koning kregen mijn stille en volmaakte straten een steeds hogere mate van waarachtigheid, waarbij het gewoel van de wereld buiten in evenredige mate futieler leek te worden. Mijn plannen en hooggespannen verwachtingen deden hier niets aan af; sterker nog, zoals voorheen de bouw van een kathedraal in Konstanz een aangename bijzaak was geworden van mijn streven naar de macht, zo verloor langzamerhand dat streven zelf aan gewicht, in het licht van mijn toevluchtsoord, die stralende innerlijke wereld die ik zo gretig aftastte in al mijn eenzame uren dat ik vergat te eten of te slapen. Ik voelde in die dagen dat er een moment moest komen waarop ik voorgoed mijn intrek zou nemen in mijn eigen volmaakte creatie en de oude wereld achter me zou laten.

Waarom heb je dat niet gedaan? zul je vragen.

In de tijd die verstreek sinds men mij naar deze kerker overbracht, en gedurende de lange uren waarin ik niet vertel, maar in mijn gangen ronddwaal, is de mate van detail, de nieuwe scherpte die zich die laatste weken in mijn ommegang manifesteerde, niet minder geworden. Integendeel, mijn domeinen worden nog met het uur waarachtiger. De kleurige, egale muren verscherpten zich gaandeweg in structuren vol putjes en korrels, die ieder voor zich wel geladen moesten zijn met betekenis, zodat ik tijdloze perioden doorbracht met aftasten en ontcijferen. In de eerder zo lege en stille, steengeplaveide straten kwamen donkere plasjes water te staan en waar ik enige tijd geleden nog verrukt was om een levende mier te ontdekken, krioelt het nu overal van kruipend en voortglibberend ongedierte. Zwammen worstelden zich tussen de stenen omhoog en op de muren met hun eens zo warme kleuren, groeien tussen donkere vochtplekken blauwzwarte schimmelkorsten, die de tempera bedekken van de fresco's die ik lang geleden aanbracht als geheugenmarkeringen. Hier en daar beginnen muren al te verzakken en in de gebrandschilderde voorstellingen van de ruiten van mijn kathedralen ontbreken steeds meer ruitjes, zodat ik vaak niet eens meer kan achterhalen welke kennis ze ooit vertegenwoordigden.

Weet je nog dat ik je vertelde van de sterren, hoe ik me de constellaties op ieder tijdstip van het jaar en op iedere bekende plek voor de geest kon halen? Als ik dit nu probeer, zie ik niets dan golvende grauwe mist.

Toen ik onlangs in vertwijfeling op zoek ging naar onaangetaste gedeelten, vond ik voorbij de buitenste ringen een wildernis, waarvan ik me niet eens meer kan herinneren of die er eerder ook al was. Had ik daar niet eerder een oneindig leeg werkveld gehad, als een gladgeschuurd schilderspaneel? Ik probeerde de wildernis weg te denken, leegte te creëren, wat even leek te lukken, maar ik kon me niet zo lang inspannen en de wildernis schoot sneller op dan ik haar kon uitwissen. Tussen de donkere stammen en kronkelende ranken bewogen schimmen, en dan waren er de ogen vol waanzin die naar me terugstaarden, witte ogen als gruwelijke lege ijsvelden, die me naar zich toe wilden trekken.

Dat is het nu juist, mijn duistere vriend, ik had het wel gedaan.

Vanuit de buitenste ring keerde ik terug op mijn schreden, en ouder gewoonte wandelde ik, hoewel ik met de snelheid van een bliksemflits kon rondschieten. En terwijl ik daar zo liep, voelde ik me bekeken vanuit de nissen en dode vensters, die onlangs nog zicht boden op taferelen, zwaarbeladen met kennisfeiten. Een huis was ingestort, iets verderop stond er een in brand. En nog sprong ik niet terug, maar versnelde mijn pas.

Ik bereikte de tempels van Vitro... Viterbo... Vittorio?

Eén was ingestort, brokstukken van de bovenbouw bedekten de

zaken der natuur, maar ik wist niet meer welke tempel het was. De amphiprostylos? De andere stonden nog. Het is van belang dat ik me hun namen herinner, al durf ik er niet meer binnen te gaan, want wat zal ik er vinden? Bij een was het fronton al gescheurd. Was dat de pseudodipteros, de hypaethros?

Een kleine pinacotheek, vooralsnog onaangetast, vermijd ik, hier zal ik nooit meer binnengaan.

Nu ben ik weer in de stal van het poortwachtershuisje. Ik heb de deur gesloten want uit het huis zelf komt niet meer het vertrouwde gesnurk, maar een hijgen en grommen. En ook hier zal ik niet lang veilig zijn. Buiten gilt een gemartelde. Van achter het schapenschot klinkt hoefgeschraap – welk naamloos beest beidt daar zijn tijd? Ik durf niet te kijken en omklem de kist van keizersjade die mijn redding herbergt. En ook al blijft hij eeuwig gesloten, ik zal me mijn grote inzicht aanstonds herinneren. Het ligt immers net aan de drempel van mijn waarneming. Het is een kleine verschuiving, een minieme sprong van de geest.

Het is er altijd, maar je moet het zien.

Verantwoording

Hierbij wil ik iedereen bedanken voor het meelezen, adviseren of het wegnemen van de alledaagse tijdrovende obstakels: mijn vader Jan van Aken, Petra van Halewijn, Jona Lendering, Marieke Hengartner en natuurlijk mijn vrouw Ineke Verhaar. Mijn dank gaat verder uit naar de gemeenschap van Ruigoord, waar ik in alle rust en ongestoord kan werken. En verder bedank ik de geweldige medewerkers van uitgeverij Querido.

Alle anachronismen, paaseieren of glazen muilen zijn opzettelijk. Voor de zeloten en taalwijsneuzen: de woordspeling met *Zufall* werkt niet in hedendaags Duits, maar wel in dat van voor de achttiende eeuw. (*Deutsches Wörterbuch* van Jacob Grimm: *das einzelne auftreten eines krankhaften zustandes, heute anfall.*)

Vertalingen van citaten, behalve wanneer anders aangegeven, zijn van mijzelf. In deze gevallen zijn het vertalingen van vertalingen, waarbij ik me op middeleeuwse wijze flink wat vrijheid heb veroorloofd. Bij het Aristotelescitaat heb ik tussen de haakjes het Griekse ἀρχιτέκτονας weergegeven; dat heeft, naast het voor de hand liggende, ook de betekenis van aanstichter, auteur.

Waar *Morte Arthur* wordt genoemd, gaat het om de anonieme stanzaïsche Arthur, niet om de bekendere *Le Morte Darthur* van Thomas Malory.

De regels van Alcuin van York (735-804) waarmee Isidoor de stelende lichtekooi angst aanjaagt, staan in tijd net zo ver van Isidoor af als hij van ons, rond de zeshonderd jaar. De dichter spreekt zijn droefenis uit over het verdwijnen van de koekoek in de herfst. Vertalingen zijn te vinden op internet en dat geldt ook voor 'In taberna quando sumus', dat uit de *Carmina Burana* komt.

Voor de natuurlijke methode om een abortus op te wekken geldt: don't try this at home!

Jan van Aken
Ruigoord, januari 2018

Uitgeverij Querido stelt alles in het werk om op milieuvriendelijke en duurzame wijze met natuurlijke bronnen om te gaan. Bij de productie van dit boek is gebruikgemaakt van papier dat het keurmerk van de Forest Stewardship Council (FSC) mag dragen. Bij dit papier is het zeker dat de productie niet tot bosvernietiging heeft geleid.

FSC
www.fsc.org
MIX
Papier van verantwoorde herkomst
FSC® C004472